Knaur.

Über die Autorin:
Laila El Omari, geboren in Münster als Kind eines palästinensischen Vaters und einer deutschen Mutter, studierte Orientalistik, Germanistik und Politikwissenschaften in Münster und Bonn. Sie arbeitet in den Bereichen Kommunikation und Forschung. *Die Englische Erbin* ist Laila El Omaris erster Roman.

Laila El Omari

Die Englische Erbin

Roman

Knaur Taschenbuch Verlag

Besuchen Sie uns im Internet:
www.knaur.de

Originalausgabe Februar 2006

Ein Unternehmen der Droemerschen Verlagsanstalt
Th. Knaur Nachf. GmbH & Co. KG, München

Umschlaggestaltung: ZERO Werbeagentur, München
Umschlagabbildung: Visum
Satz: Ventura Publisher im Verlag
Druck und Bindung: Nørhaven Paperback A/S
Printed in Denmark
ISBN-13: 978-3-426-62985-7
ISBN-10: 3-426-62985-2

4 5 3

Prolog

Kalkutta, 1865

Alec kletterte mühsam aus den Tiefen seiner Bewusstlosigkeit, ein stetes Hämmern in seinem Kopf, das anschwoll, je näher er dem Erwachen kam. Ausgestreckt auf dem Bauch liegend, berührten seine Finger nichts als feuchten Stein. Wo war er?

Ein schmieriger Film überzog den Boden, es roch nach faulendem Stroh, und irgendwo, dicht an seinem Ohr, hörte er ein Trippeln und Quieken. Ratten, dachte er mit unterschwelligem Entsetzen. Weitere Laute füllten den Raum, wurden zu Stimmen, artikulierten sich zu Worten.

»Ich glaub, der macht's nicht lang.«

»So'n junger Bursche!«

Jemand lachte, kurz darauf griffen Hände nach ihm, fuhren grob über seinen Körper und umfassten sein Gesicht, zerrten an ihm. Sie taten ihm weh, merkten sie das nicht? Ein kurzes Gerangel, und die Hände zogen sich zurück, wüste Beschimpfungen folgten. Jemand stolperte über seine Beine, dann packten ihn Hände an den Schultern, und er wappnete sich für den kommenden Schmerz. Der nicht kam. Behutsam wurde er auf den Rücken gedreht. Alec blinzelte, wartete, ließ seinen Augen Zeit, aus dem Nebel Konturen zu lösen, verschwommen erst, dann körperlich.

»Na los, Bursche, steh auf, hier bei uns überlebst du nicht lang, wenn du dir nicht selbst helfen kannst.«

Alec bemühte sich, den Schmerz in seinem Kopf zu ignorieren, und versuchte aufzustehen, was ihm erst nach mehreren vergeblichen Versuchen gelang. Er taumelte, Halt suchend, ein paar Schritte, bevor seine Beine unter ihm wegknickten und er wieder am Boden kniete.

Seine Augen gewöhnten sich allmählich an die Dunkelheit, und er sah sich vorsichtig um. Feuchte, mit grünlichem Schimmel bedeckte Mauern, schmutzig graue Stoffbündel, aufgereiht an den Wänden, zerrissen, mit herausquellendem Stroh. Am entsetzlichsten erschien ihm jedoch der Anblick der Männer, die um ihn herumstanden und auf ihn herabsahen, mit bärtigen Gesichtern, in zerlumpter Kleidung und mit tief in ihre Höhlen eingesunkenen Augen.

»Wo bin ich hier?«, fragte er mit einer Stimme, die ihm selbst fremd war.

Erst kurzes ungläubiges Schweigen, dann Gelächter, in das schließlich alle Umstehenden einstimmten. »Wo du hier bist? Dies ist der Vorhof zur Hölle«, rief einer.

»Vorhof?«, schrie eine heisere Stimme. »Das hier *ist* die Hölle.«

Ein älterer Mann hockte sich vor Alec, das Gesicht unter dem Bart kaum erkennbar.

»Der Vorhof zur Hölle«, setzte der Mann an, »liegt in einem Rattenloch von Kalkutta. Warst du bei der Verurteilung betrunken, oder bist du nicht ganz richtig im Kopf?«

Johlendes Gelächter folgte.

Verurteilung? Ein Schlag, daran erinnerte Alec sich, und dann Dunkelheit. Sein Verstand arbeitete sich durch die letzten Reste des Nebels in seinem noch immer schmerzenden Kopf, um die Bedeutung des Gesagten zu erfassen. Verurteilung? Ein Irrtum, sagte er sich schließlich, eine Verwechslung, die er aufklären würde. Sein Blick glitt erneut über die Mauern und blieb an einer massiven Holztür hängen. Er erhob sich, versuchte ein paar Schritte und schleppte sich zu ihr. Mit aller Kraft, die er aufbringen konnte, schlug er

mit der Faust dagegen und blieb dann an die Wand gelehnt stehen.
Die Männer betrachteten ihn neugierig. »Hey, Bursche! Was treibst du denn da? Glaubst du, wenn du klopfst, wird geöffnet und du spazierst hier so einfach raus?«
»Der alte Wiggins hat's bestimmt nicht mal gehört.«
»Ich muss mit jemandem sprechen«, sagte Alec. »Das alles ist ein Missverständnis. Ich gehöre hier nicht her.«
»Er gehört hier nicht her«, rief ein Mann und lachte. »Bursche, wir gehören hier alle nicht her, oder denkst du, wir sitzen aus reinem Vergnügen hier?«
Alec ließ sich davon nicht beirren. Erneut schlug er mit der Faust gegen die Tür. »Aufmachen!«, rief er mit rauer Stimme. »Aufmachen, sage ich!« Wieder musste er sich an die Wand lehnen, um nicht zu fallen. Der betäubende Schmerz in seinem Kopf hatte sich verstärkt, und ein Schwindel erfasste ihn. Als sich jedoch hinter der Tür immer noch nichts tat, wurde er ungeduldig. Er versuchte, seine Benommenheit abzuschütteln, und wartete kurz, bis er das Gefühl hatte, wieder sicherer auf den Beinen zu stehen.
»Macht die Tür auf! Aufmachen!« Seine Faust schlug noch ein paar Mal gegen die Tür, dann hörte er endlich, wie sich jemand näherte, ein Schlüsselbund rasselte und die Tür quietschend, begleitet von Flüchen, geöffnet wurde. Ein dicker, unrasierter Mann, der fast genauso abstoßend roch wie die Gefangenen, stand vor Alec und funkelte ihn an.
»Was machst du denn für 'nen Lärm? Auch als Neuer haste dich an die Regeln zu halten. Essen gibt's morgen früh, und sonst haste nichts zu verlangen, verstanden?«
Er war im Begriff, die Tür wieder zu schließen, doch Alec stemmte sich dazwischen. Der Mann holte mit seinem Knüppel aus und schlug ihn hart vor die Schulter.

»Pass bloß auf, du, für Aufmüpfigkeit gibt's Strafverlängerung.«

Alec ignorierte mühsam den Schmerz in seiner Schulter. »Mr. ... Sir. Das alles ist ein Irrtum. Ich bin nicht der, für den Sie mich halten.«

»Irrtum? Das sagen sie alle. Es gefällt keinem in der Obhut vom alten Wiggins. Was soll das denn heißen: ›Ich bin nicht der, für den Sie mich halten‹? Du bist doch Alec Delany?«

»Ja, aber ...«

»Verurteilt wegen Diebstahl.«

»Nein, es muss eine Verwechslung vorliegen, vielleicht jemand, der denselben Namen trägt wie ich ... Ich bin niedergeschlagen worden und dann hier wieder aufgewacht. Ich ...«

»Willst du dich über mich lustig machen mit so 'ner schwachsinnigen Geschichte? Lord Ashington ist 'n hoher Herr und 'n angesehener Richter. Wenn er mir was bescheinigt, ist mir egal, was so'n Lumpenpack, wie du's bist, sagt, Bursche. Und für deine Frechheit gibt's Strafverlängerung. Wirst schon noch lernen, wer hier das Sagen hat!«

»Ich wollte nicht unverschämt sein, ich ...«

»Zurück jetzt!« Wiggins versetzte Alec einen Stoß, so dass dieser zurücktaumelte, und schlug die Tür zu. Der Schlüssel knirschte im Schloss.

Fassungslos starrte Alec auf die verschlossene Tür, dann drehte er sich langsam zu den Männern um, ratlos, Hilfe suchend.

»Hier kommst du nicht raus. Find dich besser damit ab! Das hier ist in den nächsten Jahren dein Zuhause«, sagte der ältere Mann, der Alec zuvor auf die Beine geholfen hatte.

»Das war dumm. Diese Schreierei. So was mag Wiggins nicht. Gibt mindestens zwei Jahre extra!«, ertönte eine weitere Stimme.

Jahre! Und niemand, der ihm zuhören wollte. In Alecs Augen flackerte allmählich Panik auf. Er setzte sich auf den kalten Steinboden und vergrub sein Gesicht in den Händen. Jemand kam näher und legte ihm eine Hand auf die Schulter. Alec drehte den Kopf, als sich der Mann, der ihm zuvor geholfen hatte, neben ihm niederließ.

»Ich bin Thomas. Einfach nur Thomas. Einen Familiennamen hab ich nicht mehr. Würd' meinen Leuten nur Schande machen, einer wie ich. Daran«, er machte eine ausschweifende Handbewegung, »gewöhnst du dich mit der Zeit.«

Einer der Männer kam in diesem Moment mit lüsternem Grinsen auf Alec zu, beugte sich zu ihm hinunter, griff nach seinem Kinn und hob sein Gesicht zu sich hoch. »Ein hübscher Junge bist du. Wird dir hier nicht langweilig werden.«

Die anderen lachten, und Alec schlug angewidert die Hand des Mannes weg. Der Mann griff erneut nach ihm und bekam sein Hemd zu fassen. »Wirst schon noch gefügig werden, Kleiner.« Mit der anderen Hand versuchte er, Alecs Gesicht zu fassen zu bekommen, aber der alte Thomas schaltete sich ein: »Lass ihn in Ruh'! Ist doch noch ganz durcheinander, der arme Kerl.«

Der Mann zögerte kurz, zog dann aber, auf Thomas' drohenden Blick hin, fluchend seine Hand zurück, drehte sich um und ließ sich, vor sich hin schimpfend, in einer anderen Ecke des Raumes nieder.

»Bei denen musste aufpassen«, sagte Thomas zu Alec. »Bist der Jüngste hier, und viele von denen haben seit Jahren keine Frau mehr gesehen ... Verstehst du?«

Alec erwiderte nichts, aber seine Augen weiteten sich vor Entsetzen.

Thomas zuckte die Schultern. »Mach nur nicht den Fehler, so zu kuschen wie der arme Johnny da. Der verkriecht sich die

ganze Zeit in einer Ecke, weil er Angst hat vor dem, was sie mit ihm machen, wenn sie sich an ihn erinnern.«
Mit diesen Worten ließ Thomas ihn allein. Alec sah ihm nach und hätte ihn am liebsten zurückgerufen.

Während der folgenden Stunden sah er, wie die Männer auf einen der Mitgefangenen losgingen, einen schmächtigen Burschen, der sich unauffällig in die Ecke geduckt hatte. Er wandte das Gesicht ab, aber die gequälten Schmerzensschreie konnte er nicht ausblenden, auch nicht, als er sich die Fäuste auf die Ohren presste und die Stirn auf seine angezogenen Knie legte. In den siebzehn Jahren seines Lebens hatte er nie zuvor solche Angst gehabt. Er betete inständig darum, man möge ihn in Ruhe lassen.
Angestrengt behielt er von nun an die Männer im Auge und studierte den Raum. Dicke, blasse Maden bewegten sich träge im Stroh. Die Hitze staute sich, und die feuchte Luft mischte sich mit dem Gestank von Fäulnis und Exkrementen, so dass Alec beim Atmen das Gefühl bekam, ersticken zu müssen. Nur einmal schien ein schwacher Pfeffergeruch in der Luft zu hängen, gerade stark genug, um wahrgenommen zu werden. Es war, als ginge in diesem Moment ein Gewürzhändler am Fenster vorbei.
Durch ein kleines Fenster fiel ein Lichtstrahl, in dem Staubflocken tanzten. So gering dieses Licht war – es schenkte dem Raum kaum eine Andeutung von Helligkeit –, schöpfte Alec daraus dennoch zumindest ein kleines bisschen Zuversicht. Während sich sein Blick an dem schmalen Lichtstrahl festhielt, blitzte für einen Moment die Erinnerung an den Paria-Jungen auf, dem er Geld gegeben hatte, und an die verschleierte Frau, die seinen Weg unmittelbar danach gekreuzt hatte. Ob es Tage oder nur wenige Stunden her war, konnte er nicht

sagen. Er war in eine schmale Gasse eingebogen, wohin ihn sein Botengang führte. Ein Sikh ging wenige Meter vor ihm, machte einen Moment lang den Eindruck, als hätte er sich verirrt und war dann in einem Hauseingang verschwunden. Alecs Amüsiertheit über diese Szene war das Letzte, woran er sich erinnern konnte.

Die Stunden vergingen. Das Licht, das durch das kleine Fenster sickerte, schwand allmählich und machte einer tiefen Dunkelheit Platz. Die Männer suchten sich einer nach dem anderen einen Strohsack, sie wurden ruhiger, und man hörte sie atmen, schnarchen und husten. Irgendwer schluchzte leise. Das Rascheln von Stroh war zu hören, und immer wieder glaubte Alec, der angestrengt in das Dunkel hineinlauschte, das Trippeln und Quieken der Ratten zu hören. Er kämpfte mit der Müdigkeit, zwang sich, wach zu bleiben. Er durfte hier keinesfalls einschlafen. Irgendwann würde sein Vater sich Sorgen machen und anfangen, nach ihm zu suchen, dann klärte sich diese unselige Geschichte schon auf.

»Junge, bist du noch wach?«, unterbrach Thomas' Stimme direkt neben ihm Alecs Gedanken. Erschrocken registrierte Alec, dass er nicht gehört hatte, wie dieser näher gekommen war. Jetzt setzte Thomas sich ihm gegenüber auf den Boden.

»Ich muss hier raus«, sagte Alec.

»Sprich leiser«, mahnte Thomas, »sonst weckst du sie noch auf.«

»Es stimmt nicht, dass ich verurteilt wurde«, fuhr Alec flüsternd fort. »Ich weiß nicht einmal, wer dieser Lord Ashington ist. Und abgesehen davon habe ich noch nie etwas gestohlen.«

»Lord Ashington ist ein großer Herr … und 'n gnadenloser Richter. Bist nicht der Erste hier, der die Ehre hatte. Wenn er dich ins Gefängnis schickt, kannste nichts dagegen tun.«

»Aber ich habe nicht …«
»Jetzt hör mir gut zu, Junge. Du bist nun mal hier, und hier kommst du so schnell nicht weg, nicht, wenn die da oben es so wollen.«
Alec spürte, dass Wut in ihm hochstieg. »Niemand, hörst du, niemand wird mich an diesem entsetzlichen Ort festhalten, obwohl ich nichts Unrechtes getan habe!«
»Sprich leise, habe ich gesagt. Wer sollte dir denn helfen? Bei uns ist nur der alte Wiggins, und der wird dir nicht zuhören.« Thomas' Stimme wurde noch eindringlicher. »Versuch, nicht zu viel Aufmerksamkeit auf dich zu ziehen! Einen Tag lang kannste dich so aufführen, aber lass die anderen nicht immer spüren, dass du dich für etwas Besseres hältst. Das ist gefährlich. Und ich kann nicht immer auf deiner Seite sein. Jeder muss hier an sich denken.«
»Ich halte es in diesem Loch keinen weiteren Tag aus.«
»Bei Diebstahl kommst du ja wieder raus, vor allem, wenn's der erste war. Du musst nur eins tun: lange genug überleben.«
»Ich muss gar nichts. Es wird sich alles aufklären. Spätestens morgen wird mein Vater da sein, und dann komme ich raus.« Alecs Stimme war voller trotziger Zuversicht.
»Anscheinend willste mich nicht verstehen. Dass du unschuldig bist, glaubt dir niemand, nicht hier drinnen und nicht da draußen. Es interessiert auch keinen. Überleben, nur darauf kommt's an. Mach nicht auf dich aufmerksam, dann kannst du in ein paar Jahren draußen ein neues Leben beginnen.« Thomas gähnte laut und stand auf. »Nimm dir einen von den Strohsäcken. Und schlaf mit dem Rücken zur Wand. Männer wie Mike nutzen's aus, wenn man schläft«, sagte er noch, dann hörte Alec, wie er auf die andere Seite des Raumes ging.

Alec starrte eine Weile in die Dunkelheit, in die Richtung, in die Thomas gegangen war. Er machte aber keine Anstalten, dessen Rat zu folgen und sich hinzulegen, sondern blieb sitzen und starrte vor sich hin. Er spürte, wie allmählich Verzweiflung in ihm aufstieg. Und wenn Thomas nun Recht hatte und er hier wirklich nicht herauskam? Dieser Gedanke war so Grauen erregend, dass er ihn nicht zu Ende denken wollte. Nein, er würde nicht irgendwann ein dahinvegetierendes, stinkendes Wrack sein wie die anderen Männer. Das Ganze war so absurd, es musste sich irgendwann einfach aufklären, wenn auch dieser entsetzliche Wiggins fest davon überzeugt schien, dass ein Irrtum ausgeschlossen war.

Ashington. Alec hatte diesen Namen noch nie zuvor gehört. Sein Vater war Händler, vielleicht hatte er mal Kontakt zu Lord Ashington gehabt, aber das war ja keine Erklärung oder Begründung dafür, ihn, Alec, ins Gefängnis zu stecken. Noch dazu ohne Prozess, obwohl angeblich einer stattgefunden haben sollte.

Schließlich wurde Alec doch von Müdigkeit übermannt. Er tastete sich an der Wand entlang, bis er warmes, etwas öliges Stroh unter seinen Händen spürte. Er dachte lieber nicht daran, wer schon alles vor ihm darauf gelegen hatte. Zusammen mit der Feuchtigkeit staute sich eine unerträgliche Hitze in dem Raum, der Gestank war beinahe unerträglich. Mit äußerster Konzentration unterdrückte Alec einen plötzlich aufsteigenden Brechreiz. Er biss die Zähne zusammen und atmete durch den Mund, um nichts riechen zu müssen. Morgen, dachte er, morgen wird sich alles aufklären. Vater wird sich um alles kümmern.

Teil I
1875

I

London

Helena!« Eilige Schritte waren auf der Treppe zu hören, bevor die Stimme noch einmal ertönte. »Helena! Bist du fertig?«

Soll sie doch kommen und nachschauen, dachte Helena, während sie ihre Perlenkette, ein Geschenk ihres ältesten Bruders Jerome, umlegte. Sie war ohnehin verärgert, weil ihre Mutter angeordnet hatte, ihre Zofe Amelia solle sich zuerst um ihre Kusine kümmern. Dabei war es ihr Geburtstag, und sie musste eigentlich zuerst fertig sein. Jetzt flatterte Amelia um Helena herum und beeilte sich, ihre Frisur festzustecken.

»Sei etwas gastfreundlicher!«, hatte Eleonore Ashington ihre Tochter gemahnt. »Celias Zofe ist krank, und du weißt, wie schnell sie nervös wird, wenn sie das Gefühl hat, nicht pünktlich fertig zu werden.«

»Helena! Deine Mutter hat schon zwei Mal nach dir gefragt.« Die Schritte näherten sich der Zimmertür, und ein energisches Klopfen ertönte.

Diese lästige Person, dachte Helena und bemühte sich auch nicht um einen freundlichen Ton, als sie ihre Kusine hereinbat.

»Du lieber Himmel, bist du etwa immer noch nicht fertig? Deine Mutter erwartet jeden Moment die ersten Gäste.« Celia konnte etwas Schadenfreude darüber, vor Helena ihre Toilette beendet zu haben, nicht verbergen.

Hättest du dir nicht so viel Zeit gelassen, wäre ich seit einer Stunde fertig, dachte Helena, sprach es aber nicht aus, sondern lächelte ihre Kusine stattdessen zuckersüß an. »Aber meine liebe Celia, du weißt doch, dass meine Zofe zu spät erschienen ist. Ich nehme dir natürlich nicht übel, sie so lange beansprucht zu haben, immerhin dauert es ja umso länger, je mehr Umfang einzukleiden ist.«

Celia schoss das Blut ins Gesicht, und sie öffnete den Mund zu einer Entgegnung, blieb aber, da ihr keine beleidigende Erwiderung einfiel, stumm und blickte demonstrativ zur Seite.

Amelia steckte die letzten Nadeln fest. Helena stand auf und drehte sich einmal vor dem Spiegel, zufrieden mit dem Bild, das sich ihr bot. Ihre Mutter war mit diesem Kleid nicht einverstanden gewesen, es schien ihr zu unauffällig, dabei war es zwar schlicht, aber gleichzeitig sehr elegant.

»Sie sehen wundervoll aus, Lady Helena«, sagte Amelia hingerissen.

Das Kleid war aus cremeweißer Seide und kontrastierte mit dem dunklen Haar, das den Schimmer von Honig hatte, und den goldgesprenkelten Augen.

Celia blickte die schlanke Gestalt ihrer Kusine voller Neid an.

»Helena«, ertönte die Stimme von Lady Ashington aus dem Korridor. Sie brauchte ihre Stimme nie zu erheben, um gehört zu werden. Helena wandte sich direkt zur Tür. Ihre Mutter betrat das Zimmer, gekleidet in ein Kleid aus grünem Brokat, das glänzende dunkle Haar kunstvoll hochgesteckt. Sie gab Amelia durch ein Kopfnicken zu verstehen, dass sie entlassen sei.

»Celia, meine Liebe, lass mich bitte einen Moment mit Helena allein«, wandte sie sich an ihre Nichte.

Nachdem Lady Ashington sicher sein konnte, dass sich Celias Schritte über den Korridor entfernten, sah sie ihre Tochter aus ihren dunklen Augen prüfend an. »Das Kleid war eine

sehr glückliche Entscheidung von dir. Im Nachhinein muss ich sagen, es gefällt mir wesentlich besser als das blaue.«
»Danke Mama.« Mit angehaltenem Atem ließ Helena die Musterung ihrer Mutter über sich ergehen.
»Es werden viele bedeutende Gäste anwesend sein, also hoffe ich, du wirst dich mit deinen Reden etwas zurückhalten. Lass mich bitte ausreden«, fuhr sie fort, als sie bemerkte, dass Helena den Mund zu einer Erwiderung öffnete. »Jeden Moment können die ersten Gäste kommen, und ich werde meine Zeit nicht mit fruchtlosen Diskussionen verschwenden. Verhalte dich angemessen, so wie wir und die Gesellschaft es von einer Dame erwarten! Ich warte unten auf dich.«

»Warum kommst du so spät?«, fragte Eleonore Ashington missbilligend, als Helena beinahe zehn Minuten später zu ihr trat. Das Eintreffen der ersten Gäste enthob Helena einer Antwort. Sie stand neben ihren Eltern am Eingang zum Saal und begrüßte Mr. und Mrs. Cordes, die etwas verstimmt darüber schienen, die Ersten zu sein. Wer sollte da ihren Auftritt bemerken? Edward, der einzige Sohn der Cordes, wurde auf Helenas Lächeln hin rot, dann lächelte er zurück, wobei er seine schiefen Zähne zeigte. Erst ein diskreter Wink seiner Mutter erinnerte ihn daran, dass er Lord und Lady Ashington noch nicht begrüßt hatte. Er wandte sich mit einem Ruck Helenas Eltern zu, grüßte verlegen und stolperte daraufhin hastig in den Saal. »Tölpel!«, murmelte Lord Arthur Ashington fast unhörbar durch die Zähne.
Ein nicht enden wollender Strom von Leuten flanierte an ihnen vorbei. Helena glaubte, ihr Lächeln müsse aussehen wie eingefroren, während sie fortwährend die ankommenden Gäste begrüßte und banale Höflichkeiten austauschte. Sie ließ die Musterungen über sich ergehen, ignorierte die

bewundernden Blicke der jüngeren Herren und bemühte sich, auch zu Leuten, die sie nicht mochte, freundlich zu sein. Als sie verstohlen in den Saal blickte, fing sie einen Blick ihres Bruders Jerome auf, der ihr zuzwinkerte und dann eine Grimasse schnitt.

Im nächsten Moment trafen Lord William Vanderley und sein Sohn Matthew ein. Lord Vanderley, der Viscount von Claremont, war einer der engsten Freunde von Helenas Vater; eine Zeit lang hatten die beiden Familien als Nachbarn in Kalkutta gelebt. Lady Vanderley war in Bombay gestorben, und Lord Vanderley hatte Indien nach dem Tod seiner Frau verlassen. Lord Ashington dagegen war noch drei weitere Jahre in Kalkutta als Richter tätig gewesen, bevor er mit seiner Familie ebenfalls nach England zurückkehrte, wo er sein Richteramt niederlegte, seinen Platz im Oberhaus einnahm und sich um seine Landgüter kümmerte.

Matthew Vanderley war vierundzwanzig Jahre alt, der einzige Sohn von Lord Vanderley und somit auch der einzige Erbe. Ungemein gut aussehend mit seinem vollen hellbraunen Haar, dem ebenmäßigen Gesicht und den graublauen Augen, deren Spott vernichtend sein konnte, war er arrogant, skrupellos, und ihm wurden Affären mit Frauen aller Gesellschaftsschichten angedichtet. Er äußerte sich allerdings nie dazu, sondern tat derartige Gerüchte mit einem Lächeln ab, das alles bedeuten konnte. Matthew lebte seit zwei Jahren wieder in London, hatte die Stadt in einem Atemzug zurückerobert, ließ keine Feier aus und versetzte die jungen, unverheirateten Mädchen in die wildesten Schwärmereien. Großzügig ließ er jede in den Genuss seines Charmes kommen, unterhielt sie, schenkte ihr sein träges, sinnliches Lächeln und amüsierte sich später in beißendem Spott über sie.

Lord Vanderley begrüßte Helena freundlich und ging dann

weiter zu ihren Eltern. Matthew blieb vor ihr stehen und ließ seine Blicke über sie gleiten, wobei er jede Einzelheit aufzunehmen schien. Sie hatte ihn noch nie besonders gut leiden können, aber in Momenten wie diesen erwachte in ihr der unbändige Wunsch, ihm ins Gesicht zu schlagen.

»Meine liebe Helena, darf ich hoffen, dass Sie mir Ihren ersten Tanz schenken werden?«, fragte er höflich, und allein Helena sah das begehrliche Aufblitzen in seinen Augen.

»Es tut mir Leid, Matthew, aber den ersten Tanz habe ich bereits Jerome versprochen.« Helena bemühte sich, Bedauern in ihre Stimme zu legen. Es war in ihrer Familie für unverheiratete Mädchen üblich, den Ball mit dem Bruder, dem Vater oder einem anderen Familienmitglied zu eröffnen. Matthew wusste das, seine Frage war also überflüssig und aufdringlich.

»Du darfst sicher den zweiten Tanz mit ihr tanzen«, mischte sich Lord Ashington ein und warf seiner Tochter einen viel sagenden Blick zu. Helena unterdrückte einen ergebenen Seufzer und strahlte Matthew gezwungen an.

Als die letzten Gäste eingetroffen waren, begab Helena sich mit ihren Eltern in den Saal. Die Flügeltüren der Veranda standen weit offen und gaben den Blick auf den Garten frei, der mit Lampions festlich geschmückt war.

Lady Ashington neigte den Kopf zu ihrer Tochter und sagte: »Du hättest Matthew ruhig den ersten Tanz schenken können. Er gehört schließlich fast zur Familie. Niemand hätte Anstoß genommen, weil jeder weiß, wie eng dein Vater und Lord Vanderley befreundet sind.« Dass Matthew die Liste der in Frage kommenden Heiratskandidaten anführte, hing unausgesprochen in der Luft.

Der Raum war aufs Prachtvollste geschmückt. Die Kronleuchter waren auf Hochglanz poliert, und große Sträuße

frischer Blumen verbreiteten einen betörenden Duft. Spiegel verstärkten in dem ohnehin schon großen Tanzsaal das Gefühl von Weitläufigkeit und vervielfältigten den funkelnden Glanz der Brillanten, die die prachtvoll gekleideten weiblichen Gäste zierten. Kristallleuchter an den Wänden erhellten jede Nische des riesigen Saals. Ihre Eltern hatten wirklich keine Kosten gescheut.
Suchend sah sich Helena im Saal um und entdeckte ihre Brüder in der Nähe der Veranda. Ihr ältester Bruder, der fünfundzwanzigjährige Jerome, achter Viscount Ellingwood, unterhielt sich mit einem älteren Herrn, den sie nur flüchtig kannte. Die um zwei Jahre jüngeren Zwillinge George und Calvin standen etwas weiter von ihm entfernt, und Helena glaubte, selbst aus der Entfernung die knisternde Spannung spüren zu können, die stets zwischen ihnen herrschte. Wahrscheinlich brachte allein die Anwesenheit der Gäste sie dazu, wenigstens den Anschein höflichen geschwisterlichen Umgangs aufrechtzuerhalten. Sie waren sich so unähnlich, wie Zwillinge nur sein konnten. Zwar waren beide schlank und hoch gewachsen, doch darin erschöpfte sich die Ähnlichkeit auch schon. Calvin kam mit seinem hellbraunen Haar und den blauen Augen eindeutig nach seinem Vater, während George blond war und grüne Augen hatte. Ihr Cousin Simon, mit dem hellbraunen Haar und den grünblauen Augen unverkennbar ein Ashington, stand neben Calvin, die beiden waren in ein lebhaftes Gespräch vertieft. Simon war der Sohn des einzigen Bruders von Helenas Vater und der beste Freund von Calvin.
Jerome blickte während des Gesprächs auf und sah seine Schwester auf sich zukommen. Höflich verabschiedete er sich von seinem Gesprächspartner und kam ihr entgegen.
»Nun, Schwesterherz, gefällt dir der Aufmarsch gut situierter Familien mit heiratswilligen Söhnen?«

»Hör auf, Jerome! Du bist manchmal wirklich unausstehlich.«
Jerome lachte und nahm ihren Arm, um sie auf die Veranda zu führen. Die Abendluft war samtweich und lud eigentlich dazu ein, spazieren zu gehen. Aber jeden Moment würde der erste Tanz beginnen.

»Warum eröffnest du den Ball nicht mit Vater?«, fragte Jerome.

»Er hat es mir nicht angeboten«, erwiderte Helena und bemühte sich um einen unbeteiligten Gesichtsausdruck. Sie atmete die Abendluft mit ihrem Duft nach Blumen in tiefen Zügen ein. Jerome sah seine Schwester forschend an.

»Das liegt wohl daran, dass er ungern tanzt«, erwiderte er.

»Oder daran, dass er erleichtert ist, es dir als meinem ältesten Bruder überlassen zu können, die gesellschaftlichen Pflichten mir gegenüber zu übernehmen. Zumal du sie auch noch gerne wahrnimmst.«

Jerome antwortete darauf nicht. Es war bezeichnend für ihre Beziehung zueinander, sich auch ohne Worte zu verstehen. Von allen Geschwistern ähnelten sie sich am meisten, sowohl im Wesen als auch im Aussehen. Nur Jeromes Augen waren nicht wie Helenas, er hatte die sensiblen Augen seiner Mutter. Jerome bemühte sich immer darum, Konflikte zwischen Helena und ihrem Vater zu verhindern, er wusste, dass Lord Ashington seine Tochter an einem wesentlich höheren Maßstab maß als seine Söhne und dass es Helena unmöglich war, diesen Anforderungen gerecht zu werden.

In dieser Hinsicht unterschied sich Jerome von seinen Brüdern. Zwar pflegte George zu seiner Schwester ein freundschaftliches Verhältnis, dieses blieb jedoch oberflächlich. Calvin hingegen tat noch nicht einmal das. Er gab sich distanziert und ließ sich mit Helena kaum einmal auf ein näheres Gespräch ein.

»Wem hast du deine weiteren Tänze versprochen?«, fragte Jerome, um das Thema zu wechseln.
Helena schnitt eine Grimasse. »Den zweiten Tanz mit Matthew hat Vater mir aufgenötigt. Du weißt ja, was für große Stücke er auf ihn hält.«
»Völlig zu Unrecht, aber was dieses Thema betrifft, hat Vater noch nie mit sich reden lassen. Er denkt wahrscheinlich, er sei es William schuldig, dabei ist Matthew ein ganz anderes Kaliber als sein Vater. Meiner Meinung nach sollte man bei ihm vorsichtig sein.«
»Es ist mir im Grunde genommen auch vollkommen egal, solange ich ihm gegenüber nur meine Pflichten als Gastgeberin erfüllen muss.« Helena fuhr mit den Fingern über das schmiedeeiserne Gitter, das die Veranda abgrenzte. Ein leichter Wind kam auf, wehte ihr eine Haarsträhne ins Gesicht, die sie gedankenverloren zur Seite strich.
»Wir sollten wieder in den Saal zurückgehen«, sagte Jerome. »Wenn du schon nicht das Verlangen hast, mit deinen Gästen zu sprechen, haben sie trotzdem das Recht, die Gastgeberin mal zu Gesicht zu bekommen. Außerdem wird es Zeit, den Tanz zu eröffnen.« Er bot ihr seinen Arm und führte sie in den Saal zurück.

Am späten Abend war das Fest immer noch im vollen Gang. Die Leute tanzten und schienen sich bestens zu amüsieren. Helena stand mit vom Tanzen erhitzten Wangen in einer Nische und fächelte sich Luft zu. Sie sah die hohe schlanke Gestalt ihres Vaters im Türbogen zum zweiten Saal stehen, wo die Erfrischungen angeboten wurden. Seine ruhige, kultivierte Art wirkte Respekt einflößend. Sein Haar war immer noch voll und von grauen Strähnen durchzogen, was sein Aussehen noch markanter machte. Er unterhielt sich angeregt mit einem Geschäftspartner aus Frankreich. Seinem Gesichtsausdruck zufolge schien er eine neue Idee zu verfolgen, von der er sein Gegenüber zu überzeugen suchte. Helena hatte sich immer gewünscht, in wirtschaftliche Fragen eingearbeitet zu werden, aber jegliche Vorschläge in dieser Richtung wurden von ihren Eltern als Überspanntheit abgetan. Frauen, so ihr Vater, hatten ihre Fähigkeiten im häuslichen Bereich zu entfalten.

»Ich bedaure denjenigen, dem Ihr Unmut gilt«, ertönte plötzlich eine Männerstimme hinter ihr. Sie fuhr herum.

»Matthew! Haben Sie mich erschreckt.« Wie gelang es ihm bloß immer wieder, sie ausfindig zu machen?

Matthew lächelte unbekümmert. »Wer ein gutes Gewissen hat, sollte eigentlich nicht so schreckhaft sein.«

Helena wurde rot. »Und wer gute Absichten hat, schleicht sich eigentlich nicht von hinten an wie ein Dieb.«

Matthew gab keine Antwort, sondern hob eine Augenbraue.

»Habe ich Sie verärgert?«, fragte Helena.

»Nein, amüsiert.«

»Wie bedauerlich.« Helena wandte sich von ihm ab, um ihm zu signalisieren, dass seine Anwesenheit unerwünscht war, aber entweder merkte er es nicht oder es war ihm egal.

»Möchten Sie mir nicht die Ehre geben, mich in den Garten zu begleiten?«, fragte er. Sie hatte bereits eine abschlägige Antwort auf der Zunge, aber da er sich ohnehin nicht zurückweisen lassen würde, nahm sie resigniert seinen Arm. Im Vorbeigehen erhaschte sie einen Blick auf das neiderfüllte Gesicht ihrer Cousine Celia. Sie wusste, diese hätte alles darum gegeben, jetzt an ihrer Stelle zu sein. Celias Verliebtheit in Matthew war allgemein bekannt. Sollte sie sich nicht etwas mehr Zurückhaltung auferlegen, würde sie sich endgültig zum Narren machen. Die Gesellschaft war in dieser Hinsicht gnadenlos.

Gegen einen Spaziergang im Garten war eigentlich nichts einzuwenden, schließlich war er extra zu diesem Zweck mit zahllosen Lampions ausgestattet worden. Doch trotz dieser hellen Beleuchtung ging Helena ungern mit Matthew über die stillen Gartenwege. Schweigend flanierten sie an dem Springbrunnen vorbei, dessen Wasserfontänen das Licht auffingen, um es in perlende Diamanten zu verwandeln. Matthew führte sie von dem Weg hinunter auf eine Rasenfläche, wo ein von Efeu überwachsener Pavillon stand. Helena war sich sicher, dass er ihr ansah, wie unbehaglich sie sich fühlte, und es in vollen Zügen auskostete.

»Setzen Sie sich doch, meine Liebe.« Matthew setzte sein charmantestes Lächeln auf und wies auf die Bank in der Laube, aber Helena blieb stehen und spielte mit einer Efeuranke. Matthew nahm ihre unveränderte Haltung mit einem leichten Heben der Augenbrauen zur Kenntnis.

»Unsere Väter denken daran, in die Pferdezucht zu investieren«, bemerkte er beiläufig. Für Helena kam diese Eröffnung vollkommen unerwartet, und sie verspürte einen Stich, weil jemand außerhalb ihrer Familie eher in die Pläne ihres Vaters eingeweiht war als sie.

»Tatsächlich?«, entgegnete sie. »Davon habe ich noch nichts gehört. Ich nehme an, mein Vater denkt da an Rennpferde, ist das richtig?«

»Allerdings. Woher wussten Sie das?«

»Nun, es erscheint mir einfach am lukrativsten. Vorausgesetzt natürlich, man versteht etwas davon und zieht Pferde mit guten Anlagen.«

Matthew schien ihr gegen seinen Willen Anerkennung zu zollen. »Unsere Väter wären dann Geschäftspartner, das heißt, wir würden uns sehr oft sehen«, fuhr er fort und sah sie abwartend an.

Helena beschloss, ihm nicht den Gefallen zu tun, aufzubrausen. Schließlich sahen sie sich ja jetzt schon mehr, als ihr lieb war.
»Ich würde Sie gerne öfter sehen«, bekräftigte Matthew und stützte sich mit einer Hand seitlich am Pavillon ab.
Aha, dachte Helena, schon sind wir beim Kern der Angelegenheit angelangt. »Es tut mir Leid, dass meine Wünsche so gar nicht den Ihren entsprechen«, entgegnete sie gezwungen höflich.
Matthew zog die Augenbrauen hoch und gab keine Antwort, als wäre er sich bewusst, dass sein Schweigen ihr weit unbehaglicher war als alles, was er hätte antworten können.
»Matthew, wenn Sie sich weiterhin mit mir unterhalten möchten«, fügte sie schließlich mit einem gezwungenen Lächeln hinzu, »schlage ich einen Themenwechsel vor. Ansonsten muss ich Ihnen zu meinem Bedauern sagen, dass ich an Ihrer weiteren Gesellschaft kein Interesse mehr habe.«
»So? Wenn mir dieses Thema aber nun besonders gefällt, was dann?« Er steckte eine Hand in die Tasche und sah sie abwartend an.
Helena presste die Lippen zusammen, hob das Kinn und machte Anstalten, an ihm vorbeizugehen.
Matthew versperrte ihr den Weg. »Warum so eilig, liebste Helena. Wir haben doch noch gar nicht richtig begonnen, uns zu unterhalten.«
»Was bis jetzt gesagt wurde, reicht mir. Ich lege keinen Wert auf eine Fortsetzung des Gesprächs. Wenn Sie mich bitte vorbeilassen würden.«
Matthew machte keine Anstalten, ihr den Weg freizugeben.
Helena war nun wirklich wütend. Was dachte er sich bloß dabei, sich ihr in dieser Weise aufzudrängen? Sie wich keinen Schritt zurück. »Wir können uns gerne auf dem Weg zurück

weiter unterhalten, aber mir ist inzwischen etwas kühl geworden, und ich möchte hier nicht länger stehen.«
»Vielleicht sollten wir näher zusammenrücken, damit Ihnen wieder warm wird«, sagte er mit bedeutsamem Blick in ihre Augen.
Helena spürte, dass ihr die Situation zu entgleiten drohte. Sie begann, langsam, hoch erhobenen Hauptes, an ihm vorbei zu gehen, als er nach ihrem Arm griff und sie mit einem Ruck an sich zog. Erschrocken stemmte sie sich mit den Händen gegen seine Brust.
Sein Gesicht näherte sich dem ihren. »Sagen Sie, sind Sie je geküsst worden?«
Helena wurde blutrot, was Matthew zum Lachen reizte. »Ein Kuss, liebe Helena, nichts als ein kleiner Beweis Ihrer Gunst, und Sie lernen im Gegenzug dazu das Leben für wenige Sekunden von einer neuen, aufregenden Seite kennen.«
»Wagen Sie es, und ich schreie das ganze Haus zusammen.«
»Und gönnen den anderen damit ein aufregendes Schauspiel? Sind Sie sicher, dass Sie sich eine solche Aufmerksamkeit wünschen? Was würden die Leute denn zu sehen bekommen? Sie in meiner Umarmung. Haben Sie aus Empörung geschrien oder aus freudiger Überraschung? Was glauben Sie, wie leicht es für mich wäre, die Leute von Letzterem zu überzeugen.«
Seine Stimme wurde samtweich. »Also versuchen Sie diese Spiele nicht mit mir. Ich habe mehr Erfahrung darin als Sie, ich kann dabei gar nicht verlieren.« Sein Gesicht kam näher. »Ein Kuss nur«, flüsterte er, »dann lasse ich Sie gehen, und niemand muss etwas davon erfahren.«
Helena trat gegen sein Schienbein und bemerkte befriedigt, wie er erschrocken zurückfuhr und ihre Hände freigab. Sie wollte eben an ihm vorbeieilen, da fasste er sie wieder am

Arm und riss sie so heftig herum, dass sie dachte, er würde ihr die Schulter auskugeln. Wieder zog er sie an sich, hielt sie diesmal aber eisern fest.

Helena bog ihren Kopf zur Seite. »Lassen Sie mich los!«, rief sie mit erstickter Stimme. Er antwortete nicht, sondern drehte mit hartem Griff ihr Gesicht zu sich hin und zwang seine Lippen auf ihre.

»Was geht hier vor?«, rief jemand dicht hinter ihnen. Matthew fuhr zurück und stieß Helena von sich. Sie stolperte außer Atem zurück und rang nach Luft. »Simon!«, rief sie erleichtert, als sie erkannte, wer da plötzlich aufgetaucht war, und lief auf ihren Cousin zu, blieb dann aber abrupt stehen. Direkt hinter ihm stand Calvin und starrte sie fassungslos an, dann verzerrte sich sein Gesicht zu zügelloser Wut. Er trat auf sie zu. »Erkläre mir das«, fuhr er sie an.

»Was gibt es da schon groß zu erklären?«, schaltete sich Matthew ein, der zwar blass geworden war, aber seine gewohnte Kaltblütigkeit zurückgewonnen hatte. »Es tut mir Leid, Calvin, wir sind da wohl etwas zu weit gegangen.« Er lächelte entschuldigend.

»Bitte, Calvin«, sagte Helena, »lass uns später …«

»Nein, erst wird das hier klargestellt. Was treibst du mitten in der Nacht mit ihm im Pavillon?«

Simon ging dazwischen. »Calvin, muss das jetzt und hier …«

»Allerdings muss es das.« Calvin wandte sich an seine Schwester, packte sie bei den Schultern und schüttelte sie. »Antworte gefälligst.«

»Es ist ihr sicher peinlich«, warf Matthew ein. »Wir sind spazieren gegangen, und der Mondschein lässt einen nun einmal auf romantische Gedanken kommen. Es tut mir wirklich Leid, Calvin.«

»Calvin, das kann doch nicht wahr sein. Du wirst ihm doch

wohl nicht glauben.« Helena spürte, wie sich eine unbändige Wut in ihr ausbreitete. Er war ihr Bruder. »Ich wollte nicht ... ich dachte, wir gehen nur spazieren. Er ... er hat mich festgehalten ...«

»Es reicht«, rief Calvin außer sich vor Wut, »entweder ich erfahre sofort die Wahrheit, oder Vater wird die weitere Befragung fortsetzen.«

Simon machte eine beschwichtigende Handbewegung, um ihn zum Schweigen zu bringen. Behutsam drehte er Helenas Gesicht zum Licht und sah die gut sichtbaren Abdrücke von Matthews Fingern an ihrem Kinn, dort, wo er sie festgehalten hatte. »Und wie erklärst du das hier?«, wandte er sich fragend an Matthew.

Stirnrunzelnd betrachtete Calvin das Gesicht seiner Schwester und wandte sich dann wieder Matthew zu, seine Augen schmal.

»Du kannst mich schlagen, wenn du willst«, sagte Matthew auf die unausgesprochene Drohung hin, »aber ihr Wort steht gegen meins, und jeder wird sein eigenes Urteil darüber fällen. Ein paar Abdrücke in ihrem Gesicht besagen gar nichts, außer, dass ich vielleicht ein wenig zu leidenschaftlich war.« Er zuckte die Schultern. »Nun, das kann vorkommen, auch wenn die junge Dame mehr als willig ist.«

Calvin sah Helena an, dann wandte er sich an Matthew. »Du bist gut beraten, das nicht noch einmal zu tun, egal wie willig meine Schwester ist.« Er ignorierte Helenas empörten Ausruf. »Das ist das Haus meines Vaters, und als sein Gast bist du ihm den nötigen Respekt schuldig. Dass du niemandem von dieser Sache erzählen wirst, versteht sich sowieso von selbst.«

Matthews Gesicht war nicht zu entnehmen, was er dachte. Bei aller Kaltblütigkeit hatte er wohl doch nicht mit dem

Auftauchen von Helenas Bruder und ihrem Cousin gerechnet. Er nickte kurz, zum Zeichen seiner Einwilligung, drehte sich um und ging gemessen, ohne übermäßige Eile zum Haus zurück.

Calvin nahm Helenas Arm und zerrte sie grob den Weg zurück zum Haus. Erfolglos versuchte Helena, sich aus seinem Griff zu befreien.

»Calvin, was soll das? Du tust mir weh. Lass mich doch erklären, was passiert ist!«

»Erklären? Und du denkst, das würde reichen, ja?« Calvin drehte sich zu ihr um, unverhohlenen Zorn in den Augen.

»Ja, genau das denke ich. Ich bin deine Schwester.«

Simon ging dazwischen. »Natürlich glauben wir dir, Helena.«

»Dann tut doch was. Ihr könnt ihn doch nicht so davonkommen lassen«, drängte Helena verzweifelt.

»Es tut mir Leid, Helena, aber jegliche Maßnahme gegen Matthew würde nur die Aufmerksamkeit der Leute auf diesen Vorfall lenken«, erklärte Simon ihr nachsichtig.

»Aber er hat mir Unrecht getan und außerdem ...« Sie verstummte, weil sie das Gefühl hatte, alle Gegenargumente seien sowieso sinnlos.

»Das Beste wird sein, du gehst durch den Hintereingang direkt in dein Zimmer«, schlug Simon vor, während sie weitergingen. »Wir werden deinen Eltern sagen, dir sei plötzlich sehr schwindlig geworden. So spät in der Nacht wird niemand an deiner Abwesenheit Anstoß nehmen.«

Leise ging Helena durch die Hintertür in die Eingangshalle, floh die Treppe hinauf in ihr Zimmer und läutete nach Amelia. Während ihre Zofe ihr aus dem Kleid half, gab sie sich ihrem Ärger über Matthew, Calvin und Männer im Allgemeinen hin.

Eine Viertelstunde später kam Jerome in ihr Zimmer. Helena saß vor ihrem Frisiertisch und war gerade dabei, ihr Haar für die Nacht zu flechten. Verlegen mied sie seinen Blick.
Jerome beugte sich zu ihr hinunter. »Simon hat mir alles erzählt.« Er nahm sie bei den Schultern und zwang sie, ihn anzusehen. »Lass dir von niemandem einreden, es sei deine Schuld gewesen. Wärest du nicht so höflich zu Matthew gewesen und mit ihm gegangen, hätte Vater dir Vorhaltungen gemacht. Gegen einen Spaziergang im Garten ist ja normalerweise auch nichts einzuwenden.«
Er stand auf, und nun zeigte sich seine Wut unverhohlen. »Das gibt ihm aber nicht das Recht, dich anzufassen.« Jerome sah seiner Schwester eindringlich in die Augen. »Von nun an wirst du nie wieder mit ihm allein sein.«
Sein Vater war ausgesprochen streng, was Helenas Umgang mit Männern betraf, nur bei Matthew schien er mit Blindheit geschlagen.
Helena spielte mit der Bürste auf ihrem Tisch. »Calvin hat nichts«, sie sah ihren Bruder an, »absolut gar nichts zu Matthew gesagt, und Simon meinte nur, wir sollten die Sache vergessen.« Die Enttäuschung über das Verhalten ihres Bruders und ihres Cousins stand ihr ins Gesicht geschrieben.
Jerome hockte sich vor sie und sah sie an. »Simon hat das wohl nur getan, um einen Skandal zu vermeiden. Nimm es ihm nicht übel. Und Calvin … du kennst ihn doch.«
Helena nickte nur und blickte ihm nach, als er ihr eine gute Nacht wünschte und das Zimmer verließ.

George stand mit Tobias Sherman – einem alten Freund aus Schultagen – an einem der großen Erkerfenster und beobachtete die Gäste. Sein Blick blieb an Florence Birmingham hängen.

»Seit wann ist Florence wieder in der Stadt?«, wandte er sich an Tobias.
»Ihre Eltern haben sie vor einer Woche von der Schule genommen. Angeblich gab es Ärger mit ihrem Verhalten. Genaueres weiß ich aber auch nicht.«
George erinnerte sich gut an Florence. Bis vor zwei Jahren hatte er sie häufig gesehen, wenn sie Mrs. Birmingham zu Besuchen bei seiner Mutter begleitete. Er wollte sie begrüßen, verabschiedete sich daher kurz bei Tobias und ging auf sie zu. Florence sah ihn, noch bevor er bei ihr war, und strahlte ihn mit freudiger Überraschung an. »George, wie schön, Sie zu sehen.«
»Die Freude ist ganz meinerseits«, antwortete George liebenswürdig. »Ich habe nicht gewusst, dass Sie wieder in der Stadt sind, sonst hätte ich natürlich schon viel früher nach Ihnen Ausschau gehalten«, schloss er mit einem Lächeln.
»Es hat sich alles sehr kurzfristig ergeben, ich habe selber nicht damit gerechnet, so bald wieder in London zu sein.« Sie drehte den Fächer zwischen ihren schlanken Fingern.
»Ich freue mich sehr, Sie wieder in unserem Haus begrüßen zu dürfen. Und ich hoffe natürlich, wir werden Sie nicht sobald wieder an das Pensionat verlieren«, sagte George galant, während er die goldenen Lichtreflexe in ihrem blonden Haar betrachtete. Ihre grauen Augen trübten sich für einen Augenblick, was sie jedoch durch ein Lächeln geschickt zu überspielen wusste.
»Ach«, Florence zögerte beinahe unmerklich, »ich habe meine Familie so sehr vermisst, dass ich wohl nicht mehr dorthin zurückkehren möchte.« Eine leichte Röte überzog ihre Wangen, und sie wich seinem Blick aus.
»Und Ihre Eltern sind einverstanden mit Ihrem Entschluss?«, fragte George verblüfft.

»Ja«, erwiderte Florence kurz. »Mir ist furchtbar heiß«, wechselte sie das Thema und sah zu den geöffneten Fenstern. George, der den Wink verstand, bot ihr seinen Arm und führte sie dorthin.

»Wo ist Helena?«, fragte Florence. »Ich habe sie nur kurz gesehen, und da war sie immer von Freundinnen umringt. Ich konnte kaum drei Worte mit ihr wechseln.«

»Ich habe sie auch bereits eine ganze Weile nicht gesehen. Sie werden ihr aber mit Sicherheit noch häufiger begegnen. In der nächsten Zeit stehen ja einige Feiern an, außerdem besucht Ihre Mutter meine Mutter regelmäßig. Sie werden sie doch sicher ab und zu mal begleiten, nicht wahr?«

»Ja, sicher. Sie wird es sich auch gar nicht nehmen lassen, mich zu all ihren Freundinnen zu schleppen und allen zu verkünden, dass ich wieder da bin.« Sie lachte.

George gab eine höfliche Floskel von sich und sah über ihre Schulter hinweg seine Mutter mit einer Frau sprechen, die er als Mrs. Hawthorne erkannte. Es interessierte ihn im Grunde genommen nicht übermäßig, worüber die beiden redeten, aber der Blick, den seine Mutter in seine Richtung warf und dann schnell wieder abwandte, gefiel ihm nicht.

Florence schien über etwas, das ihr nicht behagte, nachzudenken, denn sie hatte die Stirn leicht gerunzelt und presste ihren Fächer zwischen ihren Fingern. Sie schien seinen Blick zu spüren, der auf ihr ruhte, denn sie blickte zu ihm hoch und lächelte gezwungen. »Entschuldigen Sie, George. Ich bin wohl unhöflich, Sie einfach anzuschweigen.«

»Möchten Sie mit mir auf die Veranda kommen?«, bot George ihr an.

»Gerne, aber wir müssen in der Nähe der Tür bleiben.«

George führte sie auf die Veranda, wobei er sorgsam darauf bedacht war, sich mit ihr nicht zu weit zu entfernen.

Eleonore Ashington wusste, dass Mrs. Hawthorne sie bewunderte, eine Bewunderung, in der ein nicht geringes Maß an Neid mitschwang. Adele Hawthorne hatte immer davon geträumt, in eine adlige Familie einheiraten zu können, aber ihre Eltern verheirateten sie stattdessen mit einem wohlhabenden Geschäftsmann. Nun führte sie zwar ein Leben in Luxus, aber es verbitterte sie oft, keinen Titel führen zu können. Sie hatte sechs Töchter, ihr einziger Sohn war im Alter von zwei Jahren gestorben. Ihr Mann wollte um jeden Preis einen Sohn haben und hatte erst nach mehreren Fehlgeburten und einer Verwarnung vom Arzt, eine erneute Schwangerschaft werde seine Frau womöglich das Leben kosten, eingesehen, dass sein Herzenswunsch nicht zu verwirklichen war. Er hatte daraufhin nach zwanzig Ehejahren jegliches Interesse an seiner Frau verloren, und es hieß, er habe eine Geliebte in einem seiner Londoner Stadthäuser.

Mrs. Hawthorne beugte sich zu Eleonore Ashington hinüber. »Falls du Recht hast und George wirklich Interesse an der kleinen Birmingham hat, dann solltest du es auf jeden Fall unterbinden, ehe es Früchte trägt.«

Eleonore sah sie besorgt an. »Vielleicht ist es nur eine vorübergehende Anwandlung. Sie kennen sich ja schon, seit sie Kinder waren.«

Mrs. Hawthorne schnaubte verächtlich. »Damals war sie ja noch eine akzeptable Partie, aber dann kam ihr Vater auf die hirnverbrannte Idee, sie auf diese Schule zu schicken. Meine Adeline wollte auch auf ein Institut in der Schweiz gehen. ›Nein‹, habe ich ihr gesagt, ›du bleibst hier, wo ich ständig ein Auge auf dich haben und dir beibringen kann, eine Dame zu werden.‹ Man muss aus einer Frau keine Gelehrte machen. Das vertreibt die Männer nur.«

Es war eine Eigenart von Mrs. Hawthorne, ständig vom

Thema abzuschweifen und ihre familiären Erlebnisse mit in die Unterhaltung einzubringen, aber sie wusste in der Gesellschaft gut Bescheid und konnte nahezu jedes Gerücht als richtig oder falsch enttarnen. Eleonore schwieg demnach zu ihren Ausführungen und redete erst weiter, als ihre Freundin geendet hatte.

»Mir geht es weniger um die Schule, die sie besucht hat, als vielmehr um das, was man sich erzählt, seitdem sie wieder hier ist.«

»Aber meine Liebe«, Mrs. Hawthorne sah sie nachsichtig an, »das eine ergibt doch das andere. Hätte ihr Vater sie nicht auf diese Schule geschickt, wäre diese unglückselige Sache doch niemals passiert.«

»Es ist immerhin nur ein Gerücht«, beschwichtigte Eleonore.

»In Gerüchten steckt immer ein Quäntchen Wahrheit«, entgegnete Mrs. Hawthorne resolut. »Ich an Stelle ihrer Mutter würde sterben vor Scham.«

Eleonore blickte zur Verandatür und sah George mit Florence zusammen hinausgehen. Wahrscheinlich unterhielten sie sich über völlig belanglose Dinge, und George würde das Mädchen am nächsten Morgen schon wieder vergessen haben. Man wusste ja schließlich, wie Männer in diesem Alter waren. »Ich werde abwarten, wie sich die Sache entwickelt, Adele. Solltest du Recht haben, werde ich auf jeden Fall etwas unternehmen.«

Mrs. Hawthorne stieß hörbar die Luft aus. »Ich kann nur hoffen, dass es dann nicht schon zu spät ist. Jeder weiß, wie heißblütig junge Menschen sind.«

»Trotz allem kann ich nicht einfach hingehen und ihm ohne weiteres verbieten, mit ihr zu reden. Ich möchte erst abwarten, ob er nach diesem Fest in Kontakt mit ihr bleibt. Dann ist es immer noch früh genug, etwas zu unternehmen.«

»Nun, meine Liebe, ganz wie du meinst«, erwiderte Mrs. Hawthorne etwas spitz. Sie hatte gesagt, was zu sagen war. Am Ende würde sie sich nicht vorwerfen müssen, unbesonnen gehandelt zu haben. Vielleicht war dieses unerträgliche Überlegenheitsgefühl ja so eine Eigenart adliger Frauen.

2

Rose Ashington hatte ihr Frühstück bereits beendet, als Elaine, die Ehefrau ihres Sohnes Anthony, sich endlich bequemte, im Frühstückszimmer zu erscheinen. Sie hatte ihn immer vor einer Ehe mit der verwöhnten Tochter eines Mannes von zweifelhaftem Ruf gewarnt, aber Kinder wussten ja alles besser als ihre Eltern. Nun hatte man den Ärger in der Familie. Zugegeben, Elaines Vater war sehr reich, aber die Art, wie er an sein Geld gekommen war, war äußerst umstritten. Und auch wenn Elaine mit ihrem rotbraunen Haar und den grünen Augen recht gut aussah, gab es an ihr doch nichts Prägnantes, das sie besonders ausgezeichnet hätte.

»Guten Morgen, Schwiegermama«, grüßte Elaine betont freundlich und nahm am Tisch Platz.

Die alte Frau erwiderte den Morgengruß, konnte aber einen Anflug von Missbilligung nicht verhehlen. Selbst eine Feier, die bis tief in die Nacht dauerte, war kein Grund, am Vormittag vollkommen übernächtigt am Frühstückstisch zu erscheinen. Sie selbst war auch bis zum Schluss dort anwesend gewesen und trotzdem heute Morgen zur gewohnten Zeit aufgestanden.

»Wo ist Celia?«, fragte sie.

Elaine sah auf. »Celia? Ich nehme an, sie lässt sich gerade frisieren, sie wird sicher jeden Moment kommen.«

»Ab morgen wird sie ihren Bruder morgens in den Park zum Ausreiten begleiten. Es wird Zeit, dass sie sich mehr bewegt. Mit ihrer plumpen Art, bar jeder Anmut, wird sie sonst der Fehlschlag dieser Saison.«

»Aber du weißt doch, wie ungern sie mit Simon zusammen ausreitet.« Elaine griff zum Schälchen mit dem Kompott und bestrich eine Scheibe Toast.

»Mit der Zeit wird sie es gern tun. Helena reitet jeden Morgen mit Jerome aus, sie weiß zu reden, und sie bewegt sich anmutig. Sieh dir ihre gesellschaftlichen Erfolge im Vergleich zu denen deiner Tochter an!«

»Sind wir wieder beim leidigen Vergleich zwischen Helena und Celia? Sie sind nun einmal verschieden. Abgesehen davon, weiß Celia im Gegensatz zu Helena, wann sie den Mund zu halten hat, und redet nicht unverblümt drauflos.«

»Worüber sollte sie auch unverblümt reden, wenn sie nichts weiß?« Rose bemerkte die Anstrengung, die es Elaine kostete, ruhig und beherrscht zu bleiben. Sie würde diesen Anschein noch einige Minuten lang aufrecht halten können, dann kam die wahre Elaine zum Vorschein. Mangelnde Erziehung ließ sich nun einmal nicht verleugnen.

»Wie war Helenas plötzliches Verschwinden gestern zu erklären?«, fragte Elaine, zweifellos, um auf ein unverfänglicheres Thema als ihre Tochter zu sprechen zu kommen.

»Es war wohl ein plötzliches Unwohlsein.«

»Du meinst, es ging ihr nicht gut?«

»Ich glaube, das sagte ich, ja.« Man konnte nur hoffen, dass sich Elaines Verstand nicht auf die Kinder vererbt hatte. Nun, auf Simon wohl nicht, aber bei Celia konnte man sich da nicht so sicher sein. Vielleicht, dachte Rose, musste man Celia nur dazu bringen, ihrem Verstand, so er denn vorhanden war, mehr zu tun zu geben. Es war durchaus möglich, dass sie alle aufs Angenehmste überrascht sein würden.

»Celia hat Helena mit Matthew Vanderley zusammen in den Garten gehen sehen«, äußerte Elaine lauernd und hob ihre Tasse an die Lippen.

»Und? Was ist schon dabei, im Garten spazieren zu gehen?«, verteidigte Rose ihre Enkelin. »Fast alle haben es getan.«

»Ja, aber wieso ist ausgerechnet die Gastgeberin danach nicht wieder aufgetaucht? Niemand hat Helena danach gesehen. Ich habe die Verandatür fast die ganze Zeit über im Auge behalten. Matthew kam später wieder zurück, und kurz nach ihm kamen Simon und Calvin. Ich kenne Simon, irgendetwas hat ihn furchtbar aufgeregt.«

Rose schnaubte verächtlich. »Bitte komm auf den Punkt, Elaine, damit dieses absurde Gespräch beendet werden kann.«

»Nun, ich denke«, begann Elaine, nun etwas verunsichert, weil ihre Schwiegermutter sich so wenig schockiert zeigte, »ich denke«, wiederholte sie, »dass Helena eine … unerlaubte Zusammenkunft mit dem jungen Herrn hatte.«

»Sprich nicht um den heißen Brei herum, Elaine, das steht dir schlecht zu Gesicht. Du willst mir damit im Klartext sagen, Simon und Calvin hätten Helena und Matthew bei einer unmoralischen Handlung ertappt, Helena daraufhin veranlasst, sich zurückzuziehen, und Matthew unbehelligt weiterfeiern lassen. Nun, wenn dein Sohn und Calvin die Zukunft der Ashingtons verkörpern, dann scheint ja zumindest auf eurer Seite Ehre und Moral mit euch zu sterben. Bei Arthur gibt es noch Hoffnung, schließlich hat er noch zwei weitere Söhne.«

Elaine lief rot an und setzte ihre Tasse so abrupt ab, dass das Porzellan schepperte. »Du willst nur nichts Schlechtes über Helena hören.«

»Wie Recht du damit hast, meine Liebe. Ich will nichts Schlechtes über sie hören, ebenso wenig wie über Celia, Simon und Arthurs Söhne.«

In diesem Moment betrat Celia den Raum. Sie gähnte und sah verschlafen aus. Nie, dachte Rose, nie wäre sie selbst so vor ihrer Mutter und Großmutter aufgetreten.

»Guten Morgen, Celia, mein Kind. Ich hoffe, du hast gut geschlafen?«, fragte sie.
»Ja, danke, Großmutter«, murmelte Celia.
»Das ist schön, denn es war das letzte Mal, dass du bis in den späten Vormittag hinein geschlafen hast. Ab morgen wirst du deinen Bruder morgens in den Park begleiten.«
Celia riss entsetzt die Augen auf und schien etwas sagen zu wollen. Doch Rose Ashington kam ihr zuvor: »Keine Widerrede, du wirst tun, was ich sage!« Die alte Dame sah ihre Enkelin scharf an, und das unerbittliche Funkeln in ihren Augen erstickte jeden Widerspruch.
»Immer bist du mit Celia so streng, aber Helena nimmst du ständig in Schutz«, machte Elaine ihrem Unmut erneut Luft.
»Wir werden nicht vor Celia über Helena diskutieren. Ich äußere meine Kritik über Celia auch nicht in Gegenwart ihrer Kusine.« Es schien Elaine wirklich an jeglicher Art von Takt zu mangeln.
»Aber ich habe gesehen, wie sie mit Mr. Vanderley in den Garten gegangen ist«, nuschelte Celia, die sich inzwischen an den Tisch gesetzt und einen Toast genommen hatte, zwischen zwei Bissen.
»Celia, ich möchte nie wieder sehen, dass du mit vollem Mund sprichst«, mahnte Rose. »Wenn du nicht imstande bist, wie eine erwachsene Dame zu essen, schlage ich vor, du nimmst die Mahlzeiten wieder im Kinderzimmer zusammen mit der Gouvernante ein. Darüber hinaus möchte ich nie wieder hören, dass du Angehörige deiner Familie verleumdest.«
Celia nickte nur und ihre Mimik zeigte, wie sehr der Tadel der alten Frau sie getroffen hatte.
Rose stand auf, um sich in ihr Morgenzimmer zu begeben und ihre täglichen Briefe zu schreiben. Elaine folgte ihr.

»War das nötig, das Mädchen so zu beschämen? An Celia hast du immer etwas auszusetzen.«
»Sie muss lernen, sich zu benehmen, Elaine. Wenn du dich schon weigerst, ihr Anstand beizubringen, dann muss ich es eben tun.«
»Sie ist mein Kind, nicht deins!«
»Dann solltest du dich gelegentlich daran erinnern und ihr eine angemessene Erziehung angedeihen lassen, damit sie sich in der Gesellschaft Respekt verschaffen kann.«
Sie ließ ihre Schwiegertochter stehen und ging in ihr Morgenzimmer. Mit Eleonore, der Ehefrau ihres Sohnes Arthur war sie damals direkt einverstanden gewesen. Sie war zwar keine Adlige, aber ihre Familie genoss einen tadellosen Ruf, und ihre Erziehung und Bildung waren erstklassig. Sie erinnerte sich noch daran, wie Arthur ihr von seinem Wunsch erzählt hatte, die einzige Tochter der Dorans aus Somerset zu heiraten. Die ganze Familie war hingerissen gewesen von der schönen Eleonore, die von Anfang perfekt in die Rolle der Herrin von Darking Hall, dem großen Herrensitz in Essex, passte. Sie war von jeher charmant gewesen und vereinte Schönheit und Geist vollendet miteinander. Rose hatte sich mit ihr immer besser verstanden als mit Elaine. Der einzige Streitpunkt war die Erziehung von Helena. Während Elaine mit Celia zu weich war und ihr nichts verbot, war Eleonore mit Helena zu hart. Es war müßig, mit ihr darüber zu reden, sie selbst hatte es bis zur Verzweiflung getan, ohne dass es etwas geändert hätte.

Rose hatte gerade die Tür des Morgenzimmers hinter sich geschlossen und wollte sich ihren Briefen zuwenden, als es klopfte und Simon zur Tür hereinkam. Er trug noch seine Reitkleidung und war offensichtlich gerade erst nach Hause gekommen. Rose hatte nicht gemerkt, wann er von der Feier zu Ehren von Helenas Geburtstag heimgekommen war, aber weil er im Anschluss daran noch mit seinen Cousins und einigen Freunden ausgegangen war, musste es in den frühen Morgenstunden gewesen sein.

»Guten Morgen, Großmutter.« Er beugte sich zu ihr hinunter und küsste sie auf die Wange.

»Guten Morgen, Simon. Wie war es im Park?«

»Wie immer.« Simon setzte sich in einen zierlichen Sessel und lehnte sich zurück. »Vornehme Damen, die ihre neuen Kleider spazieren fahren, affektierte Herren, ein paar ältere Damen mit hysterischen kleinen Hunden und zu guter Letzt einige normale Leute.«

Rose lächelte. »Normal? Wie wer zum Beispiel?«

»Nun, wie Jerome und Helena. Wir haben sie auf dem Rückweg getroffen.«

»Damit lieferst du mir das Stichwort, Simon«, setzte Rose an und wurde ernst. »Was ist gestern Nacht im Garten vorgefallen? Und komm mir nicht mit Ausflüchten. Helena hätte das Fest nie verlassen, ohne sich von mir zu verabschieden.«

Simon lehnte sich vor und sah ihr in die Augen. »Es bleibt unter uns?«

»Wenn du mir bis jetzt nicht traust, dann wirst du es wohl nie mehr tun. Habe ich jemals eine deiner Jugendsünden, die du mir gebeichtet hast, an deinen Vater verraten?«

Simon grinste verschwörerisch, dann berichtete er mit kaum verhohlenem Ärger, was sich im Garten abgespielt hatte. Er war aufgestanden und lief im Zimmer auf und ab, während er erzählte. Rose hörte ihm mit unbewegter Miene zu und sagte dann, nachdem er zum Schluss gekommen war, sie habe sich etwas in dieser Art bereits gedacht. »Gut, Simon«, fuhr sie

fort, »ich danke dir. Ich hoffe, außer euch hat niemand etwas von dieser unseligen Geschichte bemerkt?«
»Ich denke, nicht. Es war ja sonst niemand im Garten.«
»Es war richtig, keine lautstarke Auseinandersetzung oder gar Schlimmeres vom Zaun zu brechen. Bei solchen Dingen ist es wichtig, so zu handeln, dass außer den Betroffenen niemand etwas erfährt.«
»Nun«, setzte Simon an, »ich denke, Helena war ohnehin unschuldig an der ganzen Sache.«
Die alte Dame sah ihm direkt in die Augen. »Aber natürlich, Simon. Daran habe ich keinen Augenblick gezweifelt.«

3
Kalkutta

Die Sonne brannte heiß auf die staubigen Straßen, und der Geruch von Abfall und Unrat war schier unerträglich. Die Menschen schlichen, von der Hitze niedergedrückt, durch die Stadt, Bettler, durch Krankheiten entstellt oder verkrüppelt, saßen an den Häuserwänden, auf der Suche nach einer Illusion von Schatten. Kleine Kinder mit Augen, in die sich eine tiefe Hoffnungslosigkeit eingeschlichen hatte, liefen zwischen den Menschen umher, bettelten oder stahlen. Verfaultes Gemüse lag am Straßenrand, von schwarzen Fliegen umschwärmt. Die Stadt dampfte.

Ein Mann mit einer schmutzigen Uniform öffnete das Tor eines klotzigen, heruntergekommenen Gebäudes. In der einen Hand hielt er einige Blätter, auf denen sich zahllose Flecken und Fingerabdrücke abzeichneten, mit der andern Hand wischte er sich mit einem schmutzigen Taschentuch den Schweiß vom Gesicht. Seine Finger fuhren unter dem speckigen Kragen seines Hemdes den verschwitzten Hals entlang.
»Verflucht heiß«, murmelte er schlecht gelaunt vor sich hin. Er wäre lieber in seinem Büro sitzen geblieben, hätte etwas Kaltes getrunken und weiter Karten gespielt. Mit barscher Stimme rief er: »Nun beeilt euch doch, ihr Drecksgesindel, und bringt ihn endlich raus! Hab keine Lust, hier einzugehen.«
An dem Tor erschienen zwei Männer in ungepflegter Kleidung, die nur noch wenig an die vorgeschriebene Ausstat-

tung der Gefängniswärter erinnerte. In ihrer Mitte führten sie einen Mann, dessen Haare lang und struppig herunterhingen und dessen Gesicht unter dem ungepflegten Bart kaum zu erkennen war. Seine Kleidung hing verdreckt und zerrissen an seinem dünnen Körper, und nur seine Art, zu gehen und den Kopf zu halten, verriet noch Spuren früheren Stolzes. Er hob einen Arm, um seine Augen vor dem gleißenden Licht zu schützen, das er so lange hatte entbehren müssen.

Der Mann in der Uniform, Mr. Wiggins, fuchtelte mit den Papieren vor dem Gesicht des Gefangenen herum. »Deine Entlassungspapiere. War ja 'n verfluchtes Stück Arbeit! Die von oben hatten ganz vergessen, dass es dich noch gibt.« Er spuckte aus und ordnete die Papiere umständlich. »So, muss ja alles seine Ordnung haben.« Mit einer Geste unverhohlenen Spottes überreichte er sie dem Mann. »Schönen Tag noch, würd' ich ja normalerweise sagen, aber in deinem Fall, Delany, heißt's wohl besser, viel Spaß mit dem, was von deinem Leben noch übrig ist.« Er lachte verächtlich und gab dem Mann die Papiere, die dieser an sich riss, während er sein Gegenüber mit ungezügeltem Hass anblickte, der diesen aber nicht weiter berührte. Wusste er doch, dass sie zu dritt in der Überzahl waren und der ehemalige Gefangene es ohnehin nicht riskieren würde, wieder ins Gefängnis zurückzumüssen. Mr. Wiggins blickte dem Mann mit Genugtuung nach, als dieser sich umdrehte und ein paar langsame Schritte machte . Nichts als Ärger hatte er mit diesem Alec Delany gehabt, vom ersten Tag an, aber am Ende hatte er doch einsehen müssen, wer in der stärkeren Position war.

Alec stand auf der Straße, blinzelnd, unfähig, sich zu rühren, und hörte, wie sich die Gefängnistore hinter ihm schlossen. Seine Jugend befand sich hinter ihnen, das Leben konnte

von Neuem beginnen. Helligkeit, Farben und Gerüche waren überwältigend. Beinahe schwindelte ihm davon.
Er zögerte, ging dann langsam, mit schleppenden Schritten durch die Straßen und versuchte, die abfälligen Blicke der Menschen, die ihn aus dem Gebäude hatten herauskommen sehen, zu ignorieren. Habe ich früher einen ehemaligen Gefangenen auf der Straße erkannt?, fragte er sich. Wahrscheinlich hatte er gar nicht darauf geachtet.
In all den Jahren hatte er immer auf ein Lebenszeichen seines Vaters gewartet. Er musste den Irrtum doch aufklären und ihn aus diesem Höllenloch befreien. Selbst in seinen schlimmsten Alpträumen hatte er nicht damit gerechnet, zehn Jahre in dieser stinkenden, rattenverseuchten Zelle dahinvegetieren zu müssen.
Er dachte an die Schläge, die Wiggins ihm mit dem Stock versetzt hatte, um seinen Willen zu brechen. Dass er nicht auch noch ein Opfer der Übergriffe durch die anderen Gefangenen geworden war, hatte er allein der Hilfe des alten Thomas zu verdanken. Thomas wurde von den anderen Gefangenen respektiert, wohl auch aus dem Grund, weil er schon so lange dort war und mit dem Leben abgeschlossen hatte. Alec lernte zwar schnell, sich selbst zu verteidigen, aber er wäre den anderen Gefangenen ganz eindeutig nicht gewachsen gewesen. Und er hatte, öfter, als ihm lieb war, gesehen, wie sie mit den jüngeren und schwächeren Männern umgingen, sie schlugen und vergewaltigten. Alec hatte Gott unzählige Male dafür gedankt, dass ihm das Schicksal dieser Menschen erspart blieb, denn das hätte ihn wohl endgültig gebrochen.

Einige Male blieb Alec stehen, um sich zu orientieren, seine Augen schmerzten beinahe von der Helligkeit und Farbenvielfalt. Die Fülle der Eindrücke, die auf ihn einstürmte, war einfach überwältigend: Eine bunt gemischte Schar von Straßenhändlern pries ihre Waren in den unterschiedlichsten Dialekten an, Gerüche scharf gewürzter Speisen hingen in der Luft und ließen seinen Magen sich hungrig zusammenziehen. Eine junge Frau in einem gelben Sari wirkte auf ihn, als habe sie das Sonnenlicht in sich eingesogen, und Alec musste an sich halten, um nicht die Hände nach ihr auszustrecken und zu prüfen, ob der Stoff sich ebenso wunderbar anfühlte, wie er aussah.

Die Straßen wirkten vertraut auf Alec, obwohl er sie so lange nicht gesehen hatte, er fand den Weg zum Haus seines Vaters weitgehend problemlos. Unterwegs überlegte er sich, wie er seinem Vater gegenübertreten sollte. Ein seltsames Gefühl von Fremdheit beschlich ihn, so als ob er jemanden treffen sollte, der ihm unbekannt war. Warum hatte sein Vater ihn nicht im Gefängnis aufgesucht und die Sache aufgeklärt? Hatte er vielleicht von Anfang an alles geglaubt und sich so für seinen Sohn geschämt, dass er ihn verleugnete? Oder war es ihm nicht möglich gewesen zu erfahren, wo Alec sich aufhielt? Ob sein Vater gedacht hatte, er wäre in jugendlichem Leichtsinn einfach fortgegangen und hätte ihn allein gelassen?

Alec hatte sich all die Jahre das Gehirn zermartert, ohne je eine befriedigende Antwort finden zu können. Bald, dachte er, bald würde er es endlich wissen.

Alec bog in die Straße ein, in der er die ersten siebzehn Jahre seines Lebens gewohnt hatte. Als er sein Elternhaus zu Gesicht bekam, erfasste ihn eine seltsame Beklommenheit. Auf den ersten Blick sah alles so aus, wie er es in Erinnerung hatte, aber beim Näherkommen sprangen die Zeichen des Verfalls deutlich ins Auge. Die Fenster zur Straße hin waren zwar in-

takt, aber so staubverklebt, dass es nicht möglich war, einen Blick in das Innere zu werfen. Das Holz der Tür war rissig und schien sich verzogen zu haben, denn es schloss nicht direkt am Rahmen ab.
Es sieht Vater nicht ähnlich, sein Haus so verkommen zu lassen, dachte Alec und spürte, wie sein Herz schneller schlug. Er ging die letzten Schritte zur Tür und klopfte hastig an. Sein Klopfen hörte sich hohl an und verklang. Im Inneren des Hauses tat sich nichts.
Er klopfte erneut, aber es schien niemand daheim zu sein. Alec stand erst ratlos vor der Tür und blickte sich dann um. Im Haus nebenan wurde ein Vorhang beiseite geschoben, jemand blickte neugierig aus dem Fenster, zog sich aber direkt wieder zurück, als Alec in seine Richtung sah. In dem Haus hatte Charles, sein ehemals bester Freund, gewohnt, fuhr es Alec durch den Kopf, vielleicht lebte er ja immer noch dort. Er dachte einen Augenblick daran, wie er aussehen und riechen mochte, aber er verdrängte den Gedanken sofort wieder. Das Gefängnis hatte ihm jeden Funken Stolz geraubt, was hatte er jetzt noch zu verlieren?
In dem Nachbarhaus tat sich erst nichts auf sein Klopfen hin, dann öffnete sich die Tür einen Spaltbreit, und ein indisches Dienstmädchen schaute misstrauisch hinaus. »Ja?«, fragte sie auf Englisch mit einem Ausdruck tiefsten Abscheus auf dem Gesicht.
»Wohnt Mr. Charles Morton hier?«, erkundigte sich Alec.
»Er ist für Bettler nicht zu sprechen.« Das Mädchen schlug die Tür zu. Alec wartete einen Augenblick, dann klopfte er noch einmal, diesmal härter und lauter.
»Bitte«, rief er. »Ich möchte ihn nur etwas fragen.« Als sich nichts tat, wurde er wütend. Er war ins Gefängnis geworfen, erniedrigt und geschlagen worden, und jetzt hielt ein Dienst-

mädchen ihn davon ab zu fragen, wo sein Vater war. Er klopfte so lange, bis sich die Tür mit einem energischen Ruck öffnete und das Dienstmädchen erneut erschien, diesmal in Begleitung eines männlichen Dienstboten, der mit finsterem Gesicht den Eingang versperrte.

»Ich möchte zu Mr. Morton«, forderte Alec.

»Mr. Morton Sahib lässt dir ausrichten, du sollst verschwinden, ehe er die Polizei ruft«, erwiderte der Diener und machte Anstalten, die Tür zu schließen, aber Alec kam ihm zuvor und stellte einen Fuß dazwischen.

»Er weiß nicht einmal, wer ich bin, also sagen Sie ihm …«

»Was geht hier vor?«, verlangte eine herrische Frauenstimme zu wissen. Alec sah eine junge englische Frau im Flur stehen, die Augenbrauen vor Ärger zusammengezogen. »Ich bin Mrs. Morton. Was wollen Sie von meinem Mann?«

»Wir waren Freunde, Ma'am, und …«

»Und jetzt brauchen Sie Geld, heruntergekommen, wie Sie sind, und wenden sich an den alten Freund. Da sind Sie bei uns falsch. Mein Mann verkehrt nicht mit Bettlern. Wirf ihn raus, Baldeo!« Sie drehte sich um und verschwand aus Alecs Blickfeld. Der Diener nutzte den Moment der Unaufmerksamkeit, versetzte ihm einen Stoß, der ihn zurücktaumeln ließ, und schloss die Tür.

Alec blickte niedergeschlagen auf das verschlossene Haus, dann ging er zu seinem Elternhaus zurück, sank dort an der Wand zu Boden und wartete darauf, dass entweder sein Vater heimkam oder Charles das Haus verließ. Ein Hund lief über die Straße, schnüffelte im gelben Straßenstaub und trottete gemächlich an Alec vorüber. Die abschätzigen Blicke der vorbeieilenden Menschen ignorierend, dachte Alec: Ich habe so viel durchgemacht, ich werde auch das überstehen.

4

London

Wo bist du gewesen?«, wollte Lord Arthur Ashington von Helena wissen, als diese am frühen Abend zur Haustür hineinkam. Er schickte Nora, die die Tür geöffnet hatte, mit einem Kopfnicken weg. Helenas Wangen waren gerötet, und ihre Augen glänzten, sie hatte einen überaus amüsanten Tag verbracht.

»Ich war bei Myra, Vater«, antwortete sie, während sie ihre Hutnadel herauszog.

Der Earl verschränkte die Arme hinter dem Rücken. »Ich sehe es nicht gerne, dass du zu den Grants gehst.«

»Was ist daran auszusetzen?«

»Mrs. Grant benimmt sich nicht so, wie es sich für eine Frau ihres Standes geziemt. Sie ist ein schlechtes Beispiel für ihre Tochter, und wenn du sie weiterhin besuchst, werden die Leute auch über dich reden.«

»Aber Vater, niemand redet über Mrs. Grant oder Myra. Und inwiefern verhält Mrs. Grant sich unziemlich? Sie lebt doch ganz zurückgezogen mit ihrer Tochter.«

»Sie geht bereits wieder ungezwungen unter Leute, obwohl ihr Mann gerade unter der Erde liegt.«

»Er ist seit drei Jahren tot«, erwiderte Helena gereizt.

»Du wirst es einschränken«, entgegnete Lord Ashington in einem Ton, der keinen Widerspruch duldete. »Was immer über dich geredet wird, fällt auf uns alle zurück.«

Der fröhliche Glanz in Helenas Augen war erloschen, stattdessen erwachte ihr Rebellionsgeist. »Myra ist seit Jahren meine liebste Freundin, ich werde sie auch weiterhin besuchen.«

Arthur Ashington lief rot an. Er ging in das Zimmer, das am nächsten lag, und gab ihr mit einer knappen Handbewegung zu verstehen, ihm zu folgen. Helena, die den pulsierenden Muskel in seiner Wange sah – ein untrügliches Zeichen für seinen Zorn –, folgte ihm mit einem unguten Gefühl. Sie wusste, sie war zu weit gegangen.

Nachdem ihr Vater die Tür geschlossen hatte, drehte er sich um und versetzte Helena mit dem Handrücken eine schallende Ohrfeige. Sie taumelte und musste sich an einer Kommode festhalten, um nicht zu fallen.

»Wage es nie wieder«, fuhr er sie an, »hörst du, nie wieder, mir in der Halle, wo es jeder Dienstbote hören kann, Widerworte zu geben! Es zeigt im Übrigen nur, wie weit du schon unter schlechten Einfluss geraten bist.« Er musterte sie kalt. »Aber dem ist abzuhelfen. Du wirst dein Zimmer nicht verlassen, bis ich dir die Erlaubnis dazu gebe. Hast du mich verstanden?«

Helenas Gesicht war so weiß wie die Wand hinter ihr, nur der rote Fleck, den der Schlag ihres Vaters auf ihrer Wange hinterlassen hatte, hob sich grotesk davon ab.

»Ob du mich verstanden hast, möchte ich wissen.« Arthur Ashington sah sie unnachgiebig an.

Helena straffte die Schultern.

»Was ist mit meinen morgendlichen Ausritten mit Jerome?«

»Glaubst du wirklich, ich würde dir Hausarrest erteilen, aber ausgerechnet deine liebste Beschäftigung davon ausnehmen? Nein, auch keine Ausritte mit Jerome.«

Helena versuchte, sich nicht anmerken zu lassen, wie getroffen sie war. Sie hob ihr Kinn, und obwohl ihre Augen brannten, schaffte sie es, ihm mit fester Stimme zu antworten: »Sonst noch etwas, Sir?«

Ihr Vater war durch ihre scheinbare Ruhe noch mehr gegen

sie aufgebracht. Sie sollte so reagieren, wie man es von einem Mädchen erwartete, sollte Reue zeigen, verzweifelt sein, weinen, aber nicht dort stehen, als wäre sie über dergleichen erhaben.
»Ja, Helena«, erwiderte er mit betont bedächtiger Stimme, »da wäre allerdings noch etwas.« Er sah sie scharf an, um nicht eine Gemütsbewegung zu verpassen. »Was die Reise nach Paris zu deinem Onkel betrifft ...«, er registrierte mit Genugtuung das Flackern in ihren Augen, »... in Anbetracht deines Verhaltens werde ich davon absehen, dich mitzunehmen. Das siehst du sicher ein. Deine Mutter und ich fahren allein. Ich hatte mich noch nicht endgültig entschieden, aber dein Verhalten heute hat mir gezeigt, dass es ein nicht wiedergutzumachendes Vergehen wäre, deine Erziehung weiterhin zu vernachlässigen und jede Unverschämtheit durchgehen zu lassen.« Er schwieg und wartete auf ihren Widerspruch, mit dem er rechnete, den er aber hart abzuweisen gedachte.
Helena holte tief Luft und sagte laut und vernehmlich: »Ich habe verstanden, Sir. Darf ich jetzt gehen?«
Der Earl musste ihrer Gefasstheit widerstrebend Respekt zollen. »Du kannst gehen«, sagte er und deutete mit der Hand zur Tür.

5

Kalkutta

Alec registrierte mit Erstaunen, wie hell die Nacht hier draußen war. Er sog den Anblick der Sterne, den er so lange hatte entbehren müssen, in sich auf und ließ seinen Blick über die staubige Straße gleiten. War er wirklich hier? Wie oft hatte er von diesem Moment geträumt, um dann beim Erwachen die Realität noch schmerzhafter zu empfinden. Aber die Träume waren nichts im Vergleich mit der Wirklichkeit. Die Erde hatte immer einen Geruch von karamellisiertem Zucker gehabt, und er fragte sich, wie er ihn hatte vergessen können. Er lehnte den Kopf zurück und atmete den Duft von Gewürznelken ein, in den sich das Aroma der Orangenblüten aus dem nachbarlichen Garten mischte. Sie selbst hatten im Garten Ihres Hauses auch zwei Orangenbäume gehabt. Ob sie wohl noch standen? Er hatte nicht daran gedacht, nachzusehen.

Es machte ihm nichts aus zu warten, selbst wenn es Tage dauern sollte, er war es gewohnt, nicht zu essen und lange auf demselben Platz zu verharren. Aber langsam begann er, sich um seinen Vater zu sorgen. Er musste umgezogen sein, denn anders war es nicht zu erklären, dass er entgegen seinen früheren Gewohnheiten die ganze Nacht außer Haus blieb.

In diesem Moment hörte Alec, wie die Tür von Charles' Haus entriegelt wurde, und sah einen Mann heraustreten. Der Mann schloss die Tür hinter sich und atmete einmal tief ein, wobei sein Gesicht von den Fackeln vor dem Nachbarhaus schwach beleuchtet wurde. Alec stand auf, und der

Mann, der die plötzliche Bewegung neben sich wahrnahm, sprang alarmiert zurück. »Wer ist da?«

»Charles, bist du es?«

Der Angesprochene sah ihn misstrauisch an, das Gesicht vor Abscheu verzogen. »Ich bin Mr. Morton. Darf ich fragen, woher Sie das Recht nehmen, mir vor meinem Haus aufzulauern und mich wie einen Bekannten anzusprechen.« Er stockte einen Moment, dann fuhr er fort. »Natürlich, Sie sind der Bettler, der sich heute Mittag bereits mit Gewalt Zutritt zu meinem Haus verschaffen wollte. Ich sehe, ich muss doch die Polizei holen lassen.« Er war im Begriff, seinen Diener zu rufen, aber Alec kam ihm zuvor.

»Charles. Ich bin Alec Delany, du musst dich doch noch an mich erinnern. Wir waren Freunde damals.« Seine Stimme hatte einen eindringlichen Klang angenommen.

Charles' Augen weiteten sich, und er wurde kreideweiß im Gesicht. »Alec … Gütiger Himmel.«

»Es tut mir Leid, wenn ich dich erschreckt habe, aber es gibt niemanden sonst, den ich …«

Aber Charles hatte sich wieder gefasst und unterbrach ihn hastig: »Nicht so laut! Komm neben das Haus!« Er gab ihm einen Wink, ihm zu folgen. »Gott sei Dank ist es dunkel, dann sieht dich wenigstens niemand.« Er vermied es sorgsam, in Alecs Nähe zu kommen. Sein Blick wurde nun, nachdem der erste Schreck vorbei war, kühl und lauernd. »Wieder unter den Lebenden, Alec?«

»Wo ist mein Vater?«, fragte Alec statt einer Antwort.

Charles sah ihn nun mit offener Verachtung an. »Tot. Er hat einen Herzschlag erlitten, nachdem er erfahren hat, dass sein einziger Sohn ein Dieb ist.«

Alec erstarrte für einen Augenblick, und die angstvolle Vor-

ahnung in ihm wich einem dumpfen Schmerz. »Tot? Aber warum … warum hat er nicht …«
»Was sollte er denn tun? Er hat die Nachricht über deinen Verbleib von einem Polizisten erhalten, nachdem er sich zwei Tage lang um dich gesorgt hatte. Und trotz allem wollte er dich noch aufsuchen, um dich zu fragen, was genau vorgefallen ist, aber er wurde nie zu dir vorgelassen mit der Begründung, für dich bestehe absolutes Besuchsverbot.«
»Charles, es war ein Missverständnis … ich weiß bis heute nicht, wie es dazu kommen konnte.«
Charles winkte ab. »Du hast einen Kunden deines Vaters bestohlen, das Diebesgut wurde bei dir gefunden.« Er musterte ihn verächtlich. »Lieber Himmel, sei wenigstens jetzt ehrlich! Es ist ohnehin nicht mehr zu ändern. Außerdem ist es lachhaft, nach – wie lange? – zehn Jahren Gefängnis noch seine Unschuld zu beteuern.«
Alec sah an Charles vorbei, um sich den Aufruhr in seinem Innern nicht anmerken zu lassen. »Aber du warst doch mein bester Freund, Charles. Ich dachte, du …«
Charles unterbrach ihn: »Das mit unserer früheren Freundschaft vergisst du am besten! Ich habe einen Ruf zu verlieren. Und es wäre nicht gerade förderlich für meine Geschäfte, Kontakte zu einem ehemaligen Sträfling zu pflegen.«
Alec senkte den Blick, um seine tiefe Enttäuschung zu verbergen. »Weißt du, wo der Schlüssel zu Vaters Haus ist?«
»Ich habe die wichtigsten Dinge aus dem Nachlass deines Vaters in Verwahrung genommen. Ich dachte mir, das sei besser, als wenn sie gestohlen würden.« Seine Augen wurden schmal. »Warte vor eurem Haus! Ich schicke Varun damit zu dir. Dein Vater hatte noch etwas Geld gespart, du wirst es in einem Lederbeutel bei den anderen Sachen finden ebenso wie seine Bilanzbücher, falls du dich verge-

wissern willst, dass noch alles da ist und auch von dem Geld nichts fehlt.«
Alec sah seinen früheren Freund an. »Ich hätte von dir auch nichts anderes erwartet.«
Charles lachte verächtlich. »Ich hätte von dir auch nicht erwartet, dass du als gewöhnlicher Dieb endest, und bin trotzdem überrascht worden.« Er drehte sich um und ging wieder auf die Straße. »Warte vor deinem Haus!«, sagte er noch einmal und verschwand aus Alecs Blickfeld.
Alec ging mit hängenden Schultern zum Haus seines Vaters, den er nun nie wieder sehen würde. Er konnte es nicht fassen. Sein Vater war seine ganze Familie gewesen, und nun war er gestorben in dem Glauben, sein einziger Sohn sei ein ehrloser Dieb. Oder vielleicht war er auch vor Kummer darüber gestorben, dass sein Sohn unschuldig im Gefängnis saß und er ihm nicht helfen konnte. Alec wusste, er würde die Wahrheit nie mehr erfahren, und das war beinahe noch schlimmer als das ungewisse Warten im Gefängnis. Er hörte, wie die Tür von Charles' Haus sich öffnete, und sah einen älteren Mann herauskommen, der eine kleine Truhe geschultert hatte. Der Mann kam auf ihn zu und reichte ihm einen Bund mit mehreren Schlüsseln. Alec schloss die Eingangstür auf und musste sich dagegen stemmen, damit sie sich öffnen ließ. Der Mann stellte die Truhe ab und verschwand ohne ein weiteres Wort.

Alec konnte in der Dunkelheit im Haus erst nichts erkennen. Er ließ die Tür offen stehen, damit das Licht der Fackeln von der Straße her wenigstens den Eingangsbereich erhellte. Er erkannte die alte Truhe wieder, die früher im Schlafzimmer seines Vaters gestanden hatte, und wusste, welcher der Schlüssel von dem Bund der passende war. Der Deckel ließ sich problemlos öffnen, und nach einigem Suchen fand Alec darin Kerzen und Schwefelhölzer. Er zündete eine Kerze an, tropfte Wachs auf ein kleines Tischchen neben der Tür und drückte die Kerze fest darauf. Ein warmer Schimmer erhellte nun den Raum. Alec zog die Truhe weiter ins Haus, schloss die Tür und sah sich um. Vom Vorraum gingen mehrere Türen ab, und an der rechten Wand führte eine Treppe in das obere Geschoss. Die Vertrautheit des Anblicks überrollte Alec mit einer Heftigkeit, dass ihm einen Moment lang schwindlig wurde. Erst auf den zweiten Blick bemerkte er den Staub, die Spinnweben und die Verfallserscheinungen des Hauses. Ein Schatten huschte über den Boden, war aber hinter der Treppe verschwunden, ehe der Lichtschein ihn treffen konnte, und hinterließ eine Spur im Staub.

Alec öffnete eine Tür zu einem der rückwärtigen Zimmer. Das wenige, was noch an Möbeln vorhanden war, war zerschlissen und wies deutliche Spuren von Ungeziefer auf. Die Polster der Sessel waren angenagt, die Füllung quoll heraus, und auf dem Boden lagen Exkremente von Mäusen und Ratten. Die Scherben der eingeschlagenen Fenster lagen über den Boden verstreut und fingen das Mondlicht schimmernd auf. Wieder ein Schatten, der hinter eine Kommode huschte.

Alecs Augen suchten den Raum ab, Zeichen von Vertrautheit suchend. Eine Decke – ehemals blau, was sich unter dem Staub nur erahnen ließ –, lag nachlässig hingeworfen auf der Rückenlehne des Sofas. Er selbst musste es gewesen sein, der sie dort hingelegt hatte, denn diese Angewohnheit war seinem Vater ein ständiges Ärgernis gewesen. Es vermittelte Alec ein seltsam unwirkliches Gefühl, dass er selbst es war, der sie zuletzt berührt hatte – ebenso, wie ihm beinahe unheimlich bei dem Gedanken war, dass keiner der Einbrecher sie angerührt hatte. Es war, als solle noch ein letztes Zeugnis seiner Anwesenheit bestehen bleiben.

Instinktiv sah er auf zur gegenüberliegenden Wand, an der ein Bild seiner Mutter gehangen hatte. Es war fort. Unter anderen Umständen wäre Alec erschrocken gewesen über das, was aus seinem Elternhaus geworden war, aber jetzt konnte er immer nur daran denken, dass sein Vater tot war. Dann war es hier eben verwahrlost, was machte das schon? Im Vergleich zu dem, was er hinter sich hatte, war dies ein Palast. Er wusste, er würde diese Nacht wohl nichts zu essen haben, aber daran war er gewöhnt. Er konnte später Wasser vom Brunnen holen, um etwas zu trinken und sich zu waschen. Alles Weitere würde er dann am nächsten Tag überlegen.

An einer Wand im Vorraum des Hauses hing ein gerahmter Spiegel. Alec, der sein eigenes Bild seit seinem siebzehnten Lebensjahr nicht mehr gesehen hatte, zündete eine weitere Kerze an und ging darauf zu. Der Spiegel war blind und staubverkrustet, aber Alec wischte mit seinem Ärmel darüber, so dass die Spiegelfläche, wenn auch dreckverschmiert, sichtbar wurde. Er hob die Kerze zögernd an und starrte entsetzt in das Gesicht, das ihm entgegenblickte. Mit den Fingern betastete er vorsichtig seinen struppigen Bart, die Haare, die hohlen Wangen. Der Blick seiner dunkelblauen Augen wirkte unruhig und gehetzt. Langsam sah er an sich hinunter und nahm die verschmutzte Kleidung, den Dreck und seine allgemeine Verkommenheit mit einer beängstigenden Intensität war. Er sah nicht besser aus als jene Gefangenen, die er in der ersten Zeit seiner Gefangenschaft so verabscheut hatte.

Er stellte sich zum ersten Mal der Tatsache, dass er nicht wusste, wie es nun weitergehen sollte. Im Gefängnis hatten seine Gedanken nur der Freiheit gegolten. Alles andere, so hatte er gedacht, werde sich finden. Jetzt aber erkannte er, dass er mit dem Stigma eines verurteilten Diebes würde leben müssen. Wer sollte ihm seine Unschuld glauben, wenn sogar sein früherer bester Freund es nicht tat? Wie sollte er je wieder Fuß fassen, wenn es ihm unmöglich war, das durchlebte Grauen zu vergessen? Er stellte mit zitternder Hand die Kerze ab, dann setzte er sich auf die Truhe, barg sein Gesicht in den Händen und weinte.

6

Essex

Helena liebte die Landschaft in Essex mit ihren weiten Feldern, den Wiesen und Feldwegen. Darking Hall, der Landsitz der Ashingtons, war ein prachtvoller Besitz. Hinter dem Anwesen erstreckte sich ein Wald, in dem Helena oft mit ihren Brüdern zusammen ausritt. Die Sonne strahlte von einem tiefblauen Himmel, vergoldete die Felder und ließ die Wiesen in sattem Grün leuchten. Die Pferde grasten und schlugen träge mit den Schweifen nach Fliegen.

Helena ließ sich im Gras nieder und lauschte dem Murmeln des Bachs, der durch die Koppeln lief. Sie hatte in den letzten Tagen öfter darüber nachgedacht, ob ihre Rebellion der letzten Wochen den Preis wert war, den sie dafür bezahlte. Es war wohl das Beste, sich in Bezug auf die Beziehung zu ihrem Vater keinen Illusionen hinzugeben, er würde aus solchen Schlachten immer als Gewinner hervorgehen. Abgesehen davon, schränkte er sie immer mehr ein, je mehr sie sich auflehnte. Vielleicht sollte sie etwas besonnener vorgehen, um wenigstens einen gewissen Grad an Freiheit zu erlangen? Helena runzelte die Stirn. Es widerstrebte ihr, nachzugeben, weil sie wusste, dass die Strenge ihres Vaters ihr gegenüber ungerechtfertigt war. Aber, dachte sie, es geht darum, meine Situation so erträglich wie möglich zu machen, und so, wie es zur Zeit ist, halte ich es nicht mehr länger aus.

Sie stand langsam auf und ging zum Haus, um ihren Vater aufzusuchen. Schon etliche Male hatte sie vorgehabt, mit ihm zu sprechen, es sich aber immer wieder anders überlegt. Der

Gedanke daran, wie sehr er triumphieren würde, wenn sie endlich klein beigab, ließ sie beinahe auch diesmal wieder umkehren. Helena blieb vor der Tür zum Arbeitszimmer ihres Vaters stehen, holte tief Luft und klopfte an.

»Herein«, erklang die Stimme ihres Vaters gedämpft.

Helena betrat den Raum und schloss die Tür hinter sich.

Arthur Ashington blickte einmal kurz auf und wandte sich dann direkt wieder den vor ihm liegenden Papieren zu.

»Was gibt es, Helena? Ich habe zu tun, also fasse dich kurz.«

Helena musste an sich halten, um nicht direkt wieder hinauszulaufen und die Tür hinter sich ins Schloss zu werfen. Den Bruchteil einer Sekunde spielte sie mit dem Gedanken, verwarf ihn dann aber. Sie schluckte ihren Ärger hinunter und hob das Kinn. »Ich wollte mich bei dir für mein Verhalten in den letzten Tagen entschuldigen.«

Lord Ashington schien der plötzlichen Nachgiebigkeit seiner Tochter nicht zu trauen, er legte seine Schreibfeder zur Seite und sah sie forschend an. »Dein Verhalten der letzten Wochen meinst du wohl.« Er schob einige Papiere zusammen und richtete sein Augenmerk auf einen vor ihm liegenden Text.

Helena spürte, wie der Zorn in ihr aufstieg. Er hatte ihr nicht einmal angeboten, sich zu setzen, sondern ließ sie vor seinem Schreibtisch stehen wie eine Bittstellerin. Sie atmete tief ein und sah ihren Vater an. »Ich möchte nicht, dass du Groll gegen mich hegst.« Sie machte eine kurze Pause. »Groll, den ich nicht verdiene«, fügte sie hinzu.

Arthur lehnte sich zurück. »Darüber, ob du ihn verdienst oder nicht, sind wir wohl verschiedener Ansicht. Nun gut, ich nehme deine Entschuldigung an. Dennoch wirst du weder alleine ausreiten noch ausgehen. Ich möchte erst sehen, ob auf deine Worte Taten folgen.« In seiner Stimme lag

unverhohlene Genugtuung darüber, seine aufsässige Tochter zum Nachgeben gezwungen zu haben, zu einem Nachgeben, bei dem sie zunächst nichts gewonnen hatte.
»Wie du wünschst, Vater«, antwortete Helena, mühsam beherrscht.

7

Kalkutta

In der ersten Nacht hatte Alec eimerweise Wasser vom Brunnen herangeschleppt, wobei er immer wieder lange Pausen machen und nach Luft ringen musste, weil er so viel Bewegung nicht mehr gewöhnt war. Sein Herz raste, und seine Muskeln brannten. Er fand im Haus eine alte Schere und ein Rasiermesser. Beide hatten im Laufe der Jahre Rost angesetzt und waren stumpf geworden, so dass er lange brauchte, um sie wieder zu schärfen. Später hatte er seine Haare, so gut er es konnte, geschnitten und sich rasiert. Am längsten dauerte das Baden. Immer und immer wieder erneuerte Alec das Wasser und wusch sich, aber er hatte dennoch das Gefühl, den Gestank des Gefängnisses nicht loswerden zu können. In der Truhe hatte er mehrere Stücke verpackter Seife gefunden. Sein Vater hatte im Verlauf seiner Tätigkeit als Händler solche Luxusgüter günstiger erwerben können, und Alec war über die Seife überglücklich gewesen. Dennoch hatte er das Gefühl, er werde den Gefängnisgeruch einfach nicht los. Vielleicht deshalb, so dachte er, weil er innerlich noch nicht damit abschließen konnte – und vielleicht nie können würde.

Die Eingewöhnung in das Leben in Freiheit war schwerer, als er es je für möglich gehalten hatte. Tagsüber schmerzte das Licht immer noch in seinen Augen, nachts konnte er nicht schlafen, weil er an den wachsamen Halbschlaf gewöhnt war, immer in Bereitschaft aufzuspringen und sich zu verteidigen. In den langen Nächten, in denen er, auf seinem verschimmelten Strohsack liegend, von einem Bett geträumt hatte, war

ihm nie der Gedanke gekommen, dass er sich erst wieder daran würde gewöhnen müssen.
Alec hatte die erste Nacht im Haus seines Vaters in seinem alten Bett verbracht. Er hatte der Stille misstraut und instinktiv auf etwas gewartet, das seine Ruhe stören würde. Im Morgengrauen war er in einen unruhigen Schlaf gefallen, aus dem er durch die ersten Geräusche, die von der Straße zu ihm drangen, hochgeschreckt war.
Die folgenden Tage hatte er dazu genutzt, das Haus seines Vaters aufzuräumen und sauber zu machen. Die zerbrochenen Fenster konnte er nicht ersetzen, also musste er sich damit begnügen, die aufgebrochenen Läden notdürftig zu reparieren und fest zu verriegeln, auch wenn er damit das Tageslicht aussperrte. Die Nachbarn, die das Treiben im Haus des verstorbenen Mr. Delany mitbekamen, bemerkten erstaunt, dass Alec wieder zurückgekommen war, aber niemand begrüßte ihn oder bot ihm gar Hilfe an. Wenn Alec das Haus verließ, um Wasser zu holen, folgten ihm neugierige Blicke, aber niemand sprach ihn an oder sah ihm direkt ins Gesicht. Hinter seinem Rücken jedoch redeten seine Nachbarn, die über jede Abwechslung in ihrem tristen Alltag glücklich waren, über ihn, wann immer sie ihn sahen. Zweifellos war er im Gefängnis gewesen, man musste ihn sich nur mal anschauen: die ungesunde Blässe, das schlecht geschnittene Haar und die alten Kleider seines Vaters, die an seinem mageren Körper herunterhingen.
Alec hatte nach einigen Tagen versucht, ein paar alte Bekannte anzusprechen, weil er sich einsam fühlte und gerne mit jemandem geredet hätte, aber die Leute hatten so getan, als hörten sie ihn nicht, und sich mit gerümpfter Nase weggedreht. So zog er sich völlig zurück, mied die Straßen, wann immer er es konnte, und holte nur am Abend Wasser. Wenn

er sich etwas zu essen kaufen wollte, tat er das zur Mittagszeit, wenn alle, von der Hitze erschöpft, zu sehr mit sich selbst beschäftigt waren, um von ihm Notiz zu nehmen.
Das Essen war die größte Umstellung gewesen. Im Gefängnis hatte er ständig Hunger gehabt, aber jetzt konnte er nicht mehr als etwas Brot und einfachen Reis zu sich nehmen. Am ersten Morgen hatte er sich Curryreis mit Huhn geholt, konnte es aber nicht bei sich behalten. Um seinen Magen langsam wieder ans Essen zu gewöhnen, aß er daher jetzt nur leichte, kaum gewürzte Kost. Darüber hinaus wollte er mit dem wenigen Geld, dass er hatte, sparsam umgehen.
Es war klar, er musste sich so bald wie möglich nach einer Arbeit umsehen, aber er schob den Zeitpunkt, an dem er wieder Kontakt mit Menschen würde aufnehmen müssen, so weit wie möglich hinaus. Als sein Geld jedoch zur Neige ging, blieb ihm schließlich nichts anderes übrig. Er beschloss, bei der Arbeitssuche die letzten zehn Jahre zu verschweigen. Er würde einfach sagen, er habe für seinen Vater die Buchführung gemacht und müsse sich nun nach dessen Tod um eine neue Stellung bemühen.

Alec fühlte sich in der Anonymität des dicht belebten Basars wohler als in der Straße, wo sein Elternhaus stand und wo ihn jeder kannte. Händler priesen ihre Waren an, weiche Seidenstoffe streiften seine Arme, der intensive Geruch der verschiedensten Gewürze weckte die Erinnerung an vergangene Tage. Vor ihm ging ein britischer Offizier, der sich mit einem Mann in heller Kleidung angeregt unterhielt. Englische Frauen verirrten sich nur selten hierher. Ein junges Mädchen in einem pfauenblauen Sari feilschte mit einem älteren Mann um ein besticktes Tuch, zwei Frauen trugen Tonkrüge vom Brunnen geschickt die engen Straßen entlang, ohne einen

Tropfen zu verschütten, und ein junger Mann zog ein weinendes Kind hinter sich her, wobei er sich immer wieder umdrehte und das Kind wütend beschimpfte. Ein *Shudra,* dachte Alec, ein Angehöriger der untersten Kaste.

Die Suche erwies sich als sehr schwierig. Alec war den Umgang mit Menschen nicht mehr gewohnt und trat dementsprechend unsicher und linkisch auf, was er selbst auch spürte. Dass er seine Fähigkeiten in der Finanzrechnung verloren haben könnte, machte ihm keine Angst, denn er war sicher, sich schnell wieder einarbeiten zu können. Aber er hatte sowieso keine großen Hoffnungen, in diesem Bereich eine Stellung zu finden. Mit seinem Auftreten konnte er schon froh sein, wenn er einen Posten in irgendeiner Lagerhalle bekam. Im Augenblick sah es jedoch so aus, als ob er nicht einmal den bekommen würde, denn jeder, den er nach Arbeit fragte, gab ihm eine abschlägige Antwort.

Gegen Abend war Alec müde vom vielen Laufen, und der ausbleibende Erfolg seiner Bemühungen bedrückte ihn. Wenn er nicht bald Arbeit finden würde, wäre er gezwungen, auf den Straßen betteln zu gehen. Er stand vor einem Kontor und beschloss, dass das der letzte Versuch für heute sein sollte. Es war ein englisches Unternehmen, aber die Leitung hatte offensichtlich ein junger Inder, der an einem Schreibtisch saß und mehrere Stapel Papier vor sich hatte. Er sah Alec fragend an.

»Was kann ich für Sie tun, Sir?«, wollte er wissen. Seine Stimme war weich und kultiviert. Er hörte sich Alecs Anliegen an, ohne ihn zu unterbrechen, und war insgesamt höflicher als alle anderen Personen, mit denen Alec zuvor gesprochen hatte. Dennoch schüttelte er bedauernd den Kopf, nachdem dieser geendet hatte.

»Es tut mir Leid, aber zurzeit brauchen wir niemanden.«

»Ich verstehe.« Alec bemühte sich, sich seine Enttäuschung nicht anmerken zu lassen, und wandte sich zum Gehen.

»Ich kann Ihnen aber jemanden nennen, der einen Arbeiter für sein Lager sucht«, sagte der Inder, dem der Ausdruck in Alecs Gesicht nicht entgangen war. »Sie können ihn aber frühestens morgen sprechen. Gehen Sie zum Hafen, dort ist das Kontor der *Seymour East Trading Company*. Fragen Sie nach Mr. Bradley Seymour. Vielleicht haben Sie dort ja mehr Glück.«

Es war spät, als Alec zu seinem Haus zurückging. Die lärmende Geschäftigkeit hatte nachgelassen. Zwei junge Mädchen standen am Eingang eines Hauses und lächelten ihn einladend an. Einige Schritte weiter stand eine weitere junge Frau, berührte seinen Arm und fragte ihn nach seinen Wünschen. Etwas verwirrt erkannte Alec, dass er in einer der stadtbekannten Straßen für Freudenmädchen gelandet war. Sicher, er hatte in der Zeit seines Gefängnisaufenthaltes manchmal an Frauen gedacht, aber es war nicht sein vorherrschendes Bedürfnis gewesen. Erst jetzt wurde ihm schlagartig bewusst, was es bedeutete, seit zehn Jahren mit keiner Frau mehr zusammengewesen zu sein. Er sah auf die schmale Hand, die noch immer auf seinem Arm lag, dann löste er sie behutsam. Dafür hatte er nicht das Geld, und im Moment standen andere Dinge an erster Stelle. Die Zeit, wo er wieder eine Frau in sein Leben ließ, würde schon noch kommen, und dann sollte es nicht ausgerechnet eine Prostituierte sein. Während er die Straße entlangging, fiel ihm dieser Entschluss jedoch immer schwerer, als er die schlanken Gliedmaßen sah, die seidige Haut spürte und die lockenden Stimmen hörte. Warme Moschusgerüche verwoben sich mit lebhaft blumigen Düften. Die Farbenpracht der Saris war selbst im trüben Licht der Straße zu erkennen ebenso wie der matte Schimmer

der Stoffe und der Glanz dunkler kholumrandeter Augen. Er war froh, als er wieder auf die breitere, beleuchtete Straße trat.
Bald schon konnte er sein Haus sehen. Alle Häuser der Straße waren beleuchtet, einladend, nur bei seinem wollte sich kein Gefühl der Heimkehr und des Willkommenseins einstellen.
Früh am nächsten Morgen brach Alec auf. Es war ungefähr eine halbe Stunde Fußmarsch zum Hafen, und er nutzte die Zeit, um seine Gedanken zu sammeln und sich zu überlegen, was er sagen würde. Er kannte sich in der Hafengegend nicht mehr so gut aus wie früher. Damals hatte er seinen Vater oft begleitet, aber in den letzten zehn Jahren hatte sich einiges verändert. Von der *Seymour East Trading Company* hatte er noch nie etwas gehört.
Es war laut im Hafenviertel, und die Luft war erfüllt vom Geruch nach Meerwasser, Fisch und Unrat. Rufe der Matrosen vermischten sich mit dem Geschrei der Straßenhändler, die im überfüllten Hafenviertel ihr Glück versuchten. Bettler saßen an den Kaimauern, und Kinder liefen durch die Menge, um mit flinken Fingern Geldbörsen, Schmuck oder andere Dinge von Wert zu erbeuten. Zwei Sepoys standen am Hafenkai und unterhielten sich. Seit der Revolte war den Sepoys das Tragen von Waffen verboten, und noch immer gab es Menschen, die sie misstrauisch musterten, so als habe es für den Sepoyaufstand keinerlei Ursache gegeben. Aber niemand konnte das Grauen vergessen, ebenso wenig, wie man vergaß, dass der Aufstand 1858 das endgültige Ende der Ostindischen Handelskompanie zur Folge gehabt hatte.
Suchend ging Alec an den Gebäuden entlang und stand kurz darauf vor dem Eingang zum Kontor von Mr. Seymour. Er ging zögernd hinein und wurde von den Leuten, die geschäftig

an ihm vorübereilten, nicht beachtet. Die *Seymour East Trading Company* war größer als die anderen Handelshäuser, in denen er bisher nach Arbeit gefragt hatte. Es fiel ihm in kleineren Geschäftshäusern leichter, die Leute anzusprechen. Nachdem er einige Zeit vergebens darauf gewartet hatte, dass ihm jemand weiterhalf, überwand er seine Scheu und sprach einen Mann an, der mit einem Stapel Papieren an ihm vorbeieilte.

»Sir, können Sie mir bitte sagen, wo ich Mr. Seymour finde.«

Der Mann blieb stehen und musterte ihn. »Worum geht es?«

»Ich habe gehört, dass er einen Arbeiter für ...«

»Die Treppe hoch und dann die erste Tür links«, unterbrach ihn der Mann und lief weiter.

Alec ging etwas beklommen die breite Treppe hinauf und blieb dann vor der massiven Holztür stehen, die, wie er vermutete, zu Mr. Seymours Büro führte. Er klopfte an und betrat mit pochendem Herzen den Raum, nachdem eine Stimme ihn hereingerufen hatte.

Der Mann, der an dem Schreibtisch saß, war vielleicht Anfang dreißig. Er hatte lichtblondes Haar, das in einem auffälligen Kontrast zu seiner sonnengebräunten Haut stand. Sein kantiges Gesicht konnte man nicht als gut aussehend beschreiben, aber die intelligenten blauen Augen, die sein Gesicht beherrschten, ließen ihn interessant erscheinen. Er hatte mehrere Stöße Papier vor sich liegen und war vor Alecs Eintreten offenbar mit dem Anfertigen eines Schriftstücks beschäftigt gewesen, denn er ließ seine Schreibfeder sinken und schob einige Blätter zusammen, ehe er Alec direkt ansah und ihm damit signalisierte, dass dieser jetzt seine ungeteilte Aufmerksamkeit habe.

»Guten Morgen. Womit kann ich Ihnen helfen?«, fragte er und nahm mit einem einzigen geschulten Blick jede Einzelheit von Alecs Erscheinungsbild auf.

»Guten Morgen, Mr. Seymour«, begann Alec etwas unsicher, »man hatte mir gesagt, Sie suchen noch einen Arbeiter für Ihr Lager.«
Der Mann deutete mit der Hand auf einen Stuhl. »Nehmen Sie bitte Platz. Was Sie gehört haben, ist korrekt, aber ich bin nicht Mr. Seymour. Mein Name ist Trevor Callaghan.«
Alec wurde rot. »Entschuldigen Sie bitte vielmals, Sir. Ist Mr. Seymour …«
»Nein, zurzeit nicht. Sie können sich mit Ihrem Anliegen aber auch an mich wenden, ich bin sein Stellvertreter.« Mr. Callaghan lehnte sich zurück und legte die Fingerspitzen aneinander. »Die Bezeichnung Lagerarbeiter ist allerdings nicht ganz korrekt. Wir suchen jemanden, der die Kisten, die verschifft werden sollen, kontrolliert, das hieße, er müsste die Listen mit der gewünschten Ware lesen und … Sie können doch lesen?«, unterbrach er sich selbst.
»Selbstverständlich, Sir«, erwiderte Alec, etwas irritiert von der Frage.
»Nun, so selbstverständlich ist das leider nicht«, erwiderte Mr. Callaghan, dann fuhr er fort: »Die zu verschiffenden Kisten müssten mit der Warenliste abgeglichen werden, um sicherzustellen, dass die Bestellung auch korrekt ausgeführt wird.« Er lehnte sich etwas vor. »Eine simple Aufgabe eigentlich, aber eine der wichtigsten, denn die korrekte Belieferung unserer Kunden ist die Voraussetzung für eine weitere erfolgreiche Zusammenarbeit. Unser Unternehmen hat einen hervorragenden Ruf, und diesem müssen wir auch in Zukunft gerecht werden.«
»Ich verstehe.« Alec versuchte, sich zu entspannen.
»Dann kommen wir zum wichtigsten Punkt.« Mr. Callaghan sah ihm in die Augen. »Welche Referenzen haben Sie vorzu-

weisen? Ich möchte wissen, ob Sie bereits im Handel gearbeitet haben und was Ihre letzte Beschäftigung war.«

Alec schluckte und war sich des prüfenden Blicks seines Gegenübers nur allzu bewusst.

»Mein Vater war Händler«, begann er. »Ich habe die Buchführung für ihn gemacht.« Soweit war das alles korrekt, und er musste nicht einmal lügen.

Mr. Callaghan wandte seinen Blick nicht von ihm. »Und warum tun Sie das jetzt nicht mehr?«

»Mein Vater ist gestorben.«

»Und Sie konnten seine Geschäfte nicht weiterführen? Wie kam das?«

»Er ... er hat nicht viel hinterlassen. Die Geschäfte liefen am Ende nicht mehr so gut.«

»Und deshalb«, ergänzte Mr. Callaghan, »suchen Sie jetzt nach einer Anstellung. Sagen Sie, Mr. ... Sie haben mir Ihren Namen nicht genannt.«

»Delany, Sir, Alec Delany.«

»Sagen Sie, Mr. Delany, wann ist Ihr Vater denn gestorben?«

»Erst vor kurzem«, erwiderte Alec stockend.

»Waren Sie nur im Büro tätig, oder haben Sie ihn auch manchmal begleitet?«

»Ich habe ihn des Öfteren begleitet. Mein Vater war der Meinung, im Handel sei es unerlässlich, praktische Erfahrung im Umgang mit Kunden zu sammeln.«

Mr. Callaghan lehnte sich wieder zurück. »Das war also Ihre letzte Beschäftigung?«

Alec wurde etwas blass. »Ja, ich ...«

Mr. Callaghan unterbrach ihn: »Mr. Delany, wenn Sie nicht ehrlich antworten, sehe ich das Gespräch hiermit als beendet an. Ehrlichkeit ist ein äußerst wichtiger Aspekt, wenn man eine Stelle bekommen möchte, die absolute Zuverlässigkeit voraussetzt. Sehen Sie«, er hob die Augenbrauen, »ich kann einen Menschen, der gerade erst aus dem Gefängnis entlassen wurde, auf den ersten Blick erkennen.« Alecs Bestürzung ignorierend, fuhr er fort: »Ihre Hautfarbe hat die ungesunde Blässe eines Menschen, der seit vielen Jahren keine Sonne gesehen hat, eine Hautfarbe, wie man sie nicht einmal bei einem Menschen finden würde, dessen Arbeit nur aus Bürotätigkeit besteht. Sie aber wollen Ihren Vater ja auch noch begleitet haben. Sie werden mir beipflichten, wenn ich das für unwahrscheinlich halte. Ihr gesamtes Aussehen deutet auf die Art von Mangelernährung hin, die oft bei ehemaligen Sträflingen zu beobachten ist.« Seine Augen blieben auf Alec gerichtet und nahmen jede noch so kleine Reaktion in dessen Gesicht wahr. »Darüber hinaus sind Sie offensichtlich den Umgang mit Menschen nicht gewöhnt. Auch eher ungewöhnlich für einen Mann, der mit dem Handel aufgewachsen und ständig Kundennähe gepflegt haben will.«

Alec öffnete den Mund zu einer Erwiderung, schwieg dann jedoch.

Mr. Callaghan musterte ihn. »Wie konnten Sie annehmen, dass ich Ihnen Ihre Geschichte glauben würde? Es macht mir nichts aus, woher Sie kommen, solange Sie bei der Wahrheit bleiben. Aber zu lügen …« Er zuckte mit den Schultern, dann zog er einen Stapel Papier zu sich heran. »Einen guten Tag noch.«

Alec machte keine Anstalten zu gehen. Mr. Callaghan sah ihn an. »Ich denke doch, ich habe mich klar genug ausgedrückt.«

»Sir, nach den Reaktionen meiner Freunde und Nachbarn konnte ich nicht davon ausgehen, dass Sie mich einstellen, wenn ich Ihnen von meinem Gefängnisaufenthalt erzählt hätte. Ich würde mich nicht um Arbeit bemühen, wenn ich es nicht ernst meinte, sonst könnte ich auch durch die Straßen gehen und stehlen. Ich brauche einen neuen Anfang, ohne die Erinnerungen an das Vergangene. Es ...«

Mr. Callaghan unterbrach ihn. »Ich sehe keine Veranlassung dazu, das Gespräch fortzusetzen.«

Alec merkte, wie langsam Wut in ihm aufstieg. »Wie können Sie dasitzen und über meine Motive urteilen, wenn Sie nicht die geringste Ahnung davon haben, was ich durchgemacht habe. Verdammt! Sie sitzen hier und wissen genau, dass Sie heute Abend nicht zu hungern brauchen und ... ach, was soll ich noch weiter reden, es kann Ihnen ohnehin egal sein, Sie werden einen anderen Bewerber finden«, schloss er matt, und auf seinem Gesicht zeichneten sich Enttäuschung und Resignation ab. Er stand auf und ging mit hängenden Schultern und einem Gefühl der Erschöpfung zur Tür.

»Mr. Delany.«

Alec hielt inne, drehte sich jedoch nicht um.

»Ich würde Sie nicht einstellen«, sagte Mr. Callaghan mit nachdenklichem Blick, »aber vielleicht irre ich mich ja. Es kann gut sein, dass Mr. Seymour anders urteilt als ich. Um Ihnen gegenüber fair zu sein, werde ich ihm Ihren Fall vortragen, er wird dann entscheiden.« Er stand auf und ging zur Tür. »Folgen Sie mir bitte.«

Alec ging hinter ihm über den Flur, ohne sich große Hoffnungen zu machen. Sie hielten vor einer lederbezogenen Holztür, Mr. Callaghan bedeutete Alec, auf einem der lederbespannten Stühle auf dem Gang Platz zu nehmen, und ging dann in das Zimmer. Alec setzte sich und überlegte, ob er danach noch in den umliegenden Handelshäusern nach Arbeit fragen sollte oder es besser für heute aufgab. Genauso wie hier würde es auch überall sonst laufen, da war er sicher.

Eine Viertelstunde später ging die Tür auf, und Mr. Callaghan bat Alec hinein. Mr. Seymour saß an einem großen

Schreibtisch und blickte ihn forschend an. Er war ein schlanker Mann um die fünfzig mit einem Gesicht, dessen Farbe von häufigen Aufenthalten an der frischen Luft zeugte. Um seine Augen hatten sich Lachfältchen eingegraben, seine Augen selbst waren grau und leuchteten hell in dem wettergebräunten Gesicht. Das helle Haar war von grauen Strähnen durchsetzt und ordentlich zurückgekämmt. Er strahlte eine Autorität aus, die Alec jede Hoffnung auf eine Anstellung endgültig verlieren ließ.

»Guten Morgen, Sir«, sagte Alec.

»Guten Morgen, Mr. Delany. Setzen Sie sich bitte.« Mr. Seymour deutete mit der Hand auf einen Stuhl. »Mr. Callaghan hat mir von Ihnen erzählt und mir dabei auch sehr deutlich seine Meinung zu verstehen gegeben. Ich möchte dennoch gerne die Geschichte noch einmal von Ihnen selbst hören, denn einen Mann ohne weiteres auf die Straße zu setzen widerstrebt mir.« Alec holte tief Luft und erzählte von seinem Leben, wie es vor dem Gefängnisaufenthalt gewesen war. Als er zu dem Tag seiner Verhaftung kam, stockte er einen Augenblick, dann setzte er die Erzählung fort, umriss seinen Aufenthalt im Gefängnis nur kurz, ohne jedoch auf Gründe dafür einzugehen, warum er eingesperrt worden war. Seine Entlassung und die Tage danach schilderte er mit einem verbitterten Gesichtsausdruck, wobei es ihm besonders schwer fiel, über den Tod seines Vaters zu sprechen. Mr. Seymour hörte ihm zu, ohne dass sein Gesicht eine Reaktion preisgegeben hätte. Nachdem Alec geendet hatte, schwieg er einen Augenblick.

»Ich denke, Mr. Delany«, begann Mr. Seymour schließlich, »ich kann von mir sagen, genug Erfahrungen im Leben gemacht zu haben, um einen Menschen beurteilen zu können. Und ich glaube, ich kann es mit Ihnen versuchen. Sagen wir probeweise zuerst für einen Monat. Ihre Gründe, den unerfreulicheren Teil Ihres Lebens zu verschweigen, sind nachvollziehbar, dennoch bevorzuge ich es in Zukunft, wenn Sie mir die Wahrheit sagen. Es findet immer meine Unterstützung, wenn jemand, dessen Leben die falsche Richtung genommen hat, von vorne anfangen möchte.« Er holte eine Pfeife hervor, die er etwas umständlich mit duftendem Tabak stopfte. »Ich werde Sie, wie jeden meiner Angestellten, gut im Auge behalten. Sollte ich Grund zu der Vermutung haben, Sie arbeiteten nicht korrekt, dann werden Sie auf der Stelle entlassen. Darüber hinaus gebe ich bei absichtlichem Fehlverhalten grundsätzlich keine zweite Chance. Ich stelle Sie ein und gebe Ihnen dadurch die Möglichkeit, ein neues Leben zu beginnen. Sollte Ihnen das so wenig wert sein, dass Sie meinen, es aufs Spiel setzen zu können, dann haben Sie es nicht verdient.« Er paffte mehrere Züge an seiner Pfeife und atmete genussvoll aus. »Sind wir uns so weit einig, Mr. Delany?«

Alec, der sein Glück kaum fassen konnte, nickte. »Ja, Sir.«

In dem Moment ging die Tür auf, und ein junges Mädchen kam in den Raum. Sie trug ein helles Sommerkleid und einen modischen Hut, unter dem sich eine Fülle blonder Locken bauschte. Ohne sich um die Anwesenden zu kümmern, lief sie auf Mr. Seymour zu, umarmte ihn und drückte ihm einen herzhaften Kuss auf die Wange.

»Guten Morgen, Vater«, sagte sie und richtete sich mit strahlendem Lächeln auf. Ihr Blick fiel auf Mr. Callaghan, der während des Gesprächs zwischen Alec und Mr. Seymour auf einem Stuhl neben dem Schreibtisch Platz genommen und sich jedes Kommentars enthalten hatte. »Hältst du Trevor wieder den ganzen Morgen fest, oder wirst du ihm erlauben, mich auf den Basar zu begleiten?«

Mr. Seymour schob sie ein Stück von sich und sah sie liebevoll an. »Auf den Basar?« Er sah Mr. Callaghan an. »Nun, Trevor, denkst du, ich kann dich hier entbehren, um diese reizende junge Dame zu begleiten?"
Mr. Callaghan deutete ein Lächeln an. »Wenn die junge Dame es wünscht.« Sein Blick war weicher geworden, er stand auf und küsste der jungen Frau die Hand.
Mr. Seymour sah sie in gespieltem Ernst an. »Das darf aber nicht zur Gewohnheit werden, mein Kind. Immer kann ich meinen Stellvertreter nicht schon am frühen Morgen entbehren.«
»Ich bringe ihn dir in ein oder auch zwei Stunden zurück«, lachte das Mädchen und ging mit Mr. Callaghan zur Tür hinaus.
Mr. Seymour wandte sich an Alec, der sich während dieser familiären Szene sichtlich fehl am Platz gefühlt hatte. Er war den lockeren Umgang von Familienmitgliedern untereinander nicht mehr gewöhnt, und erst recht wusste er nicht, wie er sich einer Frau gegenüber verhalten sollte.
»Entschuldigen Sie die Unterbrechung«, sagte Mr. Seymour. »Das war meine Tochter Victoria. Sie wird in Kürze Mr. Callaghan heiraten.«
Alec wusste nicht, was er darauf antworten sollte, so schwieg er und nickte nur. Mr. Seymour lächelte, und Alec registrierte verblüfft, um wie viel weicher sein Gesicht dadurch wurde.
»Sie sind den Umgang mit Menschen nicht mehr so recht gewöhnt«, stellte Mr. Seymour fest.
»Das hat Mr. Callaghan auch gesagt. Es ist wohl sehr auffällig.«
»Das wird sich mit der Zeit ändern«, erwiderte Mr. Seymour leichthin. »Sie werden bei Ihrer Arbeit mit so vielen Menschen Kontakt haben, dass es Ihnen bald nichts mehr aus-

machen wird. Aber nun zu den Formalitäten. Ich werde Ihnen die erste Hälfte Ihres Gehalts diesen Monat ausnahmsweise im Voraus auszahlen lassen, damit Sie in der Lage sind, einen vernünftigen Friseur aufzusuchen, sich etwas zu essen zu kaufen und was sonst noch nötig sein wird. Über die Höhe Ihres Gehaltes und über die Auszahlung wird Mr. Carlton Sie aufklären, er wird Sie außerdem in Ihre genauen Aufgaben einarbeiten.«

Er stand auf und zog an einer Klingelschnur. Kurz darauf erschien ein Mann mit wettergegerbtem Gesicht und grauem Haar, das sich in der Stirn lichtete.

»Mr. Carlton, das ist Mr. Alec Delany.« Mr. Seymour wies mit der Hand auf Alec. »Er wird den Posten von Andrew übernehmen.«

Mr. Carlton nickte nur und bedeutete Alec, ihm zu folgen. Mr. Seymour stand auf, um Alec zu verabschieden.

»Mr. Carlton ist ein wortkarger Mann«, sagte er. »Nehmen Sie es also nicht persönlich, wenn er nur das Notwendigste mit Ihnen redet. Bei jeglichen Problemen und Fragen wenden Sie sich an ihn.« Er schüttelte Alec zum Abschied die Hand und schloss die Tür hinter ihm.

8

Der Nachmittag war schon fortgeschritten, als Mr. Seymour Alec eine Tasse Tee in seinem Büro anbot. »Meine junge Dame hat immer darauf bestanden, diese verflixten englischen Gepflogenheiten beizubehalten«, sagte er, während er seinen Tee reichlich süßte. »Ich selbst habe nie viel Wert darauf gelegt, aber jetzt, wo sie mich verlassen hat und ich sie nur selten sehe, sind mir diese Gewohnheiten sehr wichtig geworden, und ich halte selbst daran fest. Verrückt, nicht wahr?« Er nippte an dem Tee und seufzte wohlig.

Alec hatte in den Monaten, seitdem Mr. Seymour ihn eingestellt hatte, einen unermüdlichen Arbeitseifer an den Tag gelegt. Um der Einsamkeit seines Hauses und den trüben Gedanken zu entkommen, kam er morgens so früh wie möglich und ging abends als einer der Letzten. Er ging jede Liste, die ihm anvertraut wurde, gewissenhaft mehrere Male durch und überwachte die Ladungen genauestens.

Mr. Seymour hatte Alec, wie angekündigt, im Auge behalten. So war ihm dessen besonderes Geschick im Umgang mit Zahlen nicht entgangen. Er trug Alec einfache Botengänge auf, die auch jemand anders hätte erledigen können, und nutzte die Momente, in denen Alec ihm das Gewünschte brachte, um diesen in ein kurzes Gespräch zu verwickeln. Alec vermutete, dass es Mr. Seymour darum ging, seine Ehrlichkeit zu prüfen und mehr über ihn zu erfahren, doch Mr. Seymours Interesse ging darüber hinaus. Er erkannte Alecs Potential. So lud er ihn ab und zu auch zum Tee ein, unter

dem Vorwand, in Ruhe mit ihm über die anstehenden Lieferungen sprechen zu wollen.
Alec, der diese seltenen Einladungen genoss, rührte nachdenklich in seiner Tasse. »Man schätzt viele Dinge, die man vorher kaum beachtet hat, wohl erst, wenn sie einen an jemanden erinnern, der einem teuer ist.« Sein Gesicht bekam einen schmerzlichen Zug, dann fing er sich wieder. »Ich dachte, Ihre Tochter besucht Sie fast täglich.«
Mr. Seymour lachte. »Ja, aber die restliche Zeit fühle ich mich doch sehr allein in dem großen Haus.«
Alec wusste, dass Mr. Seymours Frau bei der Geburt ihres Sohnes gestorben war. Das Kind hatte danach noch einen Tag gelebt. Mr. Seymour hatte nie wieder geheiratet, und seine Tochter war alles, was er hatte.
»Ja. So ähnlich ist es bei mir auch«, erwiderte Alec und trank einen Schluck Tee. Mr. Seymour musterte ihn unauffällig. Der junge Mann hatte sich gemacht, fand er. Sein dunkles Haar war ordentlich geschnitten, seine ungesunde Blässe hatte er durch den häufigen Aufenthalt an der Sonne verloren, und auch sein Körper wirkte durch die vermehrte Bewegung und das regelmäßige Essen gesünder und geschmeidiger als vorher. Alec Delany fasste sogar häufig selbst mit an, wenn es darum ging, schwere Kisten zu verladen, obwohl das nicht zu seinem Aufgabenbereich gehörte. Er schien auch innerlich zur Ruhe gekommen zu sein, zumindest auf den ersten Blick. Sah man ihn jedoch genauer an, dann erkannte man einen immer noch etwas gehetzten Ausdruck in seinen Augen, den er offenbar so schnell nicht würde ablegen können – wenn es ihm überhaupt jemals gelang. Was Mr. Seymour ebenfalls positiv aufgefallen war: Alec kam mit den anderen Angestellten gut aus und legte allmählich seine Menschenscheu ab, als er merkte, dass seine Arbeit ge-

würdigt wurde und die anderen ihn kameradschaftlich behandelten.
»Waren Sie mit Ihrem Vater mal in England?«, wollte Mr. Seymour wissen.
»Nein. Vater hat England nicht besonders gemocht, und ich wollte eigentlich auch nie aus Indien fort.«
Mr. Seymour setzte seine Tasse mit einem leisen Klirren ab. »Es ist gut«, sagte er gedehnt, »sein Heimatland zu kennen. Ich bin auch lieber hier als in England, aber ab und zu tut etwas englische Luft ganz gut. Ich fahre alle paar Jahre mal hin, um mich auf den heimischen Märkten umzusehen.«
Alec gab darauf keine Antwort, ihn reizte England nicht besonders, und sein Heimatland war für ihn Indien.
»Ich würde Ihnen gerne eine Frage stellen … eine persönliche Frage, wenn es Ihnen recht ist«, sagte Mr. Seymour.
»Fragen Sie«, erwiderte Alec scheinbar gelassen, aber sein Blick war wachsam geworden.
Mr. Seymour lehnte sich bequem zurück, als bereite er sich auf ein längeres Gespräch vor. »Wofür hat man Sie damals eigentlich verurteilt?«
Alecs Magen verkrampfte sich, und er wurde blass bei dem Gedanken an das Gefängnis. »Das würden Sie mir ebenso wenig glauben wie jeder andere bis jetzt. Es würde also nichts bringen, davon zu erzählen.«
»Warum überlassen Sie es nicht mir, zu meinem eigenen Urteil zu kommen? Wenn Sie allerdings nicht darüber reden möchten, dann ist das natürlich Ihr gutes Recht.«
Was habe ich schon zu verlieren, dachte Alec. Er hatte immer das Verlangen danach gehabt, jemandem seine Geschichte zu erzählen, jemandem, der ihm glauben würde, dass er die Wahrheit sagte. Nach einigem Zögern begann er, stockend von dem Tag zu erzählen, an dem in einer Gasse nieder-

geschlagen wurde, als er eine Besorgung für seinen Vater zu erledigen hatte, und setzte seine Erzählung fort bis zum Tag seiner Entlassung.

»Mein früherer Freund Charles Morton hat mir gesagt, man habe Vater erzählt, die Diebesbeute sei bei mir gefunden worden. Ich konnte – und kann – mir das nicht erklären.« Etwas hilflos hob er die Schultern.

Mr. Seymours Blick war skeptisch geworden. Als er sich langsam Tee einschenkte, fragte er: »Und Sie sagen, es habe angeblich ein Prozess stattgefunden? Das ist in der Tat etwas merkwürdig.« Er sah Alecs Gesichtsausdruck und fügte hinzu: »Das soll nicht heißen, dass ich Ihnen nicht glaube, ich wundere mich nur. Vielleicht«, überlegte er, »wurde das Ganze durch jemanden ausgelöst, der Ihnen persönlich Schaden zufügen wollte?«

»Ja, das habe ich mir auch schon überlegt, aber ich wüsste nicht, wer.«

»Was mich irritiert, ist die Aussage, Lord Ashington habe den Prozess geführt und auch das Verhaftungsprotokoll unterschrieben. Er ist ein sehr bekannter Mann. Die Ashingtons sind eine der ersten Familien in England.«

Alec zuckte die Schultern. »Ich war vor einiger Zeit bei der Polizei und habe versucht, etwas herauszubekommen, aber ich habe nichts weiter erfahren, als dass alles seine Richtigkeit hatte, angefangen bei dem Beamten, der meine Verhaftung in einem Bericht schriftlich protokolliert hat, bis hin zu meiner Verurteilung. Vielleicht hat jemand Unterschriften gefälscht, aber das erklärt nicht, warum das alles überhaupt geschehen ist.«

Mr. Seymour schüttelte den Kopf. »Niemand, aber auch wirklich niemand würde es wagen, Lord Ashingtons Unterschrift zu fälschen. Er ist ein sehr einflussreicher Mann. Das

Ganze muss in seinem unmittelbaren Umkreis stattgefunden haben. Die gesamte Angelegenheit kann nur von einer Person eingefädelt worden sein, die eine hohe Position innehat.«.

»Glauben Sie mir denn, was ich Ihnen erzählt habe?«, fragte Alec etwas verblüfft.

»Die Geschichte ist viel zu bizarr, als dass Sie sie erfunden haben könnten.«

Alec nahm etwas Gebäck. »So viel ich auch nachdenke, ich finde einfach keine Erklärung. Ich hätte Lord Ashington ja gerne selbst gesprochen, aber er scheint Indien verlassen zu haben.«

Mr. Seymour nickte. »Vor sieben Jahren bereits, das ist richtig.« Er überlegte einen Augenblick. »Jeder, der den Versuch unternommen hätte, in Lord Ashingtons Namen eine unrechtmäßige Verhaftung vorzunehmen, musste mit dem Widerspruch des Gefangenen rechnen und damit, dass dieser Widerspruch bis zu Lord Ashington vordringt. Das wäre viel zu riskant gewesen. So etwas wäre nur möglich, wenn Lord Ashington persönlich Ihre Verhaftung veranlasst hat.«

»Und die Protokolle und Unterschriften, die …«

»Bestechung«, fiel Mr. Seymour ihm ins Wort. »Das ist die einzig logische Erklärung. Was mir daran nicht gefällt ist: Nur Lord Ashington war in der entsprechenden Position, so etwas zu tun.«

»Vielleicht wurde er ja bestochen«, überlegte Alec.

Mr. Seymour lachte. »Was könnte ein kleiner Beamter einem Lord Ashington schon bieten, das es wert wäre, dafür einen Unschuldigen ins Gefängnis zu stecken? Die Ashingtons sind unvorstellbar reich. Sich bestechen zu lassen, um eine illegale Handlung für jemand anderen zu begehen, noch dazu für einen, der gesellschaftlich weit unter ihm steht, ist ein

Niveau, auf das Lord Ashington sich nie begeben würde. Wenn er jemals etwas Illegales tun sollte, dann um eigener Interessen oder die ihm nahe stehender Personen willen, und das auch nur, wenn er alle Fäden dabei fest in der Hand hätte.«

»Aber er kennt mich doch gar nicht.«

Mr. Seymour zuckte die Schultern. »Ebenso wenig wie einer der übrigen Beteiligten, vermute ich. Aber wie auch immer, sollte es so sein, wie ich vermute, vergessen Sie es am besten, denn Sie werden niemals die Wahrheit erfahren. Vielleicht – das soll vorkommen – mussten Sie einfach den Kopf für jemand anderen hinhalten. Ja, bei näherer Überlegung scheint mir das sogar am wahrscheinlichsten.«

»Aber warum ausgerechnet ich?«

»Warum ausgerechnet ein anderer? Ich kann auch nicht mehr als Vermutungen anstellen. Lassen Sie die Sache ruhen, es ist ausgestanden, und einen Beweis für Ihre Unschuld und unrechtmäßige Verurteilung werden Sie sowieso nie erbringen können.«

»Ja, natürlich«, erwiderte Alec bitter, »Sie haben leicht reden. Ich aber habe zehn Jahre meines Lebens verloren.«

Mr. Seymour sah ihn nachdenklich an. »Es ist nicht einfach, das weiß ich wohl. Aber wie Sie schon sagten, Sie haben die Jahre verloren, und niemand, auch nicht Lord Ashington, kann sie Ihnen wiedergeben. Seien Sie froh, dass Sie noch jung genug sind, um Ihr Leben neu aufbauen zu können.«

»Ich kann es nicht so einfach vergessen. Meine Nachbarn sehen auf mich herab, seit ich wieder zurück bin, und ...«

»Dann ziehen Sie weg. Bauen Sie sich eine Existenz auf, werden Sie wer, dann interessiert es niemanden mehr, woher Sie kommen. Viele, auch berühmte Männer haben eine Vergangenheit, die weitaus schlimmer ist als ein Gefängnisaufenthalt, und was tun sie? Sie brüsten sich damit, was sie im Leben alles gemeistert haben.«

Alec runzelte die Stirn. »Lord Ashington soll dafür bezahlen. Er hat mir meine Jugend genommen.«

»Die kann er Ihnen nicht zurückgeben. An einen Mann wie Lord Ashington werden Sie nie herankommen, und selbst wenn, denken Sie, er erinnert sich noch an Ihren Namen? Vermutlich kennt er nicht einmal Ihr Gesicht.«

Alec, der sich nicht vorstellen konnte, dass der Mann, der ihm das alles angetan hatte, ihn jemals vergessen würde, sah Mr. Seymour ungläubig an. »Das kann ich mir nicht vorstellen.«

»Nicht? Für Lord Ashington waren Sie, so wie es aussieht, ein unbedeutender Name und ein paar unbedeutende Pfund von seinem Geld.« Er zuckte die Achseln. »Nichts, worüber man sich in seinen Kreisen lange Gedanken macht. Ergreifen Sie die Möglichkeiten, die sich Ihnen heute bieten, dann kann Ihr Leben ab jetzt nur besser werden. Vielleicht entschädigt das, was sie daraus machen werden, sie sogar für die letzten zehn Jahre.«

Alec starrte finster in seine leere Teetasse.

»Mein Vater ist in dem Glauben gestorben, sein einziger Sohn sei ein Dieb. Sie haben auch nur ein Kind, Sie müssen doch nachempfinden können, wie er sich gefühlt haben muss.«

»Das kann ich, und es muss furchtbar gewesen sein, aber ein leichtsinniger Rachefeldzug macht ihn nicht wieder lebendig. Zeigen Sie Würde, mehr Würde als der Mensch, der Ihnen das angetan hat!«

Alec schwieg. Auch wenn er einsah, dass Mr. Seymour Recht hatte, war er für dessen Ratschläge nicht zugänglich. Er hatte zehn Jahre seines Lebens verloren, und dafür würde der Verantwortliche eines Tages bezahlen müssen.

Teil II
1878

9

London

Es waren die ersten Tage des neuen Jahres, und der Wind fegte eisig über die Straßen. Im Hyde Park waren etliche Leute unterwegs, die sich auch von den frostigen Temperaturen nicht an ihrem täglichen Spaziergang hindern ließen. Die reichen Damen und Herren ritten auf prachtvollen Pferden über den hartgefrorenen Boden – vorsichtig natürlich, damit die edlen Tiere nicht ausrutschten – und zeigten ihre der neuesten Mode entsprechende Reitkleidung. Kindermädchen gingen mit ihren Schützlingen an den See, auf dem sich eine geschlossene Eisdecke gebildet hatte, um den etwas Waghalsigeren beim Schlittschuhlaufen zuzusehen.

Florence, die nach beinahe zweieinhalbjähriger Abwesenheit wieder in London war, war in der Kutsche ihres Vaters hergekommen und gab dem Kutscher Anweisungen, am Eingang des Parks auf ihre Rückkehr zu warten. Sie wollte nicht mit der Kutsche durch den Park fahren, wie ihre Mutter es gerne gesehen hätte, ihr stand der Sinn nach einem Spaziergang, bei dem sie ungestört ihren Gedanken nachhängen konnte.

Sie war beinahe schon an der Serpentine angelangt, als sie eine freudig überraschte Männerstimme ihren Namen rufen hörte und sich umdrehte.

»George.« Sie strahlte ihn an. »Wie schön, Sie zu sehen.«

»Sie haben sich ziemlich rar gemacht in den letzten beiden Jahren«, sagte er und lächelte herzlich.

Sie zuckte die Schultern und antwortete: »Ja, ich habe einige Zeit bei Verwandten auf dem Land verbracht.« Ihr Gesicht verdüsterte sich, als sie daran dachte, wie ihre Mutter sie von einem Familienangehörigen zum nächsten geschickt hatte, dann lächelte sie wieder. »Und, wie ist es Ihnen in der Zeit ergangen?«

»Recht gut«, erwiderte George ausweichend. Er dachte an seinen Vater. Dieser strahlte eine Selbstgefälligkeit aus, die George in Rage brachte, und seit einiger Zeit gerieten sie ständig aneinander.

»George?« Florence sah ihn fragend an, denn er schien plötzlich abwesend.

George fuhr aus seinen Gedanken auf. »Ja, bitte?«

»Ich wollte wissen, wann Helena von Ihren Großeltern zurückkommt.«

»Jerome holt sie morgen vom Bahnhof ab.«

George ging neben Florence über den Parkweg und genoss die kalte Luft und ihre belebende Wirkung. Florence wirkte trotz ihrer scheinbaren Unbekümmertheit bedrückt, und er überlegte, ob er sie darauf ansprechen sollte. Letztendlich entschied er jedoch, dass es sich nicht gehörte. Sie blieben am See stehen und sahen den Schlittschuhläufern zu, die auf schmalen Kufen über das Eis glitten.

»Haben Sie das schon einmal probiert?«, fragte Florence und deutete auf die Eisläufer.

»Ja«, George lachte bei der Erinnerung daran. »Es war auf Darking Hall. Es gibt dort einen kleinen See, der an den Park grenzt und im Winter immer zufriert. Mein Vater hatte uns ausdrücklich verboten, das Eis zu betreten, aber wenn man zwölf ist, kümmern einen Verbote ja nicht sonderlich, nicht wahr?« Er sah Florence lächelnd an. »Jedenfalls hat es mich ungeheuer gereizt, also habe ich mir die Schlittschuhe des Stalljungen ausgeliehen und bin mit Simon und Calvin zum See gegangen. Wir haben ausgelost, wer als Erster laufen durfte, und unglücklicherweise war ich als Letzter dran. Ich wollte die beiden unbedingt übertreffen und bin dabei auf eine Stelle geraten, an der das Eis besonders dünn war. Ich habe zwar das Knacken gehört, aber da war es schon zu spät.«

»Aber das muss doch gefährlich gewesen sein.«

»An der Stelle war das Wasser nicht tief, aber ich konnte mich trotzdem nicht rühren, weil sich meine Kleidung mit eiskaltem Wasser voll gesogen hatte. Außerdem ist das Eis, immer wenn ich mich hochhieven wollte, weiter eingebrochen. Simon und Calvin wussten auch nicht, wie sie mir helfen sollten, weil sie Angst hatten, selbst ins Wasser zu fallen. Sie wollten aber auch niemanden holen, weil dann ja alles herausgekommen wäre, also gaben sie mir aus der Ferne gute Ratschläge.«

Florence sah ihn an. »Und? Konnten Sie sich befreien?«

»Schwerlich. Aber der Stallmeister und sein Sohn – der, von dem ich mir die Schlittschuhe geliehen hatte – kamen auf unser Geschrei hin angelaufen. Der Mann ist auf dem Bauch über das Eis gerobbt und mich herausgezogen. Es blieb uns nichts anderes übrig, als so vor meinen Vater zu treten: Ich triefnass und zitternd, die beiden anderen mit Gesichtern wie zwei Engel. Man hatte ja schließlich mich aus dem Wasser gezogen.« George grinste breit. »Mein Vater kam auf uns zu und hat jedem von uns – an der Mitschuld von Simon und Calvin hat er keinen Augenblick gezweifelt – eine schallende Ohrfeige verpasst. Als er fragte, woher wir die Schlittschuhe gehabt hätten, musste ich gestehen, sie vom Stalljungen geborgt zu haben. Das hat dem Armen ebenfalls eine Ohrfeige von seinem Vater eingebracht. Nun ja«, fuhr George fort, »Ich bekam dann zwei Monate Hausarrest, Calvin hingegen nur zwei Wochen.«

Florence strich mit den Fingern über ihren Pelzmuff. »Und was war mit Simon?«
»Der ist von uns allen am besten weggekommen. Onkel Anthony hat über die Sache nur gelacht und gesagt, Jungs wären eben so.« George zuckte die Schultern.
Sie standen schweigend am See und beobachteten einen Jungen, der auf dem Eis die waghalsigsten Kunststücke vollführte. Nach einer Weile drehte Florence sich zu ihm um. Es war so kalt, dass ihr der Atem wie eine kleine Wolke vor dem Mund stand. »Ich muss allmählich wieder zurück. Mutter wird sich sonst fragen, wo ich bleibe.«
»Ich bringe Sie zu Ihrer Kutsche«, bot George an. Florence nickte, und gemeinsam gingen sie den Weg zum Parktor zurück. Der Kutscher saß verfroren auf dem Kutschbock und rieb sich die Hände. Florence bekam ein schlechtes Gewissen, weil sie ihn so lange hatte warten lassen. Er machte Anstalten, vom Kutschbock zu steigen, um Florence den Schlag zu öffnen, aber George bedeutete ihm, sitzen zu bleiben, und half ihr in die Kutsche. Er lächelte sie warm an.
»Werden Sie in den nächsten Tagen öfter im Park sein?«, fragte er.
Florence lächelte etwas zaghaft zurück. »Ja, bestimmt.«
»Morgen auch?«
Sie nickte.
»Um dieselbe Zeit wie heute?«, wollte er wissen.
»Ja«, erwiderte sie leise, und ihre Freude war ihr deutlich anzusehen.
»Dann bis morgen«, sagte er und hob grüßend die Hand an den Hut. Er schloss den Schlag und gab dem Kutscher ein Zeichen loszufahren. Florence kuschelte sich in eine Decke und drückte sich in die Polster. Ihr Herz klopfte schneller, und sie lächelte verträumt vor sich hin.

10

Helena blickte aus dem Zugfenster, ohne die Landschaft, durch die sie fuhr, wahrzunehmen. Sie hatte einen Monat lang bei ihren Großeltern in Somerset gewohnt, und obwohl sie im Winter lieber in London als in Somerset war, wollte sich keine Vorfreude auf die Heimkehr einstellen. Im letzten Frühjahr, kurz nach ihrem neunzehnten Geburtstag, war Lord Vanderley gestorben. Er war bereits vorher sehr krank gewesen, ohne dass es jemand bemerkt hatte, und starb dann plötzlich an einem Herzanfall. Helena dachte an Matthews erschüttertes Gesicht bei der Beerdigung. Er war jetzt der Viscount von Claremont und lebte als einziger Angehöriger der Vanderleys in London. Helena hatte nie eine besonders große Sympathie für ihn gehegt, aber in der Zeit nach dem Tod seines Vaters hatte sie Mitleid mit ihm gehabt. Inzwischen war ihr Mitgefühl aber wieder in Abneigung umgeschlagen, weil sich an seinem Verhalten ihr gegenüber nicht das Geringste geändert hatte.

Der Zug fuhr in den Bahnhof ein, und Helena ging langsam zur Tür. Sie hatte Jerome durch das Fenster nicht gesehen, hoffte aber inständig, er werde sich nicht verspäten. Es hatte vor einigen Stunden angefangen zu schneien, und die Luft war schneidend kalt. Es sah Jerome nicht ähnlich, sie warten zu lassen, aber es war natürlich gut möglich, dass er aufgehalten worden war. Helena stieg aus und hielt inmitten von herumwirbelnden Schneeflocken nach ihrem Bruder Ausschau.

War es wirklich nur ein Blick, ein Lächeln, dachte Helena später oft, das ihr Leben in andere Gleise führte, oder wäre all das auch passiert, wenn sie an dem Tag nicht den Entschluss gefasst hätte, in der Nähe des Bahnhofsgebäudes auf Jerome zu warten?

Alec schlug seinen Mantelkragen hoch und stieg mit unverhohlenem Widerwillen aus der Kutsche. In seinem ganzen Leben hatte er keine solche Kälte erlebt. Warum hatten sie nicht im Sommer nach England reisen können?, fragte er sich und ging durch die wirbelnden Schneeflocken zum Bahnhofsgebäude. Er hatte Mr. Seymour versprochen, ihn abzuholen, wenn dieser von seinen geschäftlichen Terminen in Somerset zurückkam. Der Zug musste jeden Moment eintreffen.
Alec hatte sich in den letzten zweieinhalb Jahren zu Mr. Seymours Privatsekretär hochgearbeitet, was teils auf seinen Ehrgeiz und sein mathematisches Können, teils auf die Sympathie, die ihm sein Mentor entgegenbrachte, zurückzuführen war. Er wusste, dass Mr. Seymour seine Arbeit sehr schätzte, und diese Tatsache spornte ihn dazu an, seine Leistungen immer weiter zu steigern. Auch Mr. Callaghan hatte sich entgegen Alecs Erwartungen als äußerst angenehmer Mensch herausgestellt, mit dem es sich sehr gut zusammenarbeiten ließ. Er erkannte Alecs Leistungen an und sagte ab und zu lachend, er habe bei dessen Einstellung wohl keine gute Menschenkenntnis bewiesen. Alec wusste, dass er damals nur im Interesse des Unternehmens gehandelt hatte und nicht aus persönlicher Abneigung heraus, deshalb trug er ihm seine anfängliche Ablehnung nach einer Weile nicht mehr nach. Inzwischen war sein Verhältnis zu Mr. Callaghan und Mr. Seymour persönlicher geworden, und er traf sie öfter auch außerhalb der Arbeit. Das Haus seines Vaters hatte er vor einem Jahr verkauft und ein kleines Haus in einer besseren

Wohngegend erworben. Sein Leben, dachte Alec, verlief inzwischen viel glücklicher, als er es nach seiner Entlassung jemals zu hoffen gewagt hätte. Er hatte hart dafür arbeiten müssen, aber es hatte sich gelohnt. Dennoch überkamen ihn ab und zu dunkle Erinnerungen, und eine tiefe Niedergeschlagenheit ergriff von ihm Besitz.

Der Zug aus Somerset fuhr in den Bahnhof ein, und Alec stellte sich widerstrebend an das Bahngleis. Er beobachtete die Leute, die ausstiegen, konnte aber Mr. Seymour in der Menschenmenge nicht entdecken. Statt sich selbst in das Getümmel zu stürzen, beschloss er, außerhalb des Gebäudes zu warten, Mr. Seymour würde ihn dort am ehesten sehen können.

Es war bereits früh dunkel geworden, und nur der Schein der Laternen erhellte den Bahnsteig. Alec steckte die Hände in die Taschen und sah sich um. Unter einer der Laternen stand eine junge Frau neben ihren Koffern und sah ihn an. Als ihre Blicke sich trafen, wurde sie rot und sah zu Boden. Ein kaum merkliches Lächeln umspielte seine Lippen, als er ihre Verlegenheit bemerkte. Sie trug einen offensichtlich teuren braunen Mantel und eine beigefarbene Pelzkappe, ihre Hände steckten in einem Muff, der zur Kappe passte. Irgendwie wirkte sie verloren, fand Alec, wie sie wartend inmitten des Gedränges am Bahnsteig stand. Sie blickte wieder hoch, und als ihre Blicke sich trafen, lächelte er ihr zu. Diesmal hielt sie seinem Blick stand, aber sie lächelte nicht. Der Schneefall wurde immer dichter, und Alec sah die Frau nur noch wie durch einen Schleier. Ihr Gesichtsausdruck wurde erst fragend, dann bestürzt, als wäre ihr etwas eingefallen, was sie traurig machte. Es schien, als wolle sie etwas sagen, denn ihre Lippen öffneten sich leicht, doch sie stand zu weit weg, und es war laut auf dem Bahnsteig.

»Alec«, rief jemand hinter ihm. Alec drehte sich um und sah Mr. Seymour auf sich zukommen. Er ging ihm entgegen und nahm ihm seinen kleinen Koffer ab. Die beiden Männer begrüßten sich herzlich. Alec sah noch einmal zu der Laterne, unter der die junge Frau gestanden hatte, aber sie war nicht mehr da. Ein Verlustgefühl berührte ihn, leicht wie ein Flügelschlag, verflüchtigte sich jedoch, noch ehe er es greifen konnte. Er wandte sich wieder an Mr. Seymour. »An diese Kälte werde ich mich nie gewöhnen. Wie lange hält der Winter mit diesen Temperaturen hier an?«

Mr. Seymour lachte. »Einige Zeit wirst du es noch aushalten müssen.«

Sie durchquerten das Bahnhofsgebäude und beeilten sich, zu der Kutsche zu kommen. Direkt vor ihnen wendete eine auffallend schöne schwarze Kutsche mit goldenem Wappen und verhängten Fenstern.

»Ist das eine Kutsche aus dem Palast?«, fragte Alec.

Mr. Seymour runzelte die Stirn. »Das«, sagte er zögernd, »ist das Wappen der Ashingtons.« Er sah Alec scharf an und forschte in seinem Gesicht nach einer Reaktion, als dieser der davonfahrenden Kutsche nachsah.

»War das darin vielleicht Lord Ashington?«, fragte Alec mit kaum merklicher Erregung in der Stimme.

Mr. Seymour winkte ab. »Vielleicht. Es kann aber auch jemand anderes aus der Familie sein. Ich wünschte, du hättest die Kutsche nicht bemerkt.«

»Hättest du es mir sonst nicht gesagt?«

Mr. Seymour sah ihn an. »Du kennst meine Einstellung zu der ganzen Geschichte. Vergangenheit sollte Vergangenheit bleiben.«

11

Was soll das heißen, du kommst nicht mit?« Eleonore Ashington stand angesichts von Helenas entschlossenem Gesichtsausdruck wieder einmal kurz davor, die Beherrschung zu verlieren. »Die Einladung auszuschlagen, kommt überhaupt nicht in Frage.«

»Mutter, ich bitte dich. Die Einladungen der Linleys sind immer sterbenslangweilig.« Der wahre Grund für Helenas Weigerung war, dass sie einfach keine Lust mehr hatte, auf jedem Ball und jedem Fest präsentiert zu werden wie eine reife Frucht, die darauf wartete, gepflückt zu werden. Sie hatte seit ihrer Einführung in die Gesellschaft eine ganze Reihe von Anträgen erhalten, aber keiner der Bewerber war ihrem Vater gut genug gewesen. Helena, die niemand von ihnen gerne geheiratet hätte, war mit den Ablehnungen ihres Vaters einverstanden. Matthew aber wurde von ihrem Vater weiterhin favorisiert. Sein Adelsrang war zwar nicht so hoch wie der eines Earls, aber er war sehr vermögend und verwandt mit den besten Familien Englands. In Helenas Augen befähigte ihn das noch lange nicht zu einem guten Ehemann, aber ihre Eltern waren da offensichtlich anderer Meinung.

»Du wirst das dunkelblaue Kleid anziehen und dazu Saphirschmuck anlegen«, überging Lady Ashington den Einwand ihrer Tochter. Die beste Möglichkeit, mit ihrer Tochter fertig zu werden, das wusste sie, bestand darin, deren Einwände vollständig zu ignorieren. Noch ehe Helena etwas erwidern konnte, verließ sie das Zimmer, ohne ihre Tochter noch einmal anzusehen. Helena nahm das schwere Collier mit den Saphiren, von dem ihre Mutter gesprochen hatte, und warf es mit aller Kraft gegen die Wand.

Eine Stunde später stand Helena vor ihrem Frisiertisch und betrachtete sich im Spiegel. Das Kleid war aus tiefblauer Seide. Sie trug das Saphircollier, dazu passende Ohrringe mit jeweils einem in Gold eingefassten Saphir und ein Armband, das ebenfalls mit Saphiren besetzt war. Ihr Haar war hochgesteckt und glänzte in dem warmen Braunton dunklen Honigs.

»Lady Helena?«

Helena wandte sich um. »Was gibt es denn, Amelia?«

»Ihre Mutter wird schon ungeduldig.«

Mit einem Seufzen ging Helena zur Tür, atmete einmal tief durch und betrat den Korridor.

Mr. Seymours Kutsche hielt vor dem prächtig erleuchteten Haus der Linleys. Die Fassade des Gebäudes reckte sich dunkel in den eisklaren Sternenhimmel. Das Haus vermittelte trotz seiner ausladenden Bauweise den Eindruck gediegener Eleganz, ein Zeugnis von Reichtum, der sich diskret im Hintergrund hielt, aber dennoch aus jedem Zoll des hochherrschaftlichen Anwesens sprach. Über der breiten Eingangstreppe wölbte sich ein Überbau, getragen von zwei Säulen, der im Vergleich zu der üppigen Bauweise des Hauses eher nüchtern wirkte. Ein ganzer Strom von Gästen drängte die Treppe hinauf und durch die Eingangstür, die von prächtig livrierten Dienern geöffnet wurde.

Alecs Atem war in der kalten Luft sichtbar, als er die Kutsche verließ. Es war Ende Januar, und es schien ihm, als würde es mit jedem Tag kälter. Er hatte nicht mit Mr. Seymour mitgehen wollen, weil er nach wie vor eine Abneigung gegen große Menschenmengen hatte, aber Mr. Seymour hatte darauf bestanden.

»Na, Alec«, sagte er und stellte sich neben seinen Schützling. »Das ist das erste Mal, dass du dich unter diese erlauchte Gesellschaft mischst, nicht wahr?«
Alec betrachtete das große Haus und wünschte, er wäre daheim geblieben. »Warum werden wir zu diesen Gesellschaften überhaupt eingeladen? Ich dachte, dabei träfen sich nur der Adel und die reiche Oberschicht.«
»Nun, viele der Leute, die du heute sehen wirst, stehen in Handelsbeziehungen mit mir. Wenn ich in England bin, ist es unabdingbar, dass sie mich einladen, das gebietet allein schon die Höflichkeit. Außerdem – und das sage ich in aller Bescheidenheit – habe ich nicht weniger Geld als die reiche englische Oberschicht. Aber natürlich werden sie mich trotzdem nie völlig als ihresgleichen ansehen.« Er lachte. »Aber respektieren müssen sie mich dennoch, denn von Leuten wie mir hängt ihr Wohlstand ab, auch wenn sie es nie offen eingestehen würden.«
Sie traten gemeinsam durch die Tür, und Alec entspannte sich, als sie aus der Kälte in die wärmere Eingangshalle traten. Das Gastgeberehepaar stand an der Tür zu einem großen Saal und begrüßte jeden einzelnen Gast.
»Mr. Seymour, wie schön, Sie wieder einmal in England begrüßen zu dürfen«, sagte Mr. Linley.
Bradley Seymour grüßte ebenso herzlich zurück und stellte dann Alec vor: »Mr. Linley, das ist mein persönlicher Assistent, Mr. Alec Delany.«
»Mr. Delany.« Mr. Linley drückte ihm die Hand. Er war ein stämmiger Mann um die fünfzig, mit einem etwas geröteten Gesicht und weißem Haar. Seine Frau war eher zierlich, ungefähr im gleichen Alter wie ihr Mann, mit freundlichen Augen. Sie wandte sich an Alec.
»Sie haben sich die kälteste Jahreszeit ausgesucht, um nach

England zu kommen«, sagte sie mit einem Lachen. »Haben Sie die Heimat so vermisst, oder haben wichtige Geschäfte Sie gerufen?« Sie wartete die Antwort nicht ab. »Ich könnte England nie lange fernbleiben, so schön andere Länder auch sein mögen. Es ist und bleibt nun einmal unsere Heimat.«
Alec lächelte. Ihre vielleicht, aber meine sicher nicht, dachte er. Ich bin froh, wenn ich von Bord eines Schiffes aus sehen kann, wie dieses kalte, ungastliche Land sich immer weiter im Horizont entfernt. »Da haben Sie wohl Recht«, entgegnete er laut. Mr. Seymour gab ihm einen Wink, grüßte die Gastgeber noch einmal und ging mit ihm in den Saal, nachdem die Gäste hinter ihnen bereits ungeduldig geworden waren.
Für Alec war der Anblick eines gefüllten Festsaals etwas vollkommen Neues, und er konnte nicht sagen, ob es ihm gefiel oder nicht. Er grüßte die Leute, die Mr. Seymour grüßte, und musterte die Umgebung aufmerksam. Die Frauen trugen Kleider, deren Pracht Alec nur von Beschreibungen her kannte. An ihren Hälsen und Armen funkelten Brillanten, und jede schien die anderen in ihrer Aufmachung übertreffen zu wollen. Es herrschte ein Treiben wie in einem Vogelkäfig.
Nach kurzer Zeit blieb Alec hinter Mr. Seymour zurück und schlenderte allein durch den Saal, wobei er sich bemühte, den Eindruck zu vermitteln, als sei ihm alles vertraut. Ein Bediensteter bot ihm ein Glas Champagner an, doch Alec lehnte ab. Seit seiner Entlassung hatte er es vermieden, Alkohol zu trinken, so sehr war ihm das Bedürfnis, stets die Kontrolle über die jeweilige Situation zu behalten, im Gefängnis zur zweiten Natur geworden. Viele seiner Bekannten hatten sich bereits in gutmütigem Spott über seine Abstinenz mokiert.
Ein Raum am Ende des Saals schien ausschließlich den Herren vorbehalten zu sein, denn man sah nur Männer darin ein

und aus gehen. Alec ging langsam darauf zu. Bei dem Raum handelte es sich um das Raucherzimmer, in dem die Herren ungestört Zigarre rauchen und sich über Politik unterhalten konnten. Beim Eintritt legte man ein Jackett an, das einem von einem Bediensteten gereicht wurde, um den Rauchgeruch beim Verlassen nicht in den Ballsaal zu tragen. Nach kurzem Zögern betrat Alec das Zimmer, nahm eine der teuren Zigarren, die ihm ein Diener anbot, und stellte sich in die Nähe des Fensters, wo er rauchen und die Leute beobachten konnte. Neben ihm stand eine Gruppe junger Männer, die angeregt diskutierten, und er hörte ihnen zu, ohne wirkliches Interesse zu bekunden. Er war nicht geübt in der Kunst, so zu tun, als stünde er freiwillig abseits.

George hatte es geschafft, Florence, von ihrer Mutter unbemerkt, in den Garten zu führen. Sie ging an seinem Arm über die gefrorenen Wege, und ihr Atem stieg in weißen Wolken auf. George spürte, dass sie leicht zitterte.
»Soll ich Sie lieber wieder zurückbringen?«, fragte er besorgt.
»Nein, die frische Luft tut mir gut. Mir ist ganz schwindlig geworden vom Tanzen.« Florence spürte die Wärme von Georges Arm durch sein Jackett hindurch. Sie hatte ihn, seit sie ihm letzten Monat zufällig im Park begegnet war, beinahe täglich gesehen, und inzwischen erwachte sie jeden Morgen in freudiger Erwartung des bevorstehenden Treffens.
Schweigend spazierten sie zu einer Trauerweide, deren Zweige eine Laube bildeten. Die Äste waren mit Reif überzogen und glänzten weiß in der Dunkelheit.
»Wie schön das aussieht«, sagte Florence leise.
George zog sie mit sich unter den Baum. Florence fror, aber dieses Zusammensein mit George in der Laube war so beglückend und romantisch, eigentlich hatte sie kein Verlangen

danach, je wieder in den Saal zurückzukehren. George zog sie an sich, so dicht, sie konnte seinen Herzschlag spüren. Ihr eigenes Herz klopfte so laut, dass sie glaubte, es müsse ihm in den Ohren widerhallen.

»George«, flüsterte sie.

Sein Blick wurde ernst, er senkte den Kopf und berührte mit dem Mund ihre zitternden Lippen. Sein Atem vermischte sich warm mit ihrem, und nach einigem Zögern schlang sie die Arme um seinen Hals und schmiegte sich an ihn. Es schien eine Ewigkeit zu dauern, bis sie sich zögernd wieder voneinander lösten. Florence senkte den Kopf, sie war zu verlegen, um George in die Augen zu sehen. Sie hoffte inständig, er werde sie nicht für leichtfertig halten, weil sie sich so widerstandslos von ihm hatte küssen lassen.

Er zog sie wieder an sich. »Bitte heirate mich«, flüsterte er dicht an ihrem Ohr. Eine Woge des Glücks erfasste sie und schlug über ihr zusammen. Sie schluckte und war nicht imstande zu antworten. George hob den Kopf, und sein Blick suchte den ihren. Er lächelte. »Sehr begeistert scheinst du von der Idee ja nicht zu sein.«

Florence schüttelte den Kopf und setzte an, etwas zu sagen, dann erkannte sie, dass gerade diese Geste seine Worte noch bestätigte, und fing an zu lachen.

»Wie gut, dass meine Freunde mich jetzt nicht sehen können. Ich mache dir einen Antrag, bekomme erst keine Antwort und werde am Ende ausgelacht. Mein Ruf wäre ein für alle Mal ruiniert.« George lachte nun auch.

Florence legte ihren Kopf an seine Schulter. »Aber ich möchte dich doch heiraten, George.« Sie hob den Kopf und sah ihn an. »Ich liebe dich.« Ihr traten Tränen in die Augen. »Ich liebe dich.«

Helena lauschte den Gesprächen ihrer Freundinnen ohne Interesse. Zwei der Mädchen würden demnächst heiraten – Ehen, die von den Vätern arrangiert worden waren. Wann immer Helena hörte, wie widerspruchslos sich ihre Freundinnen in derartige Ehen fügten, fragte sie sich, warum ihr das, selbst um des Friedens in der Familie willen, nicht möglich war. Allein der Gedanke daran ließ ihr einen kalten Schauer über den Rücken laufen. Die Worte der Mädchen verklangen, ohne dass sie sie bewusst zur Kenntnis nahm. Ihr Blick wanderte immer wieder zu ihrem Vater, der mit Matthew in eine offensichtlich ernste Unterhaltung vertieft war. Helena erwartete mit düsterer Vorahnung jeden Tag seinen Antrag. Ihr blieb nur ein einziger Trost: Sie würden nicht vor ihrem einundzwanzigsten Geburtstag heiraten. Aber allein, offiziell als Matthews Verlobte zu gelten, war ein schrecklicher Gedanke, von den Rechten, die ihm eine Ehe geben würde, ganz zu schweigen.

Helena atmete langsam aus und blickte trübselig durch das Fenster in die Nacht hinaus. In der Fensterscheibe spiegelte sich ein junger Mann, der in ihre Richtung blickte, ohne zu merken, dass sie ihn ebenfalls sah. Etwas in seinem Blick veranlasste sie, sich zu ihm umzudrehen. Sie erkannte in ihm den Mann, den sie vor wenigen Tagen am Bahnhof gesehen hatte. Er schien sie ebenfalls wiedererkannt zu haben, denn die Bewunderung, die sie zuvor in seinen Augen gesehen hatte, schlug um in Verblüffung. Ihre Blicke trafen sich, und Helena spürte ihr Herz schneller schlagen, als er ihr dasselbe charmante Lächeln schenkte wie auf dem Bahnhof. Halb erwartete, halb hoffte sie, er werde sie zum nächsten Tanz auffordern. Er schien eben im Begriff, auf sie zuzugehen, als er innehielt.

»Darf ich wissen, wem Ihr schmachtender Blick gilt?« Matthews Stimme war frostig und plötzlich so dicht neben ihr, dass sie zusammenfuhr. Sie biss sich auf die Lippen und schluckte eine scharfe Bemerkung hinunter. Es fehlte gerade noch, ihren Freundinnen, die bei Matthews Erscheinen verstummt waren, ein Schauspiel zu liefern. Matthews Blick wanderte in die Richtung, in die sie geschaut hatte.

»Aha, ich verstehe«, sagte er, nur für sie hörbar. Scheinbar sanft nahm er sie beim Arm und führte sie zur Tanzfläche. Wenn Helena eine entwürdigende Szene vermeiden wollte, musste sie ihm folgen.

»Ich möchte nicht mit Ihnen tanzen, Matthew«, presste sie zwischen den Zähnen hervor, als er den Arm um ihre Taille legte und sie so zwang, mit ihm die ersten Tanzschritte zu machen.

»Ich kann mich auch nicht entsinnen, Sie gefragt zu haben.« Matthews Blick war ebenso kühl wie seine Stimme. »Wissen Sie, wer der Mann ist, den Sie angestarrt haben? Ein Händler«, fuhr er fort, noch ehe sie antworten konnte. »Kein bedeutender Händler – was keinen Unterschied gemacht hätte –, sondern lediglich der Handlanger eines Mannes, mit dem ich schon seit Jahren in Geschäftskontakt stehe. Sie werden ihn nie wieder auf eine derart einladende Weise ansehen, das erlaube ich nicht.«

Helena legte den Kopf zurück und sah ihn an. »Und was geht Sie das an, wenn ich fragen darf?«

»Ich wünsche nicht, dass meine zukünftige Verlobte von sich reden macht, indem sie mit einem Händler flirtet.«

Helenas Zorn flackerte auf. »Selbstverständlich schulde ich Ihnen keinerlei Rechenschaft, aber erstens habe ich nicht geflirtet, zweitens kann ich mich nicht daran erinnern, Ihnen ein Jawort gegeben zu haben.«

Matthews Hand umschloss die ihre eine Spur fester, was für Helena etwas anstößig Vertrauliches hatte. »Das wird Ihr Vater schon an Ihrer Stelle tun, keine Sorge.«

»Dazu hat er nicht das Recht.«
»O doch, das hat er. Haben Sie vergessen, dass man von Töchtern Ihres Alters und Ihrer Stellung Gehorsam erwartet?«
Helena versuchte, sich aus seinem Arm zu lösen, aber er hielt sie fest, ihr Schritt geriet aus dem Takt, und sie stolperte beinahe. Matthew fing sie mühelos ab, niemand der anderen tanzenden Paare bemerkte etwas.
»Ich werde Sie nie heiraten. Auch mein Vater wird mich nicht dazu zwingen können.«
Matthew gab ihr keine Antwort. Sein Gesicht ließ nicht erkennen, ob er das Gesagte zur Kenntnis genommen hatte.
»Wenn Sie ihr Vorhaben wirklich ausführen und mich zu Ihrer Frau nehmen, dann können Sie sich jetzt schon auf ein tränenreiches Eheleben vorbereiten.«
Matthew lachte.
»Wir werden«, fuhr Helena aufgebracht fort, »nie miteinander harmonieren. Darüber hinaus …«
»Für mich«, schnitt Matthew ihr das Wort ab, »ist nicht die Harmonie wichtig, sondern der Vorteil, der sich aus der richtigen Verbindung der richtigen Familien ergibt, und«, sein Blick glitt über ihr Gesicht und an ihrem Körper herunter, »wie begehrenswert die Braut ist.« Er lächelte sein träges, sinnliches Lächeln, für das etliche Freundinnen Helenas schwärmten. »Nicht zu vergessen, meine Rechte als Ehemann.«
Helena schoss das Blut ins Gesicht, und ihr wurde heiß vor Scham. Ohne sich um die Umstehenden zu kümmern, riss sie sich mit einem Ruck von Matthew los, stieß ihn so heftig von sich, dass er zurückstolperte, und eilte von der Tanzfläche. Es fehlte nicht viel, und sie hätte ihn geohrfeigt. Ehe sie in der Menschenmenge verschwand, nahm sie noch das wutverzerrte Gesicht ihres Vaters wahr, der in der Nähe gestanden

hatte. Er rief sie, wie sie an der Bewegung seiner Lippen ablesen konnte, aber es war zu laut, um ihn zu verstehen. In der Hoffnung, weder ihr Vater noch Matthew würden sie dort vor Ende des Festes finden, lief sie durch eine der hinteren Verandatüren hinaus. Wie Frühnebel, der über die Themse schleicht, kroch die eisige Kälte an ihr hoch, drang in die Fasern ihrer Kleidung und schien ihren Körper auszufüllen. Sie wäre am liebsten in Tränen ausgebrochen. Die Konsequenzen ihres Handelns wurden ihr erst jetzt klar. Sie hatte Matthew vor den Leuten lächerlich gemacht, ihren Vater und sich selbst blamiert. Matthew hatte es für seine Unverschämtheit verdient, aber außer ihr hatte niemand seine beleidigenden und beschämenden Äußerungen gehört. Die Leute würden sie für hysterisch und unverschämt halten und sich bis zum nächsten Skandal das Maul über sie zerreißen. Und für ihren Vater würde das, was sie getan hatte, unverzeihlich sein. Welche Strafe er sich für sie ausdenken würde, darüber mochte sie gar nicht nachdenken.

Sie hörte Schritte auf dem Kies und blickte in den Garten. Aus der Dunkelheit kam ein Pärchen auf die Veranda zu. Helena drückte sich an die Wand, um nicht gesehen zu werden. Im Näherkommen erkannte sie ihren Bruder George und Florence. Was um alles in der Welt trieben die beiden bei diesen Temperaturen im Garten? George hielt Florence' Hand, ließ sie aber los, ehe sie die Verandatür erreichten. Im Licht, das durch die Scheiben hinausfiel, erkannte Helena Florence' gerötete Wangen und ihre glänzenden Augen, was sich sowohl auf eine innere Erregtheit als auch auf die Kälte zurückführen ließ. Sie beobachtete die beiden, während sie den Ballsaal wieder betraten.

Verzweifelt stützte sie ihre Arme auf der eisigen Metallbrüstung ab und barg das Gesicht in den Händen.

»Ihr Problem wird sich hier draußen nicht lösen. Sie werden sich höchstens eine Lungenentzündung holen und dann erst recht nicht mehr imstande sein, sich zu verteidigen.«
Helena fuhr herum und starrte in die Richtung, aus der die Stimme kam. Sie nahm die hoch gewachsene, schlanke Silhouette eines Mannes wahr, ohne sein Gesicht sehen zu können. Er stand direkt zwischen ihr und der Verandatür. »Wie lange stehen Sie da schon?« Ihre Stimme büßte durch ihr Bemühen, nicht mit den Zähnen zu klappern, einiges an Schärfe ein.
Der Mann trat auf sie zu, und sie erkannte in ihm den Unbekannten vom Bahnhof wieder. »Sie haben Angst«, stellte er fest. Er lehnte sich neben sie an die Brüstung. »Keine Sorge, nachdem Sie dem Wolf entkommen sind, habe ich nicht vor, den nächsten Angriff auf Sie zu starten.« Seine Augen blieben auf ihr Gesicht gerichtet. »Um Ihre Frage zu beantworten, ich bin eben erst gekommen. Nach ihrem … Auftritt hielt ich es für das Beste, Ihnen zu folgen.«
Helena legte den Kopf zurück. »Sie konnten doch gar nicht wissen, dass ich hinauswollte.«
Der Mann lächelte. »Sagen wir, ich habe es mir gedacht. Wo sonst würde man Sie wohl auf keinen Fall suchen?«
»Na«, meinte Helena resigniert, »dann bleibt mir wohl nur die Hoffnung, mein Vater möge nicht ebenso logisch schlussfolgern wie Sie.«
»Sie wollen mir doch nicht sagen, der Mann auf der Tanzfläche sei Ihr Vater gewesen?«
Helena musste lachen. »Das war ein Freund der Familie.«
»Ihrem Verhalten nach zu urteilen, muss es ja ein überaus lieb gewonnener Freund sein.«
»So lieb gewonnen, dass er ein führender Anwärter auf meine Hand ist«, entgegnete sie und hätte sich danach am liebsten auf die Zunge gebissen.

»Dann war es besonders unverzeihlich, nehme ich an.«
»Es ist nicht nur unverzeihlich, sondern eine Katastrophe.«
Er hatte den Blick von ihr abgewandt und sah in den dunklen Garten hinaus. Sie musterte ihn. Seine Gesichtszüge waren markant, wenn auch etwas hart, was auf sie aber durchaus attraktiv wirkte. Es war offensichtlich, dass er durch schwere Zeiten gegangen war. Das dunkle Haar war mit einigen helleren Strähnen durchsetzt, scheinbar von der Sonne gebleicht, auch seine Hautfarbe war dunkler, als es für gewöhnlich bei Engländern der Fall war. Und er hatte eine angenehme Art, die Worte zu modulieren, eine bestimmte Betonung, bei der Helena meinte, etwas von dem Kolonialakzent der in Indien ansässigen Engländer herauszuhören.
»Gefällt Ihnen, was Sie sehen?« Er drehte sich wieder zu ihr, und sein Gesichtsausdruck verriet Belustigung. Helena wurde rot.
»Wie meinen Sie bitte?«
»Habe ich Ihre kritische Musterung bestanden?«
»Woher wollen Sie wissen, dass ich Sie angesehen habe? Sie haben nicht einmal in meine Richtung geschaut.«
»Das wüssten Sie aber nicht, wenn Sie es nicht getan hätten, nicht wahr?«
Helena gab keine Antwort.
Seine Mundwinkel deuteten ein Lächeln an. »Ich habe im Laufe meines Lebens vieles gelernt, unter anderem, jeden Blick zu spüren.«
»Kann man so etwas lernen? Das wusste ich nicht.«
Der Mann wurde wieder ernst. »Das kommt auf die Lebensumstände an.«
Helena fragte nicht weiter. Es musste einen dunklen Punkt in seinem Leben geben, das spürte sie instinktiv.
Sie schlang die Arme um ihren Körper und konnte nun das

Zähneklappern nicht mehr unterdrücken. Der Mann sah sie an. »Kommen Sie. Wahrscheinlich sind Sie morgen sowieso so krank, dass Sie sich wünschen werden, Sie hätten nie die Idee gehabt, nach draußen zu gehen.«
»M… Mein V… Va… Vater …« Ihre Zähne schlugen aufeinander.
Alec zog sein Jackett aus und legte es ihr, ihre schwachen Proteste ignorierend, um die Schultern. Wenn ihm vorher schon kalt gewesen war, so traf ihn die Kälte nun wie ein Schlag. Helena zog das Jackett um sich, es war warm von seinem Körper. Sie spürte den leichten Druck seiner Hand, die auf ihrer Schulter lag, als er sie zur Tür schob und mit ihr das Haus betrat. In diesem Teil des hinteren Saals hielten sich kaum Leute auf, darüber hinaus lag die Verandatür hinter einer Säule, daher konnte sie niemand sehen. Sie gingen gemeinsam in ein angrenzendes, leer stehendes Zimmer. Helena sorgte dafür, dass die Tür ein kleines Stück weit offen blieb. Nach ihrem Auftritt mit ihrem Beinahe-Verlobten allein mit einem fremden Mann entdeckt zu werden, das fehlte noch. Die plötzliche Wärme ließ ihr Blut wieder zirkulieren, so dass ihr ganzer Körper schmerzte. War ihr eben noch kalt, so spürte sie jetzt, wie sie eine bleierne Mattigkeit überkam. Die Kälte schien ihr in den Knochen zu sitzen, denn obwohl ihr äußerlich warm wurde, zitterte sie immer noch. Langsam nahm sie das Jackett von den Schultern und reichte es dem Mann. Sie lächelte.
»Sie haben sich übrigens nicht vorgestellt«, tadelte sie. »So etwas gilt als Fauxpas, wissen Sie das nicht?«
Der Mann lächelte zurück. Es war ein angenehmes, charmantes Lächeln, das seine dunkelblauen Augen zum Leuchten brachte. »Mein Name ist Alec Delany, Miss.«
»Sehr erfreut, Mr. Delany.« Sie setzte sich in einen Sessel und

atmete langsam aus. Es tat so gut, wieder in einem warmen Raum zu sein. »Erzählen Sie mir noch etwas mehr über sich. Ich habe Sie bisher nie auf einem Fest gesehen. Sie sind nicht aus London, habe ich Recht?« Es war eher eine Feststellung als eine Frage.

Alec setzte sich auf die Lehne eines anderen Sessels. »Ich komme aus Kalkutta.«

Helena lehnte den Kopf zurück. »Werden Sie bis zur Saison bleiben?«

»Wann ist das?«

Sie sah ihn an und lachte ungläubig. »Im Sommer.«

»Vielleicht werde ich dann noch hier sein, ich weiß es noch nicht.« Er sah sie mit gespieltem Vorwurf an. »Sie sind mir gegenüber übrigens im Vorteil.«

»Warum? Weil ich weiß, wann die Saison beginnt?«

»Nein, weil Sie wissen, mit wem Sie sich gerade unterhalten.«

Helena lachte wieder. »Entschuldigen Sie. Mein Name ist Lady Helena Ashington.« Sie registrierte das kurze Zucken in seinem Gesicht und sah einen Ausdruck in seinen Augen, den sie nicht verstand.

Alec wandte den Blick ab, sah zu Boden und fragte sich, warum er von allen Frauen auf dem Fest, von allen Frauen Englands ausgerechnet mit der Tochter von Lord Ashington ein Gespräch beginnen musste.

Helena sah zur Uhr über dem Kaminsims. Es war beinahe halb zwei. Für gewöhnlich verließen ihre Eltern Feiern, die außerhalb der Saison stattfanden, um diese Zeit. Sie sah zu Alec hinüber. Seit sie ihren Namen genannt hatte, hatte ihr Gespräch seine vorherige Ungezwungenheit verloren. Sie unterhielten sich zwar zunächst noch über Belanglosigkeiten, aber das Gespräch wurde immer einsilbiger, bis sie am Ende ganz verstummt waren.

Helena richtete sich auf. »Ich glaube, ich sollte allmählich nach meinen Eltern suchen. Sie hätten nicht mit mir warten müssen«, sagte sie zu Alec, der sich mit ihr zusammen erhoben hatte. »Sicher vermissen Ihre Freunde Sie schon.« Sie konnte einen leisen Vorwurf in ihrer Stimme nicht unterdrücken. Er bemerkte es sofort.

»Bitte halten Sie mich nicht für unhöflich«, sagte er, »ich musste nur gerade an einige Probleme denken, die noch ungelöst sind und deren Lösung ich zurzeit nicht finden kann.« Er zwang sich zu einem Lächeln. »Und was das Warten betrifft: Ich wollte Sie nicht einfach allein lassen. Abgesehen davon«, sein Lächeln wurde eine Spur ironisch, »kenne ich hier in der Gesellschaft außer meinem Begleiter niemanden, der mich vermissen könnte.«

Dieses freimütige Geständnis bestätigte Helena in der Annahme, dass ihre Kreise vollkommenes Neuland für ihn sein mussten. Niemand aus der Gesellschaft hätte freiwillig zugegeben, auf einer Feier mit niemandem der anderen Gäste bekannt zu sein. Sie lächelte verschmitzt. »Wären die Umstände nicht so gewesen, dass ich mich hier verstecken musste, hätte ich Sie herumgeführt und so getan, als würde ich Sie schon lange kennen. Am Ende des Abends hätten Sie sich vor Bekannten nicht mehr retten können.«

Belustigt sah Alec sie an. Helena strich ihr Kleid glatt. Ihr wurde übel bei dem Gedanken, ihrem Vater gegenübertreten zu müssen. Sie ging zur Tür, legte die Hand auf die Klinke und blickte Alec noch einmal an. »Danke«, sagte sie nach kurzem Zögern.

Er lächelte höflich. »Nichts zu danken.«

Sie verließ den Raum und bahnte sich einen Weg durch die Menschen. Ihre Hände waren kalt vor Nervosität, und sie spürte die teils spöttischen, teils belustigten Blicke der Leute, an denen sie vorübereilte. Natürlich hatte sich ihr unziemliches Verhalten unter den Gästen bereits herumgesprochen. Heute Abend wusste es jeder auf dem Fest, morgen würde es die ganze Gesellschaft wissen.

»Lady Helena«, hörte sie eine Männerstimme neben sich. Sie drehte sich um und sah Mr. Linley, der sie amüsiert ansah. »Ihr Vater sucht Sie bereits überall. Sie sollten sich wappnen, er ist nicht bei bester Laune.« Er zwinkerte ihr zu. »Lassen Sie sich nur nicht unterkriegen. Lord Vanderley war zwar offensichtlich wütend, aber einer so schönen Dame verzeiht ein Gentleman doch alles.«

Der Meinung war Helena nicht, aber sie schwieg. Mr. Linley mochte sie, er kannte sie schon von klein an, deshalb war seine Ansicht der Dinge nicht gerade objektiv.

»Diese jungen Männer«, fuhr er fort, »brauchen ab und zu mal einen Denkzettel, damit sie sehen, dass etwas Schönes auch teuer erworben werden muss.«

Beklommen betrat Helena den vorderen Saal. Ihr Blick traf den ihres Vaters im selben Moment, als dieser den Kopf in ihre Richtung wandte. Er kochte innerlich vor Wut, das sah sie sofort an der ungewöhnlichen Starre seiner Haltung. Sein Blick verriet einen solch grimmigen Zorn, dass ihr Herz raste, bei dem Gedanken, mit ihm allein sein zu müssen. Denn es sah ganz so aus, als würde sie mit ihren Eltern alleine zurückfahren, sah sie doch weder ihre Brüder noch Simon irgendwo.

»Vater …«, begann sie leise, als sie neben ihm stand.

»Du wirst dich bei ihm entschuldigen. Hier, jetzt gleich«, unterbrach er sie. Seine Stimme war kalt und beherrscht.

»Vor allen Leuten? Nie.« Helena würde alles tun, um mit ihren Eltern Frieden zu schließen, aber was ihr Vater verlangte, kam einer öffentlichen Demütigung gleich.

»Helena, ich denke doch, du weißt, in was für eine Situation du uns gebracht hast.«
»Weißt du überhaupt, warum ...«
»Nein, und ich will es auch nicht wissen!« Diese letzten Worte hatte er unwillkürlich lauter gesprochen, was die Aufmerksamkeit der Umstehenden auf Vater und Tochter zog. Jetzt wurde er sich der Blicke bewusst, die die Leute ihnen zuwarfen, und senkte seine Stimme sofort, während er drohend fortfuhr: »Du wirst es tun, Helena, oder du wirst allen Grund haben, es zu bereuen. Dafür sorge ich!«
Helena schüttelte langsam den Kopf.
Ihr Vater sah aus, als wolle er sie schlagen. Mit mühsamer Beherrschung unterdrückte er diesen Impuls und sprach mit gepresster Stimme weiter: »Helena, wenn du es weiterhin wagst, mir hier vor allen Leuten die Stirn zu bieten, werde ich dich eine Zeit lang fortschicken. An einen Ort, wo du ausreichend Zeit haben wirst, darüber nachzudenken, wie eine Frau deines Standes sich zu benehmen hat. Denk darüber nach! Du weißt, dass ich meine Drohungen wahr mache.«
»Jeder Ort, wo ich Matthew nicht sehen muss, wäre durchaus eine Überlegung wert«, entgegnete Helena rebellisch und hätte sich im selben Moment dafür ohrfeigen können.
Arthur Ashington nahm ihren Arm, der Blick starr vor Wut. »Wie du wünschst, Helena. Das wird vorläufig deine letzte Nacht bei uns sein. Morgen früh reist du ab.« Er machte Anstalten zu gehen.
»Ich tue es«, sagte Helena, ehe sie wusste, was sie tat. »Hörst du, Vater, ich tue es.«
Ihr Vater sah sie prüfend an, irritiert durch ihre plötzliche Fügsamkeit, die nicht so recht zu ihrem vorherigen Verhalten passen wollte. Dann nickte er.
Helena, die es bis jetzt nicht gewagt hatte, ihre Mutter anzu-

sehen, schaute in ihre Richtung und meinte zu ihrem Erstaunen, etwas wie Mitleid in deren Gesichtsausdruck zu erkennen. Vielleicht war es das, was ihr half, ihr letztes Zögern abzulegen und der Anordnung ihres Vaters Folge zu leisten. Die Gesellschaft erwartete nun einmal von ihr, zerknirscht zu sein über das eigene Fehlverhalten und sich bei Matthew dafür zu entschuldigen.

»Er ist im Tanzsaal.« Lord Ashington begleitete sie bis zum Eingang des Saals und blieb dort stehen, um sie zu beobachten.

Helena entdeckte Matthew in der Nähe einer Nische, der mithilfe von Farnen und anderen Grünpflanzen ein leicht exotisches Ambiente verliehen worden war. Sie straffte sich und ging langsam zu ihm hinüber, wobei sie das Gefühl hatte, jeder starre sie an. Als sie sich jedoch umblickte, bemerkte sie, dass die wenigsten Leute überhaupt Notiz von ihr nahmen. Matthews Freunde bemerkten sie allerdings, noch bevor er es tat. Das Gespräch verstummte, und Matthew wandte sich zu ihr. Sie berührte ihn leicht am Arm. »Kann ich Sie kurz sprechen?«

Seine Freunde zogen sich mit gemurmelten Entschuldigungen zurück.

»Was gibt es?«, fragte er unfreundlich.

Helenas Herz schlug ihr bis zum Hals, sie brachte kein Wort heraus. Einige Leute in ihrer Nähe sahen sie neugierig an.

»Ich warte, Helena.«

»Es ist ... ich ...«, sie holte tief Luft, »verzeihen Sie mir bitte. Mein Verhalten war völlig unangemessen, es wird nicht wieder vorkommen.« Es war gesagt. »So wünscht es mein Vater«, fügte sie leiser hinzu. Sie sah Matthew an und wartete auf eine Reaktion, damit die Farce endlich ein Ende hatte.

Seine Augen verdunkelten sich verärgert, aber er war sich der

Blicke der Umstehenden bewusst, und er wusste auch, welches Verhalten von ihm in einer solchen Situation erwartet wurde. Er lächelte, und nur Helena konnte sehen, wie gezwungen es war, denn seinem Lächeln fehlte der Charme, der es sonst auszeichnete. Ihr seinen Arm bietend, führte er sie in scheinbarer Vergebungsbereitschaft eines verliebten Verehrers in eine kleine Nische hinter einer Säule. Helena fragte sich, was er wohl vorhatte, bis sie sein Gesicht sah. Jede aufgesetzte Höflichkeit fiel wie eine Maske davon ab und ein Ausdruck unverhohlenen Zorns blieb zurück. Er umfasste ihren Arm so fest, dass ihr vor Schmerz die Tränen in die Augen schossen und beugte sich zu ihr, bis sein Gesicht nahe an dem ihrem war. »Wage das nie wieder! Du hast mich vor allen Leuten lächerlich gemacht.«

»Ich habe mich doch entschuldigt.« Sie versuchte, ihren Arm zu befreien. Er lockerte seinen Griff so weit, dass er ihr nicht mehr wehtat, sie sich aber immer noch nicht losreißen konnte. Seine andere Hand griff unter ihr Kinn und hob ihr Gesicht ihm entgegen.

Helena biss sich wütend auf die Lippen, die Röte in ihrem Gesicht vertiefte sich. Sie drehte ihren Kopf zur Seite. »Sehen Sie denn nicht, wie absurd eine Ehe zwischen uns wäre?«, entfuhr es ihr. »Ich habe Sie vor allen Leuten unmöglich gemacht. Es tut mir nicht wirklich Leid, denn Sie haben es verdient, aber ich musste mich dem Wunsch meines Vaters fügen. Werden Sie nun endlich davon absehen, mich heiraten zu wollen?«

»O nein, meine Liebe, das tue ich nicht. Als dein Ehemann wäre ich in der Lage, dir meine Missbilligung in einer Art zu vermitteln, die mir jetzt nicht erlaubt ist. Du würdest es kein zweites Mal wagen, dich so zu benehmen wie heute Abend, das verspreche ich dir.«

»Lassen Sie mich los, und hören Sie auf, mich derart vertraut anzusprechen! Noch sind wir nicht verlobt, also wahren Sie bitte die nötige Distanz!«
Matthew betrachtete ihre leicht geöffneten, zitternden Lippen, die Augen, die wie im Fieber glänzten. Helena wand sich unter seinen Blicken. Er bemerkte es und lachte.
»Wissen Sie«, begann er, wieder in seinen normalen Ton zurückfallend, »wenn Sie es wollten, könnten Sie selbst einen Mönch verführen.«
Helena öffnete eben den Mund zu einer Erwiderung, als Matthew ihr zuvorkam.
»Ihnen würde sowieso keine passende Antwort darauf einfallen, bemühen Sie sich also gar nicht erst, eine zu finden. Ich habe Ihnen doch schon einmal gesagt, dass ich mich auf dieses Spiel besser verstehe als Sie.«
Helena würdigte diese Bemerkung keiner Antwort, stattdessen presste sie die Lippen zusammen und sah an ihm vorbei in den Saal. Sie fühlte sich jetzt, wo die ganze Anspannung von ihr abgefallen war, nur noch erschöpft. »Ich möchte gehen«, sagte sie.
Er lächelte spöttisch, führte sie jedoch ohne jeden weiteren Kommentar zu ihrem Vater zurück.

12

»Hast du die Bilanzbücher durchgesehen, Alec?« Mr. Seymour kam mit einer Tasse heißer Schokolade in das Arbeitszimmer, das er Alec überlassen hatte. Dieser löste seinen Blick von einem Schriftstück, auf das er seine ganze Konzentration verwandt hatte, und deutete mit dem Kopf auf zwei Bücher, die am Rande seines Schreibtischs lagen.

»Ich habe das schon heute Morgen gemacht.«

»Du warst früh wach.« Mr. Seymour stellte seine Tasse auf dem Schreibtisch ab. »War der Abend nicht anstrengend für dich?«

»Ich konnte, nachdem ich heute Früh aufgewacht bin, nicht mehr einschlafen«, erwiderte Alec scheinbar beiläufig und senkte den Blick wieder auf das Schriftstück vor sich.

»Der Abend gefiel dir nicht besonders.« Es war eine Feststellung.

»Nun«, Alec sah langsam hoch, »sagen wir, es war gewöhnungsbedürftig.«

Mr. Seymour lachte. »Du wirst heute Abend noch ausreichend Gelegenheit haben, dich daran zu gewöhnen. Wir sind zum Abendessen eingeladen.«

»Bei wem?« Alec machte nicht den geringsten Versuch, seine mangelnde Begeisterung zu verhehlen.

»Sir Tyrone Fielding hat uns eingeladen. Es handelt sich nur um ein Abendessen im privaten Rahmen, außer seiner Familie und uns wird niemand anwesend sein.« Mr. Seymour warf einen Blick auf das Schriftstück, das vor Alec lag. »Ist das eben mit der Post gekommen?«

Alec schüttelte den Kopf. »Das sind nur einige Überlegungen über ein neues Herstellungsverfahren für Seide.«
»Arbeitest du immer noch daran?« Mr. Seymour zog das Blatt zu sich. »Denkst du wirklich, du könntest damit Erfolg haben? Ich habe noch keine Seide gesehen, die weicher gewesen wäre als die der *Thompson-Manufaktur*. Wir sind keine Seidenhersteller. Um mit so etwas Erfolg zu haben, müsste dir schon etwas Revolutionäres einfallen.«
Alec zuckte die Schultern. »Es ist nur ein Versuch.«
»Nun, wenn es dich so sehr interessiert, dann arbeite daran. Wer weiß ...« Mr. Seymour schob seinen Stuhl zurück und stand auf. Er war froh, dass Alec sich mit etwas anderem beschäftigte als mit seiner fixen Idee, Lord Ashington zur Rechenschaft ziehen zu wollen. Solange Alec seine Arbeit weiterhin zu seiner vollen Zufriedenheit erledigte, war es ihm egal, wie viel Zeit er in andere Projekte investierte.
»Ich erwarte nächsten Monat eine Schiffsladung Baumwolle und Seide aus Bengalen. Sieh dir doch bitte noch einmal die Verschiffungslisten an, der Kunde, der die Ladung erwartet, ist ein überaus wichtiger Auftraggeber.« Mr. Seymour nahm einen Stapel Papier aus dem Regal und reichte ihn Alec.
Alec blätterte die Listen durch. »Ich kümmere mich darum.«

13

Simon Ashington betrachtete die Gesellschaft im Haus seines Onkels Arthur mit gemischten Gefühlen. An diesem Abend sollte seine Verlobung mit Lady Olivia Ivory bekannt gegeben werden. Sein Vater und dessen engster Freund Lord Richard Ivory hatten bereits vor Jahren eine Verbindung ihrer Familien beschlossen, und inzwischen war Olivia alt genug, um heiraten zu können. Simon kannte sie kaum, denn sie hatte die meiste Zeit ihres Lebens in Afrika verbracht, wo Lord Ivory politisch tätig war.

Anthony Ashington stand neben Simon in der Eingangshalle von Ashington House und betrachtete dessen verdrossenes Gesicht. »Warte doch erst einmal ab, bis du sie kennen gelernt hast.«

Simon sah seinen Vater an. »Heißt das, ich habe die Wahl?«

»Nein. Ich habe Richard damals mein Wort gegeben, und das gedenke ich zu halten. Du weißt, was du der Familie schuldig bist.« Dass die Verbindung seines Sohnes mit der Tochter eines Lords seiner Familie den richtigen Glanz geben würde, blieb unausgesprochen. »Du hast deine Pflicht erfüllt, wenn du sie geehelicht hast«, sagte Anthony. »Ich verlange nicht von dir, eine besondere Zuneigung zu ihr zu fassen, es geht mir allein um die gesellschaftlichen Vorteile einer solchen Ehe.« Er schenkte Simons verärgertem Gesichtsausdruck keine Beachtung und sprach weiter: »Was alles andere anbelangt – es gibt schließlich Herrenclubs, in denen man der häuslichen Langeweile entkommen kann. Du kannst dir auch eine Geliebte nehmen, sofern du diskret vorgehst. Ich bin

sicher, Olivia wird es entweder nicht bemerken oder so besonnen reagieren, wie man es von einer Ehefrau erwartet. Du siehst also, dass du aufgrund einer Eheschließung nicht auf deine Vergnügungen wirst verzichten müssen.«
Simon schnaubte und wandte sich ab.

Als Lorena Philligan das Haus von Lord Ashington betrat, waren die Feierlichkeiten schon in vollem Gange. Sie war einer der letzten Gäste, aber immer noch pünktlich genug, um nicht als unhöflich zu gelten; eine der Gesellschaftsregeln, die sie bereits früh gelernt hatte. Sie trug ein dunkelgrünes Seidenkleid mit Diamantschmuck, und ihr rotes, lockiges Haar war elegant hochgesteckt. Im Grunde genommen, mochte sie keine großen Auftritte wie diesen, aber sie hatte von Helena genug über deren Eltern gehört, um zu wissen, worauf diese Wert legten. Wahrscheinlich schätzten diese sie als jemanden ein, der eher aufdringlich früh als zu spät erscheinen und vollkommen beeindruckt sein würde von der Hochherrschaftlichkeit des Hauses. Obwohl sie und Helena sich schon lange kannten – Lorenas Vater war ein wohlhabender irischer Händler in Somerset, mit einem Landsitz nahe dem von Helenas Großeltern –, war sie das erste Mal in Ashington House. Ihre Mutter war Engländerin gewesen und vor einigen Jahren gestorben. Lorena kam selten nach London und blieb dann allen gesellschaftlichen Anlässen fern. Heute jedoch war ein Gast auf dem Fest, den sie unbedingt kennen lernen wollte, und Helena hatte dafür gesorgt, dass man sie einlud.
Ein Diener half ihr aus ihrem Mantel, und sie betrat mit ruhiger Anmut den Salon. Die Gäste, die in der Nähe der Tür standen, drehten sich zu ihr um, neugierig, weil sie sie nicht kannten. Eine dunkelhaarige Frau kam auf sie zu und lächelte mit distanzierter Höflichkeit.

»Ich bin erfreut, Sie in meinem Haus begrüßen zu dürfen, Miss Philligan.« Eleonore begrüßte sie auf die einzig mögliche Art.
»Das Vergnügen ist ganz meinerseits, Mylady.«
Lorena wandte sich zu dem Mann, der hinzugetreten war. Arthur Ashington grüßte sie zwar höflich, aber Lorena konnte in seiner Haltung eine lauernde Erwartung erkennen. Er würde an diesem Abend wahrscheinlich entscheiden, ob Helena weiterhin mit ihr Umgang pflegen durfte oder nicht.
Lorena mischte sich unter die Gäste, wobei sie sich so natürlich bewegte, als gehöre sie zu ihnen. Sie kannte niemanden von ihnen, aber dennoch lächelte sie jedem, der sie ansah, freundlich zu und grüßte, so als ob sie ihn kennen würde. Wollte er nicht als unhöflich gelten, war derjenige gezwungen, zurückzugrüßen.
Helena stand mit einem Glas Limonade am Büffet und ließ den Blick über die Gäste schweifen, als sie Lorena schließlich entdeckte. Sie stellte ihr Glas ab und ging ihr entgegen.
»Ich habe schon gedacht, du kommst nicht mehr. Hatte dein Vater nichts dagegen, dass du alleine kommst?«
Lorena schüttelte den Kopf. »Nein, ich habe ja unsere Kutsche dabei.« Sie blickte sich um. »Das nennt ihr also ›eine kleine Gesellschaft geben‹.«
»Der Abend dient in erster Linie dazu, die richtigen Leute von der Verlobung meines Cousins zu informieren.«
Lorena nickte nur. Heiratsgeschichten und Verlobungen interessierten sie nicht besonders. »Ist Lady Hyde auch gekommen?«
»Ja.« Helena nahm Lorena am Arm. »Komm, ich mache euch bekannt.«
Simon stand mit Olivia in der Nähe der großen Südfenster. Er blickte zum Garten hinaus, und auch Olivia unternahm

keine besondere Anstrengung, ein Gespräch zu beginnen. Sie dachte an die lange, tränenreiche Auseinandersetzung, die sie mit ihrem Vater gehabt hatte. In Afrika war sie glücklich gewesen, fernab der bigotten englischen Gesellschaft mit ihrer Heuchelei und ihrer Doppelmoral. Dort hatte sie sich an der Seite ihres Vaters nützlich machen können und war ein aktives Mitglied der Gesellschaft gewesen. Nun war sie verlobt mit diesem einzigen und zweifellos verwöhnten Sohn aus bester Familie. Sie betrachtete den Ring mit dem Diamanten an ihrem Finger. Am liebsten hätte sie ihn abgezogen und fortgeworfen.
Simon brach das Schweigen als Erster. Er bemühte sich sichtlich um einen freundlichen Ton, als er anbot, ihr eine Erfrischung zu holen. Olivia nahm das Angebot als das, was es war: der Versuch, über eine Gefälligkeit ein Gespräch zu beginnen.

Die ganze Sache war noch viel schlimmer, als er angenommen hatte, dachte Simon, während er sich auf den Weg zum Büffet machte. Denn offensichtlich lehnte Olivia ihn genauso ab wie er sie. Tatsächlich war er überrascht gewesen, als er sie zum ersten Mal sah, denn er hatte sich nach dem, was über sie erzählt wurde, ein anderes Bild von ihr gemacht. Sie war zwar nicht im herkömmlichen Sinne hübsch zu nennen, aber sie sah interessant aus. Ihr Gesicht wurde beherrscht von intelligenten grauen Augen und wies sehr entschlossene Züge auf. Olivias Haar war mahagonifarben und schwer. Irgendwie schien alles an ihr intensiver und auffälliger zu sein als bei anderen Frauen ihres Alters.

Simon kam mit einem Glas in der Hand zurück, das Olivia mit einem reservierten Dank entgegennahm. »Sie wünschen

doch diese Ehe ebenso wenig wie ich«, begann sie, »warum um alles in der Welt lehnen Sie sich dann nicht dagegen auf? Sie sind ein Mann, keiner wird Sie zu etwas zwingen.«
Ihre Frage irritierte Simon. »Wenn es so einfach wäre, dann stünden wir beide nicht hier, das kann ich Ihnen versichern«, antwortete er. Abgesehen davon war es jetzt, wo er ihr das Heiratsversprechen gegeben hatte, von seiner Seite aus nicht mehr möglich davon zurückzutreten. Es wunderte ihn, dass sie das nicht wusste. Wenn ein Mann seine Verlobte verließ, kam unweigerlich das Gerücht auf, sie sei nicht über jeden Zweifel erhaben gewesen. Die Lösung der Verbindung musste von ihr ausgehen.
»Man hat mich aus meiner Heimat gerissen und hierher geschleppt.« Der Verrat, den ihr Vater an ihr und ihren Wünschen begangen hatte, schmerzte sie tief, das war aus ihrer Stimme deutlich herauszuhören. »Ich kann Ihnen jetzt schon sagen, dass mir die Rolle einer englischen Ehefrau nicht liegt. Ich werde mich nicht damit zufrieden geben, in langweiligen Salons herumzusitzen, Ihr Bett zu teilen und Ihre Kinder zur Welt zu bringen.« Sie ignorierte den entsetzten Gesichtsausdruck, den ihre Worte bei ihm auslösten. Gegen ihren Willen belustigte es sie zu sehen, wie er vergebens nach einer passenden Erwiderung suchte. »Sie müssen meine Offenheit entschuldigen,« fuhr sie fort, »aber ich habe viele Jahre unter Menschen gelebt, die Sie hier als Wilde bezeichnen. Ich habe Sachen gesehen, die kein anderes Mädchen in meinem Alter gesehen haben dürfte, und habe gelernt, die Dinge beim Namen zu nennen.« Sie legte den Kopf etwas schief und beobachtete ihn abwartend. »Na, sind Sie jetzt schockiert?«
Simon musste lächeln. »Überaus schockiert, ja.« Er hatte den Wunsch, dem Gespräch eine etwas unverfänglichere Richtung zu geben. »Haben Sie Interessen, denen Sie auch hier in

England nachkommen könnten, oder bezieht sich alles, was Sie tun, auf Afrika?«

Olivia trat ein Stück zur Seite, um eine korpulente Dame vorbeizulassen. »Ich lerne sehr gerne Sprachen und Länderkunde.«

»Welche Sprachen sprechen Sie?«

Aus Olivias Ton sprach Stolz, als sie ihm antwortete. »Ich spreche Französisch, Italienisch und Spanisch fließend, ich kann einige afrikanische Dialekte, und ich habe Altgriechisch und Latein gelernt. Deutsch spreche ich auch, aber eher gebrochen.« Sie sah ihn etwas herausfordernd an. »Ich habe vor, mich in diesem Bereich weiterzubilden. Darüber hinaus interessiere ich mich für Politik, insbesondere Auslandspolitik.« Ihr Blick war prüfend. »Das gefällt Ihnen nicht besonders, habe ich Recht?«

Simon runzelte die Stirn. »Man könnte den Eindruck gewinnen, sie wollten um jeden Preis, dass ich mich als unleidlich herausstelle, richtig?«

Olivia erwiderte nichts. Ihre Angst, alle Freiheiten zu verlieren, wenn sie erst seine Frau geworden war, war groß. Wie sollte Sie ihm das klar machen?

Simon sah sich im Saal um, auf der Suche nach Bekannten, die ihn aus diesem Gespräch erlösen würden. Olivia verlieh ihrer Stimme Festigkeit, als sie ihn wieder ansprach. »Nachdem es nun einmal so ist, dass wir beide nicht aus der Verbindung herauskönnen, die unsere Väter geschlossen haben, wäre es wohl das Beste, uns zu arrangieren.«

Simon nickte nur abwartend.

»Dann mache ich Ihnen folgenden Vorschlag. Sie lassen mich tun, was ich möchte ...« Sie sah, dass er zu einer Erwiderung ansetzte, und sprach schnell weiter: »... sofern es Ihnen und Ihrem Namen keine Schande bereitet. Im Gegenzug dazu werde ich keine häusliche Szene machen, wenn ich erfahre, dass Sie eine Geliebte haben, womit ich im Übrigen fest rechne.«

»Sie nehmen das von vorneherein an? Wie kommen Sie dazu? Was wissen Sie schon über mich?«, frage Simon erbost.

»Die meisten Ehemänner haben Geliebte, vor allem, wenn die Ehe arrangiert ist. Sie führen meistens die Beziehungen weiter, die sie schon vor der Eheschließung unterhalten haben.«

In diesem Moment kam Lord Ivory mit einem freundlichen Lächeln auf die beiden zu. Kaum hatte er sie erreicht, entschuldigte Simon sich kühl und verließ die Nische, in der sie gestanden hatten.

Lady Hyde stand am Fuß der breiten Treppe und hörte Lorenas Ideen interessiert zu. Sie selbst war Ende zwanzig und voller Enthusiasmus an den Plänen ihres Mannes beteiligt, der selbst noch jung war und entschlossen schien, wirklich etwas an den Lebensumständen der ärmeren Bevölkerung zu verändern. Auch Helena folgte dem Gespräch mit großer Aufmerksamkeit.

Jerome gesellte sich zu ihnen und begrüßte die Damen. Lady Hyde zog sich mit einer Entschuldigung zurück, während Helena sich strahlend zu ihm wandte. »Jerome, ich hatte schon befürchtet, dich heute Abend gar nicht mehr zu Gesicht zu bekommen. Wo warst du?«

»Ich habe mich mit Simon im blauen Salon unterhalten.« Er blickte an Helena vorbei zu Lorena. Helena beeilte sich, die beiden bekannt zu machen.

Lorena hob die Augenbrauen, als sie Jeromes Namen hörte. »Sie sind also der Viscount von Ellingwood«, stellte sie fest. »Muss ich Sie mit ›Euer Lordschaft‹ anreden?«, fragte sie belustigt.

»Unbedingt«, erwiderte Jerome, in ihren Tonfall einstimmend.
»Ich könnte mir nie vorstellen, dass jemand ›Eure Ladyschaft‹ zu mir sagt. Ich glaube, ich würde mir furchtbar albern vorkommen, auch wenn Helena mir versichert hat, man gewöhne sich mit der Zeit daran.«
Jerome hob die Schultern. »Wir sind damit aufgewachsen, es blieb uns nichts anderes übrig, als uns daran zu gewöhnen. Keiner hat uns gefragt, ob wir es wollen.«
Lorena sah ihn etwas ungläubig an. »Sie wollen mir doch nicht erzählen, dass Sie ungern ein Viscount sind.«
»Ich bin es schon mein ganzes Leben lang, deshalb kann ich mir nicht vorstellen, es nicht zu sein. Wäre ich nicht als zukünftiger Earl erzogen worden, sondern hätte die Wahl gehabt, ich weiß ich nicht, wie ich mich entschieden hätte.« Er sah sie interessiert an. »Sie sind nicht aus London, ist das richtig?«
»Ist Ihnen das daran aufgefallen, dass ich Sie nicht kenne und keinen Respekt vor Ihrem Titel habe?« Lorena lachte.
Helena mochte ihr Lachen, es perlte förmlich aus ihr heraus und steckte an, mit ihr zu lachen. Auch Jerome konnte sich ihrer lebendigen Art nicht entziehen, das fiel Helena sofort auf, auch wenn er sich den Anschein von distanziertem Interesse gab.
Jerome wollte eben zu einer Erwiderung ansetzen, als er von einer Männerstimme unterbrochen wurde.
»Jerome«, rief Lord Gerald Glentyre. »Wir brauchen dringend deine Meinung. Christopher hat uns gerade folgendes Anliegen vorgetragen ....«
»Später, mein Freund«, unterbrach ihn Jerome. Gerald, der jetzt erst bemerkte, dass Jerome sich mit Helena und Lorena unterhielt, entschuldigte sich charmant und schenkte seinem Freund ein verschwörerisches Augenzwinkern.

»Verzeihen Sie die Störung«, wandte sich Jerome wieder an Lorena.
Lorena neigte den Kopf. »Sie lassen Ihre Freunde warten? Ich bin noch zu neu in der Gesellschaft, um mir gleich den Unmut von«, sie hielt inne und zählte die Männer um Gerald herum, »fünf edlen Herren zuziehen zu wollen. Sollten Sie später immer noch daran interessiert sein, dürfen Sie mich, wann immer wir uns wiedersehen, gerne noch einmal auf das Thema ansprechen.«
Jerome lachte. »Ich werde Sie daran erinnern.«
Helena, die schweigend daneben gestanden und zugehört hatte, wandte sich an ihn. »Dazu wirst du ja morgen bereits Gelegenheit bekommen. Lorena wird uns auf unserem Morgenausritt begleiten.«
Lorena machte ein überraschtes Gesicht. Jerome bemerkte es und lächelte unmerklich. »Ich freue mich darauf«, sagte er mit vollendeter Höflichkeit und ging zu seinen Freunden.
Helena sah Olivia, die sich in Gesellschaft mehrerer älterer Damen befand und deren Gesichtsausdruck eine Mischung von Betrübtheit und Langeweile verriet. Sie drehte sich zu Lorena um, die versonnen mit einem Finger die geschnitzte Verzierung des Treppengeländers entlangfuhr. »Komm«, sagte sie, »ich mache dich mit jemandem bekannt.« Lorena blickte auf. »Sie hat die letzten acht Jahre in Afrika verbracht«, sagte Helena, »sie wird dir gefallen.«

14

Anfang März war es immer noch so kalt, dass Alec nur ungern ausging. Er machte dennoch regelmäßig Spaziergänge, weil er befürchtete, umso anfälliger für eine Grippe zu werden, je mehr er sich zurückzog, um vor dem wärmenden Kaminfeuer zu arbeiten und zu lesen. An diesem Nachmittag hatte er überlegt, ob er eines der Pferde nehmen und ausreiten sollte, sich dann aber dagegen entschieden.

Im Park waren aufgrund des sonnigen Wetters mehr Menschen unterwegs, als er gedacht hatte. Die nächsten Tage hatte er frei, weil Mr. Seymour sich auf einer Reise nach Dorset befand und es für ihn im Moment nicht viel zu tun gab. Er wartete auf eine Schiffsladung aus Madras, die bereits drei Wochen überfällig war. Angesichts der Tatsache, dass in letzter Zeit vermehrt Schiffe ihren Bestimmungsort nicht erreicht hatten, bestand auf jeden Fall Grund zur Besorgnis. Bis jetzt hatte die *Seymour East Trading Company* immer Glück gehabt, selbst die große Schiffsladung aus Bengalen war unbehelligt eingetroffen. Vor kurzem hatte auch ein anderes Schiff einen ganzen Monat Verspätung gehabt, weil es aufgrund eines Maschinenschadens in einer kleinen Hafenstadt festsaß und der Kapitän kein Telegramm von dort aus hatte losschicken können. Alec hegte daher, obwohl er beunruhigt war, noch einen Rest Hoffnung. Er konnte ohnehin nichts tun, und wenn es so weit war und der Verlust der Ladung bestätigt wurde, würden sie genug damit zu tun haben, eine Aufstellung der Verluste vorzunehmen.

Eine Gruppe von Frauen kam ihm entgegen, und er lüftete höflich den Hut, als er hinter ihnen eine junge Dame entdeckte, die ihm, obwohl er ihr Profil nur halb sehen konnte, bekannt vorkam. Sie war gerade damit beschäftigt, ihren Seidenschal, der sich in einem Busch verfangen hatte, zu befreien. Alec trat zu ihr, und in dem Moment, als sie sich umdrehte, sah er den Ausdruck des Erkennens in ihren Augen.

»Fänden Sie es vermessen, wenn ich Ihnen meine Hilfe anböte, Lady Helena?«

Helena war der Meinung, dass das schon allein ein Gebot der Höflichkeit war. »Vermessen fände ich, wenn Sie es nicht täten«, spöttelte sie daher und trat zur Seite. Alec löste den Schal behutsam aus den Zweigen. Helena bedankte sich und legte den Schal um ihre Schultern.

»Wie schön, Sie wiederzusehen, Mr. Delany.« Ihre Stimme klang unverbindlich, so wie sie jeden flüchtigen Bekannten begrüßt hätte. Sie löste ein paar kleine Blätter von dem Schal, die sich im Stoff verfangen hatten.

»Erlauben Sie, dass ich Sie begleite?«, fragte er.

»Würden Sie es sich verbieten lassen?«

»Ich denke nicht«, entgegnete er mit einem kleinen Lächeln, insgeheim jedoch entschlossen, sich nicht abweisen zu lassen.

»Dann freue ich mich über Ihre Gesellschaft«, entgegnete Helena amüsiert.

Gemeinsam setzten sie ihren Weg fort. Die Sonnenstrahlen erzeugten die Illusion eines warmen Frühlingstages, doch Helena zog den Schal fröstelnd enger um ihre Schultern.

»Hat Ihr Verehrer Ihnen den Vorfall bei den Linleys verziehen, nachdem Sie so demütig Abbitte geleistet haben?«, fragte Alec in das Schweigen hinein.

»Sie haben es mitbekommen?« Helenas Stimme klang beklommen. Sie blieb bei einer Baumgruppe stehen und lehnte sich an einen der Stämme.
»Ich war in Ihrer Nähe, aber Sie haben kaum in meine Richtung gesehen.«
Helena war irritiert von dieser Bemerkung und sah ihn einen Augenblick lang starr an. Dann wurde sie sich bewusst, dass die Art, wie sie voreinander standen, die Aufmerksamkeit der Leute auf sie ziehen könnte, und sie setzte sich auf eine Bank, die ein paar Schritte entfernt stand. Alec trat zu ihr, blieb aber stehen.
»Erzählen Sie mir, wie eine Saison abläuft. Wenn ich schon hier bleiben muss, möchte ich wenigstens vorher wissen, was mich erwartet.«
Froh darüber, dass er ein unverfängliches Thema angeschnitten hatte, erläuterte Helena, welche Aktivitäten unbedingt notwendig waren, um zum illustren Kreis der Gesellschaft zu gehören. Was sie selbst von diesem Kreis und seinen Gepflogenheiten dachte, ging aus den bissigen Bemerkungen hervor, die sie immer wieder einfließen ließ. Helena spürte Alecs Blick und sah sein belustigtes Lächeln, wenn sie etwas besonders Komisches erzählte. Seine Augen ließen ihr Herz auf beunruhigend schnelle Weise in einer Mischung aus Irritation und Erwartung schlagen.
»Die Männer können jedenfalls neben den langweiligen Pflichtaktivitäten alles tun, was ihnen Spaß macht, während von Frauen erwartet wird, die Erfüllung in Damenkränzchen zu sehen. Manche Dinge sind aber schon recht unterhaltsam, zum Beispiel das Rennen in Ascott. Mein Vater wird mir aber wahrscheinlich nicht erlauben, hinzugehen«, beendete Helena ihre Ausführungen.
»Und Sie müssen natürlich tun, was er sagt.«

»Von Töchtern wird erwartet, dass sie gehorchen.«
Alec lehnte sich an einen Baumstamm. »Und was wird von den Söhnen erwartet?«
»Diskret zu sein.« Ein ironischer Zug lag um ihren Mund, als sie zu ihm hochsah. Alecs amüsierter Blick trieb ihr wieder das Blut ins Gesicht. Es war das Beste, diesem Gespräch jetzt gleich ein Ende zu setzen.
»Haben Sie den gleichen Weg wie ich, Mr. Delany? Wenn nicht, dann muss ich mich jetzt leider verabschieden«, fuhr sie daher mit kühler Stimme fort. Sie bemerkte, dass Alec etwas befremdet auf ihre plötzliche Schroffheit reagierte, konnte sich ihren plötzlichen Stimmungsumschwung auch selbst nicht erklären, sie wusste nur, dass sie das Bedürfnis hatte, allein zu sein.
»Ich wohne in Knightsbridge«, erwiderte Alec und nannte seine Adresse dort.
»So«, Helena blickte ihn an, »dann verabschiede ich mich hier von Ihnen. Mit Sicherheit werden wir uns in der nächsten Zeit noch öfter begegnen.«
»Ich werde morgen die National Gallery besuchen. Möchten Sie mich begleiten?«, fragte Alec spontan und war selbst überrascht, was ihn da geritten hatte.
Helena hatte bereits eine Zusage auf den Lippen, als sie innehielt. Die Gallery war ein öffentlicher Ort, von daher wäre dagegen nichts einzuwenden gewesen, aber sie wollte sich mit Alec Delany nicht hinter dem Rücken ihrer Eltern treffen, denen es mit Sicherheit nicht recht gewesen wäre.
»Vielen Dank«, erwiderte sie zögernd, »aber das wird nicht gehen. Ich habe morgen einige Besuche zu machen.« Besuche mussten ständig gemacht werden.
Alec zuckte gleichgültig mit den Schultern, ihm war nicht an-

zusehen, ob er enttäuscht war oder nicht. »Nun, dann vielleicht ein anderes Mal. Einen schönen Tag noch, Mylady.« Er drehte sich um und ging den Weg zurück, den sie gekommen waren. Helena sah ihm einen Moment lang nach, dann ging sie in die entgegengesetzte Richtung auf den Ausgang zu.

»Ist meine Mutter zu sprechen?«, fragte Helena, als sie Nora, dem Stubenmädchen, ihren Hut und ihre Handschuhe übergab.

»Sie ist in ihrem Boudoir, Mylady.«

Während der Rückfahrt nach Hause hatte Helena sich immer wieder klar gemacht, dass es vollkommen unsinnig war, auch nur an Alec Delany zu denken, er war zu weit von dem entfernt, was ihre Eltern sich für sie als Ehemann vorstellten. Dennoch war sie den Gefühlen gegenüber, die er in ihr wachgerufen hatte, vollkommen hilflos. So etwas kannte sie nicht, und es war so völlig anders als die Jungmädchenschwärmereien, in denen sie mit ihren Freundinnen immer geschwelgt hatte; jene Gefühle waren nicht so erschreckend körperlich gewesen. Helena traf ihre Mutter in deren Boudoir an, wo sie gerade an einer Handarbeit saß. Pflichtschuldig beugte Helena sich hinunter, um ihrer Mutter einen Kuss zu geben.

»Warum kommst du so spät?«, Eleonore legte ihre Handarbeit zur Seite und besah kritisch die geröteten Wangen ihrer Tochter. »Du warst zu lange draußen, dein Gesicht sieht ganz erhitzt aus.«

»Es ist so ein schöner Tag, und ich wollte die ersten Sonnenstrahlen des Jahres ganz auskosten.« Helena setzte sich neben sie.

»Matthew war hier. Du hast ihn eben verpasst.«

Helena war die Erleichterung deutlich anzusehen. Der Tag schien ebenso schön weiterzugehen, wie er begonnen hatte.
»Ich muss mit dir reden, Mutter.«
Eleonore sah Helena prüfend an. »Das trifft sich gut. Ich habe dir ebenfalls etwas zu sagen.« Ihr Gesicht drückte eine Zufriedenheit aus, die Helena selten an ihr gesehen hatte. »Matthew war aus einem bestimmten Grund hier.«
Helena hatte das Gefühl, als hätte jemand einen Eimer kaltes Wasser über ihr ausgeschüttet. Sie wusste schon, bevor es ausgesprochen wurde, was ihre Mutter sagen wollte.
»Er hat um deine Hand angehalten, und dein Vater hat ihm seine Zustimmung erteilt.« Eleonore lächelte und legte ihre Hand auf Helenas Arm. Helena konnte sich nicht erinnern, wann ihre Mutter das letzte Mal eine derart vertraute Geste ihr gegenüber gemacht hatte. »Das ist genau das, was wir uns immer für dich gewünscht haben. In zwei Wochen werden wir ein Abendessen geben, damit deine Verlobung bekannt gegeben werden kann.« Ihre Stimme klang geschäftig. »Ich habe bereits vor ein paar Tagen ein Kleid für dich in Auftrag geben lassen.«
»Vor ein paar Tagen?«, Helenas Stimme war tonlos.
»Dein Vater hat mir schon vor über einer Woche gesagt, dass er Matthews offiziellen Antrag jeden Tag erwartet.«
Aus Helenas Gesicht war alle Farbe gewichen. »Ich habe Matthew kein Jawort gegeben.«
Eleonores Gesicht nahm den ungeduldigen Blick an, den Helena so gut an ihr kannte. »Helena, es war klar, dass wir uns die letzte Entscheidung darüber vorbehalten.«
»Aber ich liebe Matthew nicht.« In Helenas Stimme schwang jenes Maß Auflehnung mit, das Eleonore jedes Mal verzweifeln ließ.
»Du wirst dich im Laufe eurer Verlobungszeit und Ehe schon

in ihn verlieben. Er ist reich, jung, kommt aus bester Familie, und er sieht gut aus. Was willst du mehr? Ich kann dir mindestens ein Dutzend Mädchen in unserem Bekanntenkreis nennen, die nur zu gerne mit dir tauschen würden, allen voran deine törichte Kusine.«
»Dann hätte sich Matthew ja unter diesem Dutzend eine Braut suchen können.«
»Nicht so impertinent, Helena! Die Sache ist beschlossen. Dagegen angehen zu wollen ist sinnlos. Finde dich endlich damit ab! Dein Vater hat ihn unter allen infrage kommenden Anwärtern ausgewählt, er wird seine Meinung nicht ändern.«
Als Helena keine Antwort gab, wurden die Züge ihrer Mutter wieder entspannter. »Die Verlobungszeit ist eine wundervolle Zeit, du solltest sie genießen. Die Männer sind danach nie wieder so liebevoll und aufmerksam.«
Helena musste sich auf die Lippen beißen, um eine schnippische Antwort zurückzuhalten. Sie hatte sich immer mehr als alles andere gewünscht, ihre Eltern zufrieden zu stellen, aber wenn das jetzt bedeutete, eine Ehe mit Matthew einzugehen, fragte sie sich, ob es dieses Opfer wirklich wert sei. »Darf ich auf mein Zimmer gehen?«
Eleonore schien von ihrer plötzlichen Fügsamkeit überrascht zu sein. »Wie du möchtest.« Als Helena schon beinahe zur Tür hinaus war, fiel ihr noch etwas ein. »Helena? Was war es, was du mir erzählen wolltest, als du gekommen bist?«
Helena drehte sich zu ihr um. »Nichts, gar nichts.«
In ihrem Zimmer angekommen, setzte Helena sich an ihren Schreibtisch und sah in den Garten hinaus. Der Tag hatte seinen Glanz verloren. Sie nahm einen Bogen feinstes Büttenpapier aus einer Mappe und schrieb einen freundlichen Brief an Alec, in dem sie ihm zusagte, ihn am nächsten Tag begleiten zu können. Ruhig faltete sie den Brief zusammen, adressierte

ihn und klingelte nach Amelia, der sie die Anweisung gab, den Brief dem Botenjungen zu geben. Danach dunkelte sie ihr Zimmer ab und legte sich ins Bett, wo sie bis abends blieb und sich auch durch Drohungen ihres Vaters nicht dazu bewegen ließ, zum Abendessen zu erscheinen.

15

Die Bilder der Galerie waren nicht nach Helenas Geschmack. Sie betrachtete sie gedankenverloren, während sie von einem zum nächsten schlenderte. Bisher hatte sie Alec noch nicht entdecken können, und so tat sie, als würde die Ausstellung sie interessieren. Er sollte schließlich nicht denken, dass sie mit ihrer Zeit nicht auch etwas anderes hätte tun können oder gar auf ihn wartete. Beim Gedanken an die Blicke, die er ihr zugeworfen hatte, lächelte sie verträumt vor sich hin. Als sie den Kopf wandte, traf sich ihr Blick mit dem von Alec, der ein paar Meter von ihr entfernt, an einer Säule stand. Einen kurzen Moment lang sahen sie sich an, dann lächelte er und kam auf sie zu.

»Finden Sie dieses Bild wirklich so schön?«, fragte er statt einer Begrüßung.

Sie sah das Bild verwirrt an. »Schön? Nein, eigentlich nicht.«

»Wahrscheinlich hat mich Ihr hingebungsvolles Lächeln und die Tatsache, dass Sie schon über fünf Minuten vor diesem Bild stehen, zu der Fehlannahme verleitet, es gefalle Ihnen.«

»Sie beobachten mich seit fünf Minuten? Warum haben Sie nichts gesagt?« Leichter Ärger schwang in ihrer Stimme mit.

»Ich wollte Ihre Andacht nicht stören.« Er legte den Kopf schief. »Und ich hatte die Hoffnung gehegt, Sie warteten bereits ungeduldig auf mich, aber das war wohl ein Fehler.«

Helena nickte unbestimmt. Kurz dachte sie an ihre bevorstehende Verlobung, und ihr Magen zog sich zusammen. Matthew hatte sich für diesen Abend angemeldet, sie würde

sich diesmal also nicht so ohne weiteres in ihr Zimmer zurückziehen können.
Sie schlenderten eine Weile nebeneinanderher. Alec versuchte immer wieder, eine Konversation in Gang zu bringen, doch sie antwortete immer nur einsilbig, bevor sie wieder in Schweigen versank.
»Was bekümmert Sie?«, Alecs Stimme unterbrach ihre Gedanken.
»Nichts.«
»Sie meinen, nichts, worüber Sie mit mir reden wollen. Nun, da haben Sie vollkommen Recht, schließlich kennen wir uns kaum. Entschuldigen Sie die Frage.«
Den Blick stetig auf die Bilder gerichtet, ging sie neben ihm her und machte nur ab und zu eine Bemerkung, die er ebenso mechanisch beantwortete. Helena wünschte sich inzwischen, nicht gekommen zu sein.
»Wie lange soll ich noch so tun, als bemerkte ich Ihre Verstimmung nicht? Ich möchte es nur wissen, damit ich das Spiel überzeugend mitspielen kann.« Alecs Stimme klang ruhig, beinahe schon aufreizend höflich. Als eine Antwort ausblieb, stellte er sich ihr in den Weg und zwang sie damit, ebenfalls stehen zu bleiben. Helenas Gesicht nahm einen unwilligen Ausdruck an. »Hat Ihnen niemand beigebracht, dass es aufdringlich ist, jemandem eine Antwort abnötigen zu wollen?«
»Hat Ihnen niemand beigebracht, dass es einfältig wirkt, die ganze Zeit nur belanglose Kommentare abzugeben, sich in seinem Leid zu vergraben und seinen Begleiter in dem Glauben lassen zu wollen, all das habe nichts zu sagen?«, konterte er. »Wenn Sie mich glauben machen wollen, Ihnen fehle nichts, dann verhalten Sie sich auch entsprechend diskret.«

Helena wurde erst rot und dann blass. Seinem Blick ausweichend sagte sie: »Ich denke, ich sollte jetzt gehen.«
Alec zuckte mit den Schultern. »Tun Sie das, wenn Sie Ihren Seelenfrieden auf diese Weise wiederherstellen können.«
Helena wandte sich verärgert ab. Zu ihrem Ärger merkte sie, sie war kurz davor, in Tränen auszubrechen. Sie wollte nicht, dass er es merkte, und ließ ihn mit einem flüchtig gemurmelten Gruß stehen, um die Halle in Richtung des Ausgangs zu durchqueren. Er folgte ihr nicht. Als sie sich am Eingang umdrehte, sah sie ihn nicht mehr an der Säule stehen, an der sie sich unterhalten hatten. Helena hoffte, ihm nie wieder zu begegnen, sie musste ja vor Scham im Boden versinken bei dem Gedanken an dieses Treffen. Das war wohl die Strafe dafür, dass sie hinter dem Rücken ihrer Eltern agierte und sich auf Spiele einließ, zu denen ihr offensichtlich die Erfahrung fehlte.
Gedankenverloren betrat sie die Vorhalle. Sie wollte noch nicht nach Hause fahren. Die Vorbereitungen für das Abendessen mitzubekommen und sich die Vorschläge ihrer Mutter für die Verlobung anzuhören wäre mehr, als sie im Moment ertragen konnte. Einen Prospekt mit Erklärungen zu den einzelnen Bildern aufschlagend, blieb sie an einem kleinen Tisch stehen und starrte blind hinein. Von dem unangenehmen Gefühl beschlichen, beobachtet zu werden, blickte Helena auf, aber die Leute liefen an ihr vorbei ein und aus, ohne sie weiter zu beachten. Eine ältere Frau, die Helena vom Sehen her kannte, an deren Namen sie sich jedoch nicht erinnern konnte, grüßte freundlich, nahm einen Prospekt und ging in den ersten Saal. Helenas Blick fiel in einen Spiegel, und sie erstarrte. Alec stand an eine Tür gelehnt, die Arme vor der Brust verschränkt und sah sie an. Langsam drehte Helena sich um.

»Finden Sie das komisch? Warum sind Sie mir gefolgt?«
»Wenn mich nicht alles täuscht, ist das hier der einzige Weg zum Ausgang.«
Helena wurde rot. »Sie haben an der Tür gestanden und mich angestarrt«, sagte sie, um ihre Verlegenheit zu überspielen.
»Ich habe Sie auf dem Weg nach draußen hier stehen sehen und überlegte gerade, ob wir uns nicht doch etwas freundlicher trennen könnten.«
»Ach so«, murmelte Helena. »Sie zeigen mir gegenüber ja eine erstaunliche Vergebungsbereitschaft.«
Das wunderte Alec selber, denn er war etwas verärgert gewesen, als sie ihn einfach stehen gelassen hatte. Als er sie jedoch in der Halle stehen sah, war seine Verstimmung sofort wieder verflogen. Etwas hatte sie an sich, das ihn berührte. Vielleicht, dass er sich in ihrer Verlorenheit in einigen Zügen selbst wiederfand.
»Da Sie ja offensichtlich nicht nach Hause möchten, lassen Sie uns doch einen Spaziergang machen«, schlug er vor.
Helena blickte durch die geöffnete Tür auf die Straße, wo ihre Kutsche stand. Sie konnte jetzt hinausgehen und direkt nach Hause fahren, noch hatte sie nichts getan, wofür sie sich zu Hause rechtfertigen müsste. Ihre Mutter würde mit ihr über die Verlobung reden, dann würde sie den Abend mit Matthew verbringen. Die nächsten Monate würden mit der Vorbereitung darauf vergehen, ihm eine gute Ehefrau zu sein. Helena wandte langsam den Kopf, ihr Blick traf den Alecs. »Auf der Straße könnte man mich mit Ihnen sehen.«
Erst nachdem sie den Satz ausgesprochen hatte, wurde ihr klar, wie beleidigend er klingen musste. Alec schien sie jedoch zu verstehen.
»Es gibt hier in der Nähe eine kleine Konditorei«, sagte er, »allerdings nicht so exklusiv, dass jemand Ihres Standes sich

normalerweise dorthin verirren würde. Ich werde dort auf Sie warten.«
Was tue ich hier, dachte Helena entsetzt und öffnete den Mund, um ihn zurückzuweisen.
»Ich werde kommen«, hörte sie sich sagen.

»Du wolltest mich sprechen, Vater?«, George schloss die Tür des Arbeitszimmers hinter sich und sah seinen Vater mit höflichem Interesse an. Er konnte sich nicht vorstellen, was der Sinn der Unterredung sein sollte, zu der er so kurzfristig befohlen worden war.
Sein Vater musterte ihn. »Das Gespräch wird nicht lange dauern. Nimm Platz.«
In Georges Blick malte sich die stumme Frage, was das alles zu bedeuten habe, aber er setzte sich gehorsam.
Lord Ashington schwieg lange genug, um Unsicherheit in Georges Augen aufflackern zu sehen, dann kam er zu seinem Anliegen. »Deine Mutter hat mir gesagt, du wurdest des Öfteren mit Florence Birmingham gesehen.«
George ging in Abwehrstellung. »Meine Absichten sind ehrenhaft. Ich hätte in den nächsten Tagen ohnehin mit dir darüber gesprochen.«
»So, hättest du das?«. Sein Vater taxierte ihn. »Das ist überaus bedauerlich, denn ich hatte die Vermutung, du seiest auf eine Liebschaft aus, und wollte dich warnen, dass Mr. Birmingham in diesem Fall auf einer Ehe bestehen würde. Solch eine Forderung kann man gegenüber einem Mitglied unserer Kreise nur schwer zurückweisen, noch dazu, wenn sie gerechtfertigt ist.«
George runzelte die Stirn. »Danke für deine Besorgnis, aber es ist weder nötig, dass mich Mr. Birmingham um eine Ehe ersucht, noch ist es mein Wunsch, eine derartige Forderung –

so sie denn ausgesprochen würde – zurückzuweisen. Ich werde Florence ohnehin heiraten.«
Arthur Ashington lächelte nachsichtig, aber sein Blick war eisern. »Das wirst du nicht.«
»Ich verstehe nicht …« Verwirrt hielt George inne, als er von dem trockenen Lachen seines Vaters unterbrochen wurde.
»Du hast nichts gehört von dem, was über sie im Umlauf ist?«, Lord Ashington wurde ernst. »Es ist wohl normal, dass diese Geschichte vorwiegend den Frauen bekannt ist. Wir Männer beteiligen uns an ihrem Weibertratsch ja nicht. In diesem Fall hat deine Mutter mir davon erzählt, da sie gesehen hat, dass du offensichtlich im Begriff bist, eine Dummheit zu begehen.«
Georges Blick wurde starr. »Würdest du mich bitte aufklären?«
»Florence, die ja aus durchaus akzeptablen Verhältnissen stammt und auch den Eindruck eines unschuldigen jungen Mädchens macht, wurde in Wahrheit von der Schule verwiesen, weil sie mit dem Vater ihrer Freundin herumgehurt hat.« Der Earl ließ die harten Worte im Raum stehen und forschte in dem Gesicht seines Sohnes.
»Das … das glaube ich nicht.« George war blass geworden. »Es ist nichts weiter als eine bösartige Verleumdung!« Er stand auf. »Du weißt doch selbst, wie Gerüchte die Wahrheit verzerren können.«
»Setz dich«, befahl sein Vater.
George kam der Aufforderung zögernd nach.
»Hast du sie je danach gefragt, warum sie die Schule so plötzlich verlassen hat?«
»Ja, aber …«
»Aber sie ist dir ausgewichen oder hat irgendwelche Gründe vorgeschoben.«

»Wer sagt dir, dass ihre Gründe nicht der Wahrheit entsprechen.«
Lord Ashington lehnte sich vor. »Willst du mich für dumm verkaufen? Solche Dinge werden nicht ohne Grund über ein Mädchen in Umlauf gebracht. Außerdem ist sie dabei von der Direktorin und einigen Schülerinnen erwischt worden.« Er setzte sich wieder bequemer hin. »So etwas spricht sich immer herum.«
»Und wenn der Vater ihrer Freundin ihr Gewalt angetan hat?«.
Der Blick des Earls war unnachgiebig. »Laut dem Vater, der übrigens Vorstandsmitglied einer großen Bank ist, hat Florence ihn verführt. Sie war hinter ihm her seit dem Tag, als er seine Tochter angemeldet hatte.«
Georges Gesicht verzog sich angewidert. »Hat jemand Florence gefragt, ob das, was er sagt, stimmt?«
»Was spielt das für eine Rolle? Selbstverständlich würde sie versuchen, sich herauszureden. Das Wort eines jungen Mädchens kann dem eines angesehenen Mitglieds der Gesellschaft gegenüber keinen Bestand haben, und das ist auch gut so. Sie hätte seinem Ansehen und dem seiner Familie erheblichen Schaden zufügen können.«
George erhob sich von seinem Stuhl. »Ich will erst wissen, was sie dazu zu sagen hat.«
Lord Ashington verlor angesichts der Uneinsichtigkeit seines Sohnes die Beherrschung. »Zum Teufel mit dem, was sie sagt!«, schrie er. »Es geht um den Ruf, den sie hat. Auch wenn sie Recht hätte – wohlgemerkt, ich sagte *hätte* –, käme sie nicht als Ehefrau für ein Mitglied unserer Familie in Frage.« Er stand ebenfalls auf. »Wenn du dich entschließt zu heiraten, dann nur ein Mädchen, das über jeden Vorwurf erhaben ist.«

George sah seinen Vater nicht an.
Arthur Ashington wartete einen Augenblick lang auf eine Erwiderung, ehe er fortfuhr. »Liebst du sie etwa?« Seine Stimme klang abweisend.
»Ich habe sie sehr gern«, erwiderte George kurz angebunden.
»Gut.« Lord Ashington nickte zufrieden. »Dann wird es dir ein Leichtes sein, dir diese unsinnige Idee von einer Eheschließung mit ihr aus dem Kopf zu schlagen.«
Georges Gesicht nahm einen verschlossenen Ausdruck an, der seinen Vater wieder in Wut versetzte, weil er dem Gesichtsausdruck Helenas glich, wenn er ihr etwas sagte und sie es weder einzusehen noch umzusetzen gewillt schien.
»George«, seine Stimme blieb drohend ruhig, »du wirst genau das tun, was ich sage. Du wirst kein weiteres Treffen mit ihr herbeiführen, stattdessen wirst du ihr schreiben, dass du die Verbindung zu ihr löst. Wenn du sie zufällig auf Feiern wiedersiehst, bist du ebenso distanziert höflich. Wie zu jeder anderen Frau.«
George antwortete nicht.
»Du stellst meine Geduld auf eine harte Probe, George.«
George blickte an seinem Vater vorbei auf das Bücherregal hinter ihm.
»Antworte!«, Arthur Ashingtons Stimme hallte durch den Raum.
»Ich habe verstanden, Sir.« Georges Stimme klang gepresst.
»Dann geh jetzt.« Der Earl winkte seinen Sohn herrisch hinaus.

16

Helena betrachtete den düsteren, verhangenen Himmel, als sie durch den Park ritt. Es war eine ungewöhnliche Zeit, um auszureiten, und sie traf nur wenige Bekannte. Der Park war im Vergleich zu anderen Tagen beinahe menschenleer, wahrscheinlich schreckte der drohende Regenguss die Leute von einem Spaziergang ab. Normalerweise wäre Helena an einem solchen Tag auch lieber zu Hause geblieben, aber sie war zu unruhig, um daheim zu sitzen und die Dinge so hinzunehmen, wie sie kamen. Matthew würde wie jeden Tag seinen Besuch abstatten und zum Abendessen bleiben, und sie hatte wie jeden Tag keinerlei Verlangen, ihn zu sehen. Ihre Stimmung entsprach dem düsteren Wetter.

Es wurde immer dunkler, und als Helena sich einen Moment von ihren Gedanken löste, sah sie die graue Wolkenwand am Horizont. Es würde ein ziemlich heftiger Schauer werden.

Sie war gerade erst im Begriff, ihr Pferd zu wenden, als schon die ersten schweren Tropfen auf den Boden klatschten. Einige Leute lachten und liefen auf ihre Kutschen zu, andere suchten Schutz unter einer Art Laube. Helena sah sich eilig nach einer Möglichkeit um, sich unterzustellen, als der Regen richtig einsetzte und in Strömen herabstürzte. Noch ehe sie eine schützende Überdachung erreicht hatte, war ihr Kleid nahezu völlig durchnässt, und das Wasser rann von ihrem Hut kalt in ihren Nacken.

Das Pferd am Zügel, stellte Helena sich unter einen Baum, dessen ausladende, dichte Krone die darunter stehende Sitzbank vor dem Regen schützte. Sie band die Zügel an der Bank

fest und ließ sich dann darauf nieder. Der Stoff ihres Kleides klebte an ihrem Körper, sie fror, und ihre Stimmung verschlechterte sich zusehends. Mit geschlossenen Augen, den Kopf zurückgelegt, lauschte sie dem Rauschen des Regens. Tränen rannen aus ihren geschlossenen Augen und vermischten sich mit dem Regenwasser auf ihren Wangen.
»Ich glaube, das Schicksal meint es gut mit uns.«
Helena fuhr hoch. Alec stand neben der Bank und sah auf sie herab. Er lächelte. Wasser rann ihm aus den dunklen Strähnen, die nass auf seiner Stirn klebten. Helena, der der Schreck noch in allen Gliedern saß, holte tief Luft, um ihr wild schlagendes Herz zu beruhigen.
»Es tut mir Leid, wenn ich Sie erschreckt habe.« Er sah ehrlich zerknirscht aus und setzte sich neben sie. »Sie erlauben doch, dass ich mich zu Ihnen setze?«
»Sie sitzen doch bereits.« Der Schreck wich Gereiztheit. Eine Woche lang hatte sie ihn nicht gesehen, und dann traf sie ihn, während sie klatschnass auf einer Bank im Park saß und weinte. Ihr Herz schlug mit unverminderter Heftigkeit gegen ihre Rippen, ob noch immer infolge des Schreckens, den er ihr eingejagt hatte, oder aufgrund seiner körperlichen Nähe, wusste sie nicht.
Alec lehnte sich zurück, verzog das Gesicht, als die kalte, nasse Kleidung dadurch an seinen Körper gedrückt wurde, und schloss die Augen halb. »Warum haben Sie geweint?«
Helena gab keine Antwort und beobachtete den Regen, der jetzt in Böen über den Boden fegte, auf sie zutrieb und durch das Blätterdach tropfte. Erschauernd zog sie die Schultern hoch.
Alec wandte den Kopf, sein Blick war jetzt auf sie gerichtet. Sie spürte, wie erneut Tränen in ihr aufstiegen, und wandte den Kopf ab, beschämt, in seiner Gegenwart die Beherr-

schung über ihre Gefühle zu verlieren. Tief atmend drängte sie das aufsteigende Schluchzen zurück und suchte nach ihrem Taschentuch. Als Alec mit den Fingerspitzen leicht ihren Arm berührte, wandte sie sich ihm zu. »Verzeihen Sie mir«, sagte sie und wäre vor Verlegenheit am liebsten im Boden versunken. »Ich benehme mich wohl kindisch.«

Alec lehnte sich leicht zu ihr. Vorsichtig berührte er mit den Fingern ihre Wange und strich die Linie von ihrem Wangenknochen bis zum Kinn hinunter. Er hob ihr Kinn leicht an und sah in ihre Augen. »Kindisch? Weil Sie sich erlauben, Gefühle zu zeigen?«

Helenas Herz schlug beunruhigend schnell, und aus dem Wunsch heraus, die Kontrolle über die Situation wiederzugewinnen, wandte sie abrupt den Kopf ab. »Es ist Kindern vorbehalten, ihre Gefühle jedem Fremden gegenüber zu zeigen.« Ihre Stimme klang schroffer als beabsichtigt. Um ihre Verlegenheit zu überspielen, wandte sie dann den Blick ab, beobachtete, scheinbar konzentriert, einen Vogel, der aufgeplustert auf einem Ast saß. Der Regen war in ein stetiges Nieseln übergegangen.

»Möchten Sie, dass ich gehe? Sagen Sie es nur, und ich ziehe mich sofort zurück«, forderte er sie sanft auf.

Helena sah ihn an, aber Alec hatte eher das Gefühl, als sähe sie durch ihn hindurch, so sehr war ihr Blick in die Ferne gerichtet. Sie fühlte sich wie betäubt, denn sie wusste, eigentlich sollte sie ihn wegschicken. Daran, dass er auf ihre Aufforderung hin gehen würde, zweifelte sie nicht. Sie hatte bisher nicht unfreundlich zu ihm sein wollen, aber sie traute sich selbst und ihren Gefühlen nicht mehr. Es war gefährlich, sich in seiner Nähe wohl zu fühlen.

Alec betrachtete sie nachdenklich. Sie war noch viel zu jung und zu wenig lebenserfahren, um so unglücklich auszusehen.

Er verdammte innerlich seine Schwäche, die ihn immer wieder zu ihr führte. Aber Helena war neben ihm, und der Schwäche nachzugeben war um vieles einfacher, als gegen sie zu kämpfen.
Helenas goldene Augen hatten wieder diesen in die Ferne gerichteten Blick, als sähe sie etwas, das für jeden anderen unsichtbar war. Alec berührte sie leicht am Arm und holte ihren Blick zu sich zurück. Ohne seine Hand von ihrem Arm zu nehmen, beugte er sich leicht über sie.
Helena war wie erstarrt.
Alecs andere Hand strich behutsam einige feuchte Haarsträhnen aus ihrem Gesicht und glitt zu ihrem Hals. Unter seinen Fingern spürte er ihren Puls, der ihm das Rasen ihres Herzens verriet.
Selbst über die geringe Distanz, die sie noch trennte, glaubte Helena, seine Körperwärme spüren zu können. Sie hob ihm, der Bewegung seiner Hand folgend, ihr Gesicht entgegen und dachte noch, wie einfach es doch wäre, alles loszulassen und sich dem Moment hinzugeben. Das Schlagen der Kirchturmglocke riss sie in die Realität zurück, und sie wendete ihr Gesicht ab, noch ehe ihre Lippen sich berührten. Erschrocken über sich selbst und darüber, dass sie die Zeit vollkommen vergessen hatte, sprang sie auf. Ihr wurde schwindlig, und sie schwankte einen Augenblick, dann hatte sie sich wieder gefasst.
»Das Essen! Mein Vater wird mich umbringen.« Sie nestelte mit klammen Fingern fahrig an den Zügeln herum, die sich nicht von der Bank lösen ließen. Alec schob sie sanft zur Seite, löste die Zügel schnell und legte sie über den Pferdehals. Helena sah ihn voller Verlegenheit flüchtig an und blickte dann wieder zu Boden. »Ich komme zu spät zum Abendessen. Mein Vater wird außer sich sein.« Sie wiederholte sich.

Alec half ihr aufs Pferd.
Wenn er nur etwas sagen würde, dachte Helena. Sie blickte zur Laube, unter der die Leute, jetzt, wo der Regen schwächer wurde, langsam wieder hervorkamen.
Alec hielt noch immer die Zügel fest und folgte ihrem Blick.
»Es tut mir leid«, sagte er und ließ die Zügel los. »Auf Wiedersehen, Lady Helena.«
Helena wendete das Pferd. »Auf Wiedersehen.« Dann trabte sie über den regennassen Weg davon. Sie spürte immer noch seine Berührung an ihrer Wange.

Unglücklich und vollkommen durchnässt, kam sie zu Hause an. Nora öffnete ihr die Tür. »Gut, dass Sie endlich da sind, Mylady.« Sie wirkte verängstigt. »Ihr Vater fragt alle paar Minuten nach Ihnen.«
Helena sah weniger der Konfrontation mit ihrem Vater mit Unbehagen entgegen als der mit Jerome. Schließlich hatte sie es ihm zu verdanken, dass ihre Mutter ihr überhaupt die Erlaubnis erteilt hatte, auszureiten. Und sie hatte ihm fest versprochen, pünktlich zurück zu sein.
Sie gab Nora ihren Hut und ihre Handschuhe und wollte rasch nach oben laufen, um sich umzuziehen, als die Tür zum Esszimmer aufging und ihr Vater heraustrat.
»Wie schön, dass du uns an diesem Abend letzten Endes doch noch die Ehre gibst.«
»Entschuldige bitte, Vater, ich komme sofort, ich …«
Lord Ashington bracht sie mit einer knappen Handbewegung zum Schweigen. »Komm! Jetzt sofort!«
»So kann ich doch nicht bei Tisch erscheinen«, protestierte Helena.
»Sofort.«
Helena kam langsam die Treppe hinunter. Der Saum ihres

Kleides schlug nass um ihre Beine, Haarsträhnen, die sich aus ihrer Frisur gelöst hatten, klebten an ihren Schläfen, und ihr Kleid schmiegte sich durchnässt an ihrem Körper. Ihr Vater nahm ihren Arm und schob sie vor sich her ins Esszimmer. Das Essen wurde eben erst aufgetragen, man schien bis jetzt auf sie gewartet zu haben.

»So, Jerome, nun siehst du, was von Vereinbarungen mit deiner Schwester zu halten ist.« Arthur Ashington wies Helena zu ihrem Platz Matthew gegenüber. Calvin sah amüsiert aus, Jerome war offensichtlich verärgert – es hatte mit Sicherheit Streit zwischen ihm und Vater gegeben – , Matthew schien eine Zurechtweisung ebenfalls für angebracht zu halten, und ihre Mutter sah sie mit einem Blick an, der auszudrücken schien, sie habe von vornherein gewusst, dass es darauf hinauslaufen würde. Nur George schien mit seinen Gedanken woanders zu sein und nahm ihre Ankunft kaum zur Kenntnis.

»Setz dich!« Arthur ging zu seinem Platz zurück.

Helena sah ihm ungläubig nach. »Darf ich mich nicht vorher umziehen? Mein Kleid ist doch wohl kaum die passende Abendgarderobe. Außerdem ist mir kalt.«

»Du hattest Zeit genug, dich vorzubereiten, wir werden mit dem Essen nicht noch länger warten.«

Zögernd ging sie zu ihrem Stuhl und fühlte sich äußerst unbehaglich, als der kalte, feuchte Stoff ihres Rockes beim Sitzen an ihre Beine gedrückt wurde. Aus Ärger über sich selbst hätte sie am liebsten ihren Teller gegen die Wand geworfen. Sie ließ sich schweigend Essen vorlegen und unterdrückte mit Mühe den Impuls, aufzuspringen und gegen den Willen ihres Vaters den Raum zu verlassen, um sich umzuziehen. Aber sie wollte den angerichteten Schaden nicht noch größer machen. Ihr Vater hatte die Situation genutzt, sie nicht nur vor ihrer Familie, sondern auch vor Matthew zu beschämen. Sie folgte der Unterhaltung kaum und aß mit sichtlicher Anstrengung, wobei sie die ganze Zeit aufsteigende Tränen zurückdrängte. Ein paar Mal richtete Matthew das Wort an sie, und sie antwortete einsilbig. Das Essen schien sich endlos in die Länge zu ziehen, und Helena zitterte in ihrem nassen Kleid.

Endlich hob Eleonore die Tafel auf, und die Männer zogen sich zum Rauchen zurück. Als Matthew an ihr vorbeikam, berührte Helena leicht seinen Arm, damit er stehen blieb.

»Verzeihen Sie mir meine Verspätung. Ich wollte wirklich rechtzeitig hier sein, aber der Regen hat mich überrascht.«

Matthew sah ebenso erstaunt aus wie ihr Vater, weil niemand von ihnen mit einer freiwilligen Entschuldigung gerechnet hatte.

»Es ist Ihnen schon verziehen«, entgegnete Matthew lächelnd. »Ich denke doch, das war ein einmaliges Vorkommnis, nicht wahr? Immerhin wird unser nächstes Zusammentreffen unsere Verlobung sein, da erhoffe ich mir schon, dass Sie mich nicht so lange warten lassen.«

Helena überlief es kalt, aber sie lächelte angestrengt zurück.

17

George wusste genau, dass er sich den Anweisungen seines Vaters widersetzte, als er in den kleinen Park ging, um Florence dort zu treffen. Er hatte es nicht übers Herz gebracht, sich in schriftlicher Form von ihr zu trennen. Die Eröffnung seines Vaters war ein Schock gewesen, aber er wollte das Gehörte nicht glauben, ohne ihre Version der Ereignisse zu kennen. Es war jetzt beinahe eine Woche her, dass sein Vater mit ihm geredet hatte, und er hatte bisher noch nicht die Möglichkeit gehabt, mit ihr zu sprechen.

Bei der Menge an Lauben und natürlichen Nischen, die der Park bot, war es zunächst nicht so einfach, Florence zu finden. George traf auf etliche Bekannte und trat einmal versehentlich in eine Laube, in der ein Freund von ihm offensichtlich gerade dabei war, einer jungen Dame einen Antrag zu machen. George hatte sich eilig mit einer Entschuldigung zurückgezogen, wurde jedoch von seinem Bekannten mit einem wütenden Blick bedacht. Am Ende fand er Florence, die hinter einer von Efeu überwachsenen Laube stand und einen Rosenstrauch betrachtete, der im Sommer in voller Blüte stehen würde. Sie drehte sich mit einem Lächeln um, das jedoch angesichts seines ernsten Gesichtsausdrucks erlosch. »Guten Tag.« Ihre Stimme klang unsicher. »Dein Brief hat sich dringend angehört, ist etwas passiert?«, Besorgnis trat in ihre Augen.

»Ich muss mit dir sprechen.« Er versuchte, seine Stimme etwas zu mildern und freundlicher zu klingen. »Am besten irgendwo, wo wir ungestört sind.«

Florence nickte und ging ihm über die gewundenen Wege voraus, wobei sie immer wieder stehen blieb, um Freunde oder flüchtige Bekannte zu begrüßen. George folgte ihr in kurzem Abstand, um den Leuten keinen Anlass zu Vermutungen zu geben. In einer kleinen Laube, die etwas versteckt war, blieb sie stehen.

Er brauchte einen Augenblick, ehe er wusste, wie er anfangen sollte. »Mein Vater hat gestern mit mir gesprochen. Ihm ist zu Ohren gekommen, dass wir uns des Öfteren getroffen haben.«

Florence sagte nichts, sondern sah ihn abwartend an.

George zögerte kurz, dann sagte er: »Florence, ich erwarte eine vollkommen ehrliche Antwort auf die Frage, die ich dir jetzt stelle. Warum musstest du die Schule verlassen?«

Er sah den Anflug von Begreifen in ihren Augen, dann wurde Florence so blass, dass er für einen Moment fürchtete, sie werde in Ohnmacht fallen. Sie öffnete den Mund zu einer Erwiderung, bekam aber kein Wort heraus.

»Also stimmt das, was erzählt wird?«, George merkte, wie hart seine Stimme klang.

»Nicht so, wie es erzählt wird.« Florence' Blick verschleierte sich. »Nun weißt du es also. Ich hatte immer Angst vor dem Moment, an dem du es erfahren würdest.« Ihre Stimme war beinahe tonlos.

George lehnte sich an die Wand und legte den Kopf zurück. Er sprach zu ihr, ohne sie anzusehen. »Möchtest du mir nicht erzählen, was sich zugetragen hat?«

Florence atmete tief durch und schloss für einen kurzen Moment die Augen, dann begann sie. »Er war der Vater meiner engsten Freundin, aber das weißt du ja sicher schon. Einer der höflichsten und zuvorkommendsten Menschen, die mir je begegnet sind. Er war charmant, kultiviert und weltgewandt, aber, George, ich schwöre dir, dass ich niemals Ambitionen hatte, ihn näher kennen zu lernen.« Sie machte eine kurze Pause.

»Ab und zu hat er seine Tochter besucht und auch mich auf Ausflüge mitgenommen. Er machte mir zahlreiche Komplimente, aber ich war zu naiv, um zu ahnen, worauf er hinauswollte. Nun, um es kurz zu fassen, an dem besagten Tag kam er, um Caroline zu besuchen. Ich war alleine im Klassenzimmer, als er hineinkam und die Tür hinter sich schloss. Ich glaube, in dem Moment habe ich das erste Mal gemerkt, dass etwas nicht stimmt.«

Florence' Stimme klang erstickt, und sie musste sich sichtbar abmühen, ruhig weiterzureden. »Er sagte, er habe schon lange gemerkt, dass sein Interesse an einer näheren Bekanntschaft nicht einseitig sei.« George sah sie immer noch nicht an. »Alle waren draußen oder in ihren Zimmern. Ich war die Einzige im Klassenzimmer, weil ich eine Sonderaufgabe übernommen hatte und dafür lernen wollte. Ich sagte ihm, er müsse mich missverstanden haben, aber er hat mir gar nicht zugehört. Dann hat er …« Florence brach in Tränen aus und konnte nicht mehr weitersprechen.

»Wie weit ist er gekommen?«, George wünschte in dem Moment, in dem er die Frage ausgesprochen hatte, sie nicht gestellt zu haben. Sie klang herzlos, und angesichts von Florences Gesichtsausdruck beantwortete sie sich von selbst.

»Weit genug, um mir wehzutun.« Florence weinte krampfhaft und konnte trotz ihres sichtbaren Ringens um Fassung nicht aufhören. Sie dachte an das zynische Lächeln des Mannes, während er ihr das antat, an die Schmerzen, das Blut, ihre Tränen … Und dann die Erleichterung, als die Direktorin und einige Mitschülerinnen den Raum betraten. Sie war sofort auf ihr Zimmer geschickt und wenig später zu der Direktorin gerufen worden, wo sie ihren Schulverweis erhielt. Florence hatte nicht glauben können, dass sie als die Schuldige galt, immerhin hatte die Direktorin gesehen, wie aufgelöst sie gewesen war. ›Tränen‹, so die Direktorin, ›können auch ein Ausdruck von Leidenschaft sein.‹

Weder George noch Florence sagten etwas, aber George konnte in Florences Augen die stumme Bitte um Absolution lesen. Als sich sein Schweigen hinzog, ging Florence auf den Ausgang der Laube zu und drehte sich dort noch einmal um. »Danke, dass du mir zugehört hast.« Dann ging sie.

Georg blieb stehen und sah ihr nach. Er dachte daran, wie glücklich sie ausgesehen hatte, als er gekommen war. Mit einem Fluch verließ er die Laube und sah sie davoneilen. Langsam machte er sich auf den Weg nach Hause.

18

Aus dem geplanten Abendessen zu Ehren ihrer Verlobung schien eine größere Feier zu werden. Helena saß in ihrem blassgoldenen Abendkleid vor dem Spiegel und ließ sich von Amelia ihren Schmuck umlegen. Das Goldkollier mit dem passenden Armband und den tropfenförmigen Ohrgehängen war ein Geschenk Matthews. Helena betrachtete den Schmuck. Man konnte Matthew vieles nachsagen, aber nicht, dass er keinen Geschmack hatte. Sie hätte das Geschenk am liebsten abgelehnt, was natürlich ausgeschlossen war. Amelia hantierte behutsam mit den Schließen der edlen Schmuckstücke. Helena hörte das leise Klicken, als das Kollier in ihrem Nacken geschlossen wurde.

Sie verließ das Zimmer, ging ein paar Schritte über den Korridor und blieb dann, mit dem Rücken an die Wand gelehnt, stehen. Eine Tür neben ihr öffnete sich. George sah sie stirnrunzelnd an, und sie begegnete seinem Blick ruhig.

»Ist alles in Ordnung?«, fragte er, ohne dass seine Stimme besonderes Interesse bekundet hätte. Er sah angespannt und übernächtigt aus. Helena hatte seine bedrückte Stimmung schon seit einigen Tagen wahrgenommen, aber sie war so sehr mit ihren eigenen Sorgen beschäftigt gewesen, dass sie sich nicht weiter darum hatte kümmern können.

»Sicher. Und bei dir? Geht es dir gut?«

George zögerte. »Kann ich dich einen Moment sprechen, oder wartet Mutter auf dich?«

»Frühestens in einer halben Stunde.« Sie folgte ihm in sein Zimmer.

»Was wusstest du über die Sache mit Florences Schulverweis?«, kam er sofort zur Sache. »Es hat sich doch auf euren Damenkränzchen bestimmt herumgesprochen, oder nicht?«
»Nur das, was jeder sich so erzählt. Du weißt doch, wie die Wahrheit durch Gerüchte verzerrt wird«, wehrte Helena ab. »Hast du mit ihr gesprochen?«
»Ja, und sie hat gesagt …«, er unterbrach sich. Solche Themen führte man mit seiner unverheirateten Schwester gegenüber nicht genauer aus. »Nichts, vergiss es einfach.«
Helena war verwirrt. »Warum so plötzlich?«
»Weil ich es so sage. Es ist nichts, worüber ich mit dir reden sollte«, entgegnete er.
George wandte sich von seiner Schwester ab und starrte an ihr vorbei aus dem Fenster, ohne etwas zu sagen.
Helena wartete darauf, dass er das Gespräch fortführen würde. Doch bald wurde ihr sein Schweigen unbehaglich. Sie ging zur Tür. »Ich gehe schon mal zu Mutter.«
George nickte abwesend.

Helena vergewisserte sich mit einem raschen Blick, dass alle Gäste zufrieden gestellt waren. Sie stand an Matthews Seite und hörte mit halbem Ohr der Unterhaltung zwischen ihm und einem seiner Freunde zu. Etwas weiter hinten im Saal standen Simon und Olivia und unterhielten sich. Simon schien sich an diesem Abend mehr um seine Verlobte zu bemühen, als er es bisher getan hatte. Ob Olivia sein verändertes Verhalten zu schätzen wusste, ging aus ihrer Haltung nicht hervor, aber sie strahlte zumindest nicht jene Ablehnung aus, die sie an den Tag gelegt hatte, wenn Helena die beiden zuvor zusammen gesehen hatte.
Helena selbst fühlte sich, als sei die Fessel, die man ihr schon immer hatte anlegen wollen, jetzt endgültig, auch wenn sie

und Matthew noch nicht verheiratet waren. Sie unterdrückte ein resigniertes Seufzen und ließ ihren Blick noch einmal durch den Saal schweifen.
In einer Nische unterhielten sich Lorena und Jerome. Helena erkannte an der Art, wie Jerome den Kopf neigte, um seiner Gesprächspartnerin zuzuhören, und dem leichten Lächeln auf seinen Lippen, dass ihn das, was Lorena erzählte, sowohl fesselte als auch amüsierte. In diesem Augenblick lachte er, gab eine Antwort, und sie beide lachten gemeinsam. Helena verspürte einen leichten Stich der Eifersucht. Sie hatte Jeromes Interesse an Lorena bereits am Abend von Simons Verlobung bemerkt, und es war ebenso offensichtlich, dass Lorena, wenn sie auch anfangs Helenas wegen jeden Morgen mit ihr ausgeritten war, nun in erster Linie mitkam, um Jerome sehen zu können.
Helena freute sich für die beiden. Ihr Vater hatte bereits etliche Mädchen ins Auge gefasst, die die Voraussetzungen erfüllten, eine künftige Countess zu werden. Lorena war nicht darunter gewesen. Zweifellos würde ihr Vater nicht gerade entzückt sein, wenn er von Jeromes Wahl erfuhr, aber es war nicht zu erwarten, dass er sich dagegenstellen würde. Jerome war der Einzige unter den Geschwistern, der seine Wünsche fast immer durchsetzen konnte.
Helena betrachtete den funkelnden Brillanten an ihrem Verlobungsring. Die flirrende gute Laune um sie herum, während sie selbst sich wie ausgehöhlt fühlte, war ihr unerträglich. Sie musste den Saal für einen Moment verlassen, um wieder einen klaren Kopf zu bekommen. Mit einer kurzen Entschuldigung in Matthews Richtung ging sie auf den Ausgang zu. Sie stieg die geschwungene Treppe hinunter und betrat die Bibliothek ihres Vaters. Aufatmend lehnte sie sich an die Wand neben der Tür, dann wanderte sie langsam die

Buchregale entlang und las die Titel auf den Lederrücken der Bücher, um sich abzulenken.
Der Gedanke an Alec drängte sich ihr wieder auf, der Moment, als sie im Regen im Park gesessen hatten, die Berührung seiner Finger ... Einen wahnwitzigen Moment lang wünschte sie, er wäre ihr Verlobter an Matthews Stelle.
Sie würde aufhören müssen, Wünschen nachzuhängen, die sich nie erfüllen konnten, rief sie sich selbst zur Ordnung. Mit einem tiefen Seufzer drehte sie sich um – und erstarrte. Matthew stand an den Türrahmen gelehnt, die Arme vor der Brust verschränkt, und schaute sie an.
»Woher wusstest du, dass ich hier bin?«, war das Erste, was ihr einfiel.
Matthew kam auf sie zu. »Ein Dienstmädchen hat dich in diese Richtung laufen sehen, und weil ich weiß, wie gerne du dich in Bibliotheken aufhältst ...« Er zuckte mit den Schultern, Erklärungen erübrigten sich.
Helenas Gesicht spiegelte deutlich ihren Ärger wider. »Ich wäre schon wiedergekommen.«
»Daran zweifle ich nicht.« Matthew lächelte.
Helena, der immer unbehaglich wurde, wenn sie allein mit Matthew in einem Raum war, ging an ihm vorbei zur Tür. »Wir sollten die Gäste nicht warten lassen.«
Matthew streckte die Hand aus und hielt sie am Arm fest. Sie warf ihm einen abweisenden Blick zu. »Matthew, wenn du das vorhast, was ich annehme: Versuch es bitte gar nicht erst.«
»Ich versuche es nicht nur, ich werde es auch tun, meine Schöne.« Er zog sie mühelos an sich und legte die Arme um sie, womit er jede Gegenwehr vereitelte. »Nun komm schon, Helena«, lockte er, »sind nicht alle Mädchen neugierig aufs Küssen?«

»Wenn ich neugierig darauf wäre, wüsste ich es schon zu signalisieren. Da ich das nicht getan habe, kannst du davon ausgehen, dass ich entweder nicht neugierig darauf bin oder aber kein Verlangen danach habe, es mir ausgerechnet von dir beibringen zu lassen.«

Matthew lachte. »Wirklich? Was für eine Erfahrung für mich«, spöttelte er. »Bisher habe ich noch nie ein Nein zu hören bekommen.«

Helena warf den Kopf in den Nacken. »Wenn du das sagst, um mir deinen lockeren Lebenswandel zu demonstrieren, dann kann ich dir sagen: Das ist vollständig überflüssig. Ich bin auch so im Bilde darüber.«

»Du hast doch nicht ernsthaft erwartet, die Erste zu sein?«, fragte er etwas spöttisch.

Herausfordernd sah sie ihn an. »Erwartest du das denn nicht von mir?«

Matthews Blick wurde hart. »Diese Frage kannst du dir selbst beantworten. Ich hätte dich niemals als Braut in Erwägung gezogen, wenn dem nicht so wäre.«

Helenas Augen weiteten sich in gespieltem Erstaunen. »Heißt das, ich müsste mich nur auf eine Affäre einlassen. und die Hochzeit fände nicht statt?«

»Dein Vater würde dich umbringen, wenn du es tätest.«

Helena versuchte, sich aus seiner Umarmung zu befreien, indem sie die Hände gegen seine Brust stemmte und ihren Körper zurückbog. Matthew belächelte diesen Versuch.

»Matthew, lass mich los! Die Tür ist offen, und jeden Moment könnte uns ein Dienstbote sehen.«

»Nur wenn er um die Ecke guckt. Außerdem sind fast alle mit dem Fest beschäftigt.« Er senkte den Kopf.

Helena wandte ihr Gesicht ab, aber er umfasste ihren Hinterkopf und zwang sie so, ihn anzusehen. »Weißt du nicht, dass

Frauen, die sich wehren, besonders begehrenswert sind?«, fragte er leise.
Helena reagierte, indem sie sich vollkommen passiv verhielt, als er seinen Mund auf ihren senkte. Sie blickte an ihm vorbei zur Wand und presste die Lippen fest zusammen, während er mit den seinen darüber fuhr und versuchte, sie inniger zu küssen. Dann ließ er sie los. Helena konnte an der Starre in seinem Kiefer sehen, dass ihn ihr passives Dulden mehr aufbrachte als jede Gegenwehr. Er trat einen Schritt zurück. Helena zwang sich zu einem zuckersüßen Lächeln. »Nachdem wir das hinter uns gebracht haben, sollten wir allmählich zu den Gästen zurückgehen, findest du nicht?« Sie machte Anstalten, die Bibliothek zu verlassen.
»Du verweigerst dich dir selbst, Helena, nicht mir. Ich bekomme am Ende ohnehin, was ich möchte.« Er ging an ihr vorbei aus dem Zimmer hinaus. Helena wartete einen Augenblick. Sie wollte nicht, dass man sie gleichzeitig zurückkommen sah. Langsam verließ sie den Raum und ging die Treppe hinauf zurück zum Festsaal.

Florence wünschte, sie hätte ihre Eltern nicht begleiten müssen, aber schließlich konnte sie sich nicht ständig verstecken, und sie würde es auch nicht vermeiden können, George auf Festen oder im Theater immer wieder über den Weg zu laufen. Sie kamen so spät bei den Ashingtons an, dass es gerade noch im Rahmen der Höflichkeit lag, aber sie waren vorher noch auf einer anderen Feier gewesen. Seit dem Tag, an dem sie George von der Sache mit Carolines Vater erzählt hatte, hatte Florence auf eine Nachricht von ihm gewartet, auf irgendein Zeichen, dass er ihr glaubte, sie nicht verurteilte und sie immer noch heiraten wollte. Das Zeichen blieb aus. Sie war darüber so tief betrübt gewesen, dass sie nächtelang gar nicht oder schlecht geschlafen hatte. Er war nicht besser als jeder andere Mann. Dennoch liebte sie ihn und konnte an ihren Gefühlen auch nichts ändern. Ihre Eltern erblickten Helena, die eben den Saal betrat, und gingen zu ihr, um sie zu beglückwünschen, was Helena mit einem schwachen Lächeln entgegennahm. Florence brachte nicht einmal das zustande. Als ihre Eltern sich zu Bekannten gesellten, blieb sie bei Helena stehen, weil sie ihnen nicht den ganzen Abend hinterherlaufen konnte, dadurch würde sie genau die Aufmerksamkeit erregen, die sie vermeiden wollte.

»Wie geht es dir, Helena?«, fragte sie, obwohl ein Blick in Helenas Gesicht die Frage schon beantwortete.

»Ich bin mit Matthew verlobt, was denkst du also?«

Florence lächelte bedauernd. »Ich mochte ihn nie besonders, aber ich könnte mir vorstellen, dass etliche unserer Freundinnen alles geben würden, um heute Abend an deiner Stelle zu sein.«

»Dasselbe hat meine Mutter auch gesagt.« Helena sah die Freundin prüfend an. »Und was ist mit dir? Du wirkst auch nicht glücklich.«

Florence' Blick wurde unsicher, stockend begann sie: »Du hast wahrscheinlich auch die Geschichte von meinem Schulverweis gehört.« Als Helena nickte, fuhr sie fort. »Niemand glaubt mir, dass ich keine Schuld daran hatte. Ich habe George alles erzählt und mich dabei so geschämt, dass ich hätte sterben mögen.« Sie hielt inne, zwang sich dann, weiterzusprechen: »Er hat nicht einmal etwas dazu gesagt. Alles, was er wissen wollte war, was …, ob ich …« Sie atmete tief ein und blinzelte aufsteigende Tränen zurück. Unter gar keinen Umständen durfte sie hier weinen.

Helena legte ihr die Hand auf die Schulter. Sie wusste nicht, was sie in so einer Situation sagen könnte, das nicht hohl oder

gar verletzend klang. »George ist auch nicht glücklich«, war das Einzige, was ihr einfiel.
»Tatsächlich? Wahrscheinlich, weil er sich von mir betrogen fühlt.«
Das konnte Helena nicht guten Gewissens verneinen.
Florence schien keine Antwort zu erwarten. »Entschuldige mich bitte, Helena, ich muss etwas alleine sein.« Sie ging durch den Saal und betrat eines der Nebenzimmer. Langsam ließ sie sich in einen Sessel sinken, lehnte den Kopf zurück und starrte an die Decke. Wie sollte sie den Abend nur durchstehen, wenn sie jetzt schon außer Fassung war? Nach einer Weile hörte sie, dass jemand den Raum betrat, und sah zur Tür. »George«, sagte sie tonlos und richtete sich auf.
»Guten Abend, Florence.«
Er setzte sich auf das Sofa ihr gegenüber, leicht nach vorn gebeugt, die Arme auf die Oberschenkel gestützt. Florence sah ihn abwartend an.
»Helena sagte, sie habe dich hier hineingehen sehen. Sie hat mir auch gesagt, wie unglücklich du bist.«
»Jeden Tag habe ich auf eine Nachricht von dir gehofft.« Ihre Stimme klang bitter. »Ich habe gewartet und gewartet, aber es kam nichts.«
»Ich musste erst über alles nachdenken.«
»Musstest du darüber nachdenken, ob du mir glauben kannst oder nicht?«
George presste die Handflächen aneinander. »Nein, ich habe dir auch so geglaubt. Es war… Ich war einfach auf eine solche Eröffnung nicht gefasst.«
Florence stand auf und ging erregt einige Schritte durch den Raum, dann blieb sie stehen und drehte sich mit einer abrupten Bewegung zu ihm um. »Wenn er mich geschlagen hätte anstatt der anderen Sache, hättest du mich dann bemitleidet?

Oder hättest du trotzdem schweigend dagestanden und dich danach tagelang nicht gemeldet?«
»Natürlich nicht. Das ist ...«
»Etwas anderes?«, fiel sie ihm ins Wort. »Allerdings ist es das. Was er getan hat, ist schmerzhafter, als wenn er mich halb totgeschlagen hätte. Als ich es dir erzählt habe, hatte ich gehofft, du würdest mich genug lieben, um mit mir zu fühlen.« Sie sah ihn an. »Es geht dir in erster Linie um dich selbst, nicht wahr, um deinen gekränkten Stolz, weil du denkst, es gab jemanden vor dir. So ist es aber nicht. Du wärst dennoch für mich der Erste gewesen, weil ich dich liebe und weil es freiwillig geschehen wäre.«
Ihr Blick wurde forschend. »Warst du mir eigentlich treu die ganze Zeit?«
George konnte ihr ansehen, dass sie Angst vor der Antwort hatte. Er wurde verlegen und fragte sich, wie man innerhalb von wenigen Minuten vom Kläger zum Angeklagten werden konnte.
Sie deutete seinen Blick richtig, und ihr Mund verzog sich zu einem bitteren Lächeln.
»Es hatte nichts zu bedeuten«, verteidigte sich George.
»Das hat es nie.« Florence' Stimme klang matt, sie wandte sich von ihm ab.
»Es war nur ein Mal, nach unserem Gespräch im Park.«
Florence antwortete einige Minuten lang nicht, dann sprach sie, ohne ihn anzusehen. »Während ich zu Hause auf eine Nachricht von dir gewartet habe und keine Nacht mehr richtig schlafen konnte, hast du dich gleich mit der nächsten Frau amüsiert. Wann war es denn, George? Vielleicht kann ich dir sagen, was ich in der Zeit getan habe. Vielleicht habe ich in meinem Bett gelegen und mir gewünscht, ich wäre gestorben, ehe ich auf diese verwünschte Schule gegangen bin.«

»Bitte, Florence.« Er legte ihr die Hände auf die Schultern und drehte sie sanft zu sich. »Kannst du mir nicht verzeihen?«
Tränen glänzten in ihren Augen, und ihr Widerstand brach. »Ich habe dich so vermisst.« Sie ließ zu, dass er sie in die Arme nahm.
»Heirate mich«, wiederholte er seinen Antrag. »Bitte«, fügte er hinzu.
Florence sagte nichts, aber die Erleichterung in ihr war so befreiend, das erste Mal in dieser Woche hatte sie das Gefühl, wieder durchatmen zu können. Sie schmiegte ihren Kopf an seine Schulter und gab ihm dadurch die gewünschte Antwort.

19

»Die Verluste sind enorm, Alec!« Mr. Seymour lief in seinem Arbeitszimmer auf und ab und schwenkte erregt Verschiffungslisten in der Hand. Eines der Schiffe aus der Reederei, deren Teilhaber er war, war nicht in London angekommen, und es bestand auch keine Hoffnung mehr – weder für die Besatzung noch für die Ladung. Die Piraterie hatte in den letzten Monaten unheilvolle Ausmaße angenommen. Mr. Seymour hatte das Gefühl, als bewahrheiteten sich seine schlimmsten Befürchtungen.

Alec saß auf der Kante des Schreibtischs und hob bei diesem Ausruf den Blick von dem Block, auf dem er Bilanz gezogen hatte. Das Unternehmen würde die Verluste problemlos tragen können, das wusste er, und darüber hinaus brauchte Mr. Seymour sich um sein Ansehen als Geschäftsmann keine Sorgen zu machen. In der letzten Zeit hatten seine Ladungen noch am häufigsten ihren Bestimmungsort erreicht. »Was ist mit den Familien der vermissten Besatzung?«, wollte Alec wissen.

Mr. Seymours Gesicht verzog sich vor Kummer. »Die Reederei wird sich um sie kümmern. Ich kannte einige der Besatzungsmitglieder persönlich.«

Alecs Blick schweifte aus dem Fenster. Die Bäume begannen zu blühen, und das Grün war intensiver als alles, was er in Indien bisher gesehen hatte. Dennoch wünschte er sich nichts sehnlicher, als England endlich wieder verlassen zu können. Als er hierher gekommen war, war es nicht zuletzt in der Hoffnung gewesen, Lord Ashington direkt begegnen zu können. Er hatte sich genau überlegt, was er ihm sagen würde, und nun hatte sich alles anders entwickelt. Es war unmöglich, zu Lord Ashington vorzudringen. Wenn er es auf irgendeiner Feier versuchen würde, würde man ihn vermutlich nicht ernst nehmen. Was wog sein Wort schon gegen das eines Earls? Ein ehemaliger Sträfling, der seinen Richter anklagte, ihn zu Unrecht eingesperrt zu haben. Abgesehen davon, sich lächerlich zu machen, würde er sich damit nur das Stigma erneut öffentlich aufdrücken. Lord Ashington daheim aufzusuchen kam ebenso wenig in Frage. Man würde ihn auch kaum vorlassen, ohne die Begründung des Besuchs vorher zu erfragen. Hatte er wirklich geglaubt, dass er ihn nur zur Rede stellen musste, um alles zu erfahren?

»... in drei Tagen eingeladen.«

Alec fuhr aus seinen Gedanken hoch. »Entschuldigung, ich habe dir nicht zugehört.«

Mr. Seymour hatte sich mittlerweile auf seinen Stuhl hinter dem Schreibtisch gesetzt. »Das geht dir in letzter Zeit ziemlich häufig so.« In seinem Ton lag kein Tadel, trotzdem fühlte Alec sich getroffen und hatte das Gefühl, sich verteidigen zu müssen.

»Vielleicht war das alles ein wenig viel in den letzten Tagen.«

Mr. Seymour sah ihn nachdenklich an, sprach seine Gedanken aber nicht laut aus. »Ich sagte, dass wir in drei Tagen eingeladen sind und dass ich nach den ganzen Vorfällen nicht das geringste Verlangen habe, der Einladung Folge zu leisten.«

Alec zuckte die Schultern. »Du kennst meine Meinung zu diesen Einladungen. Meinetwegen brauchen wir nicht hinzugehen.«

Mr. Seymour schmunzelte, obwohl ihm im Grunde genommen nicht danach war. Alecs Ablehnung jeglicher Feiern im Rahmen der Gesellschaft amüsierte ihn immer noch. »Wir

werden gehen müssen. Fast alle Kunden der vermissten Schiffsladung werden zugegen sein, dazu weitere Geschäftspartner von mir und hohe Mitglieder der Gesellschaft und Finanzwelt. Es soll nicht so aussehen, als wollte ich mich vor ihnen verstecken.«
»Möchtest du, dass ich dich begleite?«
»Ich würde viel Wert darauf legen. Die Gastgeber sind Lord und Lady Hyde. Lord Hyde ist ein aufstrebender Politiker, der als sehr liberal gilt. Seine Frau unterstützt ihn darin, und es heißt auch, dass sie persönlich in die übelsten Gegenden Londons geht, um sich von dem Elend dort zu überzeugen. Beindruckende Leute, du wirst sie mögen.«
Alec machte ein Gesicht, das alles bedeuten konnte, und griff nach den Verschiffungslisten. »Ich mache eine Aufstellung der Verluste.«
»Es wird einiges an Arbeit auf uns zukommen.«
»Umso besser«, erwiderte Alec unbestimmt. Es würde ihn vom Nachdenken abhalten.

20

Warum bist du heute eigentlich so schlecht gelaunt?«, wollte Helena von Matthew wissen. Nachdem sie sich den ganzen Abend bemüht hatte, vor den Leuten den Anschein zu erwecken, sie fände an seiner Gesellschaft Gefallen, fand sie, dafür zumindest eine etwas freundlichere Behandlung verdient zu haben. Wenn ihr Vater sie beide zu Gesicht bekam, würde er mit Sicherheit denken, sie sei die Ursache für Matthews schlechte Laune.

Dieser sah sie kaum an. »Es ist etwas Geschäftliches«, antwortete er in jenem Ton, der Helena jedes Mal aufbrachte, weil er ihr signalisierte, sie solle sich heraushalten, weil sie davon ohnehin nichts verstand.

»Oh, ich verstehe«, antwortete sie ebenso kurz angebunden.

Ein spöttischer Zug umspielte Matthews Mundwinkel, als er auf sie hinuntersah.

»Du behandelst mich mit einer Herablassung, als wäre ich ein Kind«, beschwerte sie sich.

»Und du scheinst zu denken, ich würde nicht merken, dass deine gute Laune heute Abend nur aufgesetzt ist.«

»Sei froh, dass ich vor den Leuten überhaupt so tue, als würde mich irgendetwas von dem, was du sagst, interessieren.«

Helena sah, wie sich Matthews Gesichtszüge verhärteten, und erkannte daran, wie sehr ihn ihre Worte verärgert hatten.

»Du treibst es etwas zu weit, Helena.«

Helena hob unbekümmert die Schultern. »Wenn es dich dazu bringt, diese unselige Verlobung zu lösen, treibe ich es sogar noch weiter.«

»Es wird mich eher dazu bringen, als dein Ehemann strenger zu sein, als ich vorgehabt habe.« Er sah ihr in die Augen.
»Wenn es wirklich darauf hinausläuft, wirst du an unserem Eheleben wenig Freude haben. Das kann ich dir schon jetzt voraussagen«, entgegnete Helena provokativ.
Matthews Blick glitt langsam von ihrem Gesicht zu ihrem Kleidersaum und wieder zurück. Ihm zuliebe hatte sie dieses Kleid anziehen müssen, üppiger weißer Brokat mit einem Stich ins Rosa. Der Rock war um ihren Körper herum gerafft und mit kleinen Perlen verziert. Matthew lächelte. »Das Eheleben wird mir Freude bereiten, das kann ich dir versichern. Wie viel Freude du daran haben wirst, liegt ganz bei dir. Und nun mach ein freundliches Gesicht. Wenn ich schlecht gelaunt bin, wissen die Leute, es liegt an meiner verlorenen Schiffsladung, bei dir denken sie, es würde mir gelten.«
Das traf es so genau, dass Helena lachen musste, wenn es auch kein fröhliches Lachen war. Lady Hyde, die eben an ihr vorbeikam, lächelte ihr freundlich zu. Bisher hatte Helena sich über eine Einladung ins Haus der Hydes stets gefreut, aber jetzt wurde sie auf allen Feiern, die sie mit ihren Eltern besuchte, von Matthew begleitet.
Helena hätte sich gerne mit Lorena unterhalten, konnte sie aber nicht entdecken. Wahrscheinlich war sie mit Jerome zusammen, der die Gelegenheit nutzen wollte, Lorenas Vater besser kennen zu lernen. Er hatte Helena am vorhergehenden Abend eröffnet, dass er Lorena einen Antrag gemacht und diese ihn angenommen hatte. Nach dem mürrischen Gesicht ihres Vaters am Frühstückstisch zu urteilen, hatte er die gute Nachricht am selben Abend erfahren.
Matthew schien ihre Gedanken zu erraten, als er ihren suchenden Blick bemerkte, und meinte unvermittelt: »Dein

Vater war nicht sehr glücklich über Jeromes Wahl, habe ich gehört?«

»Hat er das gesagt?«, Helena zuckte mit den Schultern. »Er hat es Jerome zumindest nicht verboten, mehr kann man wohl nicht erwarten. Mich freut es jedenfalls. Ich habe mir immer eine Schwester gewünscht.«

Matthew lächelte. »Ja, nur dass du nicht mehr lange genug bei deinen Eltern leben wirst, um dich daran zu gewöhnen, nicht mehr die einzige junge Frau im Haus zu sein.«

Helenas Gesicht verfinsterte sich wieder, aber sie erwiderte nichts.

Matthew sah jedoch nicht mehr sie an, sondern blickte zur Tür. »Da ist Mr. Seymour«, sagte er. »Er ist der Händler, dem vor einigen Tagen eine meiner Schiffsladungen abhanden gekommen ist.«

Helena, die bei der Erwähnung des Namens erstarrt war, drehte sich nicht zu Tür um. Wenn Alec bei ihm war, wollte sie ihn nicht sehen. Die letzten Tage hatte sie es sogar vermieden, zur gewohnten Zeit auszureiten, weil sie ihm nicht begegnen wollte, während sie gleichzeitig die Rolle von Matthews Verlobter spielen musste. Er sollte nicht wissen, dass ihr Vater sie schon so gut wie verheiratet hatte. Und es verging ohnehin kein Tag, an dem sie nicht an ihn dachte.

»Denkst du, der Verlust der Ladung ist seine Schuld?«, fragte sie, um irgendetwas zu sagen.

»Natürlich nicht.« Matthews Stimme klang gereizt. »Ich mache doch nicht meinen Händler dafür verantwortlich, dass eines seiner Schiffe versenkt wurde. Mr. Seymour hatte dabei die größten Verluste zu verzeichnen.«

Matthew blickte wieder zur Tür. »Er kommt übrigens gerade mit seinem Sekretär auf uns zu.«

Helena wurde blass und wandte sich zum Gehen. Matthew hielt sie auf.
»Es ist überaus unhöflich, direkt zu gehen, wenn er kommt, ohne zumindest zu grüßen. Warte einen Augenblick, dann kannst du gehen.«
»Guten Abend, Lord Vanderley«, hörte Helena eine angenehme, volltönende Stimme, die ihr unbekannt war. Langsam drehte sie sich um. Sie hörte Alecs Gruß an Matthew in dem Moment, in dem sie ihn sah. Ihre Augen trafen sich, und in Alecs Augen blitzte kurz überraschtes Erkennen auf, dann flog ein flüchtiges Lächeln über seinen Mund, das nur ihr galt.
Nachdem Matthew die beiden Herren gegrüßt und sie Helena vorgestellt hatte, berührte er sie sacht am Ellbogen. »Mr. Seymour, Mr. Delany, meine Verlobte, Lady Helena Ashington.«
Mr. Seymours Blick war freundlich und offensichtlich etwas überrascht. »Ich habe nicht gewusst, dass Sie verlobt sind, Lord Vanderley. Meine Verehrung, Lady Helena.« Er vermied es, Alec nach Nennung des Namens Ashington anzusehen, weil es ihm zu auffällig vorkam, aber er spürte dessen Erstarrung, wenn auch nicht aus dem Grund, den er annahm.
Helena sah, wie Alecs Lächeln frostig wurde, und nahm seinen betont freundlichen Glückwunsch mit einem Nicken zur Kenntnis. Sie spürte, wie Matthew sie mit den Fingerspitzen flüchtig an der Schulter berührte, ein Zeichen dafür, ihn mit seinen Gesprächspartnern allein zu lassen. Helena kam sich vor wie ein Kind, dass zum Spielen mit seinen Freunden geschickt wird. Obwohl sie am liebsten vor Alecs forschenden Blicken geflohen wäre, blieb sie stehen und wandte sich an Mr. Seymour: »Ich habe gehört, Sie kommen aus Kalkutta?«
»Das ist richtig, Mylady, ich bin nur alle paar Jahre in England,

um den Londoner Nebel nicht zu vergessen.« Er schmunzelte und tiefe Lachfältchen wurden sichtbar.
Helena fand seine Augen interessant: Sie wirkten etwas zugekniffen, als müsse er sie vor der Sonne schützen – wahrscheinlich hatte er sich das in der heißen indischen Sonne angewöhnt –, und waren dabei hell und klar wie geschliffene Kiesel.
»Ich habe bis zu meinem zehnten Lebensjahr in Kalkutta gelebt«, erwiderte sie. »Ich weiß noch, dass ich damals nicht wegziehen wollte. Es ist wesentlich faszinierender als unser graues England.« Sie bemerkte Matthews Ungeduld und wollte es nicht auf die Spitze treiben. Mit einer Entschuldigung zog sie sich zurück, wobei sie Alec noch einmal ansah und seinen kühlen Blick einen Augenblick länger erwiderte, als nötig gewesen wäre. Mr. Seymour bemerkte es und sah zu Matthew, der es jedoch nicht zur Kenntnis nahm. Er konnte weder Alecs Blick noch den von Lady Helena deuten, und ihn beschlich das Gefühl, dass die beiden sich nicht zum ersten Mal sahen.

Helena hatte sich eine Zeit lang mit Jerome und Lorena unterhalten, die beiden dann aber wieder allein gelassen, damit sie ihre Ruhe hatten, soweit das in einem vollen Ballsaal möglich war. Jetzt stand sie im angrenzenden kleinen Salon, in dem vergleichsweise wenig Menschen waren, und nippte an einem Glas kühler Limonade. Ein Blick zur Uhr sagte ihr, dass ihre Eltern noch lange nicht gehen würden, und ihr würde man es auch nicht erlauben.
»Warum haben Sie das Gefühl, Sie müssten sich verstecken?« Der Klang der wohlmodulierten Stimme schreckte sie aus den düsteren Gedanken, in die sie versunken gewesen war, und sie drehte sich langsam um. »Wirkt es so?«, antwortete sie.

Alec kam auf sie zu und tat, als sähe er aus dem Fenster. »Aus welchem Grund haben Sie mir nicht gesagt, dass Sie verlobt sind?«,

»Ich habe erst vor etwas mehr als zwei Wochen von dem Antrag erfahren. An dem Tag, an dem wir uns im Park getroffen haben, um genau zu sein.«

»War das zufällig an dem Tag, an dem Sie sich kurz entschlossen dazu bereit erklärten, mich in die Galerie zu begleiten?«

Helena, der das schlechte Gewissen ins Gesicht geschrieben stand, wandte den Blick ab.

»Ich nehme an, Sie haben das getan, um Ihrem Protest Ausdruck zu verleihen. Sie hätten es sagen können. Mit Sicherheit hätte ich es verstanden, und es hätte Ihre Stimmung an diesem Tag erklärt. Ich weiß nur immer gerne, woran ich bin.« Alec lehnte sich gegen den Rahmen des hohen Fensters und hielt den Blick auf sie gerichtet.

Helena flüchtete sich in Distanziertheit. »Ich war einem Fremden keine Erklärung schuldig.«

»Aber Sie hätten sich von einem Fremden küssen lassen«, bemerkte Alec sarkastisch. Helena wurde rot, aber sie machte keine Anstalten zu gehen.

»Das alles war nur, um sich gegen Ihren Vater aufzulehnen, habe ich Recht?«

»Und wenn es so wäre?«

»Dann sind Sie nicht besser als jedes andere Mitglied dieser arroganten und selbstgefälligen Gesellschaft, in der Sie aufgewachsen sind.«

Helena schwieg und sah aus dem Fenster, verbarg, wie sehr sie seine Worte getroffen hatten.

Alec wartete auf eine Antwort, und als keine kam, fuhr er fort: »Sagen Sie mir, dass ich Unrecht habe.« Die kühle

Gleichgültigkeit in seiner Stimme schien zu wanken, und Helena glaubte, einen Anflug von Hoffnung herauszuhören. Sie hätte ihm gerne die Antwort gegeben, die er hören wollte, aber sie wusste, es war besser, wenn sie sich nicht wiedersahen. Sie sah starr aus dem Fenster und schwieg.

»Ich verstehe.« Auch wenn er seiner Stimme weiterhin den kühlen beherrschten Klang zu geben versuchte, hörte Helena, dass ihr Verhalten ihn verletzt hatte. »Einen schönen Abend, Lady Helena.« Er drehte sich um und ging, ohne sie noch einmal anzusehen, zur Balkontür hinaus.

Sie fühlte sich, als habe jemand eine Zentnerlast auf ihre Brust gelegt, und das Atmen fiel ihr schwer. Langsam ging sie in den großen Saal zurück und merkte erst jetzt, dass sie ihr leeres Glas noch in der Hand hielt. Geistesabwesend stellte sie es ab. Die Menschen um sie herum tanzten fröhlich und ausgelassen, lachten und schienen sich blendend zu unterhalten. Was für ein Kompliment für Lady Hyde!

Helena kam sich fehl am Platze vor. Sie hatte das Gefühl, jeder müsse ihr ansehen, wie elend sie sich fühlte. Ihr Blick glitt zu den hohen Fenstern und verlor sich in der Dunkelheit. Mit Sicherheit würde Alec, wenn sie sich das nächste Mal begegneten, nichts weiter tun, als sie höflich zu grüßen. Genau so soll es sein, dachte sie. Ihr Leben war ohnehin schon schwer genug, auch ohne solche Torheiten.

Sie ging langsam zurück in den kleinen Salon, in dem sie zuvor mit ihm gestanden hatte, und starrte auf die Balkontür, die einen Spaltbreit offen stand. Nur einen Moment lang wollte auch sie die Nachtluft einatmen und trat daher spontan durch die Tür hinaus. Sie kannte den Garten der Hydes und überlegte, dass Alec sich bestimmt nahe des Teichs aufhielt, der am Ende des Gartens lag, wo es am ungestörtesten war.

Jetzt noch weiter in den Garten zu gehen wäre ein Fehler, dachte sie, während sie bis zum Ende der Terrasse ging und auf die Stufen blickte, die in den Garten führten. Allerdings war der Garten groß, sagte sie sich dann, es musste ja nicht sein, dass sie ihm begegnete. Und während sie den Weg bereits hinunterging, redete sie sich selbst gut zu, vielleicht sei er ja gar nicht am Teich – aber sie glaubte es nicht. Sie sah das Schimmern der Wasseroberfläche, und eine Welle der Enttäuschung, gemischt mit Erleichterung, durchflutete sie, als sie dort niemanden stehen sah. Dann jedoch glitt ihr Blick zu den Weiden, und sie machte dort die hohe schlanke Gestalt eines Mannes aus. Sie wusste, dass er sie sofort gesehen haben musste, in ihrem schimmernden weißen Kleid. Eine Zeit lang stand sie nur da und sah ihn ebenso schweigend an wie er sie.

»Mr. Delany«, sagte sie dann leise in die Stille hinein. »Sie hatten Unrecht. Es tut mir so Leid.«

Seine Gestalt löste sich aus dem Schatten der Bäume, als er auf sie zukam. »Sie hätten besser daran getan, die Sache ruhen zu lassen, Lady Helena.« Er war jetzt bei ihr angekommen. Mit einem seltsamen Ausdruck sah er sie an. »Ich hätte Ihnen die Sache nicht nachgetragen, und am Ende wäre es sicher sowohl meiner als auch Ihrer Seelenruhe zugute gekommen, wenn wir uns nicht mehr gesehen hätten.«

Alec berührte ihr dunkles Haar, fuhr mit den Fingern über ihre Schläfen. Langsam glitt seine rechte Hand zu ihrem Kinn hinunter und hob ihr Gesicht behutsam an.

Helenas Herz schlug so hart gegen ihre Rippen, dass es schmerzte und ihr den Atem nahm. »Alec«, sagte sie matt, »Alec, bitte, wir sollten das besser nicht tun.«

Er hielt inne, nur wenige Zentimeter von ihrem Gesicht entfernt. »Und warum bist du dann gekommen?«

Helena wusste keine Antwort darauf und schwieg.
Alec streichelte mit den Fingern leicht ihren Hals, die kleine Kuhle zwischen ihren Schlüsselbeinen. »Wenn du wirklich gehen möchtest, dann geh«, sagte er leise. »Ich werde dich nicht gegen deinen Willen festhalten.«
»Du machst es dir zu einfach«, erwiderte Helena, »du überlässt die Entscheidung allein mir.«
»Das stimmt nicht, Helena, weil ich meine Entscheidung bereits getroffen habe. Ich überlasse es dir, deinen eigenen Weg zu wählen.« Alec senkte sein Gesicht, ihr Atem mischte sich, und er küsste sie, federleicht zuerst. Sein Mund liebkoste, forderte und erbat gleichzeitig, und Helena schwindelte unter dem Erwachen von Gefühlen. Die Arme um seinen Hals geschlungen, schmiegte sie sich an ihn und spürte sein Herz an ihrer Brust schlagen. Als er sich von ihren Lippen löste und den Kopf hob, wagte Helena kaum, ihm in die Augen zu sehen. Sie hatte ein Verlangen in sich selbst entdeckt, das ihr unbekannt war und das sie verwirrte und bestürzte.
»Wenn du weiterhin so konzentriert auf den Boden schaust, muss ich annehmen, ich hätte dich tödlich gelangweilt.«
In Alecs Stimme mischten sich leichter Spott und die vertraute Amüsiertheit, so dass Helena den Kopf hob und ihn ansah. Aber in seinen Augen war nichts von dem zu erkennen, was in seiner Stimme mitschwang. Helena sah in ihnen die verhaltene Leidenschaft, die sie in seiner Umarmung gespürt hatte, und zu ihrer leisen Verwunderung einen Schmerz, der sie seltsam berührte. Sie legte ihre Hand an seine Wange. In seine Augen trat ein seltsam distanzierter Ausdruck, so als verstünde er selbst nicht, was er hier gerade tat.
»Was ist denn, Alec?«
»Ich brauche nun nicht mehr darüber nachzudenken, wie es im Park weitergegangen wäre.« Er lächelte, und sein Wunsch

zu scherzen wirkte etwas angestrengt. »Du bist wunderbar, Helena. Dein Verlobter ist ein glücklicher Mann.«

»Warum sagst du das? Warum redest du überhaupt von ihm?«, wollte Helena wissen.

»Weil ein kurzer Augenblick der Verzückung nichts an der Realität ändert, so schön er auch gewesen sein mag.« Alec wandte sich von ihr ab, hob einen kleinen Kiesel auf und warf ihn in den Teich. Auf das leise Platschen folgten kleine Wellen, die immer größer wurden. »Dein Verlobter mag mich übrigens nicht besonders. Er hatte eine Art, seine Fragen nur an Mr. Seymour zu richten, die schon ziemlich beleidigend war.« Alec sah Helena an, und ein leichtes Lächeln stahl sich auf seine Züge. »Was denkst du, wie er reagieren würde, wenn er wüsste, mit wem er die Küsse seiner Braut teilt?« Zu spät wurde ihm klar, dass er Helena damit tief beleidigt hatte. Sie sah ihn aus zornfunkelnden Augen an. »Ich kann dir sagen, wie er reagieren würde. Er würde die Verlobung lösen, und mein Vater würde mich für den Rest meines Lebens dafür bestrafen.« Sie warf den Kopf mit einer heftigen Bewegung zurück. »Aber falls es dich interessiert, Matthew teilt meine Küsse mit niemandem, weil ich ihm nie erlaubt habe, so weit zu gehen.«

Mit einer abrupten Bewegung drehte sie sich um und ging den Weg zurück zum Haus. Am liebsten wäre sie in Tränen ausgebrochen. Sie strich sich ordnend mit den Händen über ihr Haar, ehe sie wieder in das Haus trat. Der Erste, der ihr begegnete, kaum dass sie zur Tür hineinkam, war Simon. Er sah sie direkt an und kam zu ihr.

»Wo warst du die ganze Zeit? Deine Eltern und Matthew suchen dich schon.« Er musterte sie kritisch. »Stimmt etwas nicht?«, Ihre Augen glänzten fiebrig, und ihre Wangen waren leicht gerötet.

»Es ist alles in Ordnung, ich bin etwas müde, das ist alles.«
Simon runzelte die Stirn und sah an ihr vorbei in den Garten hinaus.

Helena hielt den Atem an und hoffte inständig, dass Alec ihr nicht gefolgt war, aber Simon schien niemanden zu sehen. Er bot ihr seinen Arm und begleitete sie in den Salon zurück.

Noch immer konnte sie Alecs Kuss spüren, und ein warmes Gefühl durchrieselte sie. Sie wusste noch genau, wie sich der Stoff seines Jacketts unter ihren Händen angefühlt hatte und welchen Verlauf seine Finger über ihr Gesicht genommen hatten. Ein tiefer Seufzer drang aus ihrer Brust, und sie hätte am liebsten geweint. Simon blickte sie besorgt an.

21

»Hast du gehört, was ich gesagt habe?«

Erst als Calvin sie leicht anstieß, blickte Helena von ihrem Teller hoch und merkte, dass ihr Vater sie angesprochen hatte. »Verzeihung, Vater, was sagtest du?«

Sie saß mit ihrer Familie beim Abendessen und hatte, lustlos in ihrem Essen stochernd, ihren Gedanken nachgehangen. Lord Ashington musterte sie mit jenem Blick, in dem die stumme Frage stand, was um alles in der Welt sie an diesen Tisch, in diese Familie, inmitten seiner Kinder verschlagen hatte. Helena kannte diesen Blick hinreichend, um zu wissen, dass er keine Geduld mit ihr haben würde, was immer er auch von ihr wollte.

»Ich sagte, du bist für meine Begriffe zu oft allein unterwegs. Hat es einen bestimmten Grund, ich meine, triffst du dich jeden Tag mit deinen Freundinnen, oder ist dir jedes Mittel recht, dich rar zu machen?« Er wartete Helenas Antwort nicht ab. »Wie auch immer, damit ist vorläufig Schluss. Es wird Zeit, dass dein Tagesablauf wieder gesellschaftsfähiger wird. Damit meine ich Besuche bei den richtigen Leuten und die Teilnahme an jeglichen gesellschaftlichen Ereignissen, zu denen wir eingeladen werden.«

Helenas Blick wurde resigniert. »Ich mache doch oft genug Besuche.«

»In den letzten Wochen auch? Bei wem warst du denn? Die meisten Bekannten, die deine Mutter in der letzten Zeit gesehen haben, haben sich darüber beklagt, dich so selten zu Gesicht zu bekommen.«

»Ich war meistens im Park spazieren oder in der Galerie.«
»Damit ist es jetzt erst einmal vorbei. Ich erlaube dir nicht, ständig wie eine Herumtreiberin durch die Straßen zu ziehen. Du wirst dich so verhalten, wie es einer jungen Dame aus gutem Hause zukommt. Es ist nichts dagegen einzuwenden, wenn du ab und zu in den Park gehst, aber deine anderen Verpflichtungen haben Vorrang.« Er taxierte sie. »Und wenn Matthew dich das nächste Mal fragt, ob er dich morgens auf deinen Ausritten begleiten kann, und du ablehnst, dann wirst du am nächsten Tag auch nicht alleine reiten.«
Helena hasste es, vor der ganzen Familie zurechtgewiesen zu werden. Sie wusste kaum, wie sie die Tage durchgestanden hatte, seit sie sich bei den Hydes von Alec getrennt hatte. Täglich war sie in der Hoffnung ausgeritten, ihn zu treffen, und jedes Mal enttäuscht zurückgekehrt. Jeden Tag hatte sie damit zugebracht, mit ihrer Mutter zusammen Besuch zu empfangen, und dabei so zu tun, als sei alles in bester Ordnung, als sei sie eine glücklich verliebte Braut, die sich auf ihre Hochzeit freute. Und nach alldem klagte ihr Vater sie an, als sei sie in einen unhaltbaren Lebenswandel verfallen. Helena warf einen flehentlichen Blick zu Jerome, der ihr gegenüber neben George saß.
Ihr Vater, der ihrem Blick gefolgt war, sah sie kalt an.
»Jerome kann sich jede Fürsprache von vornherein sparen, er wird damit bei mir ohnehin auf taube Ohren stoßen. Mit dieser ewigen Nachgiebigkeit ist jetzt Schluss. Du wirst tun, was ich sage. Hast du mich verstanden?«
»Gehört habe ich es, aber nicht verstanden, Vater. Ich weiß beim besten Willen nicht, von welcher ewigen Nachgiebigkeit du sprichst.«
»Ich warne dich, Helena.« Lord Ashingtons Stimme war drohend leise geworden.

Helena wusste, dass sie besser schweigen sollte, aber ihr Widerspruchsgeist war geweckt. »Deine Drohungen haben inzwischen etwas an Wirkung verloren, findest du nicht? Du hättest mit all den Beschränkungen, die du mir auferlegt hast, vielleicht sparsamer umgehen sollen, dann bliebe dir jetzt noch etwas übrig, was du als Strafe in Aussicht stellen könntest.« Sie stand auf.

»Helena ...«, begann Jerome leise.

Sein Vater unterbrach ihn. »Halt dich da raus!« Dann fuhr er in Helenas Richtung fort: »Setz dich, Helena! Du darfst noch zu Ende essen, ehe ich dir beweisen werde, wie sehr du dich irrst, wenn du denkst, dass du nichts mehr zu verlieren hast.«

Helena blieb stehen und schüttelte langsam den Kopf. Sie hatte sich in eine Situation manövriert, aus der sie ohne Bestrafung nicht mehr herauskommen würde. Was immer sie nun erwartete, erwartete sie auch, wenn sie seiner Aufforderung Folge leistete. Ihre ganze Wut war plötzlich verraucht, und zurück blieb nur ein klaffendes Loch völliger Verzweiflung, das sich in ihr ausbreitete und ihr den Atem nahm.

»Setz dich, sage ich!«

Helena trat langsam vom Tisch zurück und wandte sich zum Gehen. Lord Ashington, dessen Geduld nun am Ende war, erhob sich ebenfalls. Er schob den Stuhl mit einer ruckartigen Bewegung zurück, und Calvin, der ihm am nächsten saß und merkte, was er vorhatte, stand im selben Moment auf und verstellte ihm so, scheinbar unabsichtlich, den Weg. Helena nutzte die Zeit, um aus dem Raum zu fliehen. Ihr Vater war mit einigen schnellen Schritten an der Tür und folgte ihr hinaus. Calvin setzte sich wieder.

»Hoffen wir für Helena, dass sie schneller ist«, sagte er.

Jerome sah stirnrunzelnd zur Tür, und als sein Vater nicht

zurückkam, stand er auf und wollte den Raum verlassen. Im selben Moment kam Arthur Ashington zur Tür herein, außer sich vor Wut.

»Sie hat sich in ihrem Zimmer eingeschlossen. Aber sie wird sich noch wünschen, an diesem Abend nie den Mund aufgemacht zu haben.«

Eleonore, die die ganze Zeit geschwiegen hatte, sah zu ihrem Mann. »Was hast du vor?«

»Mir wird sie die Tür wohl kaum aufmachen, also habe ich sie angewiesen, ihren Zimmerschlüssel Amelia zu geben. Wenn sie das nicht tut, werde ich ihre Zofe entlassen. In wenigen Minuten werde ich den Schlüssel haben, und dann wird sie die nächsten Wochen ausgiebig Zeit haben, ihr Verhalten zu bereuen.«

»Du hättest nicht so hart mit ihr sein sollen«, ließ sich Jerome vernehmen.

»Natürlich, von dir war ja nichts anderes zu erwarten. Ihr habt sie alle so sehr verhätschelt, dass sie inzwischen meint, sich jede Unverschämtheit rausnehmen zu können.« Der Earl wandte sich an seine Frau. »Du hättest ihr entschieden weniger durchgehen lassen dürfen.«

»Halt Mutter da raus!«, rief George.

Amelia kam wenige Minuten später, um Lord Ashington, der mittlerweile wieder an der Tafel Platz genommen hatte, den Schlüssel auszuhändigen, den dieser einsteckte. »Sagen Sie mir Bescheid, wenn Sie heute noch zu meiner Tochter müssen, um ihr beim Umkleiden zu helfen.«

»Wie Sie wünschen, Mylord.« Amelia war nicht anzusehen, was sie von seiner Anordnung hielt. Er entließ sie mit einem Nicken.

Arthur Ashington wandte sich wieder an Eleonore und seine Söhne. »Wer mit ihr redet, sorgt dafür, dass ich ihre Strafe verschärfe. Es geht keiner zu ihr außer ihrer Zofe, und auch ihr werde ich verbieten, sich länger als nötig bei ihr aufzuhalten.«

Jerome sah seinen Vater ungläubig an. »Du willst sie doch wohl nicht länger als diesen Abend in ihrem Zimmer einschließen? Das ist unmenschlich.«

»Ich werde ein derartiges Verhalten nie wieder dulden. Wenn Helena es anders nicht lernt, muss ich eben zu drastischen Mitteln greifen. Ich frage mich, woher sie diesen Hang zur Aufsässigkeit hat. Ich habe immer geglaubt, dass sie sich mit den falschen Leuten umgibt.« Er hielt inne, als er Jeromes Gesichtsausdruck bemerkte. »Sieh mich nicht so an, natürlich halte ich Lorena nicht für einen schlechten Umgang, aber sie ist einfach zu nachgiebig erzogen worden. Nun, wie auch immer, sie ist mit Lady Hyde befreundet, und abgesehen von ihrer unseligen Neigung, sich in die politischen Angelegenheiten ihres Mannes einzumischen, ist Lady Hyde durchaus das Muster einer gehorsamen Ehefrau.«

Jeromes Blick war eisig. »Ich denke nicht, dass Lorena ein Vorbild braucht, um eine gute Ehefrau zu sein. Abgesehen davon kennst du Lady Hyde schlecht, wenn du das, was reine Zuneigung ist, für blinden Gehorsam hältst. Und im Übrigen ist Lorena nicht zu nachgiebig erzogen worden, ihr Vater hat lediglich erkannt, dass es nicht sinnvoll sein kann, sie nach seinen Vorstellungen zu verbiegen und einen Menschen ohne eigenen Willen aus ihr zu machen, so wie du das offensichtlich bei Helena versuchst.«

Ein Dienstbote kam, um das Essen abzutragen. Arthur Ashington wartete, bis er den Raum verlassen hatte, dann stand er auf, um im Herrenzimmer eine Zigarre zu rauchen. Er sah Jerome an. »Ich kenne deine Meinung dazu hinlänglich. Hiermit untersage ich dir und deinen Brüdern, mit eurer

Schwester zu reden, ehe ich es ihr wieder erlaube. Ich rate euch, euch in ihrem Interesse daran zu halten, sie wird die Konsequenzen tragen, wenn ihr es nicht tut.« Er wandte sich an seine Frau. »Entschuldige, dass der Abend so unerfreulich gelaufen ist, meine Liebe.«

22

Anfangs war es nicht so schlimm gewesen, alleine im Zimmer zu sein und in Ruhe nachdenken zu können. Helena hatte ohnehin kein Verlangen danach, mit ihrer Mutter Besuche zu machen oder welche zu empfangen. Ebenso gut konnte sie Matthews Anwesenheit entbehren. Sie hatte Angst gehabt, ihr Vater werde zu ihr kommen, als sie Amelia den Schlüssel aushändigte, aber die Sorge war grundlos gewesen. Die gute Amelia. Sie schaffte es immer wieder, die eine oder andere Süßigkeit aus der Küche mit ihrem Essen nach oben zu bringen. Die kurze Zeit, in der sie Helena täglich half, sich aus- und anzukleiden, waren die einzigen Momente, in denen diese überhaupt mit jemandem sprechen konnte.

Als die erste Woche vorbei war, fühlte Helena sich seltsam erschöpft, dabei hatte sie nichts anderes getan, als auf ihrem Zimmer zu sitzen. Sie lief zwischen ihrem Ankleidezimmer, dem Badezimmer und dem Schlafzimmer hin und her, weil das viele Sitzen sie allmählich zermürbte. Ihr Vater hatte verboten, dass man ihr Bücher brachte, und sie hatte in der ganzen Woche niemanden von ihrer Familie gesehen.

Nach Ablauf der zweiten Woche, ließ Helena ihr Essen jedes Mal beinahe unberührt wieder zurückgehen. Sie hatte keinen Appetit, und allein der Anblick von Essen verursachte ihr Übelkeit. Es waren die ersten wirklich sonnig-warmen Tage des Jahres, und Helena betrachtete voller Sehnsucht den Garten von ihrem Balkon aus. Sie wäre so gern ausgeritten, im

Park spazieren gegangen oder hätte einfach nur im erblühenden Garten sitzen wollen. Ihre Familie saß jetzt oft draußen. Manchmal hörte sie ihre Mutter mit Freundinnen, die zu Besuch waren, im Garten lachen.

Als die dritte Woche vergangen war, war der Drang, zu reden und sich zu bewegen, so groß, dass Helena am liebsten geschrien und mit den Fäusten gegen die Wände getrommelt hätte. Sie lief unruhig im Zimmer herum, aß kaum noch etwas und schlief schlecht. Dann wiederum lag sie auf ihrem Bett und dachte an Alec, und die Verzweiflung in ihr erstickte sie fast. Und wenn er nun abgereist war? Was, wenn ihr Vater irgendwann ihren Arrest aufheben würde und dort draußen kein Alec war, der auf sie wartete, der sich in den letzten Wochen besorgt gefragt hatte, wo sie war oder was sie tat?

Helena hatte noch nie in ihrem Leben unter einer Strafe so sehr gelitten wie unter diesem Zimmerarrest. Es gab nicht einmal eine Handarbeit, mit der sie sich beschäftigen konnte. Manchmal schrieb sie einfach nur Zettel mit ihren Gedanken voll, zerknüllte sie und warf sie weg. Sie war versucht, Amelia zu sagen, sie möge nach ihrem Vater schicken, aber sie konnte sich nicht dazu durchringen. Zweifellos würde ihr Vater sie auch dann nicht hinauslassen, wenn sie sich für ihr Verhalten entschuldigte, sondern sie nur noch deutlicher spüren lassen, dass sie besiegt war.

Nachdem Helena am Anfang der vierten Woche das Mittagessen unberührt zurückschickte, nachdem sie bereits nicht gefrühstückt hatte, lag sie lustlos auf dem Bett und starrte aus dem Fenster hinaus. Die Sonne malte Lichtkreise auf den Boden und ergoss sich über die Möbel. Die Tür zu Helenas Balkon stand offen, und ein leichter Wind blähte den Vorhang auf. Als es klopfte, wandte Helena kaum den Kopf. Es klopfte noch einmal, dann hörte sie, wie der Schlüssel in das Schloss gesteckt und gedreht wurde. Die Tür öffnete sich, und Lord Ashington betrat den Raum. Helena richtete sich überrascht auf. »Vater!«

Ihr Vater trat neben das Bett und sah zu ihr hinunter. Sie trug ein schlichtes helles Kleid und hatte ihr Haar nur locker zurückgebunden.

»Nun, Helena. Habe ich dich davon überzeugen können, dass mein Repertoire an Möglichkeiten, dir Gehorsam beizubringen, noch nicht erschöpft ist?«

Helena sah ihn nur an, ohne ihm eine Antwort zu geben.

Er lächelte spöttisch. »Du kannst so verstockt sein, wie du willst. Ich hätte keinerlei Schwierigkeiten damit, dich noch dreimal so lange hier einzusperren. Es interessiert mich auch nicht, dass du nicht isst. Ich würde schon Mittel und Wege finden, dich dazu zu zwingen, wenn du es wirklich so weit treiben möchtest.«

Helena strich sich eine Haarsträhne aus dem Gesicht. Sie würde es keinen Tag länger mehr aushalten, eingesperrt zu sein. Ihre Stimme zitterte leicht, als sie sprach: »Verzeih mir, Vater.«

Arthur sah sie ohne die geringste Gefühlsregung an. »Du kannst herunterkommen. Matthew ist da, und ich erwarte von dir ein tadelloses Benehmen.« Er griff leicht nach ihrem Kinn und hob ihr Gesicht an. »Sieh zu, dass du nicht so bleich aussiehst, wenn du zu uns kommst!«

Als Helena fertig angezogen war und in den Spiegel sah, fand sie, dass sie elender aussah als jemals zuvor in ihrem Leben. Sie hatte Ringe unter den Augen und war blass. Außerdem hatte sie, weil sie so wenig gegessen hatte, abgenommen. Nun, das ließ sich wohl nicht ändern. Sie ging die Treppe hinunter und wappnete sich innerlich, bevor sie den Salon betrat, in dem ihre Familie auf sie warten würde.

Als sie die Tür öffnete, verstummte das Gespräch, das ihr Vater mit Jerome und Matthew geführt hatte. An Jeromes Blick erkannte sie, dass sie ebenso elend aussehen musste, wie sie sich fühlte. Selbst Matthew schien erschrocken zu sein.

»Da bist du ja, Helena«, sagte ihr Vater. »Deine Mutter kommt sofort, und George und Calvin müssten auch jeden Moment da sein.« Helena nickte nur.

Ihre Mutter kam kurze Zeit später mit den Zwillingen an, und sie tranken gemeinsam Tee und aßen Kuchen. Eleonore grüßte ihre Tochter nur kurz. Matthew bestritt den Hauptteil der Konversation mit einer unterhaltsamen Schilderung seines Aufenthaltes in Yorkshire bei seiner Tante. Er konnte Anekdoten mit einem beißenden Witz erzählen, der unter anderen Umständen selbst Helena zum Lachen gereizt hätte, so aber konnte sie sich nur zu einem mühsamen Lächeln aufraffen. Sie gab höfliche Antworten, sagte, was von ihr erwartet wurde, und war ansonsten still und in sich gekehrt.

Jerome stand mit finsterem Gesicht etwas abseits, hielt seine Teetasse in der Hand und steuerte kein Wort zur Unterhaltung bei. George gesellte sich zu ihm und sagte: »Vater scheint überaus zufrieden mit diesem Ergebnis zu sein.«

»Vater wird sich noch wundern«, entgegnete Jerome.

23

Es schienen immer dieselben Leute zu sein, die Alec auf den Feiern, auf die sie eingeladen wurden, antraf. Dieses Mal war es allerdings weniger ein Fest als vielmehr ein musikalischer Abend. Die Gastgeber, Mr. und Mrs. Birkland, hatten eine berühmte Pianistin, mit der sie entfernt bekannt waren, zu sich eingeladen.

Als Mr. Seymour und Alec den großen Saal betraten, wurde Alec direkt von Simon Ashington angesprochen, der ihn inmitten der Menge gesehen hatte. Mr. Seymour hatte bis dahin nicht gewusst, dass Alec Simon auf einer Soiree vor wenigen Tagen persönlich kennen gelernt hatte. Alecs Hintergedanke dabei, sich überhaupt mit Simon zu unterhalten, war natürlich, mehr über dessen Familie zu erfahren, was dieser wiederum nicht wusste.

Wenn Mr. Seymour sich darüber wunderte, dass Alec mit einem Mitglied der Ashingtons bekannt war, so ließ er es sich nicht anmerken. Er mied das Thema absichtlich, weil er fürchtete, Alec könne sich zu einer unüberlegten Handlung oder Äußerung hinreißen lassen. Stattdessen unterhielt er sich angeregt mit Simon Ashington über den Handel mit den afrikanischen Ländern, für den dieser sich zurzeit offensichtlich sehr interessierte.

Alec hörte nur mit halbem Ohr zu. Afrika hatte ihn nie sonderlich gefesselt, abgesehen davon hatte er bereits eine Vorstellung davon, was mit dem Kontinent geschehen würde, wenn die Europäer erst wie die Heuschrecken darüber herfielen. Außerdem hatte er im Moment andere Sorgen. Helena war in den letzten Wochen für ihn unauffindbar gewesen. Seines Wissens war sie in London – das hatte er durch geschicktes Fragen von Simon erfahren –, aber sie schien ihm gezielt aus dem Weg zu gehen. Er sollte froh darüber sein, weil sich so sein Problem von selbst löste, aber es wollte sich keinerlei Erleichterung einstellen.

Die Pianistin schlug die ersten Klänge auf dem Flügel an. Simon blickte stirnrunzelnd in ihre Richtung. »Das verspricht wieder ein sterbenslangweiliger Abend zu werden.«

»Sie mögen kein Klavierspiel?«, vermutete Mr. Seymour

»Nicht, wenn es bereits das dritte Konzert in einer Woche ist. Aber meine Schwester wollte gerne kommen, und weil meine Eltern anderweitig eingeladen sind, habe ich sie eben begleitet.«

»Ihre Schwester ist die Verlobte von Lord Vanderley?«, wollte Mr. Seymour wissen, dem nicht bekannt war, in welchem Verwandtschaftsverhältnis Simon zu Lord Vanderley stand.

Simon lächelte. »Nein, Lady Helena ist meine Kusine. Sie müsste heute Abend aber auch hier sein. Wenn mich nicht alles täuscht, wollte Lord Vanderley mit ihr hierher kommen.«

Die Unterhaltung schwenkte um auf belanglose Dinge, und als Simon im Begriff war, sich zu verabschieden, sah er seinen Onkel und Matthew, in deren Mitte Helena ging. Ihre Hand lag in Matthews Armbeuge, und sie hatte den Blick gesenkt, als sie sich näherten. Alec sah sie im selben Moment, und er erschrak darüber, wie unglücklich sie aussah. Sie ging zwischen den beiden Männern, von denen er den älteren nicht kannte, wie eine Gefangene.

Als die drei bei ihnen angelangt waren, machte Simon alle miteinander bekannt. Er stellte erst Alec und Mr. Seymour vor, dann sprach er den Namen aus, der Alec seit dreizehn

Jahren bis in seine Träume verfolgte: »Mr. Delany, ich darf Ihnen meinen Onkel, Lord Ashington, vorstellen.«
Alec erstarrte, und diesmal hatte er sich nicht so schnell wieder unter Kontrolle, dass es Mr. Seymour nicht aufgefallen wäre. Es schien, als schlage die Stimmung im Raum plötzlich um. Alec spürte den hämmernden Schlag seines Herzens. War es möglich? In den Augen dieses Menschen leuchtete keinerlei Erkennen auf, als er seinen Namen hörte, keine Erinnerung an eine Schuld, die nicht vergangen war.
Jener Tag in Kalkutta, der seiner Jugend ein Ende bereitet hatte, stand ihm unvermittelt in aller Klarheit wieder vor Augen. Er senkte den Blick, um sich zu fangen, um nichts zu sagen, das ihn verriet. Dies hier war weder der richtige Zeitpunkt noch der richtige Ort. Mr. Seymour beeilte sich, eine Unterhaltung mit Lord Vanderley anzufangen, von der Alec nur einzelne, unzusammenhängende Worte mitbekam.
Er hob langsam den Blick und sah Helenas goldene Augen auf sich gerichtet. Anstatt wegzusehen, wie er es halb erwartete, sah sie ihn unverwandt an, und er konnte nicht anders, als ihren Blick zu erwidern. Was war in den letzten vier Wochen mit ihr geschehen? Sie hatte abgenommen, ihre Augen wirkten riesig in dem blassen Gesicht. In ihrem Blick lag das stumme Verlangen nach Trost, und Alec hatte das Gefühl, als glitte ein scharfes Messer durch ihn hindurch.
Sein Blick wanderte zu Lord Ashington, und er bemerkte, dass dieser ihn ansah und auch den Blickwechsel zwischen ihm und Helena mitbekommen hatte. Alec erwiderte den Blick mit einem forschenden Ausdruck in den Augen, den der Earl offensichtlich als unverschämt empfand, denn er runzelte leicht die Brauen. Mit fast provozierender Höflichkeit richtete er das Wort an Alec: »Kommen Sie häufiger nach England, Mr .... äh ...«

»Delany«, kam ihm Alec kühl zur Hilfe. »Nein, ich bin das erste Mal in England.«
»Sie haben Ihr ganzes Leben in Kalkutta verbracht, ist das richtig? Ich war auch einige Jahre dort und habe den Kolonialakzent sofort erkannt.« So wie er es sagte, klang es wie eine Beleidigung.
»Das ist richtig. Wir haben zwischendurch einige Monate in Madras gelebt, aber nur, wenn mein Vater geschäftlich dort zu tun hatte.«
»Ihr Vater ist Händler?«
»Er war es, er ist seit einigen Jahren tot.« Alecs Stimme klang gepresst, und er musste seine ganze Selbstbeherrschung aufbringen, um höflich zu bleiben. Helena stand neben ihrem Vater und krümmte sich innerlich, als sie hörte, wie dieser mit Alec sprach. Die Unterhaltung zwischen Matthew, Simon und Mr. Seymour war verstummt, und sie hörten dem Wortwechsel zu. Matthews Gesicht war unbeteiligt, wohingegen Mr. Seymour und Simon dem Gespräch mit versteinertem Gesicht folgten. Simon war das Ganze sichtlich unangenehm.
»Das tut mir Leid«, Arthur Ashington lächelte entschuldigend mit falschem Bedauern. »Und Sie haben seine Geschäfte übernommen? Sie müssen entschuldigen, aber ich habe von Ihnen noch nie gehört.«
Alec wurde rot vor Wut. »Ich habe bis vor einigen Jahren von Ihnen auch nichts gehört.«
Mr. Seymour mischte sich eilig ein. »Wir arbeiten zusammen. Mr. Delany wird in Kürze neben Mr. Callaghan als mein Vertreter fungieren.«
Für Alec war das etwas vollkommen Neues, aber er hatte sich so weit unter Kontrolle, keine Überraschung zu zeigen.
Arthur sah ihn an. »Tatsächlich? Nun, dann werden Sie ja in

Zukunft öfter mit meinem zukünftigen Schwiegersohn in Kontakt stehen.«
»Das ist anzunehmen.« Alecs Stimme klang nun wieder kalt und beherrscht. Die Betonung, die Lord Arthur auf die Worte ›zukünftiger Schwiegersohn‹ gelegt hatte, war ihm nicht entgangen, ebenso wenig die versteckte Drohung, die damit verbunden war.
Arthur erblickte einen Bekannten und wandte sich gemeinsam mit Matthew mit einer Entschuldigung zum Gehen. Er drehte sich noch einmal um, als er bemerkte, dass Helena keine Anstalten machte, ihnen zu folgen.
»Was ist, Helena? Kommst du nicht mit?«
Simon antwortete an ihrer Stelle. »Olivia wollte sie gerne wiedersehen, und ich denke, sie wird jeden Augenblick kommen. Wenn du erlaubst, kann Helena mit mir auf sie warten.«
Arthur musterte Helena, dann nickte er und ging.
Helena sah Simon an. »Danke«, sagte sie kaum hörbar.
Simon lächelte charmant. »Keine Ursache, Kusinchen.« Er wandte sich an Alec. »Ich muss mich für meinen Onkel entschuldigen.« Dann reichte er Helena seinen Arm und verabschiedete sich höflich von den beiden Männern: »Entschuldigen Sie uns. Ich hoffe, wir sehen uns noch.«

Mr. Seymour lotete vorsichtig die Tiefe von Alecs Zorn aus, ehe er zu sprechen begann: »Du kannst von einem Menschen wie ihm nicht mehr Höflichkeit erwarten. Mit mir kann er so nicht sprechen, sorg dafür, dass er es mit dir eines Tages auch nicht mehr kann.«
Alec nickte nur.
»Seine Tochter scheint sehr unglücklich zu sein. Ich frage mich, ob ihr irgendwer die Rolle der glücklichen Braut ab-

nimmt. Wenn meine Victoria in Trevors Gegenwart je so ausgesehen hätte, hätte ich ihm das Haus verboten.«

Alec schwieg noch immer. Er dachte an Dunkelheit, Schreie, an stetige Wassertropfen, die mit dem immer gleichen Geräusch auf den Steinboden fielen und einen der Gefangenen den Verstand gekostet hatten, an Ratten, an verschimmeltes Essen. Goldene Lichtpunkte in den schönsten Augen, die er je gesehen hatte, und die Gewissheit, dass er diese nun nicht mehr vergessen konnte.

Aber das waren ja vollkommen wirre Dinge, die er sich da zusammenspann! Wie durch einen Nebel drang Mr. Seymours Stimme in sein Bewusstsein. Er blinzelte leicht und sah ihn an.

»Ist alles in Ordnung, Alec? Lieber Himmel, du solltest dich einmal sehen.«

Alec schüttelte den Kopf. Er hatte nicht vor, das Thema weiter auszuführen.

In der folgenden Stunde, als die meisten Leute dem Klavierspiel lauschten und sich dabei leise unterhielten, trafen Mr. Seymour und Alec auf etliche Bekannte. Mr. Seymour wusste, dass Alecs scheinbare Beherrschung nur Schauspiel war, sagte aber nichts mehr. Außerdem fiel ihm auf, wie Alec ab und zu unauffällig suchend den Kopf wandte, und irgendwann bemerkte er Lord Vanderleys Verlobte in der Nähe. Sie sah Alec an, und dieser nickte beinahe unmerklich. Kurze Zeit später entschuldigte er sich und verschwand durch eine der Seitentüren, die in den angrenzenden Raum und von dort aus in den Garten führte. Als er sich wieder dem Gespräch mit einigen flüchtigen Bekannten zuwandte, bemerkte Mr. Seymour, dass das Mädchen ebenfalls nicht mehr zu sehen war.

Helena lief mit schnellen Schritten über den dunklen Gartenweg. Sie vermutete, Alec würde nicht auf der beleuchteten Seite des Gartens auf sie warten, sondern eher auf der Seite, auf der die kleine Laube war und wo das Licht der Lampions nur noch wie ein feiner Schleier wirkte. Im selben Moment sah sie seine schlanke Gestalt auf dem Weg stehen. Sie lief das letzte Stück schneller und fiel in seine Arme.

Er drückte sie an sich, strich über ihr Haar, über ihren Rücken, küsste ihr Gesicht, ihre Augenlider, ihren Mund.

»Alec«, flüsterte sie nach jedem Kuss. »Alec, Alec, Alec …«

Er barg ihren Kopf an seiner Brust, und seine Lippen strichen über ihr Haar.

Die Erlösung war so wunderbar, dass sie sich fühlte, als löse sich ein Stein in ihrem Innern. »Ich dachte, ich sehe dich vor deiner Abreise nicht mehr«, flüsterte sie an seine Brust.

»Wo warst du denn nur die ganzen Wochen?«, fragte er.

Sie erzählte es ihm. »Bevor mein Vater mich eingesperrt hat«, fügte sie hinzu »habe ich tagelang gehofft, dich zu treffen. Ich dachte schon, du wolltest mich nicht mehr sehen. Du hast ja damals im Garten gesagt, es sei ein Fehler von mir gewesen, dir zu folgen, und da dachte ich, du machst im Nachhinein das, wozu ich nicht imstande war.«

Alec zog sie wieder an sich. »Ich hatte einfach zu viel zu tun«, sagte er leise. »Wir haben so große Verluste gemacht, mit dem verlorenen Schiff, und ich habe bis zum Hals in Arbeit gesteckt. Es war heute schon schwer, mich für kurze Zeit davon frei zu machen.«

Daran hatte sie nicht gedacht, dass er für seinen Lebensunterhalt arbeitete und nicht wie ihre Brüder oder Matthew kommen und gehen konnte, wann er wollte. Sie drückte ihr

Gesicht an seine Brust. »Ich dachte schon, es wäre wegen unserer Trennung im Garten gewesen.«
»Du warst diejenige, die gegangen ist, erinnerst du dich?« Er hob behutsam ihr Gesicht an und küsste sie erneut. Helena, in dem unersättlichen Verlangen nach Trost und Geborgenheit, schmiegte sich enger an ihn, zog ihn weiter zu sich hinunter und erwiderte seine Küsse. Er löste sich von ihr, setzte sich auf eine Bank in der Laube und zog sie auf seinen Schoß, so dass ihr Kopf an seiner Schulter lehnte.
»Und was wird nun?«, fragte Helena unvermittelt.
Alec hörte für einen Moment auf, über ihren Rücken zu streichen. »Du meinst mit uns? Ich muss gestehen, ich weiß es nicht.«
»Wenn du vorhast, mich wieder zu verlassen, dann sag es mir direkt, damit ich mich darauf vorbereiten kann!« Sie hielt inne, dann sprach sie hastig weiter. »Nein, Alec, vergiss, was ich gesagt habe! Lass mich in dem Glauben, dass wir uns nach dieser Nacht wiedersehen!«
»Wir werden uns nach dieser Nacht wiedersehen, Helena.« Er zog sie enger an sich. Die Seide ihres Kleides, das die dunkelgrüne Farbe schattiger Wälder hatte, fühlte sich kühl unter seinen Fingern an. Kühl und tröstlich.
»Alec?«, fragte Helena leise in die Stille hinein. »Es tut mir so Leid, wie mein Vater vorhin mit dir gesprochen hat. Er war absichtlich beleidigend und grob. Simon hat sich darüber so furchtbar mit ihm gestritten, dass mein Vater ihm bis auf Weiteres das Haus verboten hat.«
»Wegen dieser Sache?«, fragte Alec erstaunt. »Aber er ist doch sein Neffe.«
Helena zuckte die Schultern, den Kopf noch immer an ihn gelehnt.
Sie saßen beinahe eine Stunde so zusammen und redeten,

trotz der Gefahr, dass jemand Helena im Garten suchen könnte. Es war Alec, der schließlich den Anstoß gab, wieder in das Haus zurückzukehren.

»Reite jeden Tag wie gewohnt aus, ich will versuchen, dich so bald wie möglich wiederzusehen«, sagte er, als sie sich voneinander lösten. Er bemerkte die angstvolle Erwartung in ihrem Blick. »Versprochen«, fügte er hinzu. Ein Kuss besiegelte seine Worte, und er drückte sie noch einmal an sich.

»Geh du zuerst ins Haus«, forderte er sie auf. »Ich bleibe so lange hier, bis du hineingegangen bist.«

Helena wandte sich noch einmal zu ihm. »Auf bald, Alec.« Ihre Stimme war kaum lauter als der leichte Wind, der durch die Bäume strich. Dann ging sie rasch den Weg zum Haus zurück, war kurz darauf nur noch als Silhouette vor der beleuchteten Terrassentür zu sehen und dann für Alec nicht mehr zu erkennen.

Alec machte keine Anstalten, zum Haus zurückzugehen. Er stützte sich mit einer Hand an der Wand der Laube ab und fragte sich, ob das, was er getan hatte, wirklich das Richtige war.

24

Das schönste Geschenk zu Helenas zwanzigstem Geburtstag machte ihr Jerome. Er führte sie in aller Frühe hinunter in die Ställe, wo Helena eine wundervolle schwarze Araberstute vorfand. Das Pferd hatte einen perfekt proportionierten schlanken Körper, einen edlen kleinen Kopf, und es versprach genau das Maß an Temperament zu haben, das sie bei Pferden liebte.

»Mutter war natürlich der Meinung, sie sei zu wild für dich, aber du weißt ja, dass auf Calvins Pferdeverstand Verlass ist. Er hat sie ausgesucht, und er weiß, was er dir als Reiterin zutrauen kann.«

Helena streckte eine Hand aus und berührte sanft die seidenweichen Nüstern der Stute. »Sie ist wunderschön, Jerome. Ich danke dir.« Sie lächelte etwas verschmitzt. »Wenn du jetzt noch etwas Zeit für einen gemeinsamen Ausritt hättest, dann wäre ich für heute wunschlos glücklich.«

»Willst du mir jetzt ein schlechtes Gewissen machen? Du bist in letzter Zeit wirklich etwas zu kurz gekommen, aber mein heutiger Tag gehört voll und ganz dir.«

»Vorausgesetzt, Matthew taucht nicht plötzlich hier auf.«

»Er hat mir gestern versprochen, dich erst später zu besuchen.«

Helena sah ihn erstaunt an, und Jerome zuckte mit den Schultern.

»Da er zurzeit noch nicht dein Ehemann ist, ich aber dein Bruder bin, blieb ihm wohl nichts anderes übrig.«

Auf Helenas Gesicht trat plötzlich ein bekümmerter Aus-

druck. »Ach, Jerome. Der Tag, an dem dein Wort nicht mehr reicht, um ihn von mir fern zu halten, wird mein Untergang sein.«
Jerome wusste, dass sie damit auf den Moment anspielte, an dem sie Matthews Frau würde. »Noch ist es nicht so weit, Helena. Warten wir ab, was kommt.«
Helena nickte, dann lächelte sie. »Ich ziehe mein Reitkostüm an, dann komme ich.« Sie lief ins Haus zurück, und kurze Zeit später ritten sie in dem frühlingshaften Morgen durch den Park und kamen erst zurück, als die Frühstückzeit bereits überschritten war. Das Pferd ritt sich hervorragend, und Helena war so begeistert davon, dass sie am liebsten noch stundenlang weitergeritten wäre.
Sie hatte Alec seit dem Abend bei den Birklands nur zweimal gesehen. Einmal hatte er sie bei einem ihrer Spaziergänge mit der Kutsche eingeholt und war mit ihr durch die Straßen gefahren. Das andere Mal war sie ihm morgens im Park begegnet, wobei sie sich da auf einige kurze Worte beschränken mussten, weil Helena nie wusste, wann Matthew plötzlich auftauchte. Ihre Gefühle schwankten immer, wenn sie das Haus verließ, zwischen Hoffnung und einer abwartenden Unruhe, die sie sich nicht erklären konnte. Das Gefühl von Glück, das sie durchströmt hatte, als sie sich nachts von Alec im Garten getrennt hatte, war von einer Intensität gewesen, die in ihr die Angst weckte, es könne nicht von Dauer sein.
Wie gerne hätte sie mit Jerome gesprochen, doch sie fürchtete seine Reaktion. Dass sie sich in jemanden verliebt hatte, mochte noch angehen, aber für heimliche Treffen und verbotene Küsse hätte auch er kein Verständnis mehr. In seiner vernünftigen Art würde er der Verbindung nur dann zustimmen, wenn sie sich vorher offiziell von Matthew trennte.

Allein schon, um zu verhindern, dass irgendwer von dieser Beziehung erfuhr und es ihrem Vater und Matthew zutrug. Der Tag verging schnell in der Hektik der letzten Vorbereitungen für die Geburtstagsfeier, die Helenas Eltern ihr abends ausrichteten. Matthew war bereits nachmittags gekommen und hatte ihr ein Rubinhalsband geschenkt. Es passte so perfekt zu dem weinroten Kleid, das sie abends tragen wollte, dass Helena vermutete, er hatte sich vorher nach ihrer Garderobe für den Abend erkundigt, um die Wahl seines Geschenks treffen zu können. Helena verbrachte den ganzen Tag an seiner Seite, spielte die glückliche Braut und abends die perfekte Gastgeberin.

Einige Tage nach ihrem Geburtstag verließ Helena das Haus nachmittags, um spazieren zu gehen. Ihre Eltern hatten in letzter Zeit nichts an ihrem Verhalten zu bemängeln gehabt, weshalb sie die Zügel wieder etwas lockerer ließen. Eine halbe Stunde später fuhr sie mit Alec in einer Droschke durch die Straßen. Sie lag in seinen Armen und gab sich seinen zögernden Liebkosungen hin. Helena hatte das Gefühl, in einer unwirklichen Welt zu sein, einer Welt, in der alle Empfindungen betäubt waren und nur die blieben, die seine sensiblen Hände und sein Mund auslösten. Sie seufzte leise, und Alecs Hand, die in ihren aus der Frisur gelösten dunklen Locken gespielt hatte, verharrte.
Er atmete tief ein. »Helena, wir können nicht so weitermachen wie bisher. Ich weiß nicht, wie lange ich mir noch so viel Zurückhaltung auferlegen kann, und deine bedingungslose Hingabe ist eine einzige Verlockung für mich.«
Helena wurde rot. »Du fängst an, ebenso wie Matthew zu reden. Ist das das Einzige, woran du denkst, wenn ich bei dir bin?«

Alec sah sie an, als wisse er nicht, ob er lachen oder sich ärgern sollte. »Es ist nicht das Einzige, woran ich denke, Helena, denn sonst hätte ich dich längst verführt, statt mich mit Küssen zufrieden zu geben.«

Helena zog ihre Handschuhe aus und warf sie zu ihrem Hut auf den gegenüberliegenden Sitz. Alec verschränkte seine Finger in den ihren, und eine Weile fuhren sie schweigend durch die Straßen. In Alecs Augen hatte Helena wieder den in sich gekehrten Ausdruck wahrgenommen, der ihr jeden Zugang zu seinen Gefühlen zu verweigern schien. Sie überlegte, ob je eine Frau Zugang zu seinen Gedanken und Gefühlen erhalten hatte. Helena scheute sich, ihn danach zu fragen, obwohl sie jetzt, je länger sie darüber nachdachte, von einer unerklärlichen Eifersucht gepackt wurde. Sie biss sich auf die Lippen und runzelte die Stirn.

»Alec ...«, begann sie zögernd, stockte aber dann. Wollte sie das wirklich wissen?

Alec drehte sich leicht, so dass er sie direkt ansehen konnte, und fragte: »Was wolltest du sagen?« Er sah sie forschend an, bis Helena die Augen senkte.

»Gab es früher andere Frauen?«

Alecs Blick wurde verblüfft. »Wie bitte?«

»Du hast mich schon richtig verstanden.« Helena spürte, wie ihr Gesicht glühte. »Und du hast meine Frage nicht beantwortet.«

»Es gibt jetzt nur dich. Beantwortet das deine Frage?«

Helena sah ihn mit einem Aufflackern von Trotz in den Augen an. »Nein, tut es nicht.«

»Eine andere Antwort werde ich dir aber nicht geben.« Der Ausdruck in Alecs Gesicht war distanziert geworden, wie immer, wenn sie an die Grenze dessen stieß, was er preisgeben wollte.

»Warum willst du es mir nicht sagen?«, beharrte Helena. »Warum willst du nie über dich sprechen, Alec? Du weißt doch auch alles über mich.«
»Ich habe dich aber nie dazu gedrängt, es mir zu erzählen, oder täusche ich mich da?«
»Darum geht es doch überhaupt nicht. Ich würde es nur gerne wissen.«
»Was? Was würdest du gerne wissen? Ob es vor dir andere Frauen gegeben hat? Was ich getan habe, ehe ich nach England gekommen bin? Was genau?« Der Klang seiner Stimme hätte sie alarmieren müssen, ihn nicht weiter zu drängen, aber die stumme Warnung verklang ungehört.
»Du hast mich in dein Leben hineingelassen.«
»Glaub mir, Helena, ich hätte keine Schwierigkeiten, dich ebenso schnell wieder daraus zu verbannen, wie ich dich hineingelassen habe.«
»Warum um alles in der Welt blockst du jede Frage in Bezug auf dein Leben ab?«
»Der Grund ist, dass es dich verdammt noch mal nichts angeht!«, fuhr er sie an. Helena zuckte zusammen, als er das erste Mal die Stimme gegen sie erhob.
»Ich habe dich gewarnt, Helena.«
Alec ließ die Droschke anhalten und stieg aus, wobei er den Kutschschlag angelehnt ließ. Nachdem er kurz mit dem Kutscher geredet hatte, kam er zurück und stellte sich vor den offenen Schlag. »Die Droschke wird dich nach Hause fahren. Ich habe den Kutscher bereits bezahlt. Leb wohl.« Er wollte den Schlag schließen, aber Helena hielt ihn zurück: »Alec, geh nicht, bitte.«
Sie machte Anstalten, aus der Kutsche zu steigen, aber Alec hielt sie zurück.
»Wenn du aussteigst, wird es nur zu einer Szene in aller

Öffentlichkeit kommen. Mich kennen die Leute nicht, bei dir sieht das etwas anders aus.«

In plötzlich aufwallender Wut drückte Helena die Hand gegen den Kutschschlag und hinderte Alec so daran, ihn zu schließen. »Alec, du kannst dich nicht so einfach zurückziehen, nur weil es dir plötzlich so besser erscheint.«

Alecs blaue Augen spiegelten nicht das Geringste von dem Aufruhr wider, der in ihr tobte. Er schien völlig ruhig, als er sagte: »Ein paar Treffen, ein paar heimliche Küsse, was ist das schon? Es ist nichts, Helena, gar nichts, was man nicht wieder vergessen kann.«

Einige Sekunden lang schwieg er, dann fuhr er fort: »Vielleicht ist es wirklich besser, einen Schnitt zu machen, solange das noch ohne große Schmerzen möglich ist, Helena.«

Es war aber nicht mehr ohne Schmerzen möglich. Helena sah an ihm vorbei auf die Themse, deren schlammig-braunes Wasser träge ans Ufer schwappte. Normalerweise liebte sie das Geräusch von Wasser, jetzt aber erschien es ihr überlaut.

»Du willst mich nicht mehr treffen?«, brach sie das Schweigen. »Werden wir uns denn wenigstens noch ab und zu sehen?«

Alec ertrug die stumme Bitte in ihren Augen kaum. Warum nur musste er sie mit diesem Schritt, mit dem er seinen Seelenfrieden wiederherzustellen suchte, so sehr verletzen? Seine Hand verharrte auf dem Kutschschlag, den er eben hatte schließen wollen.

»Noch bin ich ja in London.« Er schloss den Schlag, und die Kutsche fuhr los. Als Helena aus dem Fenster blickte, sah sie ihn in die entgegengesetzt Richtung davongehen, ohne sich umzudrehen.

25

Helena wusste nicht, wie sie die letzten Tage überstanden hatte. Sie war wieder in jene Lethargie verfallen, aus der Alec sie für kurze Zeit gerissen hatte. Ihre Eltern, die sich inzwischen an ihre wechselnden Launen gewöhnt hatten, beachteten sie nicht weiter. Jede freie Minute verwünschte sie ihr unbesonnenes Handeln, das zu dem Zerwürfnis mit Alec geführt hatte. Sie war, sooft es ging, ausgegangen, in der Hoffnung ihn zu treffen, um dann enttäuscht wieder nach Hause zu kommen. Es war ihr unmöglich, sich von dem Gedanken an ihn abzulenken, es war, als fiebere ihr ganzer Körper. Und sie konnte nicht an ihn denken, ohne sich dabei an die zärtlichen Berührungen seiner Hände zu erinnern, an das Entzücken, das seine Küsse in ihr ausgelöst hatte.

An einem für Ende Mai recht kühlen Tag saß Helena in ihrem Boudoir, als Matthew gemeldet wurde. Sie legte ihre Handarbeit zur Seite und bat, ihn in den Wintergarten zu führen. Einige Zeit später, als sie der Meinung war, er habe nun lange genug gewartet, stand sie auf, strich ihr Kleid glatt und ging in den Wintergarten.

Matthew war bereits Tee serviert worden, und er stand an einem der großen Fenster und sah hinaus. Als er ihre Schritte hörte, drehte er sich um, ein frostiges Lächeln auf den Lippen. »Du warst beschäftigt?«

Helena gab ihm keine Antwort, weil sie wusste, dass er ihr eine Ausrede ohnehin nicht geglaubt hätte. Sie lächelte nur

flüchtig, nahm sich ein Plätzchen von dem Teller mit Gebäck und knabberte daran.
Matthew musterte sie. »Du solltest vielleicht wieder mehr essen. Ich habe das Gefühl, du hast noch mehr abgenommen.«
»Danke für deine Besorgnis, aber das kannst du mir überlassen. Wenn ich dir so natürlich nicht gefalle, steht es dir ja frei …«
»O bitte, Helena, nicht schon wieder. Ich werde die Verlobung nicht lösen, weder jetzt noch zu irgendeinem anderen Zeitpunkt. Ich meinte damit lediglich, du solltest besser auf deine Gesundheit achten.« Matthew stellte seine Tasse ab. »Was ist eigentlich der Grund für deine Verstimmung in den letzten Tagen? Zwischendurch schienst du doch zeitweise bester Laune zu sein.«
Helena antwortete ihm nicht. Sie dachte an Alec, an die heimlichen Treffen, daran, was wäre, wenn sie ihn nun nie wiedersähe und ihr Vater es trotzdem erführe. Unvermittelt drängte sich ihr der Gedanke daran auf, wie es sein würde, wenn sie wirklich Matthews Frau werden musste und ihm ihr Leben lang auf Gnade und Barmherzigkeit ausgeliefert war. Sie zitterte plötzlich.
Matthew sah sie forschend an, ihr Mienenspiel war ihm nicht entgangen. »Warum zitterst du? So kalt ist es doch gar nicht. Oder möchtest du mir diskret zu verstehen geben, dass du meine Nähe suchst?« Er grinste anzüglich, wohl wissend, dass er sie provozierte.
Ohne ihm eine wütende Antwort zu geben – die ihn ohnehin nur amüsiert hätte –, drehte Helena ihm brüsk den Rücken zu, ein Zeichen dafür, dass seine Worte ihr nicht einmal einen Kommentar wert waren.
Matthew griff nach ihren Handgelenken, drehte sie um und zog sie an sich, so dass sie sich nicht wehren konnte. »Jetzt

hör mir gut zu, meine Liebe. Ich habe mir deine Zurückweisungen und deine ›Rühr-mich-nicht-an-Attitüden‹ gefallen lassen, weil ich am Ende sowieso bekommen werde, was ich will. Ich werde dich nie, verstehst du, *nie* aus dem Versprechen deines Vaters entlassen. Und falls du den Fehler machen solltest, die Ruhe, mit der ich es bisher hinnehme, wenn du mich zurückweist, mit Nachsicht zu verwechseln, dann lass dir gesagt sein, es wird sich alles darauf auswirken, wie ich mich dir gegenüber als Ehemann verhalten werde.« Er ließ Helenas Handgelenke los, nur um im selben Moment ihren Körper zu umfangen.

»Matthew, nicht!«, rief sie. Sie hatte keine Möglichkeit, sich zu befreien. Matthew ignorierte ihren Ausruf und begann, sie zu küssen. Helena presste die Lippen zusammen und bog ihren Körper zurück, so weit es ging. Matthew ließ einen kurzen Augenblick von ihr ab, sah ihr prüfend in die Augen, dann küsste er sie wieder, diesmal grober. Sie konnte sich nicht wehren, und vor Demütigung schossen ihr die Tränen in die Augen. Sie dachte an Alec, fühlte eine Art Schuldgefühl, als wäre sie ihm gerade untreu. Matthew hielt sie so, dass ihre Arme an ihren Körper gepresst wurden. Sie spürte sein wachsendes Verlangen und versuchte erschrocken, ihn von sich abzudrängen. Mit dem ganzen Körper wand sie sich in seinen Armen, um loszukommen, und stachelte damit, unwissentlich, seine Leidenschaft nur noch weiter an. Er bog ihre Arme zurück, hielt sie hinter ihrem Rücken mit einer Hand fest, und plötzlich hatte Helena das Gefühl, dass seine andere Hand überall auf ihrem Körper war. Seine Lippen lösten sich von den ihren, und er küsste ihren Hals, ihre Schultern …

»Lass mich los, Matthew!«, schrie sie. Sie wusste, man würde sie nur hören, wenn zufällig jemand am Wintergarten vorbeikam, und das war um diese Tageszeit äußerst unwahrscheinlich. Mit einer heftigen Drehung versuchte sie, ihre Hände zu befreien, was ihn etwas aus dem Gleichgewicht brachte. Sie versetzte ihm einen heftigen Tritt gegen das Schienbein und nutzte sein verblüfftes Zurückweichen, um sich endgültig zu befreien. Sie taumelte, und in dem verzweifelten Wunsch, aus seiner unmittelbaren Nähe zu entfliehen, wich sie zurück und stieß mit ihrer abrupten Bewegung gegen das Teetischchen. Der Tisch kippte, und mit einem lauten Klirren zersprang das Teegeschirr in tausend Scherben, die sich mit dem Gebäck, das auf den Tellern gelegen hatte, vermischten. Helena und Matthew waren beide fassungslos und starrten auf den Boden, wo der Tee wie ein brauner See die kleinsten Scherben mitschwemmte und das Gebäck aufweichte. Helena atmete hastig, während Tränen der Demütigung und Wut aus ihren Augen rannen.

Sie wusste nicht, woraus sie plötzlich schloss, dass sie nicht mehr allein waren, vielleicht war es Matthews veränderter Gesichtsausdruck, als er über Helenas Schulter hinweg zur Tür sah. Helena drehte sich langsam um.

George stand in der Tür, blass vor Zorn. »Du Schwein!«, sagte er leise. Er durchmaß den Raum zwischen sich und Matthew mit zwei Schritten und holte aus, um ihm einen Fausthieb zu versetzen. Es war nicht Matthews Reaktion zu verdanken, dass der Schlag ihn nur streifte, sondern der Tatsache, dass George auf den Porzellansplittern und dem Tee ausrutschte. Im nächsten Moment hatte er sich aber wieder gefangen, und diesmal schlug er präziser zu. Matthew, der natürlich nicht untätig dastand, um sich verprügeln zu lassen, wehrte sich.

»George!«, schrie Helena, mehr aus der Sorge heraus, ihr Bruder könne verletzt werden, als weil er sich mit Matthew schlug, aber George reagierte nicht. Er war außer sich vor Zorn.

»Aufhören! George! Matthew!«

Die beiden taumelten gegen einen Tisch, auf dem Topfpflanzen gestanden hatten, die jetzt krachend zu Boden gingen. Einer der Dienstboten kam mit erschrockenem Gesicht in den Raum gelaufen. »Sirs!«, rief er und trat zu den beiden, um sie zu trennen, aber George stieß ihn grob zur Seite. Der Diener fiel und schnitt sich die Hand an einer der Scherben auf. Im selben Moment kamen Calvin und Jerome in den Wintergarten. Mit wenigen Schritten waren sie bei den Kämpfenden angelangt und trennten sie. Calvin hielt Matthew fest, während Jerome George am Arm packte.

»Ihr habt wohl beide den Verstand verloren«, schrie Jerome sie an. »Könnt ihr mir erklären, was das zu bedeuten hat?«

Helena, die bei dem Diener stand und ihm ein Taschentuch um die verletzte Hand band, sah George eindringlich an, um ihm zu bedeuten, nicht in dessen Gegenwart zu sprechen. Calvin wies den Lakaien mit einem knappen Nicken an, den Raum zu verlassen.

»So, und jetzt möchte ich eine Erklärung für das Ganze haben«, befahl Jerome mit der Autorität des Ältesten. Er sah sich im Raum um und bemerkte Helena erst in diesem Moment richtig. Seine Augen verengten sich, als er sah, wie aufgelöst sie war. »Erzähl's ihm schon!«, forderte George Matthew wütend auf. »Erzähl ihm, dass du die Rolle des Verlobten wohl offensichtlich mit der des Ehemanns verwechselt hast!«

»Was hat er gemacht?«, wollte Calvin von Helena wissen.

»Er hat …« Helena wand sich vor Scham darüber, vor den vier Männern zu sprechen. »Er hat mich geküsst und …«

Matthew hatte sich inzwischen wieder gefangen. »Lieber

Himmel, erspart ihr das. Ich habe sie geküsst und bin dabei wohl etwas weiter gegangen, als ich gedurft hätte.«

Jerome überzeugte sich mit einem schnellen Blick, dass an Helenas Kleid noch alles so saß, wie es sollte, und Matthews Hände keine unerlaubten Wege genommen hatten.

Helena hatte das Gefühl, vor Scham sterben zu müssen.

»Damit hast du den Bogen endgültig überspannt, Matthew«, wandte sich Jerome an ihn. »Mein Vater wird darüber entscheiden, was jetzt passiert.« Er sah Helena an. »Geh auf dein Zimmer und beruhige dich erst einmal«, sagte er mit weicherer Stimme.

Wie nicht anders zu erwarten, geriet Lord Ashington außer sich, als er von der Sache erfuhr, und diesmal hatte Matthew wirklich eine ernste Auseinandersetzung mit ihm, bei der er sich nicht so ohne weiteres herausreden konnte. Arthur sprach zunächst mit ihm und George, wobei George sich eine wütende Anklagerede anhören musste, warum er durch seinen unbesonnenen Angriff auf Matthew dem Personal Stoff für Klatsch habe liefern müssen. Er hätte direkt mit ihm sprechen sollen, damit er sich der Sache annahm, hielt Arthur Ashington seinem Sohn vor. George schwieg dazu und bemerkte nur, er habe sich nichts vorzuwerfen. Später schickte der Earl George hinaus, um mit Matthew allein zu reden. Matthew gab direkt zu, der Schuldige an der ganzen Sache zu sein. Jerome erzählte Helena später, was er von der Unterhaltung mitbekommen hatte. Ihr Vater habe getobt, als er mit Matthew allein war, dennoch habe Matthew das Ganze, wenn auch etwas gerupft, ohne weitere Folgen überstanden.

»Vater erwartet doch wohl nicht immer noch, dass wir heiraten?«, wollte Helena entsetzt wissen.

»Jetzt erst recht«, erwiderte Jerome verärgert. »Immerhin

geht es um deinen Ruf, und nachdem die Sache unter den Angestellten mit Sicherheit die Runde macht, wird Vater nach dieser Geschichte auf jeden Fall auf eurer Eheschließung bestehen. Die Leute wissen ja nicht, was genau passiert ist, und werden sich ihre Geschichten zusammenreimen. Du kennst das ja.«

Helena war verzweifelt. Wenn sie erst verheiratet waren, dann würde sie Matthews Annäherungen vollständig ausgeliefert sein, und sie hätte nicht mehr das Recht, sich zu wehren.

Jerome bemerkte, was in ihr vorging, und sagte: »Helena, ich werde noch einmal mit Vater reden, aber versprich dir nicht zu viel davon.«

26

Als Kind hatte Helena es immer als besondere Ehre empfunden, das Arbeitszimmer ihres Vaters betreten zu dürfen. Sie hatte den Geruch nach Leder und Tabak geliebt. In ihren Kinderträumen hatte sie sich ausgemalt, wie ihr strenger Vater später einmal gemeinsam mit ihr in diesem Zimmer sitzen würde, wenn sie erst älter wäre und so gebildet wie ihre Brüder, die zu jener Zeit auf Internate gingen und von Helena maßlos bewundert wurden. Inzwischen belächelte sie diese Vorstellung nur noch.

An diesem Nachmittag stand sie im Arbeitszimmer ihres Vaters und arrangierte einen Strauß Blumen in einer Alabastervase. Normalerweise tat das ihre Mutter, aber an diesem Tag hatte Helena ihr die Aufgabe abgenommen. Sie war zurzeit froh über jede Aufgabe, die sie vom Nachdenken abhielt. Matthew kam in letzter Zeit seltener, er schien abwarten zu wollen, dass sich das Verhältnis zwischen ihm und Helenas Brüdern wieder entspannte. Von Alec hatte sie seit dem Tag, an dem sie sich getrennt hatten, nichts mehr gehört. Es schien ihm mit der Trennung ernst zu sein, und Helenas Kehle zog sich jedes Mal zusammen, wenn sie darüber nachdachte, dass sie die Möglichkeit gehabt hätte, den Streit abzuwenden, und stattdessen ihrer bohrenden Neugier nachgegeben hatte. Sie wusste nicht, warum er auf Fragen nach seiner Vergangenheit so abweisend reagierte, aber sie hätte es hinnehmen müssen, dann wäre wenigstens alles so weitergelaufen wie bisher.

Die Tür des Arbeitszimmers öffnete sich, und Arthur Ashing-

ton betrat den Raum. Als er seine Tochter sah, stutzte er einen Augenblick. »Ach, Helena. Kümmerst du dich heute um mein Zimmer?«
Helena drehte sich um. »Ja, Vater. Mutter ist bei ihrer Schneiderin.«
Arthur ging zu seinem Schreibtisch. »Sehr häuslich, das gefällt mir wesentlich besser als dein ständiger Widerspruchsgeist.«
Helena senkte den Blick. Ihre Fügsamkeit erwuchs allein daraus, dass sie nicht die Kraft fand, ihren Willen zum Ausdruck zu bringen. Doch ihr Vater merkte das nicht.
»Hast du dich mit Matthew inzwischen wieder vertragen?«
Helena brachte ihre Meinung mit einem leichten Heben der Schultern zum Ausdruck. »Ich spreche mit ihm, wenn du das meinst.«
»Ich weiß, dass er sich nicht korrekt verhalten hat, aber immerhin ist er dafür von George nicht gerade geschont worden, und ich habe ihn auch ziemlich hart rangenommen. Sieh es ihm also nach. Junge Männer in dem Alter sind eben manchmal etwas stürmisch. Vielleicht solltest du dich von deiner Mutter über diese Dinge aufklären lassen, damit du es besser verstehst und mit der entsprechenden Nachsicht behandeln kannst. Immerhin wird er dich ja heiraten. Wenn das nicht der Fall gewesen wäre, wäre er nicht so glimpflich davongekommen.«
Helena nickte nur anstelle einer Antwort. Sie wagte nicht, darüber zu diskutieren, weil sie nicht wusste, wie weit das Wohlwollen, das ihr Vater ihr zurzeit entgegenbrachte, ging. Nachdem sie die Vase so hingestellt hatte, wie ihre Mutter das immer tat, ging sie, um sich für die Besuche, die am Nachmittag anstanden, umzukleiden.

Abends kam Matthew, um sie zu ihrer Einladung zu Olivias Familie abzuholen, und gemeinsam fuhren sie in seiner Kutsche zu den Ivorys. Matthew musterte beifällig ihr eisblaues Kleid und den etwas dunkleren Seidenschal, den sie sich wegen der Abendkühle um die Schultern gelegt hatte. Sie saß neben ihm und blickte angestrengt aus dem kleinen Fenster auf die dunklen Straßen, um seine Anwesenheit auszublenden.
»Keine Sorge, Helena«, spottete er, »auch wenn die Gelegenheit günstig wäre, werde ich mich dennoch wie ein vollkommener Gentleman verhalten und nicht mehr tun, als deine Hand zu halten, wenn ich dir aus der Kutsche helfe.«
Helena taxierte ihn mit einem kalten Blick, antwortete jedoch nicht. Schweigend saßen sie auch den Rest der Fahrt nebeneinander.
Vor dem beeindruckenden Haus von Lord Ivory angekommen, stieg Matthew aus und bot ihr seine Hand, um ihr aus der Kutsche zu helfen. Helena wollte sie erst geflissentlich übersehen, aber der Ausdruck in seinen Augen warnte sie.
Das Abendessen verlief, wie erwartet, nichtssagend langweilig, und Helena gab sich alle Mühe, ihre Rolle überzeugend zu spielen.
Olivias Schwester warf immer wieder verstohlene Blicke auf Matthew. Helena wunderte sich, wie so oft, wie viele Frauen von Matthew beeindruckt waren. Er sah zugegebenermaßen ungemein gut aus, hatte Charme und konnte durchaus ein einnehmendes Wesen haben, sogar seine Eskapaden mochten ihm noch einen gewissen Grad an Verruchtheit geben, der auf viele Mädchen überaus anziehend wirkte, aber wenn man hinter diese Fassade blickte, war es vorbei mit der Herrlichkeit.
Helena spürte Olivias forschende Blicke über den Tisch hinweg. Sie schien die Menschen immer genau zu durchschauen,

und Helena fragte sich manchmal, ob sie ahnte, dass es neben Matthew einen anderen Mann gab. Olivia und Simon würden bereits im Sommer heiraten, weil Lord Ivory in zwei Monaten wieder für längere Zeit nach Ostafrika gehen musste und wünschte, dass die Hochzeit vorher stattfand.

Es war bereits spät, als Matthew sie wieder nach Hause brachte. Helena hatte die ganze Rückfahrt aus dem Fenster gesehen und gedankenverloren die Straßen betrachtet, die in jenes milchige Gelb getaucht waren, das entstand, wenn sich das Dunkel der Nacht mit dem Licht der Straßenlaternen vermischte. Sie wollte schlafen, schlafen und an nichts mehr denken, nicht an Matthew, nicht an ihre Zukunft, nicht an Alec.

Schwierigkeiten hatte, selbst Bekannte mehr als einmal zu treffen, wenn man nicht an einem bestimmten Ort mit ihnen verabredet war. Das war sie zwar mit Alec auch nicht, aber sie vertraute seiner Fähigkeit, sie jederzeit problemlos zu finden.

Helena kam mit über einer halben Stunde Verspätung zu der Blumenschau, weil sie überraschend Besuch bekommen hatte und diesen nicht hatte abweisen können, ohne extrem unhöflich zu wirken. Sie stieg aus Jeromes Kutsche, die sie sich für den Nachmittag von ihm geliehen hatte. Den Kutschschlag zierte das Wappen des Viscount Ellingwood, Jeromes Titel.

Etliche Bekannte waren an diesem Tag unterwegs, unter anderem auch Adeline Hawthorne, die Tochter einer Freundin ihrer Mutter, der nicht der kleinste Gesellschaftsskandal entging. Sie hatte Helena erblickt, noch ehe diese hastig einen anderen Weg einschlagen konnte.

»Meine liebe Helena, so eine Freude. Warum sehen wir Sie so selten?«

Helena gab eine höfliche, nichtssagende Antwort, die alles bedeuten konnte.

Adeline plauderte noch einige Zeit weiter, lauter belanglose Bemerkungen über Personen der feinen Gesellschaft, viel Klatsch und Tratsch. Sie war seit kurzem verlobt und brannte darauf, mit jemandem über ihre geplante Hochzeit zu reden.

»Papa hat alles so fabelhaft arrangiert«, schwärmte sie.

Helena hörte ihr kaum richtig zu.

»Haben Sie es eilig, meine Liebe? Sie wirken etwas hektisch«, bemerkte Adeline daher plötzlich.

»Ich bin noch verabredet.« Helena verabschiedete sich höflich. Als sie in einen anderen Weg eingebogen und Adeline nicht mehr in Sichtweite war, atmete sie auf.

»Wer war denn diese Klatschbase?«, hörte sie im selben Moment Alecs Stimme neben sich.
»Alec!« Helena sah ihn überrascht an. »Woher weißt du von Miss Hawthorne?«
»Ich stand die ganze Zeit nahe bei dir und habe nur auf den Moment gewartet, wenn sie dich aus ihren Fängen entlässt.«
»Wir müssen vorsichtig sein, Alec. Adeline Hawthorne würde keinen Moment zögern, direkt ihrer Mutter zu erzählen, dass sie uns zusammen gesehen hat, und dann ist es nur noch eine Sache von Stunden, ehe mein Vater davon erfährt.«
Alec führte sie zu einer Laube, die hinter Efeuranken versteckt war. »Glaubst du, sie ist so neugierig, dass sie in jede Laube hineinsieht?«, fragte er scherzend. »Damit würde sie sich heute etliche Feinde machen.«
Helena kicherte etwas nervös, und Alec widerstand dem Impuls, sie an sich zu ziehen und zu küssen. An einem öffentlichen Ort wie diesem war das zu riskant. »Ich denke, ich muss mich bei dir entschuldigen«, sagte er. »Es war bei unserem letzten Treffen nicht richtig von mir, so aufzubrausen. Verzeih mir bitte!«
Helena fühlte sich, als löse sich ein schwerer Klumpen in ihrem Magen auf. »Ich bin froh, dass du das sagst. Ich habe mir solche Vorwürfe gemacht, weil ich dich dahin gebracht habe, mich so lange nicht sehen zu wollen.« Sie sah ihn mit einem erleichterten Blick an.
Alec schob seine Bedenken beiseite und nahm sie in die Arme. Helena lehnte ihren Kopf an seine Brust und hörte das gleichmäßige Schlagen seines Herzens.
Ich liebe dich, ich liebe dich, ich liebe dich. Sie wusste nicht, ob sie es laut ausgesprochen hatte, aber sie nahm plötzlich eine Änderung in seinem Verhalten wahr. Er schob sie sanft von sich und sah ihr in die Augen.

»Sag das nicht, Helena, bitte.« Er wirkte auf unerklärliche Weise verzweifelt. »Du kennst mich nicht gut genug, um zu wissen, ob ich es überhaupt verdiene, von dir geliebt zu werden.«

Helena fühlte, wie sie ruhiger wurde und die Dinge mit erstaunlicher Klarheit sah, nun, wo sie ihre Gedanken und Zweifel nicht länger verdrängte. »Auch wenn du es nicht verdienst, Alec, liebe ich dich. Ich liebe dich so sehr, dass ich es nicht ertragen könnte, wenn du mich zurückweist.«

Alec legte eine Hand an ihre Wange und strich zärtlich mit dem Daumen über ihren Wangenknochen.

Sie sah ihn aus goldenen Augen an. »Trenn dich nie wieder von mir, Alec, bitte.« Helena legte ihren Kopf an seine Brust und kämpfte die Verzweiflung zurück, die in ihr hochzusteigen drohte. Er war ja jetzt bei ihr, ihr Alec war hier, sie hörte sein Herz schlagen und spürte die Wärme seines Körpers, die federleichte Berührung seiner Hände auf ihrem Rücken.

Unvermittelt griff Alec in seine Jackentasche und zog ein eingewickeltes Päckchen hervor. »Das hätte ich fast vergessen. Vielleicht muntert dich das ja auf.«

Helena nahm ihm das kleine Päckchen aus der Hand und sah ihn mit der erstaunten Erwartung eines Kindes an, was Alec schmunzeln ließ. Sie wickelte es aus und klappte das kleine Kästchen auf, das zum Vorschein kam. Dort lag, auf blauen Samt gebettet, ein goldenes Armband, dessen Glieder mit orientalisch aussehenden Ornamenten verziert waren, die sich um einen Lapislazulistein rankten, der in jedes Glied eingearbeitet war.

»O Alec.« Aus ihrem Gesicht strahlte solch eine Freude über das Geschenk, dass Alec lachen musste. »Es ist wundervoll. Ich werde immer an deine Augen denken, wenn ich es ansehe.«

Alec grinste. »Soll das heißen, du denkst sonst nicht immer an sie?«
»Nein, das heißt …« Sie sah ihn an und merkte dann erst, dass er scherzte. »Hilf mir lieber, den Verschluss zu schließen, anstatt dich über mich lustig zu machen«, wies sie ihn mit einem Lächeln an.
Gehorsam befestigte Alec das Armband an ihrem Handgelenk. Helena betrachtete es entzückt. »Hast du es aus Indien mitgebracht?«
»Es ist aus einem Geschäft hier in London, das indischen Schmuck verkauft. Ich habe es zufällig entdeckt, weil Mr. Seymour den Besitzer kennt.«
Helena gab ihm einen Kuss. Es war eine federleichte Berührung, eher eine Liebkosung als ein Kuss, aber mehr wagte sie nicht, weil sie fürchtete, jemand könnte kommen. Es würde auch so schon schwer genug sein, zufällig vorbeikommenden Bekannten ihr Zusammentreffen mit Alec zu erklären.
Alec hob eine Augenbraue. »Das war das viele Feilschen auf jeden Fall wert.«
Helena lachte und küsste ihn noch einmal. Sie stand mit dem Rücken zum Weg, so dass jemand, der in die Laube blickte, als erstes Alec sehen musste und dann hoffentlich so taktvoll sein würde, wieder zu gehen.
»Wir fahren Ende Juni nach Essex«, erklärte Helena. »Mein Cousin Simon heiratet im Juli auf dem Landgut der Ivorys in der Nähe vom Landsitz meines Vaters.«
»Und wie lange werdet ihr dort bleiben?«
»Schätzungsweise einen oder zwei Monate.« Helena hielt für einen Moment die Luft an, als sie erkannte, dass Alec unter Umständen schon wieder auf dem Weg nach Indien sein würde, wenn sie zurückkam. »Wann ist eure Rückfahrt geplant?«, sprach sie ihre Befürchtung aus und sah ihn abwar-

tend an. Der Gedanke daran, er könne fahren und sie zurücklassen, war ihr unerträglich. Beinahe wünschte sie sich, sie hätte die Frage nicht gestellt, da ihr die Ungewissheit plötzlich besser erschien als das Wissen, dass er ohne sie fortgehen würde.

»Voraussichtlich im Spätsommer, vielleicht auch später, das hängt von Mr. Seymour ab.« Alec sah die Bestürzung in ihren Augen. »Helena«, sagte er ruhig, »es war uns doch beiden klar, dass ich wieder nach Indien zurückkehren würde. Ich habe dich nie in dem Glauben gelassen, ich würde bleiben.«

Dann nimm mich mit, flehten Helenas Augen.

Alec wich ihrem Blick aus.

»Sehe ich dich dann vielleicht nicht mehr, wenn ich nach London zurückkomme?«

»Ich weiß nicht, ob wir dann noch hier sein werden«, antwortete Alec wahrheitsgemäß. »Aber vielleicht kann ich dich besuchen, wenn ich nicht viel zu tun habe«, sagte er und fuhr mit seiner Hand liebkosend über ihre Wange. »Würde dir das gefallen?«

Helena nickte.

Alec nahm sie, allen drohenden Konsequenzen zum Trotz, in die Arme. Für einen kurzen Moment ignorierte er die Sorge, einer ihrer Bekannten könne in die Laube kommen. Es fühlte sich einfach zu wunderbar an, sie in den Armen zu halten.

28

Essex

Helena hatte Alec vor ihrer Abreise so häufig getroffen, wie es ihr möglich war. Ab und zu sahen sie sich auf Feiern, wo sie sich für gewöhnlich im Garten trafen, ansonsten blieben ihnen nur kurze Begegnungen bei Ausritten im Park oder an anderen öffentlichen Orten. Helena ging dabei überaus vorsichtig vor, nicht das kleinste Flüstern wurde über sie laut. Sie hatte Alec eine Woche vor ihrer Abreise das letzte Mal gesehen, als sie abends wieder bei den Hydes waren. Gemeinsam waren sie im Garten spazieren gegangen, und Helena hatte ihm das Versprechen abgenommen, sie auf jeden Fall zu besuchen. Bei ihrem Abschied wäre sie fast in Tränen ausgebrochen, als sie sich ausmalte, er werde vielleicht keine Möglichkeit haben, sie zu besuchen, und sie werde ihn bei ihrer Rückkehr nach London unter Umständen nicht mehr antreffen.

Die Hochzeit von Simon und Olivia fand im Juli statt, und Lord Ivory hatte alles darangesetzt, dass sie *das* gesellschaftliche Ereignis der Saison wurde. Die Gäste kamen bereits Tage vorher, die engsten Freunde und Verwandten wurden in den Häusern von Anthony und Lord Ivory einquartiert. Entsprechend Olivias Wunsch wurden sie und Simon im Garten ihres Vaters getraut. Die Gäste waren in Scharen aus London gekommen, und die Trauung und anschließende Feier wurde von jedermann als überaus gelungen bezeichnet.

All jene Ereignisse hatten für Helena jedoch keine Bedeutung.

Sie wartete auf Alec. Tag für Tag fieberte sie dem Wiedersehen mit ihm entgegen. Sie ritt immer dieselben Wege, in der Hoffnung, er werde dort auf sie warten. Manchmal machte sie danach noch lange Spaziergänge, weil sie befürchtete, ihn verpasst zu haben, und weil sie sich in der Eintönigkeit des Landaufenthalts allein fühlte. Jerome verbrachte viel Zeit mir Lorena, und die Zwillinge unternahmen ohnehin selten etwas mit ihr zusammen.

An einem Abend, als die Sonne in ihren letzten Zügen lag, saß sie am Brunnen im Vorhof und sah trübsinnig auf die klare Wasserfläche. Sie tauchte einen Finger hinein und betrachtete die Kreise, die das Wasser zog.

»Mutter lässt dir ausrichten, du mögest einen Hut aufsetzen, wenn du länger hier draußen bleiben möchtest«, sagte Jerome, der sich unbemerkt genähert hatte. Helena fuhr auf. Sie war blass und sah erschöpft aus.

»Wozu? Die Sonne geht doch bereits unter.«

Jerome setzte sich zu ihr. »Hast du Kummer?«

Helena gab keine Antwort, weil sie nicht lügen wollte und sich nicht traute, die Wahrheit auszusprechen. Sie betrachtete die Mauer, die Teile des Hofes umfasste, Blumenranken und Bäume, die die letzten Strahlen der Sonne auffingen und wie von Gold benetzt schienen. Lange Schatten flossen über den Hof, berührten einander und wurden zu Dunkelheit.

»Manchmal«, versuchte Jerome es noch einmal, »ist es besser, wenn man über die Dinge redet, die einen bedrücken.«

Helenas Stimme zitterte unmerklich, als sie antwortete. »Es ist nichts, wo reden helfen könnte.«

Jerome betrachtete ihr Gesicht nachdenklich. »Du liebst einen anderen Mann?«

Helena sah ihn so erschrocken an, dass er seine Ahnung

augenblicklich bestätigt wusste. »Ich habe es dir angesehen«, fuhr er fort. »Deine ständig zwischen überglücklich und zu Tode betrübt schwankende Stimmung, der Ausdruck auf deinem Gesicht, wenn du von einem Ausritt oder Spaziergang zurückgekommen bist, alles eben. Es ist mir in London aufgefallen, und ich nehme an, dass du dich dort öfter mit jemandem getroffen hast. Habe ich Recht?«

Helena schluckte, antwortete aber nicht.

»Helena!« Jerome beugte sich vor und sah ihr in die Augen »Du weißt, was passiert, wenn Vater davon erfährt. Also hör bitte auf mich und überleg dir genau, was du tust! Wenn du ihn nur heimlich triffst, dann vermutlich, weil du annimmst, Vater würde ihn nicht als passenden Bewerber für dich ansehen, nicht wahr? Und erst recht würde er für ihn nicht deine Verlobung mit Matthew lösen.« Er machte eine kurze Pause, strich sich mit einer Hand das dunkle Haar zurück, das ihm direkt wieder in die Stirn fiel, und betrachtete ihr wechselndes Mienenspiel.

Helena beobachtete zwei kleine Katzen, die sich um ein grünes Blatt balgten. Jerome konnte nicht wissen, dass sie schon längst nicht mehr die Wahl hatte, welchen Weg sie gehen wollte. Es war wie ein Zwang, ein Fieber, dem sie nicht entkommen konnte, ein Weg, dem sie unweigerlich folgen musste, auch wenn er sie am Ende unglücklich machen und vielleicht ihr Leben nicht ausreichen würde, um die Schritte, die sie auf ihm gegangen war, zu bereuen.

Als ihr Schweigen andauerte, legte Jerome eine Hand auf ihre Schulter und drehte sie so, dass sie ihn ansehen musste. »Tu mir den Gefallen, und sprich mit mir, ehe du dich auf etwas einlässt, das dir hinterher Leid tut. Männer sind oft nicht das, was sie zu sein scheinen, verstehst du? Du weißt nicht, was sich hinter dem Lächeln und den schmeichelhaften Dingen,

die er dir sagt, verbirgt. Und dass du ihn ohne das Wissen deiner Familie triffst, macht dich angreifbar.« Aus seiner Stimme war deutlich seine Besorgnis herauszuhören.
Helena stand langsam auf. Jerome seufzte resigniert und erhob sich ebenfalls. »Hast du Lust auf eine Partie Schach?«, fragte er, um das Thema zu wechseln und sie aus der Reserve zu locken.
»Nein, ich glaube, ich lege mich ein wenig hin.« Sie bemerkte seinen Blick und fürchtete, ihn durch ihr schroffes Verhalten verletzt zu haben. »George ist in der Bibliothek. Vielleicht spielt er eine Partie mit dir.« Sie zwang sich zu einem Lächeln, wandte sich ab und lief beinahe fluchtartig zum Haus.

Am Nachmittag des nächsten Tages kleidete Helena sich für ihren gewohnten Ausritt um. Sie zog ein Reitkleid aus hellbeigefarbenem Tuch an, dessen Rock in weichen Bahnen fiel und mit mokkafarbenen Stickereien verziert war, und dieselbe Farbe hatten auch der Kragen und die Aufschläge an den Ärmeln. Das Oberteil war glatt und vergleichsweise schmucklos. Helena setzte einen passenden Hut auf, unter dem ihre Locken, die Amelia mit einer Brennschere in Form gebracht hatte, hervorschauten, und ging zum Stall. Ihre Handschuhe streifte sie im Gehen über. George begegnete ihr, als sie eben mit Arkali vom Hof ritt. Er lächelte ihr zu.
»Wenn ich nicht dein Bruder wäre, würde ich mir ernsthaft überlegen, Matthew Konkurrenz zu machen. Aber dafür wäre mein gesellschaftlicher Rang als jüngerer Bruder eines späteren Earl wohl zu gering. Vater würde mich nie als geeigneten Bewerber um deine hochgeschätzte Gunst ansehen.« Er lachte, und Helena stimmte ein. Auf einmal wurde er ernst. »Pass auf dich auf, Helena, ja?«

Verwundert über seinen plötzlichen Stimmungswandel, versprach sie es ihm, dann ritt sie los.
George sah ihr nach. Sie war schön, dachte er, fast zu schön, und plötzlich machte er sich Sorgen.

Helena trabte durch den Wald, und mit beinahe überscharfen Sinnen nahm sie das Knacken jedes kleinen Astes unter Arkalis Hufen wahr, das Zwitschern der Vögel, das leise Rauschen der Baumwipfel. Arkalis Schritte federten auf dem weichen Waldboden, und es schien, als klopfe Helenas Herz im gleichen Takt, in dem sie immer wieder dieselben Worte wiederholte. Bitte komm, bitte komm …!
Sie blickte auf den Waldweg, wo das Sonnenlicht Flecken auf die Erde malte, an den Stellen, an denen das dichte Blätterdach es hindurchließ. Helena saß ab und folgte mit ihren Augen dem Weg bis zur Lichtung, in die er mündete. Sie hatte Alec genau beschrieben, wo sie immer entlangritt. Langsam drehte sie sich zu Arkali um und klopfte ihr zart den glänzenden Hals. Ihren Kopf gegen die Schulter des Pferdes gelehnt, dachte sie darüber nach, was sie nun tun sollte. Erst Arkalis Wiehern schreckte sie aus ihren Gedanken auf.
Helena hob den Kopf und wandte sich um. Ihr Herz setzte einen Schlag aus und schlug danach umso heftiger. Reglos stand sie neben ihrem Pferd, sah dem Reiter entgegen und wartete.
»Du bist doch gekommen.« Ihre Stimme war kaum zu hören.
Alec stieg ab. Statt einer Antwort umarmte er sie heftig und küsste sie, erst sanft, dann beinahe grob und fordernd, als wolle er sie und sich selbst für seine Schwäche bestrafen, die ihn hierher geführt hatte. Helena schmiegte sich an ihn und berührte mit den Fingerspitzen sein dichtes Haar, als sie die

Arme um seinen Hals legte. Widerstrebend löste er sich von ihr.
»Es wäre besser gewesen, es nicht zu tun«, sagte er.
Es war nicht die Art der Begrüßung, die sie sich erhofft hatte, aber sie hätte damit rechnen müssen, dafür kannte sie ihn mittlerweile gut genug. Sie wusste, im Grunde genommen hätte er nichts lieber getan, als diesem Hin und Her ein Ende zu bereiten. Dass er dennoch gekommen war, ließ einen Schimmer von Hoffnung in ihr aufkeimen.
»Sind wir irgendwo ungestört?«, fragte Alec.
»In der Nähe ist die Ruine einer alten Kapelle.« Helena ließ sich von Alec auf ihr Pferd helfen, wartete, bis er selbst aufgestiegen war, und ritt neben ihm her.
»Und wie geht es jetzt weiter?«, fragte sie ihn.
»Ich wünschte, ich wüsste es«, erwiderte er.
Helena presste die Lippen zusammen und starrte zu Boden, während sie weiterritten. Die Stille zwischen ihnen schien ihr plötzlich drückend geworden zu sein. Die Pferdehufe machten beinahe kein Geräusch auf dem federnden Boden.
»Aber du wirst mich nicht verlassen?«, richtete sie wieder das Wort an ihn.
»Wir wussten beide von Anfang an, wie aussichtslos die Sache ist. Dass dein Leben von deiner Familie verplant wird und ich wieder nach Indien fahre. Vielleicht ist es für dich wirklich das Beste, wenn du dich den Wünschen deines Vaters fügst – etwas anderes bleibt dir ja anscheinend ohnehin nicht übrig.«
Helenas Widerspruchsgeist war geweckt. Zornig fuhr sie ihn an: »So? Das siehst du also als das Beste für mich an? Ich warne dich, Alec, wenn du noch einmal von meinem Leben an Matthews Seite sprichst, werde ich dir bei der nächsten sich

bietenden Gelegenheit die Jagdhunde meines Vaters auf den Hals hetzen.«

Alec sagte nichts, und sein Schweigen brachte Helena noch mehr auf. Sie wollte nicht mit ihm streiten, aber die Frage drängte sich ihr über die Lippen, noch ehe sie sich zur Ruhe zwingen konnte: »Warum bist du gekommen Alec?«

»Helena …« Alec streckte die Hand nach ihr aus.

Helena wich mit einer so heftigen Bewegung zurück, dass Arkali einen Satz zur Seite machte.

»Wage es nicht, mich jetzt anzufassen!«, sagte sie heftig. »Oder ist das der einzige Grund, warum du mich sehen wolltest?«

»Entschuldigung, Helena«, entgegnete er kalt, »aber das ist mir nicht einmal eine Antwort wert.« Noch ehe die Worte gesprochen waren, hätte er sie am liebsten ungesagt gemacht. Ihre Augen spiegelten wider, wie sehr sein Ton sie verletzt hatte. Er wusste, dass er zu grob mit ihr umsprang, ebenso wie er wusste, dass von allen Menschen, die er kannte, sie eine solche Behandlung am wenigsten verdient hatte. Aus dem Wunsch heraus, sich wieder mit ihr zu versöhnen, wollte er ihren Arm berühren, aber sie lenkte Arkali so, dass der Abstand zwischen ihnen jede Berührung unmöglich machte.

Die Ruinen waren bereits in Sicht, und im selben Moment, in dem Helena sie sah, sprang ein Tier, wahrscheinlich ein Hase, auf den Weg vor Arkalis Hufe und verschwand wieder im Unterholz. Helena erschrak beinahe ebenso sehr wie das Pferd, und ihr heftiges Zusammenzucken tat das seine, um Arkali, die ohnehin nervös war, durchgehen zu lassen. Helena hörte noch Alecs Ruf, dann sah sie nur noch, wie die Ruinen immer näher kamen, als Arkali mit ungebrochener Schnelligkeit darauf zugaloppierte.

Nur mit Mühe hielt sich Helena im Sattel. Einen Versuch, Arkali wieder an den Zügel zu bekommen, unternahm sie gar nicht erst, sie wusste, es wäre sinnlos gewesen. Mit Entsetzen sah sie, dass die Stute auf den Bach zuhielt. Sie konnte doch unmöglich das breite Bachbett überspringen wollen. Helena hielt sich mit aller Kraft an der Mähne der Stute fest, aber als Arkali vor dem Bach abrupt stehen blieb, war es, als habe sie einen Schlag in den Magen erhalten, und im selben Moment flog sie kopfüber ins Wasser. Sie registrierte kurz, dass sie die Zügel nicht verloren hatte, dann landete sie auch schon im Bach und schlug hart mit der Schulter auf. Reflexartig holte sie Luft, schluckte einen Schwall Wasser, versuchte, an die Oberfläche zu kommen, und merkte zu ihrem Entsetzen, dass sie sich irgendwo mit ihrem Röcken verfangen haben musste und nicht hochkam. Sie schlug panisch um sich, und im selben Moment ergriffen sie zwei Hände und zogen sie hoch.

Helena kam hustend und spuckend auf die Beine. Alec stand vor ihr, und Helena erfasste, während sie nach Luft rang, dass er schreckensbleich war. Er hielt sie fest, bis sie wieder einigermaßen sicher stand, dann zog er sie mit einer heftigen Bewegung an sich und küsste wieder und wieder ihr Gesicht, wobei er immer wieder ihren Namen sagte. Einen Moment lang wollte Helena protestieren, weil sie fürchtete, ihn ganz nass zu machen, doch dann gab sie sich seinen Liebkosungen hin.

Helenas Kleid war durch das Wasser so schwer, dass sie kaum einen Schritt gehen konnte. Alec hob sie hoch und trug sie zu einer der eingefallenen Mauern der alten Kapelle. Behutsam setzte er sie ab und kniete sich hin, um ihr die durchnässten Stiefel auszuziehen.

»Alec«, protestierte Helena leise, »das brauchst du nicht zu tun.« Aber er hatte die Stiefel bereits geöffnet und zog sie von ihren Füßen. Er verließ sie kurz, um die Pferde anzubinden, danach trat er hinter sie, und Helena registrierte plötzlich, wie er die Häkchen an ihrem Kleid zu lösen begann. Mit einer heftigen Bewegung drehte sie sich um. »Aber Alec! Das geht doch nicht!«

»Sei nicht albern, Helena, in dem voll gesogenen Kleid kannst du unmöglich reiten.«

»Ich lasse es an, bis es trocken ist.«

»Erwarten dich deine Eltern erst morgen zum Frühstück zurück?«, spottete Alec und setzte seine Tätigkeit fort. Erschrocken merkte Helena, wie ihr das Kleid von den Schultern glitt, und hielt es mit beiden Händen fest.

»Lieber Himmel, Helena, du hast doch darunter mit Sicherheit noch ein Unterkleid und ein halbes Dutzend Unterröcke an. Ich will das Kleid in die Sonne hängen, dann kannst du es später wieder anziehen. Jetzt steh auf, zieh das Kleid aus und gib es mir«, befahl er.

Zögernd stand Helena auf und kam seinem Wunsch nach. Er ging mit dem Kleid zu einer lichten Stelle, hängte es über einen Ast, wobei er sich bemühte, den ausladenden Rock so gut wie möglich auszubreiten, und drückte, soweit es ging, das Wasser heraus. Auf dem Weg zurück hob er Helenas Hut auf, den sie beim Sturz verloren hatte, und meinte: »Du solltest auch die Strümpfe ausziehen. Häng alles in die Sonne, was du nicht unbedingt brauchst, um deine Tugend zu verteidigen.« Amüsiertheit hatte sich in seine Stimme geschlichen.

Er trat zu ihr, und Helena, die dachte, er wolle ihr auch aus ihren Strümpfen helfen, rief: »Das kann ich auch ohne deine Hilfe.«

Alec lachte schallend. »Keine Sorge. Ich wollte nur deine Stiefel holen.«

Helena wurde blutrot im Gesicht. Leise vor sich hin lachend drehte Alec sich um, und Helena nutzte den Augenblick, ihren Unterrock bis zur Hüfte hochzuheben und auszuwringen, dann rollte sie die Strümpfe herunter.

»Fertig?«, fragte Alec und machte Anstalten, sich umzudrehen.

»Nein!«, rief Helena und merkte erst dann, dass er sie nur ärgern wollte. »Frecher Kerl«, schimpfte sie leise vor sich hin.

»Wie lange brauchst du eigentlich, um deine Strümpfe auszuziehen? Ich zähle jetzt bis drei, entweder gibst du sie mir dann oder du lässt mich dir helfen. Eins …«

»Hier sind sie.«

Alec nahm sie mit einem Grinsen entgegen und brachte sie zu den anderen Sachen, dann setzte er sich hin und zog seine eigenen durchnässten Stiefel aus. Seine Kleidung würde auch so rasch trocknen. Er beobachtete Helena, die ihr Haar löste, das Wasser herausdrückte und die feuchten Strähnen mit den Fingern auskämmte. Ihr Unterkleid war ebenfalls nass und schmiegte sich an ihren Körper. Ihr konnte unmöglich bewusst sein, wie sinnlich sie gerade aussah. Sie warf ihr Haar mit einer raschen Bewegung ihres Kopfes zurück, und Alec wandte den Blick ab und rief sich zur Ordnung. Noch war nichts passiert, was eine Trennung schwerer machte, als sie ohnehin schon war, und wenn er Vernunft bewahrte, dann würde es auch so bleiben. Sie kehrte heute Abend zu ihrer Familie zurück, er würde nach London abreisen, und in einem Jahr, wenn er längst wieder in Indien war, würde sie diesen arroganten Fatzke heiraten, und die festgefügte Ordnung wäre wiederhergestellt.

Er sah noch einmal zu ihr hin und verwünschte ihr Pferd, weil es durchgegangen war, sie ins Wasser geworfen und

damit ungewollt diese Situation ausgelöst hatte. Lange betrachtete er sie, wie sie in dem weißen Unterkleid auf dem moosüberwachsenen Mauervorsprung saß, sich hinten an die Mauer anlehnte und in das Blätterdach schaute. Die Sonne malte Muster auf ihr Gesicht und ihren Körper, und sie schien völlig vergessen zu haben, dass sie nicht alleine war.
Alec stand auf und ging zu ihr. Sie wandte den Kopf und sah ihn an. Er bemerkte das leichte Heben und Senken ihrer Brust, wenn sie atmete, und sein Blick fiel auf die kleine Kuhle unter ihrem Hals zwischen den Schlüsselbeinen. Einmal nur diese Stelle küssen, dachte er, und sie so, wie sie nun war, in den Armen halten. Er streckte den Arm aus und half ihr auf. Sanft bog er ihren Kopf zurück und presste seine Lippen auf jene Stelle unter ihrem Hals. An dem Pulsieren spürte er, wie ihr Herz schneller ging, auch wenn sie bewegungslos dastand. Er zog sie an sich und barg sein Gesicht in ihrem Haar, das ihr gelöst über den Rücken fiel. Sie fühlte sich, nur in diesem Unterkleid, schlanker an, verletzlicher.
Er sollte sie jetzt loslassen und sie nicht mehr anrühren, bis ihre Kleidung trocken war. Nur ein Kuss noch, dann wollte er sie gehen lassen. Er hob ihr Gesicht an und küsste sie, spürte, wie sie denselben Atem teilten, so als gäbe er ihr einen Teil seiner selbst. Langsam begann seine Selbstbeherrschung zu bröckeln, und er wusste, er sollte sich jetzt zurückziehen. Er musste vergessen, wie sich ihr Mund anfühlte und ihr Körper, der sich so anmutig unter seinen Händen bog. Die Kontrolle über die Situation entglitt ihm, und auch, wenn er die Konsequenzen durchaus fürchtete, war er nicht mehr imstande, länger darüber nachzudenken.
Helena bemerkte eine Veränderung in seinem Verhalten und wusste nicht, wie sie reagieren sollte, aber im selben Moment merkte sie, dass Alec für sie beide entschieden hatte.

Eine warnende Stimme in ihr rief, dass sie ihn nicht gewähren lassen durfte, doch Helena ignorierte die Warnung, bis sie schließlich verklang. Versunken in einer Welt, in der es plötzlich nichts Irdisches mehr zu geben schien außer seinem Mund und den behutsamen Liebkosungen seiner Hände, glaubte Helena, es nicht ertragen zu können, wenn er je wieder damit aufhören würde. Alec flüsterte Zärtlichkeiten, leise, zusammenhanglose Worte, die er selbst nicht verstand, während er sich in dem Gold ihrer Augen verlor, die das Sonnenlicht spiegelten, das durch das dunkle Grün des Laubes auf ihre Körper tropfte.

Als Helena die Augen aufschlug, fragte sie sich für einen Moment, wo sie war. Ihr Blick glitt zu den Ruinen um sie herum, und schlagartig fiel ihr alles wieder ein. Was hatte sie einschlafen lassen? Das sanfte Rauschen der Blätter, das gleichmäßige Schlagen von Alecs Herzen an ihrem Ohr, eine Erschöpfung, wie sie sie in der Art zuvor noch nie kennen gelernt hatte? Sie hatten nicht miteinander geredet, sondern nur still dagelegen, ihr Kopf an seine Brust gebettet, und dem Schweigen des Waldes gelauscht.
Sie bemerkte, dass sie allein war, zugedeckt mit Alecs Hemd. Ihre Augen suchten nach ihm und entdeckten ihn ein Stück weit entfernt auf einer Mauer sitzend, das Gesicht in den Händen vergraben. Er trug nur seine Hose, und die Sonne warf ihre Strahlen auf seine bloßen Schultern.
Als sie ihn dort sitzen sah, ging ihr mit einem Mal die volle Tragweite dessen auf, was sie getan hatte. In dem verzweifelten Bemühen, kein schlechtes Gewissen zu bekommen, sagte sie sich, dass sie ihn liebte und er sie gewiss wiederliebte, dafür hatte jede seiner Berührungen gesprochen, die geflüsterten Koseworte, seine Küsse. Aber im selben Moment wusste

Helena, wie vollkommen sie nun von seiner Entscheidung abhängig war. Sie konnte nicht mehr sagen: ›Komm oder geh, nur entscheide dich!‹. Er durfte nicht mehr gehen, oder sie durfte ihn nicht mehr gehen lassen, letzten Endes war das gleich.

Sie betrachtete ihn, wie er dort vollkommen regungslos saß. Ohne es zu wollen, hatte sie seinen Namen laut ausgesprochen, und er hob sein Gesicht aus seinen Händen und sah sie mit einem Ausdruck stummen Schmerzes an. Er stand auf, kam zu ihr und kniete sich neben sie hin. Helena richtete sich leicht auf, wobei sie sein Hemd an ihre Brust drückte. Wie seltsam, dachte sie, dass sie sich vor einem Mann schämte, mit dem sie gerade die größtmögliche Intimität geteilt hatte.

»Warum hast du mich schlafen lassen?«

»Du sahst so schön und gelöst aus. Außerdem hast du höchstens eine halbe Stunde geschlafen.«

Helena sah ihm in die Augen. Was redeten sie denn da? Sie dachte an die Momente, in denen sie in seinen Armen gelegen und er immer wieder ihren Namen gesagt hatte, so als könne er nicht glauben, dass sie wirklich bei ihm war.

Alecs Augen forschten in ihrem Gesicht.

»Und? Kommt jetzt der große Moment der Reue?«, fragte er.

Helena schüttelte den Kopf.

»Das kommt noch«, prophezeite er. »Noch ist dir nicht bewusst, was du gerade verloren hast. Es ist meine Schuld, Helena. Dass es so kommt, habe ich nicht gewollt. Verzeih mir.«

»Tut es dir Leid?«, fragte sie.

Er antwortete ihr erst, nachdem er sie eine Weile nachdenklich angesehen hatte. »Ich kann nicht sagen, dass mir etwas Leid tut, das mir so viel Freude bereitet hat, aber ich hatte auch weniger zu verlieren als du. Doch es tut mir deinetwegen Leid.« Er senkte den Kopf und sah sie mit einem

Ausdruck grenzenloser Qual an. »Ich habe dir Schreckliches angetan, Helena.«
Helena hob ihre Hand und strich ihm leicht über die Wange. »Bitte, Alec«, sagte sie leise.
»Warum liebst du mich so sehr?«, fragte er.
»Vielleicht wegen der Art, wie du mich angesehen hast, als wir uns das erste Mal gesehen haben. So als wäre ich in dem Moment der einzige Mensch auf diesem Bahnsteig gewesen und als ob es dir etwas bedeuten würde, wenn ich dir gestanden hätte, wie unglücklich ich in diesem Moment war.« Sie schluckte. »Und dann habe ich gedacht, dass ich dich danach nie wiedersehen würde.« Sie verstummte. »Liebst du mich, Alec? Liebe mich, bitte liebe mich.«
Alec zögerte, ehe er sprach. »Du bist doch auch so schon ständig in meinen Gedanken. Wenn ich dir nun auch noch mein Herz gebe, wird mir nichts mehr bleiben.«
»Bitte, Alec, verschließ dich nicht immer vor mir, gib mir wenigstens einen Teil von dir.«
»So viel wie du hat keine Frau vor dir von mir bekommen, auch nicht, wenn sie meine Geliebte war.« Er stand auf und streckte sich. Helena spürte, dass er sich damit sowohl körperlich als auch innerlich zurückzog.
Er ging ihre Kleidung holen, die inzwischen, wenn auch nicht trocken, so doch nur noch feucht war. Ihr Unterkleid hatte er ebenfalls aufgehängt, während sie geschlafen hatte. Sie nahm ihre Kleider entgegen und hoffte im gleichen Moment, dass er nicht im Gegenzug sein Hemd zurückfordern würde. Sich unter seinen Blicken anzuziehen, brachte sie nicht fertig, so widersinnig das auch klingen mochte.
Alec schien sie jedoch zu verstehen und wandte sich ab, um auf die glitzernde Wasseroberfläche des Baches zu blicken. Hoffnungslos fragte er sich, wie er je wiedergutmachen sollte, was

er getan hatte. Was hatte er sich nur dabei gedacht? Aber genau das war das Problem, er hatte überhaupt nicht gedacht. Ihr Anblick, während sie schlief, ihr Körper nur bedeckt von seinem Hemd, war Auslöser gewesen für eine Welle von Abscheu sich selbst gegenüber. So etwas hatte sie nicht verdient, so wenig Respekt, so wenig Rücksicht auf ihre Gefühle und die Konsequenzen für sie. Sie war ein anständiges Mädchen, und er hatte sie in aller Öffentlichkeit auf dem Waldboden entehrt, ungeachtet dessen, dass es vielleicht andere Reiter oder Spaziergänger in die Gegend verschlagen konnte.

»Alec?«, rief Helena kurz darauf etwas scheu, weil sie seine Hilfe benötigte und das Gefühl hatte, ihn in seinen Gedanken zu stören. Er drehte sich um.

»Könntest du mich bitte schnüren?«, fragte sie und wurde rot. »Ich kann das nicht selbst.«

Ohne ein Wort zu sagen, trat er hinter sie und zog vorsichtig die Schnüre an.

»Nicht so zaghaft, Alec, fester.«

Alec zog etwas kräftiger, aber Helena war noch nicht zufrieden. »Du kannst ruhig richtig ziehen, ich sage dir, wenn es fest genug ist.«

Alec zog so fest, dass er das Gefühl hatte, ihr die Rippen zu brechen. Als sie immer noch nichts sagte, meinte er besorgt: »Kannst du so überhaupt noch atmen?«

»Ja, keine Sorge, zieh einfach.«

»Du bist doch so schon gertenschlank«, bemerkte er verständnislos.

»Das verstehst du nicht.« Sie atmete aus. »In Ordnung, das reicht jetzt.«

Sie zog ihre Unterröcke und ihr Kleid an, das sie sich von ihm im Rücken zuhaken ließ. Alec nahm sein Hemd, zog es an, setzte sich auf die Mauer und beobachtete sie, während sie ihr

Haar hochsteckte, ihre Stiefel anzog, den Hut aufsetzte und nach ihren Handschuhen griff. Sie sah an sich hinunter. Das Kleid war wohl für alle Zeiten ruiniert.
Den Weg zur Lichtung legten sie schweigend zurück, jeder seinen eigenen Gedanken nachhängend. Helena wartete darauf, dass er etwas sagen würde, irgendetwas. Alec hob zum Abschied die Hand an ihre Wange. »Verzeih mir«, flüsterte er.
»Da gibt es nichts zu verzeihen.« Helena sah den Weg hinunter, der sie heimführen würde. »Es wird doch alles gut, nicht wahr?« Eine plötzliche Angst erfasste sie.
»Das wird es.« Er neigte sich zu ihr und küsste sie, dann wendete er sein Pferd und galoppierte davon.

Jerome verließ eben das Haus, als Helena ankam. Sie überließ das Pferd einem Stallburschen und eilte die Treppe zum Haus hinauf, wo sie ihrem Bruder direkt in die Arme lief.
»Wie siehst du denn aus?« Er musterte sie.
»Ich bin vom Pferd in einen Bach gefallen.«
Sofort wurde sein Blick besorgt. »Hast du dich verletzt?«
Wenn er wüsste, was sie getan hatte, während ihre Kleidung trocknete, würde er ihr nie wieder in irgendeiner Form vertrauen. Hatte er sie nicht erst gestern gewarnt? Aber das war doch Alec. Alec würde sie nicht verlassen, erst recht nicht jetzt.
»Es geht mir gut, Jerome. Ich möchte mich rasch umziehen, ehe Mutter mich sieht, sie würde sich nur Sorgen machen.«
Sie drückte kurz seine Hand, dann lief sie in ihr Zimmer und läutet nach Amelia, die ihr Kleid kritisch begutachtete und ihr bestätigte, dass da nichts mehr zu retten war.
Wenig später ließ sich Helena in das duftende Badewasser gleiten und spürte, wie alles in ihr sich entspannte. In ihrem Körper pochte ein unbekannter Schmerz, der aber nicht unange-

nehm war. Sie schloss die Augen. Das also war es, worüber niemand sprach, was ihre Brüder in die schlimmsten Ecken Londons lockte, was Matthew meinte, wenn er von der Ehe sprach. Helena war es, als fiebere ihr ganzer Körper. Allein der Gedanke an das, was sie mit Alec geteilt hatte, löste einen Schauer in ihr aus, der nichts gemein hatte mit den Bedenken, die sie quälten.

29

Denkt man auch sonst, dass die Zeit nur so dahinflog, so scheint sie zu kriechen, wenn man auf etwas wartet. Mehr als vier Wochen lang sah und hörte Helena nichts von Alec. Sie ritt jeden Tag zur Lichtung, aber er kam nicht, und sie kehrte niedergeschlagen und betrübt zurück. Das viele Warten zermürbte sie, und weil Kummer ihr generell immer auf den Magen schlug, aß sie im Laufe der Wochen immer weniger. Teilweise verursachte allein der Anblick von Essen ihr Übelkeit. Sie schleppte sich mit schlechter Laune durch die Stunden, stand die Besuche mit ihrer Mutter durch und legte sich häufig hin. Eleonore betrachtete sie kritisch und ließ ihr Kräutertees kochen, weil sie der Meinung war, Helenas Nerven seien durch die vielen Aktivitäten der letzten Wochen überstrapaziert. Helena trank willig alles, was ihre Mutter ihr vorsetzte, ging stundenlang spazieren und ritt aus.

Eines Morgens beim Frühstück beschloss Arthur Ashington, es sei an der Zeit, nach London zurückzukehren, und Helena, die appetitlos den Toast auf ihrem Teller herumgeschoben hatte, sah sofort hoch und bestätigte ihren Vater in seiner Absicht. Sie bemerkte den forschenden Blick von Jerome und sah ihn nur flüchtig an, ehe sie sich wieder ihrem Frühstück widmete.

Nachdem die Familie bereits wieder einige Tage in London war, kamen Simon und Olivia zu Besuch, die gerade von ihrer Hochzeitsreise zurückgekommen waren. Man vermutete, dass das erste Kind zu erwarten stand, was Calvin und auch Simons anderen Freunden ein anzügliches Grinsen und Augenzwinkern entlockte. Helena fiel auf, wie ausgesprochen glücklich Olivia aussah. Simon musste sich von seiner besten Seite gezeigt haben. Sie war jedoch zu sehr mit ihren eigenen Sorgen beschäftigt, um die Schilderungen von der Italienreise des Ehepaares angemessen zu würdigen.

Mrs. Hawthorne, die George und Florence des Öfteren in der Öffentlichkeit zusammen gesehen hatte, hatte die erstbeste Gelegenheit genutzt, um Eleonore aufzusuchen, und eine halbe Stunde nach ihrem Besuch bat Arthur George zu sich in die Bibliothek. Im Verlauf der folgenden zwanzig Minuten gab es eine lautstarke Auseinandersetzung.

»Ich warne dich zum letzten Mal, George«, sagte Lord Ashington zum Schluss und sah seinen Sohn mit einem Ausdruck unbeherrschten Zorns an. »Du wirst dieses Mädchen nicht heiraten, und wage es nicht wieder, auch nur den Versuch zu unternehmen, sie zu sehen.«

»Ich bin alt genug, um für mich selbst zu entscheiden, und ich sage dir, dass mir egal ist, wie du darüber denkst«, erwiderte George aufsässig.

»Noch lebst du in meinem Haus.«

»Ist das deine einzige Sorge? Da kann ich dich beruhigen. Ich werde, sobald ich verheiratet bin, ausziehen und mit Florence ein eigenes Haus suchen.«

»Ein Ashington heiratet keine Frau von zweifelhaftem Ruf, George, und wenn du es dennoch versuchen solltest, werdet ihr beide euer Leben lang dafür bezahlen.«

George sah ihn mit einem Ausdruck gereizter Ungeduld an. »Was willst du tun? Mich enterben? Nur zu, Vater. Wenn du mich vor die Wahl stellst zwischen Florence und deinem Geld, dann fällt die Entscheidung leicht, und sie fällt nicht

zugunsten deines Erbes aus.« Er drehte sich um und wollte zur Tür hinausgehen.
»George!«
George drehte sich um, abwartend, ohne ein Wort zu sagen.
»Du glaubst mir besser, wenn ich dir sage, dass ihr beide dafür bezahlen werdet, wenn ihr es wagt, meine Wünsche zu missachten.«
»Vater«, George öffnete die Tür und sah ihn noch einmal an, »es tut mir Leid.«
Dann ging er.

Der Ball von Lord und Lady Fitzgerald war das erste gesellschaftliche Ereignis, das Helena seit ihrer Rückkehr nach London knapp eine Woche zuvor besuchte. Der Festsaal war erfüllt von den Stimmen der zahlreichen Gäste, und die großen Flügeltüren der Terrasse standen offen, so dass die laue Sommernacht Einlass fand in das bunte Treiben.
Helena hoffte, Alec vielleicht auf einem der Bälle zu begegnen, die zurzeit ständig veranstaltet wurden. Durch vorsichtige Fragen wusste sie von Matthew, dass Mr. Seymour noch in London weilte.
Es war Helena unbegreiflich, warum Alec sie nicht morgens im Park erwartet oder sich in irgendeiner Form bemerkbar gemacht hatte. In der Hoffnung, ihm zu begegnen, war sie in der vergangenen Woche häufig durch den Hyde Park gefahren, durch Kensington Gardens, durch den Regents Park, machte Spaziergänge im St. James's Park und im Green Park, sie fuhr über die Bond Street, wo Alec sie einige Male in der Nähe ihrer Modistin abgefangen hatte, und besuchte andere Orte, von denen sie sich erhoffte, ihn dort anzutreffen. Alles vergebens.
Während sie langsam durch den Saal ging und sich dabei unauffällig suchend umsah, Freunde und Bekannte grüßte und

zwischendurch stehen blieb, um einige Worte zu wechseln, fiel ihr Blick auf Mr. Seymour, der sich mit einigen Männern unterhielt. Helenas Herz machte einen Satz. Sie überlegte, wie sie ihn ansprechen konnte, ohne dabei eine peinliche Situation heraufzubeschwören, schließlich kannte sie ihn nur flüchtig und die Männer, mit denen er sprach, gar nicht. Aber es war die einzige Möglichkeit zu erfahren, ob Alec ebenfalls hier war.

Sie nahm sich ein Glas mit Zitronensorbet, das ein Diener ihr anbot, und schlenderte zu den hohen Fenstern, in deren Nähe Mr. Seymour stand. Während sie noch nach draußen blickte und überlegte, wie sie es nun anstellen sollte, mit ihm ins Gespräch zu kommen, kam ihr unabsichtlich ein linkisches junges Mädchen zu Hilfe. Es ging durch den Saal, während es sich noch mit jemandem über die Schulter hinweg unterhielt, sah Helena zu spät und lief so heftig gegen sie, dass Helena zurücktaumelte, gegen einen der Herren stolperte, die mit Mr. Seymour zusammenstanden, und ihr Glas fallen ließ. Helena erschrak zunächst so sehr, dass sie das Mädchen beinahe geohrfeigt hätte. Das Glas war in tausend Scherben zersprungen und das Sorbet über das Parkett verteilt. Das unglückliche junge Mädchen sah sie erschrocken an und entschuldigte sich entsetzt. Der Mann, der Helenas Sturz abgefangen hatte, bedachte die Verursacherin mit einem spöttischen Blick, wie man ihn einem ungeschickten Kind schenken würde und der ihr das Blut ins Gesicht trieb. Helena hatte Mitleid mit ihr, wahrscheinlich war das ihre erste Saison, und nun stand sie mit so einem blamablen Auftritt in der allgemeinen Aufmerksamkeit. Einige Leute lachten hinter vorgehaltener Hand, und einer der Diener eilte herbei, um den Boden aufzuwischen.

»Lady Helena?«, fragte Mr. Seymour.

Helena drehte sich mit einem Lächeln um, von dem sie hoffte, dass es überrascht aussah. »Guten Abend, Mr. Seymour.«
»Wie geht es Ihnen, Mylady?«
Bevor Helena antworten konnte, entschuldigte sich die Mutter des Mädchens überschwänglich bei ihr. »Bitte nehmen Sie es meiner Tochter nicht übel.«
Helena lächelte und versicherte der Frau, auf deren wiederholte Entschuldigungen hin, das Ganze sei nicht weiter schlimm gewesen. Die Frau nahm ihre Tochter am Arm und ging mit ihr in Richtung eines der Nebenräume. Das Mädchen würde sich wahrscheinlich eine gehörige Standpauke anhören müssen, dachte Helena mitleidig, als sie sich wieder an Mr. Seymour wandte.
»Es ist wohl einer ihrer ersten Bälle«, sprach Mr. Seymour Helenas Vermutung aus.
»Offensichtlich, ja«, bestätigte Helena lächelnd.
Aus Höflichkeit stellte Mr. Seymour ihr die Herren vor, mit denen er sich unterhalten hatte, dann stellte er sie vor.
»Ist Lord Vanderley ebenfalls hier? Ich habe ihn bedauerlicherweise heute noch gar nicht gesehen.«
»Sogar ich habe in dieser Menge von Menschen Probleme, ihn zu finden, und ich weiß immerhin, wo ich ihn zuletzt gesehen habe«, erwiderte Helena charmant. Die Gelegenheit, jetzt vorsichtig nach Alec zu fragen, war günstig, denn viel länger konnte sie hier nicht mehr stehen, ohne aufdringlich zu wirken. »Sie werden mit Sicherheit auch Schwierigkeiten bekommen, Mr. Delany zu finden, ehe Sie gehen.«
»Das wird wohl diesmal kein Problem sein, er ist nämlich nicht mit mir gekommen.«
In Anbetracht dessen, was er bisher zwischen Alec und Lord Ashingtons Tochter beobachtet hatte, vermutete Mr. Seymour, dass die scheinbar harmlose Frage nicht ohne Hinter-

gedanken gestellt worden war, und er wurde in seiner Vermutung bestätigt, als er die Bestürzung und die Enttäuschung hinter dem Lächeln sah, das sie ihm schenkte. Lady Helena beherrschte natürlich die ihr anerzogene Kunst, sich in Bezug auf ihre Gefühle bedeckt zu halten und den Leuten das zu zeigen, was sie sehen sollten. Aber das gelang nur bei denen, die sie nur flüchtig ansahen, und nicht wussten oder wissen wollten, was in ihr vorging. Mr. Seymour beschloss, mit Alec zu reden.

Helena wechselte noch ein paar höfliche Floskeln mit ihm, dann entschuldigte sie sich und ging. Sie war verwirrt. Alec hatte nie zuvor eine Gelegenheit verpasst, sie auf einer Feier zu treffen. Er musste doch wissen, dass sie ihn unbedingt sehen wollte. Sie betrat den Tanzsaal, wo sie ihre Brüder vermutete, konnte jedoch nur Simon sehen, der sich mit einigen Freunden unterhielt. Die ganze Angelegenheit schlug Helena so schwer aufs Gemüt, dass ihr übel wurde. Sie hatte sich in den letzten Tagen schon gesundheitlich nicht sehr wohl gefühlt und hoffte, dass es ihr zumindest körperlich bald wieder besser gehen würde.

»Ich habe dich gesucht.« Matthew stand plötzlich hinter ihr.

Helena wandte den Kopf. »Ich war in dem Saal nebenan.«

Matthew berührte leicht ihren Arm. »Du hast heute noch nicht einmal mit mir getanzt.«

Allein bei dem Gedanken daran, sich im Rhythmus der Musik zu drehen, schien Helenas Magen rebellieren zu wollen. »Mir geht es nicht sehr gut.«

»Die übliche Ausrede.« Er nahm ihren Arm und machte Anstalten, mit ihr auf die Tanzfläche zu gehen. »Du willst doch jetzt keine Szene machen?« Er hob die Augenbrauen. Widerstrebend folgte Helena ihm.

Beim Tanzen hielt Helena den Blick konzentriert auf sein

Gesicht gerichtet, um nicht sehen zu müssen, wie der Saal sich um sie drehte, aber bald half auch das nicht mehr. »Matthew«, sagte sie leise, »mir ist schwindlig.« Sie hatte das Gefühl, der Boden schwanke unter ihren Füßen. Diesmal schien Matthew ihr zu glauben, denn der Ausdruck in seinem Gesicht änderte sich, und er hielt kurz inne. Helena hörte nicht, was er sagte, weil eine Welle von Übelkeit über sie hinwegschwappte und ihr die Luft nahm. Sie rang nach Atem, und im selben Moment schien der Raum über ihr einzustürzen. Das Letzte, was sie fühlte, war, dass jemand sie festhielt.

Mr. Seymour, der im Eingang zum Tanzsaal stand, bemerkte plötzlich eine Unruhe unter den Leuten. Niemand tanzte mehr, und die Paare der Tanzfläche gaben den Weg frei für Lord Vanderley, der eine bewusstlose Frau in den Armen trug, die Mr. Seymour sofort als Helena Ashington erkannte. Simon und Jerome waren gleichzeitig bei Matthew.
»Was ist mit ihr?«, fragte Jerome, blass vor Schreck.
»Ich weiß es nicht. Sie hat plötzlich gesagt, es ginge ihr nicht gut, und ist im selben Moment ohnmächtig geworden.«
Lady Fitzgerald trat eilig zu ihnen. »Kommen Sie mit mir. Sie können sie ins Gästezimmer bringen.«
»Danke«, erwiderte Jerome und folgte Matthew aus dem Saal.
Sie brachten Helena nach oben, und nachdem Matthew sie auf dem großen Bett niedergelegt hatte, hielt Lady Fitzgerald Helena Hirschhornsalz unter die Nase. Nach einigen Sekunden schlug Helena die Augen auf und erschrak im ersten Moment, weil sie nicht wusste, wo sie war. Dann sah sie Jerome, und ihr Gesicht entspannte sich wieder.
Jerome sah sie besorgt an. »Soll ich einen Arzt rufen?«
»Das wird nicht nötig sein«, erwiderte Lady Fitzgerald an

Helenas Stelle. Eine kleine Ohnmacht war kein Grund, einen Arzt zur rufen. Wahrscheinlich war das Mädchen zu eng geschnürt und hatte es mit dem Tanzen übertrieben.
Lady Fitzgerald schickte die Männer hinaus, dann lockerte sie Helenas Kleid, und Helena hatte das Gefühl, etwas besser atmen zu können. Ein Dienstmädchen wurde gerufen, um einen stärkenden Tee zu kochen.
»So, mein Kind, jetzt ruhen Sie sich etwas aus. Ich schicke Ihre Mutter zu Ihnen.«

Arthur Ashington verfluchte innerlich die Impertinenz, mit der George es wagte, nun offen in seiner Gegenwart mit Florence zu tanzen. Aber das letzte Wort war in dieser Angelegenheit noch nicht gesprochen, auch nicht, wenn George sich einbildete, gewonnen zu haben. Sein Blick wanderte zu einem Mann, den er den ganzen Abend im Auge behalten hatte. Lord Murdoch war ein Mann Anfang dreißig, der durch seine Spielleidenschaft und sein ausschweifendes Leben auf dem besten Weg war, sich zu ruinieren. Zwar hatte er noch einige Ländereien und fest angelegte Gelder, an die kam er aber zurzeit nicht ohne weiteres heran. Sein Vater musste geahnt haben, was für einen Weg er einschlagen würde, und hatte vorgesorgt. Lord Murdoch war bekannt für seine Frauengeschichten, und seine Chancen als zukünftiger Ehemann waren durch die mangelnde Diskretion, die er dabei an den Tag legte, stark eingeschränkt. Sein Gesicht zeigte, obwohl er noch recht gut aussah, erste Anzeichen von Verlebtheit.
Lord Murdoch beobachtete die tanzenden Paare, als Arthur Ashington sich zu ihm gesellte. In seinen Augen blitzte einen kurzen Moment lang Erstaunen auf, als der Earl ihn grüßte, war dessen Verhalten ihm gegenüber doch sonst eher abweisend. Er nickte kurz und grüßte knapp zurück.

»Eine gelungene Feier, nicht wahr?«, bemerkte Lord Ashington.
Lord Murdoch deutete ein schmales Lächeln an. »In der Tat.« Seine Augen verengten sich, und Arthur, der Misstrauen dahinter vermutete, beschloss, direkt zur Sache zu kommen.
»Ich hörte, Sie haben Spielschulden?«
»Wann wäre das jemals anders gewesen?«
Arthur sprach weiter, während er auf die Tanzfläche blickte: »Diesmal werden Sie es aber nicht so einfach haben, die Summen aufzubringen, es sei denn, Sie veräußerten Besitz, was ich äußerst unüberlegt fände, aber das nur nebenbei.«
Lord Murdoch legte den Kopf schief. »Reichen Ihnen Ihre eigenen Sorgen nicht, dass Sie sich meine noch zusätzlich aufhalsen?«
»Es sind meine Sorgen, die mich dazu bringen, mich mit den Ihren zu beschäftigen.«
»Wie darf ich das verstehen?«
Arthur Ashington wies mit einer knappen Kopfbewegung auf die Tanzfläche. »Kennen Sie das Mädchen in dem hellgrünen Kleid?«
Lord Murdoch lächelte. »Florence Birmingham? Aber ja. Reizendes Mädchen, wie eine Apfelblüte. Da muss ich gerade an Ihre Tochter denken. Wie geht es Lady Helena denn inzwischen?«
Der Earl schenkte ihm einen eiskalten Blick. »Es geht ihr wohl wieder ganz gut. Sie sollten sich aber für die Zukunft merken, nie wieder ihren Namen öffentlich in den Mund zu nehmen.«
Lord Murdoch neigte in leichtem Spott den Kopf. »Aber den Namen von Miss Birmingham haben Sie mir praktisch gerade in den Mund gelegt. Haben die Töchter anderer Männer weniger zu verlieren als Ihre Tochter?«

In Lord Ashingtons Augen flammte Zorn auf. »Passen Sie auf, in welchem Ton Sie mit mir reden.«
Lord Murdoch entschuldigte sich knapp. »Darf ich dennoch erfahren, was es mit dieser ganzen Unterhaltung, zu der Sie sich herablassen, auf sich hat?«
»Sehen Sie den jungen Mann, der mit Miss Birmingham tanzt? Mein Sohn, der sich in den Kopf gesetzt hat, dieses Mädchen zu heiraten und sein Erbe in den Wind zu schlagen. Ich hatte gehofft, er würde durch gutes Zureden von dieser Kinderei Abstand nehmen, aber leider ist er da wohl etwas romantisch veranlagt. Eine bedauerliche Schwäche. Ich kann das natürlich auf keinen Fall zulassen.«
»Und wie wollen Sie es verhindern, wenn schon eine angedrohte Enterbung nichts genützt hat?«
Arthur Ashington lenkte seinen Blick von der Tanzfläche auf ihn. »Ich werde Ihre Spielschulden komplett bezahlen.«
Diesmal war Lord Murdochs Erstaunen nicht geheuchelt. »Ich verstehe wohl nicht richtig.«
»Die Höhe der Schulden ist enorm, und Sie werden Sie nicht ohne Weiteres begleichen können. Spielschulden gelten als Ehrenschulden, sie nicht zu bezahlen, könnte Dinge wie eine gesellschaftliche Ächtung nach sich ziehen, Ausschluss aus exklusiven Clubs …«
»Hören Sie schon auf. Was wollen Sie dafür? Schenken werden Sie mir das Geld wohl nicht.«
»Was ich von Ihnen erwarte, ist so leicht, dass das Geld quasi geschenkt wäre.« Arthur lächelte kalkulierend. »Schüren Sie diskret das Gerücht, Miss Birmingham sei nicht mehr unschuldig, wobei Sie andeuten … nun ja, dass Sie, sagen wir mal, aus eigener Erfahrung sprechen. Fordern Sie sie einmal mehr zum Tanzen auf, als sich gehört. Vor dem Hintergrund der Gerüchte, die sich die Leute erzählen werden, wird man

annehmen, es bestünde eine gewisse Vertrautheit zwischen Ihnen. Ruinieren Sie ihren Ruf, erwecken Sie den Eindruck, sie sei bis ins Mark ihrer Seele verdorben.«

Lord Murdoch starrte ihn an. »Ich bin kein moralischer Mensch, Lord Ashington, aber das ist ein Verbrechen.«

»Wollen Sie dieses eine Mal in Ihrem Leben tugendhaft sein, während Ihnen gesellschaftliche Ächtung droht und Sie vielleicht alles verlieren, womit Sie aufgewachsen sind? Und noch etwas: Wenn Sie meinen Namen in irgendeiner Weise erwähnen, werde ich Sie einen Lügner nennen. Davon abgesehen, dass meinem Wort eher geglaubt wird als Ihrem, würde ich Sie ruinieren, wenn von diesem Gespräch etwas an die Öffentlichkeit gelangte.«

Lord Murdoch hob scheinbar gleichgültig die Schultern, aber seinem Gesicht war die innere Anspannung anzusehen. »Einen hohen Preis bezahlt das arme Kind für meine Spielleidenschaft.« Er beobachtete Florence. »In Momenten wie diesen komme ich in Versuchung, mir zu wünschen, ich hätte einen Weg eingeschlagen, der mich nicht käuflich macht.«

In Arthurs Gesicht malte sich nun unverhohlene Verachtung. »Hören Sie auf, wie eine alte Frau zu reden. Stehen Sie wie ein Mann zu dem, was Sie getan haben, und machen Sie es in Zukunft besser. Wenigstens haben Sie jetzt keine Schulden mehr.«

»Da wäre noch mein Schneider …«

»Übertreiben Sie es nicht.«

»Ein geringer Aufpreis für den Ruin eines Mädchens.«

Arthur nickte. »Bei den Beträgen kommt es wohl auf den Schneider nicht mehr an. Sie haben mein Wort. Und nun verlieren Sie keine Zeit.«

Lord Murdoch sah noch einmal mit kurzem Bedauern zu Florence, dann lächelte er sardonisch und verließ den Tanzsaal.

Florence fragte sich, was dieser entsetzlich aufdringliche Mensch von ihr wollte. Sie hatte bereits mit ihm getanzt. Das erste Mal, weil sie sich nichts dabei gedacht hatte, das zweite Mal, eine Stunde später, weil er sie partout nicht in Ruhe ließ und sie ihm das Versprechen abnahm, sie nach diesem Tanz nicht weiter zu behelligen. Als er danach jedoch immer wieder zu ihr trat und sich bei jedem Wort, das er sagte, so nah zu ihr lehnte, dass es abstoßend vertraulich wirkte, beschloss sie, ihren Vater darum zu bitten, ihn in die Schranken zu weisen. Sie hielt erfolglos nach George Ausschau, in der Hoffnung, Lord Murdoch werde sie endlich in Ruhe lassen, wenn er sah, dass sie bereits gebunden war. Florence verdrehte die Augen, als er jetzt schon wieder auf sie zukam.

»Meine liebe Florence, möchten Sie mir nicht doch noch einen Tanz schenken?«

»Für Sie Miss Birmingham.« Sie sah ihn mit einem Ausdruck überreizter Geduld an, so wie man ein Kind ansah, das nicht verstehen wollte. »Mylord, Sie fordern mich häufiger auf, als es sich gehört, also bitte ich Sie inständig, sich nach einer anderen Tanzpartnerin umzusehen. Ich bin doch nicht das einzige Mädchen hier im Saal.«

Lord Murdoch schenkte ihr ein intimes Lächeln, das einer Dame, die eben an ihnen vorbeiging, ein missbilligendes Schnauben entlockte. Florence sah ihn kühl an und wandte sich zum Gehen. Er hielt sie am Arm zurück. »Wollen sie mich hier einfach so stehen lassen?«

Florence befreite hastig ihren Arm und sah sich um, ob jemand etwas gesehen hatte. »Wagen Sie das nie wieder«, fauchte sie ihn an, »oder ich schreie den ganzen Saal zusammen.«

Mit einem letzten abweisenden Blick drehte sie sich brüsk weg und ging durch den Saal, wobei sie sich bemühte, es nicht wie eine Flucht aussehen zu lassen. Sie verließ den Saal durch eine der offenen Terrassentüren und betrat die hell erleuchtete Veranda. Tief durchatmend inhalierte sie die Nachtluft, die sich anfühlte wie kühle Seide. Als sie hinter sich Schritte hörte, drehte sie sich um, in der Hoffnung, es sei endlich George, erblickte aber stattdessen erneut Lord Murdoch.

»Was wollen Sie von mir?«, fragte Florence, wobei ihre Stimme jeden freundlichen Klang verloren hatte.

»Ein wenig von Ihrer Gunst. Hier sind wir doch unter uns. Und ebenso, wie Sie aufhören, mir Freundlichkeit vorzuheucheln, brauchen Sie mir hier auch nicht weiter wie drinnen wegen der Leute die keusche Unschuld vorzuspielen.«

Florence wurde blass. »Was erlauben Sie sich?«

»Tun Sie nicht so empört. Wir wissen doch beide, dass Ihr Zukünftiger nicht der Erste sein wird. Was spricht also dagegen, mir ein wenig von dem zu gewähren, das Sie bereits so großzügig verteilt haben?«

»Ich werde mir das nicht länger anhören, Sie abscheulicher Bastard.« Florence wollte an ihm vorbeigehen, aber er verstellte ihr den Weg. »Lassen Sie mich durch oder ich schreie.«

Lord Murdoch sah mit leichtem Bedauern zu ihr hinunter. »Es tut mir furchtbar Leid, aber Sie haben sich in den falschen Mann verliebt, und das meine ich nicht so, wie Sie es jetzt vielleicht verstehen.« Er umfasste mit beiden Händen ihre Oberarme. »Fangen Sie an zu schreien, los doch, aber glauben Sie mir, der Schaden ist bereits angerichtet, und Sie machen es nur schlimmer, indem Sie die Leute aufs Feld rufen.«

»Wovon reden Sie? Lassen Sie mich los?«

Er riss sie grob an sich, und seine Finger umklammerten ihre Arme wie Schraubstöcke. Trotz ihrer Gegenwehr war es ihm ein Leichtes, sie zu überwältigen. Florence erzitterte vor Abscheu, als er seinen Mund auf ihre Lippen presste, und sie

schrie erstickt auf, gerade in dem Moment, als ein älteres Ehepaar die Terrasse betrat. Die Frau keuchte entsetzt – und wohl auch entzückt, angesichts dessen, dass sie Zeugin eines Skandals wurde, der bald in aller Munde sein würde.
»Junger Mann!«, brauste ihr Ehemann auf. »Haben Sie keinen Sinn für Anstand? Es sind unverheiratete Mädchen auf dem Ball.«
»Ebenso wie die, die er gerade im Arm hält«, ergänzte seine Frau, die Florence erkannt hatte. »Ist Ihnen jegliches Schamgefühl abhanden gekommen, dass Sie das ihren Eltern antun?«
Florence rang immer noch nach Luft, und ihn ihren Augen standen Tränen. Ehe sie antworten konnte, redete Lord Murdoch bereits. »Du hast doch gesagt, hier wären wir ungestört«, wandte er sich mit leichtem Vorwurf in der Stimme an sie.
Florence sah ihn entsetzt an. »Was meinen Sie? Sie sind mir gegen meinen Willen hier hinaus gefolgt.« Ihr Blick fiel auf die ältere Dame, die sie mit kühler Verachtung musterte. Einige andere Leute kamen auf die Terrasse, sahen Florence aufgelöst neben Lord Murdoch stehen und starrten sie mit unverhohlenem, hinter Empörung getarntem Interesse an.
Florence hatte das Gefühl, mit dem Rücken zur Wand zu stehen. Sie wandte sich flehentlich an Lord Murdoch: »Sagen Sie, was passiert ist, bitte.« Ihre Stimme zitterte.
»Bist du sicher, dass du das wirklich möchtest?« Er zuckte in scheinbarem Bedauern die Schultern. »Es tut mir Leid, aber du hättest mir sagen sollen, dass es vorbei ist.« Er ließ sie stehen und ging in den Saal zurück. Florence starrte ihm in ungläubigem Entsetzen nach.
In dem Augenblick betraten Olivia, Jerome und Simon die

Terrasse. Olivia kam direkt zu ihr und nahm sanft ihren Arm. »Kommen Sie, Miss Birmingham.« Die Leute machten ihnen Platz, als sie zur Tür gingen, und als einige ihnen folgen wollten, wurden sie durch die warnenden Blicke Jeromes und Simons zurückgehalten.

Olivia ging mit Florence in ein Nebenzimmer, und einige Momente später betrat George den Raum. »Florence, ist alles in Ordnung?«

Florence brach in Tränen aus. George hockte sich vor sie und nahm ihre Hand. »Was genau ist passiert?«

Schluchzend und stockend erzählte sie es ihm. George sprang außer sich vor Zorn auf. »Ich werde ihn umbringen.«

Jerome, der eben den Raum betrat, hielt ihn auf. »Willst du noch mehr Aufmerksamkeit als nötig auf die Sache ziehen? Damit ist ihr nicht geholfen. Ich finde auch, er hätte eine Abreibung verdient, aber du kannst nicht beweisen, dass seine Behauptungen nicht stimmen.«

Florence richtete sich auf. »Er hat gesagt, ich würde den falschen Mann heiraten wollen. Erst dachte ich, er sagt das nur, damit ich seinen Avancen mehr Beachtung schenke, aber er hat eingeschränkt, er meinte es in einem anderen Sinn, als ich vielleicht denke.«

George und Jerome tauschten einen kurzen Blick. Wieder an Florence gewandt, fragte George: »Und du hast keine Ahnung, warum er sich so komisch aufgeführt haben könnte?«

Florence schüttelte den Kopf. George senkte nachdenklich den Blick.

Mr. Birmingham kam in das Zimmer geeilt, gefolgt von Simon, der ihn geholt hatte.

»Florence, mein Kind.« Er zog sie von ihrem Platz hoch. »Wir reden später darüber. Deine Mutter lässt die Kutsche

bereits holen. Komm mit, Liebes.« Den Arm um sie gelegt, ging er mit ihr zur Tür. Ihr Blick blieb an George hängen. Mr. Birmingham verabschiedete sich und bedankte sich bei Simon, weil dieser ihm Bescheid gesagt hatte.
»Und was jetzt?«, wandte sich George an Jerome.
»Ich werde mal sehen, was ich über Lord Murdoch in Erfahrung bringen kann. Mir kommt das alles etwas zu kalkuliert vor.« Jerome klopfte George aufmunternd auf die Schulter, dann verließ er ebenfalls das Zimmer, um sein Vorhaben in die Tat umzusetzen.
Doch es war bereits zu spät. Das Gerede breitete sich wie ein Lauffeuer aus, vor allem die Damen der Gesellschaft sorgten für eine rege Verbreitung. Wäre Florences Ruf nicht ohnehin angeschlagen gewesen, hätte man der Sache vielleicht nicht so viel Beachtung geschenkt, so aber war es ein gefundenes Fressen, und die Leute stürzten sich wie die Aasgeier darauf. Kein anständiges Mädchen – so die allgemeine Meinung – machte zweimal in dieser Art von sich reden, noch dazu mit zwei verschiedenen Männern.

Als Helena nach Hause kam, war das unerträgliche Schwächegefühl immer noch nicht gewichen. Sie war froh, dass sie als Einzige heimgefahren war, denn so brauchte sie sich nicht zu verstellen und so zu tun, als ginge es ihr besser. Nachdem sie sich umgezogen und etwas Kräutertee getrunken hatte, wallte plötzlich wieder eine Woge der Übelkeit in ihr hoch, und sie stürzte in ihr Badezimmer und übergab sich. Als es vorüber war, wusch Helena sich das Gesicht, spülte ihren Mund aus und spürte, wie sie am ganzen Körper zitterte. Was fehlte ihr denn bloß? Sie hatte nie eine Neigung zum Krankwerden gehabt. Vielleicht lag es daran, dass sie nervlich so angespannt war und einfach zu wenig aß. Auf keinen Fall durfte ihre Mutter davon erfahren, denn sie würde mit Sicherheit einen Arzt zu Rate ziehen, der ihr womöglich Bettruhe verschrieb, in einer Zeit, in der jeder Tag kostbar war. Sie wusste nicht, wie lange Alec noch in London bleiben würde, und auf keinen Fall durfte sie auch nur einen Tag verpassen, an dem die Chance bestand, ihn zu sehen.

30

Zwei Tage später rief Jerome, unmittelbar nach seiner Rückkehr aus einem seiner Clubs, George zu sich.

»Was hast du herausgefunden?«, wollte dieser wissen, noch ehe er die Tür hinter sich geschlossen hatte.

Jerome stand am Fenster und drehte sich um, als er seinen Bruder hörte.

»Ich habe vorgestern Abend bei White's Erkundigungen über Lord Murdoch eingeholt. Es wundert dich sicher nicht, dass er hoch verschuldet war. Ich habe sogar die genaue Höhe der Schulden erfahren. Doch gestern konnte er ganz plötzlich Zusagen machen, seine Schulden zu bezahlen, angeblich, weil er Besitz veräußert hat. Aber ich habe Einblick in unsere Konten bei den Banken genommen und festgestellt, dass Beträge abgehoben wurden, die noch höher sind als die Spielschulden, von denen ich erfahren habe.«

»Und das heißt?«, fragte George, der kreidebleich geworden war.

»Es wird wohl das heißen, was du dir denken kannst. Heute wurden Lord Murdochs gesamte Schulden beglichen.« Jerome sah George an. »Hat Vater nicht gesagt, ihm werde jedes Mittel recht sein?«

»Aber nicht das«, fuhr George auf. »Das ist …, das ist …« Er hob mit einer hilflosen Geste die Hände.

»Die andere Möglichkeit wäre, dass Lord Murdoch die Wahrheit gesagt hat, als er …«

»Nein«, unterbrach ihn George schroff. »Aber Vater …«, fuhr er fassungslos fort, »es ist so einfach zu durchschauen.«

»Nur wenn man weiß, wonach man suchen muss.«
»Aber wenn Mr. Birmingham es sich ebenso zusammenreimt wie du, dann ...«
»Dann wird er nichts machen können, weil jeder denken würde, er täte es, um das Verhalten seiner Tochter zu entschuldigen. Vater würde solch eine Verleumdung auch nicht auf sich sitzen lassen, und ich bin mir sicher, er fände Mittel, Mr. Birmingham gesellschaftlich zu ruinieren, sollte dieser solch einen Verdacht jemals laut äußern. Unterschätze Vaters Einfluss in der Gesellschaft nicht.« Jerome machte eine kurze Pause. »Was wirst du nun tun?«
George stützte sich mit einer Hand am Kaminsims ab und starrte in den sauber ausgefegten Kamin. »Ich werde Florence trotzdem heiraten. Noch heute werde ich zu ihrem Vater gehen und mit ihm reden.«
»Wenn du finanzielle Hilfe brauchst, kannst du dich an mich wenden, mich kann Vater nicht enterben.«
»Nein«, erwiderte George nachdenklich, »das kann er wohl nicht.« Langsam fuhr er mit der Hand über das polierte Holz einer Vitrine. »Danke, Jerome. Ich hoffe zwar, ich werde keine finanzielle Hilfe brauchen, aber es ist gut zu wissen, dass ich auf dich zählen kann, wenn es nötig sein sollte.«

Helena warf einen prüfenden Blick in den Spiegel. Sie trug ein hellgelbes Kleid mit dem dazu passenden Hut auf den hochgesteckten dunklen Locken. Sie war blass und hatte Ringe unter den Augen, das ließ sich leider nicht verbergen, dafür hatte sie in den letzten Tagen einfach zu wenig geschlafen. Mittags hatte sie mitbekommen, dass George zu Florence gehen würde, um ihr offiziell einen Antrag zu machen, und zur selben Zeit hatte sie den Entschluss gefasst, sich ebenfalls endlich Ge-

wissheit zu verschaffen. Sie hielt den Zustand, in dem sie sich zurzeit befand, einfach nicht mehr länger aus.
Wenn sie daran dachte, dass sie Alec vielleicht in einer halben Stunde sehen würde, begann ihr Herz mit einer schmerzhaften Intensität zu schlagen. Wie sie von Matthew erfahren hatte, war Mr. Seymour im Moment in Sussex, demzufolge brauchte sie keine Angst zu haben, der Peinlichkeit ausgesetzt zu sein, auf ihn zu treffen, wenn sie Alec aufsuchte.
Helena hatte seit dem Frühstück nichts mehr gegessen, allein beim Anblick des Mittagessens hatte sich ihr der Magen umgedreht, und auch jetzt wallte die vertraute Übelkeit wieder in ihr auf, sie fühlte sich matt und elend.
Als sie die Einganghalle durchquerte, traf sie ausgerechnet auf Jerome, der sie zwar seit dem Gespräch in Essex nicht mehr danach gefragt hatte, ob sie sich mit einem anderen Mann traf, sie aber oft forschend musterte, wenn sie sich besonders schlecht fühlte. Er war an diesem Tag ohnehin nicht gut gelaunt, und als er sie sah, hellte sich seine finstere Miene kein bisschen auf.
»Du gehst aus? Darf ich fragen, wohin?«
Helena sah ihn verwundert an, er fragte sie sonst nie in diesem Ton nach ihren Plänen. Sie hob das Kinn und antwortete: »Ich fahre spazieren.«
»Tatsächlich? Du kannst meine Kutsche nehmen.«
»Das ist nicht nötig, ich nehme eine Droschke.«
Jerome musterte sie eindringlich. »Hast du Angst, man könne meine Kutsche in der falschen Gegend wiedererkennen? Oder dass der Kutscher mir erzählt, wo er dich hingefahren hat?«
Helena, die es nicht fertig brachte, ihn anzulügen, erwiderte seinen Blick stumm.
Jerome lehnte sich an die Wand und verschränkte die Arme vor der Brust. »Nur um eins klarzustellen, Helena, damit du

nicht denkst, ich würde mir das alles noch viel länger schweigend ansehen. Ich warte darauf, dass du mir die Wahrheit sagst, denn bei allem Verständnis werde ich es nicht billigen, dass du dich weiterhin heimlich mit einem Mann triffst. Wo willst du hin?«

Helena sah ihn flehentlich an. »Jerome, bitte, lass mich einfach gehen.«

»Du hast vor, dich mit einem Mann zu treffen, habe ich Recht?«

Helena biss sich auf die Lippen und schwieg. Jerome wartete einen Augenblick. Als er auch dann keine Antwort erhielt, fuhr er fort: »Du wirst nicht ausfahren. Und spar dir jede Widerrede«, fügte er hinzu, als er bemerkte, dass sie zum Sprechen ansetzte. »Ich bin dein älterer Bruder, und du wirst tun, was ich sage.«

Mit einer heftigen Bewegung warf Helena den Kopf zurück. »Hör auf, dich wie Vater zu benehmen!«

Jerome, der im Moment mit niemandem weniger als mit seinem Vater verglichen zu werden wünschte, griff nach ihrem Arm, als sie an ihm vorbeigehen wollte, und riss sie wesentlich heftiger zurück, als er beabsichtigt hatte. Sie stolperte gegen die Wand und sah ihn ungläubig an.

»Wenn ich wie Vater wäre«, sagte Jerome, »dann hätte mir allein der Verdacht, es könne einen anderen Mann geben, ausgereicht, um dich die letzten Wochen einzusperren, also vergleich mich nie wieder mit ihm.«

Helena versuchte, ihr Handgelenk aus seinem Griff zu lösen. »Dann hör auf, in diesem Ton mit mir zu sprechen, und jetzt lass mich los, du tust mir weh.«

Jerome ließ ihren Arm los. »Geh auf dein Zimmer, wir reden später weiter.«

Helena blieb stehen, wo sie war.

»Du hast gehört, was ich gesagt habe.«
Aufgebracht lief sie zur Treppe. Wie sollte sie Jerome erklären, warum sie Alec sehen musste? Wie ihm begreiflich machen, dass sie langsam starb, während sie auf eine Nachricht wartete? Auf dem obersten Treppenabsatz blickte sie noch einmal hinunter und sah Jerome, der immer noch dort stand und ihr mit finster zusammengezogenen Brauen nachsah. Er ließ im Grunde genommen nur seine schlechte Laune an ihr aus, das wusste Helena, und hinterher würde ihm das alles Leid tun, aber es war nicht zu erwarten, dass er in der Sache mit Alec weiterhin nur abwarten würde.
Mit einem lauten Knall warf sie ihre Zimmertür hinter sich zu und lief unruhig auf und ab. Nach zehn Minuten trat sie vorsichtig in den Flur. Jerome schien sich in sein Arbeitszimmer zurückgezogen zu haben. Langsam stieg sie die Treppe hinunter, ging eilig zur Tür und verließ das Haus. Zweifellos würde Jerome toben, wenn sie nach Hause kam, aber das war es ihr wert, wenn sie nur endlich Gewissheit hätte.

Mr. Birmingham stand mit hinter dem Rücken verschränkten Händen vor dem Kamin und starrte blind hinein. Nach einer Weile drehte er sich um und sah George an, der in einem Sessel saß und seine innere Unruhe nur schwer verbergen konnte.
»Sie möchten meine Tochter also heiraten? Wie stellen Sie sich das im Weiteren vor? Florence hat mir alles erzählt, auch dass Ihr Vater Sie dann enterben wird.«
»Das nehme ich in Kauf.«
»Wissen Sie, Mr. Ashington, ich kann mir die Dinge, die am Abend bei den Fitzgeralds passiert sind, recht gut zusammenreimen, und einige Nachforschungen haben das Ihrige dazu beigetragen.« Wenn Mr. Birmingham auch versuchte,

seine innere Erregung hinter scheinbarer Ruhe zu verbergen, gelang es ihm nur schlecht. »Nach diesem Vorfall, der Florence gesellschaftlich unmöglich gemacht hat, wurden plötzlich alle Schulden von Lord Murdoch beglichen. Natürlich würde man mich einen Lügner nennen, wenn ich öffentlich behaupten würde, die ganze Sache hätte etwas mit Ihrem Vater zu tun. Abgesehen davon, dass Ihr Vater sich nicht ungestraft verleumden lassen würde.« Er wartete auf eine Widerrede von George, und als diese nicht kam, trat ein Ausdruck ungläubiger Verblüffung in seine Augen. »Sie leugnen es nicht?«

George blickte zu Boden, dann sah er wieder hoch. »Mein älterer Bruder hat ebenfalls Nachforschungen angestellt und ist zu demselben Ergebnis gelangt wie Sie.«

»Und nachdem Sie das wissen, wagen Sie es dennoch, mein Haus zu betreten, und erwarten allen Ernstes, ich würde meine Tochter in eine Familie wie die Ihre einheiraten lassen? Der Ruf meiner Tochter ist irreparabel geschädigt, dafür hat Ihr Vater gesorgt. Wenn Sie sie heiraten, wird sich ebenso herumsprechen, dass man Sie dafür verstoßen hat, und Florence wird weiterhin nicht in der Gesellschaft verkehren können.«

»Ich werde die Unterstützung meines Bruder haben.«

»Das mag sein, und ich schätze Viscount Ellingwood sehr, aber trotz allem wird Florence, wenn sie heiratet, einen Mann heiraten, dem dafür kein Ausschluss aus seiner Familie droht, weil der Familienpatriarch sie nicht für würdig hält, seinen Namen zu tragen. Florence wird mit erhobenen Kopf heiraten und sich mit derselben Haltung wieder in der Gesellschaft bewegen.«

»Warum überlassen Sie Florence nicht die Entscheidung?«

»Ich will für Florence das Beste, und ich werde ihr nicht

vorschreiben, wen sie heiraten soll, aber ich werde ihr verbieten, dass Sie es sein werden, der sie bekommt. Zu meinem Kummer liebt Florence Sie wirklich, und unter anderen Umständen hätte ich sie Ihnen zur Frau gegeben, aber sie hat zugestimmt, in Bezug auf eine Ehe mit Ihnen so zu handeln, wie ich es für richtig halte.«

»Ich möchte England irgendwann ohnehin verlassen, und dann kann es doch egal sein, was die Leute hier denken.«

»Ich werde meine Meinung nicht mehr ändern, Mr. Ashington.«

George hatte nicht damit gerechnet, so bestimmt abgewiesen zu werden. »Ist das Ihr letztes Wort?«

»Ja.«

»Darf ich mich noch von Florence verabschieden?«

»Das halte ich für keine gute Idee. Machen Sie es sich und Florence nicht noch schwerer. Und versuchen Sie nicht, Kontakt mit ihr aufzunehmen, ich werde die Anweisung geben, alle Briefe erst durch meine Hände gehen zu lassen. Darüber hinaus werde ich Florence eine Zeit lang zu ihrer Tante nach Paris schicken, damit sie zur Ruhe kommt.«

George senkte den Blick. »Dann richten Sie ihr bitte aus, ich wünsche ihr nur das Beste.«

Auf Mr. Birminghams Wink hin kam der Butler, um George hinauszuführen. George zögerte kurz, ihm zu folgen, aber nach einem Blick in das unerbittliche Gesicht von Florences Vater, ließ er seinen Entschluss fallen, auf ein Gespräch mit Florence zu bestehen. Es war sinnlos, und er würde seine Energie dafür aufsparen, seinen Vater zur Rede zu stellen.

Helena stieg aus der Droschke und blieb unschlüssig vor dem Haus stehen, das sie anhand der Hausnummer als Mr. Seymours Haus erkannte. Ihr Herz schlug bis zum Hals, und sie überlegte, was sie tun sollte, wenn Mr. Seymour nun doch nicht verreist war. Sie gab sich einen Ruck und ging langsam die Treppe zur Haustür hoch. In dem Bewusstsein, dass sie mehr Aufmerksamkeit auf sich ziehen würde, je länger sie hier stand und wartete, holte sie tief Luft und läutete. Sie hörte den tiefen Klang der Türglocke. Kurze Zeit später wurde die Tür geöffnet, und ein junger Dienstbote stand vor ihr.

»Sie wünschen, Miss?«

»Ich möchte zu Mr. Delany.«

Der Dienstbote trat höflich einen Schritt zurück und ließ sie eintreten. Er war etwas befremdet, weil sie ihm keine Visitenkarte gegeben hatte, so wie es sich normalerweise gehört hätte, aber weil er sie anhand ihrer Kleidung als junge Frau aus bestem Haus erkennen konnte, bat er sie in den Besuchersalon. Er wusste nicht genau, wie er sich ihr gegenüber verhalten sollte. Offensichtlich war sie eine Bekanntschaft des jungen Herrn, denn was sonst sollte sie in dieses Haus führen? Allerdings bewiesen die Tatsache, dass sie ihren Namen nicht nennen wollte, ihre kultivierte Art zu sprechen, die offensichtlich anerzogen war, und eine kaum merkliche Zurückhaltung, dass es sich bei ihr nicht um ein leichtes Mädchen handelte.

»Ich werde sehen, ob Mr. Delany im Haus ist. Einen Augenblick bitte, Miss.«

Helena nickte. Sie wusste, Alec war im Haus, denn wäre er es nicht, hätte der Dienstbote es ihr direkt gesagt. Jetzt würde er nachfragen, ob er sie empfangen wolle oder nicht, und wenn nicht, würde er Helena sagen, Mr. Delany sei leider ausgegangen. Helena war zu aufgeregt, um sich zu setzen, sie ging im Raum umher und sah sich die Bilder an, die an den Wänden hingen. Die inzwischen vertraute Übelkeit stieg wieder in ihr hoch, und sie atmete langsam und konzentriert ein und aus, bis sich ihr Magen wieder beruhigte.

Die Tür wurde geöffnet, und Helena, die glaubte, es wäre Alec, drehte sich mit einer nervösen Drehung um. Der junge Dienstbote stand in der Tür, und bittere Enttäuschung wallte in ihr auf.

»Mr. Delany bittet Sie in sein Arbeitszimmer, Miss.«

Helena atmete auf. Der Dienstbote ging ihr voraus die Treppe hinauf, dann einen breiten Korridor entlang, bis er vor einer Tür stehen blieb. Er öffnete sie und ließ Helena eintreten, dann schloss er sie wieder hinter ihr.

Alec stand hinter einem Schreibtisch, ruhig und gelassen, wie immer. Nicht die leiseste Unruhe war ihm anzusehen. »Ich dachte mir, dass du es bist.« Mit der Hand deutete er auf einen der Stühle, aber Helena blieb stehen, wo sie war. »Möchtest du Tee?«, fragte er.

»Nein.« Helena kam auf ihn zu, bis sie nur noch durch den Schreibtisch voneinander getrennt waren. »Ich möchte eine Erklärung. Wochenlang höre ich nichts von dir, und dann ist das Einzige, was dir einfällt, mich zu fragen, ob ich Tee möchte?«

Alec atmete tief ein, als wappne er sich für eine längere Auseinandersetzung. »Wir reisen bald ab, Helena. Was zwischen uns beiden war, ist vorbei.«

In Helenas Blick mischte sich Ungläubigkeit mit Entsetzen. »Das kannst du unmöglich ernst meinen.«

»Es war dir doch klar, dass ich eines Tages wieder abreisen werde.«

»Aber ich dachte, du würdest mich mitnehmen.«

»Davon war nie die Rede.« Das klang selbst in seinen eigenen Ohren schäbig, aber Alec wusste, ein klarer Schnitt war für sie beide das Beste.

Helena lehnte sich vor und stützte die Hände auf die Schreibtischplatte. »Nach allem, was passiert ist …«
»Es ist nichts passiert, was du nicht ebenfalls gewollt hättest.«
»Darum geht es doch gar nicht. Du weißt ganz genau, du warst die treibende Kraft hinter dieser Sache. Und ich habe gedacht, dass du es nie so weit hättest kommen lassen, ohne die Absicht, mich danach zu heiraten.«
Alec legte eine Hand auf die Rückenlehne seines Stuhls und strich über das glatte Holz. »Du verstehst es vielleicht nicht, aber in dem Augenblick war es reines Verlangen, die Konsequenzen waren mir zu dem Zeitpunkt egal.«
»Egal war es dir? Was war dir egal? Dass du mein Leben ruiniert hast? Das kannst du mir nicht antun, Alec.«
Alec kam um den Schreibtisch herum, legte ihr die Hände auf die Schultern und drückte sie mit sanfter Gewalt in einen der lederbespannten Stühle, dann setzte er sich ihr gegenüber und sah sie eindringlich an. »Hör mir gut zu, Helena, ich hatte niemals vor, eine Verbindung mit einem Mitglied deiner Familie einzugehen. Es war wohl der größte Fehler meines Lebens, zuzulassen, dass die Sache zwischen uns so weit gegangen ist, und du wirst allen Grund haben, mich dafür zu hassen, aber ich werde meine Meinung dennoch nicht ändern.«
Helenas Blick wurde verständnislos. »Aber warum denn, Alec? Ich würde alle verlassen für dich.«
»Darum geht es nicht, Helena. Es hat andere Gründe.«
»Dann sag sie mir.«
Alec stand auf, ging ein paar Schritte durch den Raum, blieb dann stehen und drehte sich abrupt um. Wie sollte er ihr sagen, was für ein Mensch ihr Vater war? Wahrscheinlich würde sie es ihm nicht einmal glauben. Einen Augen-

blick lang sah er sie schweigend an, dann begann er: »Es wäre besser für dich, wenn du es nicht wüsstest, aber du hast wohl ein Anrecht darauf. Der Grund für all das ist dein Vater. Als …«

»Weil er dich so unfreundlich behandelt hat?«, fiel ihm Helena ins Wort.

»Lass mich ausreden, Helena«, unterbrach Alec sie brüsk. »Wenn du es wissen möchtest, dann lass mich wenigstens die ganze Geschichte erzählen. Als ich siebzehn war, wurde ich auf der Straße niedergeschlagen und bin in einem Gefängnis in Kalkutta wieder aufgewacht. Ich wusste natürlich nicht, was passiert war, und glaubte, es müsse sich um einen Irrtum handeln, aber niemand war bereit, mir zuzuhören. Und das Einzige, was ich von dem Aufseher erfuhr, war, ich sei wegen Diebstahls verurteilt worden.« Seine Augen wurden hart bei der Erinnerung daran. »Es gab nie einen Prozess, Helena, und trotzdem hatte angeblich alles seine Richtigkeit. Weißt du, wer mich damals verurteilt hat? Es war dein Vater, Helena, er hat mich verurteilt, obwohl ich nichts getan habe.«

Helenas Augen weiteten sich entsetzt. »Aber Alec, das muss ein Irrtum gewesen sein. Der Wärter wusste wahrscheinlich selbst nicht so genau, was passiert war. Vielleicht hat ihm ein Polizist gesagt …«

»Es gab eine offizielle Prozessakte, von deinem Vater unterschrieben.«

»Das glaube ich nicht. Vater hätte so etwas nie getan. Jemand muss seine Unterschrift gefälscht haben oder … ich weiß es nicht, aber es muss eine andere Erklärung dafür geben. Alec, glaub mir!« Sie sah ihn in verzweifelter Hoffnung an. »Warum hast du nie darum gebeten, mit jemandem sprechen zu können, der Einfluss hat?«

»Du hast wirklich nicht die geringste Ahnung, wie es in einem Gefängnis in Kalkutta zugeht. Was denkst du denn, was ich die ganze Zeit über versucht habe?«

»Warum hat kein Freund oder Angehöriger …«

»Mein Vater wollte alles klären, ihm wurde aber nicht erlaubt, mit mir Kontakt aufzunehmen, und kurze Zeit später ist er gestorben. Ich weiß nicht einmal, ob er in dem Glauben gestorben ist, ich sei tatsächlich ein Dieb. Und frag mich besser gar nicht erst nach meinen Freunden.«

»Warum hast du nicht mit meinem Vater gesprochen, als du aus dem Gefängnis heraus kamst? Du hättest es im Nachhinein klären können.«

»Als ich aus dem Gefängnis kam, hatte dein Vater Indien bereits verlassen. Ich war zehn lange Jahre eingesperrt, Helena. Von meinem siebzehnten Lebensjahr an hatte ich keine Jugend mehr, und vor drei Jahren bin ich als alter Mann entlassen worden.«

Auf Helenas Gesicht zeichnete sich Fassungslosigkeit ab. »Zehn Jahre?« Die Worte blieben in der Luft hängen.

Helena stand auf und ging zu ihm. »Aber Alec, für all das kann ich doch nichts, auch wenn du meinen Vater dafür hassen musst. Ich selbst will nie wieder etwas mit ihm zu tun haben, wenn das wirklich stimmt.«

»Aus dem Grund wollte ich es dir nicht sagen. Doch es spielt keine Rolle. Ich kann dennoch nicht mit dir zusammenleben, Helena, verzeih mir.«

»Warum?«, rief Helena verzweifelt. »Was habe ich denn damit zu tun? Ich war damals erst sieben Jahre alt.«

»Nichts, gar nichts hast du damit zu tun«, erwiderte er heftig, »aber es ist die Erinnerung, die mich nicht loslässt und die mich nie loslassen wird, wenn ich mit dir zusammenlebe. Du würdest mich immer daran erinnern, auch wenn es nicht deine Schuld war, und auf Dauer würde keiner von uns glücklich werden. Ich werde es niemals verzeihen können, und das könntest du auch nicht, wenn du gesehen hättest, was ich gesehen habe, versteh das endlich! Zehn Jahre meines Lebens habe ich in einer Zelle zugebracht, in der Dinge geschehen sind, die du dir in deinen schlimmsten Alpträumen nicht vorstellen kannst. Es gab dort nichts als Dreck, Ratten, verschimmeltes Stroh, auf dem ich schlafen musste, und ich habe nie erfahren können, warum. Warum hat dein Vater ausgerechnet mich ausgesucht? Ich war doch erst siebzehn Jahre alt.« Seine Stimme war, ohne dass er es merkte, immer lauter geworden, und Helena wich entsetzt zurück.

»O Alec …« Sie verstummte.

»Du glaubst mir nicht?«

Helena schluckte und sah an ihm vorbei zum Fenster, das offen stand und die warme Sommerluft hineinließ. »Alec, ich glaube dir, und vielleicht hat mein Vater wirklich etwas damit zu tun gehabt, aber bitte, Alec, bestraf nicht mich dafür.«

Alec seufzte ungeduldig. »Mir geht es nicht darum, dich zu bestrafen, aber die Erinnerung daran würde immer zwischen uns stehen. Ich würde nie vergessen können, wer du bist.«

Helena fuhr auf und antwortete scharf: »Aber als es darum ging, diese Affäre mit mir zu beginnen, konntest du es ganz gut vergessen.«

»Nein, denn sonst hätte ich bereits in der Nacht bei den Birklands entschieden, dass ich dich niemals hier zurücklassen würde. Was denkst du, warum ich immer wieder versucht habe, mich von dir zu trennen?«

»Und was hat dich davon abgehalten?«

Alec sah ihr in die Augen. »Ich habe dich begehrt.«

Helena zuckte zusammen, als habe er sie geschlagen.

»Ich wollte dich verlassen, noch ehe ich nach Essex gereist bin, aber …«
»Aber du dachtest dir, warum solltest du vor der Rückreise nach Indien nicht noch einmal so richtig auf deine Kosten kommen«, ergänzte Helena bitter. »Danach fiel es dir ja auch erstaunlich leicht, mich nicht mehr wiederzusehen.«
»Nein, es fiel mir keineswegs leicht, aber die ganze Sache hat mir bewusst gemacht, was ich anrichte, wenn ich es nicht endlich beende. Ich hatte den Entschluss bereits getroffen, während du noch in der Ruine geschlafen hast.«
»Und warum hast du es mir nicht direkt gesagt? Es hätte mir diese entsetzliche Ungewissheit und Warterei erspart!«
»Du wirst mir nicht glauben, aber um dich hat es mir wirklich Leid getan, und allein um deinetwegen wünschte ich, es wäre nie geschehen.«
Helena hob den Kopf und versuchte vergeblich, ihren Schmerz hinter einem ironischen Lächeln zu verstecken. »Was soll's? Ein entehrter Sohn gegen eine entehrte Tochter. Mein Vater ist schuld daran, dass dein Vater in dem Glauben starb, du seiest ein Dieb. Wenn mein Vater stirbt, dann tut er es in dem Glauben, seine Tochter sei eine Hure. Wie passend, Alec, und wie überaus gerecht.«
»Helena, ich hatte wirklich nie die Absicht, dich für die Taten deines Vaters büßen zu lassen, und ich wollte mich auch nicht über dich an ihm rächen.«
»Das tust du aber, ob du es so geplant hast oder nicht.« Plötzlich wandelte sich der Ausdruck in Helenas Augen, die Ironie wich ganz daraus, und übrig blieb nur reine Verzweiflung. »Ich liebe dich so sehr, Alec. Bitte, tu mir das nicht an!«
Alec wandte den Blick ab. So weh hatte er ihr nicht tun wollen. »Ich habe dir nie ein Versprechen gemacht, das ich nicht

halten konnte. Du wusstest, dass wir am Ende getrennte Wege gehen würden.«
Helena ging zum Fenster und sah hinaus. Auf der Straße ging alles seinen gewohnten Gang, die Leute flanierten in der Sonne, Kutschen rollten durch die Straße, so als wäre diese ein normaler Moment und nicht der Augenblick, an dem alles in ihr zerbrach. Sie drehte sich wieder um. »Habe ich dir an unserem letzten Nachmittag in der Ruine irgendetwas bedeutet?«
»Du warst die hinreißendste Geliebte, die ich je hatte.«
Helena lächelte voll bitterer Selbstironie. »Vielen Dank. Jetzt habe ich wenigstens etwas, woran ich denken kann, wenn ich nachts wach im Bett liege und darüber nachdenke, wofür ich mein Leben ruiniert habe.« Sie ging an ihm vorbei zur Tür und blieb dort stehen. »Leb wohl, Alec.«
Helena verließ das Zimmer, ohne eine Antwort abzuwarten.

Als sie vor ihrem Elternhaus aus der Droschke stieg, blieb sie kurz stehen. Der unbekannte Weg war zu Ende, sie kehrte zurück, woher sie gekommen war.
»Viscount Ellingwood wünscht, Sie umgehend zu sehen, Mylady«, sagte der Butler, als er in der Eingangshalle auf sie traf. Helena nickte nur. Sie war einer Auseinandersetzung mit Jerome jetzt nicht gewachsen, und anstatt in ihr Zimmer zu gehen, wie sie es vorgehabt hatte, ging sie in die Bibliothek, in der Hoffnung, dass Jerome sie dort nicht so schnell suchen würde. In der Bibliothek war es kühl, weil die Sonne erst in den Abendstunden in den Raum schien. Helena ging zwischen den Bücherregalen entlang und blieb bei einer ledernen Sitzgruppe stehen, die um einen kleinen Tisch gruppiert war. Sie setzte sich auf den Boden vor eines der Bücherregale und lehnte den Kopf an das dunkle Holz. Es konnte

nicht sein, dass ihr das alles passierte. So etwas geschah anderen Mädchen, aber nicht ihr. Sie hatte sich immer gefragt, wie ein Mädchen es nicht merken konnte, dass der Mann, mit dem sie sich einließ, es nicht ernst meinte, und trotz allem ihre Tugend opferte. Ihre Gedanken wanderten zurück zu dem Tag, an dem sie am Springbrunnen gesessen und gehofft hatte, Alec würde am nächsten Tag kommen. Die letzten Stunden ihrer Unschuld.

Vertieft in ihre Gedanken, hörte sie die näher kommenden Schritte nicht und fuhr zusammen, als George neben ihr zu sprechen begann. »Was machst du denn hier? Versteckst du dich vor Jerome?«

Helena sah zu ihm hoch und erschrak darüber, wie schlecht er aussah. »Er ist wütend auf mich, nicht wahr?«

George setzte sich neben sie auf den Boden. »Sehr. Ich weiß zwar nicht, was zwischen euch vorgefallen ist, aber du tätest besser daran, das Donnerwetter hinter dich zu bringen, ehe es noch schlimmer wird.«

Helena fuhr mit einem Finger über den ledernen Buchrücken eines Bandes von Jules Verne. »Du siehst auch nicht gerade glücklich aus.«

George hatte den heftigsten Streit seines Lebens mit seinem Vater hinter sich. Das Schlimmste war, dass sein Vater die Dinge nicht einmal abgestritten hatte, sondern ihn dafür verantwortlich machte, weil er nicht von Florence hatte ablassen wollen. »Mr. Birmingham sieht mich nicht als geeigneten Bewerber um Florence an. Um Vaters willen. Vater steckt hinter dem Skandal, der Florence gesellschaftlich ruiniert hat.« Er sah sie an. »Kannst du das glauben? Entsetzt dich das nicht?«

Helena schüttelte langsam den Kopf. »Nein, es entsetzt mich nicht. Was mich entsetzt, ist, dass einige Dinge offenbar immer wieder geschehen.«

George fragte nicht näher danach, was sie meinte. Er sah sie aus traurigen grünen Augen an, und Helena hatte plötzlich das Gefühl, all das nicht einen Moment länger ertragen zu können. Es war, als breite sich eine schwarze Leere in ihr aus, die jegliches Fühlen erstickte und sie langsam sterben ließ. Sie umarmte George und lehnte den Kopf an seine Schulter.

31

Was fehlt dir bloß?«, wollte Eleonore wissen, als die Familie am Mittagstisch saß und Helena nach einigen Bissen bereits blass wurde und aufhörte zu essen. Jerome, der seit ihrem Streit vor einigen Tagen eher kühl mit ihr umging, sah seine Schwester über den Tisch hinweg an. Helena fing seinen Blick auf und sah dann wieder auf ihren Teller.

»Es ist alles in Ordnung, Mutter. Ich habe einfach keinen Appetit in letzter Zeit.«

Eleonore taxierte sie. »Ein paar Tage lang gucke ich mir das noch an, dann hole ich einen Arzt.«

Helena nickte ergeben.

Nach dem Essen bat Jerome sie in sein Arbeitszimmer.

»Helena, sag mir bitte, was mit dir los ist. Ich weiß, ich war in letzter Zeit nicht gerade freundlich zu dir, und es tut mir wirklich Leid, meine schlechte Laune an dir ausgelassen zu haben, aber ich mache mir Sorgen um dich.«

»Das ist nicht nötig, Jerome. Du siehst doch, dass ich das Haus nicht mehr verlasse.«

Jerome lehnte sich an seinen Schreibtisch. »Du kannst ausfahren, wann immer du willst, Helena, ich werde dir jederzeit meine Kutsche zur Verfügung stellen. Es geht mir doch nur darum, Probleme von dir fern zu halten.«

Helena trat zu ihm. »Sei mir bitte nie wieder so lange böse, Jerome.«

»Willst du mir nicht endlich sagen, was dich so bekümmert? Ich verspreche, dir zu helfen, was immer es ist.«

Helena war einen Augenblick lang versucht, ihm alles zu erzählen, sie wollte in die Arme genommen und getröstet werden, doch dann überlegte sie es sich anders. Jerome wäre entsetzt, vielleicht würde er es ihr nie verzeihen. Sie senkte den Blick und starrte auf den Teppich.

»Warum vertraust du mir denn nicht mehr?«, fragte er.

Helena hob den Blick. »Ich möchte auf mein Zimmer gehen. Mir geht es nicht sehr gut.«

Jerome hob die Schultern. »Wie du möchtest. Du kannst jederzeit zu mir kommen, das weißt du. Und wenn ich manchmal etwas unfreundlich bin, dann sieh es mir bitte nach. Die Sache mit George belastet mich.« Er hatte sich deswegen mit seinem Vater gestritten, und die gesamte Stimmung im Haus war zurzeit gedrückt und angespannt.

Kaum war Helena auf ihrem Zimmer, brachte Amelia ihr Tee. »Ihre Mutter hat es angeordnet, Mylady.«

Helena seufzte. »Stell ihn auf mein Nachtschränkchen, ich möchte mich ohnehin etwas hinlegen.« Als Amelia gegangen war, setzte Helena sich auf ihr Bett und hob die Teetasse an ihre Lippen. Sie verzog das Gesicht, als sie den bitteren Geschmack auf der Zunge wahrnahm. Es war ein Heiltee, den ihre Mutter ihr immer bringen ließ, wenn sie merkte, dass Helena unter monatlichem Unwohlsein litt. Dieses Mal musste ihre Mutter sich geirrt haben.

Helena trank noch einen Schluck, dann hielt sie plötzlich inne. Sie spürte, wie ihr das Blut in den Kopf stieg und ihr Herz schneller schlug. Zitternd stellte sie die Tasse so heftig ab, dass der Tee überschwappte. Helena stand auf, und ein plötzlicher Schwindel erfasste sie. Sie hielt sich am Bettpfosten fest, bis das Schwindelgefühl nachließ, dann eilte sie zu ihrem Schreibtisch und rechnete die Tage zurück, an denen sie in Essex gewesen waren. Als sie fertig war, warf sie den Kalender von sich und atmete in entsetzter Hast ein.

Helena saß in einer Droschke und blickte aus großen tränenlosen Augen, in denen die reine Fassungslosigkeit stand, auf die Straße hinaus. Sie war in Bayswater bei einem Arzt gewesen, weil sie es nicht wagte, ihren Verdacht ihrem Hausarzt mitzuteilen, aus Angst, dieser werde ihn, auch wenn er unbegründet war, ihrem Vater mitteilen. Aber im Grunde war es nun auch unwichtig, denn ihre Ahnung hatte sich als richtig herausgestellt. Sie dachte an den mitleidigen Blick des Arztes, der ihr sicher keinen Moment lang abgenommen hatte, dass sie eine verheiratete Frau war, sondern sie als das erkannte, was sie war – ein junges Mädchen aus reichem Haus, das in Schwierigkeiten geraten war. Die gesamte Situation schien ihr so unwirklich, sie sickerte erst allmählich in ihr Bewusstsein. Seit ihrer Trennung von Alec hatte sie nicht weinen können, so gerne sie es gewollt hatte, um den Schmerz, der sie innerlich auffraß, aus sich hinaustreiben zu lassen. Mit wem sollte sie nur reden? Lorena würde es mit großer Sicherheit für sich behalten, aber es würde ihr schwer fallen, gegenüber Jerome so zu tun, als wäre alles in bester Ordnung. Helena ließ den Kutscher über Umwege nach Hause fahren. Ein Blick aus dem Fenster zeigte ihr, dass sie in Mayfair waren, und als sie am Berkeley Square vorbeifuhr, dachte Helena daran, Olivia aufzusuchen, die ja schließlich verheiratet war und selbst ein Kind erwartete. Vielleicht kannte Olivia jemanden, der ihr helfen konnte. Sie konnte dieses Kind unmöglich bekommen, daran, was ihr Vater mit ihr tun würde, durfte sie nicht einmal denken.

Und wenn sie zu Alec fuhr? Mit großer Wahrscheinlichkeit würde er sie nicht empfangen, jetzt, wo alles gesagt war, und sie wollte sich die Demütigung ersparen, zurückgewiesen zu werden. Ein Brief kam ebenso wenig in Frage. Wenn sie keine Antwort darauf erhielt, würde sie nicht wissen, ob er ihr einfach nicht antworten wollte oder ob er vielleicht den Brief nicht bekommen hatte. Alecs Entscheidung hatte sich endgültig angehört, als er ihr sagte, es sei Schluss. Er würde seine Meinung nicht ändern, nur weil sie nun in Schwierigkeiten war. Darauf, ihm zufällig über den Weg zu laufen, brauchte sie auch nicht zu hoffen, inzwischen wusste sie, dass Alec sich rar machen konnte, wenn er wollte. Sie lehnte den Kopf an die Kutschenwand. Es war hoffnungslos.

Jerome hob den Kopf von einem Buch, als Helena sein Arbeitszimmer betrat. Er wirkte übernächtigt und angespannt, was ohne Zweifel auf die noch immer angespannte Situation zwischen ihm und seinem Vater zurückzuführen war.
»Ich hoffe, ich störe dich nicht«, sagte sie leise, immer noch in der offenen Tür stehend.
Jeromes Lächeln war so herzlich, dass es Helena einen Stich versetzte. »Sei nicht albern«, erwiderte er. »Ich freue mich, dich zu sehen.« Er bemerkte den sorgenvollen Ausdruck in ihren Augen, als sie langsam die Tür hinter sich schloss.
Helena kam zu seinem Schreibtisch und setzte sich auf den Stuhl davor. Ihre Hände krampften sich um den Stoff ihres Rockes, bis ihre Knöchel weiß hervortraten. Sie wusste nicht, wie sie die schreckliche Wahrheit in Worte fassen sollte und wie sie mit der Verachtung, die Jerome ihr unweigerlich entgegenbringen würde, umgehen sollte.
»Helena?« Jerome stand auf und kam um den Schreibtisch herum zu ihr. »Was ist denn, mein Herz?« Er setzte sich in den Stuhl ihr gegenüber und berührte mit den Fingern ihre verkrampften Hände.
Sie hob den Kopf, und das Mitgefühl in seinem Blick raubte ihr beinahe den letzten Rest ihrer Beherrschung. Nachdem sie tief Luft geholt hatte, zwang sie ihre Hände, den zerknitterten

Stoff ihres Kleides loszulassen. »Du hattest Recht, es gab einen anderen Mann neben Matthew, aber er hat mich verlassen.«

»Er hat dich verlassen?«, fragte Jerome etwas ungläubig.

Helena nickte. »Er sagte«, sie schluckte, »er sagte, eine Beziehung zu einem Mitglied unserer Familie käme nicht in Frage, weil Vater ihm einmal übel mitgespielt hätte.«

»Und das fiel ihm erst ein, nachdem er dich wochenlang zur Heimlichtuerei verführt hat?« Jerome streckte die Hand aus und schloss sie um Helenas Finger. »Da steckt doch noch mehr dahinter, oder nicht?«

»Jerome, du musst mir glauben, dass ich all das nie getan hätte, wenn ich ihn nicht lieben würde.«

»Das weiß ich doch«, beruhigte er sie. Seine Finger schlossen sich fester um ihre. »Helena, wie hast du dir das nur vorgestellt? Dachtest du, du könntest einfach mit ihm durchbrennen?«

Ihre goldenen Augen richteten sich auf einen Punkt weit hinter ihm. »Ja«, sagte sie tonlos.

»Das hätte dich ruiniert«, entgegnete er ruhig.

Ihr Blick kehrte zu ihm zurück. »Es wäre das Einzige, das mich jetzt noch retten könnte.«

Das folgende Schweigen zog sich hin, während sie sah, wie das Mitgefühl in seinen Augen langsamem Begreifen wich. »Nein, Helena, das nicht.« Als von ihr keine Antwort kam, sagte er noch einmal: »Bitte, Helena, sag mir, dass du dich nicht in Schwierigkeiten gebracht hast.«

Helena sah ihn immer noch schweigend an, unfähig, die schreckliche und beschämende Wahrheit in Worte zu fassen.

Jerome sprang so heftig auf, dass sie zurückzuckte, und machte einige hastige Schritte durch den Raum, ehe er stehen blieb und mit einer Hand über seine Stirn strich. »O Gott«, sagte er nur, dann: »Bist du dir sicher?«

»Natürlich bin ich sicher«, sagte sie, wobei ihre Stimme selbst in ihren Ohren unerträglich schrill klang. »Ich war vorhin bei einem Arzt. Seit zwei Monaten bin ich schon überfällig, mir ist ständig übel und schwindlig – es hätte mir selbst schon früher einfallen müssen, aber mit dieser Möglichkeit habe ich nicht gerechnet.«

»So, hast du nicht?« Alle Wärme war aus seinem Blick gewichen. »Du hast also nicht mit der Möglichkeit gerechnet, dass bei körperlicher Liebe Kinder entstehen?«

»Ich ... ich hatte nur das eine Mal ...«

»Wer?«, unterbrach er sie.

»Du kennst ihn nicht. Er ist nur vorübergehend in England.«

Jerome sah aus, als bestätigten sich seine schlimmsten Vermutungen. »Weißt du, was du da getan hast?«, fuhr er sie an.

»Es ist einfach passiert, Jerome«, versuchte sie zu erklären.

»Wie konntest du nur?«, rief er fassungslos. »Wie konntest du?«

»Ich hatte gehofft, wenigstens du würdest mich verstehen«, sagte sie erstickt.

»Verstehen? Ich soll verstehen, dass du dich mit irgendeinem dahergelaufenen – ja, was eigentlich? – herumgetrieben hast?«, fragte er grob.

Helena stand auf, weiß wie die Wand hinter ihr. »Ich hätte es dir nicht erzählen dürfen«, sagte sie. »Du bist eben auch nur ein Mann und bei allem Verständnis nicht anders als alle anderen.« In ihren Augen lag stumme Verzweiflung, dann drehte sie sich um und eilte zur Tür. Ehe sie den Raum verließ, sah sie ihren Bruder noch einmal an, dann öffnete sie die Tür und warf sie hinter sich ins Schloss.

Jerome starrte auf die geschlossene Tür, dann setzte er sich in den Sessel, der ihm am nächsten stand, und vergrub sein Gesicht in den Händen. Langsam verrauchte seine Wut, und tiefes Mitgefühl mit seiner Schwester stieg in ihm auf. Sicher, sie hatte einen Fehler gemacht, aber sie war jung und unerfahren, und er war ihr älterer Bruder und hätte wissen sollen, was es sie gekostet haben musste, sich ihm anzuvertrauen. Seine Brust zog sich zusammen, wenn er daran dachte, wie allein sie sich mit dieser schweren Sorge fühlen musste. Wut auf seinen Vater flammte auf, weil dieser sie mit seiner Strenge und der aufgezwungenen Verlobung diesem fremden Mann in die Hände getrieben hatte. Einem Mann, von dem sie sich Liebe und Geborgenheit erhofft hatte und der sie fallen ließ, nachdem er bekommen hatte, was er wollte. Nun, dachte Jerome, das war eine Geschichte, die immer wieder vorkam. Von ihm jedoch, von ihrem Bruder, hatte Helena zu Recht erwartet, bedingungslos geliebt und unterstützt zu werden – so, wie er es ihr versprochen hatte. Er stand auf und ging hinauf zu ihrem Zimmer.

Entgegen seinen Erwartungen war die Tür nicht verschlossen, stellte er fest, als er langsam den Knauf drehte und das Zimmer ohne anzuklopfen betrat. Helena lag auf ihrem Bett, die Arme um ein Kissen geschlungen und den Kopf darin vergraben. Als sie das leise Klicken hörte, mit dem die Tür ins Schloss fiel, richtete sie sich auf, und Jerome brach es beinahe das Herz, den Schmerz in ihren Augen zu sehen.

»Helena«, sagte er nur. Mit zwei Schritten war er an ihrem Bett, setzte sich und zog sie in die Arme. Erlöst ließ sie sich an seine Schulter sinken und weinte und weinte. Jerome drückte sie an sich und flüsterte tröstende, längst vergessene Worte aus ihrer Kindheit.

Als sie sich langsam wieder beruhigte, strich er ihr über das Haar und legte seine Arme fester um sie, so dass sie mit dem Kopf an seiner Schulter lehnte. »Willst du mir erzählen, wie alles gekommen ist?«

Helena schloss die Augen und begann zu erzählen, beginnend damit, als sie Alec das erste Mal gesehen hatte, bis zu ihrer Fahrt nach Essex.
»Und was ist jetzt mit ihm?«, fragte Jerome. »Weiß er von dem Kind?«
Helena schüttelte den Kopf. »Nein, und es würde auch nichts ändern.«
»Und wer war es?«
Sie antwortete erst nach kurzem Zögern. »Du musst es für dich behalten, Jerome, ja? Sein Name ist Alec Delany. Er ist der Privatsekretär von einem von Matthews wichtigsten Handelspartnern. Matthew kennt ihn natürlich, ebenso Simon, Vater hat ihn einmal kurz gesehen, und …«, sie hielt inne, als sie an ihren Vater dachte. Trotz allem wollte sie die Dinge, die Alec ihr anvertraut hatte, nicht erzählen.
Jerome sagte eine ganze Weile lang gar nichts. Hätte sie ihm jemanden aus ihren Kreisen genannt, hätte ihr Vater sie mit Sicherheit mit dem entsprechenden Mann verheiratet. Aber er würde sie nicht mit jemandem verheiraten, der noch unter einem Händler stand, schwanger oder nicht.
Helena traten wieder die Tränen in die Augen. »Vater wird mich umbringen.«
»Eher soll er mich umbringen, weil ich nicht auf dich Acht gegeben habe.«
Langsam richtete Helena sich aus seinen Armen auf. »Du hättest nichts tun können. Ich habe ihn viel zu sehr geliebt, um auf irgendwen zu hören.« Sie umschlang ihren Körper mit ihren Armen, als sei ihr kalt.
»Ich werde mit Vater reden«, sagte Jerome unvermittelt. Er sah ihren angstvollen Blick. »Helena, es ist doch klar, dass daran kein Weg vorbeiführt, es gibt keine andere Möglichkeit.« Er gab ihr einen Kuss auf die Stirn und stand auf. Sie

klammerte sich an seine Hand. »Du lässt mich nicht mit ihm allein, nicht wahr?«, bat sie.
»Keine Sekunde, das verspreche ich dir.«

Zögernd öffnete Helena die Tür zur Bibliothek ihres Vaters. Jerome stand an ein Regal gelehnt, die Arme vor der Brust verschränkt, während ihr Vater mit dem Rücken zur Tür aus dem Fenster sah.
»Komm herein und schließ die Tür«, befahl er. Langsam drehte er sich um, das Gesicht eine starre Maske der Selbstbeherrschung. Helena sah Jerome an.
»Sieh mich an, Helena, nicht deinen Bruder!«, donnerte Lord Ashington. »Mich hast du hintergangen, nicht Jerome.« Er ging auf sie zu, und blieb dicht vor ihr stehen, so dass Helena die eiskalte Wut in seinen Augen sehen konnte. Im nächsten Moment holte er aus und schlug sie ins Gesicht. »Du schamlose Hure!« Helena zuckte zusammen, aber sie rührte sich nicht von der Stelle. Jerome machte einen Schritt auf sie zu, aber ihr Vater hielt ihn mit einer Handbewegung auf. »Misch dich nicht ein.«
»So kommt niemand weiter, Vater.«
»Sie ist meine Tochter, und du wirst dich raushalten. Du hast deine Pflicht getan, der Rest ist nicht mehr deine Sache.«
»Es geht doch nun in erster Linie darum, eine Lösung zu finden. Sie zu schlagen macht das Ganze auch nicht ungeschehen.«
Der Earl sah seinen Sohn wütend an. »Darf ich annehmen, dass dir bereits eine Lösung vorschwebt? Wenn es dieselbe Idee ist, die du vorhin geäußert hast, dann schlag sie dir gleich aus dem Kopf. Sie wird das Kind nicht heimlich auf dem Land bekommen und dann ihr normales Leben weiterführen. Man kann sich nicht auf die Verschwiegenheit der

Dienstboten verlassen, und ich habe nicht die Absicht, mich mit diesem lebenden Beweis für die Sittenlosigkeit meiner Tochter erpressen zu lassen.«

»Ich könnte den Vater des Kindes aufsuchen und ihn dazu bringen, die Sache in Ordnung zu bringen.« Jerome hatte Helena zuliebe nicht den Namen genannt, sondern nur, welcher Gesellschaftsschicht der Mann entstammte.

»Einen Hungerleider?«, brüllte Lord Ashington. »Damit eine übereilte Hochzeit mit einem solchen Menschen für Gerede sorgt? Ich habe die hochrangigsten Adligen abgewiesen, weil sie mir nicht gut genug waren, und all das, damit ich am Ende einen Händler in der Familie habe?«

»Eine andere Lösung gibt es aber nicht«, entgegnete Jerome gereizt.

Lord Ashington beachtete den Einwand nicht und taxierte seine Tochter. »Wie ist sein Name?«

Helena senkte schweigend den Blick.

»Antworte!«

Als wieder keine Antwort kam, versetzte ihr Vater ihr eine weitere Ohrfeige. Er kochte vor Wut. »Du hast unsere Familie entehrt, und niemand, auch nicht Jerome, wird mich daran hindern können, mit dir so zu verfahren, wie ich es für richtig halte. Jegliche Verfügungsgewalt über dich liegt in meiner Hand, und daran kann auch dein geliebter Bruder nichts ändern.«

Jerome wandte sich erneut an seinen Vater. »Und was wird nun geschehen? Wir müssen die Verlobung mit Matthew so diskret wie möglich lösen.«

Arthur Ashington warf Helena einen eisigen Blick zu. »Damit wärst du ja endlich am Ziel deiner Wünsche, nicht wahr? Aber freu dich nicht zu früh, noch bin ich nicht an den Grenzen meiner Möglichkeiten angelangt. Ich habe beschlossen, eine Ehe zwischen zwei der besten Familien Englands zu arrangieren, und ich gedenke nicht, mir von dir einen Strich durch die Rechnung machen zu lassen.«

Helena sah ihn entsetzt an. »Matthew wird mich unter keinen Umständen heiraten, wenn er von der ganzen Geschichte erfährt.«

»Bete lieber dafür, dass er es tut. Wenn er sich nämlich weigert, werde ich dich aus der Familie verstoßen. Du kommst auf irgendeinen meiner Landsitze außerhalb Englands – denn woanders würdest du sowieso nicht mehr unterkommen, niemand aus deiner Familie würde dich aufnehmen. Das Balg wird weggegeben und somit für nicht existent erklärt, und dein Name wird nicht mehr genannt werden.«

»Du glaubst doch nicht, dass ich das zulassen würde?«, rief Jerome fassungslos.

»Ich bin dein Vater, und meine Befugnisse kommen noch vor deinen, Sohn.«

»Ich würde meinen ganzen Einfluss geltend machen, um das zu verhindern.«

Arthur Ashington blieb ungerührt. »Verlass augenblicklich diesen Raum, Jerome. Schaff mir deine Schwester aus den Augen, ich möchte euch beide nicht eher wiedersehen, bis ich ausdrücklich nach euch verlange.«

Jerome ging zu Helena, legte ihr einen Arm um die Schulter und verließ mit ihr zusammen die Bibliothek.

»Danke, dass du so schnell gekommen bist«, sagte Arthur, als Matthew sein Arbeitszimmer betrat. »Nimm bitte Platz.«

»Es hörte sich dringend an. Was ist denn passiert?«

Arthur beschloss, nicht lange drum herumzureden. »Es geht um Helena. Eure Hochzeit war ja für nächstes Jahr geplant. Ich möchte, dass ihr früher heiratet.«

Matthew zog verblüfft die Brauen hoch. »Wie viel früher?«
»Nach Möglichkeit so bald wie möglich. In den nächsten zwei, drei Wochen wäre mir lieb.«
Misstrauen schlich in Matthews Blick. »Darf man auch den Grund für diese plötzliche Eile erfahren?«
Arthur sammelte sich. »Allerdings. Sie ist schwanger.«
Es dauerte einige Sekunden, bis Matthew begriff, was er gerade gehört hatte, und wütend ausrief: »Nicht von mir.«
»Das weiß ich.«
»Dann verstehe ich nicht, warum du davon auszugehen scheinst, dass ich sie dennoch heiraten würde. Wende dich an den Mann, für den sie die Hure gespielt hat, vielleicht nimmt der sie ja.«
»Sie weigert sich, seinen Namen zu nennen, abgesehen davon ist er von seinem Stand her nicht akzeptabel.«
Matthew lachte sarkastisch. »Das ist sie jetzt ebenfalls. Es mag deiner Aufmerksamkeit entgangen sein, aber ich bin der einzige Erbe des Hauses von Claremont, ich kann mir unter genügend anderen Adelstöchtern eine Braut suchen.«
Es war offensichtlich, wie sehr der Earl es verabscheute, als Bittsteller aufzutreten, als er weiterredete: »Matthew, um der Freundschaft unserer Familien willen …«
»Um der Freundschaft willen werde ich allen erzählen, Helena habe die Verlobung gelöst, weil wir uns nicht besonders gut verstanden hätten, aber zu mehr bin ich nicht bereit.«
»Verdammt, Matthew, dein Vater und ich waren die besten Freunde, ich habe viel für euch getan, und nun bitte ich dich einmal, etwas für mich zu tun. Du bist es mir schuldig, verstehst du?«
Matthews Blick flackerte kurz, und er gab keine Antwort, sondern starrte finster vor sich hin.
»Und wenn ich dir Counts Lane zusätzlich als Mitgift gäbe?«

Matthew sah ihn ungläubig an. »Du wärst bereit, dich von Counts Lane zu trennen?«
»Ja.« Arthur ließ seine Antwort im Raum stehen und wartete.

Helena stand im Vorraum zum Arbeitszimmer ihres Vaters. Er hatte sie hierher bestellt und Jerome ausdrücklich untersagt, sie zu begleiten. Jerome wollte trotzdem mitkommen, aber Helena bat ihn, dem Wunsch ihres Vaters Folge zu leisten. Sie hatte sich allein in diese Situation gebracht, nun musste sie sie auch allein durchstehen und konnte sich nicht ständig hinter ihrem Bruder verstecken. Das Fenster, vor dem sie stand, führte zum Garten. Ihre Mutter, die alles kurz vor Matthews Besuch erfahren hatte, saß draußen und sprach mit Jerome und George. George war erregt, und es schien, als wären er und Jerome nicht einer Meinung.
Helena fühlte sich innerlich vollkommen betäubt, obwohl ihr Herz vor Angst vor der Entscheidung ihres Vaters mit einer Heftigkeit schlug, die ihr das Blut in den Ohren rauschen ließ. Sie hatte den Gedanken an eine Ehe mit Matthew immer verdrängt, hatte den Tatsachen zum Trotz immer gehofft, doch noch darum herumzukommen. Allein der Gedanke daran, die Dinge, die sie mit Alec geteilt hatte, mit Matthew teilen zu müssen, war abstoßend. Als ihr Ehemann hätte er alle Rechte über sie, von denen er zweifellos auch Gebrauch machen würde. Aber die Alternative war mindestens ebenso schrecklich: fortgeschickt zu werden, über viele Jahre hinweg keinen Kontakt mehr zu ihrer Familie haben zu dürfen, bis sie nach dem Tod ihres Vaters von Jerome erlöst würde, auf die Barmherzigkeit ihrer Brüder angewiesen zu sein, die für ihre unverheiratete Schwester sorgen müssten, das einzige Kind, das sie je haben würde, an unbekannte Leute fortgegeben …

»Helena!«

Helena fuhr zusammen und drehte sich um. »Ja, Vater?«

Arthur Ashington trat aus der Tür hinaus, gefolgt von Matthew, der sie mit unverhohlenem Zorn im Blick abschätzig musterte. »Ihr werdet in zwei Wochen heiraten. Ich gehe zu deiner Mutter und unterrichte sie davon, damit sie die Gästeliste erstellen kann.« Er wandte sich an Matthew: »Kommt bitte nach, wenn du gesagt hast, was von deiner Seite aus zu sagen ist.«

Matthew wartete, bis die Tür ins Schloss gefallen war, ehe er zu Helena kam, seine Stimme bebte vor Wut, als er sagte: »Du hast mich betrogen und hintergangen, Helena. Mir spielst du ständig die unnahbare Jungfrau vor, während du dem Ersten, der dich will, zu Diensten bist und den Beweis dafür auch noch mit dir herumträgst. Ich habe mich drei Jahre lang hinhalten lassen, und am Ende bekomme ich dich aus zweiter Hand.« Er hob seine Hand an ihre Wange, und sein Daumen strich fast zärtlich über ihren Wangenknochen. »Dafür wirst du bezahlen, das verspreche ich dir.«

Er zog seine Hand zurück, und sein Blick glitt über sie, verweilte lange genug auf ihrem Bauch, um unverschämt zu sein, und wanderte wieder zu ihrem Gesicht zurück. Dann drehte er sich um und ging ohne ein weiteres Wort aus dem Zimmer.

32

Lord Vanderley wird in den nächsten Tagen heiraten.« Mr. Seymour stand am Bücherregal und betrachtete mit scheinbarem Interesse einige Titel.
Alec blickte – innerlich alarmiert – von seinem Buch hoch. »Und wen?«
»Was denkst du? Seine Verlobte natürlich, Lady Helena Ashington.«
»Natürlich.« Alec blickte wieder auf sein Buch hinunter, um zu verbergen, wie stark ihn diese Neuigkeit aufwühlte. Was hast du erwartet, fragte er sich selbst. Dass sie daheim sitzt und vor Gram über die Trennung zerbricht? War es so nicht das Beste – vor allem für sie?
Mr. Seymour beobachtete Alecs Gesicht eingehend. »Perkins hat mir gestern Abend gesagt, du hättest Besuch von einer jungen Frau gehabt, als ich weg war.«
Alec legte das Buch zur Seite. »Ist das ein Problem?«
Mr. Seymour lächelte. »Nein, im Grunde genommen nicht. Allerdings fällt mir in dem Zusammenhang etwas ein, was ich dir ohnehin noch erzählen wollte. Auf den Ball der Fitzgeralds hat Lady Helena Ashington mich nach dir gefragt. Ganz unauffällig, versteht sich, aber sie ist nicht besonders gut darin, ihre Gefühle zu verbergen, und sie war offensichtlich zutiefst enttäuscht, dass du nicht gekommen bist. Einige Tage später sucht dich dann ein junges Mädchen hier auf, und ich frage mich, ob es sich da nicht vielleicht um ein und dieselbe handeln könnte.«
Alec antwortete nicht sofort. »Ja«, sagte er dann.

Mr. Seymour atmete tief ein. »Ich hoffe, du hast dich zu keiner Dummheit hinreißen lassen.«
»Wenn du damit meinst, dass ich mich auf keine Beziehung mit ihr eingelassen habe, dann muss ich dich leider enttäuschen.«
»Ich darf nicht hoffen, dass es eine rein freundschaftliche Beziehung war?«
»Nein, ich fürchte, das darfst du nicht.«
»Alec, das ist die Verlobte eines meiner wichtigsten Geschäftspartner, das wusstest du doch.«
»Ja, und offensichtlich heiratet sie ihn trotz allem, also mach dir keine Sorgen.«
»Ich möchte wissen, warum sie dich zu Hause aufsucht. Du hast sie doch unbehelligt gelassen?«
»Ich habe mit ihr geschlafen.« Alecs Gesicht war völlig unbewegt, ein Ausdruck, von dem Mr. Seymour inzwischen wusste, dass er dahinter seine wahren Gefühle verbarg. »Sie war hier, um mich zu fragen, warum ich mich so lange nicht mehr bei ihr gemeldet habe, und ich habe ihr gesagt, es sei aus zwischen uns.«
Mr. Seymour sah ihn ungläubig an. »Was hat sie getan, um das zu verdienen?«
»Sie ist die Tochter ihres Vaters.«
»Hast du dieses Mädchen für deinen privaten Rachefeldzug benutzt? Alec, wenn du das Gefängnis nur durchgestanden hast, um nach deiner Entlassung ein solcher Mensch zu werden, dann wäre es wohl besser gewesen, du hättest es nie verlassen.«
Alec senkte den Blick, um zu verbergen, wie sehr die Bemerkung seines Mentors ihn traf. »Für Helena wäre das zweifellos besser gewesen. Bist du zu der Hochzeit eingeladen?«
»Wir beide.«

»Ich werde nicht hingehen.«

»Wenn du nicht hingehst, wird Lord Vanderley es als Beleidigung auffassen. Du wirst in Zukunft oft mit ihm zu tun haben, also kannst du es auf Dauer nicht umgehen, ihm zumindest alle paar Jahre zu begegnen.«

»Ich sagte, ich werde nicht gehen, und dabei bleibt es. Ihm wird ein Gast mehr oder weniger nicht auffallen, und mich schätzt er ohnehin nicht besonders.«

Mr. Seymour stand auf und ordnete gedankenverloren einige Papiere.

»Ich hatte nicht die Absicht, Helena Ashington zu benutzen.« Alec seufzte und lehnte den Kopf zurück. »Etwas an ihr hat mich fasziniert, sie war so einsam und sehr, sehr unglücklich.«

»Wenn sie ihre Tugend so leichtfertig hergibt, ist es wohl ihre eigene Schuld. Und sich an einem Mann zu rächen, indem man seine Tochter entehrt, mag zwar nicht gerade die moralisch einwandfreieste, aber sicher die unterhaltsamste Art sein.«

»Du redest von Helena, als sei sie irgendein leichtes Mädchen. Sie hätte mich nie so weit gehen lassen, wenn sie mich nicht geliebt hätte, und unglücklicherweise hat sie das getan«, widersprach Alec.

»Ich glaube, sie bedeutet dir mehr, als du mir oder auch dir selbst eingestehen willst«, stellte Mr. Seymour fest.

»Sie tut mir Leid, das ist alles.«

»Natürlich. Das ist wohl auch der Grund, warum du nicht möchtest, dass ich ihr in irgendeiner Form die Schuld an der ganzen Sache gebe.«

»Weil es ihr gegenüber nicht gerecht wäre. Aber«, fügte Alec hinzu, »wenn sie sich so schnell trösten kann und keine drei Wochen später ihren ungeliebten Verlobten heiratet, kann

der Schmerz nicht besonders tief sein.« Alec hatte diese Worte betont nonchalant ausgesprochen, innerlich aber war er aufgewühlt. Lord Vanderley würde sie – seine Helena – bekommen, seine schöne, seine geliebte Helena.
Aber er hatte richtig gehandelt, sagte sich Alec, er hatte sie freigeben müssen. Denn genau das war es: Er hatte sie nicht ausgenutzt und verlassen, er hatte sie freigegeben. Sie hatte mehr verdient, als mit den dunklen Tiefen seiner Erinnerung und seiner verletzten Seele zu leben.
Mr. Seymour sah ihn forschend an. »Glaubst du dir eigentlich selbst, wenn du sagst, dass du sie lediglich begehrt hast? Nun denn, dann verbring die Nacht damit, es dir weiter einzureden. Ich werde schlafen gehen. Bis morgen.«
Wieder allein, nahm Alec sein Buch und wollte weiterlesen, fand aber nicht die nötige Konzentration. Nach einigen Minuten gab er es auf und warf das Buch fluchend gegen die Wand. Er dachte an Helena, Helena in ihren Reitkostümen, in Ballkleidern, Helena, die er aus dem Bach gezogen hatte … Bei ihrem letzten Treffen hatte er sich vorgenommen, ihr zu sagen, sie müssten sich trennen, er hatte sich vorgenommen, die Situation nicht auszunutzen, sie unbehelligt zu lassen, sie nur noch einmal zu umarmen, einmal zu küssen. Er hatte nicht bedacht, dass gute Vorsätze eben selten mehr blieben als Vorsätze.

33

Helena stand vor dem hohen Spiegel in dem Zimmer, das sie zwanzig Jahre lang bewohnt hatte. Ihr Vater hatte Unsummen für eine komplette Brautgarderobe ausgegeben. Das Kleid schien ihr die Luft abzuschnüren, und Helena atmete mühsam tief durch. Sie würde es durchstehen. Was konnte Matthew ihr noch zufügen, das Alec ihr nicht schon angetan hatte? Tiefer konnte kein Mensch sie verletzen.

Eine halbe Stunde später erschien Eleonore, um ihre Tochter abzuholen. Sie besah sich das Kleid von allen Seiten, um zu überprüfen, ob alles richtig saß. Ihr fiel Helenas Unruhe auf, und sie wunderte sich etwas, immerhin würde die Ehe ihr nicht mehr viel Neues zu bieten haben, und nach allem, was passiert war, heiratete sie dennoch ihren Verlobten. Dann sah sie tiefer in die Augen ihrer Tochter, und für einen erschütternden Moment fiel ihr die tiefe Traurigkeit darin auf. Sie erstarrte in ihrer Bewegung, den Schleier über Helenas Gesicht zu ziehen. Einen kurzen Augenblick lang war sie versucht, ihre Tochter in die Arme zu nehmen und sie zu fragen, wie das alles hätte verhindert werden können. Doch die Angst vor der eigenen Schuld, die sich darin offenbaren würde, veranlasste sie, sich einen Ruck zu geben, und sie zog den Schleier hinunter.

Nach der Trauungszeremonie fuhr man zurück, um im Haus von Lord Ashington zu feiern. Es waren unzählige Gäste eingeladen worden, und die Feier erstreckte sich über mehrere Säle und den Garten. Helena war an Matthews Arm als seine Ehefrau aus der Kutsche gestiegen. Die Trauungszeremonie war an ihr vorbeigerauscht, sie hatte gehorsam alles gesagt, was von ihr erwartet wurde, hatte erlaubt, dass Matthew ihre kalten Lippen küsste, und stand nun im Saal ihres Elternhauses, an diesem letzten Nachmittag, ehe sie es endgültig verlassen würde. Es kostete sie beinahe unmenschliche Kräfte, vor den Gästen so zu tun, als sei sie eine glückliche Braut.

Das Haus sowie der Garten waren aufwändig mit verschwenderischer Fülle geschmückt. Die einzige Tochter des Hauses Darking heiratete, und Arthur Ashington hatte alles darangesetzt, dieses Ereignis so perfekt wie möglich in Szene zu setzen. Wenn die Leute sich schon das Maul zerreißen wollten, dann in einer Umgebung, von deren Pracht man noch lange danach reden würde. Die Leute schienen sich blendend zu unterhalten, schließlich hatte man nun wieder Gesprächsstoff für die nächsten Monate. Man ahnte natürlich, was es mit der überstürzten Hochzeit auf sich hatte. Wenn auch niemand etwas in Gegenwart von Helena und ihrer Familie verlauten ließ, so sah sie doch die Sensationsgier und die unverhohlene Neugier in den Augen. Dennoch hatten vor allem die Männer Verständnis, immerhin waren sie und Matthew ein hübsches Paar, und wer wollte es übel nehmen, wenn der charmante Lord Vanderley nicht bis zur Hochzeit mit seiner hinreißenden Verlobten warten konnte. Moralisch entrüsteten sich vor allem die Frauen.

Helenas Großmutter, Rose Ashington, die von der ganzen Sache erst erfahren hatte, als die Hochzeit bereits geplant war, hatte alles getan, um Arthur davon zu überzeugen, dass Jeromes Idee, Helena aufs Land zu schicken oder den Vater des Kindes aufzusuchen, das Beste war. Sie trat zu ihrer Enkelin, als diese ein wenig abseits stand, damit beschäftigt, sich etwas zu essen auf den Teller zu legen.

»Leg nicht zu viel auf, die Leute merken sonst, dass du nur eine Ablenkung suchst.«

Helena drehte sich zu ihrer Großmutter um. »Sollen sie doch denken, was sie wollen. Das Thema hält sich noch bis zum nächsten Skandal, dann wird man es vergessen.« Ihre Unterlippe zitterte leicht. »Was soll ich denn nun tun, Großmutter?«

»Die Folgen dessen tragen, in das du dich hineingeritten hast. Du wolltest deine Freiheit, und nun darfst du dich nicht wundern, wenn das Leben dich dafür zur Kasse bittet.«

Helena senkte den Blick. Den vergessenen Teller hielt sie noch immer in der Hand. »Ich dachte, es gäbe keine Rechnung, die ich für ihn nicht zu zahlen bereit wäre.«

»Weil du dachtest, du würdest sie mit ihm gemeinsam zahlen.«

Wieder stand Helena ihre Situation in voller Klarheit vor Augen: Sie war allein. Niemand würde ihr von nun an gegen Matthew beistehen können. Jeder Tag würde an seiner Seite beginnen und an seiner Seite enden, die Nächte würden ihm gehören. Und Alec würde sie nie wiedersehen.

»Ich liebe ihn, Großmutter. Großer Gott, ich liebe ihn so sehr. Selbst nach all dem würde ein Wort von ihm reichen, damit ich …« Sie stockte und atmete zitternd ein.

»Dann hoffe ich für dich, dass dieses Wort nicht kommt.«

»Was würde es auch jetzt noch nützen, ich bin Matthews Frau.«

»Aber dein Herz gehört nicht Matthew«, entgegnete Rose und sah ihre Enkelin aufmerksam an. Ehe diese jedoch darauf eingehen konnte, trat Jerome zu ihr. Er neigte sich zu Helena und küsste sie auf die Wange.

»Großmutter, du erlaubst, dass ich sie entführe?«
Rose lächelte liebevoll. »Wann hätte ich dir jemals etwas abgeschlagen?«
Jerome nahm Helena den Teller aus der Hand, stellte ihn ab und legte ihre Hand in seine Armbeuge. Sie fragte sich, wie er es schaffte, so ruhig und gelassen auszusehen, wusste sie doch, wie sehr er das, was hier um ihn herum vorging, ablehnte. Die ganze letzte Nacht hatte er an ihrem Bett gesessen, sie getröstet und im Arm gehalten und weinen lassen. Ihr Vater hatte sie in der Zeit bis zu ihrer Heirat wie eine Aussätzige behandelt. Nicht einmal zu den Mahlzeiten hatte sie am Tisch erscheinen dürfen, darauf hatte er ausdrücklich bestanden. Allein Jerome kümmerte sich um sie. So wie er auch jetzt, während er sie durch den Garten führte, leise und beruhigend mit ihr sprach, den Kopf leicht geneigt, so dass es für jeden Beobachter wie das heitere Gespräch zwischen zwei Geschwistern wirken musste, die sich sehr liebten.

In Anbetracht der Umstände hatte Matthew davon abgesehen, eine Hochzeitsreise zu planen, und auch Helena war es lieber so. Sie würden nach Devon in eines von Matthews Landhäusern fahren und nach einigen Wochen dann in sein palastartiges Stadthaus am Hanover Square ziehen. Helena verbrachte den ganzen Tag in nervöser Anspannung, die sie ständig hinter einem Lächeln verbarg. Während sie etwas abseits stand und so tat, als lausche sie der Unterhaltung einiger Freundinnen, sah sie, wie Jerome mit Matthew redete. Matthew hörte zu, nickte ab und zu und erwiderte etwas, das Jerome nicht zu gefallen schien. Helena fühlte sich so erschöpft vom Tanzen und der beständigen Selbstbeherrschung, die sie an den Tag hatte legen müssen, dass sie sich einerseits wünschte, das Fest endlich verlassen zu können, aber andererseits nicht wollte, dass der Moment, in dem sie Matthew ausgeliefert sein würde, zu bald käme.

Der Moment kam schneller, als sie dachte, denn kurz darauf trat Matthew zu ihr, nahm vertraulich ihren Arm und neigte den Kopf, um mit ihr zu sprechen.

»Zieh dich schon einmal um, die Kutsche wird bald bereitstehen. Und ich rate dir, nicht extra herumzutrödeln.«

»Wie du wünschst«, zwang sie sich zu antworten.

Matthew lächelte. »So gehorsam auf einmal?«

Helena schwieg und wandte sich zum Gehen.

Helena betrat Grand Oaks, Matthews Landsitz, mit sichtbarem Unbehagen. Als sie die Dienstboten sah, die sich in der Halle versammelt hatten, um ihren Dienstherrn und dessen frisch angetraute Frau zu begrüßen, nötigte sie sich zu einem freundlichen Gesicht. Die Fahrt hierher war der reinste Albtraum gewesen. Matthew hatte sich in finsteres Schweigen gehüllt und die ganze Zeit über kein Wort mit ihr gesprochen, was ihren Befürchtungen über das, was sie noch zu erwarten hatte, neue Nahrung gab. Sie ließen die Begrüßung durch das Personal über sich ergehen, danach wurde Helena von der freundlichen Haushälterin, die das Haus mit offensichtlich strengem Regiment führte, in das Schlafzimmer geführt, wo Amelia bereits wartete. Sie war einige Stunden vor Helena hier eingetroffen, um sich mit dem Haus vertraut zu machen und alles für ihre Herrin vorzubereiten. Matthew hatte sich in der Halle mit einem Lächeln, das mehr den Angestellten galt als ihr, von ihr getrennt.

Nun saß sie in dem großen Brautzimmer und versuchte, ihr wild klopfendes Herz zu beruhigen. Sie trug ein Nachthemd und einen dazu passenden Morgenmantel aus weißer Seide.

Sie hatte sich bewusst für etwas entschieden, das bräutlich aussah, so wie es sich gehörte, aber nicht durchsichtig war. Das Nachthemd hatte dünne Träger, und in den Ausschnitt war feine Spitze gearbeitet. Es floss an ihrem schlanken Körper herab und betonte durch seinen schlichten Schnitt ihre Figur, ohne jedoch zu viel zu enthüllen. Nicht dass das Nachthemd viel gegen das, was Matthew mit ihr tun würde, ausrichten konnte, aber es bot immerhin am Anfang einen, wenn auch zweifelhaften Schutz. Amelia hatte ihr dunkles Haar ausgebürstet und mit einem weißen Seidenschal locker im Nacken zusammengebunden. Helena setzte sich in einen Sessel der Sitzgruppe am anderen Ende des Zimmers. Die Beine angewinkelt, den Kopf an die Sessellehne gelehnt, wartete sie auf Matthew. Zwar war sie froh, dass er noch nicht da war, doch das Warten zermürbte sie auch. Sie war sich sicher, dass er genau das bezweckte und sich absichtlich viel Zeit ließ.

Nach über einer Stunde näherten sich Schritte der Tür, blieben davor stehen, und im nächsten Moment betrat Matthew das Zimmer mit einem Ausdruck größter Gelassenheit. Sein Blick wanderte zum Bett, und er runzelte die Stirn. Dann sah er sie in dem Sessel. Sein Mund verzog sich zu einem spöttischen Lächeln. »Versuchst du, dich zu verstecken?«. Er knöpfte langsam seine Anzugjacke auf. »Es ist vollkommen gleichgültig, wo du auf mich wartest, du wirst mir heute auf keinen Fall entkommen.« Er kam zu ihr herüber, zog seine Jacke aus und warf sie aufs Sofa. »Steh auf«, befahl er. Obwohl alles in Helena sich dagegen sträubte, leistete sie seinem Wunsch Folge, weil sie ihn nicht provozieren wollte. Das Herz schlug ihr vor Furcht bis zum Hals, aber es gelang ihr, Haltung zu bewahren.

Matthews Blick glitt an ihr hinunter. »Wie jungfräulich«,

spottete er. »Man sollte nicht glauben, dass du einen Bastard in dir trägst.«
Helena zuckte leicht zusammen, fast unmerklich, aber es entging Matthews Blick nicht. Er kam auf sie zu und griff nach ihrem Handgelenk, gerade fest genug, um ihr wehzutun. »Ich habe mir deine Zurückweisung all die Zeit gefallen lassen, weil ich mir sicher war, dein Vater würde dich in jedem Fall mit mir verheiraten.« Seine Augen wurden dunkel vor Wut. Blitzschnell griff er mit der linken Hand in ihr Haar und warf sie bäuchlings aufs Sofa. Er hatte ihr Haar um seine Hand gewickelt und drückte ihren Kopf so auf das Polster, dass sie sich nicht bewegen konnte. Sie versuchte, sich mit den Armen abzustemmen, aber es gelang ihr nicht. Nach Luft schnappend drehte sie den Kopf zur Seite, um atmen zu können. Im selben Moment fing Matthew an, sie zu schlagen. Helena sog scharf die Luft ein und biss dann die Zähne zusammen, um ihm nicht die Genugtuung zu geben, sie vor Schmerz schreien zu hören. Sie brauchte ihre ganze Selbstbeherrschung, um still zu bleiben. Aber Matthew hörte nicht auf, und als er sie einmal besonders hart traf, atmete sie in einem entsetzten Schluchzer ein. Augenblicklich ließ er sie los und trat zurück, so dass sie sich aufsetzen konnte. Sie zitterte am ganzen Körper und sah ihn aus großen angstvollen Augen an.
Matthew nahm sein Halstuch ab und ließ es zu Boden fallen. »Kommen wir zum eigentlichen Teil des Abends«, verkündete er und löste die Manschettenknöpfe an seinen Handgelenken. »Steh auf und komm her«, kommandierte er. Helena blieb, wo sie war. Matthew hob die Augenbrauen. »Findest du es klug, mich herauszufordern?«
Langsam und mit sichtlichem Widerwillen trat sie zu ihm. Als er die Hand hob, wich sie zurück. Matthew lächelte spöt-

tisch. »Dachtest du, ich wollte dich wieder schlagen? Aber nicht doch. Wie ich gesagt habe, kommen wir jetzt zum eigentlichen Zweck unseres Beisammenseins, wenn sich auch angesichts der Umstände ein behutsames Vorgehen wohl erübrigt.«

Helena schluckte und öffnete den Mund zu einer Erwiderung, brachte jedoch kein Wort heraus. Matthews Augen blitzten höhnisch. »Jeglicher Einwand wäre zwecklos, meine Schöne. Eine Frau, die mit entsprechenden Erfahrungen in die Ehe geht, kann keine Rücksicht von Seiten ihres Ehemanns mehr verlangen. So etwas bleibt Jungfrauen vorbehalten.«

Er trat zu ihr und griff nach dem Gürtel ihres Morgenrocks. Helena legte ihre Hände darauf, und Matthew versetzte ihr mit der flachen Hand einen harten Schlag ins Gesicht, der sie zurückfahren ließ. Dann öffnete er den Gürtel und zerrte ihr mit einer groben Bewegung den Mantel von den Schultern. Seine Hände ergriffen den Ausschnitt ihres Nachthemdes und rissen es mit einem Ruck bis zum Saum auf. Helena atmete scharf ein, als sie das kreischende Geräusch hörte, mit dem die teure Seide riss. Mit einer heftigen Bewegung befreite sie sich aus Matthews Griff, raffte die beiden Seiten des Nachthemdes um ihren Körper und floh in eine Ecke hinter einen der Sessel. Sie fühlte sich wie ein in die Enge getriebenes Tier.

Matthew folgte ihr langsam. »Es ist zwecklos, Helena. Du solltest meine Geduld nicht über Gebühr strapazieren.«

»Matthew«, bat sie mit zitternder Stimme. »Matthew, bitte denk an das Kind.«

»Ein ungünstiger Zeitpunkt, mich ausgerechnet daran zu erinnern, findest du nicht?« Er zog sie hinter dem Sessel hervor und warf sie mitten im Zimmer grob auf den Boden. Helena schlug hart mit dem Rücken auf und wehrte sich heftig gegen ihn. Immer wieder entwand sie sich seinem Griff, und er konnte sie nur halten, indem er ein Knie über ihre Hüfte schob und sie zu Boden drückte.

»Halt endlich still!«, herrschte er sie an. Er bog ihre Arme über ihren Kopf und hielt ihre Hände mit einer Hand fest, während sich sein Mund in einem groben Kuss auf ihren presste. Ihr Widerstand erlahmte, er hatte einfach mehr Kraft als sie. Vielleicht, dachte Helena, war es besser, es einfach nur durchzustehen, umso schneller würde es vorbei sein. Ihr Körper verkrampfte sich, als seine Hände unsanft darüber glitten, und Tränen quollen unter ihren geschlossenen Augenlidern hervor, dann spürte sie sein Drängen und kurz darauf durchzuckte sie ein brennender Schmerz. Sie gab keinen Laut von sich, sondern riss nur entsetzt die Augen auf. Ihr Blick suchte eine Öffnung zwischen den Vorhängen und verlor sich im Sternenhimmel.

Als Helena erwachte, war es bereits heller Morgen. Matthew hatte erst irgendwann spät in der Nacht von ihr abgelassen und war ins Bett gegangen. Helena war zunächst auf dem Boden liegen geblieben, dann hatte sie ihr zerrissenes Nachthemd abgestreift, ihren Morgenmantel um sich gewickelt und sich unter Schmerzen aufgerafft, um sich auf das Sofa zu legen.

Die Sonnenstrahlen flossen durch den Spalt in den Vorhängen, auf den Helena sich die halbe Nacht konzentriert hatte, um auszublenden, was ihr angetan wurde. Sie hatte gedacht, Matthew am nächsten Morgen vor Demütigung und Scham nicht ins Gesicht sehen zu können, aber nun fühlte sie gar nichts außer einer dumpfen Betäubung. Ihre Augen wanderten zum Bett. Matthew war offensichtlich schon aufgestanden.

Für einen kurzen Augenblick erlaubte Helena sich, an tiefe dunkelblaue Augen zu denken, an sensible, sanfte Hände, an Entzücken …

Aus dem Ankleidezimmer war Matthews Stimme zu hören, offensichtlich sprach er mit seinem Kammerdiener. Dann öffnete sich die Tür, und Matthew schlenderte hinein. Er war bereits angekleidet, und er schien gebadet zu haben, denn sein Haar glänzte noch etwas feucht. Er stellte sich vor sie, steckte eine Hand in die Tasche und betrachtete sie.

»Steh auf«, befahl er ihr.

Helena, die fürchtete, ihn erneut zu provozieren, wenn sie es nicht tat, richtete sich auf, wobei sich ihr Gesicht vor Schmerz verzog. Es schien keine Stelle mehr an ihrem Körper zu geben, an der sie sich nicht geschunden fühlte. Sie mied Matthews Blick und ging zu ihrem Frisiertisch, wobei ihr das Gehen einiges Unbehagen bereitete. Als sie sich setzte, zuckte sie kurz zusammen.

»Keine Sorge«, spottete Matthew, der nun hinter ihr stand. »Daran gewöhnst du dich noch, beim ersten Mal tut es immer weh.«

Helena ging auf seine Stichelei nicht ein und beobachtete angstvoll jede seiner Bewegungen im Spiegel, während sie ihr Aussehen überprüfte. Vorsichtig befühlte sie mit den Fingerspitzen ihre Lippen.

Matthew bemerkte ihre Geste. »Man sieht es nicht. Und selbst wenn, würden die Leute höchstens denken, ich hätte dich etwas zu leidenschaftlich geküsst.«

Helena ließ sich nicht zu einer Entgegnung hinreißen, sondern schwieg weiterhin und nahm in dem Wunsch, etwas zu tun, ihre Bürste, um ihr Haar durchzukämmen. Matthew, der hinter sie getreten war, legte ihr die Hände auf die Schultern und strich leicht mit einem Daumen ihren Nacken entlang. Sie verspannte sich unwillkürlich und krampfte ihre Hand um den Griff der Bürste.

»Entspann dich, Helena, ich tue dir nichts.«

Ohne es zu merken, legte Helena eine Hand an ihren Bauch. Matthew entging ihre Bewegung nicht. »Dem Kind ist schon nichts passiert. Um eine Fehlgeburt herbeizuführen, braucht es etwas mehr als das, was geschehen ist. Sei unbesorgt, ich werde nichts tun, was dazu führen könnte, dass du das Kind verlierst. Immerhin könntest du dabei sterben, und ich möchte dich nicht auf dem Gewissen haben.«

»Dann hättest du Counts Lane und könntest dir eine andere Ehefrau suchen.«

Matthew lächelte spöttisch. »Mir ist letzte Nacht erst wirklich bewusst geworden, wie schön du bist, und ich gedenke, diese Schönheit zu genießen. Was ich dir im Übrigen noch sagen wollte: Fass keine zu tiefe Zuneigung zu dem Kind. Sollte es ein Junge werden, wirst du es nicht behalten dürfen.«

Helena sah ihn ungläubig an. »Ist das eine Maßnahme, mich zu bestrafen?«

»Nein, das ist eine Maßnahme, um zu garantieren, dass mein Titel an meinen Sohn geht und nicht an den Bastard eines anderen Mannes.«

Helena kannte natürlich die Regeln der Erbfolge, hatte sich deren Folgen für ihr Kind aber bisher nicht vor Augen geführt. »Und wenn es ein Mädchen wird?«, flüsterte sie.

»Bete dafür.« Matthew ging zur Tür. »Beeil dich etwas, ich möchte nicht zu lange mit dem Frühstück warten.«

Nachdem er den Raum verlassen hatte, stützte Helena ihren Kopf auf ihre Hände und atmete tief durch. Ihre Gedanken wanderten zu Alec, der in Kürze auf dem Weg nach Indien sein würde. In aufwallender Wut griff sie nach einer Schmuckschatulle, die vor ihr stand, und warf sie mit aller

Kraft gegen die Wand. »Ich habe dich geliebt, du verdammter Bastard!«, schrie sie. »Wie konntest du mir das antun?«
Der Schmuck ergoss sich über den Teppich. Helena stand auf und läutete nach Amelia, die kurz darauf erschien und einen fragenden Blick auf das verstörte Gesicht ihrer Herrin warf. Sie ahnte natürlich, was der Auslöser für diese überstürzte Ehe war, es gab fast nichts, was man vor einer Zofe verbergen konnte. »Seine Lordschaft wartet bereits im Morgenzimmer«, sagte sie.
»Mir ist vollkommen egal, wo dieses Ungeheuer wartet«, fuhr Helena sie aufgebracht an. »Bereite mir ein Bad. Gieß das Heilöl hinein, am besten die halbe Flasche.«
Amelia erlaubte sich einen mitfühlenden Blick, den Helena kaum ertrug, und tat, was ihr aufgetragen war. Auf dem Weg ins Badezimmer fiel ihr Blick auf die Schmuckschatulle, die am Boden lag. Helena wusste, sie würde beim Aufräumen auch das zerrissene Nachthemd finden und sich den Rest zusammenreimen können. Aber auf Amelias Verschwiegenheit konnte sie sich verlassen.
Nach einer Weile kam Amelia zurück und begann, Kleidung für Helena zurechtzulegen. »Das Bad ist bereit, Mylady.«
Helena stand auf und ging ins Badezimmer. »Du brauchst mir nicht zu helfen«, herrschte sie Amelia an, als diese ihr gefolgt war, um ihr wie üblich zur Hand zu gehen. »Lass meine Unterwäsche hier und mach lieber etwas Ordnung im Zimmer.«
Amelia nickte und verließ das Badezimmer.
Helena wusste, sie war zu unfreundlich gewesen, aber sie brachte es nicht über sich, sich vor der Zofe zu entkleiden, weil sie fürchtete, Amelia würde sofort sehen, was Matthew mit ihrem Körper getan hatte. Vor dem großen Spiegel öffnete sie ihren Morgenmantel und ließ ihn langsam zu Boden fal-

len. Aufmerksam betrachtete sie ihren Körper, und das erste Mal versuchte sie, ihn mit den Augen zu sehen, mit denen Alec und Matthew ihn gesehen hatten. Die Schwangerschaft war so gut wie nicht zu sehen, nur eine winzige Wölbung ihres Bauches. Matthews grobe Behandlung hatte natürlich ihre Spuren in Form von blauen Flecken hinterlassen, und als Helena sich leicht drehte, fiel ihr ein besonders großer auf ihrem Schulterblatt auf, den sie sich zugezogen haben musste, als Matthew sie zu Boden geworfen hatte. Aber das waren nur äußerliche Verletzungen, die verheilen würden. Seufzend glitt sie in das heiße Badewasser und atmete wohlig ein, als es ihren Körper wie Seide umschloss.

Das Frühstück verlief in kühlem Schweigen. Matthew sagte ab und zu etwas, um die Form zu wahren, und Helena gab ihm nichtssagende Antworten. Allein der Gedanke daran, dass Matthew in der nächsten Nacht wieder über sie herfallen würde, ließ sie kaum einen Bissen hinunterbekommen. Sie würgte an ihrem Toast und trank einige Schlucke Tee. Irgendwann wurde sie sich Matthews forschenden Blickes bewusst. »Du bist selbst schuld an dem, was passiert ist«, sagte er, ihre Gedanken erratend. »Ich wäre nie so mit dir umgegangen, wenn du meine Rechte nicht an einen anderen Mann gegeben hättest.«
»Niemand hat dich dazu gezwungen, mich zu heiraten, Matthew.«
Matthew sagte nichts, sondern schenkte sich noch etwas Kaffee nach.

Nach dem Essen ritten sie aus, und Matthew machte sie mit dem Besitz vertraut. Aufgrund von Helenas Schwangerschaft konnten sie nur im Schritt-Tempo reiten. Helena hatte anfangs gedacht, den ganzen Tag nicht mehr ohne Schmerzen sitzen zu können, aber das Bad hatte offensichtlich Wunder gewirkt. Matthew verhielt sich ihr gegenüber in der Öffentlichkeit so, wie man es von einem frisch verheirateten Mann erwarten konnte.

Den Rest des Tages verbrachte Helena im Garten und damit, das Haus zu erkunden. Dessen Südflügel wurde offensichtlich am stärksten genutzt. Helena fand das Haus ausnehmend schön, und unter anderen Umständen hätte sie es sicherlich genossen, hier zu sein.

Sie öffnete auf gut Glück die nächste Tür und kam in einen großen Raum, der durch die zierlichen Möbel wie der Privatsalon einer Dame aussah. Über dem Kamin hing ein großes Bild von Matthews Mutter. Die Ähnlichkeit mit ihrem Sohn war unübersehbar, Lady Vanderley war eine außergewöhnlich schöne Frau gewesen. Wahrscheinlich hatte dieser Salon früher ihr gehört. Einen Moment lang kam Helena sich wie ein Eindringling vor, aber dann dachte sie daran, dass Matthew sie dazu ermutigt hatte, sich das ganze Haus anzusehen.

Langsam ging sie durch den Raum und sah sich eine kleine Kommode an, auf der indische Figuren standen. Offensichtlich hatte Matthews Mutter Indien sehr geliebt. Sie sah sich eine Miniatur eines indischen Kindes an, betrachtete Elfenbeinschnitzereien und zog eine der Schubladen auf, die bis zum Rand gefüllt war mit alten, säuberlich aufeinander gestapelten Landkarten. Helena nahm einige davon vorsichtig heraus, und der aufwirbelnde Staub brachte sie zum Niesen. In einer weiteren Schublade fand sie Reiseberichte. Fasziniert von ihrem Fund, trug sie alles zu einem zierlichen Tisch, der vor einem kleinen Sofa stand.

Während Helena die Berichte las und jeden der erwähnten Orte auf den Karten suchte, merkte sie kaum, wie die Stunden verstrichen. Es waren auch Reiseschilderungen dabei, die aus der Zeit stammten, als William Vanderley als ganz junger Mann und noch unverheiratet das erste Mal nach Indien gefahren war, und etliche Berichte stammten auch von ihm selbst. Sie offenbarten eine Seite an ihm, die Helena noch nie aufgefallen war und offensichtlich auch Matthew abging. Die Beschreibungen der Landschaften und der Menschen waren von einer Detailtreue und von so viel Gefühl geprägt, dass Helena nachvollziehen konnte, wieso Lady Belinda Vanderley sich damals als junges Mädchen in diesen etwas vierschrötigen und keineswegs attraktiven Mann verliebt hatte.

Erst als die Buchstaben vor ihren Augen verschwammen, merkte sie, wie müde sie war. Es widerstrebte ihr, den Raum zu verlassen und ins Bett zu gehen. Matthew würde sie sicherlich auch in dieser Nacht nicht in Ruhe lassen. Sie konnte nur hoffen, dass es nicht so schlimm werden würde. Helena legte ihren Kopf auf die Sofalehne und schloss die Augen für einen Moment. Gleich würde sie die Karten und die Berichte wieder in die Schublade legen und in ihr Zimmer gehen. Wenn sie sich bemühte, Matthew nicht zu provozieren, würde er vielleicht mit der Zeit etwas gnädiger gestimmt sein.

»Helena?« Der Klang seiner Stimme verriet Matthews offensichtliche Ungeduld und seinen Ärger und riss Helena aus dem Schlaf, in den sie, ohne es zu merken, gesunken war. Sie öffnete die Augen und wusste im ersten Augenblick nicht, wo sie war, dann erinnerte sie sich wieder, und ihr Blick fiel auf den kleinen Tisch, auf dem die Karten und die Berichte lagen. Unsicher richtete sie sich auf, um Matthew ins Gesicht sehen zu können. Der Schlaf hatte sie noch müder gemacht,

als sie ohnehin schon war, und sie wünschte sich nichts mehr, als direkt weiterschlafen zu können.
»Kannst du mir sagen, warum du stundenlang verschwindest, ohne ein Wort darüber zu verlieren, wo du bist?«, fragte Matthew gereizt.
Helena stand auf und strich ihr Kleid glatt. »Ich habe diese alten Karten gefunden und darüber wohl die Zeit vergessen.« Sie deutete auf den Tisch. »Und dann bin ich so müde geworden …« Sie verstummte.
»So? Müde bist du geworden? Und warum bist du nicht ins Schlafzimmer gekommen, wie es eigentlich üblich ist?« Er kam auf sie zu. »Offensichtlich brauchst du eine weitere Lektion in Sachen Gehorsam.«
Helena ging um den Tisch herum, um etwas Abstand zwischen ihn und sich zu bringen. In gespieltem Bedauern schüttelte Matthew den Kopf. »Hast du letzte Nacht gar nichts gelernt? Wohin willst du denn flüchten?«
»Es tut mir Leid, dich verärgert zu haben, das wollte ich wirklich nicht.« Helena wich hinter eine Sitzgruppe zurück.
Matthew war mit wenigen Schritten bei ihr und zog sie an sich. Er küsste sie so hart, dass es schmerzte. Helena keuchte auf und versuchte, sich aus seinem Griff zu winden, was ihn nur dazu brachte, sie in einer Umarmung wie ein Schraubstock zu umklammern. Nach Luft ringend wollte sie ihr Gesicht abwenden, aber Matthews Arme umschlossen sie immer fester, je mehr sie sich wehrte. Helena hatte das Gefühl, ihre Rippen müssten jeden Moment brechen, wenn sie noch eine Bewegung machte. Still verharrte sie in seinem Griff, bis er anfing, an den Häkchen, die das Kleid in ihrem Rücken zusammenhielten, zu zerren, und sie entsetzt erkannte, was er vorhatte.

»Nicht, Matthew, nicht schon wieder«, bat sie, während sie sich mit beiden Händen gegen seine Brust stemmte.
»Nicht schon wieder?«, fragte Matthew mit beißendem Hohn. »Was denkst du eigentlich, wofür ich dich geheiratet habe?« Er drängte sie zurück, so dass sie mit dem Rücken zur Wand stand, und nun konnte sie sich nicht mehr wehren.

Teil III

1881-1882

34

London

Als Helena am späten Nachmittag eines warmen Mittsommertages das Spielzimmer ihrer Kinder betrat, sprangen ihr sowohl ihre Tochter Susannah als auch der jüngere Clayton – wenn dieser auch nach wenigen unsicheren Schritten direkt wieder hinfiel – erfreut entgegen. Helena ging in die Knie und fing ihre Tochter auf, die übermütig in ihre Arme sprang. Sie sah die Kinder viel zu wenig, denn wie in wohlhabenden Häusern üblich wurden diese von Kindermädchen betreut. Wenn ihr ihr Leben unerträglich erschien, half es Helena manchmal, die Kinder zu sehen – das Beste, was sie von Alec und Matthew bekommen hatte.

Die zweijährige Susannah hatte Alecs dunkelblaue Augen, und sie sah ihm auch sonst so ähnlich, dass es Helena manchmal beinahe das Herz brach, sie anzusehen. Glücklicherweise fiel es den Leuten nicht auf, denn es bestand auch Ähnlichkeit zwischen Helena und ihrer Tochter, so dass man eher geneigt war, diese zu bemerken. Susannah hatte dunkle Locken und ein hinreißendes Gesicht. Zu Helenas unendlicher Erleichterung behandelte Matthew, der Kinder erstaunlich gern hatte, Susannah immer freundlich. Natürlich war ihm daran gelegen, sobald wie möglich ein eigenes Kind, nach Möglichkeit einen Erben, zu bekommen, und sobald Helena wieder auf den Beinen war, machte er sich daran, seine Worte in die Tat umzusetzen, mit dem Ergebnis, dass sie gut drei Monate nach Susannahs Geburt erneut schwanger war.

Helena stand auf und setzte sich in einen Sessel, während sie ihre Kinder beim Spielen beobachtete. Die Kindermädchen saßen auf zwei Stühlen und unterhielten sich, ohne ihre wachsamen Augen von den Kindern zu nehmen. Clayton sah genauso aus, wie Matthew in dem Alter ausgesehen haben musste. Er hatte sogar Matthews Augen. Während ihrer Schwangerschaft mit ihm, die alles andere als leicht war, hatte Helena immer Angst gehabt, das Kind vielleicht nicht lieben zu können, weil sie Matthew nicht liebte, wenn ihr Umgang miteinander mittlerweile auch freundlicher geworden war. Glücklicherweise war die Angst unbegründet gewesen, sie liebte Clayton seit dem Moment, in dem sie ihn das erste Mal im Arm gehalten hatte.

Vorfälle wie die der ersten beiden Nächte nach der Hochzeit hatten sich glücklicherweise nicht wiederholt. Ohne sich für sein Verhalten zu entschuldigen, war Matthew stillschweigend dazu übergegangen, seine Rechte auf sie ohne unnötige Erniedrigung geltend zu machen. Helena empfand seine Art, mit ihr zu schlafen, immer noch als demütigendes Inbesitznahmen, weil er dabei nur an sich selbst dachte und die ganze Sache alles andere als angenehm war, aber es war bei weitem nicht so schlimm wie am Anfang. Sie hatte die Erfahrung gemacht, dass es half, vorher Laudanum einzunehmen und dann alles in einem angenehmen Dämmerzustand über sich ergehen zu lassen. Die Entdeckung hatte sie irgendwann durch Zufall gemacht, als sie nachts ein Opiat gegen Kopfschmerzen genommen hatte.

Claytons Weinen riss sie aus ihren Gedanken. Er war hingefallen und hatte sich wehgetan. Sein Kindermädchen war bereits aufgesprungen, aber Helena war noch vor ihr bei Clayton und bedeutete ihr, sich zurückzuziehen. Sie kniete sich hin, zog ihn in die Arme und strich beruhigend über seinen Rücken. Das Weinen ebbte ab, und Clayton schmiegte sein Gesicht an ihre Schulter. Matthews Mutter war damals wahrscheinlich ebenso vernarrt in ihn gewesen wie sie, Helena, heute in Clayton. Was wäre, wenn ihr Sohn später so wurde wie sein Vater? Würde sie ihn ebenso ablehnen wie Matthew heute, oder würde sie ihn mit den verklärten Augen einer Mutter sehen, so wie ihre eigene Mutter Calvin ansah, alles verzeihend, was er tat, stets in dem Glauben, mit der Zeit werde er sich schon bessern?

Clayton wurde unruhig und zappelte in Helenas Armen. Im selben Moment sprang Susannah, die sich vernachlässigt fühlte, auf ihren Rücken. Helena griff nach ihr und wirbelte beide Kinder herum, die entzückt auflachten.

Nachdem sie eine Zeitlang mit den Kindern gespielt hatte, drehte Helena sich um, in dem Gefühl, beobachtet zu werden. Matthew lehnte im Türrahmen und beobachtete sie.

»Sehr hausfraulich«, spottete er.

Helena stand auf und strich ihr Kleid glatt. »Wann bist du gekommen?«

»Jetzt eben.« Er nahm Clayton auf den Arm. Anfangs ließ Clayton sich das willig gefallen, dann wurde es ihm zu langweilig. Er begann zappelig zu werden und zerrte an Matthews Halstuch. Matthew übergab ihn dem Kindermädchen, und Helena beobachtete, wie diese, während sie das Kind nahm, scheinbar unabsichtlich mit ihrem Körper seinen Arm streifte. Matthews Gesicht gab keine Reaktion darüber preis, ob er es bemerkte oder nicht.

»Liegt irgendetwas für heute Abend an?«, wollte er wissen, während sie über den Korridor gingen.

»Eine Einladung zum Ball der Winters.«

»Sonst nichts?«

»Wir sind auch bei Lord Cockerell eingeladen, aber ich dachte, da möchtest du nicht hingehen, und die Musikabende bei den Boningtons sind immer sterbenslangweilig.«

Matthew nickte nur. »Und sonst?«
»Deine Post liegt auf deinem Schreibtisch. Es war auch eine Einladung zum Herzog von Marlborough irgendwann innerhalb der nächsten beiden Wochen dabei.«
Sie standen am Treppenabsatz, und Helena richtete, während sie sprach, den Knoten von Matthews Halstuch und strich die Enden glatt – kleine, beiläufige Handgriffe einer Ehefrau. Sie hatte gelernt, sich zu arrangieren. »Bei Lord Winter müssen wir frühestens um zehn Uhr heute Abend sein. Ich werde vorher noch meine Eltern besuchen.«
Helenas Salon – auf der Ostseite des Hauses gelegen – war angenehm kühl, als sie ihn betraten. Der Salon war in Elfenbein- und Goldfarben eingerichtet. Die Verandatüren führten zum Garten hinaus, der an dieser Stelle durch eine mit Efeu überwachsene kleine Mauer halb vom übrigen Garten abgetrennt war. Helena hatte sich diesen Raum vor allem aus diesem Grund ausgesucht, und Matthew hatte auf ihren Wunsch hin eine kleine Laube errichten lassen, in der sie oft im Sommer saß und las oder frühstückte, wenn er nicht da war. Als sie den Salon betraten, sah sie sofort den Strauß frischer Rosen, den ihr die Tochter des Gärtners auf einen kleinen Beistelltisch gestellt hatte. Die Dienstboten mochten Helena, weil sie in ihrer ruhigen, bestimmten Art einen Ausgleich zu Matthews Strenge darstellte. Hatten früher häusliche Probleme an Matthew herangetragen werden müssen, so wandte man sich nun an sie, weil sie wesentlich gnädiger mit ihnen verfuhr als er. Und wenn es einmal notwendig war, dass er von Vorkommnissen unterrichtet wurde, fungierte Helena als Sprachrohr zwischen ihm und den Dienstboten.
Die Türen zum Garten standen offen, und der Sommerwind trug den Geruch von Blumen in den Raum.
Im Grunde genommen hatte Helena keine Lust, abends noch

auszugehen, aber sie wusste, mit einer Weigerung würde sie bei Matthew nur auf taube Ohren stoßen. Sie führte, seitdem sie verheiratet war, ein wesentlich aktiveres Gesellschaftsleben als zuvor. Während sie sich früher in vielen Fällen einfach weigern konnte, indem sie sich in ihr Zimmer einschloss, so war ihr diese Möglichkeit nun nicht mehr gegeben. Abgesehen davon, dass von ihr als Viscountess Claremont erwartet wurde, an der Seite ihres Mannes zu erscheinen, hätte Matthew nie zugelassen, dass sie eine Tür vor ihm verschloss.

Ein Dienstmädchen erschien im Salon und servierte Tee. Als sie gegangen war, wandte Helena sich an Matthew. Sie wollte trotz allem versuchen, an diesem Tag darum herumzukommen, ihn zu begleiten, sie brauchte einfach einen Tag Pause, außerdem wollte sie den Abend lieber mit Lorena verbringen.

»Matthew, hättest du etwas dagegen, wenn ich dich heute Abend nicht begleite?«

»Die Frage kannst du dir selbst beantworten, Helena.«

»Ich möchte gerne Jerome und Lorena besuchen.«

»Und ich möchte, dass du mich begleitest, damit hätte sich die Frage wohl erledigt.«

»Ich brauche wenigstens einen Tag Erholung zwischendurch.«

Matthew drehte sich wieder zu ihr um. »Du kannst morgen Abend tun, was du möchtest. Aber heute Abend begleitest du mich zu Lord Winter. Bist du damit zufrieden?«

Helena nickte. Sie hatte Lorena in letzter Zeit so selten gesehen, weil sie während der ganzen Saison einen Ball nach dem anderen besuchte, dazwischen lagen Musikabende, Soireen, Besuche und vieles mehr, das zum gesellschaftlichen Leben dazugehörte.

Lorena hatte es im Haus von Lord Ashington nicht gerade

leicht, weil sie immer noch kein Kind bekommen hatte und Lord Ashington der festen Überzeugung war, die Ursache dafür müsse bei ihr liegen. Immerhin kam bei den Ashingtons Kinderlosigkeit sonst nicht vor. Er war immer stolz darauf gewesen, mehr Söhne zu haben als Anthony, und nun hatte Simon bereits einen Sohn und eine Tochter und Jerome noch immer keinen Nachwuchs. Jerome und sein Vater gerieten häufig in die hitzigsten Auseinandersetzungen, wenn Arthur Ashington Lorena spüren ließ, dass er sie allein für schuldig an der Kinderlosigkeit seines Sohnes hielt. Jerome ließ nun sein Stadthaus in St. James herrichten, weil der ständige Streit in Ashington House für ihn und vor allem für Lorena unerträglich wurde.

Helena konnte voll und ganz nachvollziehen, wie Lorena sich fühlen musste, sie wusste, wie vernichtend ihr Vater mit seiner Kritik sein konnte. Sie selbst kam immer noch nicht gut mit ihm aus, aber die Tatsache, dass sie Matthew einen Erben geboren hatte, ließ sie immerhin in der Achtung ihres Vaters nicht noch weiter absinken. In dieser Hinsicht erfüllte sie seiner Meinung nach durchaus den Zweck ihres Daseins.

Nachdem das Teegeschirr abgeräumt worden war, ging Helena, um sich für den Besuch bei ihren Eltern umzuziehen.

»Sei nicht zu spät hier«, rief Matthew ihr nach, als sie zur Tür hinausging.

»Das werde ich nicht.« Helena verließ den Salon, ehe ihm noch ein Grund einfiel, sie an ihrer Ausfahrt zu hindern.

35

Einige Tage später verließ Matthew mittags das Haus, nachdem er und Helena sich bereits zum zweiten Mal an diesem Tag heftig gestritten hatten. Helena ließ sich von Amelia Tee machen, um den hämmernden Schmerz in ihrem Kopf zum Stillstand zu bringen, und wollte sich später hinlegen. Sie war gereizt, und das allein brachte Matthew noch mehr gegen sie auf, dabei war er schuld an ihren unerträglichen Kopfschmerzen.

Alles hatte damit begonnen, dass er Helena die Nacht zuvor in ihrem Zimmer aufgesucht hatte und Helena ihn unter einem Vorwand kurz allein ließ, um im Badezimmer zu ihrem Verbündeten Laudanum zu greifen. Was sie bei der ganzen Sache nicht bedacht hatte, war, dass Laudanum, auf beinahe nüchternen Magen genossen, eine verheerende Wirkung auf ihr Bewusstsein haben würde. Das Abendessen lag bereits längere Zeit zurück, und zudem hatte sie nur wenig gegessen. Anfangs verspürte sie nur ein leichtes Schwindelgefühl, aber als sie sich ins Bett legte, nahm sie alles um sich herum schon nur noch wie durch einen Nebel wahr. Es war keineswegs ein unangenehmes Gefühl, aber es musste Matthew auffallen, wie teilnahmslos sie war. Er war zwar daran gewöhnt, dass sie die Dinge stumm über sich ergehen ließ, aber dass sie nicht einmal seine Gegenwart zu bemerken schien, machte ihn doch misstrauisch. Er sprach sie an, so viel bekam sie mit, sie verstand auch, was er sagte, war jedoch nicht imstande, sich aus ihrem wohligen Dämmerzustand aufzuraffen und ihm zu antworten; abgesehen davon, traute sie ihrer Stimme nicht.

Matthew stand auf, ging in ihr Badezimmer und kam kurz darauf mit einer kleinen Flasche in der Hand wieder zurück. Langsam trat er neben ihr Bett und sah mit einem unergründlichen Ausdruck in den Augen zu ihr hinunter. »Kopfschmerzen, meine Schöne?« Er steckte die Flasche in die Tasche seines Morgenmantels. »Nun, wir werden morgen weiterreden, heute Abend hat es ohnehin keinen Zweck.«
Damit war er gegangen, und obwohl Helena ein ungutes Gefühl hatte, war sie kurz darauf in tiefen Schlaf gefallen und erst am späten Vormittag aufgewacht. Sie fühlte sich matt und unausgeschlafen und war der Anklagerede, die Matthew ihr mit barscher Stimme hielt, während sie am Frühstückstisch saß, kaum gewachsen.
Mittags gerieten sie erneut aneinander, als Helena sich wegen ihrer Kopfschmerzen ein Medikament bringen ließ und Matthew es ihr wegnahm, kaum dass das Dienstmädchen das Zimmer verlassen hatte.
»Was soll das?«, fragte sie verärgert. »Du hast doch gehört, ich habe Kopfschmerzen. Darf ich jetzt bitte das Medikament zurückhaben?«
Matthew steckte es ein. »Du wirst kein Laudanum mehr bekommen. Lass dir ein anderes Medikament aus der Apotheke holen.«
»Aber alles andere hilft nicht so gut«, erwiderte Helena. Sie rieb sich die Schläfen mit den Fingern. »Matthew, bitte. Mir geht es wirklich nicht gut.«
»Und verdammt noch mal zu Recht.« Matthew sah sie mitleidslos an.
Als sie wenig später am Mittagstisch saßen, hatte Helena solche Kopfschmerzen, dass ihre Augen tränten. Sie stocherte lustlos im Essen herum, und Matthew rief nach einem Dienstmädchen, um es zur Apotheke zu schicken und ein

leichtes Schmerzmittel ohne Morphium zu holen, mit der Begründung, Helena vertrage Opiate nicht gut. Natürlich half das Mittel nicht, aber Matthew ging auf keine Bitte Helenas ein, ihr das stärkere Medikament auszuhändigen.
Jetzt war er in einen seiner Clubs gegangen, und Helena hatte sich eine Stunde später hingelegt.
Gegen Abend suchte sie Karten für die Oper, in die sie mit Matthew am nächsten Tag gehen wollte. Sie saß an Matthews Schreibtisch und zog die Schubladen einzeln auf, ohne die Karten finden zu können. Der hämmernde Schmerz in ihrem Kopf hatte durch den Schlaf glücklicherweise nachgelassen, nur ihre schlechte Laune war geblieben. Entnervt schloss sie die letzte Schublade und ging die Papiere durch, die auf dem Schreibtisch lagen. Es sah Matthew ähnlich, diese Karten irgendwo hinzulegen und am Abend wie selbstverständlich zu erwarten, dass sie wusste, wo sie waren.
Als sie sie nach längerem Suchen immer noch nicht gefunden hatte, lehnte Helena sich in dem Sessel zurück und überlegte, wo Matthew sie außer auf seinen Schreibtisch noch hingelegt haben könnte. Sie stand auf, um in dem Jackett nachzusehen, dass er am Vortag getragen hatte, als er die Karten abholte.
In Matthews Zimmer war es angenehm kühl. Es wurde von der Spätsonne beleuchtet, und ein leichter Wind strich durch das geöffnete Fenster in den Raum. Helena ging in sein Ankleidezimmer und fand nach kurzem Suchen das schwarze Jackett vom Vorabend. Sie griff in eine der Außentaschen, stockte einen Moment, als sie auf etwas Weiches stieß, schloss ihre Finger darum und zog einen zartrosafarbenen Seidenschal hervor, dem noch ein blumiges Parfum anhaftete. Helena runzelte die Stirn, und eine vertraute Wut stieg in ihr hoch. Er hatte es schon wieder getan oder, so wie sie Matthew kannte, nicht schon wieder, sondern immer noch.

»Du verdammter Kerl«, sagte sie gepresst. Sie legte den Schal auf eine Kommode und griff in die Innentasche des Jacketts, wo sie auch die Opernkarten fand. Mit einer knappen Bewegung hängte sie das Jackett zurück, nahm den Schal und die Karten an sich und verließ das Zimmer.

»Guten Abend.« Matthew betrat den Salon, wo Helena am Fenster stand, den Rücken so gerade, dass es ihre innere Anspannung verriet. Sie drehte sich halb zur Tür, als sie Matthew hörte, und erwiderte seinen Gruß nur mit einem kurzen Nicken. Er kam zu ihr, um ihr wie üblich einen Kuss auf die Stirn zu geben, den sie mit leicht zurückgeneigtem Kopf über sich ergehen ließ, ihr Körper steif unter Matthews Händen.

»Schmollst du noch?«, fragte er, während er sich etwas zu trinken eingoss, nonchalant und sorglos. »Meine Liebe, deine Abneigung gegen eheliches Beisammensein ist etwas, das du mit etlichen anderen Frauen teilst.«

Helena bemühte sich um eine ruhige Stimme, als sie sprach. »Offenbar ist es nicht das Einzige, das ich mit anderen Frauen teile.« Als Matthew fragend die Brauen hob, fuhr sie fort: »Erinnerst du dich an unser Gespräch vor etwas über einem Jahr? Es ging um die Affäre, die du damals hattest.«

Matthew nickte nur. Er setzte sich auf die Armlehne eines Sessels, schob sein Jackett leicht zurück, steckte eine Hand in die Tasche und lehnte sich an die Rückenlehne.

»Ich habe dir damals gesagt, ich bestünde darauf, dass du diese Beziehung beendest, erinnerst du dich?«

»Ich erinnere mich vor allem daran, dass es mich nicht besonders interessiert hat.«

Helena beherrschte sich mühsam. »Und warum hast du mir das damals nicht gleich gesagt, anstatt mich in dem Glauben zu lassen, du hättest die Affäre beendest?«

Matthew zuckte die Schultern. »Du warst mit Clayton schwanger, und ich wollte dich nicht aufregen. Wie kommst du eigentlich plötzlich auf das Thema?«
Helena zog den Seidenschal hervor. »Der steckte in der Tasche von deinem Jackett.«
Matthew stand auf. »Was fällt dir ein, in meinen Taschen herumzuwühlen?«
»Ich habe nicht darin herumgewühlt, sondern die Opernkarten gesucht.«
»Die liegen auf dem Schreibtisch.«
»Da liegen sie jetzt. Lenk nicht vom Thema ab.«
Matthew kam auf sie zu und streckte die Hand aus. »Gib mir den Schal, ich hasse Szenen.«
Helena behielt den Schal in der Hand. »Ist das alles, was du zu sagen hast?«
»Ja. Und jetzt gib mir den Schal.« Ein ungeduldiges Schnippen mit den Fingern folgte.
Als Helena keine Anstalten machte, seiner Aufforderung Folge zu leisten, ging Matthew zu ihr, nahm ihre Hand und wand den Schal aus ihren Fingern.
»So«, sagte er, als er den Schal in seine Tasche gesteckt hatte, »nachdem dieses Thema erledigt wäre, würde ich vorschlagen, wir lassen das Abendessen servieren. Kümmere dich bitte darum.«
Helena blieb stehen, wo sie war.
»Hast du mich nicht gehört?«
Helena hob das Kinn. »Doch, aber ich habe keine Lust, mich darum zu kümmern. Wenn du essen willst, dann sorg selbst dafür, dass es serviert wird.«
Matthew seufzte ungeduldig, als habe er ein unverständiges Kind vor sich. »Ich habe nie vorgegeben, monogam zu leben.«

»Und ich will nicht, dass du ständig Affären mit anderen Frauen hast.«

»Worüber regst du dich eigentlich auf? Es war uns beiden doch von Anfang an klar, unsere Ehe würde eine reine Vernunftheirat werden. Jetzt sei bitte vernünftig und nimm diese Dinge hin, so wie es jede andere verständige Ehefrau es auch tut.«

»Ich werde es nicht hinnehmen«, fauchte Helena wütend. »Entweder du hörst auf, dich mit anderen Frauen einzulassen, oder«, Helena warf den Kopf zurück, »ich lasse mich von dir scheiden.«

Matthews Augen wurden rauchgrau vor Wut. »Du hast wohl den Verstand verloren, das kommt überhaupt nicht in Frage.«

»Warum nicht? Ist Ehebruch kein Scheidungsgrund?«

»Doch, allerdings, und zwar dann, wenn die Frau die Ehe bricht.«

»Tatsächlich? Ich werde einen Anwalt fragen, der kann mir sicher ...«, weiter kam sie nicht, weil Matthew zu ihr trat und ihre Arme so hart umfasste, dass sie zusammenzuckte.

»Wage es nicht, jemals mit so einem Anliegen an die Öffentlichkeit zu treten. Du würdest damit natürlich keinen Erfolg haben, aber einen Skandal verursachen, der mich dazu zwingen würde, mich von dir zu trennen, allerdings nicht so, wie du es dir vielleicht vorstellst. Ich würde dich auf irgendeinen Landsitz abschieben, und deine Kinder würdest du nie wiedersehen. Bei den Vanderleys hat es nie eine Scheidung gegeben, und ich habe nicht vor, daran etwas zu ändern.«

Helena sah ihn an, ohne eine Antwort zu geben.

»Hast du mich verstanden?«, fragte er mit seidenweicher Stimme, deren drohender Unterton Helena einen Schauer über den Rücken laufen ließ, weil sie wusste, welche Wut sich hinter dieser Stimme verbergen konnte. Trotzdem konnte sie sich nicht dazu aufraffen, mehr zu tun, als zu nicken, was Matthew aber zu genügen schien. Er ließ ihre Arme los und trat einen Schritt zurück.

»So, jetzt benimm dich bitte, wie man es von einer Frau deines Alters erwarten kann, und lass das Essen servieren.«

Matthews provokante Art, sie wie ein Kind zu behandeln und ihre Verärgerung als Spielerei abzutun, verfehlte auch diesmal nicht ihre Wirkung auf Helena. Sie ging zum Erker, der genau entgegengesetzt zur Tür lag, und sah auf die Straße.

»Wenn du vorhast, mich wirklich wütend zu machen, kann ich dir nur sagen, du bist auf dem besten Weg dorthin«, sagte Matthew.

Helena reagierte nicht und wandte ihm weiterhin den Rücken zu.

»Helena?« Matthews Stimme wurde zunehmend gereizt. »Helena, mach nicht den Fehler, meine Ruhe mit Geduld zu verwechseln.«

Helena blieb, wo sie war. Sie hörte, wie Matthew auf sie zukam, und am liebsten hätte sie ihm ihr Gesicht zugewandt, statt mit dem Rücken zu ihm zu stehen, aber damit hätte sie ihm nur gezeigt, wie sehr sie seine Wut in Wirklichkeit fürchtete, also zwang sie ihren Blick weiterhin auf die Straße. Matthew stand nun dicht hinter ihr, nahm ihren Arm und drehte sie mit einer raschen Bewegung zu sich um.

»Mit welchem Recht wagst du es, dich meinen Anordnungen zu widersetzen?«

Helena sah ihm in die Augen. »Mit demselben Recht, mit dem du meine Wünsche ignorierst und in der Gegend herumhurst.«

Sie hatte die Worte kaum ausgesprochen, als sie, durch Matthews Gesichtsausdruck alarmiert, den Arm hob – den Bruchteil einer Sekunde zu spät, um den Schlag in ihr Gesicht noch abfangen zu können. Er hatte sie seit ihrer Hochzeitsnacht nicht wieder geschlagen, und Helena hatte zwar mit Wutausbrüchen gerechnet, aber nicht damit.

»Ich hatte dich gewarnt, nicht wahr?« Er ging ein paar Schritte durch das Zimmer, blieb dann stehen und drehte sich zu ihr. »Ich weiß gar nicht, worüber du dich beklagst. Du lebst wie ein Königin, ich habe dir Zugang zu den besten Häusern Englands verschafft, du hast nicht den geringsten Grund, auf eine Mätresse eifersüchtig zu sein. Dich habe ich immerhin geheiratet.«

»Ja, was für ein unermessliches Glück für mich«, erwiderte Helena sarkastisch, »aber ich bin sicher, du behandelst sie besser als mich.«

»Sei nicht albern. Sie hat nicht einen Bruchteil von dem, was du besitzt.«

»Ich rede nicht von Besitz, wie du sehr wohl weißt. Wie lange willst du mich eigentlich noch für meinen Fehltritt bestrafen? Mit deiner Geliebten gehst du doch sicher auch rücksichtsvoll um, obwohl du bei ihr mit Sicherheit auch nicht der Erste sein dürftest.«

Matthew begegnete dem Blick ihrer funkelnden Augen gelassen. »Nein, aber sie bereitet mir Vergnügen.«

»Und ich wäre fast gestorben, als ich deinen Erben auf die Welt gebracht habe.«

Matthew erwiderte nichts, sondern wandte sich zur Tür. »Das Thema ist damit beendet. Ich habe nicht vor, noch länger mit dem Essen zu warten.«

Helena hob gleichgültig die Schultern. »Du wirst ohne mich essen müssen, ich werde mich hinlegen.«

»Schon wieder? Du wirst heute Nacht bestimmt nicht schlafen können.« Matthew lächelte maliziös. »Dann kannst du mir wenigstens nicht sagen, du seiest zu müde.«

Helena ging ohne ein weiteres Wort an ihm vorbei und verließ den Salon.

Der Abdruck von Matthews Hand war noch zu sehen, als Helena in ihrem Nachthemd vor dem Spiegel saß und Creme auf ihrem Gesicht verteilte. Ihr Blick fiel auf ein kleines Kästchen, das ihren Lieblingsschmuck enthielt. Es waren nur wenige Teile, unter anderem das Armband, das Alec ihr geschenkt hatte. Sie streckte die Hand nach dem Kästchen aus, nahm das Armband heraus und betrachtete es. Wie kam es, dass man an einen Menschen, den man hassen sollte, nur mit einem Gefühl denken konnte, das nicht den geringsten Hass, ja nicht einmal Abneigung in sich barg? In jeden Gedanken, an das, was er ihr angetan hatte, mischten sich Erinnerungen an seine Berührungen, an leise geflüsterte Koseworte … Seit dem Tag, an dem Alec sich im Wald von Essex von ihr getrennt hatte, war sie nicht wieder so glücklich gewesen wie in den Momenten, in denen sie bei ihm gewesen war. Die Intensität, mit der sie sich oft nach diesem verlorenen Glücksgefühl sehnte, war so heftig, dass es schmerzte. Einmal noch, dachte sie, einmal noch einen dieser verlorenen Momente zurückholen können und ihn in dem vollen Bewusstsein genießen, dass er einmalig war.
Als sie die Schritte vor der Tür hörte, legte sie das Armband eilig wieder zurück und schloss die Schatulle.
»Du bist noch wach«, stellte Matthew fest. Er trat hinter sie und betrachtete ihr Spiegelbild. Seine Fingerspitzen berührten ihre Wange, die noch immer von seinem Schlag gerötet war. »Das wird nicht wieder vorkommen«, versprach er. »Ich hatte nicht vor, dich zu schlagen.«
Helena erwiderte seinen Blick im Spiegel. »Sprich nur weiter«, forderte sie ihn auf. »Zum Beispiel darüber, dass es dir Leid tut.«

Matthew lachte. »Du hast Recht, es tut mir wirklich Leid. Bist du nun zufrieden?«

»Um mich zufrieden zu stellen, bräuchte es wesentlich mehr als eine simple Entschuldigung.«

»Bei anderen Frauen«, fuhr Matthew fort, »braucht es etwas wie, sagen wir, ein Perlencollier, damit sie vergeben und vergessen. Aber ich habe das Gefühl, bei dir werde ich nicht so billig davonkommen.«

Helena schürzte verächtlich die Lippen. »Zu der Sorte Frauen, die sich mit Schmuck kaufen lassen, habe ich nie gehört.«

Matthew setzte sich in einen Sessel und schlug die Beine übereinander. Helena wandte ihm den Rücken zu, sah ihn jedoch im Spiegel. Sie fuhr fort, ihre Abendtoilette zu beenden. Normalerweise kämmte Amelia ihr abends das Haar aus, aber Helena hatte sie fortgeschickt, weil sie lieber allein sein wollte. Nun saß stattdessen Matthew hier, und er machte nicht die geringsten Anstalten zu gehen.

Helena löste ihr schweres Haar, das leicht gelockt auf ihren Rücken fiel, und griff nach ihrer Bürste, wobei sie eine Puderdose umkippte und der Puder sich über den Tisch verteilte. Vorsichtig schob sie ihn in die Dose zurück, immer im Bewusstsein von Matthews schweigendem Blick im Rücken. Ihr war klar, wie aufreizend ihr aprikotfarbenes Nachthemd wirken musste, und sie schielte nach ihrem Morgenrock, der auf dem Bett lag. Ihn jetzt zu holen würde unweigerlich Matthews Spott auf sich ziehen. Ein kurzer Blick in den Spiegel überzeugte sie davon, dass er den Blick nach wie vor auf sie gerichtet hatte.

»Nervös?«, fragte Matthew lächelnd.

Helena wandte ihre Aufmerksamkeit ihrem Spiegelbild zu und begann, ihr Haar zu bürsten. Sie wollte eben beginnen, es

zu flechten, als Matthews Stimme sie innehalten ließ. »Lass es offen.«
»Du gehst doch sowieso gleich in den Club.«
»Noch bin ich aber hier.«
»Du hast mich den ganzen Tag an meinen Kopfschmerzen leiden lassen und abends als Krönung des Ganzen schamlos zugegeben, eine Geliebte zu haben. Ich lege keinen Wert auf deine Gesellschaft, geh bitte.«
»Ob du Wert darauf legst oder nicht, ist mir herzlich egal.« Er stand auf, trat hinter sie und betrachtete ihr Gesicht, das von dem gelösten Haar umrahmt war, im Spiegel. »Genug geredet«, sagte er und zog sie hoch zu sich.

36

Kalkutta

So spät noch hier?«, Trevor Callaghan betrat das Arbeitszimmer, in dem Alec noch über einen Stapel Papiere geneigt saß. Seit zwei Jahren hatte er sein eigenes Arbeitszimmer im Kontor und verbrachte dort mehr Zeit als daheim. Er mochte den Raum mit seiner Ausstattung aus Holz und Leder. Das mit Schnitzereien verzierte Regal an der Wand hatte er mit Büchern voll gestopft, und auch sonst schien der Raum mehr von seiner Persönlichkeit zu spiegeln als sein eigenes Haus. Hohe Fenster gaben den Blick frei auf das schlammige Ufer des Ganges und die Kaianlagen. Der Monsunregen hatte vorübergehend aufgehört, und nun schien die Stadt zu dampfen. Kein Zweifel, dass der Regen bald wieder einsetzen würde.

»Ich wollte diese Papiere noch durcharbeiten«, sagte Alec.

Trevor zog einen Stuhl heran und setzte sich. Im letzten Jahr hatte er mehr und mehr die Aufgaben von Mr. Seymour übernommen. »Übertreibst du es nicht ein wenig?« Er nahm das oberste Blatt vom Stapel und überflog es kurz. »Damit hast du noch über eine Woche Zeit.« Sein Blick taxierte Alec, als er das Blatt zurücklegte. »Du bist mit deiner Arbeit bereits für Tage im Voraus fertig, und nun suchst du dir noch eine weitere Beschäftigung, nur um nicht heimgehen zu müssen. Was machst du, wenn du damit auch fertig bist? Fängst du dann an, die Kisten im Lager durchzuzählen?«

Alec zuckte die Schultern. »Mir ist es lieber, alles direkt zu erledigen, das ist alles.«

»Wohnt Jalna nicht mehr bei dir?«
»Doch, warum?«
»Ist das nicht ein Anreiz, nach Hause zu gehen, oder langweilt sie dich inzwischen?«
Alecs Mundwinkel deuteten ein Lächeln an. Er hatte vor einem Jahr einen indischen Koch und zwei Dienstmädchen eingestellt, eines davon war Jalna. Es hatte nicht im Geringsten in seiner Absicht gelegen, das Mädchen zu seiner Geliebten zu machen, als er es einstellte. Seine Haushälterin, eine vierzigjährige Frau aus Bengalen, hatte Jalna damals ausgesucht, um Unterstützung im Haushalt zu haben. Anfangs hatte Alec das rehäugige junge Mädchen kaum beachtet, bis sie ihn eines Abends auf seinem Zimmer aufgesucht hatte. Im ersten Moment hatte er sie wegschicken wollen, aber ihr langes Haar hatte sich wie ein seidener Schleier über seinen Körper gelegt, als sie sich über ihn neigte, und seine Sinne hatten augenblicklich reagiert, als er die Hände um ihre schlanke Taille legte, erst in der Absicht, sie von sich zu schieben, dann um sie zu umfassen und an sich zu ziehen. Nein, Jalna tat alles andere, als ihn zu langweilen, aber es war wie mit einem zu süßen Dessert, man konnte schnell genug davon bekommen.
»Weißt du, was du tun solltest, Alec?«
»Ich nehme an, du wirst es mir gleich sagen.«
»Es wäre am besten, wenn du heiraten würdest. An Gelegenheiten fehlt es dir doch nicht.«
Alec zündete sich eine Zigarre an. »Vielleicht nicht an Gelegenheiten, aber an der richtigen Frau.«
»Ich verstehe.« Trevor schlug die Beine übereinander. »Liegt es nicht vielleicht eher daran, dass du eine andere Frau nicht vergessen kannst?«, fragte er vorsichtig.
»Können wir das Thema wechseln?« Alec stand auf und

streckte sich. »Vielleicht sollte ich wirklich für heute Abend Schluss machen.«

Trevor stand ebenfalls auf. »Mein Reden. Nimm dir morgen doch einen Tag frei.«

»Was soll ich denn mit einem freien Tag anfangen? Nein, ich komme morgen früh wie immer.«

Trevor hob die Schultern. »Wie du möchtest. Übrigens«, er sah Alec aufmerksam an, »wir fahren in diesem Sommer nach England.«

Alec blinzelte ins Sonnenlicht und fühlte sich erstaunlich ausgeruht, was ihn sofort alarmierte, weil das heißen musste, dass er zu lange geschlafen hatte. Er fuhr aus dem Bett hoch und sah sich in dem kleinen Zimmer um. Nach Trevors Eröffnung war er eine Zeit lang ziellos in der Gegend herumgelaufen, war am Ganges entlangspaziert, um sich irgendwann vor der Wohnungstür einer ehemaligen guten Freundin wiederzufinden. Sie hatte ihn willkommen geheißen, was damit endete, dass sich ihre Körper in der feuchtheißen, stehenden Luft der Nacht in ihrem Zimmer fanden.

Alec schlug die Decke zurück, und sein Blick wanderte zu der blonden jungen Frau, die am Fenster stand und hinaussah. »Wie spät ist es?«, fragte er.

Sie drehte sich um. »Beinahe elf.«

»Gütiger Himmel, Tricia, wie konntest du mich so lange schlafen lassen?«

»Hast du nicht gestern gesagt, sie hätten dir ohnehin angeboten, den Tag heute freizunehmen? Du warst vollkommen am Ende, Alec. Bis heute frühmorgens hast du wach gelegen, denkst du, ich hätte das nicht gemerkt?«

Alec angelte nach seiner Kleidung und zog sich an. »Erwähntest du gestern nicht, du bekämst heute noch Besuch?«

»Er hat mir heute morgen eine Absage geschickt.«
Sich in dem Zimmer umsehend, meinte er: »Nicht zufällig der Gönner dieser neuen Einrichtung?«
»Genau der.« Sie zog den Gürtel ihres Morgenmantels enger um sich. »Das nächste Mal solltest du dich besser anmelden, ehe du kommst. Ich schätze zwar deine Besuche, aber wenn er dich hier sieht, ist es mit dem schönen Leben schnell vorbei.«
»Von mir wolltest du nie finanzielle Hilfe annehmen.«
»Du bist ja auch ein Freund.«
Alec knöpfte sein Hemd zu. »Und du hast überhaupt kein schlechtes Gewissen, ihn zu betrügen, obwohl er dich, wie du selbst sagst, wirklich gern hat?«
Sie sah ihn aus kühlen hellen Augen an. »Gerade du musst so reden.«

37

London

Helena beobachtete das kleine Kätzchen, das sich auf einer von der Sonne beschienenen Stelle des Teppich ausstreckte und schlief. Es war noch so klein, dass Helena es in einer Hand halten konnte, hatte beigefarbenes Fell, das mit helleren Haaren durchsetzt war und am Bauch und den Pfötchen cremefarben wurde. Matthew hatte es ihr vor einigen Tagen geschenkt. Sie hatten sich in den letzten Tagen ständig gestritten, was meist mit ihrem wütenden Rückzug in ihr Zimmer endete, während er bis spätnachts oder frühmorgens wegging. Anfangs hatte er Helena immer irgendein Schmuckstück geschenkt, wenn er zu häufig außer Haus übernachtete und sie sich darüber aufregte. Aber inzwischen wusste er, dass Helena eine lebhafte Abneigung gegen diese Geschenke gefasst hatte, und eines Morgens hatte der Korb mit der Katze in ihrem Zimmer gestanden. Darüber hatte Helena sich wirklich gefreut, aber ihre Wut über Matthews Verhalten war dadurch nicht geringer geworden.

An diesem Abend waren sie auf einem Ball bei Lord Durham, dem Herzog von Wakefield, eingeladen, und Helena trug ein weißes Kleid, das einen leichten Stich ins Goldene hatte. Mit diesem Kleid hatte ihre Schneiderin sich selbst übertroffen, und Helena fand es sogar noch schöner als das, welches sie zum Ball beim Herzog von Marlborough getragen hatte. Sie trug ein Diadem in ihrem dunklen Haar und ein dazu passendes Brillantcollier sowie Ohrringe und ein Armband.

Die Verbindungstür zu Matthews Zimmer öffnete sich.

»Du bist schon fertig?« Matthew schien erstaunt. Helena

warf ihm einen feindseligen Blick zu. Gestern Abend war er fortgegangen und erst heute im Laufe des Nachmittags zurückgekommen.

»Ich habe deinen Bruder George gestern Abend gesehen«, berichtete Matthew im Plauderton.

»So? Na, dann war er gestern Abend mir gegenüber eindeutig im Vorteil«, spottete Helena. Sie nahm ihren Seidenschal vom Bett und legte ihn sich um die Schultern. Matthew sah sie mit kaum verhohlenem Amüsement an.

»Ist das der Grund dafür, warum du heute so verführerisch schön bist? Weil du möchtest, dass ich heute Nacht zu Hause bleibe? Damit hast du auf jeden Fall schon den richtigen Weg eingeschlagen.«

»Warum kannst du mich nie ernst nehmen?« Helenas ganzer in den letzten Monaten aufgestauter Zorn brach sich seine Bahn, sie griff nach ihrem Ridikül und warf es mit aller Kraft gegen die Wand. Sie verfehlte Matthew nur knapp. Ehe er sich von seiner Verblüffung erholt hatte, begann sie schon, ihn anzuschreien.

»Ich ertrage es nicht mehr, ich ertrage dich nicht mehr, Matthew! Dich und deine tyrannische Herrschsucht, deine Eskapaden, dass ich keinen Schritt gehen darf, ohne dich vorher zu fragen. Weißt du, worin der Zweck meines Daseins hier besteht? Ich kann es dir nämlich beim besten Willen nicht sagen. Die Kindermädchen erziehen meine Kinder, die Haushälterin verwaltet das Haus, meine Zofe entscheidet, was ich anziehe, die Köchin, was ich esse. Tagein, tagaus tue ich nichts weiter, als langweilige Besuche zu machen und an deiner Seite lächelnd auf Soireen, Bällen, Musikabenden und wozu wir sonst noch überall eingeladen werden, zu erscheinen. Dabei ist mir so langweilig, dass ich am liebsten schreien würde.« Zu ihrem Entsetzen merkte sie, dass sie kurz davor war, in Tränen auszubrechen. Helena wusste, Matthew war kein Mensch, der durch Tränen zu rühren war, weshalb sie niemals versucht hatte, zu diesem Mittel Zuflucht zu nehmen. Sie weinte nie in seiner Gegenwart, und nun musste sie gerade jetzt schwach werden. Sie wandte sich ab und versuchte, sich innerlich zu sammeln, aber sie konnte die Tränen nicht zurückhalten.

Matthew schien – für seine Verhältnisse – wirklich betroffen zu sein, was wohl daran lag, dass er sie lange nicht weinen gesehen hatte. Als er merkte, wie erfolglos seine Versuche, sie zu beruhigen, blieben – und Helena verachtete sich selbst dafür, dass sie nicht aufhören konnte zu weinen –, verfiel er auf das, was sich erfahrungsgemäß immer am tröstlichsten herausgestellt hatte. Er hob ihr Gesicht an, senkte seinen Mund auf ihre tränennassen Lippen und küsste sie so sanft, dass Helena für einen Moment der Atem stockte. Ihre Sinne reagierten auf ihn, noch ehe sie etwas dagegen tun konnte. Es war, als hätte etwas in den letzten drei Jahren in ihr geschlummert, das nur darauf wartete, geweckt zu werden. Seit Alec war sie nicht mehr so geküsst worden.

Matthews Kuss wurde drängender, und er zog sie enger an sich. Obwohl Helena sich innerlich dagegen wehrte, legte sie ihre Arme um seinen Hals und erwiderte seinen Kuss. Ihre ganze Welt schien mit einem Mal Kopf zu stehen. Es war, als forderten ihre Sinne ihr Recht, so als hungerten sie förmlich nach Dingen, die Matthew ihr geben konnte, obwohl sie ihn nicht liebte.

Matthew löste sich langsam wieder von ihr und sah in ihre noch tränenglänzenden Augen. »Wir müssen allmählich gehen«, sagte er so dicht an ihrem Mund, dass Helena ein Schauer überlief. Sie sah vorsichtig in Matthews Augen, sah aber nur einen leisen Anflug von Erstaunen darin. Ihre Arme lagen immer noch um seinen Hals, sie zog sich hastig von ihm zurück, als ihr dies bewusst wurde. Nun trat wieder der vertraute Ausdruck von Spott in seine Augen, er lachte leise und ging hinaus.

Helena zog ihre Handschuhe an und verließ ebenfalls das Zimmer. Sie war verwirrt. Man musste lieben, um so küssen zu können, dachte sie, und mit Liebe hatte das, was sie empfunden hatte, nichts zu tun gehabt. Es war, als habe nur ihr Körper gefühlt und alles andere sei unwichtig gewesen. Unten an der Treppe wartete Matthew bereits auf sie und reichte ihr seinen Arm. Helena ärgerte sich mehr über sich selbst, als sie sagen konnte. Nun gingen sie zu diesem verwünschten Fest, das Gespräch war natürlich nicht beendet worden, und obendrein hatte sie ihm in seinen Augen womöglich noch den Beweis dafür geliefert, wie unwiderstehlich er war.

Es war eine der üblichen langweiligen Geselligkeiten, und Helena tat bereits der Mund weh vom vielen Lächeln. Im Moment hörte sie den wenig aufregenden Ausführungen eines jungen Mädchens zu, das ihr von seiner Reise nach Paris erzählte. Glücklicherweise erschien Simon irgendwann überraschend und erlöste sie, indem er sie auf die Tanzfläche führte.

Als Helena später durch den Saal ging, Bekannte grüßte und auf die Veranda zustrebte, marterten sie die Gedanken daran, wie ihr weiteres Leben an Matthews Seite aussehen würde. Dass ihre Ehe von vorneherein zum Scheitern verurteilt war, hatte für sie immer außer Frage gestanden. Aber sie könnte trotzdem glücklicher sein, wenn Matthew ihr irgendetwas zugestehen würde, worin sie Erfüllung fand. Sie hegte immer noch den Wunsch, alles über die Verwaltung von Landgütern zu lernen, aber Matthew war in dieser Hinsicht ebenso unnachgiebig wie ihr Vater.

Die Türen zur Veranda standen offen, und Helena war offensichtlich die einzige Person, die sich zurzeit draußen befand. Sie lehnte sich an das Geländer und sah in den dunklen Garten hinaus.
»Traurig?«
Helena fuhr herum und sah erst jetzt, dass sie nicht alleine war. Lord Murdoch trat aus dem Schatten an der Wand und gesellte sich zu ihr. So, wie er stand, verstellte er ihr den Weg zur Tür, wie Helena verärgert bemerkte.
»Guten Abend«, sagte Helena kühl. »Sie hätten sich etwas früher bemerkbar machen können.«
Lord Murdoch lächelte. »Ich weiß, aber die Versuchung, ihren reizenden Anblick eine Weile in Ruhe zu genießen, war zu groß.«
»Ich muss Sie nicht daran erinnern, dass ich verheiratet bin?«
»Wie könnte ich das vergessen? Sie wissen nicht, wie viele gebrochene Herzen Sie durch Ihre – ziemlich überstürzte – Heirat zurückgelassen haben.«
Helena sah ihn frostig an. »Nachdem Sie mich ja nun darüber aufgeklärt haben, muss ich Sie bitten, zu gehen oder mich gehen zu lassen. Ich möchte nicht mit Ihnen zusammen gesehen werden.«
»Sie haben Angst vor Ihrem Ehemann?«
»Wenn Sie mich weiterhin belästigen, haben Sie weitaus mehr Grund, ihn zu fürchten.«
»Ihr Mann ist Ihnen nicht treu, aber das wissen Sie sicher. In Momenten, in denen Sie sich unbeobachtet fühlen, sieht man, dass Sie nicht glücklich sind.«
»Das reicht«, unterbrach Helena ihn scharf. »Was erlauben Sie sich überhaupt?«
»Sie hören mir zu, bis ich zu Ende gesprochen habe«, fuhr Lord Murdoch nun in wesentlich härterem Ton fort. »Sie

und Lord Vanderley galten zwar immer als die Verbindung schlechthin, aber für mich war auch immer offensichtlich, wie wenig Sie sich mit ihm verstanden haben. Dann kam diese überstürzte Hochzeit und die offensichtliche Schwangerschaft. Ich habe mich immer gefragt, ob Ihre Zuneigung zu ihm wirklich so weit ging, dass Sie sich ihm schon vor der Ehe hingegeben haben, oder ob er vielleicht gar nicht der Erste war.«

Helena wurde brennend rot im Gesicht. »Kümmern Sie sich um Ihre eigenen Angelegenheiten, Sie abscheulicher Bastard und behalten Sie Ihre Anzüglichkeiten für sich. Wenn mein Mann davon erfährt …«

»Von mir wird er es nicht erfahren und von Ihnen noch viel weniger«, unterbrach er sie. »Legen Sie ihm gegenüber um Himmels willen nicht eine solche Loyalität an den Tag. Er behandelt Sie schlecht, also vergelten Sie Gleiches mit Gleichem. Gehen Sie eine Affäre ein, eine, die es wirklich wert wäre, als solche bezeichnet zu werden.« In seine Augen trat unverhohlenes Verlangen. »Ich wünsche mir nichts mehr, als Sie glücklich zu machen, nichts würde an die Öffentlichkeit geraten, und zum ersten Mal in meinem Leben wäre ich in dieser Hinsicht wirklich diskret.«

Helena holte aus und versetzte ihm eine schallende Ohrfeige, was ihn verblüfft zurückfahren ließ. Aber ehe sie an ihm vorbeigehen konnte, hatte er sich schon wieder gefangen und machte einen Schritt auf sie zu.

»Wagen Sie es, mich anzufassen«, fuhr Helena ihn mit schneidender Stimme an, »und ich schreie die ganze Gesellschaft zusammen. Mich können Sie nicht so leicht einschüchtern, wie Ihnen das mit der armen Miss Birmingham gelungen ist. Aus dem Weg, und beten Sie, dass mein Mann Sie nicht findet, wenn er davon erfährt.«

Er gab ihr lächelnd den Weg frei, und sie eilte an ihm vorbei. Ihre Wangen waren immer noch hochrot, und ihr Herz raste. Matthew wird ihn umbringen, dachte sie, aber dann überlegte sie im selben Moment, dass Matthew vielleicht der Letzte war, der sich über die Männer der Gesellschaft irgendwelche Illusionen machte. Sie konnte es ihm auf keinen Fall sagen, er würde vielleicht wirklich glauben, sie habe Lord Murdoch Hoffnungen gemacht. Mit der Begründung, sie habe sich doch bereits vor ihrer Ehe auf eine Affäre mit einem Mann eingelassen. Hoffentlich hatte sie keiner gesehen. Mit Lord Murdoch ins Gerede zu kommen würde sie gesellschaftlich unmöglich machen.

Nachdem sie beinahe eine Stunde lang von einem Nebenraum in den nächsten gegangen war, sich immer wieder flüchtig mit Bekannten unterhalten hatte, dachte sie, dass sie sich allmählich wieder im großen Tanzsaal sehen lassen musste.

Im Türbogen, der zum Tanzsaal führte, stieß sie beinahe mit einem Mann zusammen. Sie hob den Kopf, und die Entschuldigung blieb ihr im Hals stecken, als sie Mr. Seymour erkannte.

»Lady Vanderley, was für eine bezaubernde Überraschung.« Er schien ehrlich erfreut, sie zu sehen.

Helena erwiderte seinen Gruß mit trockenem Hals, und als sie sich umwandte, sah sie die beiden anderen Männer, die neben ihm standen. Ihr Blick tauchte in die dunkelblauen Augen, aus denen Susannah sie jeden Tag ansah. Das ganze Blut wich ihr aus dem Gesicht, und einen schrecklichen Moment lang glaubte sie, die Besinnung zu verlieren, fing sich aber sofort wieder. Alec war ebenso aufgewühlt von diesem Zusammentreffen wie sie, ließ sich aber äußerlich nichts anmerken. Im Gegensatz zu ihr war er allerdings auch darauf vorbereitet gewesen, ihr irgendwann zu begegnen, und als er

vorhin Lord Vanderley gesehen hatte, war er sich sicher gewesen, dass es an diesem Abend sein würde.
Mr. Seymour nahm die Situation in die Hand. »Lady Vanderley, darf ich Sie mit meinem Schwiegersohn und engsten Mitarbeiter Mr. Trevor Callaghan bekannt machen?«
Helena blickte in ein kantiges Gesicht, aus dem sie ein Paar intelligente Augen freundlich ansahen. Sie zwang sich zu einem Lächeln, und Gott allein wusste, was sie das kostete. Mit einer Stimme, die sich selbst für ihre eigenen Ohren schrill anhörte, grüßte sie. Die Höflichkeit gebot ihr, auch Alec zu grüßen, und die Worte kamen über ihre Lippen, ohne dass sie wusste, was genau sie sagte. Sie wechselte noch einige höfliche Worte mit Mr. Seymour, wobei sie krampfhaft vermied, Alec erneut anzusehen, entschuldigte sich und ging beinahe fluchtartig in den Tanzsaal.
»Das war sie also«, bemerkte Trevor. Alec nickte zerstreut, während er Helena nachsah. Unschlüssig stand er neben Trevor, dann murmelte er eine Entschuldigung und wollte ebenfalls in den Saal gehen. Mr. Seymour hielt ihn auf. »Ihr jetzt zu folgen ist das Unklügste, was du tun kannst. Mach es nicht noch schlimmer, als es ohnehin schon ist. Hast du ihr Gesicht nicht gesehen?«
»Doch, habe ich, deshalb will ich ja mit ihr reden.« Alec ließ ihn ohne ein weiteres Wort stehen und ging in den Saal. Nach einigem Suchen fand er Helena in einem kleinen Raum, dessen Tür halb von einem Vorhang verdeckt wurde.
»Helena?« Seine Stimme ließ sie hochschrecken. Sie war blass und wahrte nur mühsam die Fassung.
»Mr. Delany.« Es erschien ihr das Beste, ihn direkt auf Distanz zu halten.
Er kam näher. »Ich bedaure sehr, dich mit meiner Anwesenheit hier praktisch überfallen zu haben.«

Helena hob die Schultern. »Es ist ja nicht deine – Ihre – Schuld, dass ich zufällig auch hier bin, und vorwarnen konnten Sie mich ja schlecht. Es ist wohl unser Schicksal, uns immer wieder über den Weg zu laufen.«

»Wie geht es dir?«, fragte Alec, um etwas Unverfängliches zu sagen.

Sie hatte einen Ehemann, der ihr nicht die kleinste Freiheit gestattete, Kinder von zwei verschiedenen Männern, und ein demoralisierter, verworfener Spieler, der ihre Freundin ruiniert hatte, wollte ihr Liebhaber werden. »Gut, vielen Dank der Nachfrage«, antwortete sie. »Seit wann sind Sie wieder in London?«

»Seit einer Woche.« Ihr distanziert-höflicher Ton irritierte ihn, aber was hatte er denn erwartet? Er forschte in ihren Augen, suchte nach Spuren der alten Vertrautheit.

Helena erinnerte sich schmerzhaft daran, dass sie ihn seit der Nacht bei den Hydes nie hatte ansehen können, ohne den Wunsch zu verspüren, ihn zu umarmen und von ihm geküsst zu werden. »Und wie ist es Ihnen so ergangen?«, fragte sie mit gezwungen ruhiger Stimme. »Haben Sie inzwischen geheiratet?« Kaum hatte sie sich die Frage abgerungen, bereute sie es schon wieder, weil sie Angst vor der Antwort hatte.

Er ließ sich einen Augenblick Zeit mit der Antwort. »Nein, verheiratet bin ich nicht.« Aber auch nicht allein, schloss Helena aus der Antwort.

»Hast du mittlerweile Kinder?«, fragte Alec im freundlichsten Konversationston, allerdings weiterhin ohne die von ihr gewählte förmliche Anrede zu übernehmen. Er gestand es sich nicht ein, aber ein kleiner Teil von ihm hoffte wider alle Vernunft, so die Distanz zwischen ihnen überwinden und zu der alten Vertrautheit zurückkehren zu können.

»Ja, zwei. Ein Mädchen und einen Jungen«, antwortete sie höflich, aber kurz angebunden.
Zwei Kinder in drei Jahren, dachte Alec, Lord Vanderley hatte wirklich keine Zeit verloren. Zu seiner eigenen Verwunderung gefiel ihm der Gedanke daran nicht besonders, dabei hatte er wohl kaum erwarten können, die beiden würden kein Eheleben führen.
»Ich hatte so gehofft, Sie nie wiedersehen zu müssen«, sagte Helena übergangslos.
Alecs Gesicht war nicht anzusehen, ob ihn das traf oder nicht, aber wann hatte sie seine Gefühle je von seinem Gesicht ablesen können?
»Bist du nach drei Jahren immer noch nicht über die ganze Sache hinweg? Du hast doch inzwischen geheiratet und hast eine Familie.«
Helena lächelte ironisch. »Und Sie denken, mein jetziges Leben sei die Erfüllung? Ich habe Sie nie vergessen.«
»Ich dich auch nicht«, erwiderte Alec. »Warum hast du eigentlich damals so überstürzt geheiratet?«, fragte er dann nach einer kurzen Pause. »Mir erschien es immer so, als ob du aus Trotz Lord Vanderley geheiratet hast, kaum dass wir uns getrennt hatten.«
»Wir haben uns nicht getrennt, sondern Sie haben mich verlassen. Das ist ein Unterschied.«
Alec nahm einen Briefbeschwerer vom Schreibtisch und drehte ihn in der Hand. »Du wirst mir das nie verzeihen, habe ich Recht?«
»Ich werde es mir selbst nie verzeihen, es so weit kommen gelassen zu haben«, entgegnete Helena. Sie senkte den Blick und starrte konzentriert auf die geschnitzte Verzierung am Tisch. »Matthew hat in unserer ersten Nacht dafür gesorgt, dass ich allen Grund hatte, es bitter zu bereuen.«

Sie sah ihn an und bemerkte die Bestürzung in seinem Blick. Seine Anwesenheit wurde ihr mit jeder Sekunde, die verstrich, unerträglicher. »Gehen Sie jetzt bitte, Mr. Delany.« Es war das einzig Vernünftige, ehe sie in Versuchung geriet, Dinge zu sagen, die sie später bereuen würde.
Alec nickte ihr noch einmal grüßend zu und ging.
Helena barg verzweifelt das Gesicht in den Händen.
»Hier bist du«, hörte sie Matthew kurz darauf sagen und fuhr zusammen. »Ich suche dich schon seit über einer Stunde.«
»Es tut mir Leid, mir geht es nicht so gut.«
Matthew musterte sie prüfend. »Das sehe ich. Möchtest du fahren? Mir ist ehrlich gesagt auch etwas langweilig.«
Helena nickte erleichtert und nahm Matthews Arm.
Auf dem Weg nach draußen begegneten sie Lord Murdoch, der von Matthew mit einem kalten Gruß abgefertigt wurde und Helena mit einem so intimen Lächeln bedachte, dass diese sich abwandte.

Helena hatte noch nicht nach Amelia gerufen, weil sie eine Zeit lang allein sein wollte. Aus ihrem Kleid kam sie zwar allein nicht heraus, aber das konnte auch warten. Sie saß an ihrem Frisiertisch, nahm den Schmuck ab und löste ihr Haar. Der Abend hatte sie ausgelaugt, und sie fühlte sich elend, wenn sie an Alec dachte und daran, auf was für Ideen Lord Murdoch verfallen würde, um seinen Willen durchzusetzen. Helena betrachtete ihr Spiegelbild, ihr blasses Gesicht, das von gelöstem Haar umrahmt war. Nebenan hörte sie Matthew herumlaufen. Sollte er etwas von der Sache mit Lord Murdoch erfahren, konnte sie sich gleich begraben lassen.
Als hätte sie ihn mit ihren Gedanken herbeigerufen, trat Matthew genau in diesem Moment durch die Verbindungstür. Sein Hemd stand am Hals offen und zeigte einen klei-

nen Teil seiner Brust. Helena sah ihn an und stand auf. Sie wünschte, er würde wieder in sein Zimmer gehen und sie schlafen lassen.
»Was bekümmert dich heute den ganzen Abend?«, wollte er wissen.
»Nichts, ich bin nur müde.« Sie selbst merkte, wie wenig überzeugend diese Antwort klang.
Helena wünschte, sie könnte die Gedanken an Alec verdrängen, das vergessen, was Lord Murdoch zu ihr gesagt hatte. Vor allem musste sie Matthew davon abhalten, weiter zu fragen, weil er keine Ruhe geben würde, ehe er die Antwort wusste. Sie nahm sich zusammen, ging zu ihm und strich mit einem Finger langsam über seine Haut entlang des Ausschnitts seines offenen Hemdes. Den Blick in seine Augen vermeidend, hob sie ihr Gesicht an und küsste ihn vorsichtig. Matthew schien erst verblüfft, dann legte er die Hände um ihre Taille. Helena merkte, dass er nicht mehr völlig unbeteiligt war, und schmiegte sich an ihn, die Arme um seinen Hals geschlungen. Im selben Moment begann Matthew, ihren Kuss zu erwidern, und seine Hände glitten sanft über sie. Helena, die erwartet hatte, sie werde kühl und distanziert bleiben, während er mit der üblichen Grobheit zu Werke ging, erlebte, wie ihre ausgehungerten, vergessen geglaubten Sinne auf seine unerwartet behutsamen Berührungen reagierten.
Er fuhr fort mit seinen Liebkosungen, und ihr Körper entglitt ihrem Willen. Hilflos fragte sie sich, woher Matthew so genau wusste, was er tun musste, hatte er sich doch für ihre Bedürfnisse nie interessiert. Sie fürchtete, in Zukunft umso verletzlicher zu sein, wenn sie ihm jetzt ihre Gefühle so offen zeigte, und wünschte, er würde aufhören, während sie im selben Moment Angst davor hatte, er werde es tatsächlich tun.

Das erste Frühlicht erreichte die Fenster und war noch schwach genug, um von den Vorhängen zurückgehalten zu werden. Matthew löste sich aus Helenas Armen und stützte sich auf einem Arm ab. Helena spürte seinen forschenden Blick mehr, als sie ihn sah. Jetzt, wo sie aus ihrem Sinnestaumel erwacht war, schienen ihr die Sorgen, die sie plagten, schlimmer als zuvor. Umso mehr, als sie wusste, dass Matthew sich offensichtlich nicht so leicht einwickeln ließ und mit Sicherheit jetzt erst recht eine Antwort von ihr fordern würde. Helena streckte eine Hand aus und strich über seine Schulter.

»Gehst du?«, fragte sie leise.

»Ja.« Er stand auf und zog sich an. »Schlaf jetzt, wir unterhalten uns beim Frühstück.«

Nachdem Matthew gegangen war, richtete sie sich auf und strich sich das zerzauste Haar zurück. Sie schlang die Decke um sich, zog die Knie an und legte ihre Wange darauf. Ihr weißes Kleid lag wie hingegossen auf dem Boden, daneben lag bis zum Bett verstreut ihre restliche Kleidung. Helena war bestürzt über eine Seite an sich, die sie vorher nicht gekannt hatte. Sie liebte Matthew nicht, und trotzdem hatte sie es genossen, in seinen Armen zu liegen. Mehr als das, sie hatte nicht genug bekommen können.

Sie legte sich wieder in die Kissen zurück, und obwohl sie geglaubt hatte, auf keinen Fall Schlaf zu finden, war sie wenige Augenblicke später in einen tiefen Schlummer gesunken, aus dem sie erst am späten Vormittag erwachte.

Matthew kam ins Morgenzimmer geschlendert, als Helena sich gerade Toast genommen hatte. Er sah ausgeruht aus und goss sich am Büfett starken schwarzen Kaffee ein.

Helena rührte mit dem Löffel in ihrem Tee herum und mied Matthews Blick. Irgendwann gab sie es auf, so zu tun, als bemerke sie die stumme Frage nicht. »Ich war gestern Abend nicht besonders gut gelaunt.«

Matthew lehnte sich an das Büfett und sah sie forschend an. »Da du gestern sogar so weit gegangen bist, die Verführerin zu spielen, um mich davon abzuhalten, dir weitere Fragen zu stellen, wirst du verstehen, dass ich mich mit dieser Erklärung nicht zufrieden geben kann.«

»Wie kommst du darauf, das sei der Grund gewesen?«

»Was denkst du eigentlich, wen du vor dir hast? Das Spiel, das du gestern Abend spielen wolltest, ist schon zu alt, und du bist zu wenig geübt darin, als dass ich es nicht durchschaut hätte. Es war schon beinahe so, als wolltest du mir deine Treue beweisen.«

Helena wurde blass, und ihre Augen weiteten sich.

Matthew, der ihren Blick offensichtlich als Bestätigung seiner Vermutungen deutete, sah sie ungläubig an, dann stellte er seine Tasse mit einem Ruck ab, ging zu ihr und nahm ihre Handgelenke. »Ich will wissen, was gestern Abend los war.«

Helena atmete tief ein. »Lord Murdoch stand plötzlich hinter mir, als ich auf der Veranda war. Er meinte, ich sei offensichtlich in meiner Ehe nicht glücklich. Du würdest mich betrügen. Und darum schlug er vor, ob ich nicht Gleiches mit Gleichem vergelten und ob …« Helena wurde rot und stockte, »ob ich nicht seine Geliebte werden wolle, weil du anscheinend nicht imstande seiest, mich glücklich zu machen«, ergänzte sie in einem Atemzug.

In Matthews Augen flackerte eine so eiskalte Wut auf, dass Helena erschrocken zurückwich. »Warum hast du mir das gestern Abend nicht gesagt?«, fuhr er sie an.

»Das wollte ich, aber ich hatte Angst, du würdest mir die Schuld geben.«

»Ich hätte dir in jedem Fall geglaubt, beruhigt dich das?« Sein

Gesicht verfinsterte sich noch weiter. »Lord Murdoch hat sich mit dem falschen Mann angelegt.«
»Was hast du vor?«
»Was denkst du?« Matthew drehte sich um und verließ das Zimmer.

Als Matthew nachmittags zurückkam, saß Helena mit einem Buch im Pavillon. Er wirkte entspannter, schon beinahe gut gelaunt und setzte sich zu ihr.
»Hast du mit Lord Murdoch gesprochen?«, fragte sie.
»Mit ihm gesprochen? Nein, aber du kannst das Problem als gelöst betrachten, er wird dich nie wieder behelligen.« Stirnrunzelnd drehte er ihr Buch zu sich und warf einen Blick darauf. »Das ist ein Buch über Finanzrechnung.«
»Ich habe dir schon einmal gesagt, dass ich lernen möchte, wie man Landgüter verwaltet, und heute habe ich beschlossen, es mir selbst beizubringen.«
»Trügt mich meine Erinnerung, oder habe ich dir nicht gesagt, die Führung der Landgüter ginge dich nichts an?«
»Warum stört es dich, wenn ich lerne? Es schadet dir doch nicht, und mir ist nicht mehr so langweilig.«
Matthew lehnte sich zurück. »Mir war gar nicht bewusst, dass dich die Langeweile so sehr erdrückt.« Er sah auf den Buchdeckel und runzelte die Stirn. »Aber gut. Nur solltest du nicht gerade mit diesem Buch anfangen. Wenn du also unbedingt etwas über Buchhaltung lernen möchtest, dann erkläre ich es dir.«
»Das würdest du tun?«, fragte Helena skeptisch.
Er sah auf seine Uhr und nahm das Buch, das vor Helena lag. »Komm, ich habe jetzt etwas Zeit.«
Sie zögerte, ganz so, als traue sie seiner plötzlichen Wandlung nicht.

Mit dem Buch in der Hand drehte er sich zu ihr um. »Du solltest die Gunst der Stunde nutzen, meine Liebe, ehe ich das Gefühl bekomme, mit diesem Unterfangen nur meine Zeit zu verschwenden.«

Das hörte sich schon wieder eher nach Matthew an, dachte Helena, als sie ihm folgte.

38

Die Situation drohte bereits zu eskalieren, als Rose das Wohnzimmer ihres Sohnes Arthur betrat, in dem er und Jerome sich darin gefielen, sich gegenseitig anzuschreien. Nicht dass Jerome keinen Grund dafür gehabt hätte, wütend zu sein, aber so, das wusste sie, würde er nichts erreichen.

»Guten Tag, Mutter«, sagte Arthur mit gezwungener Ruhe.

Rose ließ sich von ihrem Sohn und ihrem Enkel küssen, ehe sie sich in einen Sessel setzte. Arthur und Jerome blieb nichts anderes übrig, als es ihr gleichzutun und vorübergehend die Waffen zu strecken.

»Arthur, findest du nicht, es ist an der Zeit aufzuhören, deinen Sohn und deine Schwiegertochter zu tyrannisieren?«

Arthur spannte die Kiefermuskeln an. »Was du als tyrannisieren bezeichnest, war der Rat an meinen Sohn, seine Frau zu einem mit mir gut bekannten Spezialisten zu schicken, damit sie endlich ihrer Verpflichtung nachkommen und unserem Haus einen Erben schenken kann.«

»Nun, ich bin wohl davon ausgegangen, dass die erhöhte Lautstärke, in der du gesprochen hast, eher auf einen wütenden Befehl als auf einen Ratschlag hinweist«, erwiderte Rose, ehe Jerome wieder auf die Barrikaden gehen konnte.

»Es mag wohl ein wenig von beidem gewesen sein«, erwiderte Jerome sarkastisch. »Vater wird nämlich immer wütend, wenn man das, was er als Ratschlag bezeichnet, als Befehl enttarnt.«

Rose wandte sich an Jerome. »Ich nehme an, du willst nicht tun, was dein Vater dir befohlen hat?«

»Nein. Lorena und ich sind durchaus imstande, unsere Probleme selbst zu lösen. Wenn sie einen Arzt aufsuchen sollte, dann einen, den sie selbst aussucht und dem sie vertraut, und das wird nicht Vaters Freund sein, der ihm am Ende genauestens Bericht erstattet.«
»Er ist ebenso wie jeder andere an die ärztliche Schweigepflicht gebunden«, erwiderte Arthur.
»Gewiss, aber eine kleine Andeutung hier und da gegenüber jemandem, der in die Angelegenheit eingeweiht ist, wird wohl kaum als Verstoß dagegen ins Feld zu führen sein. Immerhin weiß man ja, was man reichen Freunden schuldig ist, habe ich Recht?«, entgegnete Jerome.
Rose lehnte sich zurück. Diese Art von Streitigkeiten war ihr zutiefst zuwider »Nun, und vergessen wir nicht: Es könnte ja ebenso gut an dir liegen.«
Arthur lief vor Wut rot an. »In unserer Familie ...«
»Kommt Kinderlosigkeit nicht vor, ich weiß. Hast du Lorena mal gefragt, ob sie in ihrer Familie vorkommt?«, fragte Rose mit hochgezogenen Augenbrauen.
»Wir könnten das endlos weiterführen«, erwiderte Jerome, »aber glücklicherweise ist mein Stadthaus ab nächste Woche bezugsfertig, dann haben diese unsinnigen Diskussionen auch ein Ende.«
»Du solltest nicht vergessen, was du deiner Familie als Haupterbe schuldig bist, Jerome«, sagte Arthur. »Es wäre besser, wenn du tust, was ich sage.«
Er wollte fortfahren, wurde aber von einem Dienstmädchen unterbrochen, das ankündigte, das Essen sei serviert. Im Speisesaal stieß Eleonore zu ihnen, und weil man ungern vor ihr stritt, verlief das Essen in einer angespannten Stille, unterbrochen von einigen nichtssagenden Kommentaren, die ebenso nichtssagend beantwortet wurden.

Seit der Nacht nach dem Ball bei Lord Durham, drei Wochen zuvor, die sie beide erstaunt hatte, ging Matthew – zumindest wenn er mit ihr schlief – rücksichtsvoll mit Helena um, ansonsten blieb alles wie zuvor. Nach wie vor durfte sie sich nur im gesellschaftlichen Rahmen bewegen, und jeglicher Wunsch ihrerseits, etwas zu tun, was sie interessierte, zum Beispiel Lorena und Lady Hyde bei ihrer Arbeit in den Armenvierteln zu begleiten, stieß bei Matthew grundsätzlich auf ein unerbittliches Nein.
Helena fand es erstaunlich, dass zwischen ihr und Matthew trotz dieser Differenzen eine erstaunliche körperliche Harmonie möglich war. Matthew schaffte es immer wieder, ihr Verlangen zu wecken, so dass sie ihm letztendlich nicht mehr widerstehen konnte, und sie kam sich selbst manchmal schamlos vor, weil es ihr so gut gefiel. Sie war in dem Glauben aufgewachsen, nur Huren könnten daran Freude haben, sich einem Mann hinzugeben, den sie nicht liebten, und es erschreckte Helena, diesen Zug an sich selbst festzustellen. Jeglicher ihrer Versuche, Matthews Umarmungen passiv über sich ergehen zu lassen, scheiterte jedoch, da Matthew alle Register der Verführung zog. Sie fragte sich manchmal, worin der plötzliche Umschwung in seinem Verhalten begründet lag, aber ihr fiel keine andere Antwort ein, als dass ihn die ständigen Reibereien daheim langsam selbst ermüdeten.

Der Musikabend bei den Suttons war wieder einmal ein eindrucksvolles Beispiel dafür, dass man sich bis zur Verzweiflung langweilen konnte. Helena war alleine gegangen, weil Matthew bereits anderweitig verabredet war. Inzwischen bereute sie es, gekommen zu sein. Der Pianist, auf den Mrs. Sutton so stolz war, war eher zweitklassig, von der Sängerin konnte man nicht einmal das behaupten. Und als wäre das allein noch kein Grund, nach Hause zu gehen, hatte sie Alec getroffen, der in Begleitung von Mr. Callaghan und dessen Frau auf dem Musikabend war. Er schien ebenso gelangweilt wie sie, aber Helena hatte nicht lange genug mit ihm zusammengestanden, um das herauszufinden, sondern war nach der Begrüßung und einigen oberflächlichen Bemerkungen direkt weitergegangen. Sollte Mrs. Callaghan sie ruhig für arrogant halten, ihr Seelenfrieden war ihr wichtiger.

Constance Stanhope stieß zu ihr, als der Abend bereits weiter fortgeschritten war. Helena hatte sie vor kurzem kennen gelernt. Sie war die Tochter von Lord Stanhope, ein auf eher unkonventionelle Weise hübsches Mädchen mit blonden Locken und grünen Augen, dessen übersprudelnd fröhliches Wesen ihr sofort sympathisch geworden war.

»Ein Freund von meinem Bruder Charles gibt heute Abend eine Party in Chelsea. Er ist Musiker, Garet Flitcroft, vielleicht hast du schon einmal von ihm gehört?«

Helena verneinte, woraufhin Constance sich bemüßigt fühlte, sie bezüglich Mr. Flitcrofts Aktivitäten genauer aufzuklären. »Du solltest ihn wirklich einmal Klavier spielen hören«, schloss sie ihre Aufzählung. »Er ist einfach brillant. Heute Abend sind etliche Künstler bei ihm, vielleicht sogar Oscar Wilde. Mein Bruder würde mich mitnehmen, das hat er schon öfter gemacht, nur mein Vater darf davon nichts wissen.« Das hielt Helena auch für das Beste.

»Wie sieht es aus?«, fragte Constance. »Möchtest du uns nicht begleiten?«

»Ich bin doch gar nicht eingeladen«, widersprach Helena, obwohl der Vorschlag sie durchaus reizte. »Außerdem wäre es deinem Bruder vielleicht auch nicht recht.«

»Charles? Der wäre sogar entzückt, er mag es, wenn die Menschen unkonventionell und vorurteilsfrei sind und sich über die Dinge selbst eine Meinung bilden. Und Garet, Mr. Flitcroft meinte ich, ist immer glücklich, wenn viele Leute bei seinen Gesellschaften erscheinen.« Sie legte ihre Hand auf Helenas Arm und sah sie eindringlich an. »Er spielt so wundervoll Klavier, du musst ihn einfach mal gehört haben.«

»Ich kann nicht mitkommen, Constance, überleg dir nur mal, was mein Mann tun würde, wenn er es erführe. Wenn man seine Kutsche in Chelsea erkennt, dann ist die Möglichkeit immerhin vorhanden, dass es ihm jemand erzählt«, erwiderte Helena.

Constance wischte das Argument mit einer Handbewegung zur Seite. »Du kannst doch mit uns fahren.«

Auch wenn die Verlockung durchaus groß war, lehnte Helena ab.

»Schade«, meinte Constance etwas enttäuscht. »Wenn du es dir noch einmal anders überlegen solltest, wir sind noch ungefähr eine Stunde hier.«

Helena lächelte. »Vielleicht ergibt sich ja noch einmal anderweitig die Möglichkeit, deinen Mr. Flitcroft spielen zu hören.«

Constance wurde rot und lächelte zurück. Sieh an, dachte Helena. Sie ließ Constance, die sich einigen Freundinnen angeschlossen hatte, zurück und ging in den Salon, in dem die dünne Stimme der Sängerin sich Gehör zu verschaffen suchte.

»Wie kommt es, dass du alleine hier bist?«, fragte Alec, der plötzlich neben ihr stand.

Helena war zunächst irritiert, weil er offensichtlich weiterhin auf der vertraulichen Anrede zwischen ihnen bestehen wollte. Hatte Sie ihm bei ihrer letzten Begegnung nicht deutlich genug gemacht, dass sie diese Vertraulichkeit nicht mehr wünschte? Sie wollte ihn erst kühl abfertigen, sagen, das gehe ihn nichts an, aber dann kam ihr das albern vor. »Mein Mann hatte heute Abend keine Zeit, mich zu begleiten.« Gegen ihren Willen begann ihr Herz in jenem vertrauten und fremd gewordenen Rhythmus zu schlagen, den seine Stimme immer in ihr ausgelöst hatte. Sie konnte deren Klang nicht hören, ohne an zärtlich geflüsterte Worte zu denken, an die Art, wie er ihren Namen gesagt hatte ... Sie rief sich zur Ordnung. Das alles war schon drei lange Jahre her, welche vernünftig denkende Frau verzehrte sich nach drei Jahren immer noch nach einem Mann, der sie so behandelt hatte wie Alec?

»Möchten Sie noch etwas von mir?«, fragte sie schärfer als beabsichtigt, weil sie wütend war auf ihre eigene Schwäche und wollte, dass er endlich ging.

Alec verzog keine Miene und ging nicht auf ihren distanzierten Tonfall ein. »Helena, ich weiß, ich habe dich wirklich schlecht behandelt, aber ich kann es jetzt nicht mehr rückgängig machen.«

»Lassen Sie es gut sein, Mr. Delany. Ich bin wahrscheinlich selbst schuld, weil ich naiv genug war, zu denken, ich hätte Ihnen irgendetwas bedeutet. Reden wir nicht davon, ehe wir noch Dinge sagen, die besser ungesagt bleiben.«

Alec nickte.

Helena wurde schmerzhaft bewusst, wie vertraut ihr jede Bewegung an ihm war. Damals hätten sie sich durch Blickkontakt verständigt, sich draußen zu treffen, sie wäre ihm durch den Garten entgegengelaufen, um von seinen Armen umfangen und von ihm geküsst zu werden.

»Meine liebe Lady Vanderley«, unterbrach Mrs. Vaughans

schrille Stimme ihre Gedanken. Mrs. Vaughan war die Frau eines von Matthews Freunden, und so wenig Helena sie sonst auch mochte, in diesem Moment kam sie ihr vor wie die personifizierte Erlösung. Sie grüßte zurück und machte sie der Höflichkeit halber mit Alec bekannt.

»Ich hätte gar nicht erwartet, Sie hier anzutreffen, Lady Vanderley«, sagte Mrs. Vaughan. »Mein Mann und ich waren vorhin noch in der Oper, und da habe ich Ihren Mann gesehen und dachte im ersten Augenblick, sie seien ebenfalls anwesend.« In ihre Augen trat ein Ausdruck, den Helena nur zu gut von Leuten kannte, die es förmlich drängte, etwas Unerfreuliches zu sagen, es aber hinter höflichem Geplänkel verstecken mussten. Alec hatte es offensichtlich ebenfalls bemerkt.

»In welcher Oper waren Sie denn?«, fragte er höflich.

»Wie? Äh, es war eine Wagneroper«, entgegnete Mrs. Vaughan, aus dem Konzept gebracht. »Na ja, also, als ich gesehen habe, dass Sie nicht anwesend waren«, wandte sie sich wieder an Helena, »hatte ich angenommen, Sie fühlten sich vielleicht nicht wohl und seien deshalb zu Hause geblieben.«

»Nein, glücklicherweise geht es mir gut«, erwiderte Helena, deren Stimme eine Spur kühler geworden war.

»Ich dachte immer, Sie gingen gern in die Oper«, wunderte sich Mrs. Vaughan.

Helena wusste genau, sie wollte nur hören, dass Matthew den Abend ohne sie geplant hatte, und beschloss, ihr den Gefallen nicht zu tun. »Ich mag Wagner nicht.«

»Ach so ist das. Also ich hatte mich schon gewundert, dass Ihr Mann so ganz allein«, Mrs. Vaughans Stimme senkte sich vertraulich, »dort war. Er muss Opern sehr lieben, wenn er sogar allein hingeht, um sie nicht zu versäumen.«

In gespielter Überraschung zog Helena die Augenbrauen

hoch. »Allein war er? Hatte er seine Kusine nicht dabei? Ich kann mir nicht vorstellen, dass er sie unterwegs irgendwo zurückgelassen hat.« Sie registrierte Alecs Blick, in dem leise Bewunderung mitschwang.
»Seine Kusine? Äh … ja, richtig«, stotterte Mrs. Vaughan, in ihrem Blick die ganze Enttäuschung, die ein nicht zustande gekommener Skandal mit sich brachte. »Ein dunkelhaariges Mädchen, um die zwanzig, ziemlich hübsch? Aber natürlich, jetzt, wo Sie es sagen. Ich hatte sie erst gar nicht mit Lord Vanderley in Verbindung gebracht.« Sie lachte falsch.
Lügnerin, dachte Helena.
Mrs. Vaughan blieb noch einen Moment, dann ging sie, offensichtlich verärgert, um ihren Klatsch des Abends gebracht worden zu sein. Als sie fort war, glitt der Ausdruck höflicher Freundlichkeit wie eine Maske von Helenas Gesicht.
»Er betrügt dich schon länger«, stellte Alec fest, als er in ihr Gesicht sah.
»Woher wollen Sie das wissen?«
»Es ist an deiner Art zu sehen, wie du damit umgehst. Es ärgert dich, aber es ist nichts Neues für dich.«
In diesem Moment kam Constance auf sie zu. »Wir fahren jetzt schon zum Cheyne Walk«, sagte sie. »Was ist, hast du es dir mit der Party anders überlegt?«
Helena wollte schon verneinen, als ihr das Bild von Matthew und seiner Geliebten vor Augen trat. »Ja, ich denke, ich werde mit euch kommen. Ich kann doch wirklich mit euch fahren? Dann schicke ich meine Kutsche jetzt nach Hause.«
»Natürlich kannst du mit uns fahren«, sagte Constance begeistert. »Wir warten draußen auf dich.«

Alec sah Constance nach, dann wandte er sich an Helena. »Auf was für eine Party möchtest du denn gehen?«
»Es geht Sie zwar nichts an, aber ich gehe auf eine Künstlerparty.«
»Tust du das, weil du wütend darüber bist, dass dein Mann sich mit seiner Geliebten in der Oper vergnügt?«
Helena warf den Kopf zurück. »Das geht Sie überhaupt nichts an, Mr. Delany.«
Alecs Kiefermuskeln spannten sich. Helena wandte sich zum Gehen. »Gute Nacht«, sagte sie obenhin. Von Alec kam keine Antwort.

Die Haustür des Hauses von Garet Flitcroft wurde von einem etwas nachlässig livrierten Diener geöffnet, der sie in einen verrauchten Salon führte. Helena musste unwillkürlich husten, denn sie war Rauch nicht gewöhnt. In ihren Kreisen rauchten die Männer immer in eigenen Raucherzimmern. Die Einrichtung war – wenn sie auch auf einen gewissen Geschmack schließen ließ – etwas verwahrlost, jedoch noch nicht genug, um heruntergekommen zu wirken. Über dem Raum schien eine Patina zu liegen, er wirkte vernachlässigt und alt, jedoch nicht schäbig.
Ein Mann Ende zwanzig kam ihnen entgegen. Sein schwarzes Haar war für die herrschende Mode etwas zu lang, was ihm aber stand, und er hatte sehr dunkle Augen, die sich von seinem eher blassen Gesicht scharf abhoben. Er sah auf eine interessante Art gut aus, und als Helena Constances erfreutes Gesicht sah, vermutete sie, es müsse sich wohl um besagten Garet Flitcroft handeln. Charles machte sie miteinander bekannt, und Garet musterte Helena interessiert. »Was für eine Ehre, Lady Vanderley. Warum haben Sie Ihren Mann nicht mitgebracht, ich freue mich immer, wenn ich Förderer aus

dem Adel finde.« Normalerweise wäre eine solche Bemerkung unverschämt gewesen, aber Garet zwinkerte dabei, so dass es sich eher wie ein Scherz anhörte, obwohl er es zweifellos ernst meinte.
»Mein Mann ist heute Abend bereits anderweitig verabredet.«
»Schon gut«, lachte Garet. »Es geht Ihnen wohl so wie unserer Constance«, er lächelte Constance an, »Sie möchten auch einmal verbotene Früchte naschen. Bitte«, seine Handbewegung umfasste den ganzen Raum, »seien Sie mein Gast, und amüsieren Sie sich, so viel Sie wollen. Was auch immer passiert, wird diese Räume nicht verlassen, abgesehen davon, dass sich viele morgen ohnehin an nichts erinnern können. Gestatten Sie sich den Luxus, ihren gestrengen Ehemann für einen Abend zu vergessen.« Er wandte sich an Charles und verstrickte ihn in ein Gespräch über seinen Besuch bei einem italienischen Dichter. Constance, die sich zurückgesetzt fühlte, mischte sich in das Gespräch ein.
»Garet, ich habe Lady Vanderley gesagt, wie wundervoll du Klavier spielst. Spiel bitte einmal für uns.«
Garet sah Helena an und lächelte. »Sie möchten eine Kostprobe meines Könnens? Aber nur zu gerne.« Er ging zu einem Klavier, das in einer Ecke stand, und Charles, Constance und Helena folgten ihm. Helena wurde in dem verrauchten Zimmer etwas schwindlig, aber sie ließ sich nichts anmerken, sondern konzentrierte sich auf das Klavierspiel, das wirklich brillant war. Sie nahm sich vor, sich den Namen Garet Flitcroft zu merken.
Nachdem sie eine Stunde lang den unterschiedlichsten Meinungen zu einem französischen Dichter zugehört hatte, dem eine Frau, die einen unförmigen Kaftan trug, in Paris begegnet war, fand Helena, es sei an der Zeit, nach Hause zu gehen.

Normalerweise hätte sie einen solchen Abend mehr genossen, aber der Gedanke an Matthew ließ sie nicht los, und sie hoffte inständig, es würde ihm wirklich nichts von ihrem Ausflug zu Ohren kommen, nachdem Charles sie überall so großzügig vorgestellt hatte. Ein Blick auf die Uhr sagte ihr, dass es inzwischen halb zwei war, und länger dauerte ein Musikabend bei den Suttons für gewöhnlich nicht. Sie suchte Constance und bat sie zu fahren.
Constance verzog etwas schmollend das Gesicht. »Es ist gerade so interessant. Noch zehn Minuten, ja?«
Helena seufzte ergeben. »Ja, aber bitte nicht länger.« Sie hätte natürlich auch eine Droschke nehmen können, aber das wollte sie nachts nicht mehr alleine, außerdem war es möglich, dass sie und Matthew gleichzeitig ankamen, und in diesem Fall könnte sie noch eher erklären, warum sie mit einer Freundin zurückgefahren war..
Constance griff nach einem Schälchen, in dem eine beinahe geleeartige Creme enthalten war. »Probier das mal, so etwas hast du noch nie gegessen.«
Helena wollte erst ablehnen, weil ihr die Creme etwas seltsam vorkam, aber da die Umstehenden sie ansahen, wäre es ihr lächerlich vorgekommen. Nun, was soll's, dachte sie, schlimmstenfalls werde ich morgen eine Magenverstimmung haben. Sie aß einige Löffel davon und stellte fest, dass es so übel nicht war, aber einige Momente später erfasste sie ein seltsames Schwindelgefühl, das ihr entfernt vertraut vorkam. Während sie sich vorsichtig nach einer Sitzgelegenheit umsah, erinnerte sie sich, woher sie dieses Gefühl kannte: Es war ähnlich wie das, was das Laudanum bei ihr ausgelöst hatte, nur wesentlich stärker. Wie durch einen Nebelschleier sah sie, wie die Schale aus ihrer Hand auf den Boden fiel. Im nächsten Moment war Garet bei ihr und hielt sie am

Arm fest. Der Boden hörte für einen Augenblick auf zu schwanken.

»Wie konntest du ihr von diesem Zeug geben, du dumme Gans«, herrschte er Constance an, die vor Schreck blass wurde. »Sie ist das überhaupt nicht gewohnt und hat es gelöffelt, als wäre es ein Dessert.«

»Ich wusste nicht, dass es sofort so …«

»Dann frag vorher jemanden, der es weiß.« Garet führte Helena zu einem Sofa, auf das sie dankbar niedersank. Der verrauchte Raum drehte sich langsam, und um ihm zu entkommen, schloss sie die Augen.

Eine besorgte Stimme drang in ihr Bewusstsein. »Helena, bitte wach auf.« Fingerspitzen strichen behutsam über ihre Schläfe. Die Stimme war ihr vertraut, ebenso wie die Zärtlichkeit, die darin lag. Sie träumte.

»Alec«, murmelte sie, »hör nicht auf, bitte.«

Hände nahmen sie leicht an den Schultern und richteten sie sanft auf. Widerwillig schlug sie ihre schweren Augenlider auf. »Alec.« Sie hob die Hand an seine Wange. »Was tust du denn hier?« Alec nahm eilig ihre Hand und zog sie von seinem Gesicht, weil er das Gefühl hatte, jeder würde sie sehen und die Geste eindeutig interpretieren.

Er war nach dem Abend bei den Suttons noch durch die Straßen gefahren und dabei zufällig auf die Stanhopes gestoßen, die gerade nach Hause gekommen waren. Auf seine Frage hin, ob Lady Vanderley gut daheim angekommen sei, hatten sie ihn erst befremdet angesehen und dann geantwortet, sie hätten Helena bereits seit einer ganzen Weile nicht mehr gesehen und seien davon ausgegangen, dass diese nach Hause gefahren sei. Obwohl Charles Stanhope sichtlich angetrunken war, hatte Alec den Namen des Gastgebers erfahren

und war, sich selbst einen Narren schimpfend, direkt zum Cheyne Walk gefahren.
Zunächst hatte ihm wirklich jeder, den er befragt hatte, bestätigt, dass Helena seit Längerem nicht gesehen worden und nach Hause gefahren war. Er war bereits im Begriff zu gehen, als ihn ein dunkelhaariger Mann angesprochen und in ein überfülltes Nebenzimmer geführt hatte, wo er Helena auf einem Sofa schlafend vorfand.
»Sie ist noch etwas benommen, aber das vergeht schon wieder«, sagte Garet Flitcroft, der neben ihn getreten war und jede von Helenas Gesten gesehen hatte. »Sie hat etwas gegessen, das auf Leute, die es nicht gewöhnt sind, überaus berauschend wirkt.« Er lächelte. »Wenn Sie meine ehrliche Meinung hören wollen, nehmen Sie sie besser mit zu sich, als dass sie ihrem Mann in diesem Zustand unter die Augen tritt. Morgen früh kann sie sagen, sie hätte bei einer Freundin übernachtet, das wird leichter zu erklären sein. Abgesehen davon wirkt das Opiat, das sie genommen hat, wahre Wunder, es könnte eine unvergessliche Nacht werden.«
»Halten Sie den Mund!«, herrschte Alec ihn an. Er ging mit Helena in den Flur, wo der Zigarrenrauch nicht mehr allzu stark war. Der Diener brachte Helenas dunkelblauen Samtmantel, und Alec half ihr hinein. »Komm, Liebes«, sagte er leise und führte sie zur Tür hinaus und die Treppe hinunter, wo seine Kutsche stand.
»Ich nehme lieber eine Droschke«, sagte Helena.
»Das wirst du nicht tun, um diese Zeit ist es viel zu gefährlich für eine Frau, alleine durch die Gegend zu fahren.« Er öffnete den Kutschschlag und reichte ihr seine Hand, um ihr hineinzuhelfen. »Komm schon, oder vertraust du mir nicht?«
Helena nahm seine Hand und stieg ein. Sie sah noch einmal zum Haus, dachte an Constance, hinterfragte aber nicht wei-

ter, wo die Freundin war und warum Alec an deren Stelle hier stand. Alec setzte sich ihr gegenüber. Die Kutsche fuhr an, und Helena fühlte sich an die Tage erinnert, als sie gemeinsam nachmittags durch die Straßen gerollt waren. Sie sah Alec an, der den Blick aus dem Fenster gerichtet hielt.
»Warum hast du zugelassen, dass er mich heiratet?«, fragte sie.
Alec wandte seine Augen vom Fenster ab und erwiderte ihren Blick. »Was nützt es jetzt noch, darüber nachzudenken?«
Helena senkte den Blick. Sie fühlte sich immer noch benommen und seltsam losgelöst von der Wirklichkeit, wahrscheinlich war das der Grund, warum sie entgegen aller Vernunft anfing zu reden. »Er hat mich in unserer Hochzeitsnacht geschlagen und dann vergewaltigt, immer und immer wieder.« Sie nahm das Entsetzen in Alecs Gesicht kaum wahr. »Ich habe mich zwei Tage damit gequält, seinen Sohn zur Welt zu bringen, und trotzdem bin ich in seinen Augen nicht mehr wert als vorher. Seit wir nach unserer Hochzeit wieder in London sind, betrügt er mich.« Sie wusste, sie sollte aufhören, wusste, morgen würde ihr alles Leid tun, was sie gesagt hatte. Aber ihre Vernunft konnte sich keinen Weg zu ihren vorherrschenden Gefühlen bahnen, und sie erzählte ihm alles, was sich zwischen ihr und Matthew abspielte, Dinge, die sie nicht einmal Lorena jemals erzählt hatte.
»Ich liebe dich so, Alec«, schloss sie verzweifelt. »Ich kann dich nicht vergessen.«
Alec schloss gequält die Augen. »Sag das nicht, Helena, bitte.«
»Warum hast du zugelassen, dass er mir all das antut? Du wusstest doch, ich hatte keine Möglichkeit, mich ohne deine Hilfe gegen ihn und meinen Vater zu wehren.« Sie weinte. Alec verwünschte sich innerlich, weil er sich in diese

Situation gebracht hatte. Er zwang sich, ruhig sitzen zu bleiben, bis sie aufhören würde zu weinen. Sie lehnte ihren Kopf seitlich an die Kutschenwand und hielt ein Taschentuch vor ihr Gesicht, in dem vergeblichen Versuch, ihr Weinen zu ersticken.

Verdammt, fluchte Alec innerlich, als er aufstand und sich neben sie setzte, verdammt, verdammt. Er legte einen Arm um sie, halb hoffend, sie werde ihn zurückweisen, aber sie ließ zu, dass er sie an sich zog und ihren Kopf an seine Brust bettete. Um seine Gedanken von ihrem schlanken Körper, der so vertraut in seinen Armen lag, abzulenken, konzentrierte er sich auf den weichen Samt ihres Mantels unter seinen Händen. Nicht ausblenden konnte er jedoch, den Schlag ihres Herz, das Beben ihres Körpers, ihren Atem … Alec rief sich zur Vernunft, aber seine Gedanken schweiften dennoch ab, malten sich aus, was wäre, wenn er den Vorschlag von Mr. Flitcroft in die Tat umsetzte, sie mit nach Hause nehmen und den Rest der Nacht nicht mehr aufhören würde, sie zu lieben. In ihrer jetzigen Stimmung würde sie ihn nicht zurückweisen, und es wäre so einfach, ihrem Mann eine Nachricht zukommen zu lassen, sie werde bei einer Freundin übernachten. Miss Stanhope würde mit Sicherheit keine Einwände erheben, wenn Helena ihr erklärte, sie hätte eine überzeugende Ausrede gebraucht, weil diese sie auf der Party zurückgelassen hätte. Wenn Helena noch vor dem Frühstück wieder ginge, wäre das auch eine plausible Erklärung dafür, warum Lord und Lady Stanhope sie nicht gesehen hatten.

Helena hatte aufgehört zu weinen. Sie wollte nicht mehr fort von ihm, nie wieder, sie liebte nur Alec. Die Wirklichkeit existierte im Moment nicht für sie, auch der Gedanke daran, dass sie morgen entsetzt über sich sein würde, erreichte sie

nicht. Sie wollte aus dem Nebel, in dem sie sich befand, nicht wieder erwachen.
Alec hörte sie leise aufseufzen und nahm ihr Gesicht in beide Hände, um sie anzusehen. Ihre Augen glänzten in dem vertrauten, warmen goldenen Schimmer, der ihn bis in seine Träume verfolgte, ihre Lippen waren leicht geöffnet, und in dem fahlen Licht, das von der Straße her in die Kutsche fiel, konnte er das Heben und Senken ihrer Brust sehen, wenn sie atmete. Alec spürte in diesem Moment, dass jede Warnung der Vernunft umsonst war. Er senkte den Kopf und berührte ihre Lippen mit seinem Mund. Für einen Moment erstarrten sie beide, dann schienen sie plötzlich gleichzeitig zu erwachen. Helena schlang ihre Arme um seinen Hals, öffnete ihre Lippen weiter, und der letzte Rest von Alecs Zurückhaltung brach. Seine Küsse waren eine Mischung aus Fordern und sanftem Bitten, und er wusste, sie würde nicht widerstehen können. Helena kniete sich hin, so dass ihr Gesicht auf einer Höhe mit dem seinen war, erwiderte seine Küsse mit dem gleichen Verlangen und grub ihre Finger in sein Haar.
Alec knöpfte ihren Mantel auf und schob ihn ihr von den Schultern. »Komm heute Nacht zu mir«, bat er leise, wobei sein Atem ihren Mund streichelte. Die Bitte allein war eine unverzeihliche Torheit, aber das zu erkennen nützte ihm nun auch nichts mehr. Es würde werden wie in Essex, nur wunderbarer. Und, sagte eine leise Stimme in ihm, auch die Selbstanklagen und Vorwürfe würden so sein wie in Essex, nur stärker, quälender. Die Stimme verklang ungehört.
Ehe Alec sich von Helena gelöst hatte, um dem Kutscher zu sagen, das Fahrtziel habe sich geändert, hielt die Kutsche an.
»Wir sind angekommen, Sir«, kam die Stimme des Kutschers

von draußen. Im ersten Moment dachte Alec, dieser meine sein Haus, weil er in Gedanken bereits dort war, dann überzeugte ihn ein kurzer Blick auf die Straße und die Paläste von Mayfair, dass sie bereits am Vanderley House angekommen waren. Alec öffnete den Kutschschlag, und die kühle Nachtluft ließ seinen Kopf wieder klar werden. Er sah Helena an, die nun ein Stück abgerückt war und sich entsetzt ebenfalls der Situation klar wurde. Sie hob ihren Mantel auf und ließ sich von Alec auf der vom Haus abgewandten Seite aus der Kutsche helfen. Langsam knöpfte sie den Mantel zu und hob den Blick zu ihm.

»Verzeih mir, Helena.«

»Was soll ich dir verzeihen, deine Tat von vor drei Jahren oder die versuchte Verführung in der Kutsche?« Im selben Moment bereute sie ihren Ton schon wieder. »Entschuldige, Alec. Ich bin ja selbst schuld, und was gerade passiert ist, wollte ich nicht weniger als du.« Sie atmete tief durch, dankbar dafür, dass die Nachtluft ihre Gedanken wieder klarer werden ließ, und gleichzeitig voll angstvoller Erwartung vor dem Moment, in dem ihr in vollem Ausmaß bewusst werden würde, was sie getan hatte. Sie ging die Treppe zum Haus hoch, ohne ihn noch einmal anzusehen.

Die Uhr schlug vier, als Helena das Haus betrat. Hoffentlich ist Matthew nicht da, flehte sie innerlich, während sie durch den Korridor lief. Wenn er nur in dieser Nacht bei seiner Geliebten schlafen würde. Vor ihrem Zimmer angekommen, sah sie jedoch sofort das Licht, das durch den Türspalt schimmerte, und ihr sank das Herz. Vielleicht ist es Amelia, dachte sie mit wenig Hoffnung, denn Amelia würde nicht hier auf sie warten. Ihr Herz schlug so heftig, dass sie kaum atmen konnte. Sie öffnete die Tür und stand

Matthew sofort gegenüber, der in einem Sessel im Erker auf sie wartete.

»Guten Abend, Matthew«, sagte sie mit klammer Stimme.

»Guten Morgen trifft es wohl eher.« Matthews Stimme war klirrend kalt vor Wut. »Wo warst du?«

»Du weißt doch, dass ich bei den Suttons war, und …«

»Da warst du nicht die ganze Nacht, ich bin nämlich ab ein Uhr selbst dort gewesen. Die Wahrheit, Helena, und gnade dir Gott, wenn sie mich nicht zufrieden stellt.«

Helenas Augen flackerten. »Ich war mit Constance und Charles Stanhope auf einem … einem Künstlerabend in Chelsea.«

»Mitten in der Nacht warst du auf einem Künstlerabend? Und darf ich wissen, warum du deine Kutsche zurückgeschickt hast?«, schleuderte er ihr entgegen, während er langsam auf sie zukam. »Ich denke, du weißt sehr gut, dass es dafür keine Erklärung gibt, die mich zufrieden stellen könnte.«

Er ohrfeigte sie, und ehe Helena sich wieder gefangen hatte, schlug er sie bereits mit dem Handrücken auf ihre andere Wange. Mit einer Hand griff er in ihr Haar und bog ihren Kopf grob zurück, so dass sie ihn ansehen musste, mit der anderen Hand umfasste er unsanft ihre Schulter.

»Wo warst du?«

»Das habe ich dir bereits gesagt«, rief Helena und versuchte, sich aus seinem Griff zu befreien. Er schleuderte sie so hart gegen den Fenstersims, dass sie mit der Hüfte auf der marmornen Fensterbank aufschlug und zu Boden fiel. Sie wollte sich gerade wieder aufraffen und um das Bett herum in ihr Ankleidezimmer fliehen, da riss Matthew sie bereits wieder hoch und schlug sie erneut. Noch völlig benommen, konnte Helena ihm keinerlei ernsthaften Widerstand entgegensetzen, obwohl sie sich gegen ihn wehrte, so gut sie konnte.

Schließlich ließ er davon ab, sie zu schlagen, begann dann jedoch, ihr Kleid im Rücken aufzuhaken. Er zerrte es herunter und schleuderte es beiseite, dann begann er damit, sie aufzuschnüren. Helena merkte entsetzt, wie sein Blick sich änderte.

»Nein, Matthew, nicht.« Sie wollte sich aus seinem Griff winden, aber er ignorierte ihre Gegenwehr und warf sie bäuchlings aufs Bett. Helena schloss die Augen.

Es würde ein sonniger Tag werden, dachte Helena teilnahmslos, vielleicht einer der letzten dieses Jahres. Sie lag zusammengerollt unter ihrer Bettdecke und konzentrierte sich auf die Sonnenstrahlen, die, zögernd noch, durch die Vorhänge sickerten. Die Gedanken an das, was Matthew ihr angetan hatte, ließen sich jedoch nicht vertreiben und kehrten wie Dämonen immer wieder zu ihr zurück, wie sehr sie sie auch aus ihrem Bewusstsein bannen wollte. Dass es so erniedrigend sein konnte, hatte sie nicht geahnt, nicht einmal nach den Ereignissen in ihrer Hochzeitsnacht. »O Gott«, flüsterte sie. »Verzeih mir, bitte verzeih mir. Ich kann nicht mein ganzes Leben mit Matthew verbringen, ich kann es einfach nicht. Hilf mir, Herr, bitte.«

Langsam richtete sie sich auf und läutete nach Amelia. Es half ja alles nichts, irgendwann würde sie aufstehen müssen, und an Schlaf war ohnehin nicht zu denken.

Beim Frühstück bemerkte sie sofort, wie bedrückt die Dienstboten schienen, und als sie verlangte, man möge anspannen lassen, damit sie zu ihren Eltern fahren konnte, sagte der Stallmeister betreten und sichtlich verlegen, Seine Lordschaft habe angeordnet, man dürfe ihr weder ihr Pferd noch ihre Kutsche zur Verfügung stellen. Später, als sie sich ein Buch holen wollte, erfuhr sie, dass die Bibliothek ebenso wie Matthews Arbeitszimmer verschlossen waren, und die Haushälterin schien am liebsten im Boden versinken zu wollen, als sie Helena unterrichtete, dies sei eine Anweisung von Lord Vanderley. Unter anderen Umständen hätte Helena sich darüber aufgeregt, aber sie fühlte sich zu müde, um mehr als nur einen leisen Ärger zu verspüren. Sie ging in ihr Zimmer und blieb beinahe den ganzen Tag dort, erleichtert darüber, dass Matthew an diesem Tag nicht nach Hause kam.

39

Es war bereits spätnachts, und Helena suchte wieder vergeblich Schlaf, aber die Gedanken an Alec, das schmerzende Verlangen nach ihm, das sie einfach nicht verdrängen konnte, ließen sie nicht zur Ruhe kommen. Alecs Küsse. Wie hatte sie sie je aus ihrer Erinnerung verbannen können? Sie hatte das Gefühl, neben sich zu stehen und sich selbst zu beobachten, wie sie mit Alec in der Kutsche gesessen hatte. Dass sie dabei die Kontrolle über sich so verloren hatte, war allein diesem Opiat zuzuschreiben, hatte sie doch vorgehabt, ihn immer auf Distanz zu halten und ihm kühl zu begegnen. Wenn sie daran dachte, dass sie sogar eingewilligt hatte, ihn zu sich nach Hause zu begleiten, war sie über sich selbst entsetzt. Hoffentlich nahm Alec nicht an, sie wolle ihre Beziehung zu ihm wieder aufnehmen. Und hoffentlich würde sie bald damit aufhören können, sich den weiteren Verlauf, den die Nacht zweifellos genommen hätte, in allen Einzelheiten auszumalen.

Sie hörte Matthews Schritte im Flur. Bitte geh weiter, flehte sie innerlich.

Die Tür öffnete sich, und sie konnte vor dem Hintergrund des erleuchteten Flurs Matthews Silhouette ausmachen. Er kam zu ihr, drehte eine der Lampen auf, die auf beiden Seiten ihres Bettes an der Wand angebracht waren, setzte sich auf die Bettkante und schob die Decke zur Seite. Unwillkürlich krampften Helenas Hände sich darin fest. Mit sanfter Gewalt löste er ihre Finger und warf die Decke ans Fußende des Bettes. Helena wollte sich wegdrehen, aber er hielt sie fest.

»Ich tue dir nichts, Helena.«

Ihr ganzer Körper verkrampfte sich unter seinen Händen. Zitternd blieb sie liegen, als er ihr Nachthemd so weit anhob, dass er den Bluterguss, der sich über ihren ganzen rechten Hüftknochen ausbreitete, sehen konnte. Dann sah er sich die Prellung auf ihren Rippen an, die sie sich geholt hatte, als er sie aufs Bett geworfen und sie sich am Bettpfosten gestoßen hatte. Er zog ihr Nachthemd wieder hinunter und sah sie forschend an.

Helena griff nach der Decke und zog sie bis unters Kinn hoch.

»Du weißt, ich kann es nicht billigen, dass du dich auf Veranstaltungen wie der in Chelsea herumtreibst. Aber ich gehe davon aus, dies bleibt ein einmaliges Vorkommnis, daher will ich die Sache vergessen. Möchtest du mir erzählen, was an dem Abend geschehen ist, dass du dich derart verspätet hast?«

Helena drehte sich zur Seite und rollte sich zusammen, weil sie sich so weniger angreifbar fühlte, dann erzählte sie ihm, was vorgefallen war, von dem Augenblick an, an dem Mrs. Vaughan sie angesprochen hatte, bis zu dem Zeitpunkt, als sie auf der Feier aufgewacht war. Sie ließ Matthew jedoch in dem Glauben, sie sei allein nach Hause gefahren.

»Constance hat dir ein Dessert mit Opium gegeben?«, fragte Matthew ungläubig.

»Ja, vielleicht wusste sie es nicht.«

Constance war einen Tag später bei Helena erschienen und hatte diese recht kleinlaut gefragt, wie sie nach Hause gekommen sei. In wortreichen Wendungen hatte sie sich für ihr Versäumnis entschuldigt. Sie hatte zugegeben, ihr sei erst dann, als ein Herr sich auf der Straße nach Helena erkundigt habe, wieder ins Bewusstsein gekommen, dass sie dieser ja versprochen hatte, sie heimzufahren. Sie beteuerte, untröstlich über ihre Nachlässigkeit zu sein.

Helena äußerte mit einiger Bestimmtheit die Vermutung, Constance habe wohl selbst nicht alle Sinne beisammengehabt, als sie das Fest in Chelsea verlassen habe. Matthew kommentierte diesen Einwand nicht weiter.

»Ich habe heute mit Henry Vaughan gesprochen«, nahm Matthew das Gespräch wieder auf. »Er wusste natürlich, wer die Frau war, mit der ich in die Oper gegangen bin, und war überaus erstaunt – so wie ich übrigens –, von seiner Frau zu hören, sie sei angeblich meine Kusine. Deine Haltung Mrs. Vaughan gegenüber nötigt mir wirklich Respekt ab.«

Helena antwortete nicht, sondern starrte vor sich hin. Matthew legte ihr eine Hand auf die Schulter und drehte sie auf den Rücken, so dass sie ihn ansehen musste. »Mein Verhalten dir gegenüber war unentschuldbar, also versuche ich gar nicht erst, eine Entschuldigung zu finden. Ich schwöre dir, es wird sich nicht wiederholen.«

»Wirst du mich weiterhin hier im Haus einsperren und alle Räume, in denen Bücher sind, vor mir verschließen?«, fragte Helena.

»Ich werde morgen alle Verbote wieder aufheben«, versicherte er ihr.

40

Denkst du nicht, dass du etwas zu viel arbeitest?«, fragte Mr. Seymour, als er in das Arbeitszimmer trat, das Alec in seinem Londoner Stadthaus nutzte, aber dieser sah kaum von seiner Arbeit hoch.

»Bist du mit den Gewinn-und-Verlust-Rechnungen schon durch, dass du dich jetzt um die Bilanzen kümmerst?«, fuhr Mr. Seymour nach einem Blick auf die Unterlagen, die Alec vor sich hatte, fort.

»Schon seit gestern Morgen«, gab Alec knapp zurück.

Mr. Seymour zog einen Stuhl heran und setzte sich. »Alec, entschuldige meine Offenheit, aber du wirst dich bald aufgerieben haben, wenn du dir nicht ein wenig mehr Ruhe und Abwechslung gönnst.«

»Aber ich habe doch Abwechslung«, erwiderte Alec. »Ich bin beinahe jeden Tag mit euch bei irgendwelchen Einladungen.«

»Das meinte ich nicht. Dort bist du ja auch nur, um Geschäftspartner zu treffen, und nicht, um dich zu amüsieren.« Mr. Seymour musterte ihn eindringlich. »Du hast dich immer schon in Arbeit vergraben, aber in den letzten zwei Monaten hast du gearbeitet wie besessen. Bist du sicher, dass du das nicht tust, um dich abzulenken?«

Alec hielt den Blick auf das Blatt vor ihm gesenkt, aber seine Hand hielt in der Schreibbewegung inne.

Mr. Seymour wartete schweigend, bis Alec aufblickte und ihn ansah.

»Vielleicht«, sagte Alec, »will ich einfach nicht darüber nachdenken, was für ein verdammter Idiot ich war.«

»Was ist denn vorgefallen?«, fragte Mr. Seymour. »Oder möchtest du nicht darüber sprechen?«
Alec seufzte und legte seine Schreibfeder zur Seite. »Ich habe Lady Vanderley nach dem Musikabend der Suttons nach Hause gefahren.«
»Ist sie nicht in ihrer eigenen Kutsche gekommen?«, wunderte sich Mr. Seymour.
Alec zögerte. »Sie war noch mit einer Freundin aus und hat ihre Kutsche heimgeschickt. Ihre Freundin ist ohne sie gefahren, und so habe ich sie mitgenommen. In der Kutsche hat sie angefangen, mir von ihrem Leben zu erzählen, und irgendwann ist die Situation einfach außer Kontrolle geraten.«
»Du willst mir nicht sagen, dass du sie verführt hast? So etwas nennt man Ehebruch«, sagte Mr. Seymour entsetzt.
»Ganz so weit ist es nicht gekommen«, erwiderte Alec gereizt.
Mr. Seymour entspannte sich sichtlich. »Wenn nichts weiter vorgefallen ist, dann frage ich mich, warum es dich so sehr beschäftigt. Du hast doch immer betont, sie habe dir nie mehr bedeutet als jede andere Geliebte.«
Alec lehnte müde den Kopf zurück. »Ich habe ihr aber mehr bedeutet, und es war nicht richtig von mir, das auszunutzen.«
»Wie edelmütig.« Mr. Seymour schob einen Stapel Papier gerade. »Dann wird es dir ja nicht weiter schwer fallen, sie in Zukunft unbehelligt zu lassen. Mich geht dein Privatleben nichts an, aber abgesehen davon, dass ich von Ehebruch mit all den Lügen und dem Betrug, der damit verbunden ist, nichts halte, vergiss bitte nicht, ihr Ehemann ist einer unserer wichtigsten Handelspartner, und er wird sich von dir nicht ungestraft zum Hahnrei machen lassen. Von dem, was er mit ihr tun wird, ganz zu schweigen.«
»Das ist mir bewusst.« Alec rieb sich die Augen. »Wenn du

nichts dagegen hast, würde ich gerne noch die Bilanzen zu Ende durcharbeiten.«

»Du weißt aber, dass es beinahe elf Uhr abends ist?«

»Ich höre gleich auf, aber ich möchte das hier nicht halb fertig liegen lassen.«

Mr. Seymour zuckte resigniert die Schultern. »Glaub mir, du brauchst wirklich etwas Ruhe. Stell dich den Dingen, anstatt vor ihnen davonzulaufen und nur noch für deine Arbeit zu leben.«

Alec nickte nur und wandte sich wieder seinen Unterlagen zu. Resigniert verließ Mr. Seymour den Raum.

Sich den Dingen stellen. Helena war so unglücklich gewesen, ging Alec mit sich ins Gericht, so unglücklich, und ihm war nichts Besseres eingefallen, als dem Ganzen die Krone aufzusetzen und sie in Gewissenskonflikte zu stürzen. Als reichte es nicht, dass er für den Verlust ihrer Unschuld und alle daraus folgenden Konsequenzen in ihrem Eheleben verantwortlich war, hatte er auch keinerlei Skrupel gehabt, ihr das Stigma einer Ehebrecherin aufzudrücken. Nichts, was ihm widerfahren war, konnte ein solches Verhalten rechtfertigen. Alec schloss die Augen und blickte in die Vergangenheit. Was war das für ein Leben, das er führte? Wo waren seine Wünsche geblieben? Wo sein Herz?

41

Der Sturm, der am Abend begonnen hatte, steigerte sich in der Nacht beinahe orkanartig und peitschte den Regen gegen die Fensterscheiben. Wie beinahe jede Nacht seit mehr als zwei Monaten lag Helena in ihrem Bett und konnte nicht einschlafen. Matthew war nach dem Abendessen ausgegangen und würde wahrscheinlich wieder die ganze Nacht fortbleiben. In den letzten Wochen war es ihr aber egal gewesen, ob er heimkam oder nicht. Ja eigentlich hatte sie es sogar begrüßt, wenn er die Nächte nicht daheim verbrachte, hieß es doch auch, dass er sie in Ruhe ließ. Auf Dauer würde Matthew ihr Zimmer aber sicher nicht meiden, allein schon aus dem Grund, weil er mehr als ein Kind wollte.

Um drei Uhr nachts war Helena immer noch nicht eingeschlafen. Sie stand auf, zog sich einen Morgenmantel über, setzte sich vor ihren Kamin auf den Boden und starrte in die Glut. Jemand ging über den Flur, und als sie hörte, wie die Tür des Nebenzimmers geöffnet wurde, wusste sie, dass Matthew nach Hause gekommen war. Kurz darauf fiel Licht durch den Spalt der Tür, die ihre Zimmer miteinander verband. Matthew sprach mit jemandem – wohl seinem Kammerdiener – und lief im Zimmer umher. Die Tür zum Flur wurde geöffnet und wieder geschlossen, danach war es ruhig. Eine Weile später ging das Licht im Zimmer aus.
Helena fasste einen Entschluss. Sie hatte schon länger darüber nachgedacht, diesmal selbst bestimmen zu wollen, wann sie und Matthew wieder eine Nacht miteinander verbrach-

ten. Dies schien der richtige Moment zu sein. Langsam stand sie auf und ging zur Tür. Die Hand auf der Klinke überlegte sie kurz, ob sie wirklich zu ihm gehen sollte. Er nahm an, dass sie schlief, und würde sie sicher in Ruhe lassen. Sie atmete tief ein und öffnete die Tür.

Ihre Augen waren bereits an die Dunkelheit gewöhnt, und so sah sie ihn sofort am Fenster stehen und hinausschauen. Er war noch angezogen, so als sei er bereits im Begriff, wieder zu gehen.

Matthew drehte sich zu ihr um. »Ich dachte, du schläfst schon lange. Nun wagst du dich tatsächlich in die Höhle des Löwen?«, fragte er spöttisch.

Sie konnte sein Gesicht nur schemenhaft sehen, aber sie nahm an, dass er lächelte.

»Ich hatte dich gar nicht erwartet«, war alles, was ihr einfiel.

»Eigentlich wollte ich auch eben wieder gehen.«

Helena wandte sich schweigend zur Tür, aber Matthew kam zu ihr und hielt sie an der Schulter zurück.

»Warum bist du gekommen?«

Helena befreite sich von seiner Hand. »Das weiß ich selbst nicht so genau«, erwiderte sie wütend. Es war klar, wo er um diese Zeit noch hinwollte, und sie fragte sich, warum es sie immer noch verärgerte.

Matthew fasste sie erneut bei den Schultern, drehte sie zu sich und stellte sich so dicht vor sie, dass sie zwischen ihm und der Wand gefangen war. Helena merkte, wie ihr Herz anfing, zu rasen, und sie sah ihn unruhig an. Es wurde ihr erst jetzt bewusst, wie nachhaltig die Angst war, die Matthew in ihr geweckt hatte, und sie merkte, wie sie zu zittern begann. Sie wollte an ihm vorbeigehen, aber er hielt sie auf. Matthew zog sie an sich, und Helena stemmte sich mit beiden Händen gegen seine Brust.

»Bitte Matthew, ich will das nicht. Es wäre besser, wenn ich nicht gekommen wäre.«
»Ich hätte ohnehin nicht mehr lange so weitergemacht. Du bist meine Frau, und ich bin es leid, meine Nächte nur noch außer Haus zu verbringen.« Er nahm ihre Handgelenke und bog ihre Arme hinunter. »Ich hatte gehofft, du würdest von dir aus irgendwann einmal sagen, so gehe es nicht mehr weiter, aber dir scheint es vollkommen egal zu sein.«
»Es ist mir auch egal, meinetwegen kannst du machen, was du willst, wenn du mich nur in Ruhe lässt.«
»Den Gefallen werde ich dir aber nicht tun. Abgesehen davon, glaube ich dir nicht.« Er stand so dicht bei ihr, dass er ihr Zittern spürte. »Frierst du oder hast du Angst?«, fragte er.
»Ich friere«, erwiderte Helena, so fest es ihr möglich war.
»Tatsächlich?« Er glaubte ihr nicht, das war an seiner Stimme zu hören. Dennoch öffnete er zu Helenas grenzenloser Überraschung sein Hemd, zog sie an sich und legte den Stoff so um sie, dass sie beide darin eingeschlossen waren.
»Ist es jetzt besser?«
Sie schwieg.
»Ich habe dir doch gesagt, du brauchst keine Angst mehr zu haben«, hörte sie seine Stimme dicht an ihrem Ohr. Er bedeckte ihren Hals mit behutsamen Küssen, und seine Hände bewegten sich quälend langsam über ihren Körper. »Es tut mir Leid«, murmelte er und begann, auf die einzige Art, die er beherrschte, Abbitte zu tun, aber Helena bog den Körper zurück, nicht bereit, ihm entgegenzukommen.
»Bitte, Helena. Du warst doch diesmal diejenige, die den ersten Schritt getan hat.« Matthews Hände bewegten sich ruhig, beinahe zurückhaltend jetzt.

»Ich wollte nicht, dass du entscheidest, wann es wieder so weit sein wird«, entgegnete sie zögernd.
Matthew zog sie enger an sich und küsste erneut ihren Hals. Helena zwang sich dazu, sich zu entspannen, und ließ sich langsam treiben.

Es war nicht auszumachen, ob es bereits dämmerte oder nicht, weil der Sturm ununterbrochen weiterwütete. Helena hatte jegliches Zeitgefühl verloren, vermutete aber, dass der Morgen nicht mehr weit entfernt war. Sie hörte Matthews Atem, der so gleichmäßig ging, dass sie annahm, er schlafe. Nachdenklich malte sie mit der Fingerspitze Muster auf seine Brust und dachte darüber nach, ob es jemals wieder so werden würde wie zuvor.
Was Matthew in dieser Nacht in ihr wachgerufen hatte, war nicht mehr als ein schwacher Abglanz dessen, was sie noch vor wenigen Wochen zu empfinden imstande gewesen war. Sosehr sie sich vorher auch oft dafür geschämt hatte, so intensiv auf seine Berührungen zu reagieren, konnte sie nun nicht umhin, daran zu denken, wie gern sie in jenen Momenten vor ihren eigenen Gefühlen kapituliert hatte. Und auch wenn es widersinnig schien, waren die Nächte mit Matthew das Einzige in ihrer Beziehung gewesen, das ihr gut getan hatte. Vielleicht lag es daran, überlegte sie, dass es die einzigen Momente waren, in denen Matthew ihr gegenüber wirklich liebevoll war, so als würde ein vollkommen anderer Mensch aus ihm. Sonst ging er nie so behutsam und geduldig mit ihr um, bemüht, ihr dasselbe Vergnügen zu schenken, das er sich von ihr nahm.

Helena seufzte tief und beschloss, aufzustehen und in ihr Zimmer zu gehen, aber im selben Moment, als sie sich von ihm lösen wollte, verstärkte sich sein Griff. Sie blickte hoch und merkte, dass seine Augen offen waren und er sie beobachtete. »Wann bist du aufgewacht?«, fragte sie.

»Ich habe gar nicht geschlafen.«

»Ach so«, sagte sie beklommen und überlegte, wie viel man ihr von dem, was sie gedacht hatte, angesehen haben mochte. Matthew setzte sich halb auf und zog sie zu sich hoch, so dass ihr Kopf an seiner Schulter ruhte. Es war das erste Mal, dass Helena in seinem Bett lag, sonst kam er immer zu ihr. Sie hatte bisher auch nur selten eine ganze Nacht mit ihm verbracht, er verließ sie normalerweise irgendwann und zog sich zum Schlafen in sein Zimmer zurück. Helena war es auch stets lieber so gewesen, weil sie sich schlafend am verletzlichsten fühlte.

»Warum wolltest du gehen?«, fragte er.

»Ich wollte dich schlafen lassen.«

Matthew lächelte spöttisch. »Weil du dachtest, deine Anwesenheit enge mich ein, oder weil du Angst hattest, der Versuchung nicht widerstehen zu können, mich zu wecken?«

Helena sah ihn aus schmalen Augen an, ohne seine Frage zu beantworten. Nachdem sie eine Weile geschwiegen hatten, fragte sie: »Warum hast du darauf gewartet, dass ich dir sage, du sollest nicht immer außer Haus schlafen, sondern …«, sie suchte nach den richtigen Worten, »sondern bei mir bleiben«, schloss sie dann.

»Weil es meine Eitelkeit kränkt, wenn es nicht so ist.«

Helena fragte sich, was für eine Antwort sie eigentlich erwartet hatte. Das war wieder einmal typisch für ihn. Sie versuchte, sich aus seinen Armen zu befreien.

»Wo willst du hin?«

»Ins Bett.«

»Da befindest du dich bereits.«

Sie wand sich in seinen Armen, aber er hielt sie umso fester, je mehr sie sich bewegte.
»Warum bist du auf einmal so wütend?«, fragte er. »Wegen der Antwort, die ich dir gegeben habe, nicht wahr? Was hattest du denn hören wollen?«
»Nichts, gar nichts, und am wenigsten, dass es deine Eitelkeit beleidigt. *Mich* beleidigt es, wenn du zu anderen Frauen gehst«, erwiderte Helena heftig.
»Schrei mich nicht an«, erwiderte Matthew. »Außerdem ist deine Eifersucht vollkommen unangebracht.«
»Das hat mit Eifersucht überhaupt nichts zu tun.«
»Ach nein? Und was soll dann diese Szene? Es kann dir doch egal sein, wo ich meine Nächte verbringe, solange ich dich darüber nicht vernachlässige.«
»Aber natürlich«, höhnte Helena, »solange du deine Pflichten mir gegenüber erfüllst, kann es mir vollkommen gleichgültig sein, wie viele andere Frauen noch in den Genuss kommen, von dir beschlafen zu werden.«
»Helena, nimm dich in Acht, in welchem Ton du mit mir sprichst.«
»Was willst du tun? Mich wieder schlagen oder wieder über mich herfallen?«
Matthews flammender Blick hätte eine Scheune in Brand setzen können, dann aber senkte er den Kopf und küsste sie, wütend, aber nicht grob, wie sie es erwartet hätte. Helena stemmte die Hände gegen seine Schultern, um ihn zurückzudrängen. Einen kurzen Moment lang hielt er inne, dann küsste er sie wieder, ganz vorsichtig nun. Seine Hände waren wie Schmetterlingsflügel auf ihrem Körper, ihre Gefühle winzige Keime, die er in dunkle Erde säte, ruhend, mit fernen Verheißungen lockend und bereit, vielleicht irgendwann wieder ans Tageslicht zu brechen.

Die Dämmerung hatte sie schließlich doch eingeholt, wirkte aber aufgrund des immer noch fallenden Regens grau. Helenas Herz ging allmählich wieder ruhiger. Sie wollte nicht, dass ihre Wut auf Matthew abklang, konnte es aber nicht verhindern. Vor zwei Monaten hatte sie sich vorgenommen, ihn für immer zu hassen. Aber konnte man sich vornehmen, einen Menschen sein Leben lang zu hassen?

Sie spürte, dass Matthew ebenfalls wach war und sie beobachtete.
»Warum hast du das gemacht?«, fragte sie nach einer Weile. »Ich meine das vor zwei Monaten.« Sie drehte den Kopf und sah ihn an. »Du hast mir sehr wehgetan, und es war so ... erniedrigend.«
Matthew richtete sich auf und stützte sich auf einem Ellbogen ab. Zögernd sagte er: »Ich war blind vor Wut, aber hinterher habe ich mir gewünscht, ich hätte es nicht getan. Natürlich habe ich gesehen, dass du danach Schmerzen hattest, und vielleicht habe ich mich irgendwie dafür geschämt, ich weiß es nicht.«
Mit den Fingerspitzen fuhr er über ihre Schulter und ihren Arm hinauf und hinunter. Er nahm eine ihrer Haarsträhnen und ließ sie zwischen seinen Fingern entlanggleiten. Seine Lippen berührten ihre Schulter. Schließlich zog er sie sanft an sich.
Helena legte den Kopf an seine Brust, in der Absicht, in ihr Zimmer zu gehen, sobald er eingeschlafen war, glitt jedoch in einen tiefen Schlaf, kaum dass sie die Augen geschlossen hatte.

42

Helena öffnete die Fenster, um die kühle Herbstluft in den Raum zu lassen. Die Morgensonne tauchte zögernd hinter den Häuserdächern auf, schickte ein paar tastende Strahlen voraus und verschwand dann wieder hinter einer Wand aus dunklen Wolken. Fröstelnd zog Helena die Schultern hoch. Der Morgenmantel aus Seide war etwas zu leicht für diese Jahreszeit, aber sie verabschiedete sich so ungern vom Sommer. Nachdenklich ließ sie ihre Blicke über den Garten schweifen, kehrte dann wieder in ihr Zimmer zurück und warf einen finsteren Blick auf die Verbindungstür zu Matthews Schlafzimmer. Er war wieder einmal die ganze Nacht nicht nach Hause gekommen, dabei hätte sie ihn gerade gestern Abend so dringend sprechen wollen. Obwohl von ständigem Schwindel und Übelkeit geplagt, hatte sie den von Matthew gewünschten Besuch beim Arzt beinahe zwei Wochen vor sich hergeschoben und sich, als der Arzt ihr seine Diagnose mitteilte, gefragt, wie sie so blind hatte sein können. Schließlich hatte sie doch während ihrer Schwangerschaften mit Susannah und vor allem Clayton dieselben Probleme gehabt.

Helena zog in Gedanken versunken den Morgenmantel enger um ihre Schultern. Sie hatte die halbe Nacht auf Matthew gewartet und war dann in einen unruhigen Schlaf gefallen. Im Grunde wusste sie selbst nicht genau, was sie sich von einem Gespräch mit ihm erhoffte, wahrscheinlich kam er nicht einmal zum Frühstück nach Hause. Und selbstredend hatte er nun wieder einmal ein umso besseres Argument, sich in fremden Betten zu vergnügen. Eine schwangere Frau behelligte man nicht mit ehelichen Wünschen, schließlich war man ein rücksichtsvoller Mann. Wann genau war es dazu gekommen, überlegte Helena. In jener schrecklichen Nacht nach der Party in Chelsea oder davor? Wenn sie es nur wüsste. Am liebsten hätte sie jene Nacht ganz aus ihrem Gedächtnis gebannt. Und vor allem wollte sie kein Kind, dem eine solche Erinnerung anhaftete.

Matthew betrat zur gleichen Zeit sein Kontor in der Nähe des Hafens. Es war einer jener seltenen Besuche, bei denen er mit seinen Geschäftspartnern persönlich sprechen wollte, anstatt es seinem Geschäftsführer zu überlassen. Pünktlich auf die Minute erschien Alec in Matthews Arbeitszimmer.
»Guten Morgen, Lord Vanderley.«
»Guten Morgen, Mr. ...« Matthew runzelte die Stirn.
»Delany«, erwiderte Alec frostig, wissend, dass Matthew seinen Namen ebenso wenig vergessen hatte wie er selbst.
Matthew lächelte reserviert. »Mr. Delany, natürlich. Ich hatte mit Mr. Seymour gerechnet, warum wurde mir nicht mitgeteilt, dass er verhindert sein würde?«
Alecs Lächeln war ein Spiegelbild von Matthews. »Das wäre nur dann notwendig gewesen, wenn das Gespräch hätte ausfallen müssen, aber weil ich die Aufträge Ihrer Firma komplett alleine bearbeitet habe, war Mr. Seymour der Meinung, es wäre zeitsparender, wenn ich Ihnen den Sachverhalt darlege.«
Matthew nickte und nahm die Unterlagen, die Alec ihm reichte, entgegen. Was Alec gesagt hatte, stimmte nur zum Teil, Mr. Seymour war mit den Details von Matthews geschäftlichen Angelegenheiten ebenso vertraut wie er. Alec vermutete, Mr. Seymour verfolgte eine klare Absicht damit,

ihm die Aufträge von Lord Vanderley anzuvertrauen, konnte sich aber noch nicht wirklich einen Reim darauf machen.
Während Matthew die Unterlagen studierte und nur zwischendurch einige Fragen stellte, die Alec präzise beantwortete und die offensichtlich nur den Zweck verfolgten, die Kompetenz seines Gesprächspartners auszuloten, erschien ein Dienstbote und trug Tee auf. Als er alles durchgelesen hatte, legte Matthew die Papiere auf seinen Schreibtisch und sah Alec forschend an. »Ich habe gehört, Sie werden ein neues Herstellungsverfahren für Seide an die *Thompson-Manufaktur* verkaufen?« Er lehnte sich zurück, ein Bild entspannter Höflichkeit. »Sie haben das System patentieren lassen?«
»Ja«, erwiderte Alec kurz angebunden.
»Wie viel bietet Ihnen Mr. Thompson dafür?«
Alec lächelte höflich. »Sie werden verstehen, dass ich darüber nicht sprechen kann.«
»Ich verstehe. Hat Mr. Thompson sich das Erstkaufsrecht gesichert?«
»Nein, ich habe es ihm angeboten.«
»Ich habe von dem Herstellungsverfahren gehört, und es überzeugt mich. Was immer Mr. Thompson Ihnen bietet, ich biete Ihnen das Doppelte. Sie sollten es sich überlegen.«
Wenn Alec etwas gelernt hatte, dann geschäftliche Interessen stets von persönlichen Belangen zu trennen. Es gab keinen Grund, dieses wirklich gute Angebot auszuschlagen, und Mr. Seymour würde zu Recht an seinem Geschäftssinn zweifeln, wenn er es täte. »Ich werde darüber nachdenken«, erwiderte er.
Mr. Chambers, Matthews Privatsekretär, betrat den Raum und reichte diesem einige Briefe. »Ich störe nur ungern, Mylord, aber es geht um das Treffen übermorgen Abend. Mr. Blore wartet immer noch auf eine Antwort.«

Matthew legte die Fingerspitzen aneinander und überlegte einen Augenblick, dann sah er wieder hoch. »Schreiben Sie eine Absage. Lady Vanderley ist der Ansicht, ich bin abends zu selten zu Hause.« Er lächelte, als wolle er damit eine typisch weibliche Schwäche entschuldigen. Mr. Chambers nickte verständnisvoll. Dieses Problem kannte er nur zu gut aus seiner eigenen Ehe. Alec richtete einen betont gleichgültigen Blick an Matthew vorbei an die Wand und wartete, bis Mr. Chambers gegangen war.

Matthew bot Alec eine Zigarre an. »Wie lange werden Sie in England bleiben?«

»Voraussichtlich bis Anfang nächsten Jahres.«

»Dann ist ja auf jeden Fall genügend Zeit, um ins Geschäft zu kommen.«

»Sie setzen bereits voraus, dass ich einwillige.«

Matthew paffte an seiner Zigarre und atmete dann langsam aus. »Ich hoffe, ich mache keinen Fehler, wenn ich Ihren Sinn fürs Geschäft entsprechend hoch einschätze, andernfalls müsste ich annehmen, Mr. Seymour habe meine Angelegenheiten in die Hände des falschen Mannes gelegt.«

»Ich gebe Ihnen morgen Bescheid«, antwortete Alec, woraufhin Matthew lediglich nickte.

»Nun gut, Mr. Delany, kommen wir zu meinen Lieferungen aus Bombay.«

Alec nahm seine Unterlagen zur Hand. Das versprach ein zermürbender Vormittag zu werden.

43

Seit er sie in seiner Kutsche nach Hause gefahren hatte, war Helena Alec nicht mehr begegnet. Zurzeit wurden die Abendgesellschaften seltener und somit auch die Gelegenheiten, sich zufällig auf einer davon zu begegnen. An diesem Abend fand eine Gesellschaft bei Lord und Lady Hyde statt, und es ging schon auf Mitternacht zu, als Helena merkte, dass sie es heute mit dem Tanzen eindeutig übertrieben hatte. Ihr war ein wenig schwindlig, und sie stützte sich mit der Hand an einer Säule ab. Als das Schwindelgefühl ein wenig abgeklungen war, verließ sie den Saal durch eine der hinteren Türen. Sie kannte das Haus der Hydes gut, und so steuerte sie direkt auf einen kleinen Salon zu, dessen Türen offen standen und der von den Gästen zum Ausruhen genutzt werden konnte. Im Moment war er jedoch leer, und Helena setzte sich auf ein Sofa und lehnte den Kopf mit geschlossenen Augen zurück. Erst als sie Schritte hörte, sah sie wieder auf, und ihr Herz machte einen verräterischen Satz, als sie Alec sah.

»Du siehst schon den ganzen Abend blass aus«, bemerkte er. »Was fehlt dir?«

Helena war jedes Mal aufs Neue überrascht, wie selbstverständlich er sich über alle Konventionen hinwegsetzte und ihr persönliche Fragen stellte. Noch mehr allerdings darüber, dass sie sie jedes Mal beantwortete. »Mir geht es nicht so gut.«

»Das ist offensichtlich.« Er ging zu einem Beistelltisch, auf dem eine Karaffe und einige Gläser standen, goss etwas

Wasser ein und reichte ihr das Glas. »Warum geht es dir nicht gut, oder ist das zu indiskret gefragt?«
Helena hielt das Glas zwischen ihren Händen, als wolle sie sich daran festhalten. Was konnte zwischen ihnen nach allem, was vorgefallen war, noch indiskret sein? »Ich erwarte ein Kind«, sagte sie, ohne ihn anzusehen.
Alecs Gesicht war unbewegt. »Wenn dein Mann vorhat, dich in wenigen Jahren körperlich zugrunde zu richten, sollte er nur weiter ein solches Tempo vorlegen, dann hat er es vielleicht schon bald geschafft.«
Helena seufzte und stand auf, um zum Fenster zu gehen, aus dem ihr aufgrund der Dunkelheit jedoch nur ihr eigenes Spiegelbild entgegensah. »Alec, ich …«, sie stockte. Die Intensität ihres Bedürfnisses, sich ihm anzuvertrauen, bestürzte sie.
Alec trat hinter sie und sah ihr Spiegelbild an. Einen Augenblick lang rang Helena mit sich, ehe sie sprach. »Ich weiß nicht einmal, ob ich dieses Kind haben möchte.«
Alec sagte nichts, sondern wartete darauf, dass sie fortfuhr.
»Ich muss immer daran denken …« Sie hielt inne und biss sich auf die Lippen.
»Woran musst du denken?«, fragte Alec behutsam, als sie nicht weitersprach.
»Wenn wir in der Kutsche nicht unterbrochen worden wären, dann könntest du ebenso gut der Vater sein wie Matthew, und ich wüsste jetzt nicht einmal, wessen Kind ich erwarte.«
Alec legte ihr die Hände auf die Schultern und drehte sie zu sich um. »Es ist aber nicht dazu gekommen, Helena.«
»Ich war in dieser Nacht nicht ich selbst, und ich habe dir Dinge gesagt, die ich nie hätte sagen dürfen«, flüsterte sie.

»Und das allein ist der Grund dafür, warum du dieses Kind nicht willst?«
Sehr leise fuhr Helena fort: »Er hat auf mich gewartet, als ich kam.«
Mit einem seltsamen Blick, den sie nicht deuten konnte, sah Alec sie an. »Was ist passiert, als du heimgekommen bist?«
Helena wandte sich von ihm ab und sah wieder zum Fenster hinaus. Wenn sie nahe an die Scheibe ging, konnte sie einen Teil des Gartens sehen. »Erinnerst du dich noch an den See am Ende des Gartens? Dort hast du mich das erste Mal geküsst, und ich habe dich danach aufgrund irgendeiner dummen Bemerkung im Garten stehen lassen«, sie hielt einen Moment inne. »Da wusste ich noch nicht, wie viel ich später dafür geben würde, diesen Moment noch einmal zu erleben. Jetzt würde ich ihn bis zum Ende auskosten.«
Mit den Fingern strich sie über das kühle Glas. Warum konnte er ihr nicht einmal in einem solchen Moment sagen, dass er sie geliebt hatte. Jetzt war es doch ohnehin bedeutungslos. Sie drehte sich zu ihm um. »Habe ich dir wirklich so wenig bedeutet?«
»Ich habe nie gesagt, du hättest mir nichts bedeutet.«
»Nein, aber nicht genug, um dein Leben mit mir zu verbringen.«
»Das hatten wir doch alles schon, und ich habe es dir erklärt.«
»Und du würdest jederzeit wieder so entscheiden?«
Alec senkte seinen Blick in ihre Augen. »Ja«, sagte er.
Helena sah ihn schweigend an, und in ihren Augen glommen die goldenen Lichtpunkte auf, die Alec so vertraut waren und von denen er geglaubt hatte, sie seien erloschen. Als er die Hand ausstreckte, um ihre Wange zu berühren, wich sie zurück.

»Ich sollte jetzt gehen.« Sie griff nach ihrem Ridikül und ließ ihn stehen. Erst jetzt fiel ihm auf, dass sie ihm auf die Frage, was nach ihrer Heimkehr aus Chelsea passiert war, nicht geantwortet hatte.

44

Das Essen bei Lord und Lady Ashington verlief alles andere als harmonisch. Helena und Matthew begegneten einander aufgrund einer vorangegangenen heftigen Auseinandersetzung betont distanziert. Es war zu einem Streit gekommen, weil Helena Calvin Geld geliehen hatte, um seine horrenden Spielschulden zu bezahlen. Ein Jahr nach ihrer Heirat hatte Matthew Helena ein Konto eingerichtet, auf das er monatlich Geld einzahlte – sie sollte in jeder Hinsicht als die verwöhnte Frau eines der reichsten Männer Englands gelten. Weil er jedoch sämtliche Rechnungen zahlte, die anfielen, und Helena kaum Ausgaben außer der Reihe hatte, war der Betrag auf ihrem Konto stetig angewachsen, aber dennoch hatte er kaum ausgereicht, um Calvins Schulden zu zahlen. Zu seinem Vater hätte er nicht gehen können, und Jerome hatte ihm zu oft schon aus der Misere geholfen und bereits gedroht, kein weiteres Mal dazu bereit zu sein. Der Bankdirektor hatte natürlich nicht gezögert, Matthew darüber aufzuklären, seine Frau habe ihr gesamtes Bankkonto geleert. Matthew hatte für Spieler nicht viel übrig, vor allem nicht für solche, die keine Skrupel hatten, ihre Schulden von ihren Schwestern begleichen zu lassen.

Aber nicht nur Matthew und Helena drückten die Stimmung bei Tisch, auch Lorena war sehr still, weil sie sich in Anwesenheit ihres Schwiegervaters befangen fühlte.

Es war somit abzusehen, dass es nur einen Auslöser brauchte, um einen Streit zu entzünden.

»Wann wird dein Kind zur Welt kommen, Helena?«, fragte Lord Ashington scheinbar beiläufig.
»Am Anfang des Sommers voraussichtlich«, erwiderte Helena, ohne ihn anzusehen. Es machte sie verlegen, derartige Dinge mit ihrem Vater und in Gegenwart ihrer Brüder zu erörtern.
Der Earl wandte sich an Jerome. »Es wäre schön, wenn du mit einem ähnlich freudigen Ereignis aufwarten könntest.«
Jerome sah ihn unbewegt an. »Denkst du nicht, wir könnten das Thema wenigstens bei Tisch ruhen lassen?«
»Wenn es nach dir ginge, würde es nicht nur bei Tisch, sondern ständig ruhen, weil du keinen meiner Ratschläge befolgen möchtest. Oder geht diese Ablehnung von Lorena aus?«
Lorena, der das Ganze sichtlich zuwider war, blickte von ihrem Teller auf. »Ich glaube, sowohl Jerome als auch ich sind alt genug, um unsere Probleme selbst lösen zu können. Du kannst uns gerne einen Rat geben, aber ob wir ihn befolgen, bleibt uns überlassen.«
»Deine Überheblichkeit ist hier unangebracht, weil es hier nicht um euch geht, sondern um den Bestand unseres Hauses«, erwiderte Lord Ashington scharf.
»Den können auch George und Calvin sichern«, entgegnete Jerome.
Sein Vater taxierte ihn. »Bisher hast du mich von euch allen am ehesten zufrieden gestellt. Sollte es damit ein Ende haben, weil du dich der Unvernunft deiner Frau beugst?«
Ehe Jerome antworten konnte, ging Helena dazwischen. »Hör auf, Vater! Musst du Lorena vor uns allen angreifen? Im Übrigen hat sie vollkommen Recht, es ist ihre und Jeromes Angelegenheit und nicht deine.«
»Matthew«, sagte Lord Ashington, ohne seine Tochter anzu-

sehen, »würdest du so freundlich sein und deine hysterische Ehefrau zum Schweigen bringen?«

»Du brauchst dich nicht an Matthew zu wenden, wenn du mir etwas sagen willst«, erwiderte Helena, sichtlich um Ruhe bemüht.

»Das stimmt allerdings«, entgegnete ihr Vater, »weil er offensichtlich ebenso wenig dazu imstande ist, dir Benehmen beizubringen, wie ich es war.«

Helena warf ihren Kopf zurück. »Um Benehmen zu lernen, hätte ein gutes Vorbild gereicht.«

Arthurs Augen verdunkelten sich vor Wut. »Du wirst dich entschuldigen oder diesen Tisch verlassen.«

»Nun, dann gehe ich.« Helena wollte aufstehen, aber in dem Moment, hielt Matthew, der die ganze Zeit geschwiegen hatte, ihren Arm fest. »Entschuldige dich«, sagte er.

»Nein, und jetzt lass mich los.« Die Peinlichkeit der ganzen Situation war förmlich mit den Händen zu greifen.

»Helena.« Matthews Stimme war drohend leise. »Du weißt, ich kann Szenen nicht ausstehen.«

»Dann beschwör auch keine herauf«, erwiderte Helena ebenso leise.

»Matthew«, mischte sich nun Lorena ein. »Lass sie bitte. In ihrem Zustand solltest du ihr Aufregung ersparen. Die Sache kann mit Sicherheit später in aller Ruhe geklärt werden.«

»Ohne deine und Jeromes Verstocktheit wäre es wohl gar nicht erst so weit gekommen«, erwiderte Arthur Ashington. Er wandte sich wieder an Matthew. »Du solltest dich etwas energischer durchsetzen, ehe Helena nur noch tut, was sie möchte. Wenn dein Vater noch lebte, dann würde sie ihm vermutlich dieselbe Impertinenz entgegenbringen wie Lorena mir.«

»Das wohl nicht, Vater«, warf Helena ein, »denn über der-

artige Dinge in Gegenwart der ganzen Familie am Tisch zu sprechen, ist eine Geschmacklosigkeit, die Lord William nicht eingefallen wäre.« Sie stand auf, und diesmal ließ Matthew sie gehen.
Jerome erhob sich ebenfalls. »Entschuldige, Mutter«, sagte er zu Eleonore, die sich den Streit schweigend angehört hatte, »aber du wirst sicher Verständnis dafür haben, dass wir jetzt gehen. Komm, Lorena.« Er verließ mit seiner Frau den Raum, ohne sich noch einmal umzusehen.
Im Vorraum stießen sie auf Helena, die blass war und offensichtlich mit ihrer Übelkeit rang.
»Helena«, sagte Jerome besorgt, »du hättest dich nicht so aufregen dürfen.«
»Es ist nicht so schlimm, wie es aussieht«, erwiderte Helena mit einem matten Lächeln. »Ihr geht? Ich hätte euch gerne noch ein wenig länger gesehen, aber unter den gegebenen Umständen würde ich auch nicht länger bleiben.«
»Komm uns in den nächsten Tagen doch besuchen«, sagte Lorena. »Wir sehen uns viel zu selten in letzter Zeit.«
Helena versprach, das zu tun, dann verabschiedete sie sich von den beiden. Sie machte sich Sorgen, weil die Spannung spürbar war, die aufgrund der ständigen Streitereien mit ihrem Vater zwischen ihnen herrschte. Hoffentlich litt ihre Ehe nicht zu sehr darunter. Es war auf jeden Fall offensichtlich, dass es so nicht mehr lange gut gehen würde.

Lorena lief aufgebracht in ihrem Salon auf und ab. Jerome hatte ihr den Raum nach ihren Wünschen in Silber und Altrosa eingerichtet. Zierliche Möbel aus Rosenholz vervollständigten das Bild zurückhaltender Eleganz. Heute jedoch hatte Lorena keinen Blick für die Schönheit des Raumes, den sie sonst so gern mochte. »Ich kann so nicht mehr weiterleben, Jerome. Dein Vater lässt keine Gelegenheit aus, mich zu demütigen, selbst in Gegenwart seiner Söhne und seines Schwiegersohns. Ich bin eine solche Behandlung nicht gewöhnt, und ich weigere mich, sie weiter hinzunehmen.«

»Wir brauchen meine Eltern nicht mehr zu besuchen, wenn dir das lieber ist.«

»Darüber hatten wir doch schon geredet, und ich habe dir gesagt, dass das auf Dauer unmöglich ist, außerdem möchte ich dich nicht von deiner Familie trennen.«

Jerome lehnte sich mit vor der Brust verschränkten Armen gegen die Wand. »Ich weiß auch nicht, was ich sonst noch tun soll, Lorena.«

Lorena warf mit einer heftigen Bewegung den Kopf zurück. »Jedenfalls schafft es dein Vater, dass wir uns ständig seinetwegen streiten. Es ist kein Wunder, dass Helena zu einem anderen Mann geflüchtet ist, um ihm zu entkommen.«

»Sag mir, was ich tun soll, und ich tue es. Möchtest du aus London wegziehen? Dann suche ich uns ein anderes Haus.«

Lorena schüttelte den Kopf. »Bei dir ist es nun einmal besonders schlimm, wenn du keinen Sohn bekommst, weil du der Haupterbe bist. Jetzt hat dein Vater wenigstens einen guten Grund, dir vorzuhalten, du habest dich für die falsche Frau entschieden.«

»Hör auf damit, Lorena«, erwiderte Jerome schneidend. »Es war meine Entscheidung, dich zu heiraten, und ich habe sie keinen Moment bereut.«

»Wirklich nicht? Oder hat es dir vielleicht doch für einige Sekunden Leid getan, jedes Mal, wenn dein Vater dir wieder deine Pflichten vorgehalten hat?« Sie erkannte am Ausdruck in seinen Augen, wie verletzt er war, und augenblicklich bereute sie, ihn so angefahren zu haben. »Es tut mir Leid, Jerome.« Mit den Fingerspitzen fuhr sie sanft über seine Wange.

»Schon gut«, erwiderte Jerome. Er zog sie an sich und legte seine Wange auf ihren Kopf. »Du denkst doch nicht wirklich, ich machte dich dafür verantwortlich, dass wir keine Kinder bekommen?«

»Nein«, sagte Lorena. Obwohl sie sich Kinder wünschte, konnte sie sich damit abfinden, keine zu bekommen. Sie dachte an Helena, die zwar Kinder hatte, aber mit einem Mann zusammenlebte, für den sie nicht die geringste Zuneigung empfand, und sie hätte nie mit ihr tauschen mögen. Sie löste sich sanft aus Jeromes Armen.

»Vielleicht ist es ganz gut, wenn ich für eine Zeit lang zu meinem Vater nach Somerset fahre.«

»Allein?«, fragte Jerome.

Lorena nickte. »Es ist Beste, wenn ich etwas Abstand zu allem bekomme und mich innerlich wieder sammeln kann. Vielleicht kommt hier alles etwas zur Ruhe, bis ich wiederkomme.«

»Und wenn nicht?«

»Das können wir dann immer noch überlegen.«

Jerome sagte nichts, sondern nickte nur.

Lorena legte ihre Arme um seinen Hals. »Sei mir nicht böse, es ist nicht deinetwegen, ich brauche einfach Zeit.«

»Ich bin dir nicht böse.« Er atmete tief ein. »Wann fährst du?«

»Nicht vor nächster Woche, ich muss meinen Vater ja noch benachrichtigen und alles vorbereiten.«

»Und du wirst es dir nicht anders überlegen?«

Lorena sah ihn an, dann schüttelte sie langsam den Kopf.

Jerome legte die Arme um sie. »Bleib nicht zu lange fort.« Er küsste sie. »Ich liebe dich.«

»Ich liebe dich auch, Jerome.« Sie zog seinen Kopf zu sich hinunter und küsste ihn wieder. Aus seinem Gesichtsaus-

druck konnte sie ablesen, wie sehr ihn ihr Entschluss getroffen hatte, und für einen Moment lang wankte sie, ob sie wirklich fahren sollte, blieb dann aber dabei.
Sie sollte sich Monate später immer wieder an diesen Augenblick erinnern und sich wünschen, sie hätte anders entschieden.

45

Helena fühlte sich elend. Der Ärger in ihrer Familie, Lorenas Abreise und die Sorgen, die sie sich deshalb um Jerome machte, setzten ihr zu, und sie schlief kaum eine Nacht durch. Sie war sich sicher, dass sie Fieber hatte, und der dumpfe Schmerz in ihrem Bauch, der sie seit Tagen plagte, ebbte nicht ab. Am Morgen hatte sie Blutflecken in ihrer Wäsche entdeckt und sich vorgenommen, ihren Hausarzt Dr. Montgomery zu rufen, wozu sie aber nicht kam, weil Clayton sich eine schwere Grippe eingefangen hatte. Diesen und den folgenden Tag verbrachte sie mit der Krankenwache am Bett ihres Sohnes und heftigem Streit mit Matthew.

Als Clayton sich langsam wieder erholte, ging es Helena so schlecht, dass sie kaum mehr imstande war zu essen. Endlich fiel es auch Matthew auf, als er länger als auf einen kurzen Sprung – der nur der Überprüfung von Claytons Gesundheitszustand diente – daheim war. Aus zusammengekniffenen Augen musterte er seine Frau beim Frühstück.

»Bist du krank?«, fragte er.

»Ich fühle mich ein wenig matt«, erwiderte sie ausweichend.

»Wahrscheinlich hast du dich bei Clay angesteckt«, diagnostizierte Matthew. »Ich habe dir gesagt, du sollst dich mehr zurücknehmen und seine Pflege dem Kindermädchen überlassen.«

»Entschuldige bitte, aber ich bin seine Mutter.«

»Seine schwangere Mutter, um genau zu sein. Leg dich hin, ich lasse Dr. Montgomery rufen.«

Helena wollte erst widersprechen, aber weil es ihr wirklich

schlecht ging und sie ohnehin vorgehabt hatte, ihren Hausarzt rufen zu lassen, schwieg sie und kam seinem Wunsch nach. Als sie über den Korridor zu ihrem Zimmer ging, hatte sie mit einem Mal das Gefühl, dass etwas in ihr riss, und nach Luft schnappend presste sie die Hand auf ihren Bauch, während sie mit der anderen Hand Halt suchend nach der Wand tastete. Ihr Versuch, nach jemandem zu rufen, geriet nur zu einem Flüstern, und mit einem Stöhnen sank sie auf die Knie. Ein scharfer Schmerz durchfuhr sie, sie stieß einen gepressten Schrei aus, und spürte im selben Moment, wie etwas Warmes aus ihr herausfloss.

»Großer Gott«, stöhnte sie und erzitterte unter einem Krampf. Jemand musste sie gehört haben, denn sie hörte plötzlich hinter sich ein Mädchen erschrocken aufschreien.

»Mylady.«

»Hol jemanden«, befahl Helena erstickt, »und beeil dich.«

Das Mädchen lief über den Korridor, und es erschien Helena, als sei eine Ewigkeit vergangen, als Matthew plötzlich neben ihr kniete. Er legte einen Arm hinter ihren Rücken, schob den anderen unter ihre Knie und hob sie vorsichtig hoch, um sie in ihr Zimmer zu bringen. Erst als sie auf ihrem Bett lag, bemerkte er die Blutflecken in ihrem Unterkleid.

»Der Arzt kommt jeden Moment«, versicherte er ihr.

Helena lag zusammengekrümmt im Bett, unfähig zu antworten. Ein neuer Krampf durchfuhr sie, und sie stöhnte auf, während ihr der Schweiß über das Gesicht lief. Selbst Matthew wurde bleich und schien nicht zu wissen, was er tun sollte. Amelia öffnete die Tür und eilte an Helenas Bett. Ihr Blick sagte Matthew, dass es besser war, wenn er das Zimmer verließe. Laut auszusprechen wagte sie es nicht. Matthew schien jedoch erleichtert zu sein, das Zimmer verlassen zu können, und ging in sein Arbeitszimmer, wo er erregt auf

und ab lief. Schließlich riss er die Tür auf und lief in die Eingangshalle. »Wo bleibt der Arzt?«, brüllte er den entsetzten Butler an.
»Ich frage nach, Mylord«, stammelte dieser nervös, entgegen seiner ruhigen Art, und eilte in die Gesindestube.
Der Arzt, Dr. Garnet, traf zehn Minuten später ein und schaffte es, die Blutung zu stoppen, aber Helena hatte bereits viel Blut verloren und zudem hohes Fieber bekommen. Er hob ihr einen Becher mit einer bitteren Flüssigkeit an die Lippen, doch Helena zitterte im Schüttelfrost so stark, dass sie kaum trinken konnte. Darüber hinaus erzeugte der Geschmack des Getränks in ihr einen Brechreiz, den sie mühsam herunterkämpfte, ehe sie wegdämmerte.
Wann immer Helena in der folgenden Zeit aufwachte, befand sie sich in ihrem abgedunkelten Zimmer. Tag und Nacht verschwammen. Dr. Montgomery war kurzfristig zu einer kranken Verwandten gereist, und so kümmerte sich Dr. Garnet weiter um sie.
Helena mochte den Arzt nicht besonders, er schien von Frauen im Allgemeinen nicht viel zu halten, und offensichtlich machte er Helena in gewisser Weise für die Fehlgeburt verantwortlich. So etwas passierte seiner Meinung nach eben, wenn die jungen Frauen meinten, sich nicht einschränken zu müssen, während sie schwanger waren.
Was Helena zusätzlich belastete war, dass Matthew sich noch kein einziges Mal bei ihr hatte blicken lassen, weshalb sie annahm, er gäbe ihr ebenfalls die Schuld für die Fehlgeburt. Lediglich bei ihren Untersuchungen durch den Arzt kam er in ihr Zimmer, hielt sich aber im Hintergrund, so als sei er ein unbeteiligter Beobachter. Sie dachte daran, dass sie sich nicht einmal sicher gewesen war, ob sie das Kind überhaupt wollte, und machte sich Vorwürfe, nicht auf sich Acht gegeben zu

haben. Aber, überlegte sie dann, als sie mit Susannah schwanger gewesen war, war sie nicht weniger aktiv gewesen, schon aus dem Grund, weil sie ja gar nicht gewusst hatte, dass sie schwanger war. Außerdem durfte sie nicht undankbar sein, schließlich hatte Clayton seine Bronchitis überstanden, nicht zuletzt durch ihre Pflege, und vor die Wahl gestellt, hätte sie sich immer für ihn entschieden.

Doch all diese Überlegungen konnten sie nicht vor den Depressionen bewahren, die sie heimsuchten. Sie dachte an Alec, an Jerome und Lorena, an die bestehenden Probleme, an alles, was ihr Kummer bereitete.

Dr. Garnet kam am späten Nachmittag und untersuchte Helena. Amelia stand hinter ihm und beobachtete seine Handgriffe.

»Hat diese Teilnahmslosigkeit überhaupt nicht nachgelassen?«, fragte er Amelia, die den Kopf schüttelte.

Helena fand, er hätte eigentlich sie selbst befragen sollen, aber weil ihr ohnehin nicht danach war zu reden, ließ sie die übliche Prozedur schweigend über sich ergehen.

»Ich denke«, sagte Dr. Garnet, »was da helfen könnte, wäre ein Aderlass.«

Helena drehte sich zu ihm um. »Nein«, sagte sie matt.

Dr. Garnet lächelte schmal. »Keine Sorge, Mylady, meine Methoden schlagen immer an.«

Aber sie hatte bei der Fehlgeburt so viel Blut verloren, das musste er doch wissen. Als er ihren Arm freilegen wollte, hielt sie die Decke krampfhaft fest, bis zum Kinn hochgezogen, und weil der Arzt schlecht mit ihr ringen konnte, wandte er sich an Matthew, der neben der Tür stand und die Szene beobachtete. Jetzt kam er ans Bett, und Helena hoffte, er werde diesen Aderlass nicht zulassen.

Matthew setzte sich an den Bettrand.

»Komm, Helena, gib mir deinen Arm.«
»Nein, Matthew, lass ihn das nicht tun«, erwiderte sie.
Matthew griff nach ihren Armen, und obwohl sie sich mit allen Kräften, die sei noch hatte, wehrte, hielt er den einen mühelos über ihrem Kopf fest und streckte den anderen über seinem Schoß aus. Helenas Kräfte erlahmten schnell, und sie konnte nur mit ansehen, was mit ihr geschah.
Dr. Garnet schob den Ärmel von ihrem Handgelenk an hoch bis über ihren Oberarm, dann bereitete er alles für den Aderlass vor.
»Matthew, bitte«, flehte Helena, »es war doch nicht meine Schuld.«
»Bleib ruhig liegen«, versuchte Matthew sie zu beruhigen.
Dr. Garnet nahm das glänzende Skalpell zur Hand, und Helena versuchte vergebens, ihren Arm zu befreien. Doch Matthew hielt ihn fest. Der Arzt setzte das Skalpell an. Helena fühlte die Kühle des Metalls auf ihrer Haut, dann erfolgte der Schnitt. Dunkles Blut rann in die Schale unter ihrem Arm.

46

Matthew empfing Mr. Seymour und Alec in der Bibliothek. Alec hatte auf Mr. Seymours Rat hin sein neues Herstellungsverfahren für Seide an Matthew verkauft, wobei er diesem das Doppelte von dem abnahm, was Mr. Thompson ihm angeboten hatte, und sich zusätzlich an den Gewinnen beteiligen ließ. Matthew war zwar bereit gewesen, den gewünschten Preis zu zahlen, aber die Gewinnbeteiligungen stießen bei ihm zunächst auf regen Widerspruch. Alec blieb in diesem Punkt hart, und weil Matthew einen Sinn für das Geschäft sowie eine gewisse Skrupellosigkeit durchaus schätzte, war er letzten Endes doch darauf eingegangen.

Mr. Seymour legte Matthew Unterlagen zu geplanten Geschäften vor. Neben dem Handel mit Stoffen wollte er mit ihm Verträge über Lieferungen von Tee aus den Bergen von Assam abschließen, sie standen gerade am Anfang der Verhandlungen. Mr. Seymour wusste, dass Lord Vanderley sich um derartige Dinge gar nicht selbst kümmern musste, aber er hatte den Eindruck, dass dieser die Verhandlungen und das Feilschen durchaus genoss.

Das Stubenmädchen betrat die Bibliothek und meldete Lady Rose Ashington, die dem Mädchen auf den Fuß folgte, etwas, das im Haus von Freunden unmöglich gewesen wäre, aber schließlich befand sie sich bei ihrer Enkelin. Die Männer standen auf, um sie zu begrüßen.

»Du solltest deinem neuen Mädchen vielleicht erklären, dass es Familienmitglieder direkt zu dir vorlässt. Sie wollte mich allen Ernstes im Besucherzimmer warten lassen«, sagte Rose nach der Begrüßung.

»Ich werde mich darum kümmern«, versprach Matthew mit vollendeter Höflichkeit. Er stellte ihr Mr. Seymour und Alec vor. Rose erinnerte sich sofort an Alecs Namen, sie hatte ihn seit der Affäre mit Helenas Kind im Gedächtnis behalten. Die Ähnlichkeit mit Susannah war frappierend. Eigentlich ein Wunder, dass Matthew nicht erkannte, wessen Tochter das Mädchen war, das seinen Namen trug.

»Du möchtest bestimmt zu Helena«, sagte Matthew. »Sie kommt sicher sofort, ich werde dir in ihrem Salon Tee servieren lassen.«

Rose sah ihn mit unmerklich erhobenen Brauen an. »Möchtest du mir zu verstehen geben, ich solle dich und die beiden Herren alleine lassen? Dann sag es bitte direkt, diese sprachlichen Finessen beherrsche ich schon ein halbes Jahrhundert länger als du.«

Matthew lächelte. »Aber nein, ich habe einfach angenommen, geschäftliche Gespräche über Tee aus Indien würden dich langweilen.«

Rose strich mit dem silbernen Knauf ihres Stockes über seine Hemdbrust. »Ich denke nicht, dass du dir darüber ein Urteil erlauben kannst. Ich habe meinen Titel schon gehabt und mich um die Geschäfte meines Mannes gekümmert, als man an deinen Vater noch nicht einmal gedacht hat.« Sie beobachtete Matthew mit heimlichem Vergnügen, der seine Höflichkeit ihr gegenüber nicht ablegen durfte, sondern ihr, trotz allem lächelnd, einen Platz anbieten musste. Es hatte ganz entschieden Vorteile, in ihrem Alter zu sein, wenn sie das als junges Mädchen auch niemals geglaubt hätte.

Während sie den Gesprächen zuhörte und sich für eine Weile wieder in ihre Jugendzeiten versetzt fühlte, als sie mit ihrem

Edward durch Indien gereist war, betrachtete sie verstohlen Alec. Ihr gefielen seine Stimme und seine Art zu sprechen. Er legte eine distanzierte Höflichkeit an den Tag und wirkte insgesamt etwas zurückhaltend. Wenn man ihn jedoch beobachtete, merkte man, dass sich hinter seinem kühlen Äußeren weitaus mehr verbergen musste, als es den Anschein hatte. Es war nicht schwer, sich vorzustellen, wie er Helena im Sturm erobert hatte.
Rose ärgerte sich wie so oft in letzter Zeit über ihren Sohn Arthur. Äußerlich mochten Helena und Matthew ein schönes Paar abgeben, aber jeder wusste, wie es in ihrer Ehe aussah. Während sie an ihrem Tee nippte, überlegte sie, wie die ganze Sache wohl geendet wäre, hätte Jerome sein Vorhaben ausgeführt, den Vater von Helenas Kind zu benachrichtigen und ihn notfalls zu einer Ehe mit ihr zu zwingen. Wie hätte dieser Mann reagiert, wäre ihm bekannt gewesen, dass seine Geliebte ein Kind von ihm erwartete? Nun, auf diese Frage würde sie wohl keine Antwort bekommen, denn es war natürlich ausgeschlossen, dass er je davon erfuhr. Er schien ihren beobachtenden Blick zu spüren und wandte den Kopf zu ihr. Sie lächelte ihm verschwörerisch zu, woraufhin er sie etwas erstaunt ansah. Dann deuteten seine Mundwinkel ebenfalls ein Lächeln an, ehe er sich wieder dem Gespräch zuwandte.
Helena hatte ihrer Großmutter durch das Stubenmädchen Bescheid geben lassen, dass sie sie in ihrem Salon erwarte. Sie hatte erfahren, dass Alec gerade bei Matthew war, und unter keinen Umständen wollte sie ihm jetzt begegnen, wo sie doch erst vor zwei Tagen ihre Bettruhe hatte beenden können. Sie war sehr blass und hatte noch mehr abgenommen, was ihr allmählich das Aussehen einer mageren Katze verlieh. In den letzten Tagen hatte sie viel Besuch empfangen, vor allem von

ihrer Familie, sogar Calvin und ihr Vater waren gekommen. Ihr Vater hatte sich natürlich die Bemerkung nicht verkneifen können, Matthew werde ihr die Fehlgeburt bestimmt nachsehen, wenn sie bald ein gesundes Kind zur Welt bringen würde.

Rose betrat Helenas weiß-goldenen Salon. »Du lieber Himmel, geben sie dir hier nichts zu essen, du siehst ja schrecklich aus«, sagte sie, nachdem sie ihre Enkelin zur Begrüßung umarmt hatte.

»Danke, Großmutter, mit einem solchen Kompliment fängt der Nachmittag doch schon ganz anders an«, entgegnete Helena gelassen.

Rose hielt Helena auf Armlänge von sich und sah sie aufmerksam an. »Ich nehme es deinem Vater und deinem Onkel wirklich übel, mich nicht über deinen Zustand unterrichtet zu haben.« Sie war für einige Wochen bei Verwandten in Dorset gewesen.

»Ich nehme an, Vater und Onkel Anthony wollten nicht, dass du dir Sorgen machst.« Helena setzte sich hin, sie fühlte sich immer noch schnell erschöpft.

»Dafür habe ich beinahe einen Herzschlag bekommen, als ich es bei meiner Heimkehr erfahren habe. Die Maßnahme ist also von zweifelhaftem Wert.«

Helena lächelte. »Mir geht es schon wieder ganz gut, und die Hauptsache ist, dass Clay alles gut überstanden hat.«

Die Besorgnis war nicht von Roses Gesicht gewichen. »Helena, du musst wirklich ein wenig mehr auf dich Acht geben. Kümmert Matthew sich wenigstens jetzt richtig um dich?«

»Er zwingt mich jeden Tag zum Essen und war in den letzten Tagen auch abends immer zu Hause, für den Fall, dass es mir wieder schlechter geht.« Helena lehnte sich zurück und trank einen Schluck Tee. »O Großmutter, ich hasse es, mich so kränklich zu fühlen. Früher habe ich Frauen, die so waren, verachtet, und das ist jetzt die Strafe dafür.«

»Du musst dich einfach wieder aufraffen. Am Anfang ist es ganz normal, noch etwas schwach auf den Beinen zu sein. Sieh zu, dass du wenigstens ein bisschen isst, geh an die frische Luft und lass dich vor allen Dingen nicht hängen.«

Helena starrte in das prasselnde Feuer, das sich langsam durch die Holzscheite fraß. »Hast du ihn gesehen, als du bei Matthew in der Bibliothek gesessen hast?«

»Ich habe schon darauf gewartet, dass du das fragst. Ja, er war auch dort.«

»Und welchen Eindruck macht er auf dich?«

Rose lächelte. »Einen recht guten, soweit ich das nach einer Viertelstunde beurteilen kann.« Sie sah den fiebrigen Glanz, der in Helenas Augen getreten war. »Du kannst nicht aufhören, ihn zu lieben, habe ich Recht?«

»Vermutlich kann ich das nicht, nein«, erwiderte Helena nachdenklich.

Rose sah sie ernst an. »Du verzehrst dich nach einem Mann, den du nie kriegen wirst. Das ist kein beneidenswertes Schicksal, Helena, und ich kann dir nicht sagen, wie sehr ich bedaure, dass alles so gekommen ist.«

»Mir bleibt wohl nichts anderes übrig, als mich damit abzufinden.«

»Übrigens«, wechselte Rose das Thema, »war Celia mit ihrem Mann vor einigen Tagen in London.« Celia hatte vor kurzem geheiratet und lebte mit ihrem Mann in Kent.

Helena interessierte sich nicht besonders für die Neuigkeiten ihrer Kusine, mit der sie sich seit ihrer Verlobung mit Matthew nie wieder vertragen hatte. »Ich habe sie lange nicht mehr gesehen.«

»Sie hat dir deine Heirat nicht verziehen, meine Liebe«, sagte

Rose und schnitt ein Gesicht. »Sie war immer der Meinung, du hättest dir deinen Mann durch einen überaus geschickten Trick eingefangen.«
Helenas Schwangerschaft war nach der Hochzeit nicht lange zu verbergen gewesen, auch wenn sie sie anfangs recht gut kaschieren konnte, und Elaine und Celia hatten sich das Maul darüber zerrissen. Celia hatte so sehr darüber gelacht, als sie es erfahren hatte, dass es schon an Hysterie grenzte. Danach war sie in Tränen ausgebrochen, weil sie ebenso wie jeder andere Matthew für den Vater hielt. Elaine hatte ihre Tochter daraufhin scharf zurechtgewiesen und ihr zu verstehen gegeben, dass sie nie mit Matthew verheiratet worden wäre, selbst wenn dieser ihren Vater auf Knien darum gebeten hätte. Eine Vorstellung, die so absurd war, dass Rose trotz ihres Ärgers schallend gelacht hatte. Man musste Elaine jedoch zugute halten, dass sie bei allen Fehlern, die sie hatte, nie zugelassen hätte, dass Celia einen Mann heiratete, dessen Charakter nicht einwandfrei war.
Rose beugte sich vor und legte ihre Hand auf die Helenas. »Aber du kommst doch jetzt besser mit Matthew zurecht, oder ist es immer noch so wie vorher?«
»In letzter Zeit war er recht freundlich, wenn ich ihn mal zufällig gesehen habe, aber das wohl nur, weil wir beide Angst um Clay hatten und ich danach die Fehlgeburt erlitten habe.« Helenas Blick war zweifelnd. »Vater hat zu mir gesagt, Matthew werde mir vielleicht die Fehlgeburt verzeihen, wenn ich so schnell wie möglich wieder schwanger würde, und ich vermute, Matthew hat so etwas entweder angedeutet, oder Vater konnte es aus seinem Verhalten ablesen.«
»Dein Vater schließt eher von sich auf Matthew. Warum fragst du deinen Mann nicht selbst danach?«
»Die Gelegenheit hat sich noch nicht ergeben.« Helena legte

ihre Hände um ihre Teetasse, um sie zu wärmen. Ihr war kalt, obwohl das Feuer im Kamin nach wie vor brannte. »Aber auch wenn Matthew Vaters Meinung bestätigt, der Gedanke daran, in der nächsten Zeit wieder schwanger zu werden, ist mir unerträglich. Ich hoffe, das sieht er ein.«

»Bei allen Fehlern, die er hat, wird er sicher nicht dein Leben gefährden wollen, nur weil er nicht warten kann. Ihr seid beide jung und habt noch genug Zeit, wenn er unbedingt mehr Kinder haben möchte. Hör auf mich, und rede mit ihm, anstatt dich die ganze Zeit mit dem Gedanken an diese Dinge zu quälen.«

Nachdem ihre Großmutter gegangen war, setzte sich Helena auf den Teppich vor den Kamin, was in letzter Zeit ihr Lieblingsplatz war, und dachte nach.

»Ist der Boden nicht etwas zu kalt zum Sitzen?«, fragte Matthew, der eben durch die Tür kam und Helena aus ihren Gedanken aufschreckte. Er setzte sich auf den Sessel hinter sie und beugte sich leicht vornüber, so dass er die Ellbogen auf den Knien abstützte. »Ich glaube, wir sollten mal reden.«

Helena drehte sich so, dass sie ihn ansehen konnte, und lehnte mit dem Rücken an der Kaminwand. »Das wäre wohl angebracht. Wenn ich den Anfang machen darf: Dr. Garnet soll mich niemals wieder untersuchen.«

»Das wird er nicht, aber das war es nicht, worüber ich reden wollte, und du wahrscheinlich auch nicht. Ich möchte wissen«, fuhr Matthew fort, »warum du während des Aderlasses zu mir gesagt hast, es sei nicht deine Schuld. Dachtest du allen Ernstes, ich gebe dir die Schuld an dem Ganzen?«

»Das musste ich doch annehmen, immerhin bist du so gut wie nie zu mir gekommen, um mich zu fragen, wie es mir geht.«

»Ich habe jeden Abend nach dir gesehen«, verteidigte sich Matthew. »Dr. Garnet hat gesagt, du dürfest nicht gestört werden, damit du dich erholen kannst.«
»Ja, und das Alleinsein hat mich niedergeschlagen gemacht, und gegen diese Niedergeschlagenheit hat er mich zur Ader gelassen. Du hättest ihn daran hindern können.«
Matthew seufzte. »Es tut mir Leid. Dr. Montgomery hat mich darüber aufgeklärt, dass es die falsche Behandlung war. Ich bin kein Arzt, Helena, woher sollte ich wissen, ob Dr. Garnet die richtige Entscheidung getroffen hat?«
Helena antwortete nicht.
»Tante Whitney hat uns für Dezember über die Feiertage nach Yorkshire eingeladen«, sagte Matthew, um das Thema zu wechseln. »Möchtest du gerne fahren?«
»Es hätte schon etwas für sich, einige Zeit wegzufahren«, überlegte Helena, »ich habe auch keine große Lust, jemanden über Weihnachten einzuladen, und das würde man wohl mindestens für einen der Feiertage verlangen. Außerdem fährt Jerome sowieso nach Somerset, schließlich wird Lorena erst zurückkommen, wenn Vater auf seine Forderung eingeht, sie in Ruhe zu lassen, und das ist bis jetzt noch nicht der Fall.«
»Wenn du lieber zu jemandem aus deiner Familie fahren willst, sag das ruhig. Du hast deine Großeltern lange nicht mehr besucht.«
»Nein, Yorkshire ist schon in Ordnung, du kannst deiner Tante eine Zusage schreiben. Mir ist im Grunde genommen auch egal, wohin wir fahren, Hauptsache, ich kann den ganzen Ärger der letzten Wochen hinter mir lassen.«
Es war eine der seltenen Gelegenheiten, bei denen sie einfach nur beisammen saßen und nicht stritten, und Helena merkte erst bei solchen Gesprächen, wie sehr ihr häusliche Harmonie fehlte.

Dr. Montgomery war am Tag zuvor da gewesen, um sie zu untersuchen. Sie hatte mit Matthew noch nicht darüber geredet, weil sie nicht wusste, wie er reagieren würde. Auch jetzt fehlte ihr zunächst der Mut.
Als ihr vor dem Feuer zu heiß wurde, stand sie auf und nahm sich noch etwas Tee aus der Kanne, der nur noch lauwarm war und ihr nicht schmeckte. Matthew folgte ihren Bewegungen mit den Augen. Er schien zu spüren, dass sie etwas sagen wollte, und nickte ihr aufmunternd zu.
Helena sah auf ihre Tasse hinunter und fuhr mit der Zungenspitze über ihre trockenen Lippen. »Matthew, es ist so: Dr. Montgomery hat mir gesagt, ich dürfe in den nächsten ein bis zwei Jahren unter keinen Umständen schwanger werden.«
»Ich werde aufpassen«, war Matthews einzige Antwort.
»Und er meinte, es sei besser, wenn wir vorläufig nicht … nicht …« Sie wurde rot.
»Nicht miteinander schlafen«, ergänzte Matthew. »Das war es doch, was du sagen wolltest und was dir so schwer auszusprechen schien?«
Helena wunderte sich selbst darüber, dass sie über diese Dinge nicht mit ihm sprechen konnte, obwohl sie schon so lange verheiratet waren. Erziehung ließ sich nun einmal nicht abschütteln. »Ja, das meinte ich.« Sie sah ihn an und erwartete eine heftige Reaktion von seiner Seite, aber er verzog keine Miene.
»Ich werde mich natürlich an die Anweisungen deines Arztes halten.«
»Du bist nicht verärgert?«
»Verärgert? Über wen sollte ich mich denn ärgern? Über dich, weil du gesundheitlich nicht auf der Höhe bist, oder über Dr. Montgomery, weil er medizinische Anordnungen trifft?«

Helena wusste nicht, was sie darauf antworten sollte. Sie stellte ihre Teetasse auf den Tisch zurück und setzte sich auf den zierlichen Sessel, der daneben stand. Es wurde Zeit, dass dieser ständige Schwindel nachließ, sie sollte sich vielleicht wirklich bemühen, etwas besser zu essen.

»Bei meiner Tante werden wir aber mit Sicherheit ein gemeinsames Zimmer bekommen«, unterbrach Matthew ihrem Gedankengang, »das ist dir doch klar. Soll ich etwas anderes veranlassen?«

»Das brauchst du nicht, wir müssen das Ganze ja nicht unnötig aufbauschen und zu Spekulationen Anlass geben.« Ihr Blick wurde etwas lauernd. »Oder hast du Angst, dich nicht zurückhalten zu können, weil du deine Geliebte nicht dabeihast?«

»Oh, keine Sorge, diese zwei oder drei Wochen werde ich schon noch abstinent leben können«, erwiderte Matthew spöttisch. Er taxierte sie. »Oder nimmst du an, es überfordere meine Kräfte, jede Nacht neben dir zu liegen, ohne dich berühren zu dürfen? Was das anbelangt, sei unbesorgt, im Moment erweckt dein Anblick in mir eher Mitleid als Verlangen.«

Helena hasste ihre momentane Schwäche und auch die Tatsache, dass man ihr diese so deutlich ansah. Sie war zwar nie übermäßig eitel gewesen, aber die Leute um sie herum hatten sie nie im Zweifel darüber gelassen, wie schön sie war, und ihre Blicke in den Spiegel hatten ihr bestätigt, dass ihre Umwelt damit durchaus Recht hatte. Nicht mehr lange, versprach sie sich, und sie würde sich wieder aufgerichtet haben. Eher Mitleid als Verlangen! Matthew würde sich noch wundern.

47

Es war Mitte Dezember, ehe Jerome dazu kam, sich von seinen Verpflichtungen loszusagen und seine Abreise nach Somerset vorzubereiten. Er hatte auch nicht abreisen wollen, solange es Helena nicht wenigstens gut genug ging, um ihr Zimmer zu verlassen. Allmählich hatte sich ihr Gesundheitszustand jedoch verbessert, und auch wenn seine nagende Sorge um sie nur unmerklich abgenommen hatte – immerhin sah sie immer noch ziemlich elend und blass aus –, hatte sie ihn schließlich überzeugt, er könne sie allein in Matthews Obhut lassen.

Jetzt stand er in der Bibliothek am Fenster und sah den herumwirbelnden Schneeflocken zu. Sein Vater war zu keinerlei Einlenken bereit, und Lorena machte mit ihrem Vorhaben Ernst, sich rar zu machen, bis eine Lösung in Sicht war. Er konnte sie gut verstehen, aber gleichzeitig vermisste er sie auch unendlich. Ihm war gar nicht bewusst gewesen, wie unentbehrlich sie in seinem Leben geworden war. Das Fehlen ihrer Wärme und ihres perlenden Lachens ließ sein Haus kalt und unwohnlich erscheinen. Wenn er morgens aufgewacht war, war sie meistens schon vor ihm wach gewesen und hatte ihn beobachtet, auf einen Arm abgestützt, ihr rotes, lockiges Haar über das Kissen ausgebreitet …

Jerome riss sich von seinen Erinnerungen los. Er hielt die Trennung von Lorena nicht länger aus, und er würde nicht zulassen, dass sein Vater seine Ehe zum Scheitern brachte. Daher ließ er seine Kutsche einspannen, um diesen aufzusuchen.

Arthur Ashington saß im Salon, als Jerome eintraf. Jerome ging direkt zum Kamin, um sich aufzuwärmen, während sein Vater ihn musterte.

»Bleibst du dabei, Lorena nach Somerset hinterherfahren zu wollen?«, fragte er nach einer kurzen Begrüßung.

»Du hast doch wohl nichts anderes erwartet?«

»Findest du, sie verhält sich angemessen? Der Platz einer Ehefrau ist an der Seite ihres Mannes«, fuhr Lord Ashington fort, »wenn sie lieber bei ihrem Vater leben möchte, dann hätte sie nicht heiraten sollen. An deiner Stelle würde ich ihr das nicht durchgehen lassen.«

»Wenn man bedenkt, dass du der Auslöser für ihre Abreise bist, dann ist das wirklich eine starke Behauptung«, erwiderte Jerome erbost.

»Sie macht es sich etwas zu leicht, und du unterstützt sie auch noch, indem du ihr wie ein liebeskranker Jüngling hinterherreist. Wenn du eine Frau brauchst, dann gibt es doch genug andere Möglichkeiten, dich zu bedienen. Sobald ihr das zu Ohren kommt, ist sie schneller zurück, als du denkst.«

»Vater, es mag deiner Aufmerksamkeit entgangen sein, aber ich liebe sie. Sie wird nicht eher zurückkommen, als bis du einlenkst, sie endlich in Ruhe zu lassen.«

Arthur Ashington sah seinen Sohn ohne die geringste Gefühlsregung an. »Der Fortbestand unseres Namens …«

»Hör doch auf!«, schimpfte Jerome. »Wenn ich keinen Sohn bekomme, dann fällt der Titel an Calvin und dann an seinen Sohn, wenn er keinen bekommt, dann ist da noch George, obwohl der wohl gut und gerne darauf verzichtet.«

»Calvin«, schnaubte sein Vater. »Darking Hall in Calvins Händen!«

»Es geht nicht an, dass du meine Frau wegen eines Stückchens Land und eines Namens, den du noch auf zwei weitere

Söhne vererben kannst, ständig tyrannisierst, und ich werde das nicht länger hinnehmen. Wenn du nicht einlenkst, dann wirst du uns nicht öfter zu sehen bekommen, als unbedingt sein muss.«

»Rede nicht in diesem Ton mit mir!«, wies Lord Ashington ihn scharf zurecht. »Ich habe Probleme vorausgesehen, noch ehe du sie geheiratet hast. Eine Frau unserer Kreise hätte sich niemals eine solche Impertinenz erlaubt, wie Lorena sie an den Tag legt. Nicht einmal Helena würde es wagen, Matthew einfach zu verlassen.«

»Das hat nichts damit zu tun, welcher gesellschaftlichen Schicht sie entstammt, sondern liegt allein daran, dass Matthew sie zurückgeholt hätte, noch ehe sie am Ende der Straße wäre. Ich aber möchte eine Ehe führen und keine Diktatur.« Jerome sah seinen Vater eindringlich an. »Wir reden noch einmal darüber, wenn ich zurückkomme, und dann kannst du dich entscheiden, ob dir an dem Umgang mit mir genug liegt, um meine Frau zu akzeptieren, oder ob wir nur noch auf gesellschaftlicher Ebene miteinander verkehren.« Er nickte seinem Vater zu und verließ das Haus. Er hatte getan, was er konnte, jetzt war es an seinem Vater einzulenken.

Susannah lief an Helenas Hand über die verschneiten Wege in Kensington Gardens. Helena versuchte, jeden Tag zumindest eine halbe Stunde spazieren zu gehen, wenn es das Wetter zuließ, und heute hatte sie bei der Gelegenheit ihre Tochter mitgenommen. Es tat ihr gut, Susannahs ausgelassene Freude über den Schnee zu sehen. Jerome hatte sie vormittags aufgesucht, um sich zu verabschieden. Er hatte so unglücklich ausgesehen, dass es Helena wehgetan hatte, und sie hoffte inständig, dass sich sein Verhältnis zu ihrem Vater wieder bessern würde. Susannah zappelte an ihrer Hand,

und Helena ließ sie los, damit sie herumlaufen konnte. Es waren nicht viele Leute unterwegs, und der Weg war überschaubar.
Nach einer Weile bemerkte Helena erste Anzeichen von Erschöpfung an sich. Susannah war in ihrem Eifer etwas zu weit vorausgelaufen, und Helena hatte Sorge, sie zu verlieren. Unter anderen Umständen wäre sie einfach etwas schneller gegangen und hätte das Kind mit Leichtigkeit einholen können, aber sie musste mit ihren Kräften im Moment noch sparsam umgehen. »Susannah!«, rief sie. Susannah drehte sich um und winkte ihr zu.
»Susannah, komm bitte«, wiederholte Helena ihre Aufforderung. Doch das Mädchen hörte nicht, sondern sprang ausgelassen in eine Schneeaufhäufung. Jemand neben ihr lachte.
»Susannah«, rief Helena streng. Ein Mann, der in der Nähe des Kindes stand, hob es hoch und ging mit ihm zu Helena, die Mr. Seymour sofort erkannte. Susannah musterte den fremden Mann neugierig und überlegte offensichtlich, was sie machen sollte.
»Eine eigensinnige junge Lady«, lachte Mr. Seymour, als er bei Helena ankam. »Wie geht es Ihnen, Lady Vanderley?«, fragte er, während er das Mädchen absetzte.
»Es geht mir gut. Vielen Dank, dass Sie sie gebracht haben«, erwiderte Helena und nahm ihre Tochter bei der Hand. Mr. Seymour betrachtete Susannah, die mit ihrem Wintermantel und dem Hut hinreißend aussah. Das Mädchen blickte ihn schweigend aus großen Augen unverwandt an, und auf einmal glitt das Lächeln aus seinem Gesicht und machte einem Ausdruck von Erschütterung Platz. »Allmächtiger Gott«, murmelte er. Sein Blick fiel auf Helena, die mit einem Mal kreidebleich wurde. Ihr war klar, dass er sofort erkannt hatte, was jeder erkennen musste, der mit Alec vertraut war und der

von ihrer Affäre wusste. Aber Alec konnte es ihm doch nicht erzählt haben, dachte Helena bestürzt.

»Warum haben Sie es ihm nicht gesagt?«, fragte Mr. Seymour in diesem Moment leise. »Er hätte Ihnen doch bestimmt geholfen.«

»Sie wussten davon?«

»Alec hat es mir erzählt, nachdem er sich von Ihnen getrennt hatte.«

»Dazu hatte er kein Recht«, erwiderte Helena heftiger, als sie beabsichtigt hatte, wobei ihre Stimme beinahe kippte.

»Die Blicke, die Sie mit Alec getauscht haben, Ihre Verzweiflung, als er mich abends nicht begleitet hat, waren zu eindeutig, als dass nicht mehr dahinter gesteckt haben musste. Er hat es mir nur noch bestätigt«, erwiderte Mr. Seymour. »Alec hat sich immer gefragt, warum Sie so überstürzt geheiratet haben«, fügte er hinzu.

»Was hätte ich denn tun sollen?«, fragte Helena bitter. »Er hat mir ja keine Wahl gelassen. Als ich ihn das letzte Mal gesehen habe, wusste ich es selbst noch nicht, und danach habe ich mich nicht mehr getraut, ihn aufzusuchen.« Ihr stiegen die Tränen in die Augen, und sie wandte sich ab.

»Das tut mir so Leid«, sagte Mr. Seymour kaum hörbar. Es tat ihm wirklich in der Seele weh, wenn er daran dachte, was sie zu Hause dafür zweifellos hatte durchstehen müssen. Er dachte an seine Victoria und dankte Gott dafür, dass sie glücklich war.

»Er darf es nicht erfahren«, flehte Helena, als sie ihrer Stimme wieder etwas Festigkeit verleihen konnte. »Bitte sagen Sie es ihm nicht.«

»Machen Sie sich keine Sorgen. Ich halte es so auch für das Beste«, beruhigte er sie. Nachdenklich betrachtete er das Kind, das mittlerweile begonnen hatte, unruhig an der Hand

seiner Mutter zu zerren. Es war gut, dass Alec nichts davon wusste, jetzt, wo es zu spät war, etwas zu ändern.
»Sie hätten es ihm sagen sollen«, betonte er noch einmal. »Er hätte Sie nicht allein gelassen.«
»Aber das hatte er doch zu diesem Zeitpunkt bereits getan.« Helena blickte an Mr. Seymour vorbei. Mit den Worten »Ich muss nach Hause«, beendete sie dann hastig das Gespräch und machte Anstalten, ihre Tochter auf den Arm zu nehmen.
»Ich trage die Kleine zu Ihrer Kutsche«, bot Mr. Seymour an, der seine Zweifel hatte, ob Helena das Kind den ganzen Weg zurück tragen konnte.
Helena konnte dies schwerlich ablehnen, ohne hysterisch zu wirken, und so nickte sie nur. Susannah ließ sich anstandslos von Mr. Seymour hochheben.
Den ganzen Rückweg über sprach keiner ein Wort, und Mr. Seymour musterte Helena besorgt. Sie war zu blass, und ihre plötzliche Ruhe war zu unnatürlich, als dass sie ihren inneren Gefühlsaufruhr verbergen konnte.
Als Susannah in der Kutsche saß, verabschiedete Helena sich eilends und schloss den Kutschenschlag hinter sich, ohne noch einmal zurückzusehen. Der Kutscher fuhr an, und Helena legte eine warme Decke um ihre Tochter.
»Mama?«, fragte Susannah in dem Wunsch nach Aufmerksamkeit. »Mama?« Sie streckte ihren Arm aus und zog an Helenas Ärmel, aber diese bemerkte sie nicht. Sie hatte ihren Kopf in das Polster gelehnt, sah vergessen gehoffte Bilder vor ihrem inneren Auge vorüberziehen und weinte und weinte.

48

Der Januar hielt mit eisiger Kälte Einzug. Helena und Matthew waren bis Anfang Januar in Yorkshire geblieben, danach hatte Helena ihre Großeltern in Somerset besucht. Jerome hatte sich, als sie eingetroffen war, noch immer im Haus seines Schwiegervaters aufgehalten, und obwohl Lorena die Zeit mit ihm genoss, war sie nicht dazu zu bewegen, ihn zurückzubegleiten. Es war ihr sichtlich schwer gefallen, ihn gehen zu lassen, aber sie wusste, alles wäre umsonst gewesen, wenn sie nun wieder zurückkehrte.

Helena selbst reiste erst im Februar nach London zurück, es wurde allmählich Zeit, sich wieder in das Gesellschaftsleben einzufügen. Matthew behandelte sie höflich, ließ ihr aber ihre Ruhe und verbrachte die Nächte meist außer Haus. Häufiger, als Helena lieb war, hatte er zurzeit allerdings geschäftlichen Kontakt mit Alec. Glücklicherweise trafen sie sich für gewöhnlich im Kontor. Wenn Alec Matthew zu Hause aufsuchte, achtete Helena darauf, ihm nicht zu begegnen, und sie sorgte dafür, dass das Kindermädchen nicht gerade mit Susannah durch die Halle ging, wenn er kam. Trotz allem hatte sie ständig Angst, er könne einmal genau in dem Moment ankommen, wenn Mrs. Shaw gerade mit Susannah von einem Spaziergang heimkehrte. Helena hatte den Schrecken, den ihr die Begegnung mit Mr. Seymour eingejagt hatte, erst nach einigen Tagen überwunden, aber in ihr nagte noch immer die Furcht, er könnte sein Wissen Alec gegenüber nicht für sich behalten.

Helena hatte wieder damit angefangen, in ihrer freien Zeit

Bücher über Wirtschaft und Buchführung zu studieren, und ab und zu half Matthew ihr. Sie hätte gerne Einblick in seine Bilanzbücher genommen, aber das erlaubte er ihr nicht – noch nicht. Helena nahm seine Weigerung zunächst schweigend zur Kenntnis, in der Überzeugung, dass geduldige Beharrlichkeit sie am Ende an ihr Ziel bringen würde.
Zurzeit befand man sich in Aufbruchstimmung, weil Lord Bannister in Surrey einen großen Ball geben würde zu Ehren der Verlobung seiner Tochter mit dem Herzog von Eastmore. Matthew kam erst kurz vor der Abreise nach Hause, er hatte den Tag in einem seiner Clubs verbracht und alle Vorbereitungen Helena überlassen.
Er hatte entschieden, dass sie in Counts Lane wohnen würden, das wesentlich feudaler war als der Landsitz, den er in derselben Gegend hatte. Das Gut war schon früher eines der ertragreichsten ihres Vaters gewesen, und Helena wunderte sich immer wieder über Matthews Sinn dafür, immer noch Möglichkeiten zu finden, mehr Geld zu erwirtschaften. Der Landsitz hatte einst einem französischen Grafen gehört, der eine solch herrliche Allee angelegt hatte, dass das Gut in der Gegend immer Counts Lane genannt wurde, bis der eigentliche Name irgendwann ganz in Vergessenheit geriet.

Nach ihrer Ankunft auf dem Gut hatten die Kindermädchen alle Hände voll zu tun, die aufgeregt herumlaufenden Kinder zur Ruhe zu bringen. Helena und Matthew gingen über den Korridor in den Westflügel.
»Man macht doch überall denselben Fehler«, spottete Matthew, weil man ihnen ein gemeinsames Zimmer hergerichtet hatte.
Helena sah sich darin um. Es war ein schöner Raum, und er schien neu eingerichtet worden zu sein. Jetzt waren die Vor-

hänge wegen der Dunkelheit zugezogen worden, aber tagsüber musste er lichtdurchflutet sein.
»Hast du die Räume alle neu einrichten lassen?«, wollte Helena wissen.
»Nein.« Matthew warf sein Jackett über einen Sessel. »Ich habe nur den Westflügel neu herrichten lassen, weil diese Räume den schönsten Ausblick haben.« Er zog einen der Vorhänge ein Stück zur Seite und sah hinaus.
»Hast du irgendwelche Pläne für heute Abend?«, fragte sie.
»Vielleicht gehe ich noch zu einem Freund, der hier in der Nähe wohnt. Warum?«
Helena hob die Schultern. »Nur so.« Sie sah in den Spiegel des Toilettentischs und fand, dass ihr Aussehen in den letzten beiden Monaten trotz der Ruhe nichts gewonnen hatte. Mit Sicherheit waren es die ständigen, quälenden Gedanken, die ihren Körper nicht zur Ruhe kommen ließen. »Sehe ich eigentlich wirklich so schlimm aus, wie ich denke?«
Matthew sah sie verwundert an, dann lächelte er. »Macht dir das Sorgen?« Er lockerte sein Halstuch. »Nein, du siehst nicht schlimm aus, aber es könnte dir nicht schaden, wenn du ein wenig mehr isst und vielleicht nicht mehr ganz so blass bist.«
Matthew kam erst spätnachts nach Hause, und obwohl Helena wach war, stellte sie sich schlafend und hörte, wie er herumlief und im Ankleidezimmer mit seinem Kammerdiener sprach. Das Bett senkte sich, als er sich hinlegte, und nach einer Weile waren seine ruhigen Atemzüge zu hören. Helena drehte sich eine Zeit lang von einer Seite auf die andere, richtete sich dann auf und dachte nach. Es schien wieder eine der üblichen schlaflosen Nächte zu werden, vor denen ihr immer schon graute, noch ehe sie sich hinlegte. Sie stützte sich auf dem Ellbogen ab und sah zu Matthew. Als ihre Augen sich an

die Dunkelheit gewöhnt hatten, bemerkte sie, dass er ebenfalls wach war und sie ansah. Nach Minuten des Schweigens schob er einen Arm um ihre Taille, zog sie behutsam an sich und küsste sie. Mit der anderen Hand löste er ihr Haar.

Es war bereits später Nachmittag, ehe Helena dazu kam, Jerome zu besuchen, der ebenfalls bei Lord Bannister eingeladen war und bei Alistar Doran, ihrem Cousin mütterlicherseits, dem Sohn von Eleonores Bruder, wohnte, da er nicht mit seinem Vater unter einem Dach sein wollte. Bei Helena zu wohnen, hatte er abgelehnt, um Matthew nicht den ganzen Tag um sich haben zu müssen. Jerome hatte Lorena gebeten, nach Surrey zu kommen, aber aufgrund der Anwesenheit seiner Eltern hatte sie abgelehnt.

Helena ritt mit Jerome über die hartgefrorenen Wege und genoss es, wieder einmal etwas Zeit in Ruhe mit ihm verbringen zu können.

»Hast du Vater gegenüber schon irgendwelche Konsequenzen gezogen?«, fragte sie.

»Ich warte bis morgen. Heute Abend sehe ich ihn ja noch auf dem Ball, und da will ich Mutter zuliebe nicht, dass die Stimmung zwischen uns noch feindseliger ist als ohnehin schon. Wenn er jedoch nicht einlenkt, werde ich daraus die Konsequenz ziehen. Vielleicht gehe ich für eine Zeit lang weg und ziehe mit Lorena auf unseren Landsitz in Kent.«

»Ich dachte, Lorena will nicht dauerhaft fort aus London.«

»Es wird aber nicht zu vermeiden sein. Ich halte die Trennung von ihr auf jeden Fall nicht mehr länger aus.« Jerome lenkte sein Pferd von dem breiten Weg auf einen schmalen Pfad, der in den Wald hineinführte. »Wie geht es dir mit Matthew? Sorgt er dafür, dass du dich schonst?«

»Das braucht er nicht, mir geht es schon wieder ganz gut.«
Jerome musterte sie prüfend. »Geht er inzwischen liebevoller mit dir um?«
Helena dachte an die letzte Nacht und errötete. Matthew war so vorsichtig gewesen, als sei es das erste Mal für sie. Doch Helena wusste, dies würde nicht von Dauer sein. »Ja, im Allgemeinen schon«, antwortete sie jedoch, um ihren Bruder nicht zu beunruhigen.
Seit sie ihr Kind verloren hatte, kümmerte sich Jerome mit beinahe rührender Besorgnis um sie. Er war jeden Tag zu Besuch gekommen, kaum dass sie wieder aufstehen konnte, und hatte sich vorher auch täglich nach ihr erkundigt.
Sie ritten in einträchtigem Schweigen nebeneinanderher, in der ruhigen Gewissheit, stets füreinander da zu sein, sobald es notwendig sein sollte. Vor dem Haus von Alistar verabschiedeten sie sich, und Helena ritt nach Hause zurück. Als sie durch die lange Allee ritt, dachte sie daran, wie sehr sich ihr Vater immer wieder ärgerte, wenn er nach Surrey fuhr und das Landgut sah, das einst ihm gehört hatte. Auch wenn er oft sagte, es sei die beste Investition gewesen, die er je in seinem Leben getätigt habe.

Auf der Balustrade, kurz nachdem sie die Gastgeber begrüßt hatten, trennte sich Matthew von Helena, um seine Freunde aufzusuchen. In dem Salon, den Helena betrat, standen nur wenige Leute und unterhielten sich. Sie hatte, als sie bei Lord Bannister angekommen war, Mr. Seymour gesehen, der anscheinend jedes wichtige Mitglied der Gesellschaft kannte, und daraus gefolgert, dass Alec mit Sicherheit auch hier sein würde. Beinahe erwartete sie, er werde plötzlich hinter ihr stehen, wie früher, wenn sie sich auf derselben Gesellschaft aufgehalten hatten und sie für einen Moment allein war.

Inzwischen gab sie es auf, sich einreden zu wollen, dass sie nichts mehr von ihm wissen wollte. Sie ging in den Tanzsaal zurück und entdeckte ihn nach einigem Suchen. Er stand abseits und beobachtete die Menge. Helena wusste, wie sehr er derartige Veranstaltungen verabscheute, und während ihrer Beziehung war er nur aus dem Grund hingegangen, um sie sehen zu können. Der Gedanke daran versetzte ihr einen Stich, wie man ihn verspürt, wenn man an unwiederbringliche Zeiten dachte, in denen man glücklich gewesen war.

»Gelangweilt?«, fragte sie, als sie bei ihm angekommen war. Sie standen in einer Nische, in der sie zwar nicht gehört werden konnten, aber doch von jedem gesehen wurden, weshalb niemand argwöhnen konnte, sie benähmen sich ungebührlich. Außerdem stand Helena in ausreichendem Abstand zu ihm, um keinen Anlass zu Gerede zu geben.

Alec neigte den Kopf leicht zu ihr. »Kann man bei einer solchen Veranstaltung etwas anderes sein?« Er musterte sie prüfend. »Geht es dir inzwischen wieder gut?«

»Im Großen und Ganzen schon.«

Seine Augen forschten in ihrem Gesicht. »War es sehr schlimm für dich?«

Helena wich seinem Blick aus. Warum sprachen sich derartige Dinge nur so schnell herum? Es hatte kaum jemand von ihrer Schwangerschaft gewusst, und doch wusste nun anscheinend jeder, dass sie ihr Kind verloren hatte.

»Ich habe mir Sorgen um dich gemacht«, bekannte Alec, als er keine Antwort bekam, und trat ein Stück zur Seite, ehe ein offensichtlich kurzsichtiger älterer Herr mit ihm zusammenstieß. »Die Leute sagen, es sei gefährlich gewesen.«

»Die Leute erzählen viel.« Helena zog den Seidenschal zurecht, den sie um ihre Schultern gelegt hatte. »Wie lange bleibst du noch in England?«, fragte sie übergangslos.

»Schätzungsweise noch zwei oder drei Wochen.«
Helenas Augen schweiften durch den Raum. Es bestürzte sie, wie sehr sie der Gedanke daran, dass er bald wieder fort sein würde, immer noch bekümmerte. Würde sie denn niemals davon loskommen? Als sie wieder zu Alec sah, bemerkte sie seinen forschenden Blick.
»Manchmal stelle ich mir vor, wie es sein muss, auf dich zu warten und genau zu wissen, du wirst zu mir zurückkehren«, sagte sie.
»Warum kannst du nicht endlich akzeptieren, dass es vorbei ist? Daran änderst du nichts, indem du dich ständig selbst mit solchen Vorstellungen quälst.«
»Für dich ist es so einfach«, entgegnete Helena bitter.
Alecs Blick wurde weicher. »Nein, das ist es nicht.«
Helena hatte das Gefühl, in Tränen ausbrechen zu müssen, weil ihr dieses Geständnis nicht ihren Seelenfrieden brachte, sondern ihr ihre Verzweiflung noch deutlicher bewusst werden ließ. Das Schweigen zwischen ihnen dehnte sich aus und schien schließlich beinahe greifbar zu werden. Alec öffnete die Verandatür, um die kalte Abendluft in den erhitzten Raum zu lassen. Als die eisige Luft über ihren Körper strich, zog Helena fröstelnd ihren Schal enger um die Schultern. Sie wollte etwas sagen, aber Alecs Blick richtete sich auf einen Punkt jenseits des Gartens, und als sie ihm folgte, sah sie einen hellen Lichtschimmer, der über den Dächern der Ställe leuchtete.
»Sieh doch nur«, sagte Alec mit einem leisen Vibrieren der Erregung in der Stimme, »es brennt.«
Nun sah Helena die Qualmwolken, die in den dunklen Nachthimmel stiegen. »Großer Gott«, murmelte sie.
Alec lief auf die Veranda hinaus. »Geh und sag Lord Bannister Bescheid, ich sehe nach, ob ich helfen kann.«

Helena eilte in den großen Saal zurück. Sie fand Lord Bannister nach kurzem Suchen, als dieser eben von einem Dienstboten Bescheid bekam. Offensichtlich war die Feuerwehr zwar bereits alarmiert, aber noch nicht eingetroffen. Die Nachricht ging wie ein Strohfeuer durch die Menge der Gäste, und einige, die es missverstanden und dachten, das Haus brenne, brachen in Panik aus.

Die meisten Anwesenden, vor allem die Männer, liefen mit Lord Bannister hinaus, um zu sehen, ob sie helfen konnten. Als Helena den Hof betrat, befanden sich die Umstehenden in heller Aufregung, und sie stellte zu ihrem Entsetzen fest, dass es schlimmer war, als sie angenommen hatte. Die Ställe brannten lichterloh, sie hörte die Schreie der verängstigten Pferde, jemand in ihrer Nähe rief, es seien noch Menschen in dem Stall, zahlreiche Männer rannten in die brennenden Gebäude, um die Pferde zu retten, unter anderem etliche der Kutscher, die die Pferde der Gäste dort untergebracht hatten. Das Stallpersonal hatte zunächst versucht, die Brände selbst zu löschen, ehe es das Fest störte, aber die Feuerwehr ließ zu lange auf sich warten, so dass sie Alarm schlagen mussten. Nun schien alles außer Kontrolle zu geraten.

Helena sah Jerome, der mit George in der Nähe des Stalls stand. Sie lief durch die Menschen, die im Hof standen, aber sie konnte Alec nicht sehen. Ziellos irrte sie zwischen den Leuten herum und suchte ihn verzweifelt, endlos lange, wie ihr schien. Ein gellender Schrei ließ sie zusammenfahren, als eine Frau neben ihr auf das Dach an der Ostseite des Stalls zeigte, das mit einem lauten Tosen einstürzte.

Alec, dachte Helena, wo war Alec? Er war doch wohl nicht dort hineingegangen, um jemanden retten zu wollen?

»Waren dort Menschen drin?«, fragte sie einen jungen Mann, der mit großen Augen in die Feuersbrunst starrte. Er sah sie

an und blinzelte, als müsse er sich besinnen. »Ja, ich glaube schon«, erwiderte er unsicher.
Helena ließ ihn stehen und lief weiter.
»Lady Vanderley«, hörte sie Mr. Seymours Stimme, und in der Hoffnung, Alec bei ihm zu sehen, fuhr sie zu ihm herum, aber er war allein. »Was tun Sie hier? Es ist gefährlich so nah am Feuer.«
»Mr. Seymour, wo ist Alec?« Sie musste schreien, um das Wüten der Flammen zu übertönen. »Ich kann Alec nicht finden. Haben Sie ihn gesehen? Wo ist er?«, fragte Helena, wobei ihre Stimme beinahe überkippte. Mr. Seymour blickte zu den Ställen, und Helena, die seinen Blick so deutete, dass Alec noch dort war, lief auf die Ställe zu.
»Lady Vanderley, nicht.« Mr. Seymour lief hinter ihr her, ebenso Trevor, der in der Nähe gestanden und sie gehört hatte. Dieser hielt sie am Arm fest, ehe sie am Stall ankam.
»Bleiben Sie stehen, das ist Selbstmord!«, schrie er sie an und zog sie von den Flammen fort. »Selbst wenn er dort wäre, könnten Sie nichts tun.«
Helena versuchte, ihren Arm zu befreien, aber er hielt sie fest, weil er merkte, wie wenig sie rationalen Argumenten zugänglich war, und sich Sorgen machte, dass sie etwas Unüberlegtes tun würde.
»Helena!«, rief in diesem Moment Alec, der aus der Richtung des Brunnens kam. Helena befreite sich aus Trevors Griff, lief zu Alec und umarmte ihn heftig. Sie weinte.
»Ich dachte, dir wäre etwas passiert«, stammelte sie. Alec legte die Arme um sie und strich beruhigend über ihren Rücken.
»Ich war gar nicht in Gefahr, Liebes. Weine nicht, bitte«, bat Alec. »Bitte«, wiederholte er, als er merkte, dass sie nicht aufhören konnte. Er hielt sie fest an sich gedrückt, barg sein Gesicht in ihrem Haar und murmelte leise Worte, die sie nicht

verstand. Es war ihnen gleichgültig, inmitten all der Leute zu stehen, im Moment achtete ohnehin niemand auf sie. Alec spürte die Hitze der Flammen, und er zog Helena mit sich fort, um zu vermeiden, dass Funken auf ihr Kleid flogen.

Mr. Seymour und Trevor beobachteten das Paar, jeder seine eigenen Gedanken verfolgend, aber Alec und Helena waren zu sehr mit sich selbst beschäftigt, um es zu merken. Helena zitterte am ganzen Körper, sowohl vor Kälte als auch vor Anspannung, die sie erst jetzt allmählich verließ. Alec zog sein Jackett aus und legte es ihr um die Schultern, dann zog er sie wieder an sich. Eng aneinander geschmiegt, sahen sie zu den Ställen, die Gesichter vom Schein der Flammen erleuchtet.

»Allmächtiger Gott«, murmelte Helena, als sie sah, dass das Feuer sich in Richtung des Wohnhauses bewegte.

Die Pferde standen im Hof und rollten die Augen vor Angst. Die Schreie der Tiere, die nicht gerettet werden konnten, wurden vom Tosen der Flammen verschluckt. Das Feuer ließ sich trotz der Bemühungen der Feuerwehrleute nicht unter Kontrolle bringen, sondern fraß Eimer um Eimer Wasser, das hineingekippt wurde.

Alec und Helena sahen sich wortlos an, dann nahm er ihren Arm. »Komm«, sagte er. Helena folgte ihm wider jede Vernunft in den Schatten einer Baumgruppe abseits der Menge. Ehe ihr bewusst werden konnte, was gerade mit ihr geschah, drückte Alec sie gegen den Stamm einer knorrigen Birke und ließ seine Lippen vorsichtig über die ihren gleiten. Er wartete einen kurzen Moment lang ihre Reaktion ab, dann küsste er sie. Ihr kalter Mund wärmte sich an seinem Atem, während sie den Druck seines Körpers spürte, die fordernden Liebkosungen seiner Hände. Zögernd schob sie ihre Hände über seine Arme bis hinauf zu seinen Schultern. Er löste sich von ihren Lippen und küsste wie im Fieber ihren Hals, den Schulteransatz, dort wo ihr Kleid ihn freigab, und die Kuhle zwischen ihren Schlüsselbeinen. Helena bog den Kopf zurück und rang nach Atem. Alecs rechte Hand lag in ihrem Nacken. Langsam spreizte er die Finger, so als wolle er so viel wie möglich in dieser kleinen Berührung von ihr spüren. Durch die kühle Seide ihres Kleides fühlte sie die Wärme seiner anderen Hand an ihrem Rippenbogen.

»Nein«, murmelte sie, sich an den letzten Rest ihrer Vernunft klammernd.

»Bitte, Helena«, bat er, ohne innezuhalten.

Sie schüttelte den Kopf.

Ehe sie etwas sagen konnte, neigte er sich wieder über sie und küsste ihren Mund, während seine Hände sich weiterbewegten.

Sie wusste nicht, was sie plötzlich zur Vernunft brachte, aber ihr war, als hätte sie jemand mit kaltem Wasser übergossen. Mit beiden Händen stieß sie ihn zurück. »Ich sagte: Nein.«

Alecs Hände ließen von ihr ab, und er presste die Finger auf seine geschlossenen Augen. Als er die Augen wieder öffnete, war sein Blick ruhiger, das Brennen darin schien erloschen zu sein. »Verzeih mir«, sagte er.

Helena fühlte sich sterbenselend. Eine Feuersbrunst wütete in den Stallungen und drohte, auf das Haus überzugreifen, Menschen starben womöglich, und sie betrog in aller Öffentlichkeit ihren Ehemann. Es war beschämend und demütigend. Sie drängte aufkommende Tränen zurück und ließ sich von Alec, der ihren Gemütszustand bemerkte, in die Arme nehmen.

»Es tut mir Leid«, murmelte er. »So weit hätte ich nicht gehen dürfen.«

»Nein«, entgegnete sie matt, »das hättest du nicht. Ebenso

wenig wie ich«, fügte sie hinzu. Sie erlaubte Alec, ihr das zu Boden gefallene Jackett wieder um die Schultern zu legen. Er wandte sein Gesicht vom Feuer ab und sah in Helenas goldene Augen, in denen der Widerschein der Flammen tanzte. Sie zitterte immer noch und schmiegte sich enger an ihn. Die Kälte war Alec in alle Glieder gekrochen, aber er zitterte nicht, sondern nährte sich von der Wärme, die ihm ihr Körper in seinen Armen spendete.

Wasser tropfte von der Ruine dessen, was einmal ausladende Stallungen gewesen waren, und begann, langsam zu gefrieren. Die Flammen hatten auch an dem Wohnhaus geleckt, aber es hatte außer schwarz verfärbten Wänden und einem angesengten Teil des Daches nichts abbekommen.

Allmählich befreiten sich alle Umstehenden aus ihrer Erstarrung, nahmen ihre Umwelt wieder wahr, und auch Helena löste sich aus Alecs Armen. Ihr wurde bewusst, wie unmöglich sie sich benommen hatte, und sie wagte kaum, in die Richtung von Mr. Seymour und Mr. Callaghan zu sehen.

»Ich muss jetzt zurück«, sagte sie und reichte Alec sein Jackett. Die Dunkelheit war jetzt, wo die Flammen sie nicht mehr erhellten, wieder beinahe undurchdringlich. Der Schein der Lampen, die entzündet worden waren, erreichte die Stelle, wo sie standen, nicht. Von weitem konnte Helena erkennen, dass es in der Nähe des Hauses unruhig war, wahrscheinlich hatte man Verletzte geborgen.

»Entschuldige mein Benehmen bei deinen Freunden«, bat sie, dann eilte sie den Weg zum Haus zurück.

Beim Betreten der Eingangshalle fielen ihr die seltsamen Blicke auf, mit denen man sie ansah. Erst fürchtete Helena, man habe sie zusammen mit Alec gesehen, aber als sie niemanden von ihrer Familie entdecken konnte, stieg in ihr eine Ahnung auf, dass es möglicherweise eine andere Ursache dafür gab, weshalb jeder, dessen Blick den ihren traf, sich verlegen abwandte. Unruhe ergriff sie. Sie ging durch den großen Saal, in dem jedoch kaum jemand war. Schließlich traf sie auf Gerald, der in der Nähe der Flammen gewesen sein musste, denn seine Kleidung und sein Haar waren angesengt, sein Gesicht dunkel vom Ruß und schmerzverzerrt. Offensichtlich war er verletzt.

»Gerald«, sagte sie leise. Er sah kurz auf, ein Ausdruck von Bestürzung machte sich auf seinem Gesicht breit, als er sie erkannte, er sagte jedoch nichts.

»Gibt es Tote?«, fragte eine Frau in Helenas Nähe jemanden.

»Nein«, erwiderte eine Männerstimme, »bisher noch nicht, wenn nicht ...« Der Blick einer korpulenten Frau brachte ihn zum Verstummen. Eine plötzliche Furcht streckte ohne Vorwarnung ihre eisigen Finger nach Helena aus, berührte sie und zog sich zurück, ehe sie greifbar wurde. Sie wandte sich ab und eilte wieder in die Eingangshalle zurück.

Alec war mittlerweile ebenfalls im Haus angekommen. Er stand in der Nähe der breiten geschwungenen Treppe, schreckensbleich, und Helena blieb stehen, sah ihn durch die Menge der Menschen hindurch an. In seinen Augen lag jener seltsame Ausdruck, den Helena bereits in den Blicken der anderen gesehen hatte. Sie spürte, wie sie erstarrte, und nun hatte die Furcht sie fest im Griff.

Gibt es Tote? Nein, bisher noch nicht ...

Es war wie ein Bann, unter dem sie stand, und sie war unfähig, ihre Augen von Alecs zu wenden. Die Geräusche um sie herum verschmolzen zu einer unverständlichen Masse.

Ein Arzt kam die Treppe hinunter, das Gesicht angespannt. »Wo ist der andere Verletzte?«

»Im Saal, es ist Lord Glentyre«, half jemand weiter.

»Helena.« George stand auf der Treppe, auf halber Höhe. Seine Gesichtszüge waren nicht zu erkennen, weil das Licht des Kronleuchters von einer Säule zurückgehalten wurde, aber Helena hörte das leise Vibrieren seiner Stimme. Sie lief die Treppe hoch.

»Wo warst du denn?«, fragte George und zog sie am Arm hinter sich her zum Korridor. Nun konnte Helena sehen, dass sein Gesicht aschfahl war.

»Was ist passiert?« Als George keine Antwort gab, stieg ihre Anspannung, und sie schüttelte seinen Arm. »Jetzt sprich!«, schrie sie ihn an.

»Helena«, George atmete tief ein, »in dem Stall waren zwei Jungen eingeschlossen, die Söhne des Stallmeisters.« Er stockte kurz. »Jerome und Gerald haben davon gehört, und weil niemand von den Feuerwehrleuten in der Nähe war, sind sie in das brennende Gebäude gelaufen, um sie zu retten, was ihnen auch geglückt ist.«

Helenas Augen wurden dunkel.

Gibt es Tote? Nein, bisher noch nicht …

Aber sie hatte Gerald doch gerade gesehen, er schien nicht gefährlich verletzt zu sein.

»Ein Querbalken ist heruntergefallen«, fuhr George fort, wobei er vermied, sie anzusehen.

Nein!

»Gerald war mit dem einen Jungen schon draußen, den anderen hat Jerome noch im letzten Moment hinausgestoßen.«

Nein!

»Und Jerome … Der Balken hat ihm die Hüfte und mehrere Rippen zertrümmert.«

Helena schwieg noch immer, so dass George annahm, das Gesagte sei noch nicht wirklich in ihr Bewusstsein gedrungen. Er nahm sie bei den Schultern und sah sie eindringlich

an. »Helena, selbst wenn er es überlebt, wird er nie wieder laufen können.«
Helena stand weiterhin unbeweglich vor ihm. Sie hörte einen qualvollen Schrei des Entsetzens, und erst als George sie in die Arme nahm, wurde ihr bewusst, dass sie ihn ausgestoßen hatte.

Das Zimmer war schwach beleuchtet und gespenstisch still. War das Jerome? Der bleiche Mann, dessen Brust sich in quälenden Atemzügen hob und senkte? Helena stand am Fußende seines Bettes und sah ihn an.
Der Arzt hatte ihrer Mutter ein Beruhigungsmittel gegeben, und sie lag im Gästezimmer nebenan, ihr Vater lief unten im Salon auf und ab, und wo George und Calvin waren, wusste niemand. Ein Transport des Verletzten wäre unmöglich gewesen, deshalb hatte Lord Bannister ihnen die Zimmer zur Verfügung gestellt. Helena hatte Matthew nur kurz gesehen und kaum zur Kenntnis genommen. Wahrscheinlich war er unten im Salon zusammen mit ihrem Vater und Lord Bannister.
Vorsichtig setzte sie sich auf das Bett und nahm Jeromes Hand, die so kalt war, als wäre kein Leben mehr in ihr. Sie erschauerte.
»Jerome«, flüsterte sie und forschte in seinem Gesicht nach einem Zucken der Augenlider, nach irgendeinem Zeichen dafür, dass er sie hörte, aber seine Gesichtszüge waren unbewegt. Helena dachte an die Worte des Arztes. Ihr Vater hatte allein mit ihm gesprochen, aber sie hatte jedes Wort hören können, und auch wenn die Wahrheit sie beinahe betäubte, war sie barmherziger als die grausame Ungewissheit. Nun wusste sie, worauf sie warten musste. Wenige Stunden noch – ein ganzes Leben. Die Zeit hatte eine neue Dimension bekommen.

Ihre Mutter wusste nichts von dem Gespräch mit dem Arzt, weil ihr Vater George verboten hatte, sie zu wecken. Davon, dass Helena es wusste, hatte er nichts mitbekommen.

Die kostbaren Minuten verrannen, und Helena hörte das gleichmütige Ticken der Uhr. »Jerome?« Sie drückte seine Hand. »Kannst du mich hören?« Ihre Stimme war beinahe unhörbar. Es kam keine Reaktion. Die Stille weitete sich aus, erdrückte sie und wurde nur durch Jeromes schwere Atemzüge und das Ticken der Uhr unterbrochen.

Es schlug die erste volle Stunde, dann die nächste.

Ihr Vater war einmal gekommen und dann wieder gegangen. Helenas Gelenke waren bereits steif von ihrem Verharren in ein und derselben Sitzposition. Nun kniete sie sich neben das Bett auf den Boden, so dass ihr Gesicht auf einer Höhe mit dem von Jerome war. Ihr Haar breitete sich dunkel auf dem weißen Leinen aus, als sie ihren Kopf neben ihn legte und leise dicht an seinem Ohr sprach.

»Verzeih mir bitte. Verzeih mir, dass ich da draußen nicht bei dir geblieben bin, verzeih mir, dass ich nur an ihn gedacht habe, dass mir in diesem Moment egal war, wer stirbt, wenn nur er am Leben bleiben würde.« Ihr Herz schlug in gleichmäßigem Takt gegen ihre Rippen, obwohl sie das Gefühl hatte, innerlich langsam zu zerbrechen. Leise sprach sie weiter: »Verzeih mir, dass ich nur für sein Leben gebetet habe.«

Jeromes Brust hob und senkte sich, seine schweren Atemzüge füllten den Raum. Helena nahm seine Hand, legte sie vor ihren Mund, wärmte sie mit ihrem Atem.

Es schlug eine weitere Stunde.

Helena hob den Kopf und sah in sein Gesicht. »Ich liebe dich, Jerome. Wie soll ich es ertragen, ohne dich zu leben?« Jeromes Lippen waren trocken, und Helena richtete sich auf, tauchte ein Tuch in die Wasserschüssel auf seinem Nacht-

tisch, wrang es aus und strich damit behutsam über seine Lippen.
»Ich liebe dich«, wiederholte sie.
Seine Augen öffneten sich, dunkel und erstaunlich klar. Er sah sie an. »Ich weiß«, sagte er leise.
Der leichte Druck seiner Finger um ihre Hand war wie ein letzter Gruß. Jetzt war nichts mehr zu hören, außer dem Ticken der Uhr.

49

London

Worte rauschten an ihr vorbei, als Helena an dem offenen Grab stand, in das der Sarg hinabgesenkt wurde. Gleich ist es vorbei, sagte sie sich in einem immerwährenden Crescendo, während der eisige Wind ihr schwarzes Kleid bauschte und an dem Schleier vor ihrem Gesicht zerrte.
Man war von Surrey aus direkt nach London aufgebrochen, Lord Ashington hatte Lorena noch in derselben Nacht, in der Jerome starb, benachrichtigt. Eleonore war erst am nächsten Morgen erwacht, und Helena hörte jetzt noch ihre schrillen Schreie des Schmerzes, als sie es erfahren hatte.
Die Polizei war am nächsten Tag bei Lord Bannister gewesen und hatte das Personal verhört. Es hatte sich schnell herausgestellt, welcher Stallbursche mit einer Lampe unvorsichtig herumhantiert und, anstatt direkt Hilfe zu holen, zunächst versucht hatte, den Brand allein zu löschen, aus Angst, seine Stelle zu verlieren.
Helena hatte bisher nicht weinen können, und sie weinte auch jetzt nicht. Sie hatte das Gefühl, an ihrer eigenen Kälte zu erfrieren, der Schmerz, den sie nicht hinausweinen konnte, schien sie langsam zu ersticken.
Ihr Blick wanderte zu den Trauergästen. Der feine Schleier, den sie trug, beschattete ihr Gesicht mehr, als es zu verdecken, aber er gab ihr dennoch ein Gefühl von Distanziertheit gegenüber allen. Sie wollte nur nach Hause, keine Trauerfeier, keine Kondolenzbesuche, sondern nur schlafen und nichts mehr fühlen.
Lorena stand vorne am Grab, die Blicke aller auf sie gerichtet.

Jeder wusste, dass sie und Jerome eine Zeit lang getrennt gelebt hatten. Man hatte ja geahnt, es werde nichts Gutes bringen, wenn eine Händlertochter einen zukünftigen Earl heiratete. Ihre Seelenqual, so die verbreitete Meinung, geschah ihr nun ganz recht.

Wenn Helena noch dazu imstande gewesen wäre, etwas außerhalb des Nebels, in dem sie sich befand, zu fühlen, dann hätte sie Mitleid mit ihrer Freundin gehabt, der niemand aus der Familie ihres verstorbenen Mannes beistand und die nun allein am Arm ihres Vaters am Grab stehen musste.

Helena spürte den leichten Druck von Matthews Hand an ihrem Rücken, bereit, sie zu stützen, wenn ihre Kräfte sie verlassen sollten. Ihre Eltern und Brüder standen bei ihr. Von ihrer Mutter war nur ein leises Weinen zu hören. Die Geräusche und Stimmen hörte Helena nicht mehr. Sie zog sich in ihr Innerstes zurück, ließ die Stille ihren Körper ausfüllen. Nichts mehr hören und nichts mehr spüren.

50

Sonnenstrahlen brachen für kurze Augenblicke zwischen den schweren dunklen Wolkenmassen durch, berührten den Boden flüchtig und wurden wieder verschluckt, noch ehe sie eine Illusion von Wärme erzeugen konnten. Das graue Licht des Tages sowie die Ankündigung eines Regengusses durch tief hängende Wolken führten dazu, dass nur wenig Menschen auf dem Friedhof waren.

»Ich habe mir gedacht, dass du hier bist«, sagte Alec, als er hinter Helena an das Grab ihres Bruders trat. Sie wandte sich kurz zu ihm um, grüßte mechanisch mit einem Nicken als einziges Zeichen dafür, dass sie seine Anwesenheit bewusst zur Kenntnis nahm, dann sah sie wieder auf das Grab – so wie sie es seit der Beerdigung Tag für Tag tat.

»Es tut mir Leid, Helena.« Alec war sich bewusst, wie banal das klingen musste, aber er wusste nicht, was er sonst hätte sagen sollen. Sie reagierte nicht auf seine Worte, und Alec suchte in ihrem Gesicht nach einer Regung, aber es war vollkommen unbewegt. Nie zuvor hatte er bei ihr das Gefühl gehabt, vor einer Mauer zu stehen, und er wusste nicht, wie er damit umgehen sollte. Ihre gesamte Haltung, die Starre ihres Körpers, die maskenhafte Ruhe ihres Gesichts signalisierten ihm, dass ein Vordringen zu ihr weder möglich noch erwünscht war. Wenn er sie damals nicht verlassen hätte, wäre sie jetzt zu ihm gekommen, hätte in seinen Armen gelegen und von seinem Atem gelebt, die Eismauer um sie herum hätte jedem gegolten, doch ihm nicht.

»Warum wolltest du mich sprechen?«, fragte sie nun unerwartet, ohne ihn jedoch anzusehen.
»Ich wollte mich von dir verabschieden, wir reisen ab.«
»Dann hast du ja in den letzten Jahren wirklich dazugelernt. Als ich verzweifelt auf ein Lebenszeichen von dir gewartet habe, wärst du gefahren, ohne dich zu verabschieden.«
»Gehen wir spazieren?«, fragte Alec, ohne auf ihre Spitze einzugehen. Helena nickte, und schweigend gingen sie über die stillen Friedhofswege. Der Weg wurde schmaler, und als ihnen ein älteres Ehepaar entgegenkam, berührten sich ihre Körper, als sie ihm Platz machten.
»Ich habe meinen Vater nach dir gefragt«, sagte Helena unvermittelt.
Alec sah sie an, und in seinen Augen war plötzlich wieder jene Starre zu sehen, die Helena nie hatte deuten können.
»Er sagte mir, dass er sich an deinen Fall nicht erinnern könne«, fuhr sie fort.
Es gelang Alec nicht, seine Erschütterung vor ihr zu verbergen, ebenso wenig die Erregung, die in seinen Augen aufglomm. »Das hat er gesagt?«
»Ja. Ich habe ihm auch deinen Namen genannt, obwohl er den ja schon damals nicht wiedererkannt hatte. Er meinte, ein Irrtum in seinem Namen sei ausgeschlossen gewesen, und er habe nie jemanden zu Unrecht verurteilt.«
Alecs Stimme bebte, als er antwortete. »Hast du ihm geglaubt?«
Helena sah ihn an. »Ich habe ihm geglaubt, dass er es nicht absichtlich getan hat. Es muss ein Irrtum gewesen sein. Er war wirklich entrüstet.«
»Er war entrüstet, weil du ihn danach gefragt hast.« Alecs Stimme war, ohne dass er es merkte, hart geworden. »Wollte er nicht wissen, warum du ihn das fragst?«

»Doch, wollte er.« Helenas Stimme klang wieder unbeteiligt, so als ginge sie das alles nichts mehr an. So war es wohl auch, dachte Alec, den die Geister der Vergangenheit wieder einholten, um ihre Klauen in ihn zu schlagen. Wieder die ewig gleichen Bilder, das gleiche Entsetzen. Alles, was er zu vergessen gehofft hatte, brach sich wieder Bahn.

»Und ich habe ihm die Wahrheit gesagt«, schloss Helena.

Das war das Letzte, was er erwartet hatte. »Großer Gott, warum hast du das getan?«, fragte er bestürzt.

»Was hätte er schon tun können? Ich bin verheiratet, und Matthew weiß, dass es vor ihm jemanden gab.«

War das wirklich Helena?, dachte Alec bestürzt. Sie war so kalt und gleichgültig, als rede sie von jemand anderem und nicht von sich selbst. Hatte er das aus dem hingebungsvollen, warmherzigen Mädchen gemacht? Der letzte Auslöser dafür war wohl der Tod ihres Bruders gewesen, aber der hätte sie vielleicht nicht so niedergedrückt, wenn sie nicht schon vorher so unglücklich gewesen wäre. Er hatte wirklich gute Arbeit geleistet.

»Während des Feuers«, sagte Helena, »habe ich nur an dich gedacht, ich habe nur um dich Angst gehabt, um dich gebetet, ich wollte in den brennenden Stall laufen, um dich zu retten. Ich habe in deinen Armen gelegen und zur gleichen Zeit hat mein Bruder sein Leben aufs Spiel gesetzt und verloren.« Sie lauschte dem Geräusch ihrer Schritte auf dem Weg. »Ich habe ihn kurz zuvor noch gesehen, aber ich bin nicht zu ihm gegangen, weil ich wissen musste, ob es dir gut ging.«

»Ist es das, was dich bekümmert?«, fragte Alec vorsichtig. »Wenn du mich dort gesehen hättest, und deinen Bruder nicht, hättest du dir um ihn Sorgen gemacht und nicht um mich«, versuchte er, sie zu beruhigen.

»Aber ich habe ja nicht einmal an ihn gedacht. Du solltest

leben, alles andere war mir egal.« Plötzlich war Helenas Stimme nicht mehr kalt, sondern voll unterdrückten Schmerzes. »Du hättest mir egal sein müssen. Jerome hat mich nie verlassen, als ich ihn gebraucht habe, das hast nur du getan.«

»Denkst du, du hättest ihn daran gehindert, die Kinder retten zu wollen?«

»Nein, dass ich seinen Tod hätte verhindern können, denke ich nicht, aber ich habe nicht einmal einen Gedanken an ihn verschwendet, ich dachte immer nur an dich.« Ihre Stimme zitterte vor Verzweiflung. »Ich habe geweint, weil ich so erleichtert darüber war, dass du lebst, aber über seinen Tod habe ich keine Träne vergossen. Jedes Gefühl in mir hast du aufgesogen, Alec, für niemand anderen ist mehr etwas übrig geblieben. Immer nur du, alles, was ich geben konnte, hast du genommen, und es war dir nicht einmal wert, mich bei dir zu behalten.«

Nur das Zucken eines Muskels an seiner Schläfe zeigte ihr, wie sehr ihn das Gesagte traf, sein Gesicht war regungslos. »Das habe ich nie gewollt. Lass uns nicht so auseinander gehen, Helena«, bat er. »Ich habe dir Unrecht getan, aber kannst du es mir wirklich nicht verzeihen?«

»So wie du meinem Vater einen Fehler verzeihen kannst, den ihm niemand nachgewiesen hat?«

»Das ist wohl nicht zu vergleichen«, erwiderte Alec kalt.

»Nein, da hast du Recht, ich lasse niemanden für deinen Fehler bezahlen, so wie du das bei ihm getan hast.«

»Das war nie meine Absicht, Helena, das weißt du.« Er trat vor sie und zwang sie somit, stehen zu bleiben. »Bitte, Helena«, sein flehentlicher Ton brachte sie dazu, ihn anzusehen. »Ich bitte dich um Verzeihung.«

Helena presste die Lippen zusammen und sagte nichts. Er sah

sie unverwandt an, sie wich seinem Blick aus. »Bitte lass uns als Freunde auseinander gehen.«
Der Ausdruck von Härte, der sich auf Helenas blassem Gesicht so ungewohnt ausnahm, wich nicht von ihr. Als Alec merkte, dass er keine Antwort bekommen würde, gab er ihr den Weg frei und sagte enttäuscht: »Wie du möchtest, aber ich werde dich nie wieder darum bitten.«
Er wartete noch kurz, so als hoffe er auf eine Antwort ihrerseits, dann ging er an ihr vorbei in die Richtung, aus der sie gekommen waren. Helena drehte sich um. »Alec?«
Er blieb stehen und wandte sich zu ihr um. »Ja?«
»Leb wohl.«
Er schwieg und sah kurz zu Boden, dann wieder zu ihr, das Gesicht versteinert. »Leb wohl, Helena.«
Sie sah ihm nach, bis er hinter den Sträuchern aus ihrem Sichtfeld verschwand.

51

Lorena betrat Helenas weiß-goldenen Salon, der durch das flackernde Kaminfeuer warm und gemütlich war. Sie hatte Helena seit Jeromes Beerdigung vor einem Monat nicht mehr als ein oder zwei Mal flüchtig gesehen, und es hatte sie einige Überwindung gekostet, diesen Besuch bei ihr zu machen. Nachdenklich sah sie in die tanzenden Flammen und überlegte, wie sie auf Helena zugehen sollte. Es war ihr nicht einmal klar, ob Helena sie ebenso wie ihre Familie verurteilte oder nicht, aber wie auch immer, es war unbedingt notwendig, mit ihr zu sprechen.

Die Holzscheite knisterten, einmal knackte es laut, und Funken stoben hoch. Lorena trat sicherheitshalber ein Stück zur Seite. Weil Helena auf sich warten ließ, hatte sich Matthew höflich erboten, ihr Gesellschaft zu leisten. Jetzt jedoch ging die Tür auf, und Helena betrat den Raum gleichzeitig mit einem Dienstmädchen, das Tee brachte. Sie grüßte Lorena, indem sie ihr zunickte.

Matthew entschuldigte sich und verließ den Raum.

Helena schenkte erst Lorena und dann sich selbst Tee ein. Als Lorena die Teetasse entgegennahm, war sie sich bereits sicher, dass es ein Fehler gewesen war, zu kommen. Mit etwas steifen Bewegungen setzte sie sich auf einen Sessel. Nur, mit wem sollte sie reden, wenn nicht mit Helena?

»Ich habe dich lange nicht mehr gesehen«, sagte sie, in dem Bemühen, ein Gespräch anzufangen.

»Du warst ja auch ziemlich lange weg, da ist das kein Wunder«, erwiderte Helena gleichgültig.

Lorena sah in den dunklen Tee in ihrer Tasse, als könne sie daraus den Mut ziehen, weiterzusprechen. »Ich habe dich vermisst«, gestand sie.

»Du hättest mich jederzeit besuchen können.«

»Helena, bitte, du bist die einzige wirkliche Freundin, die ich habe, warum kann es nicht wieder so sein wie früher?«, brach es aus Lorena hinaus.

»Wie könnte es das?«

»Ich rede nicht von Jerome. Ich weiß, dass es endgültig ist, und alles in mir weint um ihn, aber warum können wir nicht wieder Freundinnen sein? Verurteilst du mich ebenso wie deine Familie?«

»Nein, das tue ich nicht. Mir ist einfach nicht danach, mich mit jemandem abzugeben.«

Lorena seufzte und stellte ihre Teetasse ab. Sie stand auf und ging zu dem Klavier, das an der Wand stand und so gut wie nie benutzt wurde. Während sie nachdenklich mit den Fingern über das polierte Holz strich, spürte sie, wie sich alles in ihr zusammenzog, und sie verspürte den Wunsch zu gehen. Dabei war sie doch nur gekommen, um mit Helena zu teilen, was ihr geschenkt worden war.

»Weißt du, was ich getan habe, während Jerome unter dem Balken begraben wurde?«, fragte Helena unvermittelt.

Lorena sah sie fragend an.

»Ich habe in den Armen von Susannahs Vater gelegen, die brennenden Ställe gesehen und mir gedacht, dass ich jeden Menschen entbehren könnte, nur ihn nicht.«

Allmählich dämmerte Begreifen in Lorena. »Helena«, begann sie zögernd. »Manchmal denkt man so, wenn man liebt. Du warst doch bis zum Schluss bei Jerome.«

»Ja, das war ich. Niemand von unserer Familie war dazu imstande, ihn sterben zu sehen.« Helenas Augen verengten sich.

Die beiden Frauen wirkten in ihren schwarzen Kleidern vor dem elfenbeinweißen und goldenen Hintergrund wie Figuren, die in dem falschen Stück spielten. Sie schienen auch nicht zu wissen, was sie sagen sollten.
Lorena atmete tief ein und sah Helena aus unsicher flackernden Augen an. »Ein Teil von ihm lebt in mir«, sagte sie unvermittelt.
Helena sah kaum hoch. »Das ist anzunehmen, wenn du ihn geliebt hast.«
»Du verstehst nicht. Ich meine das so, wie ich es sage. Ich …«, Lorena zögerte, und diesmal traten ihr Tränen in die Augen, »ich erwarte sein Kind.«
Helena wurde kreidebleich und sah sie an, ohne eine Antwort geben zu können.
Lorena wusste nicht, wie sie diese Reaktion deuten sollte. »Ich dachte, ich könnte alles ertragen, wenn ich nur einen Teil von ihm behalten dürfte.« Ihre Stimme war voll Tränen. »Außer dir weiß es noch niemand, ich habe so gehofft, dass es dich freuen würde. Er hat deine Kinder so geliebt.«
Jeromes Kind. »Aber natürlich freue ich mich«, sagte Helena, als ihre Betäubung sie verließ und plötzlich ihr Schmerz sich Bahn brach. Die Leere in ihr löste sich auf, und endlich konnte sie weinen.

Teil IV
1884-1885

52

Essex

Die Kinder tobten ausgelassen über die sommerliche Wiese, und ihr Lachen war durch den ganzen weitläufigen Garten zu hören. Der fünfjährige Jason und die um nur wenige Tage jüngere Susannah kamen sich gegenüber den Kleineren bereits deutlich überlegen vor. Clayton genoss es sichtlich, mit seinen vier Jahren nicht mehr der Jüngste zu sein, und begann zuweilen, Jasons knapp dreijährige Schwester Emily und Lorenas Tochter Brianna, die mit etwas mehr als anderthalb Jahren die Kleinste war, zu ärgern. Die Kindermädchen saßen etwas abseits, unterhielten sich und behielten ihre Schützlinge dabei stets wachsam im Auge.

Jeder aus Helenas Familie war überglücklich, als er erfuhr, dass Jerome ein Kind hinterlassen hatte, und vor allem Arthur hegte die Hoffnung, der Titel werde nun doch an einen Nachfahren von Jerome gehen. Eleonore hatte darauf bestanden, Lorena solle das Kind im Familienhaus der Ashingtons zu Welt bringen, damit sie nicht alleine sei. Aber Lorena war zu ihrem Vater gefahren und hatte das Kind in Somerset geboren. Die Enttäuschung darüber, dass das Kind kein Junge war, war Arthur und Eleonore deutlich anzumerken. Eleonore liebte das Kind dennoch, denn es war die Tochter ihres über alles geliebten Sohnes Jerome. Arthur dagegen fand sich zum wiederholten Male darin bestätigt, dass Jerome die falsche Frau geheiratet hatte. Jetzt bekam sie endlich ein Kind, und dann wurde es ein Mädchen.

Nichtsdestotrotz kümmerte er sich um Lorena und ihre Tochter, denn das Kind war eine Ashington, und es war darauf zu achten, dass sie dem Namen Ehre bereitete. Am liebsten hätte er es gesehen, wenn Lorena in sein Haus gezogen wäre, damit das Kind unter seiner Obhut aufwuchs. Schließlich hatte Lorena keinen Mann, der das Mädchen zu Ehre und Anstand erziehen konnte. Aber Lorena weigerte sich beharrlich.

Weil sie jedoch auf ein gutes Verhältnis Briannas zu ihren Großeltern Wert legte, achtete Lorena darauf, Streit zu vermeiden. Sie besuchte Arthur und Eleonore oft und verhielt sich so, wie ihr Schwiegervater es ihr diktierte, was hieß, dass sie auch mehr als zwei Jahre nach dem Tod ihres Mannes immer noch große Abendgesellschaften mied und nach Ablegen der schwarzen Kleidung Lavendelfarben trug, die für Halbtrauer standen.

Was noch hinzukam und Lorena dazu brachte, seinen Anordnungen Folge zu leisten, war die Tatsache, dass er ihr das Kind wegnehmen konnte, sollte er vor Gericht den Verdacht äußern, sie übe keinen guten Einfluss auf das Mädchen aus. Als dessen Großvater und Earl mit Sitz im Oberhaus hatte er dazu durchaus die Möglichkeiten.

Vor einigen Wochen waren Helena und Matthew nach Essex gereist und verbrachten die Zeit in Vanderley Hall. Simon war mit Olivia ebenfalls auf seinen Landsitz in Essex gefahren, und Lorena war ihnen auf Drängen von Helena vor einigen Tagen nachgereist. Arthur hatte ihr angeboten, in Darking Hall zu wohnen. Er selbst und Eleonore würden in London bleiben, und Lorena hatte das Angebot angenommen.

Jetzt saßen die drei Frauen an einem Teetisch, der unter einer ausladenden Eiche im Garten von Matthews Landsitz aufgebaut worden war. Vor allem Olivia war ausgelassener Stimmung und brachte die Freundinnen immer wieder zum Lachen. Helena und Olivia trugen helle Sommerkleider, und es

schien Helena, als hätte sie erst von dem Zeitpunkt an, als sie endlich die düstere Trauerkleidung ablegte, angefangen, den Tod ihres Bruders zu verarbeiten.
Simon und Matthew kamen aus dem Haus über den Gartenweg zu ihnen geschlendert, als die Frauen gerade wieder unbändig lachten.
»Stören wir?«, fragte Simon mit hochgezogenen Brauen.
»Ein wenig«, erwiderte Olivia und lächelte ihn an.
Simon beugte sich zu ihr. »Soll ich wieder gehen?«, fragte er in einem ernsten Ton, der durch den Schalk in seinen Augen Lügen gestraft wurde.
»Das brauchst du nicht«, gestattete seine Frau ihm großzügig.
»Du hast es gehört, Matthew«, rief Simon ihm zu, »man hat uns soeben erlaubt, den schönen Damen Gesellschaft zu leisten.«
»Man hat es dir erlaubt«, erwiderte Matthew etwas spöttisch. »Wenn ich mir Helena so ansehe, denke ich, es ist besser für meinen Stolz, wenn ich nicht frage, sondern einfach bleibe.«
Jason hatte seinen Vater inzwischen gesehen und kam auf ihn zugelaufen, gefolgt von Susannah, die immer wie ein Schatten an seiner Seite war.
»Papa«, kreischte Jason. Es war selten, dass die Kinder einen ganzen Nachmittag mit ihren Eltern verbrachten, vor allem die Väter sahen sie selten. Jason hatte Olivias energische Gesichtszüge und ihr dunkles Haar geerbt, aber die grünblauen Augen waren die Simons. Er rannte auf seinen Vater zu und warf sich auf seinen Schoß. Simon hob ihn lachend hoch.
Susannah war stehen geblieben. Helena neigte sich leicht vor und streckte die Arme nach ihr aus. Ihre Tochter folgte der Aufforderung und lief zu ihr. Sie hatte die verhassten

Spangen aus den Haaren genommen, und die Locken hingen ihr wirr und gelöst auf die Schultern.
Die Kinder kamen jetzt alle an den Tisch, und Emily angelte ein Stück Kuchen von einem der Teller, wobei sie beinahe die Tasse von Lorena umstieß. Clayton wollte auf Helenas Schoß klettern, um von dort aus einen besseren Zugriff auf die Süßigkeiten auf dem Tisch zu haben. Da seine Schwester aber offensichtlich nicht daran dachte, ihren Platz bei ihrer Mutter zu verlassen, zerrte er kurzerhand so heftig an deren Kleid, dass sie beinahe gefallen wäre.
»Clayton«, mahnte Helena und löste seine Finger von Susannahs Kleid. An seinem Vorhaben gehindert, wollte Clayton eben einen zweiten Anlauf nehmen, dann besann er sich, lief zu Emily und riss ihr den Kuchen aus der Hand, was ihm eine scharfe Zurechtweisung von Matthew einbrachte.
»Übermorgen ist der Ball bei Mr. und Mrs. Drumond«, sagte Matthew zu Lorena, während er seinem Sohn nachsah, der beleidigt davongelaufen war. »Wirst du auch hingehen?«
»Ich würde gerne, aber das geht ja nicht.« Lorena sehnte sich in der Tat danach, wieder einen Abend auszugehen. Die einzige Geselligkeit, die ihr zugestanden wurde, waren Damenkränzchen.
Matthew lehnte sich zurück und nahm die Tasse Tee entgegen, die Helena ihm reichte. »Im Grunde genommen kann ich nicht einsehen, was daran so schlimm sein soll, nach beinahe zweieinhalb Jahren wieder unter die Leute zu gehen. Du kannst mit uns kommen, wenn du möchtest.«
Die Idee war verlockend, aber Lorena war unsicher.
»Mach das«, sagte nun auch Olivia. »Matthew hat Recht, du kannst deine Zurückgezogenheit allmählich aufgeben. Wir werden auch da sein, im Grunde genommen kann Arthur nichts dagegen haben.«

»Selbst wenn«, meinte Helena, »dann tobt er ein wenig und beruhigt sich später wieder.«
Matthew lächelte sie spöttisch an. »Da hörst du es von jemandem, der in dieser Hinsicht reiche Erfahrungen gemacht hat, es kann dir überhaupt nichts passieren.«
»Ich sage dir morgen Bescheid«, erwiderte Lorena. »Vielleicht komme ich ja wirklich mit. Zumindest kann er nicht sagen, ich wäre in unpassender Begleitung gewesen.«

53

Als Arthur und Eleonore Ashington in Darking Hall eintrafen, fragte sich Lorena, wie sie je hatte annehmen können, ihr Schwiegervater werde ihren Besuch des Balls von Mr. Drumond kommentarlos hinnehmen. Er betrat ihr Boudoir mit undurchdringlich starrer Miene.

»Was denkst du dir dabei?« Seine Stimme bebte vor Wut. »Kannst du dich nicht so benehmen, wie es jemand deines Standes zukommt?«

»Ich war nicht alleine auf dem Ball, Matthew und Helena haben mich begleitet«, verteidigte sich Lorena.

»Das Ganze war natürlich Helenas Idee«, vermutete Lord Ashington.

»Keineswegs. Es war Matthews Idee.«

»So?« Lord Ashington glaubte das nicht so wirklich. »Wie auch immer, es gehörte sich nicht, und es war vorläufig das letzte Mal. Niemand wird über die Mutter einer Ashington sagen, sie habe keinen Sinn für Anstand.«

Lorena warf den Kopf zurück, eine ähnliche Geste wie die, die den Earl bei Helena immer in Rage gebracht hatte. »Das wird von mir wohl auch kaum jemand sagen, wenn sogar Matthew mit seinem extrem ausgeprägten Sinn für elitäres Benehmen es nicht tut.«

»Verhalte dich noch ein halbes bis ein Jahr vorsichtig, dann kannst du allmählich wieder anfangen, passende Veranstaltungen zu besuchen. Entweder du entscheidest dich dann dafür, unverheiratet zu bleiben, was ich nicht für ratsam halte, weil du für Brianna einen Vater brauchst, oder aber du suchst

dir einen Ehemann, wobei es dir mit etwas Umsicht nicht schwer fallen dürfte, wieder so gut wie das letzte Mal zu heiraten.«
Lorena wurde blass. »Ich bin nicht deine Tochter! Wenn ich heirate, dann auf die Art, die ich will, und den Mann, den ich will, ob er in deinen Augen passend ist oder nicht.«
»Du bist meine Schwiegertochter.« Lord Ashington sah sie aus Augen an, die vor Wut schmal waren, »und dein Kind ist meine Enkeltochter. Du unterschätzt meinen Einfluss auf dein Leben ein wenig, meine Liebe. Ich werde nicht zulassen, dass mein Enkelkind einen Stiefvater bekommt, der nicht über jeden Zweifel erhaben ist und ihr ein Leben bieten kann, das einer Ashington zukommt.«
»Brianna ist in erster Linie mein Kind und erst in zweiter Linie deine Enkeltochter.«
»Du kannst mir Glauben schenken, wenn ich dir sage, es würde mir nicht schwer fallen, die entsprechenden Richter davon zu überzeugen, dass das Kind des verstorbenen Viscount Ellingwood bei seinen Großeltern besser aufgehoben ist als bei einem Vater, der nicht in den entsprechenden Kreisen verkehrt.«
Lorena traten Tränen in die Augen. »Ich hätte immer noch die Unterstützung meines Vaters. Brianna ist ebenso sein Enkelkind wie deins.«
Lord Ashington lächelte milde über ihre Naivität. »Sie ist die Tochter meines Sohnes und trägt meinen Namen. Versuch es besser gar nicht erst. Du kennst meine Meinung, und ich hoffe, du wirst dir dein Handeln in Zukunft besser überlegen.« Er zog die Augenbrauen in Erwartung einer Antwort hoch.
Lorena hätte ihm am liebsten eine heftige Antwort gegeben, aber sie dachte an Brianna. »Ich werde das nächste Mal, ehe ich auf eine Veranstaltung gehe, deine Erlaubnis einholen«,

sagte sie. Damit schloss sie nicht aus, dass sie wieder auszugehen gedachte, gab ihm aber dennoch keinen Grund, ihre Antwort unpassend zu finden. Er nickte nur.

»Nun entschuldige mich bitte«, sagte Lorena und stand auf. »Ich lasse meine Sachen packen und fahre mit Brianna zu meinem Vater.«

Das Kindermädchen kam Lorenas Aufforderung nach, Briannas Kleidung zusammenzupacken, und verließ das Spielzimmer, in dem die Kleine saß. Lorena streckte die Hand aus, und Brianna legte vertrauensvoll ihre runde Kinderhand hinein. Mit einer zärtlichen Bewegung zog Lorena sie auf ihren Schoß, schloss sie in ihre Arme, genoss das Gefühl, den kleinen Körper so geborgen an ihrer Brust zu halten, und legte die Wange an das Haar des Kindes. Sie weinte stumm.

Eleonore betrat das Zimmer. Ihre Augen wurden weich, als sie Brianna sah, und ein melancholischer Schimmer trat in sie. Lorena stand auf, wobei sie das Kind auf ihren Armen behielt.

»Du reist ab?«, fragte Eleonore.

»Ja, heute Nachmittag. Ich werde noch zum Essen bleiben.«

Eleonore strich über Briannas Haar. »Ich hätte sie gerne noch ein wenig länger hier gehabt, sie erinnert mich so an Jerome. Du hast dich wieder mit Arthur gestritten. Er ist kein einfacher Mensch, Lorena.«

»Das entschuldigt nicht, dass er mir fortwährend droht. Kannst du dir vorstellen, was es für mich bedeuten würde, mein Kind zu verlieren?« Noch ehe sie zu Ende gesprochen hatte, erkannte Lorena ihren Fehler.

»Ob ich dich verstehen kann?« Eleonore sah blass, aber gefasst aus. »Ich habe vier Kinder zur Welt gebracht und mein Liebstes für immer verloren. Wer könnte dich wohl besser verstehen als ich?«

»Es tut mir Leid, so habe ich das nicht gemeint.« Lorena drückte Brianna enger an sich. »Ich habe Jerome geliebt, und aus dieser Liebe ist Brianna entstanden. Ich habe nur das eine Kind, er darf sie mir nicht wegnehmen.«
Mit einem wehmütigen Blick strich Eleonore dem Kind über die Wange. »Fahr zu deinem Vater«, sagte sie, ohne Lorena anzusehen, »und bleib, solange du es für richtig hältst. Ich werde noch einmal mit Arthur reden, aber versprich dir nicht zu viel davon. Versuch bitte, mit ihm auszukommen.«
»Ich werde mir Mühe geben.« Jetzt sah Lorena Eleonore in die Augen. »Aber ich werde nicht ihn entscheiden lassen, welchen Mann ich heirate. Bevor das passiert, heirate ich nie wieder.«
»Das ist deine Entscheidung.« Eleonore wandte sich zum Gehen. »Gute Reise, Lorena.«

54

Kalkutta

Alec wurde sich seiner Einsamkeit immer erst dann richtig bewusst, wenn er abends in sein Haus zurückkehrte. Er stand in seinem Arbeitszimmer, sah in den dunklen Garten hinaus, von dem er leider nicht sehr viel hatte. Es war ein ausgesprochen schöner Garten mit smaragdgrünem Rasen, dem der gelbe Hugli, der die Stadt wie ein schimmerndes Band teilte, eine natürliche Grenze setzte. Die Veranda des Hauses war von zwei schlanken Säulen umrahmt, und rechter Hand lag ein keiner Orchideengarten. Trevors Frau Victoria hatte einmal erwähnt, sie hätte sehr gerne einen Orchideengarten, aber Trevor erlaube es nicht, weil ihm der Geruch Kopfschmerzen bereite. Also hatte Alec in einer galanten Anwandlung kurzerhand einen Teil seines Gartens für Orchideen abgrenzen lassen. Ihm stand viel Platz zur Verfügung, und er wusste nichts Rechtes damit anzufangen, so dass er Victorias Vorschläge nur zu gern umsetzte. Mittlerweile zierten Orangenbäume den hinteren Teil des Gartens, und in der Nähe des Flusses stand eine kleine Laube, die zu jeder Tageszeit herrlich schattig war – ebenfalls eine Idee von Victoria. Offenbar genoss sie es, ihren kreativen Sinn in Alecs Garten voll und ganz ausleben zu können. Trevor hatte sogar einmal im Scherz zu Alec gesagt, er wisse nicht, wie er es deuten solle, dass sein Freund alles tat, damit seine Frau sich in seinem Garten heimisch fühlte.

Das Arbeitszimmer war der einzige Raum im Haus, dem Alec eine persönliche Note gegeben hatte – einfach aus dem

Grund, weil er sich nirgends so oft aufhielt wie hier. Selbstverständlich hatte es im Haus seines Vaters keinerlei Zierrat mehr gegeben, aber die wichtigsten Dinge hatte Charles damals in der Truhe gerettet, wenn er auch eher auf den materiellen Wert der Gegenstände als auf den persönlichen geachtet hatte. So existierte eine goldgerahmte Miniatur von Alecs Mutter noch und einige wenige Gegenstände aus ihrem Besitz, aber keines der Erinnerungstücke, die sein Vater auf seinen Reisen von Basaren und Händlern aus den entferntesten Teilen des Landes mitgebracht hatte. Selbstverständlich war von den Möbeln aus dem väterlichen Haus nichts mehr zu gebrauchen gewesen, so dass Alec sich komplett neu hatte einrichten müssen. Der Schreibtisch war schwer und massiv, mit geschnitzten Mustern an der Seite. Ansonsten gab es in dem Arbeitszimmer noch einige lederbespannte Stühle, Regale mit Büchern und Bilder eines unbekannten Malers, die Alec auf einem Basar erstanden hatte. Die Bilder waren das Einzige, das er aus einem sentimentalen Impuls heraus gekauft hatte. Da waren Darstellungen des Hafens, die Schiffsmasten feine Pinselstriche, die sich in einen grauen Himmel streckten. Es gab Bilder von bunten Basaren, dann wiederum ein Gemälde des Ganges in den frühen Morgenstunden, wenn das Licht noch kaum die Konturen hervortreten ließ und die Farben miteinander verschwammen. Die Bilder schienen alle Facetten des Landes einzufangen.

Jalna betrat leise wie eine Katze das Zimmer.

»Hattest du einen angenehmen Tag, Sahib?«, fragte sie mit ihrer leisen Stimme.

Alec drehte sich zu ihr um und lächelte. »Etwas zu lang, aber es war zu ertragen. Und wie ist es dir ergangen?«

»Ich habe dich vermisst, Sahib. Möchtest du, dass ich dir ein Bad bereite?«

Ein Bad, um den Staub des Tages abzuwaschen, war eine verlockende Vorstellung, und der Gedanke daran, wie der Abend mit Sicherheit weitergehen würde, hatte ebenfalls seinen Reiz, aber Alec hatte das Verlangen nach jemandem, mit dem er reden konnte. Jalna war zwar ein hinreißendes Geschöpf, aber nicht verschwiegen genug, als dass er ihr anvertrauen konnte, was in ihm vorging.
»Danke, Jalna, aber ich bleibe nicht zu Hause.«
Ein Schatten flog über ihr Gesicht. »Du gehst wieder zu einer anderen«, schmollte sie. Sie ging zu ihm und legte ihm ihre Arme um den Hals. »Bin ich nicht schöner als sie?«
Alec sah amüsiert zu ihr hinunter, sah das glatte, blauschwarz schimmernde Haar, die vollen roten Lippen und die großen Rehaugen. Das Mädchen war eine einzige Verlockung, und sie wusste es geschickter auszuspielen, als ihr unschuldiges Gesicht vermuten ließ. Alec legte die Hände um die zierliche Taille und gab ihr einen Kuss.
»Sei mir nicht böse, Jalna, aber ich werde trotzdem ausgehen.«
Jalna schmiegte sich an ihn. »Meinst du das wirklich ernst, Sahib?«
»Todernst«, erwiderte er, wobei er sie mit gespielter Strenge ansah. Jalna trat zurück und stampfte mit dem Fuß auf. »Dir liegt nichts an mir.«
Alec zog die Augenbrauen hoch. Das waren vollkommen neue Töne.
»Du benutzt mich«, fauchte sie.
»Es steht dir jederzeit frei zu gehen«, erwiderte er kühl. »Wenn ich mich richtig erinnere, bist du in mein Bett gekommen und nicht umgekehrt, vielleicht entsinnst du dich gelegentlich mal daran.« Er nahm seine Schachtel mit den Zigarren in die Hand. »Bring mir bitte Tee.«

»Radha soll das machen«, erwiderte Jalna trotzig, um ihm das Ausmaß ihrer Gekränktheit vor Augen zu führen.
Alec ließ die Zigarre, die er sich eben hatte anzünden wollen, sinken. Er war müde, der Tag war anstrengend gewesen, die letzten Nächte hindurch hatte er wach gelegen. Jetzt kam er nach Hause und musste sich mit seinem Dienstmädchen streiten. »Jalna«, warnte er leise, »du bist nicht die Hausherrin hier, nur weil du dich selbst zu meiner Geliebten gemacht hast. Hast du das verstanden? Und jetzt wirst du mir Tee holen und nicht Radha, weil das nämlich deine Aufgabe hier ist.«
Jalna verließ trotzig den Raum, und Alec zündete seine Zigarre an. Kurz darauf kam sie mit dem Tee zurück, den sie auf einen kleinen Tisch stellte. Alec war inzwischen wieder in versöhnlicher Stimmung und lächelte ihr dankbar zu. Als sie jedoch keine Anstalten machte zu gehen, seufzte er unterdrückt.
»Ist noch etwas?«
»Habe ich etwas getan, was dich erbost hat, Sahib?«, fragte sie.
»Du wolltest mir keinen Tee bringen«, erwiderte Alec, der die Frage ganz genau verstand. Vor einigen Tagen hatte Jalna ihm eröffnet, sie glaube, schwanger zu sein. Alec hatte beinahe der Schlag getroffen. Die folgenden Nächte verbrachte er in schlafloser Grübelei, bis ihm Jalna dann vor zwei Tagen mitteilte, sie müsse sich wohl geirrt haben. Alecs Erleichterung war zunächst grenzenlos gewesen, dann aber begann er sich zu fragen, ob Jalna wirklich geglaubt hatte, schwanger zu sein, oder ob das nur wieder einer ihrer Tricks war, um zu sehen, wie weit sie gehen konnte. Natürlich würde sie alles abstreiten, und er hatte keine Beweise dafür, dass sie wirklich gelogen hatte, von daher entbehrte sein Ärger auf sie im

Grunde genommen jeder Grundlage. Abstellen konnte er ihn dennoch nicht ganz.
Jetzt stand er in seinem Arbeitszimmer und hatte, während Jalna das Zimmer beleidigt verließ, plötzlich das Gefühl, es nicht eine Minute länger zu Hause auszuhalten.

Alecs Weg führte ihn zunächst etwas ziellos durch die Straßen, bis er einige Zeit später vor der Tür zu Trevors Haus stand, hoffend, diesem werde ein unangekündigter abendlicher Besuch nicht ungelegen kommen. Der junge indische Butler, der Alec bereits gut kannte, führte ihn ohne weitere Umschweife in den Hauptsalon, in dem sich die Familie abends meist aufhielt und in dem nur besonders enge Freunde empfangen wurden.
Alec mochte Trevors gemütliches, helles Haus mit den weiträumigen Zimmern, die aufgrund der hohen Fenster immer lichtdurchflutet waren. Victoria hatte den Hauptsalon in einem sehr hellen Grün streichen lassen, so dass der Raum die Atmosphäre einer Gartenlaube hatte. In ähnlicher Weise war sie in allen Räumen vorgegangen, die oft genutzt wurden.
Trevor freute sich sichtlich, Alec zu sehen. Er saß neben Victoria auf einem Sofa und sah seinen vier Kindern zu, die auf dem Teppich spielten. Für einen kurzen Moment lang kam Alec sich in dieser häuslichen Szene etwas überflüssig vor, aber Trevor, der ihm seine Gefühle offenbar ansah, stand auf und schüttelte ihm herzlich die Hand. Victoria grüßte und forderte die Kinder auf, mit ihr zu kommen, ehe sie den Raum verließ. Das zweijährige Zwillingspärchen, ein Mädchen und ein Junge, führte sie an der Hand, und ihre älteste Tochter ging vor ihr her. Der Einzige, der ihrer Aufforderung nicht sofort folgte, war Trevors fünfjähriger Sohn, der

seine Grenzen ein wenig ausreizen wollte. Alec grinste jedes Mal, wenn er ihn sah. Der Kleine sah aus wie eine pausbäckige Miniaturausgabe von Trevor.

»Was gibt es Neues bei dir?«, fragte Trevor schließlich, nachdem sie sich eine ganze Zeit über die Arbeit unterhalten hatten.
Alec erzählte ihm von Jalnas angeblicher Schwangerschaft, was Trevor in schallendes Gelächter ausbrechen ließ.
»Es amüsiert dich, ja?«, sagte Alec.
Trevor wurde wieder ernst. »Ein wenig, ja. Vielleicht, weil es amüsant ist zu sehen, wie auch du einmal in diese Lage gerätst. Bisher scheint dir bei deinen Frauengeschichten der Gedanke an ein solches ... Malheur noch nicht gekommen zu sein.«
Auf Alecs Schweigen hin meinte Trevor nachdenklich: »Sag mal, Alec«, er zögerte einen Moment, ehe er die Frage stellte. »Wann ist das erste Kind von Lady Vanderley eigentlich geboren worden?«
»Das weiß ich doch nicht«, erwiderte Alec, den die Frage etwas erstaunte.
»Ich meine, sie hat so kurz nach eurer Trennung plötzlich geheiratet und das, obwohl sie dich geliebt hat. Hast du dir nie überlegt, welchen Grund sie dafür gehabt haben konnte?«
»Ich dachte, es wäre aus Trotz gewesen.«
Trevor musterte ihn einen Augenblick lang schweigend, offenbar überlegte er, wie er das, was er sagen wollte, formulieren sollte. »Alec, ist dir nie der Gedanke gekommen, sie könnte schwanger gewesen sein?«
Alec erschrak sichtlich bei dem Gedanken und brauchte einige Sekunden, um sich wieder zu fassen. »Ich bin mir ziemlich sicher, dass ich aufgepasst habe.«

Trevor konnte sich ein flüchtiges Grinsen nicht verkneifen. »Das dachte ich auch, ehe die Zwillinge kamen.«

»So etwas hätte sie mir gesagt, sie war doch bei mir.« Alecs Gesichtsausdruck wechselte zwischen Zweifel an Trevors Vermutung und Entsetzen darüber, was er Helena da möglicherweise angetan hatte.

»Wenn sie es da schon gewusst hat. Vergiss nicht, wie behütet sie aufgewachsen ist. Vermutlich wusste sie nicht einmal, wie sie die Symptome deuten soll. Es war übrigens Victoria, die mich auf diese Idee gebracht hat, als sie vor einigen Tagen mit mir über unseren England-Aufenthalt gesprochen hat. Ich weiß selbst nicht, wie sie plötzlich darauf gekommen ist, aber sie meinte, die Vermutung hatte sie schon immer, seit sie von der Geschichte erfahren hat.«

Alecs Magen drehte sich um, bei dem Gedanken an Helena und daran, wie er sie fortgeschickt hatte. »Selbst wenn sie es erst später erfahren hat, sie hätte mich sicher benachrichtigt«, beharrte er.

»Alec, du hast sie verlassen, und wie ich dich kenne, war deine Abfuhr vernichtend genug, um sie davon abzuhalten, dich danach noch einmal mit einer solchen Nachricht aufzusuchen. Wer weiß, was es sie gekostet hat, überhaupt dein Haus zu betreten, immerhin hätte man sie sehen können. Außerdem«, ergänzte Trevor, »wird ihr die Zeit davongelaufen sein. Derartige Dinge kann man nicht lange vor der Außenwelt verbergen.« Er sah die Bestürzung im Gesicht seines Freundes. »Jetzt mach nicht so ein Gesicht. Selbst wenn ich Recht hätte – was ja nicht der Fall sein muss –, dann ist die Sache inzwischen unabänderlich ausgestanden.« Trevor bereute bereits, überhaupt etwas gesagt zu haben. Und als Alec sich nur wenig später verabschiedete, sein Gesichtsausdruck wie versteinert, verstärkte sich sein Gefühl, zu weit gegangen zu sein.

Alec irrte, nachdem er Trevors Haus verlassen hatte, ruhelos durch die Straßen. Ihm wurde übel, wenn er sich vorstellte, was Helena durch seine Schuld durchgestanden haben musste. Wie hatte Bradley Seymour einmal gesagt: Es wäre besser gewesen, im Gefängnis zu bleiben, als nach seiner Entlassung ein solcher Mensch zu werden. Und, das war beinahe das Erschütterndste daran, trotz allem liebte sie ihn immer noch so sehr, dass sie beinahe für ihn ihre Ehe gebrochen, sich sogar in einen brennenden Stall gestürzt hätte, um ihn zu retten.
Seine Gedanken wanderten zu dem Tag, an dem sie ihn zu Hause aufgesucht und ihn gebeten hatte, sie nicht zu verlassen. Hatte sie anders ausgesehen? Sie war blass gewesen, was kein Wunder war, aber ansonsten war ihm nichts Ungewöhnliches aufgefallen.
Er grübelte weiter und fragte sich, was um alles in der Welt Matthew Vanderley dazu hätte bringen können, den Vater für das uneheliche Kind seiner Verlobten zu spielen. Es konnte doch kaum Geld sein, immerhin hatte er davon selbst mehr als genug. Er war außerdem viel zu arrogant und auf die einwandfreie Linie seines Namens bedacht, als dass ihm Geld oder Güter als Ausgleich für eine solche Schmach reichen würden.
Vielleicht war der Gedanke, den Trevor geäußert hatte, doch zu weit hergeholt. Womit dieser jedoch Recht gehabt hatte, war, dass die Sache inzwischen unwiderruflich vorbei war. Helena jemals danach zu fragen kam überhaupt nicht in Frage, es würde sie nur noch unglücklicher machen, als sie ohnehin schon war. Abgesehen davon, hatten sie sich nicht gerade in gutem Einvernehmen getrennt. Wenn es ihm möglich sein sollte, würde er es so einrichten, sie nie wiederzusehen, um ihr ihren Seelenfrieden zu gönnen.

55

Essex

Als Matthew die Bibliothek betrat, sah er, dass Helena in einem Buch las und nebenher mitschrieb. Er warf einen Blick darauf und konnte sich ein Grinsen nicht verkneifen.

»Immer noch eifrig bei der Sache, wie? Und was kommt als Nächstes? Du müsstest doch bald alle Bücher durchhaben.«

Sie sah hoch und legte das Schreibzeug zur Seite.

»Als Nächstes kommen deine Wirtschaftsbücher an die Reihe.«

»Ha, nicht in den nächsten hundert Jahren.«

»Du wirst es schon noch erleben«, erwiderte Helena herausfordernd. Sie nahm ihr Schreibzeug wieder auf und verbannte Matthews Anwesenheit aus ihren Gedanken.

»Sag mal«, unterbrach Matthew das Schweigen, »hat Calvin dir inzwischen mal etwas von dem geliehenen Geld zurückgezahlt?«

Helena musste kurz überlegen, was er meinte, dann schüttelte sie den Kopf. Das Geld hatte sie in den mehr als zwei Jahren vollkommen vergessen.

»Es ist nicht so wichtig, ich brauche es ja nicht«, sagte sie beschwichtigend, als sie sah, wie es in Matthew arbeitete. Ihm waren Spieler, vor allem solche, die ihre Schulden nicht bezahlten, verhasst – Schwager hin oder her –, und in Gelddingen war seine Toleranz sowieso überaus knapp.

»Mich interessiert nicht, ob du es jetzt brauchst oder nicht, hier geht es ums Prinzip. Ich sehe nicht ein, dass er sich an deinem Geld schadlos hält und, anstatt sich um die Rückzahlung zu bemühen, immer weiter Schulden anhäuft.«

»Er wird es mir mit Sicherheit zurückzahlen.«

»Und ob er das wird.« Matthew stellte ein Buch, das auf einem Tisch am Fenster lag, in das Regal zurück. »Was hat Jerome sich bloß dabei gedacht, ihn als Erben des Titels und des Ellingwood-Vermögens einzusetzen?«

Das war etwas, das in der Familie seltsamerweise kaum jemanden überrascht hatte. Lorena war eine großzügige monatliche Rente sowie das Stadthaus und ein Landsitz in Somerset vererbt worden. In Ermangelung eines Sohnes gingen das Vermögen und der Titel an den nächsten männlichen Erben, George oder Calvin. Jerome hatte seine Brüder gut gekannt und gewusst, dass George dieses Erbe nur als Last ansehen würde. Er hatte jedoch eine Klausel in das Testament gesetzt: Calvin konnte sein Erbe nur antreten, wenn er heiratete und zum Zeitpunkt seiner Eheschließung keine Schulden mehr hatte. Dem ersten Punkt trug Calvin bereits Rechnung, indem er sich mit einem Mädchen verlobte, das sein Vater für ihn ausgesucht hatte.

Matthew lächelte grimmig. »Je eher ich mit ihm spreche, umso besser. Ach ja, und ehe ich es vergesse, solltest du noch einmal in Versuchung geraten, seine Schulden zu bezahlen, lasse ich deine Konten sperren. Ich kann es nicht hinnehmen, wenn dein Bruder sich seinen Müßiggang auch noch von dir – oder sagen wir lieber von mir, denn ich zahle auf dein Konto ein – finanzieren lässt.«

Darauf fiel Helena keine Erwiderung ein. Sie sah eine Weile schweigend auf ihr Buch hinunter, und weil sie das Gefühl hatte, heute ohnehin nicht mehr zum Lernen zu kommen, legte sie ein Blatt zwischen die Seiten, die sie gerade las, und schlug es zu. Ihr Stuhl schabte mit einem leisen Geräusch über den Boden, als Helena ihn zurückschob und aufstand. »Wir bekommen nachher Besuch, und ich muss mich noch zurechtmachen.«

»Wer kommt denn?«
Helena verzog das Gesicht. »Mr. und Mrs. Catterfield.«
Mit einem resignierten Seufzen fügte Matthew sich in das Unvermeidliche. »Dann beeil dich lieber, du weißt ja, wie unverschämt pünktlich sie immer sind.«

Einige Wochen später genoss Helena bei ihrem täglichen Ausritt die federnden Schritte, mit denen Arkali über den weichen Waldboden galoppierte. Es war so angenehm, dem ständigen Streit daheim zu entkommen, Helenas Ausritte glichen schon beinahe einer Flucht. Matthew hatte ihr vor einiger Zeit eröffnet, er wolle ein weiteres Kind, und hatte diesem Anliegen fortan höchste Priorität in seiner Abendplanung eingeräumt. Der Gedanke an eine weitere Schwangerschaft, mit allen dazugehörigen Begleiterscheinungen wie der ständigen Übelkeit, ihrer Unfähigkeit zu essen und als Krönung des Ganzen den Qualen der Geburt, war etwas, mit dem Helena sich zurzeit nicht anfreunden konnte. Nicht, dass sie keine Kinder mehr wollte, aber sie hätte gerne noch ein wenig gewartet. Warum durfte sie nicht einmal über ihren eigenen Körper selbst bestimmen? Zudem drängte Matthew sie mittlerweile, einen Spezialisten aufzusuchen, weil sie trotz seiner intensiven Bemühungen nicht in andere Umstände kam – vermutlich eine Folge ihrer Fehlgeburt. Er würde ihr zweifellos die täglichen Ausritte sofort verbieten, sobald sie wieder ein Kind erwartete, um das Risiko einer erneuten Fehlgeburt auszuschließen, und Helena verspürte nichts als hilflose Wut darüber, dass sie nichts anderes tun konnte, als abzuwarten, wie sich die Dinge entwickelten.
Es war derselbe Wald, in dem sie sich mit Alec getroffen hatte, und als sie über die Lichtung ritt, zog sich ihre Brust

schmerzhaft zusammen. Sie zügelte Arkali und sah in die Richtung, aus der er damals gekommen war. Ohne es zu wollen, lenkte sie Arkali auf den Weg, der zur Ruine der alten Kapelle führte. Es war das erste Mal nach sechs Jahren, dass sie den Weg wieder entlangritt, und eine Flut von Erinnerungen überrollte sie. Die Mauern erschienen in ihrem Blickfeld, und nun konnte sie auch das Plätschern des Baches hören.

An der Ruine angekommen, stieg sie ab und band Arkali an einen Baum. Die Bäume wölbten sich wie ein Dach über den verfallenen Mauern. Helena strich mit einer Hand über die moosbewachsenen Steine, blickte über den glitzernden Bach und trat in das, was einmal der Innenraum der Kapelle gewesen war. Sie ließ sich auf einem Mauervorsprung nieder, lehnte den Kopf zurück und sah in die Baumkronen. Langsam schloss sie die Augen.

Noch einmal zwanzig sein und in seinen Armen liegen, noch einmal spüren, wie die erste Liebe sich anfühlt, ehe sie von Bitterkeit vergiftet wird.

Die Berührung des Windes war wie eine Liebkosung, so als wiederhole sich plötzlich alles, so als werde Alec neben ihr stehen, wenn sie die Augen öffnete. Der Wind ließ die Blätter leise rascheln, geflüsterte Worte, schön und gleichzeitig bedeutungslos, Worte, deren Wert in der Zärtlichkeit lag, in der sie gesagt wurden.

Warum liebst du mich so sehr?

Helena schlug die Augen auf und setzte sich gerade hin. Sie war so sehr in Gedanken versunken gewesen, dass sie einen Moment lang glaubte, den Satz wirklich gehört zu haben. Sechs Jahre, dachte sie dann bitter, sechs Jahre, und es hatte sich nichts an meinen Gefühlen geändert.

Sie stand auf und ging zu Arkali zurück, die sie mit wachsam aufgestellten Ohren beobachtete. Zart strich sie über die seidigen Nüstern und den schimmernden Hals. Arkali wandte den Kopf und stieß sie leicht gegen die Schulter. Helena band die Zügel los, führte die Stute auf den Weg zurück und saß auf.

56

London

George unterzog Dianas Abendkleid einer kritischen Musterung. Er hatte es vor einer Woche in Auftrag gegeben und Unsummen dafür bezahlt, dass es rechtzeitig fertig wurde. Das Kleid war aus elfenbeinfarbener Seide und kontrastierte auffällig mit dem tiefschwarzen Haar und den dunklen Augen.
»George, bist du sicher, es ist eine gute Idee, mich heute Abend mitzunehmen?«, fragte Diana, während George ihr ein Halsband umlegte.
»Wenn ich anderer Meinung wäre, hätte ich wohl schwerlich diesen Vorschlag gemacht.«
»Was genau bezweckst du denn, George?« Ihr Blick wurde forschend. »Du weißt doch genau, du wirst damit nur einen Skandal heraufbeschwören.«
»Lass das nur meine Sorge sein.« George reichte ihr den Arm und führte sie zur Kutsche seines Vaters, die das Ashington-Wappen zierte. »Du bist doch sonst Abenteuern nicht abgeneigt, und heute Abend hast du die einmalige Gelegenheit, alles zu sehen, wovon du sonst nur gehört hast.«
»Ich dachte auch eher an dich als an mich selbst, meinetwegen kannst du mich jeden Abend auf einen Ball mitnehmen. Was ich nicht verstehe, sind deine Motive.«
George half ihr in die Kutsche. »Die erfährst du noch früh genug.«
Er hatte gehört, dass Florence Birmingham – oder de Beauchamp, wie sie jetzt hieß – wieder in London war und auf ebendiesem Ball sein würde.

Helena fand, dass Blanche einfach die perfekte Schwiegertochter für ihren Vater sein würde. Sie war ruhig, zurückhaltend, führte Unterhaltungen, ohne sich dabei in den Vordergrund zu drängen, und gab auch ansonsten in jeder Hinsicht das Bild der untadeligen Verlobten ab. Natürlich war sie auf jedem Ball an Calvins Seite, und Helena erinnerte sich an ihre eigene Verlobungszeit, als Matthew sie mit Besitzerstolz durch die Gästeschar geführt hatte und es vor jedem Ball einen Kampf mit ihren Eltern gab, weil sie ihn nicht begleiten wollte. Blanche hingegen hatte offensichtlich ihre reine Freude daran, an Calvins Arm von Feier zu Feier zu eilen. Von Besitzerstolz ließ Calvin aber – zumindest in Helenas Augen, die ihn gut genug kannte – wenig erkennen. Er war charmant und aufmerksam, aber seine Verlobte interessierte ihn nicht weiter. Blanche war recht hübsch mit dunkelbraunem Haar und ernsten blauen Augen, aber es war nichts an ihr, das sie besonders auszeichnete, und Helena fand sie eher langweilig.

Blanche sah in diesem Moment zu ihr hinüber und winkte ihr zu. Helena winkte zurück, dann wurde sie durch ein Raunen in der Nähe der Tür zum Nebensaal abgelenkt. George betrat in Begleitung einer jungen dunkelhaarigen Frau den Saal, und Helena stockte der Atem bei dem Gedanken, was ihr Bruder da offensichtlich heute Abend anzurichten gedachte. Bisher wusste sie nur vom Hörensagen von der schönen Geliebten ihres Bruders, und sie hätte nicht erwartet, ihr jemals persönlich, noch dazu auf einem öffentlichen Ball, zu begegnen. Helena löste ihren Blick von George und sah zu Calvin und Simon, die beide wie erstarrt zur Tür sahen. George führte seine bezaubernde Begleiterin zu seinem Bruder und seinem Cousin, und Helena, die ahnte, was er vorhatte, gesellte sich zu ihnen.

Es folgte eine allgemeine Begrüßung, und Blanche war sichtlich hingerissen von der unbekannten jungen Frau. Calvins Gesichtsausdruck verhärtete sich, aber er konnte nichts sagen, ohne einen Aufruhr heraufzubeschwören. George machte Blanche und Diana mit einem charmanten Lächeln miteinander bekannt.

Blanche hatte offensichtlich sofort Vertrauen zu Diana gefasst, denn sie bemühte sich, sie in ein Gespräch einzubeziehen. »Sind Sie schon länger in London, Miss Gaunt?«, fragte sie.

Diana lächelte. »Mein ganzes Leben schon.«

»Warum bin ich Ihnen noch nie auf einer Gesellschaft begegnet?«, fragte Blanche erstaunt.

»Weil Miss Gaunt einen anderen Bekanntenkreis hat als du, meine Liebe«, erwiderte Calvin an Dianas Stelle und warf George einen so finsteren Blick zu, als wolle er ihn ermorden. Helena fragte sich, ob Blanche die offensichtliche Verstimmung bei Calvin wirklich nicht bemerkte. Entweder sie war zu naiv und zu wenig menschenerfahren, oder aber – was unwahrscheinlich war – es war ihr egal. Ihr Blick begegnete dem Dianas, und Helena erkannte, dass diese ein diebisches Vergnügen an der Rolle hatte, die sie hier spielte.

Blanche sah Diana fasziniert an. »Kommen Sie, lassen wir die Männer doch ein wenig unter sich. Ich stelle Ihnen einige meiner Freundinnen vor.« Ihr Blick umfasste auch Helena und Olivia, die mittlerweile hinzugetreten waren. »Du entschuldigst mich?«, fragte sie Calvin.

»Aber sicher tut er das«, erwiderte George an Calvins Stelle. Calvin kochte sichtlich vor Wut, aber weil er in Blanches Gegenwart nicht gut etwas sagen konnte, nickte er nur knapp. Helena und Olivia schlossen sich Blanche und Diana an, und über Belanglosigkeiten plaudernd gingen sie durch den Saal.

»Kannst du mir mal sagen, was das soll?«, fragte Calvin wütend.
George zuckte ungerührt die Schultern. »Machst du dir Sorgen um ihren Ruf? Keine Sorge, nicht einmal, wenn jemand erfährt, woher Diana stammt, wird er annehmen, deine unschuldige kleine Blanche kenne sie daher.«
»Das spielt überhaupt keine Rolle«, erwiderte Calvin. »Was sind das für neue Sitten, dass die Schwester eines Lords und zukünftige Viscountess ihren Freundinnen auf einem Ball eine Hure vorstellt?«
»Eine pikante Situation«, gab George zu.
»Genieß es, George«, sagte Calvin kalt. »Wenn die eigene Verlobte von einem verlebten Lüstling unmöglich gemacht worden ist, dann hat man natürlich umso mehr Freude daran zu sehen, wie dasselbe mit den Verlobten anderer passiert, auch wenn es die des eigenen Bruders ist.«
George wurde blass. »Blanche unmöglich zu machen war wohl kaum meine Absicht.«
»Wie auch immer, sie kann sich auf etwas gefasst machen, sobald wir einen Moment unter vier Augen reden. Sie kann doch nicht wirklich keine Sekunde lang gemerkt haben, wie wenig mir ihre Vertrautheit mit Diana gefällt.«
Calvin sah mit zusammengekniffenen Lippen noch einmal in die Richtung, in die seine Verlobte gegangen war, und schwieg. Blanche selbst war ihm im Grunde genommen egal, aber er konnte nicht dulden, dass sie dem Namen schadete, den sie einmal tragen sollte.

Florence trat zu George auf die Veranda hinaus. Sie hatte erst überlegt, seinem Anliegen, sie allein zu sprechen, nicht zu folgen. Für einen kurzen Augenblick hatte sie die Erinnerung an die Abende durchzuckt, an denen die Begegnungen mit

George immer mit freudigen Erwartungen verknüpft waren. Seit dem entsetzlichen Abend mit Lord Murdoch hatte sie nicht wieder mit George gesprochen. Nun standen sie voreinander, und keiner von beiden wusste, wer den Anfang machen sollte.

»Warum hast du mir damals nicht erlaubt, dir alles zu erklären?«, brach George schließlich das Schweigen.

»Mein Vater hielt es so für das Beste«, erwiderte Florence. »Und mir war in den ersten Tagen nach diesem schrecklichen Ball alles egal.« Ein leichter Windhauch bauschte ihren Seidenschal auf. »Von Lord Murdoch angefasst zu werden«, sie erschauerte, »hat in mir wieder die ganzen entsetzlichen Erinnerungen an den Vorfall in der Schule geweckt.« Jetzt sah sie ihm direkt in die Augen. »Ich weiß, dass du nichts dafür konntest. Aber obwohl ich dich so geliebt habe, war es mir unmöglich, dich zu sehen oder mit dir zu sprechen, unabhängig von dem, was mein Vater angeordnet hatte.«

George nickte.

»George, du kannst dir dieses Gefühl der Schande nicht vorstellen, wenn du von allen Leuten in die Enge gedrängt wirst, neben dir dieser entsetzliche Mensch, der Lügen über dich verbreitet ... Alle haben mich angesehen, als wäre ich eine ... eine Hure. Ich habe schon angefangen, mich so zu fühlen, als sei ich wirklich eine.« Ihr Blick verschleierte sich. »Ich habe mich gefragt, wie es kommen konnte, dass mir so etwas zwei Mal passiert. Hatte ich die Männer, ohne es zu wollen, mit meinen Blicken gereizt? Oder den Eindruck erweckt, sie könnten von mir mehr verlangen als von anderen Mädchen? Ich wusste es nicht. Ich hatte nach dem ganzen Vorfall solche Angst, du würdest mich nicht mehr heiraten wollen, und als du dann immer noch zu mir gestanden hast, obwohl du alles wusstest, da war ich so erleichtert.« Sie schloss für einen

kurzen Augenblick die Augen. »In der Kutsche auf dem Weg nach Hause habe ich meinem Vater alles von uns erzählt.«
»Wie hat er reagiert?«, wollte George wissen.
»Er hat ja gesehen, wie du mit der ganzen Situation umgegangen bist, und von seiner Seite aus wärst du in unserer Familie willkommen gewesen, bis er dann die ganze Geschichte erfahren hat.«
»Ich hatte danach den schlimmsten Streit meines Lebens mit meinem Vater.«
»Das tut mir Leid, George. Ich wünschte, es wäre alles anders gekommen, aber mein Vater hatte Recht, unter diesen Umständen konnte ich keine Verbindung mit eurer Familie eingehen.«
George wandte seinen Blick ab und sah in den von Lampions beleuchteten Garten hinaus. Florence konnte sehen, wie sehr ihn ihre Entscheidung damals verletzt hatte.
Er wendete sich wieder an sie: »Wann hast du geheiratet?«
»Vor einem Jahr.« Florence lächelte verhalten. »Ich habe ihn in Paris kennen gelernt. Wir wohnen in Toulouse.«
Sie schwiegen wieder, und die Pause zog sich unangenehm in die Länge.
»Bist du glücklich?«, wollte George schließlich wissen.
»Armand ist ein wundervoller Mensch«, sagte Florence, und ihre Augen begannen zu leuchten. »Ja, ich bin glücklich.«
»Das freut mich«, sagte George aufrichtig. »Obwohl ich mir so sehr gewünscht habe, an seiner Stelle zu sein.«
»George, versteh mich nicht falsch, ich habe dich wirklich geliebt, aber jetzt liebe ich meinen Mann, und ich kann mir nicht wünschen, ihn niemals kennen gelernt zu haben. Ich habe ihm von Anfang an die ganze Wahrheit erzählt, und er hat mich verstanden. Er hat auch das mit dir verstanden und anfangs immer wieder gefragt, ob ich mir sicher sei, nicht zu

dir zurückzuwollen, aber da habe ich ihn schon zu sehr geliebt.«

Florence fuhr mit einem Finger die Muster in dem schmiedeeisernen Gitter entlang. »George, was hält dich noch hier?«

»Das weiß ich selbst nicht so genau. Weißt du, Florence, natürlich bedauere ich sehr, wie die Sache mit uns damals enden musste, aber ich gönne dir dein Glück wirklich. Umso mehr, weil ich weiß, was es für dich bedeutet hätte, die Schwiegertochter meines Vaters zu sein. Es mag sich anhören, als widerspreche ich mir selbst, aber im Grunde genommen war es doch so das Beste, wenn auch nicht für mich, so immerhin für dich.« Sein Blick verfinsterte sich.

»Letzten Endes ist es immer noch dein Leben, George, und wenn dein Vater es einmal geschafft hat, es nach seinen Wünschen zu lenken, dann sorg eben dafür, dass er das kein zweites Mal mehr schafft«, erwiderte Florence sanft.

George gab keine Antwort und sah auf den Gartenweg hinunter, der, von Lampions erleuchtet, durch den Garten führte und schließlich in der Dunkelheit verschwand. Das Licht wirkte dort nur noch wie ein feiner Schleier, unterbrochen von kleinen schattigen Tälern, wo die Sträucher zu dicht waren, als dass das Licht den Boden berühren konnte.

»George«, unterbrach Florence seine Gedanken, »ich muss allmählich wieder hinein, ehe es noch zu Gerede kommt. Die Leute sind zwar in Anbetracht von Armands gesellschaftlichem Rang ausnehmend freundlich, aber sie erinnern sich.« Sie lächelte ihm zum Abschied noch einmal zu und ging in den Saal zurück.

George sah ihr nicht nach, sondern hielt seinen Blick in den Garten gerichtet. Was hielt ihn noch hier? Eine gute Frage, und es wurde Zeit, sich eine Antwort darauf zu überlegen.

57

Kalkutta

Licht. Es schimmerte durch seine geschlossenen Augenlider, ließ die Dunkelheit zu flimmernden Punkten werden. Gleißendes Licht, kein verstaubter Strahl, der durch ein faustgroßes Fenster fiel. Das Licht vertrieb die letzten Schatten dessen, was Alec nun eindeutig als Traum erkennen konnte, weil es von der Benommenheit des Erwachens verdrängt wurde. Wenn er die Augen öffnete, dann wäre er daheim in seinem Zimmer und nicht in einer Zelle. Statt der Ausdünstungen ungewaschener Körper wehte ihm der zarte Jasminduft, mit dem Jalna ihr Haar parfümierte, entgegen. Jalna? Er öffnete zögernd ein Auge und sah eine zierliche Gestalt, die lautlos durch das Zimmer lief.

Hinter dem Fenster zeigte sich das erste Frühlicht des Tages, und Alec fragte sich, was Jalna sich dabei dachte, seinen freien Tag damit zu beginnen, im Morgengrauen die Vorhänge zu öffnen und ihn damit um die Möglichkeit zu bringen, auszuschlafen.

Als hätte sie seinen Blick gespürt, drehte Jalna sich zu ihm um. Ihr Haar hing ihr glatt wie ein seidener Umhang um die Schultern bis auf die Hüften, und sie bewegte sich mit der Anmut einer Gazelle. Alec schloss die Augen wieder. Dieser personifizierten Verführung war er so früh am Morgen noch nicht gewachsen. Woher hatte Jalna bloß immer das Gespür für den richtigen Zeitpunkt?

»Guten Morgen, Sahib.«

Zu spät, den Schlafenden zu mimen. Alec öffnete die Augen-

lider und sah in ein Paar dunkle Rehaugen. »Warum hast du mich geweckt?«
»Du hast schlecht geträumt, Sahib. Ich stand im Flur, als ich dich schreien gehört habe.«
»So?« Er blinzelte gegen das Sonnenlicht. »Zieh den Vorhang wieder zu, ich bin erst spät eingeschlafen.«
»Du würdest direkt wieder schlecht träumen, Sahib.«
»Ich werde das Risiko dennoch in Kauf nehmen, also tu, was ich sage, und dann geh bitte.«
Jalna lächelte ihn an, was ihn misstrauisch machte, und schloss dann erstaunlich fügsam die Vorhänge. Anstatt das Zimmer danach jedoch zu verlassen, kam sie wieder zu ihm zurück.
»Ich rufe dich, wenn ich etwas brauche, du kannst gehen«, sagte er.
Jalna ließ sich neben ihm nieder und beugte sich leicht vor, so dass ihr schweres Haar auf seine Brust fiel.
Nicht am frühen Morgen, dachte er, nicht, wenn ich so müde bin wie jetzt und praktisch Wachs in ihren Händen.
Mit sicherem Gespür hatte Jalna wieder einmal erkannt, wann der Moment ihr gewogen war.

Alec erwachte mit dem Gefühl, die Hand in weicher Seide vergraben zu haben. Er wandte den Kopf und sah das lange schwarze Haar, in das er im Schlaf seine Finger geschlungen hatte, und das Gefühl von Entspannung, das er beim Erwachen verspürt hatte, wich dem Ärger über die Impertinenz seines Dienstmädchens. Jalna hatte sich in den letzten Wochen mehr und mehr wie die Hausherrin aufgespielt und seine Haushälterin und den Koch herumkommandiert – wohlweislich nur dann, wenn er selbst nicht daheim war. Als die beiden sich bei ihm beschwerten, hatte Alec Jalna zurechtgewiesen und, um weiteren häuslichen Ärger zu vermeiden, seine Affäre mit ihr endgültig beendet. Über mehrere Wochen hatte er es tunlichst vermieden, sie auf seinem Zimmer zu empfangen, was sie schmollend hinnahm – bis heute morgen.

Seine Schwäche leise verwünschend, befreite Alec seine Hand von ihrem Haar und versetzte ihr einen unsanften Klaps auf die Schulter. »Steh auf!«, befahl er.

Jalna schlug die Augen auf, blinzelte kurz und drehte sich dann mit dem Gesicht zu ihm. Ihre dunkelroten Lippen teilten sich zu einem Lächeln. Alec wandte den Blick ab und griff nach seinem Morgenmantel.

»Guten Morgen, Sahib«, sagte Jalna mit melodischer Stimme.

»Das ist Ansichtssache«, knurrte Alec und stand auf. Ein Blick aus dem Fenster zeigte ihm, dass es bereits später Vormittag sein musste. Die Alpträume waren nicht wieder zurückgekehrt, und alles in allem hatte er gut geschlafen. Doch jeglicher Erholungswert der Nacht wäre sofort verloren, wenn ihm Jalnas Tiraden und Tränen wohlmöglich gleich wieder ins Haus standen. Er hörte das leise Rascheln, als sie sich anzog.

»Soll ich dir ein Bad bereiten?«, fragte sie.

»Nein, das mache ich selbst«, erwiderte Alec unfreundlich. »Sag Radha Bescheid, dass ich in einer halben Stunde frühstücken komme.«

»Ich werde dir dein Frühstück machen, Sahib.«

»Radha wird es machen«, widersprach Alec ihr. »Du tust besser daran, mir erst mal nicht unter die Augen zu treten.«

Jalnas Gesicht verzog sich trotzig. »Aber du wolltest das doch auch.«

»Um es nicht zu wollen, nachdem du dich nackt in mein

Bett gelegt hast, müsste ich ein Monolith sein und kein Mann.« Alec ärgerte sich über seine eigene Schwäche ebenso wie über Jalna, weil sie diese Schwäche so gezielt ausgenutzt hatte.

»Du hättest Nein sagen können«, beharrte Jalna.

»Und du hättest meine Entscheidung respektieren können.«

»Aber ich …«

»Kein weitere Diskussion«, fiel Alec ihr ins Wort.

Jalna verließ beleidigt den Raum.

Der restliche Vormittag verging schnell, und zum Mittagessen traf Alec sich mit einem Freund, den er während seiner Rückreise von seinem letzten Englandaufenthalt kennen gelernt hatte. Als er abends nach Hause kam, überlegte er kurz, Trevor zu besuchen, ließ den Gedanken dann aber fallen und entschied sich, stattdessen Unterlagen durchzuarbeiten, was er schon lange vor sich herschob, weil er sonst nie die Zeit dazu fand.

Am nächsten Morgen musste Alec sich eingestehen, dass der freie Tag Wunder gewirkt hatte und er sich wesentlich besser fühlte als während der letzten Monate. Mr. Seymour kam ihm entgegen, als er die Treppe hochkam und in sein Arbeitszimmer gehen wollte.

»Alec«, begrüßte Mr. Seymour den Jüngeren. »Ich hatte die Hoffnung, ein freier Tag würde in dir endlich einmal die Lust auf Urlaub wecken.«

»Was soll ich denn alleine mit Urlaub anfangen?«

Mr. Seymour machte eine nachsichtig abwinkende Geste, wie jemand, der ein und dasselbe Thema bis zur Erschöpfung mit einem hoffnungslosen Fall durchgesprochen hatte.

»Ich habe übrigens etwas für dich«, sagte er und deutete mit der Hand den Korridor entlang in die Richtung, in der Alecs

Arbeitszimmer lag. »Ein Angebot eines Geschäftsmannes, der in den letzten Jahren ziemliches Pech gehabt hat. Ich habe es mir durchgelesen und muss sagen, dass es mir nicht besonders zugesagt hat. Vielleicht kannst du dem Ganzen ja eine gute Seite abgewinnen, die mir bisher entgangen ist. Eigentlich wollte Trevor das machen, aber er kommt heute später, weil Betty wieder krank ist.« Elizabeth war Trevors älteste Tochter und seit einer Scharlacherkrankung vor einem Jahr immer wieder krank.

In seinem Arbeitszimmer nahm Alec die Unterlagen zur Hand, von denen Mr. Seymour gesprochen hatte, und studierte sie, wobei sich seine Stirn immer mehr umwölkte. Das Ganze war ein riskantes Unternehmen seitens eines Mannes, der nicht viel Ahnung hatte von dem, was er da plante, und den allein der finanzielle Druck antrieb. Natürlich konnte es sehr einträglich sein, Tee in den Bergen anzubauen, vorausgesetzt, man verstand etwas davon, immerhin war die Konkurrenz groß. Dieser Mann, der ein Konzept dafür entwickelt zu haben glaubte, verstand vielleicht etwas vom Teehandel, aber nicht davon, die richtigen Anbaugebiete zu finden.

Alec blätterte die Papiere stirnrunzelnd durch, bis er am Ende der Seiten auf den Namen des Verfassers stieß und zunächst stutze und dann blass wurde. Charles Morton. Charles, sein Jugendfreund und Kamerad, der nichts mehr mit ihm hatte zu tun haben wollen, als er einen Freund bitter nötig gehabt hätte. Das Blut rauschte in seinen Ohren, als Alec sich selbst vor sich sah, wie er zerlumpt und abgerissen, ein menschliches Wrack, an der Wand vor Charles' Haus auf dem Boden gesessen hatte und das erste Mal nach zehn Jahren die Sterne wiedersah.

Er war erleichtert darüber, seine Meinung zu dem Vorhaben

bereits gefasst zu haben, ehe er wusste, von wem das Schreiben stammte, so dass er sich keine Vorwürfe machen musste, subjektiv geurteilt zu haben. Sorgsam legte er die Blätter auf den Tisch und goss sich Wasser aus einer Karaffe ein.

58

London

Amelia kam am Vormittag mit einem Brief von George in Helenas Zimmer, den Helena erstaunt und mit einem leichten Anflug von Unruhe entgegennahm. Es sah George nicht ähnlich, ihr zu schreiben. Zwar besuchte er sie seit Jeromes Tod öfter, so als habe er das Gefühl, er sei es seinem toten Bruder schuldig, sich mehr um die gemeinsame Schwester zu kümmern, aber selbst diese Besuche waren überaus selten.

Helena faltete den Brief auseinander und las die kurze Nachricht stirnrunzelnd.

Hol mich heute Mittag vom Ministerium zum Mittagessen ab. Ich muss mit dir reden. George.

Matthew würde frühestens abends wiederkommen, das hatte er bereits angekündigt, und sie wusste auch nicht, wo er sich aufhielt, so dass sie ihm keine Nachricht würde zukommen lassen können, um seine Einwilligung einzuholen. Georges Brief hatte sich dringend angehört, und er bat sie so selten um etwas.

Helena läutete nach Amelia. »Ich muss meinen Bruder George treffen.«

Amelias Gesicht wurde besorgt. »Ist etwas passiert?«

»Das weiß ich auch nicht, deshalb muss ich ihn ja sehen.«

Eine halbe Stunde später ließ Helena anspannen und fuhr nach Whitehall, ins Regierungsviertel, und holte George ab.

»Schön, dass du dir Zeit genommen hast«, sagte George, als

sie wieder in der Kutsche saßen. Er lehnte sich mit einem Seufzer zurück. »Wo möchtest du essen?«
»Das überlasse ich dir.« Sie bemerkte die Anspannung, die sich hinter seiner scheinbar guten Laune verbarg.
George entschied sich für ein Gasthaus, in dem in erster Linie der gehobene Mittelstand verkehrte. Obwohl Helena darauf wartete, dass er endlich zu seinem eigentlichen Anliegen kam, drängte sie ihn nicht. Die Unterhaltung drehte sich daher nur um Belanglosigkeiten, bis George beim Dessert endlich auf sein Anliegen zu sprechen kam.
»Ich habe heute meinen Posten im Ministerium gekündigt.«
Helena sah ihn erstaunt an. »Aber du warst doch immer zufrieden dort. Möchtest du etwas anderes machen?«
»Ganz recht, aber nicht hier, damit meine ich, nicht in England.« George sah konzentriert auf seinen Dessertteller. »Ich gehe fort, Helena, und ich komme nicht wieder zurück.«
Im ersten Augenblick konnte Helena nicht glauben, dass er wirklich meinte, was er sagte. »Wo willst du denn hin?«, war schließlich alles, was ihr als Erwiderung einfiel.
George sah von seinem Teller hoch in ihr Gesicht, und es fiel ihm sichtlich schwer zu antworten. »Ich habe mir lange überlegt, was ich tun und wo ich hingehen soll, aber am Ende habe ich mich entschieden – nicht nur für das Land, in das ich gehen werde, sondern auch dafür, es niemandem von euch zu nennen.«
»Du willst mir nicht sagen, wo du hingehst?«, fragte Helena ungläubig. »Wenn du es Vater nicht sagen willst, dann kann ich es ja noch verstehen, aber mir kannst du doch vertrauen.«
George legte seine Hand auf die ihre. »Das weiß ich doch, Helena.« Er suchte nach den richtigen Worten. »Ich will alles

hinter mir lassen. Selbst dich. Es tut mir Leid, Helena, sei mir nicht böse.«
»Was soll ich ohne dich tun?«
»Du? Du hast dein eigenes Leben. Bisher hast du es besser gemeistert als wir anderen.«
Helena erlaubte sich ein bitteres Lachen. Was wusste er schon? »Du kannst mich hier nicht alleine lassen.«
»Es geht hier um mein Leben Ich kann so nicht mehr weitermachen. Und da sagst du mir, ich dürfte dich nicht alleine lassen?« Eine Spur von Gereiztheit hatte sich in Georges Stimme geschlichen. »Was Vater Florence und mir damals angetan hat, kann ich weder verzeihen noch vergessen. Es wird Zeit, mit alldem hier endlich Schluss zu machen und mein eigenes Leben aufzubauen.«
»Dann sag mir wenigstens, wo du hingehst, damit ich nicht das Gefühl habe, dass du ganz aus meinem Leben verschwindest.« Aus Helenas Stimme klang reine Verzweiflung.
»Nein, Helena, das habe ich dir bereits erklärt. Mutter und Vater werde ich es heute Abend mitteilen.«
»Und wie willst du Mutter das alles beibringen?«
Zwischen Georges Brauen bildete sich eine steile Falte. »Mutter hätte Vater nie von der Sache mit Florence' Schule unterrichten dürfen oder über die Klatschgeschichten von Mrs. Hawthorne.« Er biss sich kurz auf die Lippen. »Aber es ihr zu sagen wird trotzdem schwer«, schloss er.
Helena rollte ihren vergessenen Dessertlöffel zwischen den Fingern hin und her. »Ich kann dich nicht auch noch verlieren, George.«
»Ich verspreche dir, zu dir zurückzukommen, sobald ich mir ein eigenes Leben aufgebaut habe, aber bis es so weit ist, warte nicht darauf.«
»Wer weiß, wie viele Jahre das dauern wird. Vielleicht lebe

ich ja bis dahin gar nicht mehr in London.« Das war zwar abwegig, aber immerhin möglich.
»Du bist meine kleine Schwester, und ich liebe dich. Ich würde dich überall finden.«
Helena brachte George zurück zum Ministerium. Es war nicht der Moment für große Abschiedsszenen, und keiner von ihnen hatte das Verlangen danach. Helena, weil sie es nicht ertragen hätte, George, weil er Angst vor der Wunde hatte, die es schlagen würde.
Sie sahen sich an, ehe er ausstieg, und einen Moment lang saugten sich ihre Blicke fest, so als wollten sie sich die Gesichtszüge des jeweils anderen einprägen. George drehte sich abrupt um und stieg aus der Kutsche. Als er ihr den Rücken zuwandte und über die Straße gehen wollte, öffnete Helena den Kutschenschlag noch einmal.
»George!«, rief sie.
Er drehte sich um.
»Ich hatte nur Angst, dein Gesicht zu vergessen«, sagte sie.
George kam zu ihr zurück. Behutsam folgte er mit dem Finger den Verlauf einer Träne auf ihrer Wange, dann zog er sie kurz an sich und küsste sie. Er trat zurück und ging über die Straße, ohne sich noch einmal umzudrehen.

59

KALKUTTA

Charles hatte sich äußerlich kaum verändert, seit Alec ihn das letzte Mal gesehen hatte, außer dass er vielleicht ein wenig hagerer geworden war. Während Alec natürlich bereits auf das Treffen vorbereitet war, hatte Charles erst, als er im Kontor ankam, erfahren, mit wem er seine Verhandlungen führen würde. Er bemühte sich sichtlich um Fassung, als er Alecs Arbeitszimmer betrat.

»Alec …«, stammelte er. »Es ist lange her.«

»Das ist es, alter Freund«, sagte Alec unbewegt.

»Wer hätte geahnt, dass wir uns einmal auf diese Art und Weise wiedersehen.«

Alec deutete ein distanziertes Lächeln an. »Wohl nur jemand mit einem Sinn für bizarren Humor.« Er deutete auf einen Stuhl. »Setz dich doch. Ich habe mir deine Unterlagen bereits gründlich durchgelesen.«

Charles wusste offensichtlich nicht, wie er Alecs Verhalten einordnen sollte. »Und was hältst du davon?«

Alec lehnte sich zurück, den Blick aufmerksam auf das Gesicht seines Gegenübers gerichtet. »Du hast keinerlei Finanzierungspläne?«

Charles leckte sich nervös über die Lippen. »Die Bank gibt mir kein Geld mehr.«

»Eigenkapital?«

»Keins mehr. Die Geschäfte liefen nicht besonders gut in letzter Zeit.«

»Nicht besonders gut oder schlecht?«

»Ich hatte einige gute Investitionen getätigt, aber durch eine Fehlkalkulation habe ich mein Eigenkapital verloren.«

Alec nahm eine Schachtel mit Zigarren und bot sie Charles an, der dankend annahm. Bedachtsam reichte er seinem früheren Freund Schwefelhölzer und zündete sich dann selbst eine Zigarre an. Es war offensichtlich, dass sich Charles nicht wohl in seiner Haut fühlte. Alec spürte sein Unbehagen, tat aber seinerseits nichts, um ihm die Situation zu erleichtern.

»Die alten Geschichten«, setzte Charles an, den kurzen Moment des Schweigens nutzend, »die sind doch vergessen, oder nicht?«

»Falls du mit den alten Geschichten die Zeit unserer Freundschaft meinst, dann kann ich dir bestätigen, dass sie von dem Moment an vergessen war, als ich dich das letzte Mal gesehen habe«, entgegnete Alec.

»Du musst auch meine Situation damals verstehen. Ich hatte so viel zu verlieren«, verteidigte sich Charles.

»Was ja am Ende auch ohne Bekanntschaft mit mir geschehen ist.«

»Versetz dich doch einmal in meine Situation«, auf Charles' Gesicht erschienen rote Flecken, »du kamst aus dem Gefängnis, du sahst schlimmer aus als ein Straßenbettler, und ich musste auf meinen Ruf achten.«

»Ich war einmal dein Freund, du hättest so viel Herz im Leib haben können, mich nicht auf der Straße stehen zu lassen«, wandte Alec ein. »Ich mache es dir nicht zum Vorwurf, dass selbst du geglaubt hast, ich hätte gestohlen, aber deine Herzlosigkeit kann ich dir nicht verzeihen.« Alecs vergessene Zigarre verglomm zwischen seinen Fingern.

»Ich kann dir nicht mehr sagen, als dass es mir Leid tut«, wandte Charles ein. Er biss sich auf die Unterlippe. »Ich war gerade dabei, mir alles aufzubauen, da hatte ich einfach

Angst, die Leute würden reden, wenn ich Bekanntschaft mit einem verurteilten Verbrecher pflege.«

»Du bist gerade dabei, ebendiese Bekanntschaft wiederaufzubauen.«

»Aber jetzt ...«

»Jetzt kümmert es die Leute nicht mehr, weil ich wieder gesellschaftsfähig bin«, fiel ihm Alec ins Wort.

Charles gab ihm keine Antwort, aber der Ausdruck auf seinem Gesicht war beredt genug.

»Die Leute haben gesehen, wie sich sogar mein einstmals bester Freund von mir abwendete, es war also kein Wunder, dass sie sich ebenfalls so verhalten haben. Aber lassen wir das Ganze«, schloss Alec. »Letzten Endes ging es ja glücklicherweise auch ohne deine Hilfe ganz gut.«

Es war Charles anzusehen, dass er am liebsten nach den näheren Umständen gefragt hätte, die zu der Wende, die Alecs Leben genommen hatte, geführt hatten, es aber dann wohl nicht wagte zu fragen.

»Kommen wir zum Geschäftlichen«, begann Alec. »Wie stellst du dir die Finanzierung des gesamten Projektes vor?«

In Charles' Gesicht malte sich offensichtliche Verwunderung darüber ab, dass Alec es überhaupt noch in Erwägung zog, das Anliegen mit ihm zu diskutieren. »Die Finanzierungspläne habe ich alle aufgeführt«, sagte er.

»Sie sind inakzeptabel. Hast du sonst keine weiteren Vorschläge?«

»Wenn sich das Ganze als rentabel herausstellt«, argumentierte Charles, »dann könntet ihr das Zehnfache von dem, was ihr investiert habt, herausholen.«

»Du sagst es: wenn. Wenn es sich aber als unrentabel herausstellt, dann bleiben wir auf den Kosten sitzen.«

»Sieh mal, Alec«, Charles zupfte nervös an seinem Kragen, so

als fühle er sich eingeschnürt. »Ihr investiert, ich organisiere alles, und dafür bekommt ihr den höheren Prozentsatz der Einnahmen. Ich kann euren Anteil noch hinaufsetzen, wenn du ihn als zu gering ansiehst.«
»Damit hat das nichts zu tun. Du hast bei der ganzen Sache nichts zu verlieren, wir dagegen schon. Erstens«, Alec hob die Hand und zählte an den Fingern ab, »hast du von Teeanbau nicht die geringste Ahnung, du müsstest also Fachkräfte einstellen, die natürlich auf unsere Kosten arbeiten würden. Zweitens sind die Anbaugebiete, die du ins Auge gefasst hast, nicht besonders gut. Es hätte dich stutzig machen müssen, dass niemand dort anbaut, obwohl der Teeanbau in den umliegenden Gebieten floriert. Du bist mit Sicherheit in all den Jahren nicht der Erste, der auf dieses Stück Land aufmerksam geworden ist, frag die Leute aus den Bergen, warum gerade dieser Teil gemieden wird. Drittens würde es unserem Ruf erheblich schaden, ein Projekt zu finanzieren, das schon von Anfang an zum Scheitern verurteilt ist. Man würde zu Recht unseren Sinn für rentable Geschäfte in Frage stellen.«
Charles presste die Lippen zu einem schmalen Strich zusammen. »Es war von vornherein klar, wie du entscheiden würdest.«
Alec lächelte kalt. »Mein Entschluss stand fest, ehe ich wusste, wer dieses Angebot geschrieben hat. Mr. Seymour war derselben Meinung, nachdem er die Papiere durchgelesen hatte.«
»Während du im Gefängnis warst«, versuchte Charles es noch einmal, »habe ich mich darum gekümmert, dass dein Vater ein anständiges Begräbnis bekommt.«
»Als mein damaliger bester Freund, als Sohn eines von Vaters Freunden und als nächster Nachbar war es doch wohl das Mindeste, ihn nicht tot in seiner Wohnung liegen zu

lassen«, entgegnete Alec und legte die Blätter, die er zur Hand genommen hatte, wieder auf den Schreibtisch zurück. Die leichte Bewegung der Luft, die dadurch entstand, ließ etwas Asche im Aschenbecher aufwirbeln. »Wie war es, als er es erfahren hat?«

Erleichtert, über etwas reden zu können, bei dem er sich sicher fühlte, begann Charles zu erzählen. »Er hatte den ganzen Tag auf dich gewartet und abends mehrfach bei uns angefragt, ob wir wüssten, wo du bist. Die ganze Nacht hat er gewartet, und als du morgens noch nicht zu Hause warst, ist er zur Polizei gegangen, weil er Angst hatte, dir könnte etwas zugestoßen sein. Die diensthabenden Polizisten haben alles aufgenommen, aber seinem Anliegen nicht besonders viel Aufmerksamkeit geschenkt. Es ist ja nicht ungewöhnlich, dass Jungen in dem Alter plötzlich der Hafer sticht und sie von daheim fortlaufen. Nach ein paar Tagen hat dein Vater die Nachricht bekommen, du seiest als Dieb verurteilt worden.«

»Nach ein paar Tagen?« Alec hatte noch am selben Tag, an dem er verhaftet worden war, erfahren, der angebliche Prozess läge bereits hinter ihm.

»Ganz recht. Dein Vater weigerte sich zunächst, das zu glauben, aber ihm wurde gesagt, man habe das Diebesgut bei dir gefunden. Er wollte dich sehen, um alles von dir selbst zu hören, erhielt jedoch keine Erlaubnis dazu, und der Richter, der das Verfahren geleitet hat, wollte ihn ebenfalls nicht empfangen. Dein Vater ist abends nach Hause gekommen und hat geweint, und als ich ihn am nächsten Morgen besucht habe, war er tot, wahrscheinlich das Herz.« Charles' Stimme hatte einen beklommenen Klang angenommen.

Alec antwortete nicht, sondern sah starr auf die polierte Tischplatte, dann hob er den Blick. »Hat er es geglaubt?«

»Es war so, Alec«, sagte Charles, der sich sichtlich unwohl fühlte, »angeblich sollst du etwas aus dem Haus von Lord Livingston entwendet haben. Man hatte die entsprechenden Gegenstände bei deiner Verhaftung bei dir gefunden. Es war so eindeutig.«

»Ob er es geglaubt hat, habe ich gefragt.«

»Ich weiß nicht, ob er es geglaubt hat oder nicht, aber er war sehr unglücklich. Er hat dich so geliebt, dass er es sicher durchgestanden hätte, wenn er es ihm nur ab und zu erlaubt worden wäre, dich zu sehen.«

Ich werde es nie erfahren, dachte Alec, und eine ohnmächtige Wut erfüllte ihn. Hätte er den Menschen, der für all das verantwortlich war, jetzt vor sich gehabt, mit bloßen Händen würde er alles Leben aus ihm herauswürgen. Er senkte den Kopf, um den Schmerz in seinen Augen zu verbergen, sammelte sich und sah Charles dann wieder an, sein Blick verschlossen wie immer, wenn seine Gefühle in Gegenwart anderer Leute über ihn hereinbrachen und er sie nichts davon merken lassen wollte.

»Willst du wirklich, dass ich Mr. Seymour die Unterlagen noch einmal vorlege?«, fragte er.

»Ja, das wäre mir auf jeden Fall lieber«, stotterte Charles, verwirrt von dem plötzlichen Themenwechsel.

»Damit sprichst du mir die Fähigkeit ab, geschäftliche Entscheidungen von privaten Belangen zu unterscheiden, aber sei's drum.« Alec stand auf und deutete Charles mit einer Handbewegung an, ihm zu folgen. Er führte ihn zu Mr. Seymours Büro, erklärte diesem das Anliegen und ließ Charles mit ihm allein. Mr. Seymour hatte zunächst etwas befremdet reagiert, sich dann aber mit der Versicherung, alles später genauer erklärt zu bekommen, zufrieden gegeben.

Alec betrat das Lagerhaus, als die untergehende Sonne den Himmel zinnoberrot färbte. Das Licht, das durch die Fenster fiel, war von einem intensiven Gold und ließ die bunten seidenen Ballen, die auf ihren Transport warteten, in strahlenden Farben aufflammen. Er betrachtete die Stoffe, ging durch das Lager mit den Teekisten, die das unverwechselbare Aroma malziger Assamtees verbreiteten, und sah dem geschäftigen Treiben der Arbeiter zu, die ihn im Vorbeigehen grüßten und das eine oder andere Wort mit ihm wechselten. Obwohl das Lagerhaus nicht mehr zu seinem Aufgabenbereich gehörte, kam Alec regelmäßig hierher, um zu sehen, wie die Verschiffungen vorangingen.
Jetzt jedoch war er gekommen, um sich eine Weile rar machen zu können und niemandem Erklärungen abgeben zu müssen. Gedanken an seinen Vater marterten Alec, und er wusste, er würde in der nächsten Zeit keine Ruhe finden, wie jedes Mal, wenn die Schleusen der Erinnerung aufbrachen. Zwar hatten sich die Türen des Gefängnisses für ihn geöffnet, in Wahrheit war er ihm jedoch nie entronnen. Und selbst wenn er es eine Zeit lang schaffte, die Erinnerungen an jene Zeit zu verdrängen, so hielten sie sich doch nur tückisch im Hintergrund, auf eine Gelegenheit wartend, erneut über ihn herzufallen, meistens im Schlaf, wenn er wehrlos war.
Mit dem Lagerhaus verknüpfte Alec nur gute Erinnerungen. Als er es das erste Mal betreten hatte, nahm sein Leben eine Wende zum Besseren. Hier war er nach zehn Jahren Gefängnis wieder wie ein Mensch behandelt worden. Es war eine Herausforderung gewesen, sich zu beweisen, und er hatte sie gemeistert.
Der Duft von Gewürzen hing in der Luft, als Alec durch einen weiteren Lagerraum ging. Er genoss es, das Leben mit allen Sinnen wahrzunehmen, und manchmal schloss er sogar

die Augen, um es intensiver schmecken und riechen zu können. Wenn er die Augen dann wieder öffnete, hatte er das Gefühl, mehr zu sehen als zuvor.
Wie so oft, wenn ihn die Gedanken an die Vergangenheit einholten, musste er plötzlich auch an Helena denken und fragte sich, ob sie jemals wieder ihr Leben intensiv gelebt und wirkliche Freude verspürt hatte. Den Blick auf die raue Wand vor sich gerichtet, sah er sich und Helena an ihrem letzten gemeinsamen Nachmittag in Essex vor sich, ehe er sie verlassen hatte. Sah noch einmal ihre Augen, die dunkel waren von einer Leidenschaft, die sie selbst nicht in sich vermutet hatte. Helena hatte Recht gehabt: Er hatte nur genommen, ohne ihr das Geringste zurückzugeben. Sie war von allen Frauen, die er jemals kennen gelernt hatte, diejenige, die eine solche Behandlung am wenigsten verdiente. Nie hatte er eine Frau so schlecht behandelt oder sie auf eine Art verlassen, wie er es bei Helena getan hatte. Dabei war sie die Einzige, die wirklich unschuldig gewesen war.
Aus den Augenwinkeln sah Alec, wie jemand durch die Tür des Lagerraumes kam, und wandte sich um.
»Guten Abend«, begrüßte ihn Trevor. Er sah überanstrengt aus, und Sorgenfalten zeichneten sich um seinen Mund ab.
»Guten Abend. Wie geht es Elizabeth?«, fragte Alec.
»Etwas besser. Der Arzt meinte, es müsste in den nächsten Tagen wieder aufwärts gehen, so war das bei ihren bisherigen Krankheitsschüben auch.« Trevor lehnte sich mit dem Rücken an einige hochgestapelte Kisten. »Ich habe heute meine ganze Arbeit auf dich abgewälzt, tut mir Leid.«
Alec zuckte mit den Schultern. »Nicht der Rede wert. Wird es nicht irgendwann einmal besser mit Elizabeth?«
»Das weiß Gott allein. Laut der Ärzte ist kein dauerhafter Schaden festzustellen, aber sie wird trotzdem immer wieder

krank. Victoria und ich haben schon daran gedacht, sie nach London zu Verwandten zu schicken. Vielleicht würde eine Luftveränderung ihr gut tun, außerdem gibt es dort Spezialisten, die sie aufsuchen könnte. Möglicherweise ist es ja nicht einmal etwas Körperliches. Aber was könnte sie so sehr belasten, dass es ihren Körper derart schwächt?« Trevor verschränkte die Arme vor der Brust. »Eine unsinnige Frage, ich weiß. Vielleicht schicke ich Victoria wirklich mit ihr zu meinen Eltern nach London, ich selbst kann ja nicht ohne weiteres für länger von hier fort. Was ist mit dir?«, wechselte er das Thema. »Du siehst heute auch nicht gerade besonders glücklich aus.«

Alec massierte eine Verspannung in seinem Nacken. »Das ist eine längere Geschichte.«

Trevor verstand den Wink und fragte nicht weiter.

»Ist es dir recht, wenn ich heute früher Schluss mache?«, fragte Alec.

»Ob es mir recht ist?« Trevor musste lachen. »Seit einer Ewigkeit versuche ich dich davon zu überzeugen, dass selbst du gelegentlich mal Erholung brauchst. Jetzt nimmst du dir endlich aus eigenem Antrieb einen Tag frei und möchtest am nächsten Tag früher gehen – und da fragst du mich, ob es mir recht ist?« Er klopfte ihm auf die Schulter. »Geh nur.«

Es war weniger das Bedürfnis nach Erholung, welches hinter Alecs Bitte stand, als vielmehr das, sämtlichen Gesprächen aus dem Weg gehen zu können. Außerdem brauchte Alec etwas Zeit für sich, um das, was Charles ihm gesagt hatte, noch einmal in Gedanken durchzugehen.

Als Alec aus dem Lagertor auf die Hafenstraße trat, umfing ihn der vertraute Geruch nach Meerwasser, Fisch, Unrat, und über allem hing das Aroma der unterschiedlichsten Gewürze. Der Ganges war ein dunkles Band, das sich zwischen den schlammigen Ufern erstreckte. Schiffe lagen vor Anker, abgetakelt, die Masten in den Himmel gereckt. Die Dämmerung war schnell in Dunkelheit übergegangen, die jetzt nur noch von Laternen und dem schwachen Licht, das durch die offenen Lagertore am Hafen und die Fenster der Häuser nach draußen fiel, durchbrochen wurde. Alec schlug den Weg zur Straße ein, die ihn aus dem Hafenviertel hinausführte, und tauchte in der Dunkelheit der kleineren Gassen unter.

60

London

Ach, George«, sagte Arthur Ashington, als sein Sohn den Salon betrat, wohin seine Eltern sich nach dem Abendessen zurückgezogen hatten. »Gut, dass du endlich doch noch den Weg nach Hause gefunden hast. Wo warst du in den letzten Tagen nach deinem blamablen Auftritt auf dem Ball der Percys?«

George setzte sich mit aufreizender Nonchalance auf einen Sessel in der Nähe des Fensters und schlug die Beine übereinander. »Wo ich war?«, fragte er lächelnd. »Möchtest du wirklich, dass ich dir das in Gegenwart meiner Mutter sage?«

Arthur Ashington lief rot an vor Wut. »In Anbetracht deines skandalösen Verhaltens ist eine solche Impertinenz wohl fehl am Platze. Ich werde mir das nicht länger mit ansehen, George.«

»Das ist auch nicht nötig Vater, denn ich werde London verlassen.«

»Verlassen?«, frage Eleonore. »Wo willst du denn hin?«

»Das ist meine Sache, auf jeden Fall weit genug fort, um mein eigenes Leben zu leben.«

»Was ist denn das schon wieder für eine hirnverbrannte Idee?«, wollte Lord Ashington wissen.

George zuckte mit den Schultern. »Nenn es, wie du möchtest, aber mein Entschluss steht fest. Albert packt bereits meine Sachen, das habe ich sofort veranlasst, als ich nach Hause gekommen bin.«

»Willst du uns nicht wenigstens sagen, wohin du gehen

willst?«, fragte Eleonore. »Du kannst doch nicht einfach so verschwinden.«
»Ganz recht«, mischte sich Lord Ashington ein, »du kannst es nicht. Erstens wird dir bald das Geld ausgehen, denn ich werde dein idiotisches Vorhaben finanziell selbstredend nicht unterstützen, zweitens hast du Verpflichtungen der Familie gegenüber, die du nicht so ohne weiteres versäumen darfst.«
»Verpflichtungen der Familie gegenüber?«, spie George aus. »Und was ist mit den Verpflichtungen meinem eigenen Leben gegenüber?«
»Niemand hindert dich daran, dein Leben zu leben. Das tust du ja ohnehin schon ohne Rücksicht auf Verluste. Die Familie hat immer Vorrang, vor allem, verstehst du? Anstatt derart verworrene Pläne auszubrüten, solltest du endlich erwachsen werden und dich nach einer geeigneten Ehefrau umsehen. Dann ersparst du uns in Zukunft hoffentlich auch die Peinlichkeit, mit deiner Mätresse auf den Bällen hochangesehener Mitglieder der Gesellschaft zu erscheinen.«
»Gerade du redest vom Heiraten? Wer hat denn keine Skrupel gehabt, ein unschuldiges Mädchen zu entehren, nur weil ich sie heiraten wollte?«
»Sie war so wenig unschuldig wie …«
»Sie war es«, fiel ihm George heftig ins Wort, »und sie hat mich geliebt. Wenn du dir einmal die Mühe gemacht hättest, sie kennen zu lernen, wäre dir klar geworden, was für ein wertvoller Mensch sie ist, und du hättest es dir hundert Mal überlegt, ihr einen Lord Murdoch auf den Hals zu hetzen.« George atmete schwer vor Wut, seine Körperhaltung war angespannt, und die Muskeln an seinem Hals traten hervor. »Zum Teufel mit deiner schwarzen Seele für das, was du diesem Mädchen angetan hast.«

Lord Ashington hielt seine Wut sichtlich zurück. »Mäßige deinen Ton zumindest in Gegenwart deiner Mutter.«

»Du tust gerade so, als wären diese Enthüllungen etwas Neues für sie. Wer hat dir von den Gerüchten über Florence erzählt, wer hat an dich weitergegeben, dass Mrs. Hawthorne, diese verwünschte alte Klatschbase, uns gesehen hat, und wer hat die ganze Intrige, die du eingefädelt hast, stillschweigend geduldet?«

»Wir hielten es damals so für das Beste«, sagte Eleonore mit einer Ruhe, die sie nicht empfand.

»Außer für Florence«, ergänzte George bitter.

»Sie ist jetzt die Ehefrau eines französischen Adligen, also hat sich die Sache für sie durchaus zum Guten gewendet«, widersprach sein Vater.

»Aber das hast du vorher gar nicht wissen können«, konterte George. Er fuhr sich mit beiden Händen durch sein Haar. »Wie auch immer, ich werde fortgehen, und du«, er sah seinen Vater an, »wirst mich nie mehr wiedersehen.«

»George!«, rief Eleonore.

George wandte sich seiner Mutter zu. »Verzeih mir.« Er stand auf, ging rasch zu Tür, wandte sich dort jedoch noch einmal um, die Hand bereits auf dem Türknauf. »Lebt wohl. Ich werde heute Nacht noch einmal kurz kommen, um meine Sachen abzuholen, aber da werdet ihr vermutlich schon schlafen.«

»George, du bekommst von mir kein Geld für diese unsinnige Idee«, wiederholte Lord Ashington seine Drohung.

George lächelte nachsichtig. »Ich hätte es auch nicht angenommen, wenn du es mir angeboten hättest.« Er öffnete die Tür.

»Wage es nicht, George«, rief Arthur Ashington ihm hinterher.

George trat auf den Korridor hinaus, ohne sich umzusehen. Seine Schritte waren gedämpft auf dem Teppich zu hören, während sein Vater versuchte, seinen letzten Trumpf auszuspielen. »Ich werde dich enterben.«
George hielt kurz inne und drehte sich um. »Dann tu's doch.«

61

Olivia betrat den Wintergarten mit einer Gießkanne in der Hand. Sie sah etwas blass aus, was daran lag, dass sie am Anfang einer Schwangerschaft stand. Bisher hatten ihre Schwangerschaften ihr keine großen Probleme bereitet, aber diesmal fühlte sie sich von Zeit zu Zeit etwas erschöpft, was sie reizbar machte, weil sie sich in ihren Aktivitäten eingeschränkt fühlte.

Simon lächelte, als er die Gießkanne sah. »Fühlt der Gärtner sich überfordert?«

»Wie kommst du darauf? Nein.« Olivia ging zu den Chrysanthemen in ihren Terrakottatöpfen, um sie zu gießen.

Simon war bei Olivia bereits alle möglichen Anwandlungen gewöhnt, so dass er ihren Gärtnertätigkeiten keine große Beachtung schenkte. Außerdem war sie schwanger, da musste man auf derartige Phänomene gefasst sein.

»Ich kann mich zu nichts aufraffen«, beklagte Olivia sich.

»Das wird mit der Zeit schon gehen«, versuchte Simon, sie zu trösten.

»Natürlich, du musst es ja wissen«, entgegnete sie gallig.

Simon war klar, dass in ihrer momentanen Stimmung ohnehin alles, was er sagte, falsch war, und so hielt er es für das Beste, zu schweigen und sich ihre Ausführungen geduldig anzuhören, was ihr aber auch nicht passte.

»Anstatt ständig zustimmend ›Hm‹ und ›Ja‹ zu sagen, könntest du wenigstens versuchen, auf meine Argumente einzugehen«, fuhr sie ihn an.

Simon atmete ein und zählte innerlich von zehn bis eins rückwärts. »Verzeih mir, Liebes, aber ich bin im Moment wohl etwas abgelenkt.«

»Schon gut.« Olivia hatte sich bereits wieder beruhigt und bereute ihren Ausbruch. »O Simon, ich bin unausstehlich, sag es ruhig.«

»Erwartest du, dass ich dir jetzt widerspreche?«, fragte Simon.

Olivia musste lachen. »Sagen wir, ich habe es gehofft.« Sie stellte die Gießkanne ab und betrachtete die blühenden Pflanzen. »Ich komme mir so plump und schwerfällig vor, dabei sieht man es noch nicht einmal.« Wie zur Bestätigung strich sie über ihren flachen Bauch.

»Du warst bei keinem der Kinder je plump«, sagte Simon.

Olivia kam zu ihm und strich ihm mit der Hand über das Gesicht. Es tat ihr Leid, ihn so angefahren zu haben, obwohl sie wusste, wie betrübt er wegen Georges Abreise war und wie sehr er sich bemühte, es sie nicht anmerken zu lassen.

»Ich fahre nachher zu Helena«, sagte sie. »In letzter Zeit mache ich mir etwas Sorgen um sie. Sie wirkt unnatürlich ruhig, und über Georges Abreise spricht sie nicht ein Wort, das ist untypisch für Helena. Gehst du später noch weg?«

»Ein Freund hat mich in einen unserer Clubs eingeladen.«

»Komm nicht so spät«, bat sie und hob ihr Gesicht, um sich einen Abschiedskuss geben zu lassen.

Simon drückte sie kurz an sich und ging dann die Treppe hoch, um sich umzuziehen. Er würde in den nächsten Tagen nach Devon fahren müssen. Calvin hatte ihn um Geld gebeten, und es war Simon nicht möglich, von den Londoner Einnahmen etwas abzuzweigen, ohne dass sein Vater und dadurch auch sein Onkel etwas erfuhr. Calvin hatte das letzte Geld, das er ihm geliehen hatte, zwar noch nicht zurückgezahlt, aber Simon brachte es nicht über sich, seinem Cousin und besten Freund die Bitte abzuschlagen. Zwar machte er keinen Hehl daraus, was er von Calvins ständigem Besuch illegaler Spielstätten hielt, aber gleichzeitig fragte er sich oft, welche Wege er selbst eingeschlagen hätte, um einem so strengen Diktat wie dem seines Onkels zu entkommen.

Der Nachmittag war, abgesehen von Olivias Besuch, wieder einmal bis zur Erschöpfung langweilig gewesen, dachte Helena auf dem Weg die Treppe hoch zu ihrem täglichen Besuch bei ihren Kindern.
»Mama!«, schrie Susannah, als Helena das Kinderzimmer betrat. Die Kleine rannte zu ihr, warf sich auf den Boden und hängte sich so in das elegante Kleid ihrer Mutter, dass diese beinahe hingefallen wäre.
»Miss Susannah«, schimpfte Mrs. Shaw, »was ist das für ein Verhalten? Schäm dich, sofort stehst du auf.«
Susannah sah ihre Mutter aus dunkelblauen Augen an und lachte, ohne der Aufforderung Folge zu leisten.
Helenas Herz schmolz, und am liebsten hätte sie ihr gesagt, sie dürfe toben, solange sie wolle, aber damit würde sie Mrs. Shaws Autorität gegenüber dem Kind untergraben. »Steh auf, Susannah«, sagte sie freundlich, aber bestimmt.
Susannah gehorchte, und Helena kniete sich auf den Boden, um mit ihrer Tochter auf Augenhöhe zu sein. Sie ließ sich von ihr gemalte Bilder zeigen und hörte sich geduldig die Erzählungen des Tages an. Als sie im Begriff war, das Zimmer zu verlassen, um nach Clayton zu sehen, ging die Tür in der Eingangshalle und Matthews Stimme war zu hören.
»Ist Papa da?«, fragte Susannah und hüpfte so aufgeregt herum, dass Helena sich wunderte, was bloß in sie gefahren sein mochte. »Ich will ihn etwas fragen«, rief das Mädchen.

»Ich sage es ihm, dann kommt er gleich bestimmt zu dir«, versprach Helena.
»Aber ich will es jetzt fragen«, beharrte Susannah. Sie trat von einem Bein auf das andere, sah zur Tür und rannte dann entschlossen an Helena vorbei in den Korridor.
»Susannah«, rief Helena und lief ihr nach.
Mrs. Shaw, die das Kind über alles liebte, verdrehte die Augen über die ungestüme Wildheit ihres Schützlings und folgte Helena.
»Papa!«, schrie Susannah und lief die Treppe hinunter.
Matthew, der eben seinen Hut abgegeben hatte, sah von der Halle her stirnrunzelnd zur Treppe, auf der ihm seine Tochter entgegengestolpert kam. Sie blieb einen Meter vor ihm stehen, jetzt wieder von der Schüchternheit gepackt, die sie ihm gegenüber immer empfand.
»Was ist denn, Susannah? Und was, um alles in der Welt, ist das für ein Lärm, den du hier veranstaltest?« Bei dem letzten Satz sah er Helena an.
»Sie möchte dich etwas fragen, das so wichtig ist, dass es niemand von uns hören durfte, und sie ist sogar aus ihrem Zimmer gerannt, weil sie es unbedingt jetzt wissen muss.«
Susannah sah sich plötzlich im Mittelpunkt der Aufmerksamkeit des Stubenmädchens, ihres Kindermädchens und ihrer Eltern und wurde sichtlich verlegen.
Matthew sah sie abwartend an. »Nun, Susannah?«
Helena erkannte die Notlage ihrer Tochter und unterdrückte ein Lächeln.
Das Stubenmädchen verließ die Eingangshalle, und Mrs. Shaw kam die letzten Stufen der Treppe hinunter, um Susannah wieder mit hochzunehmen.
Die Kleine sah ihren Vater an. »Heute Nachmittag war Todd Sherman hier, und er ist mit Clayton auf Bäume geklettert,

aber Mrs. Shaw«, ein strafender Blick in Richtung des Kindermädchens folgte, »hat es mir nicht erlaubt. Und sie sagt, ich darf auch im nächsten Sommer nicht mit Angus in dem Boot fahren, dabei hat er gesagt, wenn er Clay mitnimmt, dann darf ich auch mit.« Sie schloss die Ausführungen mit einem Seufzen, das jede Theaterschauspielerin vor Neid hätte erblassen lassen, und einem Augenaufschlag, den Helena einfach unwiderstehlich fand.

»Ja«, begann Matthew, »da hat Mrs. Shaw Recht, so etwas gehört sich nun einmal nicht für Mädchen, die später einmal Damen werden wollen.«

»Aber das will ich doch gar nicht«, wandte Susannah verzweifelt ein. »Dann darf ich immer nur Bilder malen oder sticken oder öde Dinge tun, lauter langweilige Sachen.«

»Möchtest du nicht so werden wie deine Mutter?«, fragte er.

Susannah sah ihre Mutter an. »Doch, aber ich bin doch jetzt noch klein.« Ihr Blick wurde bittend und verständnisheischend.

Matthew seufzte. »Susannah, wenn wir das nächste Mal auf dem Land sind, dann nehme ich dich mit, wenn ich ausreite, in Ordnung?«

»Das dauert aber noch so lange.« Tränen traten in die dunkelblauen Augen des Mädchens.

Mrs. Shaw trat nun resolut zu ihr und hob sie hoch. »Dein Vater ist gerade erst gekommen, und ich glaube nicht, dass er die ganze Zeit in der Halle herumstehen möchte. Du hast gehört, was er gesagt hat.« Sie trug das weinende Kind die Treppe hinauf.

Matthew ging mit Helena in den Salon. Sein Mund zuckte spöttisch, als er das Mitgefühl in ihrem Gesicht las. »Was hätte ich ihr deiner Meinung nach sagen sollen?«

»Ach, Matthew, sie ist doch noch so klein, was ist denn dabei, wenn sie ein wenig Spaß hat? Ich kann verstehen, dass sie nicht auf Bäume klettern soll, weil das mit ihren Kleidern wirklich ein Problem ist, aber warum soll sie nicht mit Angus und Clay mitfahren? Wenn wir ihm Clay anvertrauen können, dann doch auch Susannah.«

»Darum geht es nicht, mit Vertrauen hat das nichts zu tun. Ich kann ihr nicht jetzt Dinge erlauben, die sich später, wenn sie älter ist, nicht mehr gehören. Sie kann auf Ausflügen in entsprechenden Kreisen in Booten mitfahren, aber nicht bei irgendwelchen Abenteuertouren, auch nicht, wenn ihr Bruder bei ihr ist.«

»Sei nicht immer so streng mit ihr.«

Ehe Matthew antworten konnte, betrat das Stubenmädchen den Salon. »Viscountess Ellingwood, Mylady«, sagte sie an Helena gewandt. Lorena folgte Ella auf den Fuß und kam Helena entgegen, strahlend, in einem apfelgrünen Sommerkleid. Sie umarmten sich freudig, und Helena musterte Lorena genauer. »Wundervoll siehst du aus. Wie schön, dass du wieder da bist.«

Matthew gab Lorena die Hand. »Wie war es in Somerset?«

»Ganz wunderbar«, erwiderte Lorena, »aber inzwischen bin ich froh, wieder in London zu sein. Zwei Monate ohne meine Freunde waren lange genug.«

Matthew wechselte noch ein paar höfliche Worte mit ihr, ehe er sich in sein Raucherzimmer zurückzog.

Helena hatte sofort die Veränderung bemerkt, die seit ihrer letzten Begegnung in ihrer Freundin vorgegangen war. »Wie war es denn jetzt wirklich?«, fragte sie sie, nachdem sie Tee bestellt hatte.

»Einfach herrlich. Ich war viel mit meinem Vater unterwegs und hatte Zeit, über alles in Ruhe nachzudenken.«

»Du trägst ja gar keine Trauerkleidung mehr«, stellte Helena fest.

Lorenas Blick wurde unsicher. »Macht es dir etwas aus?«
»Natürlich nicht, du kennst meine Einstellung dazu, Trauer immer nach außen zu präsentieren.«
»Es ändert nichts an meiner Trauer um Jerome, aber ich muss irgendwann wieder anfangen zu leben.« Lorena strich über die zartgrüne Seide ihres Kleides und schien etwas sagen zu wollen, wusste aber offensichtlich nicht, wie. Bevor sie ansetzen konnte, wurde jedoch der Tee gebracht. Sie wartete, bis das Mädchen den Raum wieder verlassen hatte, und begann dann: »Weißt du, nach dem Streit mit deinem Vater war ich wirklich lange Zeit sehr niedergeschlagen. In Somerset habe ich Gerald Glentyre getroffen, er war zufällig auch dort und hat einen Freund besucht. Ich habe ihm alles erzählt, weil ich mit jemandem reden musste, der Jerome zwar kannte und ihm nahe stand, aber gleichzeitig genügend Distanz zur Familie hat.«
Sie rührte in ihrer Teetasse und schwieg einen Augenblick, dann fuhr sie fort: »Gerald war der Meinung, ich müsse mich nicht in allen Punkten so strikt nach deinem Vater richten, zum Beispiel in Fragen der Kleidung oder darin, was für Aktivitäten ich unternehme. Er hat gesagt, wenn ich einen untadeligen Lebenswandel führe, dann könne mir dein Vater Brianna auch nicht wegnehmen, allein aufgrund dessen, dass ich ihm nicht gehorche.«
»Das habe ich dir doch ebenfalls schon gesagt«, wandte Helena ein.
»Ja, ich weiß, aber ich hatte einfach Angst, nach Jerome auch noch Brianna zu verlieren.«
Helena nickte. »Ich hoffe, du bleibst bei deiner Meinung, wenn du meinem Vater begegnest.«
»Ich werde mir Mühe geben«, lächelte Lorena.
Helena musterte die Freundin kritisch. Sie sah zum ersten

Mal seit langem wieder wirklich glücklich aus. »Und das ist der einzige Grund für deine strahlende Laune?«, fragte sie. »Mit Gerald hat es nicht zufällig etwas zu tun?«
Lorena errötete leicht, führte aber auch gerade die Teetasse an die Lippen, so dass es auch von dem heißen Tee herrühren konnte. »Nein, zumindest nicht so, wie du denkst«, erwiderte sie, nachdem sie die Tasse abgesetzt hatte. »Ich kannte ihn ja vorher schon recht gut, aber jetzt habe ich ihn wirklich als Freund schätzen gelernt. Es tut gut, mit ihm zu reden. Ich hoffe, es macht dir nichts aus?«
»Aber nein. Ich erwarte mit Sicherheit nicht von dir, dein Leben lang allein zu bleiben, das hätte Jerome auch nicht gewollt.« Helena wechselte das Thema. »Wissen meine Eltern schon, dass du hier bist?«
Lorena schnitt eine Grimasse. »Nein, aber um Diskussionen und Vorwürfen aus dem Weg zu gehen, werde ich gleich zu ihnen fahren.« Sie sah an sich herunter. »Das wird ein anstrengender Besuch. Sag mal«, begann sie, als käme ihr im Nachhinein eine Idee, »kannst du mich nicht begleiten? Am besten du und Matthew, dann wird dein Vater sich vielleicht etwas zurückhalten, vor allem, wenn er merkt, dass dein Mann nicht seiner Meinung ist.«
»Ich kann ihn ja fragen«, sagte Helena. Sie läutete und schickte nach Matthew.
»Was gibt es?«, fragte er, nachdem er die Tür hinter sich geschlossen hatte.
Lorena antwortete an Helenas Stelle. »Ich wollte dich fragen, ob du und Helena mich zu unseren Schwiegereltern begleiten könntet.«
Matthew sah auf ihr Kleid und lächelte. »Hast du Angst allein?«
»Na, Angst würde ich das nicht unbedingt nennen, aber ich

hätte lieber jemanden bei mir, und wenn du zumindest ein wenig meiner Meinung bist, dann würde das Arthur doch schon etwas den Wind aus den Segeln nehmen.«
»Und du setzt ganz selbstverständlich voraus, dass ich deiner Meinung sein werde.«
»Nun«, Lorena zwinkerte ihm zu, »zumindest bist du viel zu charmant, um jetzt etwas anderes zu behaupten, und zu höflich, um dann in Gegenwart von Arthur das Gegenteil zu tun.«
Matthews Augen blitzten spöttisch. »Also Lorena, bei so viel Schmeichelei kann ich ja fast nicht anders, als deiner Bitte zu entsprechen und so zu tun, als glaubte ich dir jedes Wort. Meine liebende Ehefrau« er legte einen Arm um Helena, »verwöhnt mich ja nicht gerade mit Komplimenten.«
»Da habe ich wirklich Glück gehabt. Behandle ihn nur weiter so, Helena, wer weiß, wann ich wieder etwas von ihm brauche«, entgegnete Lorena und lachte.

Sie blieben bis abends bei Helenas Eltern. Die Stimmung zwischen Lorena und Lord Ashington verschlechterte sich allerdings zum Abendessen hin so sehr, dass bei Tisch ein handfester Streit ausbrach, in den sich schließlich auch Helena mischte, weil sie nicht mehr mit ansehen konnte, wie ihr Vater mit ihrer Freundin umsprang. Matthew, der jegliche Art von Szene verabscheute, hielt sich zurück, stellte sich aber, wenn Arthur ihn unterstützungsheischend mit einbezog, auf Lorenas Seite. Der Abend endete mit Arthurs Zugeständnis, Lorena dürfe sich wieder so kleiden, wie sie wolle, und auch allmählich wieder am gesellschaftlichen Leben teilnehmen.
»Wenn ich mich noch einmal zu so etwas bereit erkläre«,

schimpfte Matthew, als sie das Haus der Ashingtons verlassen hatten, »dann erinnere mich an den heutigen Tag.«
»Komm schon, Matthew«, Helena hakte sich kameradschaftlich bei ihm ein, was ihm ein misstrauisches Schnauben entlockte, »Lorena war dir wirklich dankbar.«

62

Kalkutta

Ich habe eine absolut brillante Idee«, sagte Trevor, als er abends Alecs Arbeitszimmer betrat und sich schwungvoll auf einen Stuhl vor dem Schreibtisch setzte. »Und so unglaublich nützlich.«

»Und die wäre?«, fragte Alec, der den Seitenhieb bereits kommen sah und sich nicht die Mühe machte auszuweichen.

»Du könntest dir doch ein Bett hier in dein Arbeitszimmer stellen lassen, das würde dir den umständlichen Weg nach Hause ersparen.«

»Unglaublich witzig, Trevor«, entgegnete Alec trocken. Sein Tag hatte mit häuslichem Ärger begonnen, etwas, das er nicht ausstehen konnte. Der Tee, den Jalna ihm zu seinem Frühstück servierte, war – mit voller Absicht, davon war er überzeugt – versalzen gewesen. Alec hatte ihn beinahe durch den ganzen Raum gespuckt. Zwar beteuerte Jalna, es sei ein Versehen gewesen, aber ihr verstohlenes Lächeln war nicht zu übersehen. Es war eines der seltenen Male, wo er wirklich die Beherrschung verloren und angefangen hatte, sie anzubrüllen und ihr zu drohen, sie bei der nächsten Verfehlung auf die Straße zu setzen. Nachher hatte er sich über sich selbst geärgert. Und nun widerstrebte es ihm, nach Hause zu gehen, weil er bereits wusste, ihn würde eine Jalna empfangen, deren große Rehaugen in vorwurfsvollen Tränen schwammen.

»Victoria wird im Frühjahr mit Elizabeth nach England fahren«, sagte Trevor, der nun wieder ernst geworden war. »Elizabeth sieht furchtbar elend aus.« Mit der Hand rieb er sich über die sorgenvoll gefurchte Stirn.

»Warum fährst du nicht mit ihr? Du magst England doch.«
»Ich habe hier zu viel zu tun, und du müsstest die doppelte Arbeit leisten, wenn ich mir so lange freinähme«, wandte Trevor ein.
»Das ließe sich schon irgendwie bewältigen, keine Sorge.«
Trevor musterte ihn aufmerksam. »Warum gibt es für dich nichts als deine Arbeit, Alec? Irgendwann muss doch auch für dich das Leben endlich anfangen. Ich habe bisher nur einen anderen Menschen gesehen, der mir so unglücklich schien, wie du es bist, und offenbar ebenfalls nicht wirklich lebt.«
Alec lehnte sich schweigend zurück.
»Die Nacht, in der dieses furchtbare Feuer ausgebrochen ist …«
»Ich möchte nicht darüber reden«, entgegnete Alec. Die letzte Nacht, in der er Helena in den Armen gehalten hatte, die Nacht, in der ihr Bruder starb, die Nacht, in der die letzte Verbindung zwischen ihnen zerrissen war, weil sie ihn zu sehr geliebt hatte – mehr als ihren liebsten Bruder.
»Sie wollte sich für dich in einen brennenden Stall stürzen«, fuhr Trevor unbeirrt fort. »Großer Gott, Alec, du hast ihre Verzweiflung nicht gesehen, als sie dachte, du wärst dort drin. Es war ihr egal, ob sie ihr Leben riskiert, wenn sie nur nicht ohne dich weiterleben müsste. Ich habe, seit ich dich kenne, zwei Mal wirkliche Gefühle in deinen Augen gesehen. Das erste Mal, als ich dir damals keine Arbeit geben wollte und du plötzlich aussahst, als würdest du in ein tiefes Loch fallen. Allein das hat mich damals dazu veranlasst, dich zu Bradley zu schicken. Das zweite Mal war, als du, diese Frau in deinen Armen, vor dem brennenden Stall gestanden hast. Du hast ausgesehen, als gäbe es in diesem Moment nur einen Menschen auf der Welt.«

Alec atmete tief durch. »Trevor«, sagte er kalt, »wenn du Wert darauf legst, mein Freund zu bleiben, dann rate ich dir gut, dieses Thema nie wieder anzuschneiden.«
Trevor hob beschwichtigend die Hand. »Du hörst es nicht gerne, weil es dich daran erinnert, was du ihr angetan hast, habe ich Recht? Nun, ich entschuldige mich. Reden wir nicht mehr über sie. Am besten schweigen wir dein ganzes Leben tot. Schließlich ist ja alles genau so, wie du es dir wünschst, nicht wahr? Arbeit, Arbeit und nochmals Arbeit und zahllose Affären, wobei du sorgsam darauf bedacht bist, dich nie nur auf eine Frau zu beschränken.« Trevor ignorierte das Erstarren in Alecs Haltung. Er hatte schon so lange den dringenden Wunsch, seinen Freund aus seiner Kälte und Distanziertheit herauszureißen, ihn dazu zu bringen, endlich auszusprechen, was er fühlte, ja überhaupt erst einmal zuzugeben, dass er imstande war zu fühlen. »Aber immerhin«, setzte er daher nach, »bist ja selbst du fähig dazu, gewissen Frauen in deinem Leben einen Stellenwert einzuräumen.«
»Trevor«, warnte Alec.
»Du sagtest, du möchtest nicht über Lady Vanderley sprechen. Sprechen wir also über die Frauen, die sich einen Platz in deinem Leben gesichert haben. Jalna und Tricia, ein Dienstmädchen und eine – auch wenn sie es abstreiten würde – Hure. Frauen, die für eine langfristige Bindung nicht in Frage kommen und dir daher nicht gefährlich werden. Die Einzige, die eine Ehe mit gutem Recht hätte fordern können, hast du ja sitzen gelassen, weil sie dir lästig wurde. Aber wenigstens hat sie dir in England die Zeit recht gut vertrieben.«
Alec sprang so heftig auf, dass sein Stuhl umkippte und mit einem Knall auf dem Holzboden aufschlug. »Wie kannst du es nur so darstellen?«, fuhr er Trevor an.
»Wie soll ich es denn sonst verstehen? Von deiner Seite

kommt ja nie auch nur ein Satz der Reue für das, was du diesem bedauernswerten Mädchen angetan hast. Ja, du hast zugegeben, es sei ein Fehler gewesen, aber ansonsten …« Trevor zuckte mit den Schultern. »Du gefällst dir zu sehr in deiner Rolle als Mann ohne Empfindungen, schließlich erlaubt sie es dir, auf den Gefühlen anderer Menschen herumzutrampeln.«
Alec wollte erst aufbrausen, ihn anbrüllen, all das ginge ihn nichts an, aber dann sagte er nur: »Ich habe sie um Verzeihung gebeten.«
»Aber sie hat deine Entschuldigung nicht angenommen, und nun weigerst du dich, auch nur ihren Namen auszusprechen, weil du dich in deinem Stolz verletzt fühlst«, unterstellte Trevor.
»In meinem Stolz?« Alec lachte bitter, dann drehte er Trevor abrupt den Rücken zu und ging zum Fenster. Wolken hingen schwer über dem Hafen und ließen das Wasser dunkel und bedrohlich aussehen. Unter seinem Fenster war das Gewürzlager, und Alec wusste, wenn er die Fensterläden öffnete, würde noch der Geruch von Kardamom und Gewürznelken von der letzten Lieferung in der Luft hängen. Man hatte das Tor eben erst geschlossen. Er fragte sich, warum ihm gerade das jetzt einfiel.
»Aber was ist es dann?«, brach Trevor das Schweigen. Er wartete auf eine Antwort, die nicht kam, und fügte hinzu: »Weil du vergessen möchtest, dass du sie liebst?«
Ohne zu antworten, starrte Alec aus dem Fenster, aber Trevor bemerkte die kaum sichtbare Anspannung seiner Schultern. Er fragte sich, ob er es gerade übertrieben hatte. Zwar war er nur so grob gewesen, um Alec aus der Reserve zu locken, aber keinesfalls wollte er das um den Preis ihrer Freundschaft tun. Und er wusste, Alec duldete Einmischungen in sein Privatleben nur sehr widerwillig. Manchmal frag-

te sich Trevor, was für ein Mensch er wohl vor seiner Verhaftung gewesen sein musste.
»Ich denke, es wird Zeit, für heute die Arbeit zu beenden«, sagte er und bemühte sich, wieder in seinen normalen Tonfall zu finden, so als hätten sie nur etwas diskutiert und seien zu keinem Ergebnis gekommen, das sie beide zufrieden stellte. Wie das unter Freunden eben manchmal der Fall sein konnte. »Soll ich dich nach Hause fahren?«
Alec drehte sich um, schüttelte aber nur den Kopf. Mit etwas steifen Bewegungen ging er zu seinem Schreibtisch und griff nach dem Schriftstück, an dem er zuletzt gearbeitet hatte.
»Ja, dann …«, Trevor zögerte, »gute Nacht. Bis morgen, Alec.«
Alec schwieg weiterhin, aber nicht aus Groll, wie Trevor vermutete, der mit einem letzten forschenden Blick auf seinen Freund das Zimmer verließ, sondern weil er seiner Stimme nicht traute. Alec stellte den umgekippten Stuhl wieder auf und rückte ihn nah an den Schreibtisch. Einige Minuten stand er gedankenverloren im Raum, dann legte er das Schreiben, das er die ganze Zeit in der Hand gehalten hatte, auf den Schreibtisch, verließ das Kontor, schloss ab und machte sich auf den Weg nach Hause.
Es war Jalna, die ihn in der Halle begrüßte. Ihr Blick war wachsam, forschend, ob er ihr die Sache mit dem Tee noch nachtrug. Alec fühlte sich zu erschöpft, um noch Groll zu empfinden. Er streckte den Arm nach ihr aus, eine Aufforderung, der sie nur zu gern nachkam. An ihn geschmiegt, begleitete sie ihn die Treppe hoch. Alec drehte sich zu Radha um, die in die Halle getreten war. »Bring mir etwas zu essen herauf.«
Jalnas triumphierender Blick in Richtung der älteren Bengalin entging ihm.

Der Balkon im Schlafzimmer nahm beinahe die ganze Breite des Zimmers ein. Die dunklen Vorhänge, die tagsüber das Sonnenlicht fern hielten, waren aufgezogen und ließen das Mondlicht in den Raum. Die Balkonbrüstung war aus weißem Marmor und bestand aus kleinen, nahe nebeneinander stehenden Säulen. Das Zimmer enthielt wenig Zierrat. Alec hatte sich oft vorgenommen, mehr Bilder aufzuhängen und dem Raum eine persönliche Note zu geben, aber stets fehlte ihm die Lust oder die Zeit dazu. Mittlerweile hatte er sich daran gewöhnt.

Jalnas schlafenden Körper neben sich, in seine Armbeuge geschmiegt, dachte er über Trevors Worte nach. Er musste sich – wie so oft – eingestehen, dass er seinen Freund darum beneidete, abends in ein Haus zu kommen, in dem er von seiner Familie erwartet wurde. Um die ruhige Gewissheit, immer geliebt zu werden, egal, was passierte. Trevor hatte absichtlich so dick aufgetragen, mit dem, was er sagte, da war sich Alec sicher, doch fürchtete er gleichzeitig, dass es genau der Eindruck war, den er auf seine Freunde machte: kalt, distanziert, zu keinerlei tieferen Gefühlen fähig. Aber wie hätte er auch die Einsamkeit erklären können, die er empfand, ohne gleich Mitleid zu erregen.

Es war ja nicht so, dass er keine Gelegenheit gehabt hätte zu heiraten, nur war ihm bisher keine junge Frau begegnet, mit der er den Rest seines Lebens verbringen wollte. Mädchen im heiratsfähigen Alter waren für gewöhnlich nicht älter als Anfang zwanzig, eher noch jünger. Alec konnte sich nicht vorstellen, ein achtzehnjähriges Mädchen zu heiraten, auch wenn die Verbindung von Männern Mitte dreißig und Mädchen dieses Alters durchaus üblich war. Mit der Zeit würde sich der Altersunterschied relativieren. Aber wollte er die nächsten Jahre Tag für Tag mit einem halben Kind verbrin-

gen, mit dem ihn nichts – außer früher oder später gemeinsamen Kindern – verband?
Alec löste sich sanft von Jalna und ließ sie aufs Bett gleiten. Ihr tiefschwarzes Haar ergoss sich wie verschüttete Tinte auf das weiße Laken. Auch wenn er eigentlich beschlossen hatte, ihr nicht länger den Platz als seine Geliebte einzuräumen, konnte er nicht wirklich bedauern, schwach geworden zu sein. Sein Bedürfnis nach Gesellschaft war übermächtig gewesen und hatte jeglichen Gedanken an den folgenden häuslichen Ärger verdrängt. Damit würde er sich am nächsten Morgen wieder auseinander setzen.
Er stand auf, zog sich seinen Morgenmantel über und trat auf den Balkon hinaus. Im Dunkeln konnte man den Hugli eher erahnen als sehen, lediglich die Spiegelung des Mondlichtes auf der Wasseroberfläche war zu erkennen. In der Luft lag der Duft der Orchideen. Er würde am nächsten Tag mit Trevor reden, ihm sagen, dass sie die Sache vergessen sollten. Unter keinen Umständen wollte er seinen engsten Freund verlieren. Oder besser noch, er ließ die Sache auf sich beruhen und sprach sie gar nicht mehr an.

63

London

Es hatte in der letzten Nacht geschneit, und obwohl es bereits früh dunkel geworden war, wirkten die Straßen durch den glitzernden Schnee heller erleuchtet. Auf dem Kopfsteinpflaster hatte der ständige Verkehr den Schnee schnell in einen bräunlichen Matsch verwandelt, unter dem das Pflaster nass schimmernd hervorsah.

Eleonore hatte die Familie an diesem Abend vollzählig zum Essen eingeladen, was bedeutete, dass auch Rose, Anthony, Elaine und Simon mit Olivia kommen würden. Calvin, der vor Kurzem geheiratet hatte und seit einem Monat aus den Flitterwochen zurück war, würde ebenfalls da sein. Sein Verhalten wies seit seiner Rückkehr das auf, was Matthew grinsend »eheliche Enttäuschung« nannte. Genau so etwas hatte Helena kommen sehen. Eine Ehe zwischen Calvin und Blanche konnte nicht gut gehen, daran änderte auch Blanches unerklärliche verliebte Hingabe nichts. Allerdings war ihr seit ihrer Rückkehr anzusehen, dass auch ihre romantischen Vorstellungen etwas gelitten hatten. Sie war in dem Glauben aufgewachsen, eine Ehe bedeute das Zusammenleben mit einem Mann, der die Stelle eines Vaters oder älteren Bruders einnahm.

Helena und Matthew waren früher losgefahren, weil Helena einen Abendspaziergang machen wollte. In der Nähe von Ashington House stiegen sie aus, schickten die Kutsche vor und gingen zu Fuß weiter. Der Schnee knirschte unter ihren Füßen, ein Geräusch, das Helena schon als Kind genossen hatte. Die eine Hand in ihrem Muff, die andere in der Wärme

von Matthews Armbeuge, ging sie an ihn geschmiegt die stille Straße entlang.
Matthew hatte seinen Mantelkragen hochgeschlagen und fror sichtlich. »Ich denke, du magst die Kälte nicht«, beschwerte er sich.
»Schon, aber erstens gehe ich trotz allem gerne im Schnee spazieren, zweitens habe ich den ganzen Tag im Haus gesessen und brauche etwas frische Luft.«
»Dazu hättest du auch in den Garten gehen können.«
»Jetzt sei nicht so. Ich wusste gar nicht, wie schrecklich langweilig du sein kannst.«
Matthew brummte etwas vor sich hin, das sie nicht verstand, und sah neidisch zu den erleuchteten Fenstern, die eine heimelige Wärme ausstrahlten. Sie drückte seinen Arm und schenkte ihm ein verführerisches Lächeln, das ihre Zähne zwischen den roten Lippen schimmern ließ und bei ihm erfahrungsgemäß die größte Wirkung zeigte. Scheinbar verfehlte es diese auch jetzt nicht, denn Matthew schien ein wenig mit seinem Schicksal versöhnt und beschwerte sich nicht mehr. Helena dachte mitleidslos, dass es ihm ganz recht geschähe, wenn er jetzt ein wenig fror. Er hatte sich den ganzen gestrigen Tag wegen verlorener Opernkarten mit ihr gestritten, in der festen Überzeugung, sie hätte diese verlegt. Am späten Abend, als es bereits zu spät war für die Aufführung, waren die Karten hinter seiner Kommode wieder zum Vorschein gekommen, auf die er sie gelegt hatte und von der sie dann heruntergefallen waren. Selbstverständlich war er es ihm unangenehm, dass es sein eigenes Verschulden gewesen war und dass er ihr so offensichtlich Unrecht getan hatte, daher war er den heutigen Tag besonders freundlich zu ihr gewesen.
Sie gingen den Belgrave Square entlang, der Atem stieg in

weißen Wolken von ihren Mündern auf, und obwohl die Kälte sie mittlerweile bis auf die Haut durchdrungen hatte, fühlte Helena sich erfrischt. Sie betrachtete Matthew aus den Augenwinkeln. Ihr Gegner, perfider Ehemann und Liebhaber. Die Vorstellung, ihn aus seiner Ruhe zu reißen, war zu verlockend, als dass sie ihr hätte widerstehen können. Sie drehte sich so, dass sie vor ihm zum Stehen kam, und legte ihm die Arme um den Hals.

Matthew war sichtlich irritiert. »Was soll das, Helena, bist du verrückt geworden? Wenn uns jemand sieht.«

»Hier ist aber niemand, die Straßen sind leer, und wir stehen im Schatten, weshalb wir von den Häusern aus nicht zu sehen sind.« Helena lächelte und stellte sich auf die Zehenspitzen. Ihr warmer Atem streifte sein Gesicht. Sie zog ihn zu sich hinunter, und als ihre Lippen die seinen berührten, gab er nach. Er legte die Arme um sie und erwiderte ihren Kuss. Helena lächelte in stillem Triumphgefühl in sich hinein. So wie sie sich früher nicht gegen ihn hatte wehren können, konnte er es offensichtlich jetzt nicht gegen sie.

»Guten Abend.« Calvins Stimme war so dicht neben ihnen zu hören, dass sie auseinander fuhren. »Sieh nur, Blanche, was für ein entzückendes Bild, ich hätte sie beinahe nicht erkannt.« Er lachte leise, während Blanche verlegen wegsah. Sogar im Dunkeln war zu erkennen, wie ihr Gesicht rot anlief.

Matthew war anzusehen, dass es ihn ärgerte, hier wie ein Schuljunge, der seiner Freundin einen verbotenen Kuss stiehlt, erwischt worden zu sein. Ein strafender Blick traf Helena.

»Wo ist eure Kutsche?«, fragte sie, denn sie hatte Calvins – ehemals Jeromes – Kutsche nicht vorbeifahren sehen.

»Wir waren noch bei Freunden hier in der Nähe«, antwortete Blanche, »und da haben wir unsere Kutsche schon zu

deinen Eltern geschickt und sind gerade eben zu Fuß aufgebrochen.«
Zu viert gingen sie die Straße hinunter, Blanche neben Helena, eifrig auf diese einredend, Calvin und Matthew schweigend hinter ihnen. Außer Blanche, die in ihrem Erzähleifer nichts von der gespannten Situation bemerkte, waren alle froh, als sie in die warme Eingangshalle traten, wo ihnen Nora und ein weiteres Dienstmädchen Mäntel, Hüte und Handschuhe abnahmen. Bis das Essen aufgetragen wurde, nahmen sie im Salon Platz, wo bereits alle anderen anwesend waren. Helena fielen sofort der warme Glanz in Lorenas Augen und deren leicht gerötete Wangen auf.
Der erste Gang des Menüs, das im großen Speisesaal serviert wurde, ging ohne bemerkenswerte Zwischenfälle vonstatten. Die Unterhaltung war lebhaft, und im Allgemeinen herrschte eine selten gewordene gute Stimmung.
Sie waren beim Hauptgang, als Lorena behutsam ihr Besteck niederlegte, in die Runde blickte und sagte: »Gerald Glentyre und ich werden heiraten.«
Ihren Worten folgte schlagartige Stille. Aller Blicke wanderten zu Lord Ashington, der wie erstarrt dasaß, das Besteck in der Hand, einen Blick vollständiger Fassungslosigkeit auf Lorena gerichtet.
In Momenten wie diesen war Helena dankbar dafür, dass es eine Blanche in der Familie gab. »Wie reizend, Lorena«, durchbrach deren begeisterte Stimme das Schweigen. »Gratuliere. Ich freue mich für dich.« Der Bann war gebrochen, und nun folgten auch die Glückwünsche der anderen Mitglieder der Familie, aller außer Arthur. Calvin schien das erste Mal so etwas wie Stolz auf seine junge Frau zu empfinden. Er neigte sich leicht zu ihr.
»Das hast du großartig gemacht«, raunte er ihr zu. Blanche

sah ihn an, und ihr Gesicht wurde rot vor Freude. Ehe sie ihm aber eine Antwort geben konnte, verschaffte sich Arthur Ashingtons Stimme Gehör, der die unbeherrschte Wut anzuhören war. »So eilig hast du es also, direkt vom Bett eines Viscounts in das eines Marquis zu gelangen, noch ehe der Leichnam deines Mannes kalt ist?«, fragte er mit beißender Schärfe. »Der Sprung in unsere Kreise ist dir wahrhaft gut gelungen.«

Alle verstummten angesichts dieser ungeheuerlichen Äußerung.

Rose richtete einen frostigen Blick auf ihren Sohn. »Arthur, in meinem ganzen Leben hat es noch kein Mann gewagt, in meiner Gegenwart eine solche Äußerung gegenüber einer Dame, die noch dazu die Witwe seines Sohnes ist, von sich zu geben.«

»Verzeih mir, Mutter, aber dann ist dir auch in deinem ganzen Leben noch keine solche Schamlosigkeit begegnet.« Arthur Ashington sah Lorena an. »Der beste Freund deines Mannes. Weißt du, was die Leute sagen werden? Sie werden sagen, er habe nur eine passende Gelegenheit abgewartet, um sich die Ehefrau seines Freundes zu nehmen, oder besser gesagt, die Ehefrau habe ihn sich geschnappt, kaum dass ihr hinderlicher Ehemann unter der Erde war.«

Lorenas Gesicht war totenbleich geworden. »Wie kommst du dazu, so etwas in Gegenwart der ganzen Familie auszusprechen? Jeder weiß, ich habe Jerome über alles geliebt.«

»Ich sage nur, was die Leute denken werden. Sie werden sich erinnern, dass du und Jerome die letzten Monate getrennt wart, und sehen jetzt, dass du in die tröstenden Arme des besten Freundes läufst. Man wird sich fragen, ob es nicht schon früher Geheimnisse gab, vielleicht sogar, ob deine plötzliche Schwangerschaft …«

»Arthur!«, Roses Stimme durchschnitt seine Worte wie ein Peitschenhieb.
Lorena widerstand nur mühsam dem Drang, aufzuspringen und dieses Haus für immer zu verlassen, aber sie dachte an Brianna, und an ihren Entschluss, im Gedenken an Jerome seine Tochter nie den Großeltern vorzuenthalten. Sie wandte sich an ihren Schwiegervater. »Du weißt, was du gesagt hast, ist eine unverzeihliche Verleumdung. Ich werde sie dir nicht nachtragen, wenn du bereit bist, sie hier im Beisein der Familie zurückzunehmen.«
»Sie hat Recht, das geht jetzt zu weit«, warf Calvin ein. »Was soll das, Vater? Musst du unser letztes Andenken an Jerome zerstören, nur weil dir der zukünftige Ehemann deiner verwitweten Schwiegertochter nicht gefällt?«
»Ich kann dir in diesem Fall nur zustimmen, Calvin«, mischte sich nun auch Matthew ein. »Ich finde das Ganze ebenfalls außergewöhnlich geschmacklos.«
Es war Simon und Olivia anzusehen, dass sie sich am liebsten ebenfalls geäußert hätten, es aber nicht taten, weil sie die Angelegenheit nicht unmittelbar betraf und sie durch ihre Einmischung nicht noch alles verschlimmern wollten.
»Du wirst dich bei Lorena entschuldigen«, schaltete sich stattdessen Rose jetzt erneut ein, mit einer Stimme, die Helena noch nie an ihr gehört hatte, »oder aber ich werde dein Haus jetzt verlassen und es nicht eher wieder betreten, als bis die Angelegenheit aus der Welt geschafft ist.«
Sämtliche Blicke waren abwartend auf Lord Ashington gerichtet.
Von Arthur kam keine Antwort.
Rose wandte sich an Eleonore: »Sag du es ihm, Eleonore, mach einmal deinen Einfluss geltend und stell dich auf die Seite deiner Kinder. Es geht hier um die Frau und das Kind

deines Sohnes. Hast du vergessen, wie sehr Jerome Lorena geliebt hat?«
Eleonores dunkle Augen richteten sich auf ihren Mann. »Arthur?«, fragte sie.
»Du hast meine Meinung zu dem Ganzen gehört, Eleonore. Wirst du dich allen Ernstes gegen mich stellen, nur um Lorenas willen, die sich nicht im Geringsten um den Ruf ihres Namens und den ihres Kindes schert?«
Eleonore senkte kurz den Blick, dann sah sie Rose an. »Ich stimme mit Arthur überein.«
»Nun, dann ist wohl alles gesagt.« Rose erhob sich vom Tisch. »Ich werde im Salon auf meine Kutsche warten.«
Lorena sprang auf. »Nicht meinetwegen, bitte. Ich werde gehen.«
Rose tätschelte ihr den Arm. »Danke, Kind, aber ich muss hinaus, um wieder richtig durchatmen zu können.« Sie verließ den Speisesaal.
Lorena stand am Tisch, unschlüssig, ob sie sich wieder setzen sollte oder nicht. Ihr Blick war auf ihren Schwiegervater gerichtet.
»Entweder du nimmst alles zurück, oder du wirst keinen Anspruch mehr auf mein Kind erheben.« Ihre Stimme durchschnitt die Stille wie ein Messer. Sie wartete auf eine Antwort, und als sie merkte, dass Arthur ihr nicht sagen würde, was sie hören wollte, schob sie ihren Stuhl zurück und verließ den Raum. Im Korridor schlug sie die Hände vor ihr Gesicht und brach in krampfartiges Schluchzen aus.
»Das war wirklich hervorragend«, sagte Calvin, wobei sein spottender Ton nicht so recht zu dem Zorn in seinen Augen passen wollte. »Du hast soeben die Ehefrau des besten deiner Söhne mit einer Hure gleichgestellt.«
»Calvin«, sagte Eleonore, »nicht in diesem Ton.«

»Lieber Himmel, Mutter«, brach es aus ihm heraus, »bist du wirklich so blind? Hast du ihn nicht gehört?«

»Er hat lediglich gesagt, wie Lorenas Verhalten vor den Leuten aussehen wird.«

»Oh, aber natürlich. Verzeih mir, Vater, aber allein die Tatsache, dass du so etwas überhaupt hier bei Tisch ausgesprochen hast, hat mich wohl zu der irrigen Annahme verleitet, du selbst sähest ihr Verhalten als unmoralisch an.«

»Du hast ihr doch zugeraten, wieder zu heiraten«, sagte nun auch Helena. »Was genau passt dir an Gerald nicht?«

Lord Ashington musterte sie mit einem Blick kalter Verachtung. »Du hast hier immer noch am wenigsten Recht, mitzureden. An und für sich sollte es mich nicht wundern, dass gerade du es warst, die Lorena in unsere Familie eingeführt hat.«

Olivia hielt sich ihr Taschentuch an den Mund und erhob sich hastig. »Entschuldigt«, sagte sie gepresst, »ich glaube, mir geht es nicht gut.« Sie verließ den Raum, und Simon, der wusste, dass niemand weniger zu Übelkeit in der Schwangerschaft neigte als die nervenstarke Olivia, sah ihr besorgt nach. Matthew hingegen, der Olivia gegenübersaß, hatte den Wink verstanden. »Kümmere dich um sie«, sagte er zu Helena und gab ihr damit die Möglichkeit, sich vom Tisch zu entfernen. Calvin forderte Blanche auf, ebenfalls nach Olivia zu sehen.

Olivia setzte sich in einen Sessel und lehnte den Kopf mit geschlossenen Augen zurück, um nachzudenken. Blanche missverstand diese Geste und schloss daraus, es gehe Olivia wirklich nicht gut. Sie goss ein Glas Wasser ein und reichte es ihr. Olivia schlug die Augen auf, lächelte Blanche freundlich an und nahm das Glas entgegen. Sie hatte gehofft, Lorena noch einmal sehen zu können, aber diese war bereits abgefahren, ebenso wie Rose.

»Was für ein grauenvoller Abend«, seufzte sie. »Arme Blanche, du siehst ganz verstört aus. Mach dir nichts draus, an solche Szenen von Zeit zu Zeit wirst du dich gewöhnen müssen.«

»Soll das heißen, es kommt oft zu solchem Streit?«, fragte Blanche entsetzt.

»Nicht oft«, sagte Helena ungerührt, »aber wenn, dann richtig.« Sie ging verärgert im Zimmer auf und ab. »Arme Lorena, und ich konnte nichts tun und habe einfach nur dagesessen.«

»Nicht einmal deine Großmutter konnte etwas tun«, entgegnete Olivia, »mach dir also keine Vorwürfe.«

Helena hatte sich ans Fenster gestellt und sah dem Schneetreiben zu. Obwohl das Feuer im Kamin brannte, fröstelte sie.

»Olivia.« Simon stand in der Tür. »Komm, deine angebliche Übelkeit liefert uns einen guten Vorwand, um zu gehen. Meine Eltern werden mit Matthew mitfahren.«

»Hat Matthew gesagt, wann er fahren möchte?«, fragte Helena.

»Nein, leider nicht.«

Helena nickte, erwiderte seinen und Olivias Abschiedsgruß und sah wieder zum Fenster hinaus. Das Haus, in dem sie ihre gesamte Kindheit verbracht hatte, schnürte ihr einmal mehr die Luft ab. Dachte sie an die letzten Jahre, konnte sie es mit nichts Freudigem in Erinnerung bringen. Sie ging mit Blanche zusammen in das Boudoir ihrer Mutter, wo diese bereits mit Elaine saß, und wartete darauf, dass Matthew ihr Bescheid zum Aufbruch gab.

Was würde Gerald sagen, wenn er von diesen Anschuldigungen erfuhr? Er war in den brennenden Stall zurückgelaufen, sobald er gemerkt hatte, dass Jerome ihm nicht länger folgte – und das, obwohl es nur eine Sache von wenigen Minuten gewesen war, ehe das Dach einstürzte. Den schweren brennenden Balken hatte er von Jerome gehoben, war dabei gefallen, hatte sich das Bein ausgerenkt und trotzdem seinen Freund über die Schulter gehoben und herausgetragen, etwas, das der behandelnde Arzt seinerzeit als medizinisches Wunder bezeichnete. Gerald war danach monatelang an Krücken gelaufen und durfte beinahe zwei Jahre lang nicht reiten. Und als Dank wurde ihm nun unterstellt, seinen Freund, den, für den er sein Leben hingegeben hätte, mit dessen Frau betrogen zu haben.

Die Ereignisse schienen sich seit Georges Abreise mit einem Mal zu überstürzen, und auch wenn die Vorkommnisse dieses Abends die Gemüter in den folgenden Wochen erhitzen würden, schwebte über allem die düstere Ahnung, dass selbst sie bald bedeutungslos werden würde. Wie bereits Jahre zuvor schien der Familienstreit lediglich der Auftakt zu etwas Schlimmerem zu sein, was noch kommen sollte. Ohne es zu merken, wappnete man sich innerlich. Helena sah ungeduldig auf die große Standuhr. Hoffentlich würde Matthew bald kommen.

64

Die Januarnächte waren frostkalt, und obwohl das Kaminfeuer in Matthews Zimmer noch brannte, fror Helena in der eisigen Stille der Nacht allein beim Anblick des hartgefrorenen Schnees. In einen Morgenmantel gehüllt saß sie am Fenster, dessen Vorhang sie ein Stück aufgezogen hatte, so dass der silberne Nachtschimmer sich mit dem matten Licht des Zimmers mischte. Matthews ruhige Atemzüge waren das einzige Geräusch, das zu hören war, und Helena rollte sich in ihrem Sessel zusammen, zog den Morgenmantel enger um sich und sah in den Garten hinaus.

Vor einer Woche waren sie aus Somerset zurückgekommen, um die Situation innerhalb der Familie unverändert vorzufinden. Lorena mied das Haus ihrer Schwiegereltern, weshalb Eleonore und Arthur Brianna nicht mehr zu Gesicht bekamen. Über Weihnachten war ihr Vater bei Lorena gewesen. Ob Gerald die Einzelheiten der Auseinandersetzung bekannt waren, wusste niemand, aber es war offensichtlich, dass sich sein Verhältnis zu Arthur deutlich abgekühlt hatte, von dem früheren herzlichen Umgang schien nichts mehr übrig zu sein.

Helena nahm sich vor, Lorena in den nächsten Tagen aufzusuchen und sich mit ihr über alles in Ruhe zu unterhalten. Das Zerwürfnis innerhalb der Familie war für alle belastend, vor allem, weil auch Rose sich beharrlich weigerte, Arthurs Haus zu betreten, ehe dieser sich bei seiner Schwiegertochter entschuldigt hatte, was ihm aber sein Stolz verbot.

»Helena?«

Helena drehte sich um. »Ja, Matthew, was ist denn?«
»Ich dachte erst, du wärst gegangen.« Er richtete sich auf. »Was machst du da am Fenster?«
Seufzend stand Helena auf. »Ich habe nur nachgedacht.« Im Bett umfing sie in der wohligen Wärme der Daunendecke Matthews Umarmung. Ohne Umschweife streifte er ihr den Morgenmantel ab und verdrängte für den Moment die düsteren Gedanken an den Familienunfrieden.

Helena hatte Matthews donnernden Herzschlag im Ohr, als sie sich schläfrig in seine Arme schmiegte, und spürte, wie ihr eigenes Herz allmählich wieder ruhiger ging. In dem Wunsch, den angenehmen Dämmerzustand aufrechtzuerhalten und an nichts denken zu müssen, wollte sie sich sacht in den Schlaf hinübergleiten lassen. Momente wie dieser, dachte Helena, können einen durchaus mit dem Zusammenleben mit Matthew versöhnen. Den ganzen Tag war er überaus gut gelaunt gewesen, aus welchem Grund auch immer, und abends, als sie schlafen gehen wollte, war er mit ihr gegangen, hatte sie mit in sein Zimmer genommen und war so charmant und aufmerksam gewesen wie schon seit Wochen nicht mehr.
»Woran hast du vorhin gedacht?«, drang Matthews Stimme in ihren Halbschlaf. Widerwillig murmelte Helena eine nichtssagende Antwort.
Matthew spürte, dass sie auch in dieser Nacht, wie jedes Mal, wenn er mit ihr geschlafen hatte, nur für jenen kurzen Moment danach, wenn sie in seinen Armen lag, zugänglich gewesen war, ehe sie ihm aufs Neue entglitt. Auf diese Weise hielt sie ihn auf Distanz, und seine eigene körperliche Abhängigkeit von ihr wurde ihm umso mehr bewusst. Der Schwäche, ihr irgendwann vollkommen zu verfallen, entging er am besten, indem er sie nie die einzige Frau in seinem Bett sein

ließ. Matthew richtete sich halb auf, so dass auch sie nicht mehr liegen bleiben konnte.
»Ich bin so müde, Matthew«, beklagte sie sich und schlug die Augen unwillig auf. Matthews Blick war ungewöhnlich weich, und ein Lächeln umspielte seine Mundwinkel.
»Dann schlaf«, sagte er nur und zog sie an sich, so dass ihr Kopf auf seinem Bauch lag. Helena schloss die Augen und war wenige Sekunden später eingeschlafen.
Als sie erwachte und in das Morgenlicht blinzelte, lag sie noch genauso, wie sie eingeschlafen war. Sie hob den Kopf und sah in Matthews Augen. »Hast du gar nicht geschlafen?«
»Doch, aber nicht so lange.« Er griff nach seinem Morgenmantel. »Zieh dir etwas über, ich bestelle das Frühstück aufs Zimmer.«
Helena runzelte die Stirn. »Das hast du ja schon lange nicht mehr gemacht. Gibt es einen bestimmten Grund dafür?«
»Nein, außer dass du eine zauberhafte Geliebte bist und es eine wundervolle Nacht war.«
»Empfindest du das heute zum ersten Mal so?«, fragte Helena, die seiner guten Stimmung nicht recht traute.
»Nein, aber die Nacht war der Höhepunkt eines gelungenen Tages und sollte entsprechend gewürdigt werden.«
»Was war denn gestern so Besonderes?«
»Ich habe die Jahresbilanzen vom letzten Jahr bekommen, und wir sind im Moment wesentlich reicher als jemals zuvor, meine Schöne.«
Helena zog ihr Nachthemd an und hob ihren Morgenmantel vom Boden auf. Während sie den Gürtel um ihre Taille schlang, setzte sie sich vor den Spiegel und ordnete ihr zerzaustes Haar. Zum ersten Mal seit längerem sah sie wieder etwas erholter aus. Ihre Augen glänzten, und ihre Wangen waren noch leicht gerötet vom Schlaf. Sie hörte, wie Matthew

mit einem Dienstmädchen sprach und Frühstück bestellte, kurz darauf kam er zu ihr und musterte ihr Gesicht im Spiegel.

»Ich bin nachher zum Mittagessen im Club verabredet.« Er strich durch ihr Haar, wobei er jeden Zentimeter zu genießen schien, der durch seine Finger rann.

»Wie lange bleibst du?«

»Keine Ahnung.« Er ließ ihr Haar los und lehnte sich an die Wand. »Hast du etwas für heute Abend geplant?«

»Nein, aber zur Abwechslung könntest du mal zwei Abende hintereinander daheim sein.« Sie sagte das ohne jegliche Feindseligkeit in der Stimme, lediglich als Feststellung.

»Wir gehen morgen Abend doch ins Theater, dann wären es ja schon drei Abende«, sagte er scherzhaft. »Es tut mir Leid, Helena, aber ich bin verabredet.«

»Und diese Verabredung duldet natürlich keinen Aufschub.« Helena stand auf. »Allmählich dürfte ich mich an deine Eskapaden ja schon gewöhnt haben, was rege ich mich also auf.«

»Ich habe dir schon etliche Male gesagt, meine Eskapaden – wie du es nennst – haben nichts mit dir zu tun. Du bist meine Ehefrau und die Mutter meines Sohnes, die anderen sind lediglich ein Zeitvertreib.«

»Wenn es dich gleich heute Abend zu einer anderen Frau zieht, kann es ja mit deiner angeblichen Zufriedenheit letzte Nacht nicht besonders weit her gewesen sein.«

»Du weißt sehr gut, dass das nicht stimmt, oder hattest du allen Ernstes diesen Eindruck?«

Helena zuckte mit den Schultern und wandte sich ab. Sie verstand ihn einfach nicht. In der letzten Nacht hatte er nicht genug von ihr bekommen können, und am nächsten Morgen plante er bereits das Treffen mit seiner Geliebten.

Während des Frühstücks bemühte Helena sich dennoch darum, die Harmonie des letzten Abends aufrechtzuerhalten, weil ihr einfach nicht der Sinn nach Streit stand. Mittags verabschiedete Matthew sich mit einem Kuss auf die Stirn von ihr und versprach, sie am nächsten Abend nach dem Theater auszuführen, wohin sie wollte.

Im ersten Moment dachte Lorena, der abendliche Besucher sei Gerald, der sie zum Ballett abholen wollte.

Arthur Ashington, der selbstverständlich nicht wie ein gewöhnlicher Besucher warten musste, wurde direkt in den Salon geführt. »Lord Ashington, Mylady«, kündigte das Stubenmädchen ihn an.

Lorena war blass geworden, aber sie grüßte ihn gefasst und höflich.

»Was führt dich zu mir?«, wollte sie wissen. Sie war aufgestanden, und jeder Nerv ihres Körpers vibrierte vor Anspannung.

»Möchtest du mir nicht erst etwas zu trinken anbieten?«

»Selbstverständlich.« Sie gab einem Dienstmädchen entsprechende Anweisungen. Lord Ashington stellte einige nichtssagende Fragen zu ihrem Befinden und Briannas Gesundheit und kam erst, als heiße Schokolade und kleine belegte Brote mit Kresse serviert worden waren, zu seinem Anliegen.

»Du kannst dir sicher denken, warum ich hier bin«, sagte er.

Lorena neigte bejahend den Kopf und wartete schweigend.

»Dieser ganze Unfrieden, der unsere Familie zurzeit teilt, kann nur dadurch aufgehoben werden, die Angelegenheit zwischen dir und mir aus der Welt zu räumen.« Ihm war anzusehen, wie sehr ihm der Weg zu ihr widerstrebt hatte. »Was meine Äußerung in Bezug auf deine eheliche Treue anbelangt, schreib sie meiner Gereiztheit zu. Es war im ersten Moment für mich schwer zu akzeptieren, dass Jeromes bester

Freund nun seinen Platz als Ehemann und Vater einnehmen soll.« Er machte eine kurze Pause und trank einen Schluck. »Jerome hat sein eigenes Kind leider nicht kennen lernen dürfen, und der Gedanke daran ist für mich und Eleonore natürlich traurig. Damit wäre ich schon beim nächsten Punkt. Daran, dass Brianna Jeromes Tochter ist, habe ich, wie auch Eleonore natürlich, nicht den geringsten Zweifel.«

»Und weiter?«

»Was willst du noch hören?«, fragte Lord Ashington etwas mühsam, weil ihm die Rolle des Bittstellers widerstrebte.

»Wie wäre es mit einer Entschuldigung und dem Versprechen, das, was du jetzt gesagt hast, gegenüber jedem, der an dem besagten Abend zugegen war, zu wiederholen?«

Arthur Ashington holte tief Luft, und seine Augen blitzten unwillig. »In Ordnung, ich entschuldige mich«, sagte er gepresst, »und was das andere anbelangt, ich werde dafür sorgen, dass jedes Familienmitglied davon erfährt.«

Lorena nickte, was in Lord Ashingtons Augen der Geste einer Königin gleichkam, die einem demütigen Untertan verzeiht. »Du wirst nichts mehr gegen eine Ehe zwischen mir und Gerald einwenden?«

»Nein, und er wird natürlich nach wie vor willkommen sein, wenn er dich und Brianna begleiten möchte. Ich nehme an, du hast ihm von unserem Zerwürfnis erzählt.«

»Nicht wörtlich natürlich, und von deiner ungeheuerlichen Vermutung weiß er selbstverständlich nichts.«

Ihr Schwiegervater war sichtlich erleichtert, dass ihm dieses Problem erspart blieb. »Ich nehme an, dann dürfen wir dich und Brianna wieder in unserem Haus begrüßen?«

Es widerstrebte Lorena, ihm diese Zusage zu machen, weil sie, auch wenn sie gewollt hätte, ihren Groll gegen ihn nicht ausmerzen konnte. Aber um Jeromes willen versprach sie,

sobald wie möglich wieder mit Brianna zu Besuch zu kommen.
Arthur unterhielt sich noch kurz mit ihr über einige belanglose Themen, dann verabschiedete er sich. In der Eingangshalle traf er auf Helena und Gerald, die zufällig zur gleichen Zeit angekommen waren.
Lord Ashington und Gerald grüßten sich kühl, während Helena ihren Vater etwas gezwungen anlächelte. »Geht es dir gut, Vater?«, fragte sie.
»Danke. Du machst dich etwas rar in letzter Zeit, ihr seid doch schon länger wieder zurück oder nicht?«
»Seit einer Woche.«
»Wenn ihr morgen nichts weiter vorhabt, dann kommt zum Mittagessen.«
»Gerne«, erwiderte Helena, die sich fragte, ob das eine Einladung oder ein Befehl gewesen sein sollte.
Lorena empfing die beiden herzlich. »Wie schön, dass gerade ihr beiden jetzt kommt«, sagte sie, umarmte Helena und reichte Gerald die Hand. Helena hätte sich lieber mit Lorena in Ruhe unterhalten, aber daran war jetzt natürlich nicht zu denken. Die Frage, was ihr Vater hier gemacht hatte, stellten weder Helena noch Gerald, weil beide annahmen, Lorena würde das, was dazu zu sagen war, lieber mit jedem von ihnen unter vier Augen besprechen.
Helena nahm sich eine Tasse heiße Schokolade und stellte sich an das wärmende Kaminfeuer. Sie fragte sich, warum ihr immer so schnell kalt wurde, auch wenn die Räume warm und geheizt waren.
»Geht ihr heute Abend auch weg?«, fragte Lorena.
Helena drehte sich zu ihr um. »Matthew ist nicht da, er hatte irgendeine unaufschiebbare Verabredung.«
»Und er ist den ganzen Abend mit seinem Freund weg?«

»Ja, mit seinem *Freund*«, antworte Helena mit viel sagender Betonung, »ganz recht.«
Lorena schwieg verlegen, während Gerald Helena einen kurzen Blick zuwarf und dann wegsah. Seine unbeugsame Haltung zur Einhaltung ehelicher Treue war ihr hinreichend bekannt, und so erwartete sie keinen Kommentar von ihm.
»Wir gehen nachher ins Ballett und danach essen«, meinte Lorena. »Möchtest du nicht mitkommen? Wir waren schon so lange nicht mehr gemeinsam weg.«
Helena wäre gerne mitgegangen, und unter anderen Umständen hätte sie auch ohne zu zögern zugesagt. Gerald war lustig und unterhaltsam, und nichts hätte sie im Moment lieber gehabt als Zerstreuung, aber obwohl er sich nichts anmerken ließ, war Helena klar, dass er lieber mit Lorena allein ausgehen wollte.
»Nein, ich bin etwas müde, geht ihr ruhig.«
»Schade«, sagte Lorena. »Wir hätten dich wirklich gerne bei uns gehabt.«
Gerald sah Helena an und nickte in höflicher Zustimmung, aber Helena blieb bei ihrer Ablehnung. Sie stellte ihre Tasse auf den Kaminsims.
»Ich glaube, ich fahre jetzt besser wieder. Besuch mich in den nächsten Tagen doch mal.«
Lorena stand auf, um sie persönlich zur Tür zu bringen. Ihr fiel auf, wie niedergeschlagen Helena aussah, und sie hatte ein schlechtes Gewissen, Helena gehen zu lassen. »Ist wirklich alles in Ordnung?«, fragte sie besorgt, als sie an der Haustür standen.
»Ja, mach dir keine Sorgen.« Helena umarmte sie kurz und ging die Treppe hinunter zu ihrer Kutsche. Nachdenklich ging Lorena in den Salon zurück.

Helena betrat ihr Haus mit einem Gefühl der Beklemmung und grenzenloser Niedergeschlagenheit. Die Stille in dem palastartigen Gebäude machte sie beklommen, und nichts hätte sie im Moment lieber getan, als einfach irgendwo hinzugehen. Simon und Olivia waren nicht da, und zu Blanche zu gehen, hatte sie keine große Lust, ansonsten gab es niemanden, den sie abends spontan hätte aufsuchen können, ohne unhöflich zu wirken. Sie ließ das Abendessen auftragen und setzte sich danach mit einem Buch in die Bibliothek, bis es Zeit wurde, schlafen zu gehen.

Ehe sie einschlief, lauschte Helena auf den Wind, der um das Haus strich. Sie erwachte noch vor dem Morgengrauen mit dem Gefühl, kaum geschlafen zu haben, und ihr Herz schlug schmerzhaft gegen ihre Rippen und nahm ihr beinahe den Atem. Ein Traum, sagte sie sich, nur ein Traum. Was genau daran so erschreckend gewesen war, konnte sie nicht mehr sagen, allein das Gefühl von Traurigkeit und Beklemmung wich nicht von ihr. Sie ging in Matthews Zimmer, aber, wie erwartet, war er noch nicht wieder zurück.

Das Bett, in dem sie die ganze letzte Nacht verbracht hatte, war unberührt, und die Laken waren kalt und etwas klamm, weil kein Feuer im Kamin brannte. Anstatt jedoch in ihr eigenes geheiztes Zimmer zu gehen, legte Helena sich in Matthews Bett, um mitzubekommen, wenn er kam. Auch wenn es sie ärgerte, wenn er diese Nacht wieder mit einer anderen Frau verbrachte, hätte sie dennoch in diesem Moment lieber seine Gesellschaft gehabt. In dem Bewusstsein, dass der Morgen nur noch wenige Stunden entfernt war, fiel Helena in einen unruhigen Schlaf.

Der Tag schien nicht richtig hell zu werden, und im ersten Augenblick glaubte Helena, es müsse noch sehr früh am

Morgen sein. Als sie jedoch auf die Uhr sah, erschrak sie beinahe, weil es schon auf den Vormittag zuging. Sie setzte sich auf und presste die Hände an die Schläfen, um ihre rasenden Kopfschmerzen einzudämmen. Etwas stimmt nicht, dachte sie und sah sich im Zimmer um. Für gewöhnlich kam Matthew in den frühen Morgenstunden zurück, es sei denn, sie hatten sich gestritten. Es war natürlich möglich, dass er in seinen Club frühstücken gegangen war, aber selbst dafür wäre er nach Hause gekommen, um sich vorher umzuziehen.
Entschlossen schüttelte Helena ihre Unruhe ab, die in Bezug auf Matthew sowieso vollkommen unangebracht schien. Dann frühstückte er eben mit dieser Dirne, was machte das schon? Bei allem, was er sich leistete, kam es darauf ja nun wirklich nicht mehr an. Helena schwang die Beine aus dem Bett und ging in ihr eigenes Zimmer zurück, das im Vergleich zu dem von Matthew angenehm warm war.
Das Morgenzimmer wirkte an diesem Tag düster, und die großen Fenster gaben den Blick auf einen dunkel verhangenen Himmel frei. Der stetige Nieselregen wirkte wie ein Schleier, und der Garten lag trostlos und nass im grauen Morgenlicht. Auch wenn Helena sich sagte, dies sei ein vollkommen normaler Tagesbeginn, Alpträume seien nichts Ungewöhnliches, und sie hätte es längst erfahren, wenn in ihrer Familie irgendetwas vorgefallen wäre, wollte das Gefühl, dass an diesem Morgen etwas geschehen war, nicht von ihr weichen.
Beinahe erleichterte es sie, als das Zimmermädchen das Morgenzimmer betrat und mit Unheil verkündendem Gesicht sagte, zwei Polizisten warteten im Besucherzimmer. Polizei im Haus war etwas, das man in der Gesellschaft tunlichst vermied, aber die Herren waren durch den Dienstboteneingang gekommen, so dass jedenfalls niemand aus der Nachbar-

schaft sie gesehen hatte. Sie waren in das hintere kleine Besucherzimmer geführt worden und warteten dort.
Der jüngere der beiden Polizisten, Sergeant Cutter, war das erste Mal in einem so herrschaftlichen Haus, und er sah sich staunend in dem Zimmer um, während Inspektor Taylor seine Umgebung kaum zur Kenntnis zu nehmen schien und mit düsterem Gesicht vor sich hin brütete. Es versprach ein verdammt unangenehmer Tag zu werden, und der stetige Regen, der ihn durchweicht hatte, seit er in aller Frühe aus dem Haus gerufen worden und nach Bloomsbury geeilt war, hatte nicht dazu beigetragen, seine Laune zu heben. Nun stand ihm das Schlimmste noch bevor, denn er wusste, dass das Reden an ihm hängen bleiben würde.
Sergeant Cutter war noch in die Betrachtung eines Gemäldes vertieft, das eine Sommerlandschaft darstellte, als die Tür geöffnet wurde und Helena den Raum betrat. Cutter unterdrückte in letzter Sekunde einen bewundernden Pfiff, der ihn angesichts der Situation mit Sicherheit seine Karriere gekostet hätte. Helena war blass, aber sie strahlte Ruhe aus und bewegte sich vor dem Hintergrund dieses überladenen Zimmers mit der Selbstverständlichkeit eines Menschen, dem derartige Dinge seit der Geburt vertraut sind.
»Guten Morgen, meine Herren«, grüßte sie beim Eintreten. »Sie wollten mich sprechen?«
»Guten Morgen, Lady Vanderley«, entgegnete der Inspektor. »Mein Name ist Inspektor Taylor, das«, er deutete auf Cutter, »ist Sergeant Cutter.«
Helena neigte den Kopf und wartete schweigend.
»Möchten Sie sich nicht vielleicht erst setzen, Mylady«, schlug Taylor vor.
»Sagen Sie mir bitte, was Sie zu sagen haben«, entgegnete Helena gefasst, »statt mich noch mehr in Unruhe zu versetzen.«

»Wie Sie wünschen, Mylady.« Taylor atmete tief ein, er musste sich wappnen, wie so viele Male zuvor. »Ihr Mann, Lord Vanderley, ist heute Morgen einem Überfall zum Opfer gefallen. Bedauerlicherweise kam jede Hilfe zu spät.«
Helena wurde eine Spur blasser, in ihrem Gesicht zuckte es kurz, aber ansonsten war sie vollkommen unbewegt. »Wo?«, fragte sie.
Taylor musterte sie mit Respekt. Jedenfalls eine, die keine Szene machte und Heulkrämpfe bekam. »In Bloomsbury«, entgegnete er. Jetzt kam der schlimmste Teil der Geschichte. »Ich muss Ihnen leider mitteilen, dass es kein Raubüberfall war. Der Täter wurde unmittelbar nach der Tat von einer der Wachpatrouillen gestellt, es handelt sich um einen eifersüchtigen Verehrer einer gewissen Clemence Coleridge, die eine Wohnung in dem Haus bewohnt, das ihr Mann in dem Moment verließ, als er niedergestochen wurde.«
»Ich verstehe«, war Helenas einzige Antwort.
»Der Mörder Ihres Mannes war geständig, etwas anderes wäre ihm in Anbetracht der Umstände wohl auch nicht übrig geblieben. Miss Coleridge hingegen hat zunächst behauptet, Ihren Mann nicht zu kennen, ich konnte sie aber recht schnell davon überzeugen, dass es nicht weiter schwer wäre, durch gezieltes Fragen in ihrer Umgebung eine Beziehung zu ihm nachzuweisen.« Er räusperte sich. »Wir haben bereits Angestellte des Theaters, an dem sie tätig ist, befragt, und der Mörder Ihres Mannes war dort bekannt. Er hat Miss Coleridge des Öfteren dort aufgelauert. Es tut mir sehr Leid.«
Helenas Hände krampften sich kurz in ihr Kleid und entspannten sich wieder. »Was wird nun geschehen?«
»Der Fall ist eindeutig, und es wird wohl nicht nötig sein, Sie noch einmal zu behelligen, Mylady. Aus Formalitätsgründen

können wir den Leichnam Ihres Mannes jedoch erst morgen freigeben.«
Mechanisch nickte Helena. Sie nahm kaum zur Kenntnis, was der Inspektor sagte. Jeder Schlag ihres Herzens hämmerte es ihr ins Bewusstsein: Matthew war tot. Selbst dass die Polizisten gingen, bekam sie nicht mit, obwohl sie sich selbst reden hörte. Sie blieb regungslos im Besucherzimmer stehen. Es war kein Laut zu hören, nicht einmal das Rauschen des Windes, so als stünde die Zeit auf einmal still. Es war nicht vorstellbar, dass Matthew nicht mehr zurückkommen würde. Beinahe erwartete sie, er werde jeden Moment das Haus betreten, und seine energischen Schritte würden auf dem Marmorboden der Vorhalle zu hören sein.
Schließlich ging Helena zur Tür. Noch war alles unwirklich, aber sie wusste, dass es allmählich in ihr Bewusstsein dringen würde. Jetzt aber waren notwendige Maßnahmen zu treffen: Das Personal musste informiert werden, und – das Schlimmste – sie musste es den Kindern sagen.

»Die Polizei im Haus meiner Tochter.« Arthur Ashington war außer sich. Die Familie hatte sich in Matthews Bibliothek versammelt. »Bei allem Respekt, den ich für Matthew empfunden habe, aber das ist wohl der schlimmste Skandal, den es jemals in Zusammenhang mit meiner Familie gegeben hat. Wenn er sich schon hat erstechen lassen, dann hätte es wenigstens ein Raubüberfall sein können.«
»Es ist nicht anzunehmen, dass er vorher gefragt wurde«, entgegnete Rose kühl.
»Wo ist Helena?«, wollte Eleonore wissen.
»Auf ihrem Zimmer«, antwortete Rose, »sie hat sich hingelegt. Das alles heute war wohl etwas viel für sie.«
»Für wen wäre es das nicht?«, schnaubte Lord Ashington.

»Ich habe bereits mit dem Polizeipräsidenten gesprochen. Matthews Leichnam wird noch heute Abend überführt, und es kann nicht angehen, dass die Polizei hier morgen noch einmal ein und aus geht, wenn Helena alleine ist.«

»Denkst du, es ändert sich etwas, wenn du hier bist?«, fragte Rose.

»Allerdings. Sie werden sie nicht mehr zu Gesicht bekommen, und wenn einer von ihnen meint, eine unnötige Frage stellen zu müssen, werde ich das zu unterbinden wissen.« Er ging erregt auf und ab.

»Aber sie haben doch schon gesagt, sie müssten sie nicht mehr behelligen.«

»Darauf verlasse ich mich nicht.«

»Die Leute werden reden«, sagte Eleonore, »und es wird sich kaum eindämmen lassen.«

»Und aus ebendiesem Grund«, entgegnete Lord Ashington, »werde ich Helena vor allem, was mit der Sache zu tun hat, abschotten. Sie hat es immer geschafft, der Gesellschaft die vorbildliche Ehefrau vorzuspielen, sie wird es hoffentlich auch schaffen, als Witwe überzeugend zu sein. Man darf in ihr nur das Opfer sehen, nichts anderes, sonst wird sie nie wieder passabel heiraten können, und Susannah werden wir auch ewig am Hals haben.«

»Wie mitfühlend du bist«, sagte Rose sarkastisch, »welche Tochter würde bei einem solchen Vater nicht glücklich sein und seine Wünsche mit Freude erfüllen.«

»Helenas Gefühle stehen jetzt nicht zur Debatte«, entgegnete Lord Ashington unnachgiebig, »hier geht es einzig und allein um Schadensbegrenzung.«

65

Helena wollte Matthew nicht sehen, nachdem er aufgebahrt worden war, aber es führte kein Weg daran vorbei. Sein Gesicht war wächsern, aber ansonsten sah er aus, als schlafe er nur. Sie betrachtete ihn, die geschlossenen Augen mit den dichten Wimpern und den Mund, der erstaunlich sensibel aussah. Er sah so aus, als könnten sich seine Augen jeden Moment öffnen und als werde er sie dann verspotten, weil sie die Nachricht geglaubt hatte. Für einen irrwitzigen Moment hoffte sie, dass es so wäre, damit sie sich nicht wieder mit dem Tod auseinander setzen musste. Sie hatte sich oft gewünscht, nicht mehr mit ihm leben zu müssen, aber im Falle einer Scheidung wäre der Bruch langsam vonstatten gegangen, sie hätte sich daran gewöhnen können. Auf das hier hatte sie niemand vorbereitet.

Noch vor drei Nächten hatte sie in seinen Armen gelegen, sein Körper war warm und lebendig gewesen. Doch das Schlimmste war ihre eigene Empfindungslosigkeit. Keine Trauer, kein Bedauern, keine Erleichterung und erst recht keine Befreiung, sie fühlte sich einfach nur müde. Das Weinen von Susannah klang noch in ihren Ohren, ebenso wie sie Claytons Gesichtsausdruck noch vor Augen hatte. Er schien das alles noch nicht so recht verstanden zu haben, vor allem aber ängstigte es ihn.

Selbstverständlich zerrissen sich die Leute das Maul, immerhin war Matthew nach einem Besuch bei einer Frau von zweifelhaftem Ruf von deren eifersüchtigem Verehrer niedergestochen worden. Arthur war außer sich gewesen und tat alles, um seine Tochter vorerst von der Gesellschaft abzuschotten, bis das Gerede verstummt war.

Helena presste eine Hand an die Augen und weinte, aber es waren keine erlösenden Tränen, vielmehr war es die reine Verzweiflung, weil sie sich dem, was auf sie zukommen würde, nicht gewachsen fühlte. Sie bemerkte ihre Großmutter erst, als diese neben ihr stand.

Rose' helle Augen richteten sich auf die leblose Gestalt, die einmal der hinreißende, charmante Lord Vanderley gewesen war.

»Nun ist er also tot.« Sie sah Helena nicht einmal an, während sie sprach, aber ihre Stimme war wärmer und mitfühlender, als es selbst jede Umarmung hätte sein können. »Du weinst, Kind?«

Helena nickte. Ihr Körper bebte unter dem erstickten Weinen, und sie war nicht in der Lage zu antworten.

»Für uns ist es immer am schwersten«, sagte Rose, »uns fragt niemand, ob wir mit dem, was unsere Männer und Söhne tun, einverstanden sind, wir dürfen immer nur die Folgen tragen.« Ihre Hand umschloss den silbernen Knauf des Stockes, den sie seit einiger Zeit als ständige Gehhilfe benötigte.

»Ich kann nicht, Großmutter, ich kann nicht. Ich musste schon Jeromes Verlust ertragen, Georges Fortgehen, ich habe einfach keine Kraft mehr«, entgegnete Helena erstickt.

»Du wirst die Kraft haben müssen, weil dich niemand fragen wird, ob du kannst oder nicht. In einigen Monaten wird alles anders aussehen, und irgendwann wirst du spüren, dass du frei bist, und du wirst wieder lieben.«

»Seit Jerome tot ist, weiß ich nicht, wie ich mir je verzeihen soll, Alec mehr geliebt zu haben als ihn. Abgesehen davon, will Alec mich nicht, selbst wenn ich ihn wollte.«

»Es gibt andere Männer, die es mehr wert sind, geliebt zu werden, als Alec Delany.«
»Alec fordert jedes leidenschaftliche Gefühl in mir, und so wird es immer bleiben. Ich würde leben und sterben für ihn, egal, was er mir antut, und gleichzeitig würde ich ihn dafür hassen.« Ihre Stimme war ruhig, beinahe traurig.
»Das fürchte ich gerade, und ich hoffe, ich werde nicht miterleben müssen, wie du dich dabei zugrunde richtest.«
Helena schwieg und hielt ihre Augen auf Matthews Gesicht gerichtet.
»Die Menschen um mich herum werden weniger«, sagte sie in die Stille hinein.
»Du hast Angst davor, allein zu sein«, stellte Rose fest, »und zur selben Zeit willst du niemanden an dich heranlassen. So warst du doch früher nicht, du hast dich nie vor dem Leben verschlossen.«
»Ich hatte eben einen guten Lehrer.«
Rose schüttelte betrübt den Kopf. Mit ihrer Enkelin war in diesem Zustand nicht zu reden, sie würde einfach auf die heilende Wirkung der Zeit vertrauen müssen.

Wieder eine Beerdigung, dachte Helena, und diesmal war sie selbst es, die den Trauerzug anführte, die vorne am Grab stand und von allen angesehen wurde. Sie spürte die Blicke der Leute, auch ohne dass sie sie sah, ebenso wie sie jetzt schon hörte, wie man über sie und die Familie tuschelte. Der Empfang am Hanover Square würde den Leuten dazu dienen, sich über die skandalösen Umstände des Mordes an dem Viscount von Claremont auszutauschen und die bedauernswerte Witwe nicht aus den Augen zu lassen. Und dann erst die armen Kinder, würden sie flüstern, für den Sohn wäre es vielleicht nicht so schlimm, aber die Tochter! Nur gut, dass

die Vanderleys reich genug waren, um einen solchen Makel später aufwiegen zu können.
Der Nieselregen, der seit Tagen nicht aufhören wollte, hatte alles durchweicht. Der schlammige Boden sog die Schritte mit einem leisen Schmatzen auf, und Helena spürte, wie ihre Schuhe im Schlamm steckten und wie der Wind den durchnässten Kleidersaum um ihre Knöchel schlug. Der schwarze Schleier verbarg ihr Gesicht, und Wasser tropfte von dem schwarzen Hut in den Kragen ihres hochgeschlossenen Kleides. Sie schloss die Augen und sah Matthews Gesicht vor sich. Man konnte wohl nicht beinahe sechs Jahre mit einem Menschen leben, ohne ein Gefühl des Verlustes zu empfinden, wenn dieser Mensch nicht mehr da war.
Ihre Großmutter hatte ihr gesagt, sie sei jung, aber so fühlte sie sich nicht mehr. Sie hatte doch schon fast alles kennen gelernt. Die Liebe zu Alec hatte sie einige wundervolle Monate lang erleben dürfen, sie hatte geheiratet, Kinder geboren, eine Fehlgeburt erlitten, ihren Lieblingsbruder verloren, und sie kannte das Gefühl, wenn ihre und Matthews Glieder ineinander verschlungen waren, wenn es nichts mehr gab, außer ihren Körpern, und jeder Groll dahinter für wenige Momente verschwand.
Ich habe dich nicht eine Sekunde meines Lebens geliebt, Matthew, dachte Helena, aber ich habe dich am Ende auch nicht gehasst. Wenn du mich hören könntest, würde ich dir sagen, ich hege keinen Groll mehr gegen dich. Möge Gott deiner Seele gnädig sein.
Eine Bewegung neben ihr erinnerte sie daran, dass sie nicht allein war und dass sie gebraucht wurde. Sie sah hinunter zu Clayton, der neben ihr stand, nun der neue Viscount von Claremont. Er war durchgefroren und sein Gesicht totenblass. Es war ausgeschlossen gewesen, dass er nicht zur Be-

erdigung seines Vaters mitkam, und Helena hatte lediglich durchsetzen können, dass es Susannah erspart blieb.
Helena neigte sich leicht zu ihm und nahm seine Hand. Clayton war erleichtert, endlich diese aufgezwungene Steifheit ablegen zu dürfen, und schmiegte sich an die nassen Röcke seiner Mutter. Sollen die Leute reden, dachte Helena, er ist doch gerade erst vier.

66

Kalkutta

»Gut, dass du kommst.« Trevor schob einige Unterlagen zusammen und stand auf, um Alec mit einem Handschlag zu begrüßen. Seit ihrem Streitgespräch, so viele Abende zuvor, war ihr Verhältnis zwar wieder freundlich, aber es herrschte immer noch eine gewisse Steifheit in ihrem Umgang miteinander.

»Es hat sich dringend angehört.« Alec zog einen Stuhl heran und setzte sich.

»Das ist es auch. Lord Vanderley ist tot.« Eine kurze Pause folgte, in der Trevor beobachtete, wie Alec das Gesagte aufnahm. Dessen Gesicht gab jedoch keine Reaktion preis.

»Wie ist es passiert?«

»Zuerst die offizielle Version: ein bedauerlicher Unfall, ein Irrer hat ihn auf der Straße niedergestochen.« Trevor machte eine kurze Pause. »Tatsache ist, es war der Verehrer einer Tänzerin, der Lord Vanderley in einem Anfall von Eifersucht erstochen hat, als dieser gerade aus dem Haus kam, in dem die besagte Tänzerin wohnt.«

Alec lehnte sich zurück. »Was ist mit seiner Frau?«, fragte er etwas gezwungen.

»Die Sache hat einen ziemlichen Skandal verursacht, und nach dem, was ich gehört habe, lebt sie im Moment äußerst zurückgezogen.« Trevor schob gedankenverloren einen Stapel Papier gerade. »Ich muss nach England fahren, um das alles vor Ort zu regeln, und ich wollte fragen, ob du mitkommst.«

»Auf gar keinen Fall«, entgegnete Alec entschlossen. »Wenn

es nicht zwingend notwendig ist, möchte ich in den nächsten Jahren nicht nach London fahren.«
»Es würde mich aber entlasten, und vor allem möchte ich Bradley die Reise nicht wieder zumuten. Wie du weißt, ist er nicht mehr der Jüngste, und alle zwei oder drei Jahre die weite Reise zu machen wird mittlerweile etwas anstrengend für ihn.«
»Ist Victoria noch mit Elizabeth bei deiner Familie?«
»Ja. Die Ärzte konnten bisher nichts feststellen, und es ist keine Besserung in Sicht.«
Alec wusste, es wäre egoistisch, Trevor mit seinen familiären Problemen und den geschäftlichen Verpflichtungen allein zu lassen, daher fragte er: »Wann möchtest du fahren?«
»Ich wollte die nächste Passage buchen, sobald ich mit dir gesprochen habe.« Trevor sah ihn abwartend an.
Alec seufzte und verwünschte Lord Vanderley ein ums andere Mal. »Buch für mich mit.«
Erleichtert lächelte Trevor ihn an. »Danke«, sagte er nur. Um die gespannte Stimmung etwas aufzulockern, bestellte er Tee.
»Bradley wird sich nach und nach vom Geschäftsleben zurückziehen«, sagte er. »Das Unternehmen wird komplett an Victoria überschrieben, aber offiziell bleibt natürlich alles wie gehabt.«
Alec grinste. »Außer dass du dann für deine Frau arbeitest und mein Vorgesetzter wirst.«
»Das stimmt, aber Victoria räumt mir dieselbe Stellung ein, die ihr Vater innehatte«, entgegnete Trevor mit belustigt blitzenden Augen. Ernster fügte er hinzu: »Über deine zukünftige Stellung im Unternehmen unterhalten wir uns, wenn die Dinge in London geklärt sind. Ich habe daran gedacht, dir meine jetzige Position als unmittelbarer Stellvertreter anzuvertrauen.«

Alec nickte. Dass es so kommen würde, war zwar zu erwarten gewesen, aber bisher hatte es noch niemand ausgesprochen.
Um der Situation etwas von ihrem Ernst zu nehmen, fuhr Trevor fort: »Wie ausgesprochen klug von dir, dich dazu bereit zu erklären, mich zu begleiten.«
Beide lachten noch, als ein Angestellter den Tee brachte und auf dem Schreibtisch abstellte.
»Wann wird der frühestmögliche Termin für die Abreise nach London sein?«, kam Alec auf das ursprüngliche Thema des Gesprächs zurück.
»In einer Woche, nehme ich an. Wir müssen von hier aus alles so schnell wie möglich vorbereiten.«
»Dann bringen wir es hinter uns. Diesmal wird unser Aufenthalt wohl nicht allzu lange dauern, nehme ich an?«
»Warten wir's ab. Lady Vanderley ist Treuhänderin des Vermögens, und ich weiß nicht, ob sie persönlich Einfluss nehmen wird oder nicht. Auf jeden Fall werde ich die Gespräche mit ihr übernehmen.«
»Die Gespräche mit Lord Vanderley habe bisher immer ich geführt.«
»Ich habe angenommen, dass es dir so lieber ist.«
»Mach dir darüber keine Sorgen, ich bin durchaus in der Lage, meine privaten Belange von den Geschäften zu trennen.«
»Hoffen wir, dass sie es auch ist.«

67

London

Helena durfte keine Besuche machen, nicht ausgehen, nicht lachen, einfach nichts tun, was den Eindruck erwecken könnte, sie sei glücklich oder trauere nicht angemessen. Wenn sie Besuch bekam, dann unterhielten sich die Leute flüsternd, vermieden es, die Umstände von Matthews Tod zu erwähnen, und sprachen, wenn sie ihn überhaupt erwähnten, nur davon, was für ein wunderbarer Mensch er gewesen sei, ehe dieser bedauernswerte Unfall seinem Leben ein Ende gesetzt hatte. Am schlimmsten waren die älteren verwitweten Frauen, die wie Krähen in ihren schwarzen Kleidern in Helenas Salon saßen, über die Übel der Welt redeten und ihre eigene Wohlanständigkeit in den Vordergrund stellten. Immer, wenn sich hinter dem letzten Gast die Tür geschlossen hatte, widerstand Helena nur mit Mühe dem Drang, das Teegeschirr der Besucher gegen die Wände zu werfen und laut zu schreien.

Ella, das Stubenmädchen, kam in diesem Moment in Helenas Boudoir und führte Lorena hinein.

»Ich dachte, du bräuchtest jemanden, der dich aufheitert«, sagte Lorena munter, nachdem Ella die Tür hinter ihr geschlossen hatte. Helenas Gesicht hellte sich nicht auf, was Lorena aber nicht einschüchterte, weil sie ihre Freundin inzwischen gut genug kannte. »Wie geht es den Kindern?«

»Clayton spricht wenig, und Susannah hat mich heute schon wieder gefragt, ob ihr Vater fortgegangen sei, weil sie immer so ungehorsam war.« Helena stellte mit wütendem Klirren zwei frische Teetassen auf ein Tischchen. »Ihr Vater hat uns verlassen, weil er mich nicht mehr wollte. Wie gut, dass seine Tochter nie erfahren wird, was es mit ihm auf sich hat.«

»Auf wen bist du eigentlich wirklich wütend? Auf Matthew, auf seinen Mörder oder auf Susannahs Vater?«

Helena hielt in ihrer Bewegung inne. »Vielleicht auf jeden von ihnen.« Erschöpft massierte sie sich die Schläfen. In der letzten Zeit schien es keinen Tag zu geben, an dem sie keine Kopfschmerzen hatte. »Wann wollt ihr heiraten?«, fragte sie, um das Thema zu wechseln.

»Voraussichtlich im Mai.«

Helena zwang sich zu einem Lächeln. »Ein schöner Monat zum Heiraten.« Sie schenkte Tee ein.

Lorena nahm eine Tasse von ihr entgegen. »Du wirst wahrscheinlich nicht kommen können, nicht wahr?«

»Ich kann nicht vier Monate nach Matthews Tod auf eine Hochzeitsfeier gehen, auch wenn ich es gerne täte.« Man würde ihr nur die Trauung zugestehen, ein feierlicher Akt, wo auch sie in ihrer schwarzen Witwentracht nicht fehl am Platze sein würde. »Dieses Eingesperrtsein macht mich krank. Er ist erst seit so kurzer Zeit tot, und ich habe schon das Gefühl, dass es mir die Luft zum Atmen nimmt.«

»So ging es mir auch«, erinnerte sich Lorena.

»Aber im Gegensatz zu mir hast du deinen Mann geliebt. Ich werde mindestens ein Jahr lang in Trauer gehen müssen um einen Mann, der um einer anderen Frau willen erstochen wurde.«

Darauf fiel Lorena keine tröstliche Antwort ein. Helena stand an ihrem Lieblingsplatz in der Nähe des Kaminfeuers, und der Schein der Flammen ließ ihr Haar in einem warmen Braun mit goldenem Honigschimmer aufleuchten. Lorena fiel auf, wie schmal Helena geworden war, in dem schwarzen

Kleid wirkte sie beinahe zerbrechlich. »Hast du Pläne für die folgende Zeit?«
»Ich habe daran gedacht, mir Matthews Wirtschaftsbücher kommen zu lassen und mich damit vertraut zu machen, immerhin muss ich Claytons Vermögen treuhänderisch verwalten.«
»Was wird dein Vater dazu sagen?«
»Er wird toben, aber verbieten kann er es mir nicht, ebenso wie in Matthews Handelshäusern niemand etwas dagegen sagen kann, dass die Geschäfte nun von einer Frau verwaltet werden.«
»Da hast du zwar Recht, aber einfach wird es trotzdem nicht.«
Helena zuckte mit den Schultern. »Wann ist es das schon?«

Während sie in Matthews Arbeitszimmer saß, ertappte Helena sich immer wieder dabei, wie sie zur Tür sah, ob Matthew nicht vielleicht in dem Moment hereinkäme, wo sie seinen Anweisungen zuwiderhandelte und seine Bilanzbücher durchblätterte. Die Jahresbilanzen, wegen deren er an ihrem letzten gemeinsamen Tag so gut gelaunt gewesen war, lagen noch dort, wo er sie hingelegt hatte.
Helena seufzte und legte die Mappe zurück auf den Tisch. Ob er seinen Reichtum wohl auch mit seiner Geliebten gefeiert hatte? Hatte er sie ebenso in den Armen gehalten wie Helena in der Nacht zuvor? Waren es dieselben Worte gewesen, die er ihr zugeflüstert hatte, mit jener Stimme, die, immer wenn sie sich geliebt hatten, etwas rau und gleichzeitig samten klang? Helena vertrieb diese Gedanken durch ein Kopfschütteln. Man sollte sich nicht mit Fragen quälen, auf die man nie eine Antwort bekommen würde. Wenn Alec das früher begriffen hätte, dann wäre ihr vielleicht vieles erspart geblieben.

Helena sah von den Büchern hoch, als die Tür geöffnet wurde.
»Lord Ashington, Mylady«, kündigte Ella an.
Arthur Ashington beherrschte jeden Raum, den er betrat, so, dass für niemand anderen mehr Platz darin schien und man allenfalls die Möglichkeit hatte, eine Stellung am Rand einzunehmen. Er trat zu Helena und begrüßte sie wie üblich mit einem kühlen Kuss auf die Wange.
»Überlegst du, welche Bücher du in Matthews Handelshäuser geben willst? Das ist sehr vernünftig, hier hast du dafür ohnehin keine Verwendung.«
Helena fuhr mit den Fingern an den Blättern entlang. »Vater, ich werde die Bücher nicht wegbringen, sondern mich selbst damit beschäftigen. Matthew hat mir jahrelang Finanzrechnung beigebracht, ich weiß also, wovon ich rede«
»Was für eine überspannte Idee ist das nun schon wieder?«, fragte ihr Vater sie aufgebracht. »Die Leute werden sich das Maul über dich zerreißen.«
»Dann sollen sie reden, das tun sie doch ohnehin, immerhin ist Matthew ja nicht gerade diskret abgetreten.«
»Ihm schadet es aber nicht mehr.«
»Deshalb werde ich aber nicht die nächsten Jahre lang ein Leben in vollkommener Zurückgezogenheit führen. Du hast genau gewusst, was er für ein Mensch ist, dass er immer außereheliche Affären haben würde, und trotzdem hast du auf meiner Ehe mit ihm bestanden. Wenn er jetzt einen Skandal verursacht hat, dann bin ich nicht dazu bereit, die Folgen zu tragen.«
»Etwas anderes wird dir wohl kaum übrig bleiben, du warst seine Frau.«
Bemüht, sich ihren inneren Aufruhr nicht anmerken zu lassen, sortierte sie konzentriert die Papiere, mit denen sie sich zuvor beschäftigt hatte, und schob sie in die Mappe zurück,

sorgfältig ausgerichtet, so dass keines über den Rand hinausragte. Sie schlug die Mappe zu und sah ihren Vater ruhig an. »Ich werde tun, was ich mir vorgenommen habe. In den nächsten Tagen lasse ich die Bücher aus Matthews Kontor am Hafen kommen, um mich mit allem vertraut zu machen.«

»Ich warne dich, Helena.«

»Was willst du tun, Vater? Ich war nur Matthew Rechenschaft schuldig, und jetzt, wo er tot ist, bin ich für mich selbst verantwortlich. Matthew hat mich in seinem Testament als Treuhandverwalterin bis zu Claytons Volljährigkeit eingesetzt. Zum ersten Mal in meinem Leben kann ich entscheiden, was ich tue, und ich werde tun, was ich für das Sinnvollste halte.«

Lord Ashington, der genau wusste, dass er nichts in der Hand hatte, um sie zwingen zu können, versuchte es mit Zureden. »Kannst du nicht einmal Rücksicht auf die Familie nehmen?«

»Das tue ich schon mein ganzes Leben lang, Vater«, entgegnete Helena fest. »Wenn du mir einen Rat geben möchtest, bitte. Es steht dir auch frei, mich jederzeit im Kontor aufzusuchen, wenn du das für notwendig hältst, aber versuch nicht, es mir auszureden. Ich tue ja doch, was ich will.«

»Nun«, gab Lord Ashington widerwillig nach, »dann tu, was du für richtig erachtest, aber wehe dir, wenn mir der geringste Skandal zu Ohren kommt.«

Entspannt lehnte Helena sich in Matthews bequemem Stuhl zurück. »Sei unbesorgt, Vater.«

In Arthur Ashingtons Augen trat ein harter Glanz. »Du warst immer schon stur und uneinsichtig, und ich frage mich, von wem du das hast. Deine Mutter war nie so.«

Zum ersten Mal während dieses Besuchs musste Helena lächeln. »Nein, von Mutter habe ich es wohl nicht.«

68

London war so kalt und neblig, wie Alec es in Erinnerung hatte. Das allein war ein Grund, nie hier leben zu können. Obwohl es Mitte März war, schien es keine Anzeichen von Frühjahr zu geben. Der ständige Regen hatte den Boden aufgeweicht und ließ den St. James Park kalt und unfreundlich aussehen. Die sonst so grünen Wiesen wirkten beinahe grau. Trostlos streckten die Bäume ihre kahlen Äste in den Wind.

Trevor hatte Helena bereits vor einigen Tagen zusammen mit Victoria einen Kondolenzbesuch abgestattet, bei dem Alec sie nicht begleitet hatte. Stattdessen hatte er lediglich Grüße ausrichten lassen. Ehe er in das Kontor ging, wollte er Helena jedoch sprechen, und dafür wäre es am besten, sie in einer neutralen Umgebung anzutreffen. In der Hoffnung, sie unternähme immer noch regelmäßig Spaziergänge, war er jeden Nachmittag von einem Park zum nächsten gefahren, um sie gegebenenfalls dort anzusprechen, bisher jedoch ohne Erfolg. Natürlich war es gut möglich, dass er sie immer verpasst hatte, aber es schien wahrscheinlicher, da er sie eine ganze Woche lang nicht getroffen hatte, dass sie einfach wartete, bis das Wetter wieder etwas besser wurde, ehe sie die alte Gewohnheit wieder aufnahm. In dem Fall würde ihm wohl nichts anderes übrig bleiben, als sie in den nächsten Tagen direkt im Kontor aufzusuchen, bis zum Frühjahr konnte er ja schlecht warten. Nachdem er sich das vorgenommen hatte, machte Alec sich auf den Weg zum Ausgang, und im selben Moment sah er die Kutsche mit dem Wappen der Vanderleys

vor dem Park anhalten, und eine schwarz gekleidete Frau, in der er selbst auf die Entfernung hin Helena erkannte, stieg aus. Der Kutscher hob einen kleinen Jungen aus der Kutsche, den Helena direkt an die Hand nahm. Die beiden traten auf den aufgeweichten Parkweg. Es waren nur wenige Leute unterwegs, und Alec blieb an einer Baumgruppe stehen und beobachtete Helena aus der Entfernung. Sie hatte abgenommen, wie immer, wenn etwas sie belastete. Der elegante schwarze Mantel betonte ihre Blässe, und obwohl sie ihm noch schöner erschien als in seiner Erinnerung, hatte ihr Gesicht jene Lieblichkeit verloren, die ihn früher so sehr in ihren Bann gezogen hatte.
Um sie nicht durch sein plötzliches Auftauchen zu erschrecken, trat er auf den Weg und ging ihr entgegen. Helena sah ihn dennoch erst, als sie wenige Schritte von ihm entfernt war, und auf ihrem Gesicht zeichnete sich kurz Überraschung ab.
»Schön, dich zu sehen«, sagte Alec anstelle einer Begrüßung und ging neben ihr her.
Helenas Gesicht nahm wieder den Ausdruck kühler Distanz an. »Ich wollte, ich könnte dasselbe auch von dir behaupten.«
»Ich hatte gehofft, dich hier zu treffen«, sagte Alec, ohne auf ihre Worte einzugehen.
»So? Du hättest mich jederzeit besuchen können, wenn du mir etwas zu sagen hast. Mr. Callaghan sagte mir bereits, du würdest mich im Kontor aufsuchen wollen, aber weder habe ich dich dort gesehen, noch wurde mir ausgerichtet, du seiest in meiner Abwesenheit dort gewesen.«
»Ich wollte dich erst sehen, ehe ich dich im Kontor aufsuche, und bei dir zu Hause erschien es mir zu persönlich.«
Clayton zappelte an Helenas Hand, und Helena ließ ihn los.

Ihr Blick folgte ihm, während sie froh war, dass sie ihre täglichen Spaziergänge nicht mit Susannah unternahm.
»Ein hübsches Kind«, bemerkte Alec.
»Ja, das ist er.« Ein kurzer Schimmer von Weichheit ging über ihr Gesicht.
»Er sieht seinem Vater sehr ähnlich. Hat deine Tochter wenigstens Ähnlichkeit mit dir?«
Helena hob die Schultern. »Ihrem Vater sieht sie ähnlicher als mir«, sagte sie etwas angestrengt. Sie senkte den Blick auf den Weg und schwieg. Wie immer, wenn sie Alec begegnete, spürte sie seine Nähe durchdringend, es schmerzte beinahe, und ihre Ruhe war immer schwerer aufrechtzuerhalten.
»Warum wolltest du mich sehen?«, fragte sie.
»Ich wollte dich noch einmal um Verzeihung bitten«, antwortete er ruhig.
»Das hast du schon einmal getan, und du hast gesagt, du würdest mich nicht noch einmal darum bitten. Nun, du wirst deine Bitte kein drittes Mal wiederholen müssen«, erwiderte Helena.
Es war offensichtlich, sie wollte über das Thema nicht weiter reden, und Alec beschloss, es so aufzunehmen, als grolle sie ihm zumindest nicht mehr. »Ich habe dir noch kein Beileid gewünscht.«
»Dann tu es auch nicht, ich würde mir von dir verhöhnt vorkommen.«
»Das dachte ich mir.« Was führten sie da überhaupt für eine konfuse Unterhaltung, dachte Alec. »Ist es dir recht, wenn ich dich morgen aufsuche?«
»Ja, aber komm bitte vormittags.« Helena blieb stehen, es war an der Zeit, sich zu verabschieden.
Alec gab ihr formell die Hand. Wenn ihm auch ihre eisige Kälte verständlich war, so bestürzte sie ihn dennoch. Das war

nicht die Helena, die er kennen gelernt hatte. Für einen Augenblick hatte er den Impuls, sie an sich zu drücken und ihrem Körper wieder Wärme zu geben, jene Wärme, die die goldenen Lichtpunkte in ihren Augen immer zum Leuchten gebracht hatte. Es tat ihm weh, zu sehen, in was sich das hinreißende Geschöpf verwandelt hatte, das damals in Essex unter seinen Händen zu einer Frau geworden war.

»Bis morgen, Helena«, sagte er weich. Sie nickte nur und entzog ihm ihre Hand. Ohne ihn weiter anzusehen, setzte sie ihren Weg fort, den Blick auf ihren Sohn gerichtet. Alec sah ihr nach. Sie hatte ihn geliebt, und er hatte diese Liebe aus ihr herausgesogen und das übrig gelassen, was sie nun war. Wie ungerecht bin ich gewesen, dachte er, wie ungerecht.

Alec betrat das Kontor am Hafen bereits früh am Vormittag. Ein Angestellter brachte ihn zu Lord Vanderleys ehemaligem Büro. Helena hob den Blick von einem Brief, den sie gerade schrieb, als er eintrat.

»Guten Morgen«, sagte sie und entließ den Angestellten mit einem Nicken. Sie deutete Alec mit einer Geste an, Platz zu nehmen.

»Gibt es irgendwelche Änderungen, die du einführen möchtest?«, kam Alec nach der Begrüßung direkt auf sein Anliegen zu sprechen.

»Ich habe mir in den letzten Tagen die kompletten Unterlagen angesehen, von meiner Seite aus kann alles so weiterlaufen wie bisher, abgesehen davon, dass ich mich um die Dinge kümmern werde, die vorher in Matthews Händen lagen.«

»Es wird eine ganze Weile dauern, bis du dich dort eingearbeitet hast«, entgegnete Alec. »Wenn es dir lieber ist, kann ich die Gespräche auch mit den Verwaltern führen.«

Helenas Augen wurden schmal. »Wie ich dir bereits gesagt habe, habe ich die Unterlagen bereits komplett durchgesehen, du kannst dir deine Anspielungen also sparen.«
»Das war bestimmt kein Angriff auf dich, Helena, ich dachte nur, der Zeitpunkt sei vielleicht jetzt, wo du ohnehin unter großer Anspannung stehst, etwas unglücklich.«
Helena griff nach dem dicken Stapel Papiere, den er vor sie gelegt hatte. Es waren Termine für unterschiedliche Lieferungen, die für die nächsten Monate angesetzt waren, Anfragen und Angebote für Lieferungen von Assamtee. Sie runzelte die Stirn, als sie die Menge der Seiten sah, die sie alle nach Möglichkeit in den nächsten Tagen durchgearbeitet haben sollte.
»Wie lange hat mein Mann dafür gewöhnlich gebraucht?«, fragte sie.
»Er hat das meiste delegiert, nehme ich an, aber eine Anfrage wie diese hatte er normalerweise in zwei Tagen fertig. Du musst deine Angestellten nach der internen Abwicklung fragen, ich glaube kaum, dass er das alles persönlich durchgearbeitet hat. Wenn dir zwei Tage zu wenig sind, kannst du dir aber ruhig auch mehr Zeit lassen.«
»Mach dir darüber keine Sorgen«, sagte Helena, »ich bin durchaus in der Lage, die Dinge ebenso schnell zu erfassen wie mein Mann.«
»Das mag sein, aber im Gegensatz zu dir hat sich dein Mann nicht bei jedem Wort, das ich gesagt habe, angegriffen gefühlt«, entgegnete Alec, dessen Geduld sich allmählich erschöpfte.
»Als Mann musste er von dir ja auch keine Anspielungen fürchten«, entgegnete Helena spitz.
»Ach, das ist es also? Du denkst, ich halte dich für unfähig, weil du eine Frau bist?«, fragte Alec mit hochgezogenen Brauen.

»Warum lässt du eigentlich nicht Mr. Callaghan die Gespräche führen?«, wich Helena seiner Frage aus.
»Weil ich das bisher immer gemacht habe.«
»Das mag sein, aber mir wäre es lieber, wenn er es zukünftig täte.«
»Es sind also nicht meine angeblichen Anspielungen, sondern ich persönlich bin es, der für dich ein Problem ist«, stellte Alec fest.
»Das ist in Anbetracht der Umstände ja auch nicht ungewöhnlich. Und wenn man bedenkt, dass wir die zahlende Seite sind, dann habe ich doch wohl das Recht, mir auszusuchen, mit wem ich reden möchte.«
Alec lächelte kalt. »Nein, Helena, das Recht hat sich nicht einmal dein Mann herausgenommen.« Er griff wieder nach den Unterlagen, die er auf den Tisch gelegt hatte. »Also, nachdem das geklärt wäre, wieder zu unserem Hauptanliegen. Wie lange brauchst du?«
»Zwei Tage.«
»Ich meine das jetzt ernst, du musst mir nicht beweisen, dass du es ebenso schnell hinbekommst wie dein Mann zuvor.«
»Du hast mich doch gehört.«
»In Ordnung, zwei Tage. Wenn ich komme, möchte ich alles zur beidseitigen Zufriedenheit geklärt vorfinden, so wie es auch war, als dein Mann noch gelebt hat. Sollte ich hierher kommen, und du hast den Zeitplan nicht eingehalten, wird sich das mit Sicherheit auf die Preise auswirken«, entgegnete Alec beabsichtigt grob.
Helena presste die Lippen zusammen und nickte.
Alec erhob sich, grüßte kühl und ging.
Als er zur Tür hinaus war, vergrub Helena ihr Gesicht in den Händen. Statt, so wie sie es vorgehabt hatte, vollkommen

geschäftsmäßig zu bleiben, war es darauf hinausgelaufen, dass sie sich gestritten hatten. Jetzt hatte sie nicht nur den Eindruck erweckt, nicht fähig zu sein, die Geschäfte von Matthew weiterzuführen, sie hatte Alec mit ihrem Verhalten auch gezeigt, dass ihr die nötige Distanz zu allem fehlte. Wütend auf sich selbst, nahm Helena die Unterlagen zur Hand und blätterte sie durch. Was hatte sie nur geritten, ihm alles in zwei Tagen zuzusagen, anstatt sein Angebot anzunehmen und sich Zeit zu lassen? Darüber, wie er reagieren würde, wenn sie es nicht schaffte, brauchte sie sich von vorneherein keiner Täuschung hinzugeben.

Ein Angestellter erschien auf ihr Läuten hin. »Ja bitte, Mylady?«

»Sagen Sie Mr. O'Toole, ich möchte ihn sprechen.« Wenige Minuten später stand der Verwalter des Kontors vor ihr. Sie reichte ihm die Unterlagen. »Wie hat mein Mann diese Dinge für gewöhnlich gehandhabt?«, wollte sie wissen.

Ohne auf ihre Aufforderung zu warten, setzte er sich auf einen der Stühle, die vor dem Schreibtisch standen, so wie es bei Gesprächen mit Matthew üblich gewesen war. Er blätterte die Mappe durch, ließ den Blick routiniert über die Papiere gleiten und sah Helena dann wieder an. »Eine der üblichen Anfragen der *Seymour East Trading Company,* das dauert für gewöhnlich nicht lange, weil wir seit Jahren zusammenarbeiten und sich da schon gewisse Dinge eingespielt haben. Für gewöhnlich habe ich mich zusammen mit Mr. Cartridge und Mr. Hallifax darum gekümmert, Ihr Mann hat es am Ende noch einmal vorgelegt bekommen und gesagt, ob alles seinen Wünschen entspricht.«

Helena atmete erleichtert auf. »Ist es in zwei Tagen zu schaffen?«

»Wenn Mr. Delany es in zwei Tagen sehen möchte, dann ist

es sinnvoll, wir arbeiten alles in einem Tag durch und Sie nutzen den zweiten Tag dazu, sich die Unterlagen anzusehen und zu überlegen, ob noch etwas geändert werden soll.«
Das würde sie wohl problemlos hinbekommen. »Dann machen Sie sich am besten direkt an die Arbeit«, sagte sie.

Die Sonne bahnte sich ihren Weg durch den dunkel bewölkten Himmel und ließ in der Tristesse des Tages alles, was sie berührte, umso heller aufleuchten. Helena nutzte den Nachmittag, um auf den Friedhof zu gehen. Sie hatte Susannah mitgenommen, weil diese den ganzen Nachmittag quengelnd darum gebeten hatte. Eigentlich wäre sie lieber allein gegangen. Susannahs Kummer um Matthews Tod war immer eine Belastung für Helena, weil sie ihn so wenig teilen konnte, und Angst hatte, nicht mitfühlend genug zu wirken.
Helena betrachtete den Grabstein, auf dem Matthews Name eingemeißelt war, ohne dass es etwas in ihr berührte. Natürlich vermisste sie ihn manchmal, immerhin hatten sie lange zusammengelebt, und sie hatte mit ihm reden können, aber sie wusste, dieses Gefühl würde mit der Zeit nachlassen. Susannah hingegen war untröstlich. Sie trat an den Grabstein und legte ihre Hand darauf. »Lieber Papa«, sagte sie, »ich wünschte, du wärst nicht tot.«
Helena wandte den Blick ab. Wenn auch Matthews Tod sie nicht berührte, so war der Kummer ihrer Tochter unerträglich für sie. Es hätte sie wundern müssen, wie sehr Susannah Matthew trotz seiner Strenge geliebt hatte, aber es lag wohl daran, dass er sie immer ernst genommen hatte und nie wirklich unfreundlich zu ihr gewesen war. Selbst wenn er sie bestraft hatte, war er darum bemüht gewesen, nicht ungerecht zu sein. Er war nicht einmal ihr wirklicher Vater gewesen, und als Helena die Trauer der Kleinen sah, nahm sie sich

ein weiteres Mal vor, dass diese nie erfahren durfte, wessen Tochter sie in Wahrheit war.
»Kommst du, Susannah?«, sagte sie zu dem Kind und wandte sich in Richtung des Familiengrabs der Ashingtons. Sie besuchte Matthews Grab immer zuerst, um dann in Ruhe Jeromes Grab aufzusuchen.
Das Mädchen folgte seiner Mutter, wobei es nicht auf dem Weg blieb, sondern durch das feuchte Gras lief und das Gefühl genoss, wenn seine Füße immer wieder in dem weichen Boden versanken.
Helena drehte sich zu ihm um. »Susannah«, sagte sie streng. »Jetzt sieh dir dein Kleid und deine Schuhe an.« Sie begutachtete den nassen Saum. »Willst du dich erkälten? Warum kannst du nie auf mich hören? Ich habe dir zu Hause gesagt, du darfst nur mit, wenn du nicht über die nasse Wiese läufst.«
Susannah sah betrübt zu Boden, aber Helena wusste, das nächste Mal würde sie es trotzdem wieder tun, Verbotenes hatte einfach einen zu großen Reiz für sie. Helena nahm ihre Tochter bei der Hand und ging mit ihr zu Jeromes Grab. An ihren Onkel konnte sich Susannah kaum noch erinnern, deshalb teilte sie auch die Trauer ihrer Mutter nicht und unternahm einen Streifzug über die Wege, wobei sie jedoch in Helenas Nähe blieb.
Jerome Benedict Ashington, geboren am 11. April 1850, gestorben am 15. Februar 1881. Möge seine Seele in Frieden ruhen.
Unzählige Male hatte Helena diese Grabinschrift gelesen, und es tat immer noch weh. Hier lag der einzige Mensch, um den sie wirklich trauerte.
Du fehlst mir, mein Jerome, dachte sie. Matthew ist tot, und Alec ist wieder in London. Vater gegenüber habe ich durchgesetzt, Matthews Geschäfte selbst weiterführen zu dürfen, sein Gesicht hättest du sehen sollen, als er gemerkt hat, dass

er zum ersten Mal vor meinen Wünschen kapitulieren muss. Im Kontor habe ich Alec gesehen und mich zum Narren vor ihm gemacht. Gott sei Dank machte Vater nicht gerade zu diesem Zeitpunkt einen seiner Kontrollbesuche, es hätte ihn in jeder Hinsicht bestätigt. Und was soll ich jetzt tun?

Susannah zog ungeduldig an Helenas Ärmel. »Gehen wir?«, fragte sie. »Es ist langweilig und kalt.«

»Wir gehen jetzt, Liebes«, sagte Helena an Susannah gewandt. »Siehst du, ich habe dir gesagt, es würde dir kalt werden, wenn du durch die nassen Wiesen läufst.« Sie zog ihre Handschuhe aus und befühlte Susannahs Wangen und Hände, bevor sie sich mit ihr auf den Rückweg machte. In der Kutsche legte sie eine warme Decke um ihre Tochter und zog ihr die nassen Schuhe aus. »Das nächste Mal, wenn ich dir etwas sage, erwarte ich, dass du auf mich hörst, hast du das verstanden?«

Susannah schniefte und nickte. Während Helena die kleinen Füße so lange zwischen den Händen massierte, bis das Blut allmählich wieder zirkulierte, kuschelte Susannah sich tiefer in die Decke. Sie genoss das Gefühl, von ihrer Mutter umsorgt zu werden. Dafür konnte man einen Tadel für Ungehorsam durchaus riskieren.

69

Helenas ganze Haltung wirkte gelassen, als Alec eintrat. Nur jemand, der sie sehr gut kannte, sah die Anspannung darin. Ohne weitere Worte legte Helena ihm die Unterlagen vor. Aufmerksam las er sie durch, einige Seiten quer lesend, andere wieder genauer studierend. Als er durch war, legte er die Mappe vor sich hin.

»Sehr gut, ich habe deine Fähigkeiten wohl unterschätzt«, sagte er lächelnd.

»Du bist unausstehlich überheblich«, erwiderte Helena. Sie ärgerte sich maßlos darüber, schon wieder kurz davor zu stehen, die Beherrschung zu verlieren. Aber sein Ton konnte einen auch zur Weißglut bringen.

»Das stimmt nicht, du nimmst alles zu persönlich, das ist das Problem. Sei froh, dass ich es bin, der dir gegenübersitzt, und nicht irgendein Geschäftsmann, der sich deine Unerfahrenheit in geschäftlichen Angelegenheiten in jeder Hinsicht zunutze machen würde.«

»Und welchem glücklichen Umstand verdanke ich es, wenn du sie nicht ausnutzt? Es wäre ja nicht das erste Mal, dass du mein Vertrauen in dich missbrauchen würdest.«

Alec sah sie mit einer solchen Wut an, dass Helena sich unwillkürlich weiter zurücklehnte. »Verdammt, Helena, es gibt in meinem Leben nichts, was ich mehr bereut habe, und nichts, für das ich mich öfter bei einem Menschen entschuldigt habe. Meine Motive, dir das anzutun, waren nicht entschuldbar, aber wenn du wüsstest, was mich so hat werden lassen, würdest selbst du sie bis zu einem gewissen Grad für verständlich halten. Ich bin es leid, dass du mir bei jedem Wort, das ich zu dir sage, niedere Motive unterstellst. Unabhängig von dem, was ich damals getan habe, weißt du sehr gut, ich würde nie absichtlich etwas tun, das dir schadet. Ich kann die damaligen Geschehnisse nicht rückgängig machen, und du kannst dir nicht vorstellen, wie sehr ich es mir wünsche.«

Um ihre Erschütterung nicht zu zeigen, hob Helena ihr Kinn an und begegnete seinem Blick. »O, das wünschte ich mir auch. Ich wollte, wir wären uns nie begegnet.« Schon während sie es sagte, hätte sie es am liebsten rückgängig gemacht, weil sie damit selbst die schönen Erinnerungen, die doch trotz allem bestanden, negierte.

Alec griff nach den Unterlagen und stand auf. »Das wäre wohl das Beste gewesen«, sagte er.

Helena glaubte, für den Bruchteil einer Sekunde einen Anflug von Traurigkeit in seinen Augen zu sehen, aber wahrscheinlich bildete sie sich das ein.

»Unter diesen Umständen weitere Gespräche führen zu wollen, erübrigt sich wohl«, fuhr Alec fort. »So kann es auf jeden Fall nicht weitergehen. Ich überlege mir etwas und gebe dir in den nächsten Tagen Bescheid.«

Kaum war er gegangen, nahm Helena einen Stapel Papiere und warf sie gegen die Tür, dann legte sie die Arme auf die Tischplatte und vergrub ihr Gesicht darin. Die Papiere wurden zurückgeschoben, als sich die Tür vorsichtig öffnete.

»Helena?« Es war Olivias bestürzte Stimme. Mit wenigen Schritten war sie bei ihr und zog sie in die Arme. »Was ist denn passiert?«, fragte sie besorgt.

Helena richtete sich auf und strich sich einige gelöste Haarsträhnen zurück. »O Olivia, warum kann ich bloß in meinem Leben nichts richtig machen?« Sie stützte ihr Gesicht in eine

Hand. »Ist dir gerade jemand entgegengekommen, als du hereinkamst?«
»Ein Mann, warum?«
»Das war Alec, Susannahs Vater, der Mann, dessen Namen ich nie jemandem sagen wollte.«
Olivias Augen weiteten sich erstaunt. »Was wollte er von dir?«
»Er war einer von Matthews Geschäftspartnern, und er war rein geschäftlich hier. Es hätte auch alles hervorragend geklappt, wenn ich es geschafft hätte, ruhig zu bleiben, dann hätten wir uns nicht angeschrien und uns Dinge gesagt, die besser ungesagt geblieben wären.«
Olivia setzte sich vorsichtig, wobei sie kurz eine Hand an ihren Rücken legte. »Er muss doch damit rechnen, dass du nicht gut auf ihn zu sprechen bist.«
»Als er vor einiger Zeit das letzte Mal in London war, haben wir uns wieder recht gut verstanden, aber damit ist es jetzt wohl endgültig vorbei.« Sie war dankbar dafür, dass Olivia keine weiteren Fragen stellte, und sagte schnell: »Großmutter holt mich gleich ab. Wir wollen essen gehen. Möchtest du mitkommen?«
»Würde ich gerne, aber Simon wartet auf mich. Im Moment vermutet er immer gleich das Schlimmste, wenn ich mich ein paar Minuten verspäte, ihm macht meine Schwangerschaft mehr zu schaffen als mir selbst«, lachte sie.
»Du bist bestimmt froh, wenn du es endlich hinter dir hast.«
Olivia legte eine Hand auf ihren runden Bauch. »Und ob, ich fühle mich so entsetzlich schwerfällig. Aber im Vergleich zu anderen Frauen kann ich mich wohl nicht beklagen.«
»Nein, das kannst du wirklich nicht«, entgegnete Helena, die sich nur zu gut an ihre eigenen Schwangerschaften erinnerte, bei denen sie kaum imstande gewesen war, etwas über längere Zeit im Magen zu behalten. »Wann ist es so weit?«

»In ungefähr zwei Wochen.« Olivia schnitt eine Grimasse. »Bei Emilys Geburt musste der Arzt sich mehr um Simon kümmern als um mich. Es wäre nicht einmal nötig gewesen, ihn zu holen, aber als die Hebamme auch nur angedeutet hat, die Geburt könnte schwieriger werden als die von Jason, war es für Simon natürlich unumgänglich, für ärztlichen Beistand zu sorgen.« Sie lachte wieder.
Helena stimmte in ihr Lachen ein, aber es war ihr anzusehen, dass ihre Gedanken woanders waren.
Olivias Blick wanderte zu der großen Standuhr. »Hast du noch ein wenig Zeit? Wollen wir nach unten in die Konditorei gehen? Ich habe einen ungeheuren Hunger auf Kuchen.«
»Werden die Leute mich nicht für frivol halten, wenn ich so kurz nach Matthews Tod in einer Konditorei Kuchen in mich hineinstopfe?«, fragte Helena und verzog das Gesicht.
»Mit Sicherheit«, stimmte Olivia ihr zu, »ausgehungert und blass entsprichst du wesentlich mehr ihrem Ideal, aber sei's drum.« Sie stand auf und nahm Helenas Mantel. »Nun komm schon, wir sind ja ganz rasch wieder hier oben, du kannst Großmutter nicht verpassen.«
Helena hob die Blätter auf, die immer noch vor der Tür auf dem Boden lagen, sagte kurz Mr. O'Toole Bescheid, dass sie gehe, und ging dann mit Olivia die Treppe hinunter. Auf der Straße hakte die Freundin sich bei ihr ein und steuerte zielstrebig die Konditorei an. Helena blickte sich verstohlen um, ob Alec noch irgendwo in der Nähe war, aber das war eher unwahrscheinlich. Sie war froh darüber, nachher ihre Großmutter zu sehen, vielleicht wusste sie ja einen Rat.

70

Wenn ihr es nicht schafft, eine normale Unterhaltung zu führen«, schimpfte Trevor, »dann werde entweder ich es in Zukunft übernehmen, mit ihr zu sprechen, oder aber sie setzt jemand anderen an ihre Stelle.«

»Du kannst mir wirklich nicht unterstellen, ich hätte mich von meiner Seite nicht um ein Auskommen bemüht«, entgegnete Alec.

»Gar nichts unterstelle ich dir, aber trotzdem war dieser Verlauf vorherzusehen. Es ist einfach nicht möglich, eine geschäftliche Verhandlung mit einer Frau zu führen, deren Liebhaber man war und die man dann sitzen gelassen hat.«

Alecs Mund war zu einem schmalen Strich zusammengepresst, aber er sagte nichts.

»Ich nehme nicht an, dass Lady Vanderley sich vertreten lässt«, fuhr Trevor fort, »also bleibt uns nur die Alternative, dass ich von jetzt an die Gespräche mit ihr führe. Du kannst dann einige von meinen Aufgaben übernehmen, mit einigen anderen Firmen Kontakte aufnehmen und so weiter, dann gleicht es sich wieder aus. Bist du damit einverstanden?«

Alec zuckte gleichgültig die Schultern. »Die Entscheidungsbefugnis liegt bei dir.«

»Alec, lass uns wie Freunde darüber reden. Ich weiß, du hast bisher immer alle Verhandlungen mit Lord Vanderley geführt, und ich gebe dir auch mit Sicherheit nicht die alleinige Schuld daran, dass die Situation etwas eskaliert ist. Aber anders können wir nun einmal nicht handeln, wir sind auf diese Leute angewiesen, wenn wir weiterhin hier Geschäfte tätigen wollen.«

»Was ist mit meiner Beteiligung an der Seidenproduktion? Ich spreche darüber normalerweise immer mit dem Leiter der Manufaktur, aber in London habe ich für gewöhnlich zwischendurch mit Lord Vanderley Rücksprache gehalten.«
»Deine Beteiligung ist ohnehin vertraglich besiegelt, die kann sie unter keinen Umständen aufkündigen. Um eurer beider Seelenruhe willen würde ich dir empfehlen, dich schriftlich an sie zu wenden und sie nur aufzusuchen, wenn es unumgänglich ist.«
Alec nahm die Unterlagen, die er mitgebracht hatte, wieder zur Hand und blätterte darin. Als er das Kontor verlassen hatte, war er eher niedergeschlagen als wütend gewesen. Helenas kalte Ablehnung setzte ihm mehr zu, als er sich eingestehen wollte. Vielleicht hätte er seine Worte ihr gegenüber mit mehr Bedacht wählen und nicht darauf eingehen sollen, wenn sie sich angegriffen gefühlt hatte. Sie war ihm trotz ihrer Kühle, die sich auf ihrem Gesicht so ungewohnt ausnahm und es seltsam hart aussehen ließ, verletzlich vorgekommen. In den letzten Jahren war sie ziemlich hart herangenommen worden, wäre es da so schwer gewesen, sich ein wenig zurückzuhalten mit dem, was er sagte?
»Wie du möchtest«, sagte er jetzt zu Trevor, »es wird wohl wirklich das Beste sein, wenn du die Gespräche mit ihr führst.«
Trevor atmete sichtlich auf, er hätte sich wegen dieser Angelegenheit nicht gerne mit Alec gestritten. »Gut. Im Moment steht ja ohnehin nichts an, da können wir ruhig drei oder vier Wochen verstreichen lassen, ehe ich sie aufsuche.«

Das Nachtleben Londons hatte nie einen besonderen Reiz auf Alec ausgeübt, es war so ganz anders als das Kalkuttas, kälter, maßloser. Über den Vergnügungsstätten Picadillys und des Haymarkets und ebenso über den kleineren verwinkelten Straßen, die illegale Spielstätten, Bordelle gehobener und niedrigster Klasse beherbergten, herrschte die Unmoral wie ein König über seine Untertanen. Bis in die äußersten Randbezirke griffen ihre Arme. Die schlimmsten Viertel, der Unrat der Stadt, waren aus dem Zentrum an den Rand geschwemmt worden, lasterhafter und deshalb von nicht weniger großem Reiz.

Alec hatte es niemals zu Huren gezogen. Eine Frau für nur eine Nacht zu kaufen war etwas, das er nie über sich gebracht hatte, abgesehen davon, hatte er es nicht nötig gehabt, denn keine Frau hatte es ihm je besonders schwer gemacht. Seit einiger Zeit jedoch mied er selbst diese oberflächlichen Beziehungen. Er wollte endlich etwas Beständigkeit in sein Leben bringen, dieses ziellose Treiben sollte ein Ende haben. Wenn er sich das nächste Mal mit einer Frau einließ, dann nur, weil diese ihm etwas bedeutete.

An diesem Abend ließ Alec sich entgegen seinen sonstigen Gewohnheiten vom Nachtleben treiben. Er ging durch die dunklen Straßen, als wolle er seinen eigenen quälenden Gedanken entfliehen. So kam es auch, dass er Simon erst erkannte, als dieser ihn ansprach.

»Mr. Delany? Seit wann sind Sie wieder in London?«

»Seit knapp zwei Wochen«, entgegnete Alec, nachdem sie sich begrüßt hatten.

»Haben Sie ein bestimmtes Ziel, oder streifen Sie genauso ziellos durch London wie ich?«, fragte Simon, der den ersten milden Abend seit langem genutzt hatte, um mit Calvin auszugehen. Calvin zog es dann irgendwann in ein teures Etablissement, und ihre Wege hatten sich getrennt.

»Um ein bestimmtes Ziel zu haben, kenne ich Londons Nachtleben zu wenig.«

»Tatsächlich? Nun, nicht dass Sie da bisher viel versäumt hätten, aber wenn Sie nichts dagegen haben, kann ich Sie gerne ein wenig in unsere Londoner Vergnügungsstätten einführen«, sagte Simon grinsend.

Alec stimmte zu, und sie schritten über die matt beleuchtete Straße, deren Lampen mit ihrem milchigen Licht kaum gegen den Nebel ankamen, der langsam von der Themse aufzog. Simon schlug vor, in ein Varieté zu gehen, dessen Lichter flirrend auf die Straße fielen. Alec war alles recht, wenn es ihn nur von seinen trüben Gedanken ablenkte. Sie ließen sich an einem kleinen Tisch nieder, als ein französischer Kabarettist gerade sein Können zum Besten gab. Alec war immer noch seinem Grundsatz treu, keinen Alkohol zu trinken und nichts zu nehmen, das seine Sinne auch nur für einen Moment betäuben konnte.

Simon begann ein Gespräch über die Kolonialisierung Indiens und Afrikas, und nach kurzer Zeit waren sie in eine angeregte Unterhaltung versunken. Zwischendurch sahen sie zur Bühne, um dem wechselnden Programm die nötige Aufmerksamkeit zu zollen, dann nahmen sie ihre Gespräche wieder auf.

Eine Sängerin mit üppigem, fast goldblondem Haar, das hochgesteckt und zu weichen Locken gedreht war, sang mit kräftiger Stimme und legte dabei ein Temperament an den Tag, das sämtliche Zuschauer mitriss. Simon warf ihr einen kurzen Blick zu und sah dann wieder in sein Glas. Er dachte an Olivia und an ihre nahende Niederkunft. Beinahe hatte er ein schlechtes Gewissen, wenn er ging, um sich zu amüsieren, während sie den Abend allein verbrachte. In den letzten Tagen war sie kaum noch ausgegangen, weil es für sie immer beschwerlicher wurde und sie sich schwerfällig fühlte. Er würde froh sein, wenn die Geburt endlich hinter ihr lag, und sobald

sie aus dem Wochenbett aufstehen konnte, würde er abends wieder mehr mit ihr ausgehen und vielleicht für einige Zeit verreisen.
Die blonde Sängerin ging zwischen den Tischen entlang, lehnte sich den Männern entgegen und wich mit einem schalkhaften Lachen wieder zurück, wenn diese nach ihr greifen wollten. Ihr Lachen erinnerte an kleine Wellen, die erst hoch aufschwappten und dann langsam abebbten, zusammen mit ihrem Gesang einfach unwiderstehlich. Ihr Blick versank in Alecs Augen, der ihren Bewegungen folgte. Jedes Detail an ihr erschien ihm überdeutlich, das Haar, das die Lichtfunken auffing und beinahe zu knistern schien, der anmutige Körper, den das Kleid in jeder Hinsicht betonte. Obwohl ihr Kleid hochgeschlossen war, wirkte es durch seinen Schnitt aufreizend und betonte den lockenden Schwung ihrer Hüften und Arme. Von Alecs Blicken angezogen, kam sie auf ihren Tisch zu, lehnte sich zu ihnen und ließ sie kurz in den Genuss kommen, nur für sie zu singen, die Stimme für wenige Sekunden vertraulich gesenkt, so dass es persönlich wirkte, aber dennoch für jeden zu hören war. Die Frau lehnte sich über Simon zu Alec hinüber, schenkte ihm einen viel sagenden Blick und wandte sich dann wieder den anderen Gästen zu.
»Na, der haben Sie es ja angetan«, sagte Simon ohne sonderliche Begeisterung.
Alec zuckte nur mit den Schultern. Vielleicht war es seine lange Abstinenz, die seine Sinne so stark auf die Frau reagieren ließ. Er folgte jeder ihrer Bewegungen und musste sich beinahe zwingen, seinen Blick von ihr loszureißen und sich wieder der Unterhaltung mit Simon zuzuwenden. Während des Gesprächs wanderten seine Gedanken jedoch immer wieder zu der Frau zurück, und jedes Mal rief er sich zur Ordnung. Es konnte nicht angehen, dass seine mühsam er-

worbene innere Ruhe an einem Abend zunichte gemacht wurde, und eine Frau wie sie überhaupt in Erwägung zu ziehen kam ohnehin nicht in Frage.

Nach ihrem Auftritt ging die Sängerin dicht an ihrem Tisch vorbei und blieb nahe der Wand des Raumes stehen, wo sie sich in eine Unterhaltung mit einem jungen Mädchen vertiefte. Einige Male tauschte sie einen scheinbar zufälligen Blick mit Alec, gab ihm aber in keiner Weise zu verstehen, dass sie ihn bewusst zur Kenntnis nahm. Simon wollte allmählich gehen, und Alec schloss sich ihm an. Hier allein zu bleiben mit dieser Frau keine drei Schritte entfernt konnte zu einem Verlauf der Nacht führen, der ihm am nächsten Morgen sicher Leid tun würde.

Auf der Straße winkte Simon eine Droschke heran. »Soll ich Sie zu Hause absetzen?«, fragte er.

Alec winkte ab. »Ich werde noch ein wenig spazieren gehen.« Nach diesem verrauchten Raum hatte er das Gefühl, seinen Kopf durch die frische Luft etwas aufklaren zu müssen. Die beiden Männer verabschiedeten sich voneinander, dann stieg Simon in die Kutsche und fuhr ab. Alec schlug seinen Mantelkragen hoch und wollte sich ebenfalls auf den Weg machen, als ihn eine weiche, dunkle Stimme zurückhielt.

»Wenn Sie wirklich spazieren gehen wollen, dann ist die andere Richtung unterhaltsamer.«

Alec wandte sich um und sah die blonde Sängerin, die an die Hauswand des Varietés gelehnt stand und rauchte. Ihr dunkelrotes Kleid verschmolz mit der Wand hinter ihr. Sie lächelte und zeigte dabei makellose Zähne. »Begleiten Sie mich?«, fragte sie.

Nein, dachte Alec. »Ja«, antwortete er. »Sehr gerne.« Er reichte ihr seinen Arm. Es war ja nur ein Spaziergang, dachte er sich, aber als er ihren Körper so dicht neben sich spürte, war ihm klar, dass er sich selbst belog. Sie trug keinen Mantel und offensichtlich fror sie, denn sie zitterte ein wenig und schmiegte sich beim Gehen enger an ihn.

»Es ist schön heute Abend«, sagte sie im Plauderton, »und Sie können sich nicht vorstellen, wie sehr ich mich nach frischer Luft gesehnt habe. Verrauchte Räume bekommen mir nicht, seltsam, nicht wahr, wenn man bedenkt, dass ich beinahe so viel rauche wie esse.« Sie erwartete keine Antwort, sondern fuhr fort, vom Varieté zu erzählen. Dann hielt sie plötzlich vor einem üppig ausgestatteten Hotel an. »Mir ist kalt«, erklärte sie. Ihr Blick fiel auf den opulent eingerichteten Eingangsbereich. »Wird Ihr Geld dafür reichen?«

»Mein Geld?«, fragte Alec, etwas überrumpelt von ihrer Direktheit, immerhin war sie keine Prostituierte, zumindest nicht nach dem, was sie ihm die ganze Zeit erzählt hatte.

»Na ja«, ihre Finger fuhren an seinem Mantelkragen entlang. »Fremde Männer nehme ich grundsätzlich nicht mit zu mir, ebenso wenig, wie ich das Haus eines fremden Mannes betrete.« Alec fiel auf, dass ihre Augen beinahe smaragdgrün waren. »Und Sie werden doch wohl nicht erwarten, dass ich zahle?«, fragte sie.

Alec hatte im Nachhinein das Gefühl, noch nie eine vergleichbare Nacht erlebt zu haben, und ebenso wenig hatte er jemals einen Morgen erlebt, an dem ihm derart elend zumute gewesen war. Was immer er von der Frau erwartet hatte, sie hatte es mehr als erfüllt, ihr Körper war hinreißend, und sie übertraf sich selbst im Geben und Nehmen. Aber was in der Nacht in einem betäubenden Sinnesrausch untergegangen war, hinterließ am Morgen einen bitteren Nachgeschmack. Alec fragte sich, welcher Teufel ihn bloß geritten haben musste, mit einem Mal alle Vorsätze über Bord zu werfen, für eine Frau, die er nie zuvor gesehen hatte. Morgens war sie aufgestanden, hatte sich in ihr Kleid gehüllt und sich eine Zigarette angezündet. Wie sie mit dem zerzausten Haar, das ihr in natürlichen Locken offen über die Schultern fiel, auf dem Hocker vor dem Toilettentisch saß, sah sie erstaunlich jung aus, jünger, als sie ihm anfangs erschienen war. Er hatte sie auf acht- oder neunundzwanzig geschätzt, aber vielleicht lag er da falsch. Sie atmete den Rauch ruhig ein und blies ihn bedachtsam wieder aus.

»Warum hast du von allen Männern im Varieté ausgerechnet mich ausgesucht?«, fragte Alec, während er sich anzog.

Die Frau lächelte. »In deinem Blick lag eine Verlockung, der ich nicht widerstehen konnte, und es war dir entweder zu sehr oder gar nicht bewusst, sonst wärst du nicht weggegangen, ohne mich noch einmal anzusehen.«

Alec wartete darauf, was sie jetzt sagen würde. Ihr Geld anzubieten würde unter Umständen wie eine Beleidigung wirken, aber er konnte auch nicht einfach gehen. Sie drückte ihre Zigarette aus und wandte sich dem Spiegel zu, um ihr Haar hochzustecken, dann stand sie auf, mit einer langsamen, beinahe trägen Bewegung. »Vergiss die Hotelrechnung nicht«, sagte sie, während sie nach ihrer kleinen Handtasche griff. Sie lächelte ihn noch einmal an und hob in einer anmutigen Bewegung die Hand. »Auf bald.«

Als ihre Schritte auf dem Korridor verklangen, fiel Alec ein, dass er nicht einmal ihren Namen kannte.

71

Olivias Niederkunft war vier Tage nach dem geschätzten Termin, und diesmal schien es selbst für sie nicht ganz leicht zu sein. Helena war gekommen und stand ihr zur Seite ebenso Elaine und Lady Ivory. Celia, die sich zurzeit mit ihren beiden Kindern und ihrem Mann, Lawrence Clifton, bei ihren Eltern aufhielt, lief immer zwischen Olivias Zimmer und der Bibliothek, in der Simon saß, hin und her, weil dieser ständig auf dem Laufenden sein wollte.

Philippa Cassandra Ashington erblickte das Licht der Welt, als die Aprilsonne eben über den Häuserdächern aufging, sich einen Weg durch die Wolken bahnte und ihre ersten und gleichzeitig letzten Strahlen des Tages rotgolden über die Stadt ergoss. Mit einem kräftigen Schrei forderte Philippa ihren Platz in der Gesellschaft ein, nichts von der Begeisterung ahnend, die sie auslöste.

Elaine und Lady Ivory kümmerten sich um Olivia, während Helena von der Hebamme das gewaschene und in eine weiche Decke gewickelte Kind entgegennahm und damit die Treppe hinunterging, um dessen Vater aus seiner bedauernswerten Lage zu erlösen.

»Geht es Olivia gut?«, war Simons erste Frage, als Helena die Bibliothek betrat.

Helena lachte. »Aber ja. Willst du deine Tochter nicht sehen?«

Simon beugte sich über das winzige Bündel und zog behutsam den Zipfel der Decke beiseite, der das kleine Gesicht bedeckte. Sie hatte die Augen zugekniffen und sah noch rot und etwas verschrumpelt aus. Helena gab ihm seine Tochter auf

die Arme, sie wog beinahe nichts, fand Simon. Das war das dritte Kind, das er hielt, und immer wieder war es überwältigend. Er räusperte sich und gab Helena das Kind zurück.
»Kann ich zu Olivia?«
»Dagegen spricht jetzt eigentlich nichts mehr.«
Vor Olivias Schlafzimmer trafen sie auf Anthony und Lawrence, die das neue Familienmitglied diskret draußen im Korridor erwarteten. Die Frauen zogen sich jetzt ebenfalls zurück und umringten vor der Tür Helena mit dem Kind, während Simon das Zimmer betrat. Er setzte sich auf den Rand des Bettes, neigte sich über Olivia und sah in ihre grauen schimmernden Augen. »Ich liebe dich«, sagte er leise und nahm sie vorsichtig in die Arme. Momente wie dieser wogen alles auf, dachte Simon, gleich, wie oft sie sich gestritten hatten. Seine Wange ruhte an ihrem Haar, er spürte, wie sie atmete und ihr Körper sich in seinen Armen entspannte. Wie sehr er sich auch am Anfang ihrer Verlobungszeit zusammennehmen musste, um der Situation etwas abzugewinnen, das hier war es wert gewesen.

Helena hatte erstaunt zur Kenntnis genommen, dass Trevor die Geschäfte nun an Alecs Stelle übernahm. Als er das erste Mal das Kontor betrat, merkte Helena, wie ihre Anspannung von ihr abfiel. Offensichtlich hatte Alec endlich eingesehen, dass sich an der Situation etwas ändern musste.
Während sie sachlich die Abwicklung einiger Aufträge besprachen und dabei Tee tranken, hakte Helena nach, um zu erfahren, was diesen Sinneswandel bei Alec ausgelöst hatte.
»Hat Mr. Delany Ihnen die Abwicklung sämtlicher Geschäfte mit uns übergeben?«, fragte sie beiläufig.
»Nicht direkt, ich habe die Aufgaben neu verteilt«, entgegnete Trevor ebenso beiläufig.

Helena biss sich auf die Lippen, und zu ihrem Erstaunen nagte ihr Gewissen an ihr. Sie wusste, wie viel es Alec damals bedeutet hatte, die Geschäfte mit Matthew persönlich durchzusprechen.

»Was ist mit den Unterlagen über die Seidenproduktion? Er kann jederzeit hier Einsicht nehmen, wenn er möchte«, sagte sie.

»Er wird sich mit Sicherheit melden, wenn er es für nötig hält.« Das Gespräch wendete sich wieder dem Geschäftlichen zu, und als alles zur beidseitigen Zufriedenheit geklärt war, verabschiedete sich Trevor.

Helena war über die Wendung der Dinge erleichtert. Allein wegen Alec plagte sie ein schlechtes Gewissen. Von seinem Vorgesetzten von den Verhandlungen abgezogen zu werden hatte ihn mit Sicherheit getroffen. Vielleicht war ihre Reaktion wirklich zu heftig gewesen, und er trug nun die Konsequenzen dafür. Energisch schob sie den Gedanken beiseite. Sie hatte seinetwegen schon härtere Konsequenzen tragen müssen.

Nachdem alles erledigt war, ordnete Helena die Unterlagen, stapelte das, was sie sich für den nächsten Tag vorgenommen hatte, und fuhr heim. Sie wollte Clayton abholen und mit ihm spazieren gehen. Ihre gemeinsamen Spaziergänge waren inzwischen schon zur Gewohnheit geworden, und Clayton erwartete sie immer schon ungeduldig.

Alec trat aus dem Geschäftsgebäude der *Whitecliff Company* auf die Straße, als er die blonde Frau beinahe umgerannt hätte. London ist eine große Stadt, dachte er, wieso trifft man bloß immer wieder dieselben Leute? Die Sängerin erkannte ihn, und ihre Lippen deuteten ein Lächeln an.

»Ich hätte gedacht, dich so beeindruckt zu haben, dass du das

Varieté noch einmal besuchen würdest«, sagte sie mit ihrer dunklen, angenehmen Stimme.
»Was für ein Zufall, dass wir uns hier auf der Straße treffen«, wechselte Alec das Thema.
»Kein Zufall. Du hast mir erzählt, du hättest oft in dieser Gegend zu tun und kämest meistens nachmittags. Es war nur eine Frage der Zeit, wann ich dich sehen würde.«
»Das habe ich dir also erzählt?«, fragte Alec etwas unbehaglich.
»Ganz recht.« Sie lächelte wieder. »Wollen wir hier weiter herumstehen?« Wie selbstverständlich schob sie ihren Arm in seine Armbeuge und spazierte neben ihm die Straße entlang. Die Leute blickten ihnen nach, denn die Frau wusste jede scheinbar zufällige Bewegung bewusst einzusetzen, die Art, wie sie den Kopf bewegte, mit einer Hand gestikulierte, sogar, wie sie ihre Schritte setzte. Alec fand sie im hellen Tageslicht nicht mehr als durchschnittlich hübsch, es war mehr ihre Art, ihr Selbstbewusstsein, das die Blicke auf sich zog.
»Du hast mir übrigens deinen Namen nicht genannt«, bemerkte er.
Sie zog die Unterlippe zwischen die Zähne, so dass sie feucht glänzte. »Ich heiße Estelle«, sagte sie in einem Ton, als verkünde sie, sie sei die Königin von England. Ihr Blick war abwartend auf ihn gerichtet.
»Alec«, sagte er.
»Möchtest du mich heute Nacht nicht abholen, Alec?«
»Das wird nicht klappen«, antwortete er ausweichend.
Ihre Blicke glitten die Schaufenster entlang, und vor einem der Fenster blieb sie stehen. »Schenk mir dieses Schultertuch dort«, sagte sie und deutete auf eine Stola, die die Farbe ihrer Augen hatte. Alec hatte das Gefühl, mit diesem Tuch eine

Verpflichtung ihr gegenüber loszuwerden, und betrat den Laden mit ihr. Das Tuch war nicht sonderlich teuer, und es schien für sie mehr einen symbolischen Wert zu haben, als dass sie ein wertvolles Geschenk haben wollte.
Helena stieg genau in dem Moment aus ihrer Kutsche, als Alec das Geschäft verließ. Er blieb stehen, als warte er auf jemanden, und Helena schritt auf ihn zu, in der Absicht, ihm persönlich zu sagen, er könne jederzeit in das Kontor kommen, wenn er Einsicht in die Unterlagen der Seidenproduktion haben wolle. Sie würden ihre Auseinandersetzungen vergessen, und sie wollte sich auch bemühen, nicht mehr so empfindlich auf seinen Bemerkungen zu reagieren. Alecs Blick hellte sich auf, als er sie sah.
»Kann ich dich kurz sprechen?«, fragte Helena.
»Sicher, worum geht es denn?«
Helena hatte die Worte schon auf den Lippen, als Estelle das Geschäft verließ, die smaragdgrüne Stola über den Schultern, in einem Kleid, das Helena mit viel Wohlwollen noch als freizügig bezeichnen konnte. Estelle lächelte Alec an und drehte sich. »Sie steht mir gut, nicht wahr? Tausend Dank.« Erst jetzt fiel ihr Blick auf Helena, und ihr Lächeln vertiefte sich. »Entschuldigen Sie, habe ich gerade gestört?«
Alec knirschte mit den Zähnen und stellte sich einen befreienden Moment lang vor, wie sich ihr Hals zwischen seinen Händen anfühlen mochte. Helenas Gesichtsausdruck erstarrte, und sie erwiderte das Lächeln unterkühlt. »Sie haben nicht gestört, wir sind bereits fertig miteinander«, sagte sie zweideutig.
»Das beruhigt mich.« Estelle reichte ihr die Hand. »Einen schönen Tag noch.«
Sie sah Helena nach, als diese davonging. »Ist sie dein Typ? Recht hübsch, wenn sie nicht so mager wäre.«

Alec entzog ihr seinen Arm. »Wenn wir uns im Guten trennen sollen, dann rate ich dir, dir gut zu überlegen, was du sagst.«

»Schon gut, ich konnte ja nicht ahnen, dass sie dein wunder Punkt ist.« Sie hob beschwichtigend die Hand, als seine Augen unheildrohend funkelten.

»Ich muss noch einige Dinge erledigen«, sagte Alec.

»Ich verstehe. Sehen wir uns?«

»Mit größter Wahrscheinlichkeit nicht.«

Sie zuckte mit den Schultern. »Schade, es hätte schön werden können. Dann leb wohl, fürs Erste.« Ein spöttisches Lächeln umspielte ihre Lippen.

Alec überquerte die Straße und sah sich nach Helena um. Zwar sah er die Kutsche mit dem Vanderley-Wappen, aber von ihr selbst keine Spur. Auf der Bond Street war ihre Modistin, das wusste er, aber dorthin konnte er schlecht gehen, außerdem war es ja auch möglich, dass sie woanders hingegangen war. Was hatte sie ihm bloß sagen wollen?

72

Blanche war bekümmert. Sie saß in Olivias Boudoir, die kleine Philippa im Arm, und fragte sich, warum sich bei ihr einfach keine Anzeichen guter Hoffnung zeigen wollten. Olivia war inzwischen schon wieder recht gut bei Kräften und hörte sich geduldig Blanches Kummer an.

Blanche schien etwas sagen zu wollen und rang sichtlich mit sich, wie sie es am besten ausdrücken sollte. »Sag mal, Olivia, ist es normal, wenn ein Mann eine Geliebte neben seiner Ehefrau braucht? Calvin sagt immer, mit mir habe das nichts zu tun. Denkst du, er ist so, weil ich bis jetzt noch kein Kind erwarte?«

Wenn Männer sich von ihren Frauen abwandten, dann erst recht, wenn diese durch eine Schwangerschaft aus der Form gingen, dachte Olivia, antwortete jedoch ausweichend: »Damit hat es wohl nichts zu tun.« Das war nun einmal Calvin. Dass er überhaupt Gefühl gegenüber seiner Frau zeigte, war schon ungewöhnlich für ihn, normalerweise schienen ihm nur seine Pferde eine Gefühlsregung zu entlocken.

Lorena schien den frischen Frühlingswind mit sich zu bringen, als sie das Boudoir betrat, frisch und blühend in ihrem cremeweißen Kleid, dessen in weichen Falten fallender Rock sich über der Turnüre bauschte und das am Saum und an den Handgelenken kaffeefarben bestickt war. Ein kleiner Kragen aus Spitze schmiegte sich in weichen Falten um ihren Hals. »Komme ich rechtzeitig zum Tee?« Sie ließ sich auf einen Sessel fallen. »Meine Güte, bin ich erschöpft. Seit dem frühen Morgen renne ich von einer Schneiderin zur nächsten zur

Anprobe. Das Kleid, das ich zur Hochzeit anziehen werde, ist schon fertig, und mit dem Rest bin ich auch zuversichtlich.«

»Dann bist du also bald die Marquise von Elingcourt. Dafür, dass du für den Adel nicht viel übrig hast, staubst du da einen ziemlich hohen Titel ab«, bemerkte Olivia.

Lorena schnitt eine Grimasse. Sie wandte sich Blanche zu. »Besuch mich doch in den nächsten Tagen mal, du kannst mir sagen, wie du meine neuen Kleider findest und was du von meinem Hochzeitskleid hältst.«

Blanches Gesicht glühte vor Freude. »Du wirst aber nicht in Weiß heiraten?«

»Nein, in Meergrün.«

Sie ergingen sich noch eine Weile in Geplauder über Lorenas neue Kleider und ihre Vorbereitungen, dann verabschiedete Blanche sich.

»Dich bekümmert doch etwas«, sagte Olivia, nachdem sie Philippa ihrer Amme übergeben hatte.

Lorena biss sich auf die Lippen. »Ich liebe Gerald, aber manchmal kommt es mir so vor, als nehme er nur den zweiten Platz hinter Jerome ein, und das will ich ihm nicht antun.«

»Das wird sich ändern, wenn ihr erst verheiratet seid. Natürlich musst du oft an Jerome denken, aber er ist tot, Lorena, und du lebst. Willst du für alle Zeit deinem toten Ehemann die erste Rolle in deinem Leben zukommen lassen?«

»Er war die große Liebe in meinem Leben, und jedes Mal, wenn ich an seinem Grab stehe, denke ich: Was tue ich hier überhaupt, ich kann Gerald nicht heiraten.«

»Du kannst«, erwiderte Olivia entschieden, »und du wirst. Tu dir das nicht an, Lorena. Du hast Brianna als Beweis für deine und Jeromes Liebe, aber alles, was jetzt kommt, teilst du mit Gerald. Ihr werdet neue Erinnerungen haben, Erinnerungen an eure gemeinsamen Jahre, und sie werden nicht weniger schön sein als die, die du mit Jerome geteilt hast.«

Lorena senkte den Kopf.

Die Sonne schickte einige vorwitzige Strahlen durch die halb geschlossenen Vorhänge. »Was war eigentlich mit Blanche?«, fragte Lorena. »Besonders zufrieden sah sie auch nicht aus.«

Olivia machte eine ungeduldige Geste. »Das Übliche, kein Kind und Calvin betrügt sie. Ich werde Simon sagen, er soll noch einmal mit ihm sprechen, aber große Hoffnungen mache ich mir da nicht. Dass Calvin mit anderen Frauen zusammen ist, ist nicht einmal meine Hauptsorge. Er spielt schon wieder und diesmal noch schlimmer als vorher. Und dann ist da noch dieser Gesellschaftsabschaum, mit dem er dabei ständig in Kontakt ist. Vor kurzem wäre es zwischen Calvin und einem anderen Mann beinahe zu einer Schlägerei gekommen.«

»Ich hatte angenommen, seine neue gesellschaftliche Stellung würde bei ihm auch mit ein wenig mehr Verantwortungsbewusstsein einhergehen.«

»Das hatten wir alle gehofft.« Olivia stand auf und goss noch Tee für sich und Lorena ein. Calvin war dabei, sämtliche in ihn gesetzten Erwartungen zu enttäuschen, und sie wusste, wie sehr das auch Simon mitnahm, der in ernster Sorge um den Freund war.

Simon war wütend auf Calvin. »Du bringst dich noch in Teufels Küche«, schimpfte er, während sie das Gebäude eines Buchmachers verließen, der einem illegalen Wettbüro angehörte, bei dem Calvin mit Zahlungen im Verzug war.

»Was ist schon dabei, wenn ich ab und zu meinen Spaß habe?«, fragte Calvin.
»Dein Spaß hat gerade wieder vierhundert Pfund verschlungen.« Simon verstand Calvins vollkommene Sorglosigkeit nicht. Er selbst hatte früher auch nicht gerade ein moralisch einwandfreies Leben geführt, er war nachts herumgezogen, hatte sich mit Frauen amüsiert, vielleicht auch das eine oder andere Mal gespielt, aber er hatte damit aufgehört, sobald es an ihm war, Verantwortung für sich und Olivia zu übernehmen. »So kann es doch auf jeden Fall nicht weitergehen. Dein Geld wird nicht ewig reichen, und du solltest anfangen, dich um deine Güter und Geldangelegenheiten zu kümmern, wie Jerome das früher getan hat.«
»Dafür habe ich meine Verwalter. Das meiste Geld ist ohnehin fest angelegt, aber es wirft so viel Gewinne ab, dass ich mir vorläufig keine Sorgen darum machen muss, es könnte irgendwann einmal nicht mehr reichen.«
Simon ließ Calvin in die Kutsche einsteigen, dann folgte er ihm. »Ist es dir eigentlich vollkommen egal, dass du unter Umständen deinen Namen entehrst, wenn öffentlich wird, was du hier treibst? Diese Häuser sind illegal, und es ist nie gut, mit der Polizei in Verbindung gebracht zu werden, auch nicht, wenn man genügend Geld hat, um eine nähere Untersuchung abwenden zu können. Bedeutet dir deine Familie, deine Stellung als Viscount, deine Ehre nichts? Bedeutet Blanche dir nichts?«
»Hör schon auf, den Moralisten zu spielen, Simon. Ich kann nicht das Leben führen, das du führst, ich würde eingehen dabei«, entgegnete Calvin heftig.
»Du wirst dich irgendwann in eine Situation hineinreiten, aus der du nicht mehr so leicht herauskommst. Auch wenn es bisher immer gut gegangen ist, irgendwann geht es einmal

nicht mehr gut, Calvin«, sagte Simon, lauter als beabsichtigt. »Und dann?«

»Es wird kein ›Und dann‹ geben, Simon, denn es wird gut gehen, so wie es immer gut gegangen ist«, sagte Calvin unbekümmert. Sein Gesicht drückte nicht den geringsten Zweifel aus. »Warte es ab«, bekräftigte er.

73

Als Helena ein Kind gewesen war, hatte Jerome ihr gesagt, er liebe den Mai, weil sie da geboren worden war. Ihr Geburtstag, der Lorenas Hochzeit wenige Tage vorausgegangen war, lag hinter ihr, und sie war siebenundzwanzig. In ihrem Alter hatte Matthew geheiratet, fuhr es ihr durch den Kopf. Er war jetzt knapp vier Monate tot, ein Drittel eines Jahres. Noch acht Mal so viel, rechnete sie, und sie würde endlich wieder ein freies Leben führen können, und sie kam sich mittlerweile nicht einmal mehr herzlos vor, wenn sie so dachte. Es war ihr klar gewesen, dass sie irgendwann aufhören würde, Matthew zu vermissen, und es war schneller gegangen, als sie gedacht hatte. Auch hatte sie keine überwiegend bitteren Erinnerungen an ihn, es war zwar oftmals eine schwere Zeit an seiner Seite gewesen, aber sie lag hinter ihr, und inzwischen empfand sie die Einschränkungen, die ihr der Witwenstand brachte, nur noch als Last.

Lorena würde jetzt für zwei Monate auf Hochzeitsreise sein, währenddessen war Brianna mit ihrem Kindermädchen zu Simon und Olivia gezogen. Ohne dass Lorena es darauf abgesehen hatte, wurde diese Maßnahme von Arthur Ashington überaus beifällig begrüßt, blieb das Kind doch nun im Kreis der Familie, und noch dazu unter der Obhut seines Bruders und seines Neffen. Die Spannungen der letzten Wochen hatten nachgelassen, und es herrschte innerhalb der Familie eine, wenn auch nicht harmonische, so doch gelöste Stimmung. Helena war selbst besserer Laune, seitdem die Sache mit Alec geklärt war, zumindest dahingehend, dass sie

sich nicht mehr sehen würden. Sie hoffte, jetzt endlich innerlich wieder ein wenig zur Ruhe kommen zu können.
Helena stand in ihrem Teil des Gartens, auf den die Veranda ihres weißen Salons hinausführte, und begutachtete die Rosensträucher. Es dämmerte bereits, aber sie liebte es, im Zwielicht den Garten zu betrachten. Das Zartrot der Dämmerung wurde am Horizont zu einem tiefen flammenden Rot, das sich feurig mit fließendem Gold mischte, den Tag mit einem prachtvollen Nachglühen verabschiedete und langsam zu einem Silbergrau wurde. Der Teil des Gartens, in dem Helena stand, war bereits beinahe dunkel, wenn der Himmel auch noch einen Schimmer von Bleigrau hatte. Für Helena hatte die Dunkelheit am Ende eines Sommertages nichts Bedrohliches, nicht wie im Winter, wenn sie in tiefe Schwermütigkeit verfiel, sobald das karge Licht des Tages der Nacht wich.
Helena ging in den Salon zurück, wo ihre Katze schnurrend hinter der Verandatür wartete. Kaum hatte sie sich in einen Sessel gesetzt, als das Tier sich auch schon duckte und mit einem geschmeidigen Sprung auf ihrem Schoß landete.
Es war das erste Mal in ihrem Leben, dass Helena vollkommen allein und auf sich gestellt lebte, und wären ihr nicht all jene Einschränkungen auferlegt gewesen, sie hätte es genossen. Doch sagte Helena sich, dass es ja nur eine beschränkte Zeit wäre, die sie so zurückgezogen leben müsse, danach würde sie anfangen, sich die Freiheit zu nehmen, die sie sich immer gewünscht hatte. Ein wohliger Schauer durchlief sie, wenn sie daran dachte, endlich ihr eigenes Leben leben zu können.
Oder würde sie sich nicht doch irgendwann von ihrem Vater erneut dazu bringen lassen zu heiraten? Wieder dieses Joch tragen? Aber wollte sie immer allein bleiben? Sie war ja nicht

allein, sagte sie sich, sie hatte ihre Kinder. Susannah würde irgendwann heiraten und das Haus verlassen, aber Clayton würde bleiben, auch wenn er geheiratet hätte. Was sprach dagegen, so mit ihm zu leben, wie ihre Großmutter das im Haus von Onkel Anthony tat, unabhängig und trotzdem in Gesellschaft, wenn sie es wünschte. Was Helena sich nur aus tiefstem Herzen wünschte, war, dass Clayton nicht der Mann würde, der sein Vater gewesen war. Was hatte Matthew zu dem gemacht, was er geworden war, fragte sie sich oft. Lady Belinda Vanderley hatte ihren einzigen Sohn über die Maßen verwöhnt, und nach ihrem Tod war Matthew bei seiner Tante Whitney in York aufgewachsen, die sicher das Ihre dazu beigetragen hatte. Im Grunde genommen war es kein Wunder, dass er so von sich eingenommen und arrogant geworden war, er hatte nie etwas anderes kennen gelernt, als der Mittelpunkt der Familie zu sein. Sein Vater war ganz anders gewesen, und Helena erinnerte sich gerne an den etwas gedrungenen, dunkelhaarigen Mann, den niemand als gut aussehend bezeichne hätte, der es aber in seiner jovialen Freundlichkeit verstand, die Menschen für sich einzunehmen. Mit ihm hatte Matthew wirklich nichts gemein gehabt, wurde von ihm aber durchaus in seiner Bedeutung als Alleinerbe bestätigt.

Helena schrak zusammen, als sich die Tür plötzlich öffnete und Ella im Raum erschien. Die Katze sprang, erschrocken durch Helenas ruckartige Bewegung, von ihrem Schoß herunter und landete mit einem weiteren Satz auf der Kommode.

»Eine Nachricht von Viscountess Ellingwood, Mylady«, sagte Ella und reichte ihr einen Brief. Helena runzelte die Stirn, erbrach das Siegel und las die wenigen Zeilen durch, die sie dringend darum baten, Blanche sofort aufzusuchen. Helena blickte auf die Uhr. Der Abend war schon weit fortgeschritten, und ihr Herz begann zu rasen. Wenn Blanche sie um diese Zeit zu sehen wünschte, musste etwas geschehen sein. Helena stand auf und ließ anspannen.

Während der kurzen Fahrt drängten sich Helena alle möglichen Gedanken darüber auf, was geschehen sein könnte, und keiner davon trug dazu bei, sie zu beruhigen. Warum war Blanche nicht selbst gekommen?

Als die Kutsche vor Calvins Stadthaus hielt, sprang Helena beinahe hinaus, kaum, dass der Kutschenschlag geöffnet wurde, und eilte die Stufen zur Tür hinauf.

»Lady Vanderley«, sagte der junge Dienstbote, der die Tür geöffnet hatte, etwas außer Atem, »wie gut, dass Sie kommen.«

»Was ist denn passiert?« »Das weiß niemand so genau«, antwortete der Bedienste, und Helena atmete für einen kurzen Augenblick auf. Wenn das Personal nichts wusste, dachte sie sich, dann konnte es so schlimm nicht sein. Dann jedoch fuhr der junge Mann fort: »Viscountess Ellingwood hat uns nichts weiter gesagt, sie ist nur schrecklich aufgeregt, seit die Polizisten hier waren.«

Im selben Moment kam Blanche tränenüberströmt auf Helena zugelaufen. »O Helena, es ist schrecklich«, schluchzte sie.

»Beruhige dich«, sagte Helena und nahm sie an den Schultern, um ihr ins Gesicht sehen zu können. »Was ist passiert?«

Blanche rang nach Worten, war aber nicht imstande zu sprechen, weil sie immer wieder aufschluchzen musste.

»Was ist los?«, schrie Helena sie schließlich an und schüttelte sie. »Ist Calvin etwas passiert? Sprich endlich.«

»Die Polizei war hier«, stammelte Blanche zitternd. »Calvin hatte eine Schlägerei vor einem illegalen Spielcasino.« Sie

schluchzte auf. »Der Polizist hat gesagt, Calvin hat den Mann erschlagen.«
Helena wurde totenblass. »Bist du sicher, dass du ihn richtig verstanden hast?«
»Natürlich bin ich sicher«, schrie Blanche nun ihrerseits.
»In Ordnung.« Helena atmete tief ein. »Hast du meinen Vater benachrichtigt?«
»Nein … ich …«
»Dann sollten wir das als Nächstes tun.« Lord Ashington als ehemaliger Richter und Earl mit Sitz im Oberhaus würde mehr ausrichten können als sie selbst oder Blanche.
»Denkst du, er kann etwas tun?«
»Das weiß ich nicht. Vielleicht war es ja nur ein Unfall, Blanche, die Polizisten ermitteln sicher noch.« Helena fragte sich, wen sie da beruhigen wollte. Sie nahm Blanche an den Schultern und drückte sie auf einen Sessel nieder. »Ich werde jetzt zu meinen Eltern fahren, und du bleibst hier, bis ich mit ihnen zurückkomme.«
»Du kannst mich doch nicht alleine lassen.«
Helena unterdrückte ihre aufwallende Ungeduld. »Ich schicke nach Olivia, sie wird so bald wie möglich kommen«, versprach sie und hoffte zugleich inständig, dass diese zu Hause sein würde.
Helenas Beherrschtheit wirkte sich auch auf Blanche aus. Sie sah zwar immer noch aus, als würde sie jeden Moment hysterisch werden, aber dennoch nickte sie und riss sich zusammen. Sie war leichenblass, nur auf ihren Wangen zeigten sich hektische rote Flecken, und ihre Lippen zitterten.
Helena schrieb eine kurze Mitteilung an Olivia, in der sie alles mit knappen Worten schilderte, und schickte einen Dienstboten zu ihr. Sie selbst machte sich sofort auf den Weg zu ihren Eltern.

»Was gibt es so spät noch, Helena?«, fragte Arthur Ashington etwas ungehalten. Er saß mit einem Buch in der Bibliothek, und Helena wusste, wie ungern er dann gestört wurde.
»Es tut mir Leid, Vater, aber ich muss dich sprechen.« Ihre Hände zitterten kaum merklich, und sie schlang sie ineinander, um ruhiger zu werden. »Es geht um Calvin. Die Polizei war gerade bei Blanche. Er soll vor einem illegalen Casino einen Mann erschlagen haben.« Es war das erste Mal in ihrem Leben, dass Helena ihren Vater wirklich fassungslos erlebte.
Arthur stand auf, wobei er das Buch achtlos fallen ließ. Beinahe reflexartig bückte sich Helena danach und hob es auf. »Was hat die Polizei noch gesagt?«, wollte er wissen.
»Blanche hat mir nicht mehr gesagt als ich dir jetzt. Ich dachte mir, anstatt mich lange mit ihr darüber zu unterhalten, sage ich dir besser direkt Bescheid.«
Arthur nickte. »Das hast du richtig gemacht. Ich werde zu Scotland Yard fahren und mit dem ermittelnden Inspektor sprechen. Den Polizeipräsidenten werde ich um diese Zeit nicht mehr antreffen, darum muss ich mich morgen kümmern.«
»Denkst du, du kannst etwas für Calvin tun?«, fragte Helena.
»Ich kann nur hoffen, es stellt sich heraus, dass er den Mann nicht wirklich erschlagen hat, sondern es ein Unfall war«, antwortete er und schimpfte dann: »Welche Familie hat zwei Mal innerhalb von etwas mehr als drei Monaten die Polizei im Haus wegen zweier verschiedener Familienmitglieder?«
Bevor er die Bibliothek verließ, blieb er stehen, als wäre ihm noch etwas eingefallen. »Kein Wort zu deiner Mutter. Falls sich die ganze Sache als Lappalie herausstellt, dann will ich ihr die Aufregung ersparen.«

Helena presste die Lippen zusammen und nickte. Ihr Vater unterschätzte die Stärke seiner Frau, wie immer. So war es auch bei Jeromes Tod gewesen. Dass sie ihn nicht mehr hatte sehen, nicht an seinem Bett hatte wachen dürfen, war jedoch für sie beinahe noch schlimmer gewesen als Jeromes Tod.

Arthur ging in sein Zimmer, um seine Hauskleidung mit Straßenkleidung zu tauschen, und war kurz danach wieder in der Halle, wo Helena ihn erwartete. Im selben Moment, in dem die Kutsche des Earls vorfuhr, hielt Simons Kutsche vor dem Haus.

»Gut, dass du da bist«, sagte Arthur. »Hast du es schon gehört?«

»Deshalb bin ich hier. Fährst du zur Polizei«, fragte Simon, »dann begleite ich dich.«

Arthur nickte und stieg in die Kutsche. »Wir sehen uns bei Blanche«, sagte er zu Helena.

Es vergingen beinahe zwei Stunden, ehe Arthur und Simon Blanches Haus betraten. Das Personal war inzwischen in heller Aufregung, und das Stubenmädchen wirkte fahrig und nervös, als es die beiden Männer zum Salon führte. Ein Blick in Simons Gesicht sagte Olivia, die mit Blanche hier wartete, dass er sich mit seinem Onkel gestritten hatte und dass es für Calvin nicht gut aussah.

»Machen wir es kurz«, verkündete Arthur düster. »Es wird darauf hinauslaufen, dass mein Sohn als Mörder verurteilt wird. Ich werde ihm den besten Anwalt der Stadt besorgen und morgen mit dem Polizeipräsidenten sprechen, aber viel verspreche ich mir nicht mehr davon.«

Blanche schluchzte auf und zog damit seine Aufmerksamkeit auf sich.

»Du benachrichtigst am besten so schnell wie möglich deinen

Bruder, es ist besser, wenn du in dieser Situation einen Mann im Haus hast, der dir die Polizei vom Hals hält.«

Blanche zitterte. »Kann ich zu Calvin?«

Arthurs Blick hätte sie erfrieren lassen können. »So eine absurde, hirnverbrannte Idee! Das kommt überhaupt nicht in Frage.«

»Ich möchte ihm irgendwie helfen.«

»Da gibt es nichts mehr zu helfen, Kind«, sagte er schonungslos. »Er hat sich da selbst hineingeritten. Uns bleibt nur, uns so weit es geht von ihm zu distanzieren. Ich werde tun, was ich kann, um einen Skandal zu vermeiden, aber sobald er verurteilt wurde, ist er nicht mehr mein Sohn.«

»Nichts anderes war von dir zu erwarten«, warf Simon wütend ein. »Calvin ist dir egal, allein dein Name ist es wert, dass nichts auf ihn kommt. Was würde es schaden, wenn du deinem Sohn bis zum Ende beistehst? Du hast ohnehin nichts mehr zu verlieren, mit ihm verlierst du nämlich deinen letzten Erben.«

»Mäßige dich, Simon«, fuhr Arthur ihn an, »und überlass es mir, was ich tun werde. Immerhin ist es der Name, den auch du trägst und dessen Haupterbe du sein wirst, wenn die Sache durchgestanden ist.«

»Hört auf«, ging Blanche dazwischen, »ihr redet von Calvin, als existiere er nicht mehr.« Sie brach wieder in Tränen aus.

Simon wandte sich zu ihr. »Verzeih mir, Blanche. Ich verspreche dir, alles zu tun, was ich kann, damit er wieder zurückkommt.«

Blanches Augen glänzten tränenfeucht, und sie nickte, unfähig zu sprechen.

»Habt ihr etwas erreichen können?«, fragte Helena, die unbemerkt den Salon betreten hatte. Simon sah sie an und schüttelte den Kopf. »Bisher nicht, aber wir versuchen es

morgen wieder.« Er wandte sich wieder an Blanche. »Möchtest du mit uns kommen? Morgen benachrichtigen wir deinen Bruder, und du wärst die Nacht über nicht alleine.«
»Ja«, antworte Blanche sofort, der der Gedanke daran, die Nacht alleine verbringen zu müssen, unerträglich war.
Olivia läutete nach der Zofe und gab Anweisungen, das Nötigste für eine Nacht zusammenzupacken. »Was ist mit dir?«, fragte sie Helena. »Möchtest du nicht auch bei uns übernachten?«
Helena schüttelte den Kopf. Sie musste alleine sein, sonst würde sie die Nerven verlieren. Zusammen mit Arthur verließ sie das Haus und stieg in ihre Kutsche.

Wenn Helena sich im Nachhinein an diese Tage erinnerte, dann wusste sie nicht, wie sie alle es durchgestanden hatten. Simon, der keine Nacht mehr zu schlafen schien und sich selbst da noch bemühte, wo Arthur nicht mehr weiterkam. Blanche, die innerhalb weniger Tage plötzlich erwachsen wurde. Eleonore, die sich nicht mehr aus ihrem Zimmer rührte und niemanden zu sich ließ. Und letzten Endes sie selbst, wobei sie sich daran später nur verschwommen erinnerte. Sie trieb durch die Tage, wartete, hoffte und wusste doch gleichzeitig, dass ihr Bruder verloren war.
Sie hatten zunächst die Hoffnung gehegt, der Anwalt könne auf einen Unfall plädieren. Laut Calvins Aussage hatte er sich mit dem Mann gestritten. Auf der Straße vor dem Casino verlor er dann endgültig die Beherrschung und war in eine Schlägerei mit dem Mann geraten, in deren Verlauf dieser durch Calvins Schlag stürzte und mit dem Kopf so unglücklich auf einen Stein aufschlug, dass er augenblicklich tot war. Calvin hatte sich über ihn gebeugt, um nachzusehen, ob er noch lebte, da entdeckte er die Wunde an seinen Kopf. In

dieser Haltung, mit dem Blut an seinen Händen hatten ihn Leute, die aus dem Casino kamen, gesehen, und kurze Zeit später war – ohne dass sie gerufen wurde – die Polizei aufgetaucht.

Erzählt wurde jedoch außerdem, Calvin habe dem Mann im Streit gedroht, irgendwann werde er ihn noch umbringen, und die Stellung, in der Calvin über dem Mann gekauert hatte, legte den Schluss nahe, er habe dessen Kopf mit Absicht auf den Stein geschlagen.

Simon war an jedem Verhandlungstag zugegen, kehrte jedes Mal schweigsam und in sich gekehrt zurück und weigerte sich, mit jemandem zu sprechen. Nach der Urteilsverkündung kam er zu Blanche, die ihn mit einer ungewöhnlichen Ruhe erwartete. Sie hatte lange Zeit gehabt, sich auf das Unvermeidliche vorzubereiten, und wenn sie auch uneingestanden immer noch die Hoffnung hegte, alles werde irgendwie noch gut, rechnete sie doch nicht wirklich damit. Ihr war bekannt, was einen verurteilten Mörder erwartete. Was sie besonders traf, war, dass Calvin nun drei Wochen lang die Stunden bis zum Tag der Hinrichtung zählen musste.

»Kann ich ihn noch einmal sehen?«, fragte sie.

»Das kommt überhaupt nicht in Frage«, ging ihr Bruder Ralph, der sie seit dem Tag nach Calvins Verhaftung keinen Tag allein gelassen hatte, dazwischen. »Du wirst von ihm Abstand nehmen. Es ist schlimm genug, dass du mit dem Stigma wirst leben müssen, Witwe eines Mörders zu sein, aber was sollen die Leute davon halten, wenn du dich jetzt auch noch im Newgate-Gefängnis herumtreibst?« Dasselbe hatte Arthur gesagt.

Simon stand neben Ralph und hielt den Blick gesenkt. Er mischte sich nicht ein, sollte Blanche das mit ihrem Bruder klären.

Helena erfuhr die Urteilsverkündung von ihrem Vater, und ähnlich wie bei Blanche bestätigte es ihr nur, was sie die ganze Zeit über innerlich erwartet hatte.

»Etwas Derartiges ist in unserer Familie noch nie vorgekommen«, sagte Arthur erregt. »Mein eigener Sohn und einziger Erbe ein Mörder! Wir sind ruiniert.« Er befand sich mit Eleonore und Helena zusammen im Salon seines Hauses. Eleonores Gesicht war schmerzverzerrt, wohingegen Helena ihren Vater schweigend ansah und ihn damit in eine noch größere Wut versetzte. »Ihr habt wirklich euer Bestes gegeben, unserem Namen Schande zu bereiten, du mit deinem unehelichen Kind, George mit seinen Affären und nun Calvin.«

»Arthur, er ist unser Sohn«, wandte Eleonore ein, »und es ist nicht recht von dir, dich von ihm abzuwenden. Ich möchte ihn noch einmal sehen, sorg bitte dafür.«

Von ihrer Seite hätte Arthur am wenigsten Widerstand erwartet, und dass sie mit einem derartigen Anliegen kam, ließ ihn außer sich geraten vor Wut. »Er ist nicht mehr unser Sohn. Ab heute wird es keine familiären Bande zwischen ihm und uns geben, hast du das verstanden? Das heißt auch, dass ihn niemand besuchen wird.« Er sah Helena an. »Niemand.«

Helena warf den Kopf zurück. »Du kannst es Mutter nicht verbieten, Calvin ist der einzige Sohn, den sie noch hat.«

»Dann soll sie ihn so in Erinnerung behalten, wie sie ihn kennt, nicht als Insassen eines schmutzigen Gefängnisses.« Er wandte sich an Eleonore. »Es wäre kein schöner Anblick, glaub mir, und für dich wäre es umso schwerer.«

»Warum lässt du sie nicht selbst entscheiden?«, fuhr Helena auf.

»Lass es gut sein, Helena«, beschwor Eleonore sie matt. Sie fühlte sich mit einem Mal sehr alt und hatte keine Kraft, sich gegen ihren dominanten Ehemann zur Wehr zu setzen. Das hatte sie bisher nie getan, und nun war sie zu erschöpft, um damit zu beginnen. Sie erhob sich von ihrem Platz und ging in ihr Zimmer.

»Du verstehst es anscheinend immer noch nicht«, sagte Arthur zu Helena. »Wenn man einen großen Namen trägt, dann ist man dazu verpflichtet, ihn von jedem Makel rein zu halten. Calvin wusste, worauf er sich eingelassen hatte, und er wusste, er würde die Konsequenzen zu tragen haben. Ich habe alles getan, um dieses Ende abzuwenden, und wie du weißt, war ich bei jedem Verhandlungstag zugegen, aber nun ist Schluss.«

»Aber er hat den Mann doch nicht umbringen wollen.«

»Nach Meinung des Gerichtes schon. Ehe er das Casino verlassen hat, soll er dem Mann noch entgegengeschleudert haben, irgendwann werde er ihn noch umbringen. Das hat er nicht einmal abgestritten, und es hat sich schlecht für ihn ausgewirkt. Danach hat ihm nämlich erst recht niemand mehr seine Version mit dem Unfall geglaubt. Das Urteil ist verkündet, und es wird vollstreckt werden, daran kann jetzt niemand mehr etwas ändern.« Er machte eine ungeduldige Geste. »Ich hoffe, Simon wird vernünftig sein, sich nun zu distanzieren. Er ist jetzt der Haupterbe, und im Interesse seiner Frau und der Kinder sollte er es sich gut überlegen, was er tut.«

»Olivia wäre die Letzte, die ihn davon abhalten würde, sich um Calvin zu kümmern«, wandte Helena heftig ein.

Arthur zuckte mit den Schultern und wandte sich von ihr ab. Den Bruchteil einer Sekunde lang vermeinte Helena einen abgründigen Schmerz in seinen Augen zu sehen, aber er hatte ihr den Rücken zugedreht, noch ehe der Anblick greifbar wurde. In ihr eigenes Bewusstsein war das, was auf ihren Bruder zukommen würde, noch nicht wirklich durchgedrungen. Solan-

ge sie sich in offener Opposition gegen ihren Vater gestellt hatte, war die Wut ihre vorherrschende Empfindung gewesen.
»Ich gehe nach Hause, Vater«, sagte sie nun.
Arthur Ashington sah sie nicht an, aber sie bemerkte sein beinahe unmerkliches Nicken.

74

Calvin wurde wesentlich besser behandelt als die übrigen Gefangenen, was zum einen daran lag, dass Simon viel Geld an die Wärter bezahlte, zum anderen aber natürlich auch an seinem Status als Viscount und Sohn des Earls Darking. Selbstverständlich blieben ihm der Hohn und Spott der Wärter wie auch der übrigen Gefangenen nicht erspart, aber viel Kontakt hatte er in seiner kleinen Zelle sowieso nicht mit ihnen. Auf engstem Raum gefangen zu sein war eine Erfahrung, die sich Calvin in seiner unbändigen Freiheitsliebe in seinen schlimmsten Alpträumen nicht schlimmer hatte vorstellen können.

Simon war jeden Tag zu ihm gekommen, und obwohl er sich einerseits wünschte, sein Freund möge diese Besuche einstellen, damit es ihm nicht noch schwerer fiele, sein Los zu tragen, klammerte er sich andererseits an diese wenigen Momente seines früheren Lebens. Den ganzen Tag über hatte Calvin nichts anderes zu tun, als aus dem winzigen Fenster zu sehen und darüber nachzudenken, dass er auch einst zu dem emsigen Treiben auf den Straßen gehört hatte. Nur eine Sekunde meines alten Lebens zurückbekommen, dachte er, und diese Sekunde anders machen können.

Kleine Staubteilchen tanzten in dem Lichtstrahl, den die Sonne durch das winzige Fenster schickte. Der Sonnenstrahl fand immer erst nachmittags seinen Weg in Calvins Zelle, er konnte weder Sonnenauf- noch Sonnenuntergang sehen. Es war Nachmittag, der Tag näherte sich seinem Ende ebenso wie Calvins Leben. Von seinem Vater hatte er nicht erwartet, ihn noch einmal zu sehen, aber dass er seiner Mutter nicht mehr persönlich sagen konnte, wie sich alles zugetragen hatte, bekümmerte ihn. Während er nach der Urteilsverkündung wie gelähmt war vor Entsetzen und sich an jeden Atemzug geklammert hatte, den er tat, zermürbte ihn das Warten nun, und in gewisser Weise wünschte er sich, es möge endlich vorbei sein. Das Klappern eines Schlüsselrings und das darauf folgende rostige Knirschen, als der Schlüssel sich im Schloss drehte, veranlassten ihn, sich von seinen Gedanken loszureißen. Ein recht junger Gefängniswärter, der noch nicht ganz so abgebrüht war wie die übrigen Mitarbeiter, bedeutete ihm aufzustehen. Calvin kam der Aufforderung mit gerunzelter Stirn nach.

»Besuch.« Er winkte ihn mit der Hand herbei und legte ihm Handeisen an. »Euer Lordschaft«, konnte er sich nicht verkneifen, höhnisch hinzuzufügen. Calvin fragte sich, wer ihn jetzt noch besuchen käme. Simon war bereits da gewesen und hatte sich von ihm verabschiedet, was ihn sichtlich Kraft gekostet hatte, und Calvin war sich sicher, dass er das nicht noch einmal über sich bringen würde. Der Wärter stieß ihn in einen kahlen Raum, in dem sich nur ein Tisch und zwei Stühle befanden, und schloss die Tür. Den Blick auf seine Handeisen gesenkt, saß Calvin auf dem Stuhl und lauschte den Geräuschen auf dem Gang. Kurz darauf ging die Tür wieder auf. Calvin erstarrte, als er Helena erblickte. Sie sah ihn an, dann fiel ihr Blick auf die Handeisen.

»Können Sie ihm die nicht abnehmen?«, fragte sie den Wärter.

»Vorschrift, Mylady.«

Helena öffnete ihre Geldbörse und drückte dem Wärter Geld in die Hand. »Wohin sollte er denn fliehen?«, fragte sie. »Machen Sie eine Ausnahme, ich kann es nicht ertragen, ihn so zu

sehen.« Sie sah ihm in die Augen, in dem Blick ein Ausdruck tiefen Kummers.
Der Mann zögerte, dann hatte er, ehe er es merkte, noch mehr Geld in der Hand. Zaudernd steckte er es ein, dann ging er zu Calvin und öffnete die Handeisen. Helena zwang sich, ihm zum Dank ihr charmantestes Lächeln zu schenken, was den jungen Wärter sichtlich in Verwirrung stürzte. Er hatte bereits einen absurd hohen Betrag von ihr angenommen, damit sie mit ihrem Bruder allein sein konnte, und er hoffte, niemand werde merken, dass er ihr diese Vergünstigungen einräumte. Ein schlechtes Gewissen hatte er nicht dabei, schließlich war er beileibe nicht der Einzige, der sich für diese Dinge bezahlen ließ, und sein mageres Gehalt reichte kaum, um seine Familie über Wasser zu halten.
Helena wartete, bis der Mann die Tür hinter sich abgeschlossen hatte, dann wandte sie sich an Calvin, wusste jedoch nicht, was sie sagen sollte.
»Ich hätte nicht erwartet, dich noch einmal zu sehen«, machte Calvin den Anfang. Helena setzte sich zurückhaltend an die andere Seite des Tisches, an dem er saß.
»Du bist der einzige Bruder, der mir geblieben ist, und nun wirst du auch … auch nicht mehr da sein. Warum hat es so weit kommen müssen, Calvin?«
»Das habe ich mich auch so manches Mal gefragt. Weißt du, das Ernüchterndste ist, ich würde nichts anders machen, wäre es nicht alles so gekommen. Möglich, dass ich mich ein wenig zurückgenommen hätte, wäre der Mann nicht gestorben, aber aufgehört hätte ich nicht.«
Helena fiel nichts ein, was sie darauf antworten konnte.
»Es ist zu spät, Helena«, sagte Calvin. »Eine Nacht noch, und es ist endgültig vorbei.« Er senkte kurz den Kopf. »Ich will nicht von mir behaupten, Mitleid verdient zu haben, schließ-

lich hat mir jeder gesagt, es würde so kommen, aber ich war davon überzeugt, noch ewig weitermachen zu können, ohne dass es Folgen haben würde.«

»Mit diesem Ausgang hat wohl niemand von uns gerechnet«, entgegnete Helena. »Ich war bei Blanche, bevor ich gekommen bin.«

Calvin lächelte. »Die arme Blanche, noch kein Jahr verheiratet und schon den Skandal des Jahres am Hals.« Sein Gesicht wurde ernst. »Keine Frau, die ich kennen gelernt habe, hätte es mehr verdient, geliebt zu werden, als Blanche, aber ich habe ihr immer gezeigt, dass sie für mich ein naives Kind ist, entzückend und durchaus charmant, aber eben ein Kind. Du hast nie die Hingabe gesehen, mit der sie mich angesehen hat. Wie um alles in der Welt hat sie mich lieben können?«

»Das kann man sich nicht immer aussuchen«, sagte Helena. »Sie hätte dich gerne noch einmal gesehen, aber Ralph hat es nicht erlaubt.«

»Vernünftig von ihm. Sie soll mich hier nicht sehen, es ist besser, wenn sie mich so in Erinnerung behält, wie sie mich kennt.«

»Ich soll dir von ihr ausrichten, dass sie dich liebt und zu dir steht.«

Calvin wich ihrem Blick aus und sah die Wand an, von der der Verputz abbröckelte. »Sag ihr, ich habe sie sehr gern gehabt. Ich weiß, ich habe ihr Kummer bereitet, weil ich mit anderen Frauen zusammen war, aber das hatte nichts mit ihr zu tun. Was ist mit Mutter?« Nun zeigte sich das erste Mal unverhüllter Schmerz in seinen Augen.

»Sie wollte dich sehen, aber Vater hat es ihr nicht erlaubt.«

Calvin lachte hart und bitter. »Aber natürlich nicht. Für Vater bin ich bereits tot, nicht wahr? Nein, sag nichts, ich sehe es an deinen Augen. Machen wir uns nichts vor, Helena, Vater hat es gründlich verdorben, mit jedem von uns.«

»Du hattest immer noch die Möglichkeit, dein Leben selbst zu leben, Calvin, ohne Vater.«

»Das habe ich getan, wie du weißt. Was ich getan habe, war damals das beste Mittel der Rebellion gegen ihn. Leider legt man alte Gewohnheiten nicht so schnell wieder ab.« Calvins Gesicht verhärtete sich. »Such nicht erst nach einer Verteidigung für ihn, dich hat er von uns allen am schlimmsten behandelt. Wenn du noch einen letzten Rat von mir annehmen möchtest, Helena«, Calvin beugte sich vor und sah sie eindringlich an, »dann geh fort. Verlass England und komm nie wieder zurück.«

Helena schüttelte den Kopf. »Wie könnte ich das? Sie brauchen mich doch.«

»Und was ist mir dir? Du hast dich überschlagen für ihn, und wie hat er es dir gedankt? Er selbst will dich nicht, außer um eine lohnenswerte Verbindung einzugehen. Ja, dafür braucht er dich natürlich. Und vergiss eins nicht, Schwester, dein Sohn ist sein einziger legitimer Enkelsohn, und er wird alles daransetzen, ihn dir wegzunehmen.«

»Das würde er nicht tun, so grausam wäre er nicht, auch wenn er mir meinen Fehltritt damals nicht verziehen hat.«

Calvin lehnte sich wieder zurück. »Denkst du, er würde es nicht tun, aus Rücksicht auf deine Gefühle? Ich erinnere mich noch daran, als du geboren wurdest. Vater hat dich nicht einmal angesehen, er hat sich nie für dich interessiert. Wenn du krank warst, hat er nicht einmal nach dir gesehen, so wie er es immer wieder bei uns getan hat. Wenn wir dich geärgert haben, dann brauchten wir nur zu sagen, du hättest angefangen, und er hat nicht weiter nachgeforscht, sondern dich bestraft. Als Clayton geboren wurde, ist die Nachricht von Matthew gekommen, du würdest die Geburt unter Umständen nicht überleben. Mutter ist sofort aufgebrochen, aber Vater hat gesagt, man solle ihn benachrichtigen, wenn du entweder über den Berg oder tot seiest.«

Helena wurde leichenblass. »Warum erzählst du mir das alles?«

»Weil ich möchte, dass du ihn verlässt. Denk an dich, Helena, einer muss es schließlich tun, weil *er* es nie tun wird. Matthew hatte doch überall irgendwelche Anwesen, sogar in Amerika. Lass dir etwas einfallen, Helena, der leichteste Weg ist nicht immer der Beste.«

Helena nickte. Einer plötzlichen Eingebung folgend, sagte sie ihm: »Susannahs Vater ist damals von Vater zu Unrecht verurteilt worden. Er wurde ohne Prozess eingesperrt und weiß bis heute nicht, warum. Er hat mir das alles erzählt, als er mich verlassen hat, er meinte, eine Verbindung mit einem Mitglied unserer Familie wäre ihm unmöglich.«

Calvin sah sie ungläubig an. »Vater hat einen Menschen zu Unrecht ins Gefängnis gesperrt?«

»Angeblich soll er gestohlen haben. Er war zehn Jahre in einem Gefängnis in Kalkutta, sein Vater ist daraufhin – wahrscheinlich vor Kummer – gestorben.«

Mit einem Mal lachte Calvin, es war ein unbändiges, bitteres Lachen. »O Helena, wie grotesk das alles ist. Glaub mir, in seinem Innern wundert Vater sich über nichts, was ihm passiert. Er ist nie davor zurückgeschreckt, Menschen für seine Zwecke zu ruinieren, und jetzt bekommt er eben die Rechnung präsentiert. Nun, dann habe ich wenigstens etwas, worüber ich lachen kann, wenn morgen mein Kopf in die Schlinge gesteckt wird.«

Helena presste ihre Hände zusammen, sie wollte nicht daran denken.

Der Wächter klopfte von außen gegen die Tür, das Zeichen dafür, dass sie zum Ende kommen mussten.
Panik flackerte in Helenas Augen auf, wenn sie an den Abschied dachte.
»Bitte, geh jetzt«, bat Calvin, und nun war jedes Lachen aus seinem Gesicht gewichen. »Sag Mutter, dass es mir Leid tut. Ich schwöre, es war ein Unfall.«
»Ich weiß«, entgegnete Helena mit gepresster Stimme.
Calvin stand auf, um sie zu verabschieden.
Ein wenig unschlüssig standen sie voreinander, sie hatten sich nie umarmt, und der Zeitpunkt war ungünstig, damit anzufangen.
»Möchtest du mir noch etwas sagen?«, fragte Calvin, und diesmal schwang etwas von seinen wahren Gefühlen, von der unterdrückten Angst, in seiner Stimme mit. »Etwas, an das ich denken kann, wenn ich morgen vor dem Henker stehe und vergessen möchte, wie furchtbar gerne ich weiterleben würde.«
Helena schluckte. »Ich liebe dich«, sagte sie.
Behutsam nahm Calvin ihr Gesicht zwischen die Hände, fuhr mit den Daumen über ihre Wangenknochen und über die zarte Haut unter den Augen. Es war das letzte Mal, dass er das Gesicht eines anderen Menschen berührte. Er beugte sich zu ihr und gab ihr einen Kuss auf die Stirn und einen auf die Wange. »Leb wohl, Helena.«
Calvin trat zurück und ließ sie los. Er schlug hart gegen die Tür, und der Wärter erschien und legte ihm die Handeisen wieder an.
Den Rücken zur Tür gewandt, sah Calvin seine Schwester nicht mehr an, als diese dem Wärter hinausfolgte.

75

Helena hatte sich gewünscht, die Stunde, in der Calvin sterben würde, zu schlafen. Sie wollte nicht wach werden und daran denken, wie er dem Tod entgegenging. Aber der Schlaf war tückisch, je näher der Morgen kam, umso weiter rückte er in die Ferne. Zwischendurch fiel sie in Dämmerschlaf, aus dem sie hochschreckte, noch ehe es hell wurde. Ein Blick auf die Uhr sagte ihr, dass ihr Bruder noch eine Stunde zu leben hatte. Helena stand auf, jede Bewegung langsam und wie betäubt. Vor dem Fenster kniete sie nieder.
»O Gott«, betete sie, »lass es schnell gehen, lass ihn keine Angst haben, bitte, bitte, bitte …«

Calvin sah hoch, als er das Drehen des Schlüssels in der schweren Tür hörte. Ein Wärter trat ein, legte ihm Handeisen an und bedeutete ihm barsch mitzukommen. Calvin stand auf und ließ die üblichen Prozeduren über sich ergehen, den Kopf gesenkt, jeden seiner letzten Atemzüge auskostend. Ein weiterer Wärter wartete draußen, und gemeinsam führten sie ihn den dämmerigen Gang entlang. Calvin konzentrierte sich auf seine Erinnerungen an Tage, an denen er glücklich gewesen war, dachte an duftende Wiesen und Kornfelder, an den Wind, den er im Galopp auf seinen geliebten Pferden durchschnitt, an die jungen Bauernmädchen, die auf den Feldern standen und ihn anlachten. Als er an einem Fenster vorbeikam, sah er, in dem unbändigen Wunsch, noch einmal die Sonne aufgehen zu sehen, hinaus, aber die ausladende Krone eines Baumes nahm ihm die Sicht auf den rotgoldenen Himmel.

Helena erhob sich von ihren schmerzenden Knien und ging zu ihrem Frisiertisch. Sie stützte die Stirn auf eine Faust, wünschte sich, wenigstens um den Tod ihres letzten Bruders weinen zu können, aber der Schmerz setzte sich hartnäckig in ihrer Brust fest. Langsam hob sie den Blick zum Spiegel, und das blasse Gesicht einer unglücklichen jungen Frau sah ihr entgegen. Sie nahm ihre schwere Schmuckschatulle und warf sie mit aller Kraft gegen das Glas, dann sprang sie auf und riss heftig an dem Klingelzug, um Amelia zu rufen.

»Mylady?« Amelias Blick fiel von dem zerbrochenen Spiegel auf das unnatürlich bleiche Gesicht ihrer Herrin.

»Such irgendein Kleid heraus«, befahl Helena, »und beeil dich.«

Wie eine magere Dohle sehe ich aus, dachte sie, als sie sich in ihrem dunklen Kleid ansah. Würde sie aus dieser Trauerkleidung nie mehr herauskommen? Sie stieg in ihre Kutsche und fuhr ziellos durch die Stadt, ohne zu wissen, wo sie hinsollte. Ihren Vater, der Calvin in den letzten Stunden allein gelassen hatte, wollte sie nicht sehen, und Simons Schmerz würde sie nicht ertragen können, ebenso wenig wie den von Blanche. Es gab nur einen Menschen, mit dem sie wirklich reden wollte, ungeachtet dessen, was zwischen ihnen war. Ohne sich dessen bewusst zu sein, was sie da tat, ließ sie die Kutsche nach Knightsbridge fahren, die Straße hoch, die sie vor Jahren einmal voller Angst entlanggefahren war, Angst davor, dass Alec sie verlassen könnte. Wie lange war das her? Sechs Jahre erst? Susannas ganzes Leben, Jeromes, Matthews und Calvins Tod lagen dazwischen. Die Kutsche hielt vor Mr. Seymours Haus, einem ausladenden Gebäude im Tudor-Stil. Helena schickte den Kutscher nach Hause und stieg die breite Treppe zur Tür mit einem ähnlichen Gefühl der Angst hoch wie Jahre zuvor. Diesmal war es die Angst, er könne nicht da sein, sei abgereist oder wolle sie nicht sehen. Sie hörte das dunkle Läuten der Glocke, und erst da wurde ihr bewusst, dass sie an deren Strang gezogen hatte. Mit heftig klopfendem Herzen wartete sie. Die Tür ging auf, und sie stand Alec gegenüber, dessen Gesicht kurz einen Ausdruck ungläubigen Erstaunens annahm, der aber sofort in höfliche Kälte umschlug. »Helena.«

Sie wartete. »Möchtest du mich nicht hineinbitten?«, fragte sie, als er keine Anstalten dazu machte.

Sein Blick blieb einen Moment lang forschend auf ihr Gesicht gerichtet. »Natürlich.« Er trat einen Schritt zurück, und Helena trat in die kühle Halle. »Ich war gerade in der Küche und habe Tee gekocht«, sagte er im Plauderton, der nicht so recht zu der etwas gespannten Situation zwischen ihnen passen wollte. »Du kannst im Salon warten, ich komme sofort.«

Wenige Minuten später kam Alec mit einem Tablett, auf dem zwei Teetassen, eine Kanne, ein Sahnekännchen und Zucker standen. Er schenkte ihr Tee ein, gab Zucker und Sahne hinzu und reichte ihn ihr schweigend. Ihre Hände zitterten leicht, als sie die Tasse von ihm entgegennahm. Als der erste Schluck heiß durch ihre Kehle rann, wurde ihr bewusst, dass sie seit mehr als vierundzwanzig Stunden nichts mehr zu sich genommen hatte.

»Du bist allein?«, fragte sie.

Alec stand, an eine Kommode gelehnt, die Ärmel über die Handgelenke aufgerollt, die Tasse in einer Hand, und sah sie an. »Mr. und Mrs. Callaghan sind nicht da, und ich habe dem Personal den Vormittag freigegeben.« Er war ernst, lächelte nicht, und in seinem Blick lag nicht die geringste Wärme. »Warum bist du gekommen? Doch wohl nicht, um mit mir über Dienstboten zu reden.«

Helena zuckte bei seinen barschen Worten zusammen, wobei sie einige Tropfen Tee auf ihr Kleid verschüttete. »Ich hätte nicht kommen sollen«, sagte sie. »Es tut mir Leid.« Sie griff nach ihrem Hut und den Handschuhen, die sie abgelegt hatte.

Alec beobachtete sie schweigend.

Den Hut in den schwarz behandschuhten Händen, drehte sie sich noch einmal zu ihm um, in der Hoffnung, einen Schimmer von Weichheit in seinen Augen zu sehen, um nicht umsonst gekommen zu sein und ohne Trost wieder auf die Straße geschickt zu werden.

»Mein Bruder ist tot«, sagte sie tonlos. »Er war der Letzte, der mir geblieben ist. Heute morgen wurde er hingerichtet. Ich wollte schlafen, damit ich nicht daran denken muss, wie die Minuten bis zu seinem Tod verrinnen, so ... so wie bei Jerome. Aber ich war wach und habe jede Sekunde miterlebt, und ich wusste genau, wann der Henker das Seil ...« Tränen traten in ihre Augen. »Ich kann nicht mehr, Alec, und ich wusste nicht, zu wem ich gehen soll.« Der Hut entglitt ihren Händen und fiel unbeachtet zu Boden, als sie in krampfhaftes Schluchzen ausbrach.

Alec zögerte, dann war er mit einem Schritt bei ihr und zog sie an sich. Helena weinte herzzerreißend, ihr Körper bebte in seinen Armen, und er bereute es bitter, sie so angefahren zu haben. Er wiegte sie wie ein Kind, strich über ihr Haar und murmelte leise, bedeutungslose Worte des Trostes. Ihr Körper fühlte sich noch zerbrechlicher an, als er ihn in Erinnerung gehabt hatte, sie musste sich in den letzten Monaten förmlich ausgehungert haben. Heiße Tränen durchweichten sein Hemd und brannten auf seiner Brust, sie schien nicht mehr aufhören zu können zu weinen.

Allmählich beruhigte Helena sich, und als ihr Weinen nachließ, lehnte sie an seiner Brust, fühlte, wie die tränenfeuchte Stelle an seinem Hemd unter ihrer Wange kalt wurde, und kam langsam wieder zu Atem. Alec hielt sie fest und wartete, bis sie sich von sich aus von ihm löste.

Helena setzte sich in einen Sessel, lehnte den Kopf gegen die Lehne, die brennenden Augen geschlossen. Alec goss ihr ein Glas Wasser ein, reichte es ihr und sah zu, wie sie trank. Dann goss er Wasser in ein weiteres Glas, tauchte sein Taschentuch hinein und drückte es gegen ihre Augen und Wangen. Er setzte sich neben sie auf die Armlehne des Sessels, und Helena legte ihren Kopf auf sein Bein.

Sie wussten beide nicht, wie lange sie so gesessen hatten, als Helena Alecs Hand, die behutsam über ihr Haar strich, umfasste, sie an ihren Mund führte und langsam jeden Finger küsste, wieder und wieder, wobei Alec das Gefühl hatte, dass sie sich dessen nicht wirklich bewusst war. Nun drehte Helena ihren Kopf so, dass sie ihn ansehen konnte. Seine Hand lag an ihrer Wange, fuhr liebkosend über die Wangenknochen, über die schmalen Brauen, glitt zum Mund und zeichnete den Schwung ihrer Lippen nach. Sie sah ihn unverwandt an, schien ihn aber nicht wirklich wahrzunehmen, vielmehr war es so, als seien ihre Augen auf einen Punkt in der Ferne gerichtet.

»Danke, dass du mir zugehört hast«, sagte sie nach einem unendlich langen Augenblick. Sie erhob sich von dem Sessel und strich mit einer mechanischen Bewegung ihr Kleid glatt. Wie um irgendetwas zu tun, zog sie langsam ihre Handschuhe aus und griff nach ihrer halbvollen Teetasse. Ein leichtes Schütteln an der Kanne zeigte ihr, dass noch Tee darin war. Helena goss sich noch etwas von dem Getränk nach, setzte die Tasse an die Lippen und trank den lauwarmen, bitteren Tee in kleinen Schlucken, die Augen auf Alec gerichtet. Betont bedächtig setzte sie die Tasse wieder ab.

»Glaubst du, es ist schnell gegangen?«, fragte sie. »Ich möchte nicht, dass er gelitten hat.«
»Bestimmt«, versicherte er ihr pflichtschuldig.
Helena ging zu dem breiten Sofa und setzte sich hin.
»Ich hatte so lange Zeit, mich auf seinen Tod vorzubereiten, dass es mir für einen Moment lang fast wie eine Erleichterung erschien, als es endlich hinter ihm lag. Das hört sich herzlos an, nicht wahr? Aber er hatte solche Angst«, sagte Helena.
»Natürlich hatte er die, aber das viele Warten, genau zu wissen, wie viele Stunden und Minuten man noch zu leben hat, war für ihn sicher schlimmer als die Sache selbst.«
»Vielleicht«, entgegnete Helena. »Hoffentlich.«
»Du hast gesagt, er sei der letzte Bruder gewesen, den du noch hattest«, warf Alec ein. »Was ist mit dem anderen, seinem Zwillingsbruder?«
»Ach, das weißt du ja noch gar nicht. George ist fort, er ist letzten Sommer abgereist, ohne zu sagen, wohin. Ein Racheakt gegen unseren Vater«, fügte sie bitter hinzu und senkte ihren Blick. »Du warst damals so voller Hass«, sagte sie übergangslos, »du wolltest einfach nicht sehen, was aus uns hätte werden können.« Sie sah ihn an, die Augen beinahe bernsteinfarben. »Ich war so verliebt in dich, Alec, und ich habe nie verstanden, warum du diese Liebe nicht erwidert hast.«
Alec setzte sich zu ihr und legte den Arm auf die Rückenlehne, so dass seine Hand an ihrer Schulter ruhte. »Es schien mir damals so, als sei ich es mir selbst schuldig, dich zu verlassen. Du hast Recht, ich wollte nicht sehen, was aus uns hätte werden können.« Er senkte den Blick für einen Moment, dann sah er sie wieder an. Seine Stimme war ruhig, als er weitersprach. »Aber in einem hattest du Unrecht. Ich habe dich geliebt, Helena.« Es war ihm anzusehen, wie schwer er um die nächsten Worte rang. »Ich liebe dich noch.«

Helenas Blick war in ungläubigem Erstaunen auf sein Gesicht gerichtet, und darin sah sie etwas, das sie vorher nie bei ihm gesehen hatte. Er hatte Angst, Angst, sie würde ihn zurückweisen, nachdem er ihr sein Herz vollkommen geöffnet hatte. Sie streckte eine Hand aus und legte sie an seine Wange. »O Alec«, sagte sie leise. Endlich hatte er es gesagt, aber ihr Herz war nicht imstande, Triumph oder auch nur mehr als einen leisen Widerhall zu empfinden. Vielleicht, dachte Helena, lag es daran, dass keiner von ihnen beiden je gelernt hatte, mit wahrer Liebe umzugehen.

Alec neigte sich vor, umschloss ihr Gesicht mit seinen Händen und küsste sie, verzweifelt, entschlossen, von ihr das noch einmal zu hören, was sie ihm vor Jahren immer und immer wieder gesagt hatte und was er nie hatte wahrhaben wollen.

Als er ihren kalten Lippen nicht die geringste Reaktion entlocken konnte, löste er sich von ihr. »Bitte, Helena«, flehte er, und seine Augen wurden dunkler, als sie sich langsam mit Traurigkeit füllten.

»Ich kann nicht.« Sie befreite sich aus seinen Armen und stand auf, ruhelos und aufgewühlt. »Seit ich dich kenne, habe ich mir nichts mehr gewünscht, aber … Alec, mein letzter Bruder ist tot, wie kann ich mir da erlauben, Freude zu empfinden?«

»Willst du dich dafür bestrafen, dass du weiterlebst, während zwei deiner Brüder tot sind und der dritte irgendwo in der Welt ein neues Leben ohne dich angefangen hat?« Er stand auf, nahm sie bei den Schultern und zwang sie, ihn anzusehen. »Helena, was ist mit deinen eigenen Wünschen, mit deinem eigenem Leben? Natürlich bist du traurig, aber du musst es doch nicht auf ewig sein.«

»Was weißt du schon, du hattest doch nie eine wirkliche Familie«, entgegnete sie ungewollt heftig.

Alec wurde blass und trat einen Schritt von ihr zurück. »Du täuschst dich, Helena. Mein Vater war meine Familie. Der Vater, der in dem Glauben gestorben ist, ich sei ein ehrloser Dieb, weil es deinem Vater damals gefiel, mich zu einem zu machen.«

»Das wollte ich nicht sagen.« Sie streckte die Hand aus und berührte seinen Arm. »Es tut mir Leid. Ich weiß nicht, warum es mir immer wieder passiert.«

Alec nickte nur, wobei er sie nicht ansah. »Es stimmt wohl«, sagte er, »es ist zu spät, noch etwas zwischen uns gutmachen zu wollen.«

Ja, dachte Helena, es wäre wirklich das Beste zu gehen, und diesmal würde es für immer sein. Sie sah ihren Hut, der auf dem Boden lag, dort, wo sie ihn hatte fallen lassen, und die Handschuhe, die sie auf der Sessellehne abgelegt hatte. Mechanisch streckte sie die Hand danach aus, hielt aber dann in der Bewegung inne. Was hatte Calvin ihr gestern erst gesagt? *»Denk an dich, weil er es nie tun wird. Verlass England, und komm nie mehr zurück.«*

Helena hatte eine Hand auf die Rückenlehne des Sessels gelegt und zögerte, den nächsten Schritt zu tun. Ihr war klar, Alec würde sie nicht aufhalten, wenn sie jetzt ging, ebenso wie sie wusste, dass es dann kein Zurück mehr gab.

»Warum hast du mir damals nicht gesagt, dass du schwanger bist?«, hörte sie Alecs Stimme und drehte sich langsam zu ihm um. Seine Augen ruhten mit einem seltsam forschenden und zugleich unendlich weichen Ausdruck auf ihrem Gesicht.

Helena wurde so bleich, für einen Augenblick schien es, als würde sie ohnmächtig. »Woher weißt du davon?«, hörte sie sich mit fremder Stimme fragen.

»Ich habe Mr. Seymour gegenüber die Vermutung geäußert

und gemerkt, er weiß mehr, als er sagen möchte, also habe ich ihm so zugesetzt, dass er schließlich hätte lügen müssen, wenn er es verneint hätte. Das war im letzten Sommer.«

Nach dem Gespräch mit Trevor, das ihm keine Ruhe gelassen hatte.

»Du hast es die ganze Zeit gewusst?« Helena war fassungslos. »Und warum fragst du mich erst jetzt danach?«

»Ich wollte, dass du es mir von dir aus sagst.«

»Warum hast du dann gerade in diesem Moment deine Meinung geändert?«, fragte sie tonlos.

Alec zögerte mit der Antwort. »Weil ich nicht will, dass du gehst«, sagte er dann.

Helena wusste, was es ihn kostete, das zu sagen, nachdem sie ihn zuvor zurückgewiesen hatte.

Er redete weiter, ehe sie etwas sagen konnte. »Du hättest diese Last nicht alleine tragen müssen. Wenn ich es damals gewusst hätte … nie hätte ich dir das angetan. Natürlich verzeihst du es mir nicht, ich selbst kann es mir nicht verzeihen.«

»Aber ich habe dir doch verziehen, Alec.« Ihre Stimme klang traurig. Tief einatmend schloss sie die Augen.

Alec legte den Arm um sie und führte sie zu dem Sofa, auf dem sie schon zuvor gesessen hatten. Sanft zog er sie in seine Arme, und sie ließ es willenlos geschehen und barg ihr Gesicht an seiner Schulter.

»Was hat Mr. Seymour dir über meine … unsere Tochter erzählt?«, fragte sie und blickte auf, um ihn ansehen zu können.

»Sie hat Locken, so wie du, nur dunkler, und meine Augen. Er fand sie sehr hübsch. An dem Tag, als er sie gesehen hat, war sie angezogen wie eine kleine Dame.«

Der Schatten eines Lächelns überflog Helenas Gesicht flüchtig wie ein Lichtschimmer. »Wenn wir spazieren gehen, dann möchte Susannah so ausstaffiert werden, aber zu Hause beim

Spielen erträgt sie nicht einmal Spangen in ihrem Haar und ist wild wie ein Junge.«
Alec wandte für einen Augenblick sein Gesicht ab, so dass es ihr unmöglich war zu sehen, was er empfand. Dann sah er sie wieder an, sein Gesichtsausdruck verriet Schmerz und Scham. »Wie hast du mir das verzeihen können?«
»Ich habe dich geliebt«, wiederholte sie seine Worte. »Ich tue es noch«, fügte sie nach kurzem Zögern hinzu. Alec umfasste ihr Gesicht mit den Händen, sein Blick versank in ihren Augen. »Helena«, murmelte er, wie damals in Essex, als könne er nicht glauben, dass sie wirklich vor ihm saß. Er senkte den Kopf und küsste sie. Diesmal schlang sie die Arme um ihn und presste sich eng an seinen Körper.
In ihren Küssen lag Neues und gleichzeitig Vertrautes, die gemeinsame Bitte um Vergeben, der verzweifelte Wunsch zu lieben ohne vergiftete Gefühle und der, noch einmal anfangen zu dürfen zu leben.
Alec küsste sie fordernder, und Helena spürte sein wachsendes Verlangen. Sie selbst wünschte sich nichts mehr, als sich fallen zu lassen und eins zu werden mit ihm, aber sie hielt sich zurück. Nie wieder würde sie sich ihm hingeben, ohne sicher zu sein, dass er sie heiratete, dass sie bei ihm würde bleiben können, dass es ihm wert war, auf sie zu warten. Er hatte gesagt, er liebe sie, nicht aber, dass er sein Leben mit ihr verbringen wolle.
Alec merkte, wie sie sich innerlich zurückzog, und löste sich langsam von ihr. Er fuhr mit den Fingern über ihre Wangenknochen, dann zog er sie wieder an sich, bettete ihren Kopf an seine Brust und fuhr liebkosend durch ihr Haar. Helena entspannte sich, und die schlaflosen Nächte der letzten Wochen forderten langsam ihren Tribut. Sie schloss die Augen und hatte das Gefühl zu treiben, schwerelos zu sein.

Als Helena die Augen aufschlug, erschrak sie für einen kurzen Augenblick, weil sie nicht wusste, wo sie war, dann fiel ihr Alec wieder ein, und sie richtete sich in den Kissen auf und sah sich um. Sie befand sich in einem geräumigen Schlafzimmer, die Vorhänge an den Fenstern waren offen und gaben den Blick auf den blauen Mittagshimmel frei. Ihr Haar war gelöst, und offensichtlich hatte Alec ihr Kleid im Rücken ein Stück weit geöffnet und sie aufgeschnürt. Helena schwang die Beine aus dem Bett und ging auf Strümpfen durch das Zimmer. Von Alec war keine Spur zu sehen, und Helena fragte sich, wie sie ihn rufen sollte. Ihr Blick fiel auf den Klingelzug, aber falls das Personal mittlerweile wieder zurück war, käme wahrscheinlich ein Dienstbote auf ihr Läuten hin, und keinesfalls wollte sie in ihrem Aufzug in Alecs Schlafzimmer gesehen werden.

Drei Türen gingen von dem Raum ab, und als Helena vorsichtig die erste davon öffnete, die den Fenstern gegenüberlag, spähte sie über den Korridor, konnte sich aber nicht entschließen hinauszugehen. Sie schloss die Tür wieder und ging in das Zimmer zurück. Eine etwas schmalere Tür rechts vom Bett führte in ein Ankleidezimmer und von dort gelangte man in ein Bad. Helena spritzte sich kaltes Wasser ins Gesicht, kühlte ihre Wangen und wusch sich den Schlaf aus den Augen. Als sie das Handtuch, mit dem sie ihr Gesicht abtrocknete, senkte, stand sie Alec gegenüber, der an der Tür lehnte.

»Ausgeschlafen?«, fragte er mit einem belustigten Lächeln.

»Warum hast du mich nicht geweckt?«, fragte Helena, die ihre Verlegenheit nicht gut überspielen konnte. Wie hatte sie nur einschlafen können?

»Ich dachte, ein wenig Schlaf täte dir gut. So wie ich dich kenne, hast du davon in den letzen Tagen eben so viel bekommen wie etwas zu essen.« Er musterte ihre überschlanke Gestalt, dann lächelte er wieder.

»Wo warst du?«, wollte sie wissen.

»Direkt nebenan im Arbeitszimmer, ich habe dich herumlaufen hören.«

Helena hängte das Handtuch zurück. »Ist bereits jemand vom Personal zurückgekommen?«, fragte sie, während sie in das Zimmer zurückging. Alec folgte ihr und legte einen Arm um ihre Taille. »Niemand, wir sind ganz allein.«

»Untersteh dich, Alec.« Helena entwand sich seinem Griff, und er lachte.

»Wovor hast du denn noch Angst? Dein Ruf ist bereits irreparabel geschädigt«, neckte er sie. »Wenn Mr. und Mrs. Callaghan zurückkommen und ich mich bis dahin nicht erbarmt habe, dein Kleid zu schließen, dann bist du kompromittiert, Liebes.«

»Das bin ich sowieso schon. Vor mehr als drei Stunden bin ich in dein Haus gegangen, habe dort keinen Menschen außer dir angetroffen und erwache dann in diesem Aufzug in deinem Bett.« Sie bemühte sich um ein vorwurfsvolles Gesicht.

»Eine unhaltbare Situation«, bestätigte er. »In dem Fall gibt es eigentlich nur eins, was deinen Ruf noch retten könnte«.

»Und das wäre?«

Er trat auf sie zu, legte ihr die Hände um die Taille und sah sie an. Jeglicher Spott in seinem Blick war einem tiefen Ernst gewichen. »Heirate mich«, sagte er. Es schien eher ein Befehl als eine Bitte zu sein, hätte Helena nicht gesehen, dass in seinen Augen die Furcht stand, noch einmal von ihr zurückgewiesen zu werden.

Helena legte die Arme um seinen Hals und zog ihn zu sich hinunter. »Ja«, flüsterte sie dicht an seinem Mund, dann schien die Welt in einem Taumel zu versinken, als er sie küsste und so eng an sich drückte, dass es ihr beinahe die Luft zum Atmen nahm. Er hob sie hoch, trug sie durch den Raum und legte sie vorsichtig auf dem Bett nieder. Helena wusste, sie sollte ihm jetzt Einhalt gebieten, aber sie konnte der Versuchung, sich treiben zu lassen, nicht widerstehen, und erst, als seine Zärtlichkeiten drängender wurden, löste sie sich von ihm.

»Nicht, Alec«, stammelte sie atemlos. Sie richtete sich auf und rückte ihr Kleid wieder über den Schultern zurecht. Er machte keine Anstalten, sie zurückzuhalten, sondern lag, auf einen Ellbogen gestützt, neben ihr und sah sie an. Aus schimmernden Augen erwiderte sie seinen Blick und beugte sich leicht über ihn.

»Sei mir nicht böse, Alec, ich möchte es auch, aber …«, sie stockte.

Er strich ihr das schwere Haar über die Schulter. »Du brauchst dich nicht zu rechtfertigen«, sagte er. »Wann es so weit sein wird, ist deine Entscheidung.«

Helena senkte den Kopf und sah auf seine Brust, die sich in heftigen Atemzügen hob und senkte. Seine Hand spielte mit ihrer Haarsträhne, und mit einem Mal war es ihr, als sähe sie Matthew dieselbe Bewegung machen. Immer hatte er ihr Haar gelöst, ehe er mit ihr schlief, und in den ersten Jahren ihrer Ehe war jener Moment, wo er hinter sie trat, während sie am Frisiertisch saß, und ihr Haar löste, der Auftakt zu einer weiteren Nacht gewesen, in der sie jeden Anspruch auf ihren Körper verlor. Auch wenn es später nicht mehr so war, erinnerte ihr Haar sie dennoch immer an ihn. Sie nahm einige der langen Strähnen in die Hand, sah sie nachdenklich an und fasste einen Entschluss.

»Kann ich dich um einen Gefallen bitten?«, fragte sie. »Und

versprichst du mir, mich weder nach dem Grund zu fragen noch zu versuchen, mich davon abzubringen?«

Alec runzelte die Stirn, aber als er ihrem Gesicht ansah, wie ernst es ihr war, nickte er. »Ich verspreche es dir.«

Helena setzte sich auf einen Stuhl und sah ihn an. »Schneide mein Haar ab.«

In Alecs Gesicht zuckte kurzes Erstaunen und dann Bedauern auf, aber er fragte nicht, sondern stand auf, verließ das Zimmer und kam mit einer Schere zurück.

»So kurz, dass ich sie noch hochstecken kann«, verlangte Helena.

Strähne um Strähne der langen Locken fiel der Schere zum Opfer. Helena sammelte sie in der Hand und band sie zu einem dicken Zopf zusammen. Ihr Haar reichte ihr jetzt nur noch bis zu den Schulterblättern, und ihr Kopf fühlte sich merkwürdig leicht an. Ihr Blick traf den Alecs im Spiegel. »Sie wachsen ja wieder«, sagte sie, als sie das Bedauern in seinen Augen sah.

Alec legte die Schere hin, lehnte sich mit dem Rücken gegen den Tisch und zog Helena vom Stuhl hoch und an sich. Das kurze Haar gab ihrem Gesicht etwas von seiner Lieblichkeit zurück und ließ sie jünger aussehen. Er strich mit den Händen durch ihre Locken und lächelte. »Vielleicht wird das ja mal irgendwann Mode.«

Helena legte ihre Hand auf seine Brust und fühlte den gleichmäßigen Schlag seines Herzens. Die blonde Frau kam ihr wieder in den Sinn, und sie spürte einen heißen Schwall der Eifersucht in sich aufsteigen. Stirnrunzelnd konzentrierte sie ihren Blick auf den Ausschnitt seines Hemdes und fuhr mit dem Finger immer wieder die Knopfleiste entlang.

»Ich werde sie nicht wiedersehen«, hörte sie Alecs Stimme. »Es war nur für eine Nacht.«

Verlegen wollte sie sich aus seinen Armen lösen und einen Schritt zurücktreten, aber er hielt sie fest.
»Wie kommst du darauf, dass …«
»Ich weiß, wie du aussiehst, wenn du eifersüchtig bist«, unterbrach er sie. Helena biss sich auf die Lippe und schwieg, dann sah sie ihn an.
»Du hast nicht einmal gesagt, dass es mich nichts angeht«, stellte sie etwas erstaunt fest, weil sie sich an frühere heftige Szenen erinnerte, wann immer sie ihn etwas zu seinem Leben gefragt hatte.
Alec war ernst geworden. Er schluckte kurz, dann sagte er stockend: »Das wirst du von mir auch nicht mehr hören.«
Es war, als durchflute eine warme Welle Helena, und beinahe wäre sie wieder in Tränen ausgebrochen. Sie schloss die Augen und lehnte sich an ihn. Sie sah Jerome vor sich und Calvin. Ich werde euch immer in meinem Herzen tragen, versprach sie. Dass ich jetzt so glücklich bin, bedeutet nicht, dass meine Trauer um euch geringer geworden wäre. Alles in mir weint um jeden von euch.
Behutsam löste sie sich von Alec. »Ich muss jetzt gehen. Vor mir liegt noch ein schwerer Weg. Es ist besser, wenn mein Vater es noch heute erfährt.« Mit einer Entschlossenheit, die sie nicht empfand, hob sie das Kinn. Sie stellte sich vor den Spiegel, um ihr Haar wieder hochzustecken. »Wo sind meine Haarnadeln?« Alec zog eine Schublade auf und reichte sie ihr.
Nachdem ihr Haar festgesteckt war, schlüpfte Helena in ihre Schuhe und wollte zur Tür gehen, als Alec sie zurückhielt. »Du siehst in dem offenen Kleid hinreißend aus, aber den Leuten auf der Straße gönne ich diesen Anblick nicht.«
»Ach ja. Ich hatte mich schon so daran gewöhnt, dass ich es gar nicht mehr gemerkt habe«, sagte Helena. Alec schloss ihr

Kleid und folgte ihr auf den Korridor hinaus. Vor der Haustür hielt Helena inne und wandte sich zu ihm um.
»Möchtest du morgen zu mir kommen?«, fragte sie.
»Gerne. Gibt es einen bestimmten Grund für die großzügige Einladung, oder möchtest du mich nur sehen?«
Helena lächelte und wirkte plötzlich etwas unsicher. »Ich dachte, du würdest Susannah kennen lernen wollen.«
»Gerne«, sagte Alec wieder, und ein zögerndes Lächeln umspielte seine Mundwinkel. Helena gab ihm einen Kuss zum Abschied und verließ eilig das Haus.
Alec sah ihr nach, wie sie eine Droschke anhielt, winkte ihr noch einmal kurz zu und ging ins Haus zurück. Das Gefühl plötzlicher Hochstimmung, das ihn in ihrer Gegenwart ergriffen hatte, wich einer unguten Vorahnung, als er wieder allein war. Es war zu schön gewesen, zu vollkommen, um nicht noch etwas nach sich zu ziehen.

Arthurs Blick zeigte Gleichgültigkeit, als Helena sein Arbeitszimmer betrat.
»Was gibt es, Helena«, sagte er auf ihren Gruß hin, dann wurden seine Augen schmal. »Wie sehen denn deine Haare aus?«
»Ich habe sie abgeschnitten.« Helena nahm unaufgefordert Platz und strich mit einer nervösen Bewegung über ihr Kleid. »Ich war gestern bei Calvin.«
Zorn blitzte in Arthurs Augen auf. »Ich hatte dir doch gesagt, du sollst dich aus der ganzen Geschichte heraushalten. Warum kannst du dich nie nach dem richten, was ich sage?«
»Ich bin eine erwachsene Frau, und wenn ich meinen Bruder noch ein letztes Mal sehen möchte, dann tue ich das auch, selbst wenn es dir nicht gefällt. Ich bin aber nicht gekommen, um mit dir darüber zu diskutieren, sondern um dir

zu sagen«, sie holte tief Luft, »dass ich vorhabe, wieder zu heiraten.«

Arthurs Blick wurde lauernd. »Und wen, wenn ich fragen darf?«

»Den Vater von Susannah, Alec Delany.«

»Einen ehemaligen Sträfling?«, fuhr er sie an. »Niemals, hörst du, niemals!« Arthur schlug so hart auf den Tisch, dass Helena zurückfuhr. »Du bist die Viscountess von Claremont und die Tochter eines der ältesten Adelsgeschlechter Englands, du wirst nie die Frau eines Sträflings werden, hast du das verstanden?«

»Du kannst es nicht verhindern«, sagte Helena.

»Unterschätz mich nicht, das hast du schon oft getan, und jedes Mal dafür bezahlt. Dein Sohn ist der Viscount von Claremont, wie kannst du ihm einen Sträfling als Stiefvater geben wollen, hast du jeglichen Sinn für Anstand verloren?«

»Er ist kein Sträfling mehr«, entgegnete Helena heftig, »und wenn er einer war, dann, weil du ihn dazu gemacht hast. Warum willst du mir nicht endlich sagen, was er getan hat, dass du ihm das angetan hast?«

»Ich habe dir meine Antwort schon damals gegeben, und ich gedenke nicht, dir jetzt etwas anderes zu sagen.« Arthur taxierte sie. »Eins kann ich dir versprechen, Helena, wenn du nicht von dieser unmöglichen Heirat lässt, dann werde ich alles tun, damit dein Sohn zu uns kommt. Es wäre nicht weiter schwer, das durchzusetzen. Ich müsste lediglich einigen Freunden von mir mitteilen, du seiest im Begriff eine Ehe einzugehen, die deinen sozialen Abstieg bedeutet, und dass es daher unmöglich wäre, den einzigen Erbe des Hauses Claremont in deiner Obhut zu lassen.«

»Du weißt, ich würde das nie zulassen.«

»Dann schlag dir diese hirnverbrannte Idee aus dem Kopf. Ich

werde dir niemals gestatten, diesen Mann zu heiraten. Abgesehen davon ist es schamlos, jetzt bereits an eine neue Ehe zu denken, wo dein Mann gerade erst unter der Erde liegt.«
Helena warf den Kopf zurück. »Tu nicht so, als würdest du allen Ernstes von mir Trauer um Matthew erwarten.«
»Erwecke wenigstens vor den Leuten den Anschein als ob, lieber Himmel, du kannst doch nicht alles vergessen haben, womit du aufgewachsen bist.« Arthurs Mund wurde schmal. »Wenn du schon so dringend einen neuen Mann brauchst, dann warte wenigstens das Anstandsjahr ab, und dann sieh dich in den entsprechenden Kreisen nach jemandem um. Vielleicht ist es wirklich besser, wenn du so bald wie möglich wieder heiratest. Du hast ja schon vor deiner Ehe mit Matthew diese bedauerliche, undamenhafte Neigung gezeigt, dich mit Männern einzulassen. Es ist wohl das kleinere Übel, eine kurzfristige Ehe in Kauf zu nehmen, als zuzusehen, wie du dich wieder in Schwierigkeiten bringst.«
»Sieh es, wie du willst«, sagte Helena, die mühsam um Beherrschung rang, »ich heirate Alec Delany, und ich werde beide Kinder mit mir nehmen, wenn ich ihn nach Kalkutta begleite, daran wirst du nichts ändern können.«
Arthur fixierte sie. »Ich werde es zu verhindern wissen, verlass dich darauf.«
Helena ging zur Tür. »Versuch's doch«, sagte sie, dann fiel die Tür hinter ihr ins Schloss.

76

Alec stand an diesem Morgen bereits zeitig auf, um noch so viel wie möglich zu erledigen, ehe er Helena nachmittags besuchte. Er saß an einem Schreibtisch in der Bibliothek und sprach mit Trevor durch, was noch erledigt werden musste, ehe er nach Indien zurückfuhr. Die Buchung für seine Passage hatte er rückgängig gemacht, weil er sich danach richten wollte, wann Helena so weit war, mit ihm zu reisen. Er hatte Trevor bereits am vorhergehenden Abend von den neuesten Ereignissen und seinen zukünftigen Plänen erzählt, und dieser hatte vor Erstaunen nicht so recht gewusst, was er sagen sollte, sich dann jedoch für seinen Freund aufrichtig gefreut. An diesem Vormittag jedoch fand er, dass Alec nicht gerade das Bild eines glückstrahlenden Menschen abgab.

»Du solltest diese Unruhe ablegen«, sagte Trevor. »Es ist doch alles bestens gelaufen, und du liebst sie, oder nicht?«

»Natürlich tue ich das.«

»Was bekümmert dich dann?«

Alec runzelte nachdenklich die Stirn. »Wahrscheinlich sind es immer noch die alten Geschichten, die mir keine Ruhe lassen. Und ich denke manchmal, Helena weiß zu wenig von mir. Sie wäre entsetzt, wenn sie davon erführe, was für Dinge ich gesehen habe und was mit mir gemacht wurde.« Es fiel ihm sichtlich schwer zu sprechen. »Ich habe einfach Angst, dass es mich daran hindern wird, wirklich glücklich zu werden.«

»Hast du jemals mit jemandem über das, was damals in den zehn Jahren passiert ist, geredet?«

Alec schüttelte den Kopf. »Ich wollte es immer nur vergessen, aber gerade jetzt kann ich es nicht. Trevor, weißt du, wie ich damals gelebt habe? Was sage ich da, gelebt, dahinvegetiert wäre der passendere Ausdruck. Ich könnte es nicht ertragen, in ihren Augen Abscheu oder auch Mitleid für mich zu sehen, für das, was ich damals war. Welche Vorstellung hat sie schon vom Leben im Gefängnis? Ihr Bild davon umfasst wahrscheinlich eine Zelle und karges Essen. Jetzt, wo ich mich dazu entschieden habe, sie mit mir zu nehmen, könnte ich es nicht ertragen, sie wieder zu verlieren. Vielleicht wird sie aufgrund dieser Dinge nicht dazu imstande sein, mit mir zu leben, weil sie immerzu daran denken muss, wenn sie mich ansieht.«

Trevor legte die Fingerspitzen aneinander, wie immer, wenn er über ein ernstes Thema nachdachte. »So schätze ich sie nicht ein, Alec. Sieh doch nur, was sie bisher auf sich genommen hat, und sie liebt dich immer noch.«

»Ich weiß einfach nicht, ob ich es ihr erzählen soll oder nicht. Vielleicht wäre es eine Erleichterung für mich, darüber zu reden, vielleicht macht es aber auch alles nur noch schlimmer. Zumindest bezweifle ich, dass ich es je vergessen kann, die Erinnerungen werden immer wieder hochkommen. So war es bisher auch, egal wie lange ich zeitweilig nicht daran gedacht habe.«

»Wenn ich dir raten könnte, würde ich es tun, aber das ist deine eigene Entscheidung. Vielleicht ergibt sich das Gespräch ja auch aus der Situation heraus.« Trevor stand auf und rückte den Stuhl wieder an den Schreibtisch. »Ich fahre mit Victoria spazieren. Gehen wir heute Abend zusammen essen?«

»So war es geplant. Bis dahin bin ich sicher zurück.«

»Warten wir's ab.« Trevor grinste und verabschiedete sich.

Alec versuchte, sich auf seine Bücher zu konzentrieren, jedoch schweiften seine Gedanken immer wieder ab, und nach einer halben Stunde gab er es auf. Er stellte sich ans Fenster, die Hände hinter dem Rücken verschränkt, und sah hinaus.

»Besuch für Sie, Mr. Delany«, hörte er das Stubenmädchen hinter sich sagen.

Alec drehte sich um und nahm die Visitenkarte von dem silbernen Tablett. Wie vom Donner gerührt erstarrte er. Lord Arthur Ashington, Earl Darking las er. »Bitten Sie ihn herein«, sagte er mit einer Stimme, die ihm selbst unnatürlich rau vorkam. Er legte die Karte auf den Schreibtisch und nahm dahinter Aufstellung, weil er das Gefühl hatte, dann ruhiger zu wirken und mehr Herr der Situation zu sein.

Lord Ashington kam mit energischen Schritten in die Bibliothek, ohne jegliche Zeichen von Unsicherheit, strahlte er Dominanz und ungebrochene Selbstsicherheit aus. Niemand hätte vermutet, dass er gestern erst den letzten seiner Söhne am Galgen verloren hatte.

»Guten Tag, Mr. Delany.« Ein kurzer Blick, und er wusste, in welche Kategorie er seine Umgebung einordnen musste. Die gut ausgestattete Bibliothek und das geschulte Stubenmädchen deuteten auf einen Wohlstand hin, der sich zwar in seinem vollen Umfang zu erkennen gab, dabei jedoch diskret war und sich nicht in den Vordergrund drängte. Es war ihm allerdings bekannt, dass dieses Haus nicht Alec gehörte, was ihm ebenfalls Aufschluss über dessen Mittel gab, die ihm offensichtlich nicht ermöglichten, ein Stadthaus in London zu erwerben und zu halten.

»Was kann ich für Sie tun, Lord Ashington?«

Arthur taxierte ihn, ehe er eine Antwort gab. »Sie wollen meine Tochter mit nach Indien nehmen?«

»Ich möchte sie heiraten.«

»In unseren Kreisen ist es üblich, die Einwilligung des Vaters einzuholen.« In Arthurs Stimme schwang eben genug Missbilligung mit, um spürbar zu sein, ohne jedoch schon beleidigend zu wirken. Sein durchdringender Blick prallte an Alec ab, der äußerlich den Anschein größter Gelassenheit vermittelte.

»Lady Vanderley ist eine verwitwete Frau, und es erschien mir nicht notwendig, von irgendwem die Erlaubnis einzuholen außer von ihr selbst.«

»Sie hat sich leider diese unselige Idee in den Kopf gesetzt und war keinerlei Argumenten von meiner Seite aus zugänglich. Ohne Ihnen persönlich zu nahe treten zu wollen, muss ich Ihnen dennoch sagen, Sie sind nicht das, was ich mir für meine Tochter vorgestellt habe. Sie können ihr unmöglich das Leben bieten, das sie gewöhnt ist.«

Alec spannte jeden Muskel seines Körpers, um höflich zu bleiben. »Das zu entscheiden obliegt wohl Lady Vanderley.«

»Lady Vanderley hängt einer bedauerlichen Vorstellung von Romantik an.« Arthurs Blick wurde lauernd. »In ihren Augen mag es so aussehen, als würde sie geliebt, nur weil sie sich von Ihnen ein Kind hat anhängen lassen. Aber jeder vernünftig denkende Mensch wird wohl einsehen, dass für eine Verbindung mit einer Frau ihrer Herkunft noch andere Voraussetzungen gegeben sein müssen, als ein zufriedenstellender Liebhaber zu sein. Ich frage Sie nun also, wie viel Geld Sie haben wollen, damit Sie jegliche Verbindung mit ihr lösen.«

Etwas aus der Fassung geraten, sah Alec ihn an. »Sie bieten mir Geld, damit ich mich von ihr trenne?«

»Das habe ich gesagt, ganz recht.«

Alec lachte ungläubig. »Sie gehen hinter dem Rücken Ihrer Tochter hin und bieten mir Geld dafür an, sie nicht zu nehmen, obwohl Ihnen klar sein muss, dass es genau das ist, was

sie möchte?« Seine Augen glichen zwei Eisstücken. »Vergessen Sie es.«
»Tun Sie nicht so, als lägen Ihnen ihre Gefühle besonders am Herzen. Damals konnten Sie sie auch verlassen, obwohl Sie sie sogar geschwängert haben. Warum also jetzt nicht?«
»Ich hatte damals meine Gründe.«
Arthur verzog die Lippen langsam zu einem berechnenden Lächeln. »Das ist richtig, und ich meine, mich dieser Gründe zu entsinnen. Sie erwähnte sie einmal vor mir.« Seine Augen maßen sein Gegenüber abschätzend. »Wenn Sie mein Geld nicht wollen, wie wäre es dann mit der Wahrheit?«
Alec spürte, wie sein Herz einen Schlag lang aussetzte und dann wie rasend schlug. »Die Wahrheit?«, fragte er mit trockenem Mund.
»Die Wahrheit.« Arthurs Lächeln war nicht von ihm gewichen. »Sie dürfen es mir nicht übel nehmen, wenn mir Ihr Name oder Ihr Gesicht damals, als wir uns vor einigen Jahren auf einem Ball gesehen haben, nichts gesagt haben, aber beides hatte nie eine rechte Bedeutung für mich. Es war eine Bagatelle, mehr nicht, und seien Sie versichert, wenn Sie alles erfahren, dann werden Sie meine Tochter nicht mehr wollen.« Er wartete. »Möchten Sie nicht doch lieber das Geld nehmen?«
Eine Bagatelle. Alec spürte, wie ihm alles Blut aus dem Gesicht wich. »Erzählen Sie.«
»Nun gut, aber ich warne Sie, niemand wird Ihnen glauben, also versuchen Sie nicht, diese Geschichte publik zu machen, Sie würden nur als Lügner dastehen. Wie gesagt, an und für sich war es keine große Sache, aber Lord Livingston – das war der Mann, der bestohlen wurde – wollte ein Exempel statuieren. Der Sohn eines sehr guten Freundes von mir hatte mit Freunden eine Wette abgeschlossen, eine Art Mutprobe, und

es ging darum, einen Gegenstand aus der Sammlung historischer Funde von Lord Livingston zu entwenden. Das Ganze ist natürlich schnell ans Licht gekommen, und hätte die Polizei sich erst die Mühe gemacht, nach dem Täter zu suchen, hätte sie ihn noch am selben Tag gefunden. Der Junge war noch ein halbes Kind und, wie gesagt, der Sohn eines Freundes, also einer von uns. Besagter Freund bat mich darum, die Sache in Ordnung zu bringen, damit nichts auf seinen Namen komme, also habe ich nachgeforscht, wer an diesem Tag noch bei Lord Livingston gewesen war. Dass es Sie getroffen hat, war reiner Zufall. Wäre jemand anderes dort gewesen, dann hätte es eben ihn getroffen. Der Rest war einfach, die Beamten wurden bestochen, Sie hat man in einer Gasse niedergeschlagen, Ihnen den besagten Gegenstand in die Tasche gesteckt und dann von einem unbeteiligten Polizisten bezeugen lassen, dass er bei Ihnen gefunden wurde.« Arthur hob die Schultern.
Alec schluckte. »Und wieso wurde meinem Vater gesagt, ich wartete noch auf die Verhandlung, während man mir die Auskunft gab, diese läge bereits hinter mir?«
»Das ist ganz einfach. Der leitende Inspektor hatte von mir den Auftrag, jedem, der nach ihnen fragen würde, zu erklären, Ihre Verhandlung läge noch vor Ihnen, den Wärtern gegenüber konnte ich hingegen alles behaupten, sie hätten es nicht in Frage gestellt. Ihnen war sowieso egal, ob und wann Ihre Verhandlung stattgefunden hat.«
Alec schloss kurz die Augen, sammelte sich und sah Arthur Ashington wieder an. »Warum zehn Jahre?«
»Zehn Jahre hatte ich nicht veranlasst, wahrscheinlich hat man Sie vergessen, nachdem ich Indien verlassen habe.« Arthur wandte seinen Blick nicht von Alecs Gesicht, keine Bewegung entging ihm.

»Wie können Sie mir das so kalt und unbeteiligt sagen?«, fragte Alec, dessen Zorn sich jetzt Bahn brach. »Denken Sie, nur weil ich keiner von Ihnen war, habe ich in dieser Zeit nicht gelitten? Wissen Sie, was es bedeutet, zehn Jahre in einem stinkenden Loch zu sitzen, geprügelt zu werden, Nacht für Nacht bei Ratten zu schlafen, selbst Jahre später noch Alpträume zu haben und dann zu hören, es sei nur eine Bagatelle gewesen?« Alecs Stimme brach.

»Wie gesagt, galt es nicht Ihnen persönlich. Aber ich hatte die Wahl zwischen dem Sohn meines Freundes, der eine viel versprechende Zukunft vor sich hatte, und dem unbekannten Sohn eines unbekannten kleinen Händlers, der sein Leben auch nach einer solchen Sache würde weiterführen können. Ich hatte nicht vorgesehen, dass Sie zehn Jahre dort bleiben müssten, aber trotz allem«, er sah sich um, »haben Sie es ja schließlich geschafft, die Sache hat also nichts nach sich gezogen.«

»Hätte man den Sohn Ihres Freundes auch so behandelt wie mich?«, presste Alec hervor.

»Vermutlich nicht, aber dennoch wäre er mit einem Makel behaftet gewesen, und es hätte sich in jeder Hinsicht negativ für ihn ausgewirkt. Lord Livingston ist ein einflussreicher Mann, und er hätte dafür gesorgt, dass der Diebstahl in vollem Ausmaß gesühnt wird.« Arthurs Augen funkelten kalt. »Eine gewisse Skrupellosigkeit gehört nun einmal zum Leben, etwas anderes zu denken wäre naiv. In diesem Fall hat es eben Sie getroffen, und Sie haben es überlebt.«

Es war, als drehe sich Alecs Magen um, als die alten Erinnerungen auf ihn eindrangen. Jetzt hatte er die Antwort, und nun? Es war nicht das Gefühl einer Genugtuung, weil die alte Schuld eingestanden wurde, vielmehr hatte er das Gefühl, noch einmal in den Dreck getreten zu werden. Angestrengt sah er Arthur in die Augen. »Was hat das alles mit Helena ... Lady Vanderley zu tun. Sie haben mich unschuldig verurteilt, das war mir schon vorher klar, aber dennoch werde ich sie heiraten.«

Arthur lächelte kalt, dann lachte er. »Ach, aber natürlich, ich habe Ihnen die Geschichte noch nicht zu Ende erzählt. Wissen Sie, wer der Junge war, dessen Strafe Sie abgesessen haben? Es war Matthew Vanderley, er war damals erst vierzehn, als er diesen dummen Jungenstreich durchgeführt hat.« Er beugte sich leicht vor und taxierte Alec. »Und nun sagen Sie, Sie möchten mit der Frau zusammenleben, die seine Ehefrau und Geliebte war? Sie möchten sie in Ihrem Bett haben, nicht wahr? Wie wird es sein, daran zu denken, dass jeder Teil von ihr, den Sie berühren, zuvor von ihm genossen worden ist, dass ihr Mund unzählige Male von ihm geküsst wurde? Das gesamte Geld, mit dem die Beamten bestochen worden sind, stammte aus dem Vanderley-Vermögen, dasselbe Vermögen, von dem sie lebt, von dem sie jeden Faden, den sie trägt, bezahlt. Wie glücklich werden Sie mit einer Frau sein, die Sie Ihr Leben lang an das erinnert, was Sie damals durchmachen mussten?«

Alec hatte das Gefühl, sein Herz nicht mehr schlagen zu hören. »Sie machen wirklich vor nichts Halt.«

»Das sollten Sie ja allmählich begriffen haben«, entgegnete Arthur. »Was denken Sie, warum er Helena geheiratet hat, obwohl sie schwanger war? Doch nicht für dieses Landgut. Das war nur eine Zugabe, aber er wusste, was er mir schuldig war, und nun konnte er diese Schuld einlösen – wenn auch widerwillig. Es ist schon eine seltsame Ironie, dass ausgerechnet er derjenige war, der Ihre Tochter legitimiert und Ihre Geliebte vor der Schande bewahrt hat, nicht wahr?«

Alec fand keine Antwort darauf und schwieg.
»Und eins sollten Sie nicht vergessen«, fuhr Arthur fort, »Lady Vanderley hat nicht nur Ihre Tochter, sie hat auch einen Sohn aus ihrer Ehe. Es ist Ihnen hoffentlich klar, freiwillig wird sie sich nie von diesem Kind trennen, immerhin hat seine Geburt sie beinahe das Leben gekostet. Werden Sie damit leben können zu sehen, wie dieser Sohn Tag für Tag mehr das Ebenbild seines Vater wird? Werden sie nicht bei seinem Anblick immer daran denken müssen, was Ihnen widerfahren ist? Wenn er dann irgendwann vierzehn ist, sehen Sie ihn an und denken, so hat sein Vater ausgesehen, als er …«
»Hören Sie auf!«, schrie Alec ihn an.
»Ich habe Ihnen gesagt, Sie hätten das Geld nehmen sollen. Als Helena mir erzählt hat, wer der Vater ihrer Tochter ist, war mir schon klar, dass Ihre Affäre mit ihr ein Racheakt an mir sein sollte. Aber dazu bräuchte es einiges mehr, als meine Tochter zur Hure zu machen.«
Alec kam um den Schreibtisch herum, und im selben Augenblick traf seine Faust Lord Ashington mit der ganzen Kraft seines rechten Arms. Arthur, der den Schlag nicht hatte kommen sehen, fiel gegen einen Sessel und wäre zu Boden gegangen, hätte er sich nicht festgehalten. Diesmal verlor er die Fassung und schien keine Worte mehr finden zu können. Blut rann aus seinem Mundwinkel, und ohne den Blick von Alec zu wenden, zog er ein Taschentuch hervor und hielt es an sein Gesicht.
Alec nahm sich mühsam zusammen. »Das«, sagte er, »war das Geringste, was ich seit mehr als achtzehn Jahren mit Ihnen tun wollte. Gehen Sie, ehe mir alles andere einfällt.«
Arthur war es nicht gewohnt, von irgendwem, erst recht von jemandem von Alecs Rang, Befehle entgegenzunehmen und blieb stehen.

»Haben Sie mich nicht gehört?«, fuhr Alec ihn an. »Gehen Sie schon!«
»Sie würden nichts tun, was Sie in Schwierigkeiten bringen könnte.«
»Verlassen Sie sich nicht darauf. Sie wollten mir Helena wegnehmen, vielleicht ist Ihnen das gelungen, worauf käme es mir denn jetzt noch an?« Alec wartete. »Gehen Sie!«, schrie er sein Gegenüber an. Er riss heftig an dem Klingelzug, und das Stubenmädchen erschien, sichtlich verstört.
»Lord Ashington möchte gehen«, sagte Alec gepresst und wandte sich ab.
»Übrigens«, sagte Arthur noch, ehe er dem Mädchen folgte, »falls es Sie interessiert, es ging um einen bronzenen Teller, nichts von besonderem materiellem Wert – außer vielleicht für Sammler –, aber wie gesagt, es ging ums Prinzip.«
Alec sah ihn nicht an. Als er hörte, wie die Tür geschlossen wurde, ging er hin und drehte den Schlüssel im Schloss.
Warum hatte er es wissen wollen? War er nicht vorher besser dran gewesen? Es schien, als sei nun das Letzte, was ihn noch hätte glücklich machen können, verloren. Was sollte er Helena sagen? Zumindest reden musste er mit ihr, er konnte sie nicht noch einmal ohne ein Wort verlassen. Alec ging zu seinem Platz zurück, setzte sich, stützte die Ellbogen auf die Platte des Schreibtischs und barg das Gesicht in den Händen. Alles flutete noch einmal über ihn hinweg, die Verzweiflung, die Angst und die Bilder, die er hatte vergessen wollen. Er begann zu weinen.

Helena wunderte sich ein wenig, warum Alec sich so verspätete. Sie hatte am frühen Nachmittag mit ihm gerechnet, und jetzt ging es auf fünf Uhr zu, und er war immer noch nicht da. Sämtliche Besucher, die sie hatten sehen wollen, wurden auf ihre Anweisung hin abgewiesen, weil sie Zeit für Alec haben wollte, und nun ließ er so lange auf sich warten. Helena sagte sich, dass sie keine feste Zeit ausgemacht hatten, aber trotzdem war sie unruhig. Das Gespräch mit ihrem Vater belastete sie, und sie wollte mit Alec darüber reden.

Ella betrat den Salon. »Mr. Delany, Mylady.«

Helena ließ ihn hereinführen. Bereits als er zur Tür hineinkam, sah sie, dass etwas nicht stimmte. Ihr Lächeln erstarb, als ihr auffiel, wie bleich und angespannt er wirkte. So hatte sie ihn nie zuvor gesehen. Sie ging zu ihm, um ihn zu begrüßen, aber er drückte ihr nur einen flüchtigen Kuss auf die Lippen und trat zurück.

»Bist du mir wegen irgendetwas böse?«, fragte Helena stirnrunzelnd.

»Nein, du hast mir doch nichts getan«, entgegnete Alec, der genau wusste, dass sein Verhalten sie befremden musste. Er sah die Besorgnis in ihren Augen, und es tat ihm Leid, ihr so wehtun zu müssen. »Dein Vater war heute Vormittag bei mir.«

»Mein Vater?«, fragte Helena etwas verstört und gleichzeitig alarmiert. »Was wollte er denn von dir?«

»Willst du dich nicht erst setzen? Es ist eine etwas längere Geschichte.«

Helena hätte gerne neben ihm gesessen, aber er setzte sich in einen Sessel, und so blieb ihr nichts anderes übrig, als ihm gegenüber Platz zu nehmen. Sie spürte, wie ihr Herz schneller gegen die Rippen schlug. »Was war mit meinem Vater?«, fragte sie noch einmal.

»Er hat mir zunächst Geld dafür angeboten, dich nicht zu heiraten.«

Helena war fassungslos. »Er ist hinter meinem Rücken zu dir gegangen? Und was hast du …?«

»Keine Sorge, wenn ich ein Mensch wäre, der sich dafür bezahlen lässt, dich nicht zu heiraten, könntest du eher erleichtert sein, wenn ich dir erspart bliebe.«
Das hörte sich schon wieder eher nach Alec an, aber Helena sah, dass der Ausdruck in seinen Augen sich nicht geändert hatte. Ihr Magen zog sich zusammen, weil ihr klar war, es würde noch etwas kommen, was nicht so einfach abzutun wäre. »Was noch?«, wollte sie wissen.
Alecs Blick ruhte einen Moment auf ihr, dann erzählte er, ohne die geringste Kleinigkeit auszulassen, was ihr Vater ihm gesagt hatte. Der Ausdruck in Helenas Augen schlug um von ihrer anfänglichen Besorgnis in wachsendes Entsetzen. Ihr Vater hatte Alec ausgemalt, wie Matthew sie berührt hatte, allein das brachte sie dazu, sich vor Abscheu zu schütteln.
»Und nun?«, fragte sie, als Alec geendet hatte. »Weißt du nun nicht mehr, ob du mit mir zusammenleben kannst?«
Alec schwieg und wich ihrem Blick aus, das hatte er sonst nie getan. Tat er es, weil sie nicht sehen wollte, wie sehr er sie trotz allem liebte oder damit sie die Abneigung darin nicht bemerkte?
Was kann ich für all das, dachte sie mit einem plötzlichen Auflodern von Wut.
»Wäre es dir lieber gewesen«, fragte sie hart, »wenn Matthew mich die Jahre hindurch immer nur vergewaltigt hätte, damit du dir nicht vorstellen musst, es könnte mir gefallen haben, mit ihm zu schlafen?«
Alec runzelte die Stirn. »Natürlich nicht.«
»Kannst du mich nicht mehr ertragen, weil ich gezwungen worden bin, ihn zu heiraten? Ich weiß, Vater hat genau das beabsichtigt, als er dir das alles erzählt hat, und wenn du mich jetzt verlässt, dann hat er endgültig gewonnen. Es ist so, wie er gesagt hat. Er steht immer auf der Gewinnerseite.«

Alec rieb seine Augen vorsichtig mit den Fingern. Er war erschöpft, und am liebsten hätte er den Tag zurückgedreht und Lord Ashington nicht empfangen. Hätte er die Wahrheit doch nie erfahren.
»In einem hatte Vater Recht«, durchdrang Helenas Stimme seine Gedanken, »ich habe noch ein Kind außer Susannah, und ich liebe Clayton nicht weniger als sie. Wenn du nicht imstande bist, mit ihm zu leben, dann ist es wohl wirklich das Beste, wenn wir uns endgültig trennen.« Ihre Stimme brach.
Alec saß leicht vorgeneigt, die Arme auf den Oberschenkeln abgestützt und sah zu Boden. Als er den Blick hob, bemerkte er den Tränenglanz ihrer Augen. »O Helena, bitte.«
Helena läutete nach Ella. »Ich nehme an, du möchtest trotz allem Susannah sehen?« Sie wischte sich die Tränen ab, ohne Alecs Nicken zur Kenntnis zu nehmen.
»Mrs. Shaw soll Susannah zu mir bringen«, sagte Helena, als Ella den Salon betrat.
»Miss Susannah ist noch mit Mrs. Shaw spazieren«, erklärte diese. »Wenn sie wieder zurück sind, sage ich Mrs. Shaw Bescheid.«
Helena nickte und entließ das Mädchen.
Unruhig stand sie auf und öffnete die Verandatür. Der intensive Duft der Rosensträucher wehte ihr entgegen, und sie atmete ihn mit geschlossenen Augen ein. Die letzten Tage waren sonnig gewesen, und es war, als habe der Garten jeden goldenen Strahl der Sonne aufgesogen und seine Farben damit zum Leuchten gebracht. Sie hatte nicht bemerkt, dass Alec aufgestanden und hinter sie getreten war. Vorsichtig fasste er sie um die Hüften, und ihr Körper versteifte sich.
»Helena, es muss dir herzlos vorkommen, aber … ich weiß nicht, wie ich es dir erklären soll … du weißt nicht, was diese Erinnerungen für mich bedeuten. Ich habe doch mit keinem

Wort gesagt, dass ich dich nicht mehr ertrage, ich ertrage nur das nicht, woran ich ständig denken muss. Und ich weiß nicht, wie ich es vergessen soll.«

Helena drehte sich um und sah die Qual in seinen Augen. Zögernd hob sie die Hand und strich ihm eine Haarsträhne aus der Stirn. Die Tür öffnete sich, und Alec trat hastig einen Schritt zurück.

»Mama«, rief Susannah und rannte auf Helena zu. Helena hockte sich hin und fing das Mädchen auf. »Ich habe einen Schwan gesehen«, sagte Susannah begeistert. Seit kurzem hatte sie ihr Interesse für Tiere entdeckt und schleppte seitdem auch Helenas Katze ständig mit sich herum.

»Lassen Sie sie eine Weile bei mir«, wandte sich Helena an Mrs. Shaw, dann sah sie Susannah wieder an, die in dem hellblauen, geblümten Sommerkleid, dem dazu passenden Hut und den weißen Handschuhen bezaubernd aussah. Helena hatte nicht zugelassen, dass Susannah um Matthews willen schwarze Kleider trug, außer während der ersten Tage nach dessen Tod und wenn sie sie mit zum Friedhof nahm.

Alec stand immer noch neben Helena und beobachtete die Szene.

Mit einiger Anstrengung hob Helena Susannah hoch. »Du wirst mir bald zu schwer zum Tragen«, sagte sie und drückte ihre Tochter an sich. Ihre Nervosität unterdrückend, wandte Helena sich mit Susannah auf dem Arm an Alec. »Sieh mal, Susannah, das ist Mr. Delany.«

Das Mädchen war Fremden gegenüber immer schon zutraulich gewesen – zu zutraulich, wie Matthew und Helena oft besorgt festgestellt hatten – und strahlte Alec an. »Guten Tag, Sir«, sagte sie förmlich, und Helena musste trotz ihrer Anspannung ein Lachen unterdrücken.

»Guten Tag, Susannah«, entgegnete Alec und nahm ihre

Hand. Er erkannte sich selbst wieder in diesem Kind, das ihm so verblüffend ähnlich sah, selbst die ungewöhnlich blauen Augen wichen weder in Farbe noch Form von seinen ab. Wieso hatte bloß niemand jemals einen Zusammenhang hergestellt? Alec dachte daran, was für ein Gefühl es gewesen wäre, seine Tochter aufwachsen zu sehen, den lebenden Beweis dafür, dass er einmal in seinem Leben wirklich geliebt hatte, aber er konnte es sich nicht so richtig vorstellen. Das Gefühl, ein Kind zu haben, war die ganzen Monate hindurch nie wirklich greifbar gewesen. Weitere Jahre seines Lebens, die seiner Vergangenheit geopfert worden waren, jene Jahre, in denen er sein Kind nicht hatte aufwachsen sehen und in denen er Helena mit diesem Geheimnis allein gelassen hatte. Wie viel Schuld hatte er auf sich geladen, nur um dem zu entfliehen, dem er nie entkommen würde? Er spürte, wie seine Augen brannten, und wandte sich eilig ab. Bestürzt setzte Helena Susannah auf dem Boden ab und streckte die Hand nach Alecs Schulter aus, aber dieser hob abwehrend den Arm.

Helena läutete nach Mrs. Shaw, die umgehend erschien und Susannah wieder mitnahm.

»Alec«, sagte Helena, als sie wieder allein waren. Sie zwang ihn, sie anzusehen, und bemerkte die Tränen in den dunkelblauen Augen. Einem Impuls folgend legte sie die Arme um ihn und ließ ihn auch dann nicht los, als sie spürte, wie er sich zurückziehen wollte, weil er es nicht gewohnt war, seinen Schmerz so unverhüllt preiszugeben. Zögernd legte er die Arme um sie, dann drückte er sie so heftig an sich, dass ihr beinahe die Luft wegblieb, und barg sein Gesicht in ihrem Haar.

»Sag du mir, was ich tun soll«, flüsterte er so leise, dass sie ihn kaum verstand.

»Das würde ich, Alec, aber ich weiß zu wenig von dem, was du fühlst und was du damals erlebt hast. Wie soll ich dir da helfen können?«

Alec löste sich von ihr. »Ich erzähle dir alles«, erklärte er aus einem plötzlichen Entschluss heraus, »danach entscheide, was du tun möchtest.«

»Und was ist mit deiner Entscheidung?«

»Ich werde dich nie mehr aus eigener Kraft verlassen können, das weiß ich jetzt, deshalb erzähle ich es dir. Du hast das Recht, es zu erfahren, und ich möchte endlich diese Last nicht mehr tragen.« Er setzte sich auf einen der zierlichen weiß-goldenen Sessel, und so wie er bei ihrem letzten Treffen neben ihr auf der Armlehne gesessen hatte, setzte sie sich nun hin, etwas erhöht, so dass sie seinen Kopf an ihrer Brust barg, während sie ihm zuhörte.

Alec begann. Er erzählte davon, wie vor seinen Augen die jüngeren Männer von allen anderen Tag für Tag vergewaltigt worden waren, davon, wie oft man derartige Übergriffe auf ihn versucht hatte, denen er nur deshalb entgangen war, weil ihn einer der ältesten Gefängnisinsassen geschützt hatte. Er erzählte Helena auch von der ständigen Angst, die ihm den Schlaf geraubt hatte. Von Wiggins, der ihn unzählige Male aus der Zelle hatte holen lassen, um ihn mit seinem Knüppel für sein aufsässiges Verhalten zu bestrafen. Und Alec durchlebte noch einmal das Gefühl, von den Wärtern festgehalten zu werden, während der Knüppel immer wieder auf dieselben Stellen seiner Rippen aufschlug oder in seinen Magen gestoßen wurde, bis er das Bewusstsein verlor und mit einem Eimer Wasser wieder geweckt wurde. Er hatte zwischen Ratten auf verfaultem Stroh geschlafen, hatte, vor die Wahl gestellt, sonst zu verhungern, Brot gegessen, aus dem Maden krochen, wenn man hineinbiss. Dann der stets gegenwärtige

Gestank. Und immer wieder die Misshandlungen durch die anderen Gefangenen oder die Wärter.
Helena hatte die Augen geschlossen, während sie ihm zuhörte, und ohne dass sie es merkte, liefen ihr Tränen über das Gesicht. Alec hatte die Arme um sie gelegt, und jedes Mal, wenn er etwas erzählte, was ihm besonders schwer fiel, schlossen sich seine Finger so fest um sie, dass sie vor Schmerz zusammenzuckte, aber sie machte keine Bewegung, um ihn nicht zu unterbrechen. Sie dachte an ihren Vater, der ihm das angetan hatte und nicht die geringste Reue oder Schuld verspürte. Ich hasse ihn, dachte sie, und es erschreckte sie nicht einmal. Sie hasste ihren eigenen Vater.

Nachdem Alec geendet hatte, hielt er den Blick gesenkt, unfähig, ihr nach diesen Schilderungen in die Augen zu sehen. Helena glitt von der Sessellehne herunter und hockte sich vor ihn, so dass er sie ansehen musste. »Ich liebe dich«, sagte sie, »das ist alles, was ich dir je anbieten kann, um dich vergessen zu lassen.«
Alec sah ihre tränenfeuchten Augen, dann kniete er neben ihr auf dem Boden und riss sie an sich. Sein Mund streichelte ihr Gesicht, fand ihre geöffneten Lippen, während seine Hände wie fiebernd über sie glitten. Er schmeckte den Salzgeschmack ihrer Tränen, spürte den harten Schlag ihres Herzens an seiner Brust. Gemeinsam glitten sie zu Boden, und Alec entdeckte alles, was ihm an ihr einst so vertraut gewesen war, von Neuem.
»Alec«, stammelte Helena, »wenn jemand kommt.« Sie nahm den Rest ihrer Selbstbeherrschung zusammen und gebot seinen forschenden Händen Einhalt. »Bitte, Alec.«
Er löste sich von ihr, wobei nicht zu übersehen war, wie schwer es ihm fiel.

Helena kniete sich hin, während sie ihr Kleid wieder zurechtzog. Eine Haarnadel fiel mit einem gedämpften Geräusch auf den Teppich, und einige Haarsträhnen lösten sich.
»Entschuldige bitte«, sagte Alec.
Helena fuhr mit der Hand über den Boden, um ihre Haarnadel zu finden, während Alec sich aufrappelte und seine Kleidung wieder gerade zog.
»Wie war dein Mann zu Susannah?«, fragte er unvermittelt.
»Wie ein Vater«, entgegnete Helena, die mittlerweile ihre Haarnadel gefunden und sich aufgerichtet hatte. »In der Hinsicht kann man nichts Negatives über ihn sagen. Ich denke, auf seine Art hatte er sie gern.«
»Wenn er meine Tochter gern haben konnte, obwohl er dich nicht geliebt hat«, sagte Alec, »dann werde ich seinen Sohn sicher auch mögen können.«
»Was das andere angeht«, sagte sie, »wirst du an Matthew denken, wann immer du mit mir zusammen bist?«
Alec sah sie an, dann umspielte ein Lächeln seine Lippen. »Nein«, sein Lächeln vertiefte sich, »ich denke, in solchen Momenten werde ich eher an andere Dinge denken.«
Helena wurde rot. Aber auch, wenn sie darüber erleichtert war, dass seine Worte sich nun wieder mehr nach Alec anhörten, wusste sie doch, es würde lange dauern, ehe er endlich über alles hinwegkäme. Immerhin schien er einen ersten Schritt dahin gemacht zu haben.
»Wirst du deinen Vater noch einmal sehen?«, fragte Alec.
»Allerdings.« Noch dieses eine Mal, fügte sie im Stillen hinzu.

77

Alec war am Vortag noch bis zum Abendessen bei Helena geblieben, nachdem er eine kurze Mitteilung an Mr. Callaghan geschrieben hatte, in der er das Treffen mit ihm auf einen anderen Tag verschob. Es war ihr erstes gemeinsames Essen gewesen.

Heute kam Helena in dem sicheren Gefühl in das Haus ihrer Eltern, dass es das letzte Mal sein würde, und es war, als müsse sie Abschied nehmen. Sie durchmaß die Eingangshalle und ging langsam in den großen Salon, der nur für Feiern genutzt wurde. Erinnerungen stürmten auf sie ein, es war, als hörte sie wieder die Stimmen ihrer Brüder. Mit geschlossenen Augen lauschte sie ihnen.

»Woran denkst du?«

Helena öffnete erschrocken die Augen und drehte sich um. »Simon. Ich habe dich nicht kommen hören.«

»Das war offensichtlich.« Simon lächelte etwas gezwungen. »Gehst du uns aus dem Weg?«

»Nein, das nicht, aber euch trauern zu sehen hätte mich noch mehr belastet.«

»Verstehe. Warst du noch einmal bei ihm?«

»Am letzten Tag, und ich bin froh, gegangen zu sein. Erst dachte ich, ich würde es nicht durchstehen, aber es war gut so.« Sie lehnte sich mit dem Rücken an eine Kommode und atmete tief durch. »Simon, ich werde wieder heiraten, und ich verlasse England.«

Simon war erstaunt. »Mir ist gar nicht aufgefallen, dass es in der letzten Zeit einen Mann in deinem Leben gegeben hätte.«

»Nicht nur in der letzten Zeit, es geht schon seit Jahren, wenn wir uns auch während meiner Ehe aus den Augen verloren haben. Du kennst ihn übrigens, sein Name ist Alec Delany.«
»Alec Delany?« Mit allem hatte er gerechnet, aber nicht mit einem solchen Bekenntnis. »Wann hattest du denn Gelegenheit, ihn kennen zu lernen?«
Helena lächelte. »Das ist eine ziemlich lange Geschichte, aber es gab Gelegenheiten genug. In dem Sommer, in dem ihr geheiratet habt, hat er mich sogar in Essex besucht.« Sie schwieg und beobachtete Simon, in dessen Gesicht sich allmähliches Begreifen abzeichnete. Olivia war während ihrer Hochzeitsreise, also in jenem Sommer, schwanger geworden, und Jason war nur wenige Tage älter als Susannah. Es gab demnach nur einen Rückschluss.
Um Simons Mund zeigte sich ein weißer Schatten, als er fragte: »Er ist Susannahs Vater?« Simon setzte sich auf einen der Sessel, die am Rand der Parkettfläche standen. »Das nenne ich eine überraschende Enthüllung.«
Seufzend richtete Helena sich auf. »Ich muss mit Vater sprechen.«
»Er weiß von deinen Plänen noch nichts?«
Eine steile Falte erschien zwischen ihren Brauen. »O doch, er weiß davon, und ich möchte ihm sagen, was ich von seinen Maßnahmen halte, mit denen er meine Pläne zu unterbinden versucht hat.« Helena sah Simon an. »Würde es dir etwas ausmachen zu bleiben? Es trifft sich so glücklich, dass du gerade jetzt gekommen bist.«
Simon nickte, wirkte aber etwas unbehaglich. Familienszenen waren im zuwider. »Natürlich bleibe ich, wenn du das möchtest.«
Ihre Eltern waren in ihrem privaten Salon, den nur Besucher aus der Familie betreten durften. Es war nicht ersichtlich, ob

Eleonore etwas von den Vorfällen des letzten Tages mitbekommen hatte. Ihr Blick war ruhig und zeigte nicht die geringste Anspannung, als sie Helena sah. Freundlich lächelte sie ihr zu.

Arthur grüßte zurückhaltend, und Helena bemerkte seinen etwas lauernden Blick und sah den Bluterguss an seinem Kinn, über dessen Entstehung sie so genau Bescheid wusste.

»Hattest du gestern eine interessante Unterhaltung?«, fragte Helena, gezwungen ruhig.

Arthur hob die Augenbrauen. »Wovon redest du? Ich hatte gestern etliche Unterhaltungen, aber wenn du die meinst, von der ich es annehme, dann muss ich verneinen. Es war nicht gerade das Niveau, das ich gewohnt bin.«

»Das wird er sicherlich ebenso sehen, denn ich glaube nicht, dass er jemals zuvor mit einem Mann zu tun hatte, der ihm Geld dafür geboten hat, seine Tochter nicht zu heiraten.«

Aus den Augenwinkeln nahm sie wahr, wie Simon erstarrte, selbst ihre Mutter atmete hörbar ein.

»Helena, können wir das bitte unter uns ausdiskutieren?«, fragte Arthur eisig.

»Aber warum denn? Weiß Mutter nichts davon, dass du Alec Delany vor vielen Jahren für ein Verbrechen, das Matthew begangen hat, in ein Gefängnis in Kalkutta hast stecken lassen, oder soll Simon es nur nicht erfahren?«

»Mäßige deinen Ton, Helena.«

»Ist das alles, was du dazu zu sagen hast?«, fuhr Helena auf. »Du bist hingegangen und hast ihm erzählt, er sei für einen Diebstahl, einen Jungenstreich, den Matthew begangen hat, für zehn Jahre in einem Loch unter unmenschlichen Umständen gefangen gehalten worden. Und das nur, damit er es nicht mehr erträgt, mich zu sehen, weil er immer daran denken muss, wessen Frau ich war, und mich verlässt.«

»Ist es wahr, was sie sagt, Arthur?«, mischte sich nun Eleonore ein. »Hast du wirklich einen Mann ins Gefängnis gesperrt, für eine Tat, die Matthew begangen hat?«
»Hätte Matthew für den Rest seines Lebens wegen dieses unseligen Streiches den Makel eines Diebes tragen sollen? Der Mann ist nichts weiter als der unbedeutende Sohn irgendeines Händlers, wohingegen Matthew der einzige Erbe eines großen Namens war«, antwortete Arthur.
»Alec war kein unbedeutender Sohn, er war kein Niemand, er war nicht entbehrlich!«, schrie Helena ihn an. »Sein Vater ist gestorben vor Kummer, in dem Glauben, sein einziger Sohn sei ein Dieb. Alec war auch der einzige Erbe seines Namens, und sein Vater hatte niemanden sonst, er ist alleine in seinem Haus gestorben.«
»Alec Delany hat die Sache überstanden, und mit Sicherheit redet niemand mehr darüber«, antwortete Arthur, »also echauffier dich nicht weiter über eine Angelegenheit, die mehr als achtzehn Jahre zurückliegt.«
»Deine Rechnung ist übrigens nicht aufgegangen.« Helenas Stimme klang so hart, sie hätte selbst nie geglaubt, zu einem solchen Ton fähig zu sein. »Ich werde ihn heiraten, und ich werde England verlassen. Solltest du auch nur den geringsten Versuch machen, mir Clayton wegzunehmen, wird jeder von der Geschichte mit Alec erfahren, dafür würde ich schon sorgen. Vielleicht hast du alles so gut abgesichert, dass selbst bei einer Überprüfung der Unterlagen keine Ungereimtheiten auffallen, aber was denkst du, werden Gerald Glentyre oder Lord Hyde dazu sagen?«
In Arthurs Augen blitzte etwas auf, das Helena nicht näher bestimmen konnte. Respekt hätte sie vermutet, wäre es nicht so unwahrscheinlich.
»Du hast gut gelernt, Helena, alle Achtung. Allmählich ver-

lierst selbst du deine Skrupel«, sagte ihr Vater jedoch in diesem Moment und bestätigte diese Vermutung.
Helena sah ihre Mutter an. »Ich reise so bald wie möglich ab, Mutter.«
Eleonore hatte ihre Fassung immer noch nicht wiedergefunden, und so nickte sie nur.
An ihren Vater gewandt, sagte Helena: »Erspar dir die Mühe, mir mit Enterbung zu drohen. Ich werde dein Erbe ohnehin nicht annehmen. Überlass alles Simon, vielleicht wird er im Laufe der Jahre ja das wiedergutmachen, was du mit deinem Geld verbrochen hast.«
In Arthurs Gesicht zuckte es kurz. »Denk nicht, dass es ein Opfer ist, dich gehen zu lassen, Helena. Von euch allen warst du immer am entbehrlichsten.«
Nur ein beinahe unmerkliches Blinzeln bewies, wie sehr er sie verletzt hatte. Sie sah ihre Mutter an. »Leb wohl, Mutter, du hörst von mir.«
»Alles Gute, Helena«, entgegnete Eleonore.
Ohne noch einen Blick zurückzuwerfen, ging Helena hinaus.
Simon blickte ihr nach, tief erschüttert. Er hatte nur einen Wunsch, dieser Szene so schnell wie möglich zu entfliehen und in Ruhe über das nachzudenken, was ihm enthüllt worden war.
»Es tut mir Leid, dass du das alles mit anhören musstest«, sagte Arthur zu ihm.
»Da gibt es etliches andere, das dir Leid tun sollte«, entgegnete Simon düster. Er nickte Eleonore zu und verließ ohne ein weiteres Wort den Salon.
Es war das erste Mal, dass Arthur den Blick seiner Frau mied.
»All die Jahre habe ich geschwiegen«, klagte Eleonore sich an.
»Du hast das getan, was du für richtig gehalten hast.«

»Nein, Arthur, ich habe getan, was du für richtig gehalten hast.« Sie beobachtete ihren Mann, der zum Kamin hinübergegangen war und hineinstarrte, auf jene blank gewischte Fläche, auf der im Winter immer ein Feuer flackerte.
»Wie konnte ich die ganze Zeit über nicht sehen, was für ein Mensch du bist?«, fragte Eleonore bitter. »Unsere Kinder waren das Beste, was ich von dir hatte, und ich habe sie nie gegen dich verteidigt. Jetzt ist es zu spät. Helena war die Letzte, die uns noch geblieben ist. Was hättest du dir vergeben, sie wenigstens jetzt mit deinem Segen glücklich werden zu lassen? Sie ist ein Teil von uns beiden, ebenso wie unsere Söhne es waren. Ich habe mich nie getraut, sie zu lieben, dabei war sie ein so zauberhaftes Kind. Selbst du wirst nicht leugnen können, dass keiner unserer Söhne sich jemals so um uns bemüht hat wie sie.«
Langsam richtete Arthur den Blick auf seine Frau. »Ich habe bei einer Tochter bereits alle Probleme, die ja letzten Endes auch auf uns zugekommen sind, vorausgeahnt, und es erschien mir besser, sie mit Strenge zu behandeln. Es ist nicht meine Schuld, wenn ich bei ihrem Anblick nie etwas empfinden konnte.«
»Welcher Vater, der ein menschliches Herz hat, kann beim Anblick einer solchen Tochter nichts empfinden? Warst du blind dafür, wie sie als Kind war, wie sie heranwuchs und immer schöner wurde? Selbst Anthony war immer schon hingerissen von ihr.«
»Anthony hat eine Schwäche für alles, was weiblich ist, deshalb hat er auch seine Tochter so verzogen.«
»O Arthur.« Eleonore stand von ihrem Sessel am Fenster auf. Es gab nichts mehr zu sagen, sie waren Fremde.
Arthur bemerkte kaum, wie Eleonore den Salon verließ. Das Haus war still, aber sie hörte dennoch das ausgelassene La-

chen ihrer Kinder, als diese noch klein waren und an das sich außer ihr kaum noch jemand erinnern konnte. Beinahe sah sie sie, wie sie die Treppen hinunterliefen, Jerome, immer tonangebend, die Zwillinge, einander wegdrängend, und Helena, schüchtern, halb hinter dem Treppengeländer versteckt. Solange sie lebte, würde kein Kinderlachen mehr in dieser Halle ertönen. Vielleicht würde eines von Simons Kindern einst dieses Haus beziehen, oder aber er würde es verkaufen. Andere Leute würden hier leben, das Haus würde wieder in seinem alten Glanz erstrahlen, Feste würden gefeiert werden, Töchter würden in schönen Kleidern über die breite Treppe rauschen, Söhne würden das Erbe tragen, und niemand würde wissen, was all das einmal bedeutet hatte. Noch aber lebten sie und Arthur hier – allein. Alles was blieb, war die Erinnerung.

Kalkutta 1886

Helena hatte den warmen Druck von Alecs Abschiedskuss noch auf den Lippen, als sie nach ihren schlafenden Kindern sah. Sie steckte die Decke um Clayton herum fest und ging zu Susannah, die ihr Holzpferd im Schlaf umklammert hielt und einen eigentümlich konzentrierten Ausdruck im Gesicht hatte. Für die Kinder war die Umstellung auf ihr neues Zuhause einfacher gewesen, als Helena gedacht hatte. Vor allem Susannah war in ihrem Forscherdrang kaum zu bremsen. Zusammen mit Alec sahen Helena und die Kinder sich die Stadt und die Umgebung an, die Flussgebiete, dichte Wälder, halb verfallene Tempel, bei denen vor allem Susannah zurückgehalten werden musste, weil die Gefahr, dort auf Schlangen zu stoßen, einfach zu groß war.

Es war Frühjahr, und in einem Monat würden Helena und Alec endlich heiraten. Zurzeit wohnte Helena noch in dem Vanderley-Haus in Kalkutta, aber nach der Hochzeit würden sie in Alecs Haus ziehen. Helena hatte sein geräumiges helles Haus, das in einer Mischung aus englischem und indischem Stil eingerichtet war, sofort gemocht, und in den letzten Monaten hatte sie selbst noch einige Änderungen an der Einrichtung vorgenommen. Alec hatte ihr in allem, was das Haus betraf, freie Hand gelassen, und sie war oft dort gewesen, wenn er arbeitete, und hatte vielen Räumen eine persönliche Note verliehen. Von der Einrichtung der Callaghans inspiriert, hatte sie Alec gebeten, die Räume in verschiedenen Farben streichen zu lassen, und das Ergebnis gefiel ihnen beiden ausnehmend gut.

Als sie das Haus zum ersten Mal betreten hatte, war ihr das etwas befremdliche Verhalten seines jüngeren Dienstmädchens aufgefallen, was für Helena nur einen Rückschluss zugelassen hatte, den sein betretenes Gesicht auf ihre Frage hin ihr auch bestätigte. Helena war außer sich gewesen zu erfahren, dass er immer noch mit seiner früheren Geliebten zusammenlebte, und es war zum ersten Mal seit langem zu einer Szene gekommen. Alec hatte ihr versichert, Jalna sehe sich bereits nach einer neuen Stelle um, er könne sie ja schlecht auf die Straße setzen. Warum sie überhaupt eine so große Sache daraus mache, hatte er unwillig gefragt, sie könne ihm schließlich vertrauen.

»Ich will trotzdem nicht, dass du mit ihr wohnst«, gab sie ihm als Antwort.

»Lieber Himmel, Helena, sie ist hier nur in Funktion eines Dienstmädchens.«

»So? Dann wäre es dir wohl auch recht, wenn ich mit meinem früheren Liebhaber zusammenwohnen würde, solange er nur mein Butler ist«, fauchte sie ihn an.

Alec hatte sie zuerst verdutzt angesehen und war dann in schallendes Gelächter ausgebrochen, was die Situation entschärft hatte. Dennoch bestand das Problem, und Mr. Seymour löste es, indem er Alec vorübergehend zu sich ziehen ließ, bis das Mädchen eine neue Stelle gefunden hatte, was seit mehreren Monaten der Fall war. Ein Freund von Trevor hatte sie als Kindermädchen für seinen Sohn eingestellt.

Anfangs hatte Helena ihre Familie und ihre Freunde sehr vermisst. Lorena hatte sie vor ihrer Abreise nicht mehr sehen können und ihr daher einen Brief hinterlassen, in dem sie ihr alles erklärte. Mittlerweile schrieben sie sich regelmäßig, ebenso sie und Olivia.

Lorena hatte inzwischen einen Sohn bekommen, was Helena

in der Annahme bestätigte, allein die angespannte Situation in der Familie sei an der vermeintlichen Unfruchtbarkeit ihrer Freundin, schuld gewesen. Offenbar war es ihrem Vater nicht bestimmt, sein Erbe in der direkten Linie weiterzugeben.

Simon, der das Gefühl gehabt hatte, etwas gutmachen zu müssen, hatte seinen Zweig der Familie Alec gegenüber vorbildlich präsentiert. Helena wusste nicht, ob Anthony etwas von den Geschehnissen, deren Zeuge Simon gewesen war, wusste, aber er war Alec gegenüber freundlich, ebenso wie – zu Helenas Erstaunen – Elaine sich überaus höflich und charmant gab. Alec war gemeinsam mit Helena vor ihrer Abreise oft von Simon und Olivia eingeladen worden, und auch wenn die Atmosphäre anfangs etwas gezwungen war, so entspannte sie sich nach einigen Tagen merklich, und Helena genoss die letzten Tage in England mehr, als sie gedacht hatte.

Wer sich wirklich gefreut hatte, war ihre Großmutter, und allein ihretwegen war Helena traurig, als sie abreiste. Rose hatte davon nichts wissen wollen. »Ich bin eine alte Frau«, hatte sie gesagt, »für mich ist es das Schönste, zu wissen dass du glücklich bist.«

Dennoch war Helena bei ihrem Abschied von ihr in Tränen aufgelöst gewesen. Sowohl Rose als auch Simon und Olivia kannten inzwischen den Grund, warum Alec sie damals verlassen hatte. Helena wollte nicht, dass es wie ein niedriger Racheakt aussah, und hatte ihnen erzählt, wie es zu der Trennung gekommen war. Sie wusste, Alecs Seele hatte mittlerweile endlich begonnen zu heilen, aber ihr war klar, dass diese Dinge Zeit brauchten, und es gab immer wieder Momente, in denen die Erinnerungen ihn einholten und er in düstere Gedanken versank. Aber meistens sprach er einen Tag später mit ihr über alles.

Helena selbst war manchmal niedergeschlagen, wenn sie an ihre Brüder dachte und daran, wie sehr sie sie, auch wenn sie mit Alec glücklich war, vermisste. Wenn sie nachts allein in ihrem Bett lag, hörte sie in der Dunkelheit Jeromes Lachen, sah Calvin, wie er bei ihrer letzten Begegnung ausgesehen hatte, und George, wie er sich noch einmal zu ihr umdrehte, ehe er aus ihrem Leben verschwand. In solchen Nächten weinte sie meist stundenlang, bis sie endlich einschlief. Eines Tages würden auch diese Erinnerungen weniger schmerzen.

Die Dunkelheit kam in Indien schneller als in England, wo die Dämmerung ein langsamer Abschied vom Tag war. Helena ging in den geräumigen Salon und zog eine der Flügeltüren auf, die in den Garten führten. Die Nacht war nie still hier, und sie lauschte den verschiedenen Geräuschen, die die Dunkelheit durchdrangen. Blätter raschelten, überall im Garten war ein leises Zirpen zu hören, und über allem lag der Geruch, der so typisch war für die Stadt, und den Helena nie hätte beschreiben können, an den sie sich aber noch aus ihrer Kindheit erinnerte.

Colonel Doran, der Bruder ihrer Mutter und ihr einziger Verwandter in Indien, würde bei ihrer Hochzeit der Brautführer sein. Seine Frau war entzückt darüber, dass Helena nun in Kalkutta leben würde, und versprach, sich um alle Hochzeitsformalitäten zu kümmern, wie ihre Mutter das normalerweise getan hätte. Helena plante nur eine kleine Hochzeit, aber dadurch ließ Catherine Doran sich nicht die Vorfreude nehmen. Auch kleine Feiern mussten geplant werden. Ihre jüngste Tochter war etwas jünger als Helena und lebte ebenfalls in Kalkutta, ihre Söhne dienten in der Armee und waren mit ihren Familien in Bombay und Madras ansässig, weshalb Helena diese noch nicht kennen gelernt hatte. Sie war aber glücklich, dass wenigstens einige Mitglieder

ihrer Familie in Kalkutta lebten, und fühlte sich nicht ganz so verloren, auch wenn sie ihren Onkel und ihre Tante kaum und deren Kinder so gut wie gar nicht kannte.
Heute Abend waren ihre Onkel, ihre Tante und Alec zum Essen bei ihr gewesen, und Helena trug ein blaues Kleid, dessen Rock mit silbernen Rosen bestickt war. Genau ein Jahr nach Matthews Tod hatte sie aufgehört, Trauer zu tragen, sehr zur Freude von Alec, der die schwarzen Kleider gehasst hatte.
Die Illusion, dass es einfach sein würde, alles, was ihr vertraut war, zu verlassen und hier noch einmal neu zu beginnen, hatte sie sich nicht gemacht, aber es war um einiges schwieriger, als sie gedacht hatte. Sie hatte einige Probleme, sich an das Klima zu gewöhnen, und in die ungewohnten Gesellschaftsgefüge konnte sie sich nur schwer eingliedern. Auch fehlten ihr ihre Freundinnen. Dennoch zweifelte Helena nicht daran, hier glücklich werden zu können, oder daran, dass es sich gelohnt hatte.
Das entfernte Geräusch der Türglocke riss sie aus ihren Gedanken, und sie runzelte die Stirn. Wer besuchte sie denn noch um diese Zeit? Eine Zeit lang war nichts zu hören, außer gedämpften Stimmen, die sie jedoch nicht erkannte, weil sie nur fern in den Salon klangen. Es war eigentlich nicht die Art des Stubenmädchens, mit den Leuten an der Tür zu reden, und Helena nahm an, dass sie jemanden abwimmelte. Kurz darauf durchmaßen forsche Schritte die Halle, und Helena musste lächeln. Es war also kein später Besucher, den das Dienstmädchen abgewiesen hatte, sondern Alec war noch einmal gekommen.
Die Schritte verharrten kurz und schlugen dann den Weg zum Salon ein. Helena genoss das Prickeln der Vorfreude, wann immer sie Alec erwartete. Sie blieb an der Verandatür

stehen, das blaue Kleid vermischte sich mit dem Dunkel der Nacht, und die Rosen glitzerten silbern wie das Mondlicht. Mit klopfendem Herzen lauschte sie den näher kommenden Schritten, die nun den Salon erreicht hatten. Ein Begrüßungslächeln auf den Lippen, drehte Helena sich um.
In der Tür stand George.